Dan Sugralinov
Max Lagno

May every new day
in your life
become a Lev

Dan Sugralinov

KNOCKOUT

You're the
chosen one!

Max Lagno

Nächstes Level
LITRPG-SERIE

MAGIC DOME BOOKS

Level Up: Knockout
Nächstes Level LitRPG-Serie
Copyright © D. Sugralinov, 2019
Covergestaltung ©V. Manyukhin, 2019
Deutsche Übersetzung © Tanja Braun, 2019
Lektor: Lilian R. Franke
Erschienen 2019 bei Magic Dome Books
Alle Rechte vorbehalten
ISBN: 978-80-7619-067-2

DAN SUGRALINOV:

NÄCHSTES LEVEL LITRPG-SERIE

Neustart (Buch 1)
Held (Buch 2)

INHALTSVERZEICHNIS

Kapitel 1. Die Halluzination   1

Kapitel 2. Guten Tag, Mr. Goretsky!   16

Kapitel 3. Wiedersehen, Mr. Goretsky!   31

Kapitel 4. Die richtige Antwort   43

Kapitel 5. Ein sauberer Sieg   52

Kapitel 6. Lasst es krachen!   66

Kapitel 7. Der Lowkick   78

Kapitel 8. Kein Sieg ohne Niederlage   90

Kapitel 9. Der Highkick   104

Kapitel 10. Wollen Sie noch mal eins in die Fresse?   115

Kapitel 11. Ein psychologischer Sieg   141

Kapitel 12. Ein blöder, hässlicher, schlechter Verlierer   157

Kapitel 12+1. Eine Lektion in Geschäftsführung   177

Kapitel 14. Teufelchen   192

Kapitel 15. Wenn der Schwanz mit dem Hund wedelt   211

Kapitel 16. Beziehungsanbahnung   238

Kapitel 17. Wachstumsschmerzen   265

Kapitel 18. Haus zu Haus   291

Kapitel 19. Das Spiel ist aus   320

Kapitel 20. Weiße, Schwarze und dasselbe in Grün   333

Kapitel 21. Du musst diese Bürde tragen   356

Kapitel 22. Der Hölzerne Ring   371

Kapitel 23. Ein Gefangener mit vorbildlicher Führung   397

Kapitel 24. Beute   419

Kapitel 25. Lebenswille   441

Kapitel 26. Kreaturen aus Fleisch und Knochen   463

Kapitel 27. Schicke Schlitten   480

KAPITEL 1
DIE HALLUZINATION

*„Früher war ich auch ein Abenteurer, aber dann
habe ich einen Pfeil ins Knie bekommen."*

Skyrim

OBWOHL Mike Björnstad Hagen zum Teil skandinavischer
Abstammung war, besaß er so viel Ähnlichkeit mit einem
Wikinger wie ein Chihuahua mit einer Dänischen Dogge. Er
hatte eine Reihe von Spitznamen wie „Heulsuse Mikey", „Micker-
Mikey", „Mikey, das Weichei" oder sogar „Hey, du Schwanzlutscher!"
Niemand hatte ihn jemals „Mr. Hagen" genannt.

Das einzige Mal, dass das beinahe passiert wäre, war bei
einem Termin in seiner Bank gewesen, als Hagen versucht hatte,
einen Hypothekenkredit aufzunehmen. „Tut mir so leid, Mr. Hagen,
aber Ihr Kreditantrag ist abgelehnt worden", hatte der Mann hinter
dem Tresen gesagt, ohne auch nur zu versuchen, sich sein
selbstgefälliges Grinsen zu verkneifen.

Mike hätte ihm mit Vergnügen die Fresse poliert, wenn er nur
gewusst hätte, wie man kämpfte.

Ein eigenes Heim... Der Traum von einem eigenen Haus,
einem, das er mit seiner süßen Jessie hätte teilen können, war alles,
wofür er drei Jahre lang gearbeitet hatte. Dann hatte Jessica ihn für
so einen Rohling von einem Lastwagenfahrer aus Arizona

1

verlassen – oder aus Texas? Nicht, dass das jetzt noch eine Rolle gespielt hätte.

Was allerdings eine Rolle spielte, war, dass Hagen in den darauffolgenden fünf Jahren mit niemandem mehr ausgegangen war, und der Grund war sicherlich nicht, dass er sich nach Jessica verzehrte – das war nicht der Fall. Vielmehr lag es daran, dass ihn niemand jemals interessant genug fand, auch nicht Sheila, das mürrische, von oben bis unten tätowierte Goth-Chick, das im Laden gegenüber arbeitete. Der Laden verkaufte Comics und Hagen war oft dort, um neue Ausgaben von *Rat Queens* und *Extremity* zu kaufen.

Bei einer Gelegenheit hatte Mike in *Chuck's Bar* ein paar zu viel getrunken und genug Mut aufgebracht, um sie ins Kino einzuladen – in irgendeinen Film aus der *Avengers*-Reihe. Damals hatte Hagen, der sich mutig und allzu selbstsicher gefühlt hatte, die Verwegenheit besessen, zu verkünden: „Schätzchen, wie wäre es, wenn du deinen Luxuskörper vom coolsten Typen der Nachbarschaft ausführen lässt?"

Sheila war völlig entgeistert gewesen. „Cool? Ausgerechnet du?" Dann war die altbekannte Phrase gekommen: Selbst, wenn er der letzte Mann auf Erden wäre, wäre sie absolut abgeneigt, sogar unter solchen Umständen auch nur die kürzeste Zeit mit ihm zu verbringen.

Mike hatte nicht abgewartet, bis sie den Satz beendet hatte. Von der Erkenntnis getroffen, dass er abgewiesen worden war, hatte sein Gehirn sofort seinen Standardbewältigungsmechanismus gestartet, den Hagen schon in der Grundschule entwickelt hatte, als er in der Schulcafeteria unter einem Hagel von Essensresten als Missgeburt beschimpft worden war: „Nichts Böses sehen, nichts Böses hören."

Es war ihm kaum gelungen, seine Beine zu bewegen, die sich wie Fremdkörper anfühlten, doch er hatte den Comicladen verlassen und war nie wieder zurückgekehrt. Von da an musste er seine Comics online bestellen, etwas das, wie jeder weiß, ganz und gar nicht dasselbe ist.

Hagen machte Sheila keine Vorwürfe. Doch wie hätte er ihren Laden je wieder betreten können? Das wäre die schlimmste Demütigung, die er sich vorstellen konnte.

Dann war da der Abend, an dem er von der Arbeit nach Hause kam – ein Freitag direkt nach Thanksgiving. Wobei ein Familienfeiertag für Hagen ein Tag wie jeder andere auch war. Er hatte seinen Vater nie kennengelernt und seine Mutter war vor einigen Jahren gestorben.

Hagens Mutter war der einzige Mensch in seinem Leben gewesen, den er jemals wirklich geliebt hatte. Manche hätten ihre Liebe vielleicht als erdrückend bezeichnet, doch Baby Mikey konnte das nicht so sehen. Schließlich war sie seine Mutter – und außerdem seine Freundin und der interessanteste Gesprächspartner weit und breit.

Jessie hatte versucht, diese Rolle für sich zu beanspruchen – eine Zeitlang schien das von Erfolg gekrönt –, doch dann verließ sie ihn. Als Hagen nach diesem ersten „Ausflug ins Leben", wie sein Onkel Pete es ausgedrückt hatte, zu seiner Mutter zurückkehrte, war diese bereits todkrank. Die Ärzte sagten, ihre Behandlung hätte eine 30%ige Erfolgschance, aber sie hatten sowieso kein Geld, um die Behandlungskosten zu bezahlen. Außerdem hätten sie dazu nach Philadelphia gemusst. Wie hätte das gehen sollen? Seine Arbeit und sein Zuhause hätten ihm das nie erlaubt. Und auch alle anderen nicht.

Hagens Mutter war unter furchtbaren Schmerzen gestorben. Er hatte ihre letzten Tage bei ihr verbracht, ihre Hand haltend, und es war ihm nicht gelungen, die Tränen zu unterdrücken.

Die ersten Jahre nach ihrem Tod war er damit beschäftigt gewesen, sich von Neuem im Leben zurecht zu finden. Er gewöhnte sich ans Kochen und versuchte, seine Kleider selbst zu waschen und rechtzeitig aufzuwachen – alles mit wechselndem Erfolg. Die Mutter, die sich stets um ihren Sohn gekümmert hatte, war nicht mehr da. Es gab niemanden, der ihren Platz hätte einnehmen können. Also hatte Hagen zum zweiten Mal in seinem Erwachsenenleben beschlossen, etwas für sich zu tun (das erste

Mal war, als er mit Jessie zusammengezogen war.)

Er würde nicht aufgeben. Er würde nicht an dem Druck zerbrechen. Er würde sich keine spezifischen Ziele setzen, sondern mit dem Strom schwimmen, doch er würde definitiv am Leben bleiben.

Also war es ihm schließlich irgendwann gelungen, damit klarzukommen. Mutters Küche wurde durch chinesisches Fastfood ersetzt. Einmal die Woche ging Hagen zum Waschsalon, und der Wecker weckte ihn jeden Morgen. Das Leben schien sich normalisiert zu haben, doch er vermisste seine Mutter immer noch sehr.

Sein einziger Verwandter, von dem er wusste, war Onkel Pete, Moms älterer Bruder. Onkel Pete war bei der US-Armee gewesen. Er hatte an Feldzügen im Irak und in Afghanistan teilgenommen Die wenigen Male, die er Hagen und seine Mutter besucht hatte, hatte er alles getan, was er konnte, um ein männliches Vorbild zu sein und bei der Erziehung seines Neffen zu helfen, doch ohne jeden Erfolg. Also hatte Onkel Pete beschlossen, sich nicht mit Details aufzuhalten, sondern nur die drei Grundregeln durchzusetzen, die er als wichtig für jeden Mann erachtete: Zu lernen, sich zu behaupten, seiner Mutter zu helfen und nicht herumzujammern, egal, in welcher Lage.

Er war mit allen dreien gescheitert.

Hagen wurde bei jeder Art von körperlichem Schmerz hysterisch und gab lieber auf oder rannte sofort weg, anstatt „sich durchzusetzen", obwohl er immer davon geträumt hatte, kämpfen zu lernen wie Mighty Mouse – Demetrious Johnson, der Fliegengewichts-Champion in der UFC. Ja, genau der Ringer, dem es trotz seiner Größe von unter 1,60 m und seines Gewichts von unter 60 kg gelungen war, elfmal Champion zu werden.

Der arme, kümmerliche Hagen stellte sich oft vor, er wäre Johnsons wahrer Erbe. Die Heulsuse Hagen. Körpergröße 1,59 m. Gewicht gerade mal 56 kg. Und trotzdem ein UFC-Champion! Ein schlechter Witz.

Seiner Mutter helfen? Oh, das war dermaßen langweilig.

Computerspiele spielen oder Comics lesen machte so viel mehr Spaß. Und es war ja nicht so, dass seine Mutter je etwas Derartiges von ihrem Kind verlangt hätte.

Und was das Jammern betraf – Hagen versuchte, so gut er konnte, sich zu beherrschen, aber ohne großen Erfolg. Was konnte er dagegen tun, dass seine erste Reaktion auf einen verletzenden Kommentar immer schon Tränen gewesen waren? Jetzt war Hagen fast 30, doch manchmal sah er sich immer noch nicht in der Lage, sie zurückzuhalten. Wenn er nur an diesen blöden Kunden mit seinem verdammten Laptop dachte – ein gewisser Mr. Goretsky.

Hagen war in dem Laden für digitale Geräte, in dem er arbeitete, der Einzige, der Ahnung von Computern hatte. Jedes Mal, wenn Mr. Goretsky sich beim Surfen auf illegalen Pornoseiten mal wieder einen Virus eingefangen hatte, gab es nur einen, der das in Ordnung bringen konnte: Baby Mikey. Und Mr. Goretsky hatte seine Fähigkeiten „Selbstherrlichkeit" und „Arschloch" auf ein Level gesteigert, das ausreichte, um Hagen jedes einzelne Mal die Schuld für den Virus zuzuschieben.

Also hatte Mr. Goretsky, als er an jenem Freitag wieder mal in den Laden gekommen war, auch diesmal kein Blatt vor den Mund genommen. Zusätzlich zu der Tatsache, dass sein Atem nach Zwiebeln und Knoblauch stank, weswegen Hagen sich beinahe übergeben musste, warf er auch noch mit Kraftausdrücken um sich. Die gemäßigtsten Worte, die er benutzte, waren „blöder Freak" und „pickliges Arschloch", doch er ließ sich noch viele andere Beinamen und Eigenschaften einfallen. *Es muss Spaß machen, den knallharten Typen zu markieren, wenn man 1,80 groß ist und Unterarme hat, die dicker sind als meine Beine*, dachte Hagen und spürte, wie der Damm brach und ihm die Tränen über die Wangen liefen. Alles in allem war es nicht sein bester Tag, Freitag hin oder her.

Völlig aus dem Konzept gebracht steuerte Hagen danach direkt *Chuck's Bar* an. Sein oberstes Ziel war es, einen Zustand der Volltrunkenheit zu erreichen, das zweitoberste war von der Hoffnung befeuert, gegen alle Erwartung ein Mädel aufzureißen.

Egal wen. Solange sie nur feucht genug war, dass er ihn reinstecken konnte. Er hatte sogar eine geeignete Kandidatin ausgemacht, die auf einem Barhocker saß und puren Whiskey in sich reinkippte, als gäbe es kein Morgen. Doch er brachte nicht den Mut auf, sie anzusprechen, obwohl er es fest vorhatte. Und als er seinen Hintern endlich vom Stuhl hochbekam, war es schon zu spät. Die besagte Dame lachte schallend über den dummen Witz eines blasierten Blödians in einem extrem vulgären Anzug mit Krawatte.

Also pumpte sich Hagen mit Fusel voll und steuerte nach Hause, während er in Selbstmitleid badete. In seiner Junggesellenbude verbrachte er einige Zeit damit, auf der PlayStation seinen Lieblings-MMA-Fighter zu zocken und sich dabei vorzustellen, wie er dieses Arschloch Goretsky windelweich prügelte. Danach sah er sich im Kabelfernsehen eine Weile lang ein Horror-B-Movie an, bis er einfach bewusstlos wurde.

Gegen Mitternacht wachte er auf und musste pissen.

Und da fing alles an.

Der Abstand zwischen dem Sofa und seinem Bad betrug normalerweise fünf Schritte – schließlich wohnte er in einer billigen Mietwohnung – doch Mike schaffte es trotzdem, auf dem Weg zu stolpern. Für besonders behände hatte er sich ja noch nie gehalten, aber einen völlig ebenen Boden zu überqueren, um ins Badezimmer zu gelangen, war noch nie ein Problem gewesen, egal, wie betrunken er war.

Als er jedoch diesmal vom Sofa aufstand und in Richtung Klo lief, schien die Welt kurz auszusetzen. Hagen hatte das Gefühl, ein paar Sekunden lang im Nichts des Universums zu hängen, ohne jede Schwerkraft, ohne Gerüche, Geräusche, Licht und ohne, dass Luft in seine Lungen eindrang oder sie verließ.

Er war sich nicht einmal seiner eigenen Existenz bewusst. Absolute Dunkelheit schien ihn zu umhüllen.

Als die Welt um ihn herum zurückkehrte, führte sein Körper eine Reihe Befehle aus, die sein Gehirn in Panik erteilte: Sein Zwerchfell verkrampfte sich, seine Arme begannen zu rudern und seine Beine versuchten, einen Schritt nach dem anderen zu machen. Das Ergebnis war, dass Hagen zu Boden stürzte, sich dabei das Kinn ziemlich übel aufschürfte und sich beinahe die Zunge abbiss.

Er brauchte eine Weile, bis er sich zum Aufstehen durchringen konnte. Er verspürte einen heftigen Schwindel von der Sorte, der jedem wohlvertraut ist, der schon einmal mehr Alkohol getrunken hat, als er bei sich behalten kann. Weiße Punkte tanzten vor seinen Augen, die sich zu seltsamen Symbolen ähnlich den Runen in *Predator – Upgrade* formten. Hagen erstarrte und unterdrückte den Impuls, sich zu übergeben. Er legte sich auf den Rücken, schloss die Augen und wartete, bis die weißen Punkte sich nicht mehr so chaotisch bewegten, aber das brachte nichts.

Er wollte sie wegblinzeln und dann mit den Händen wegreiben, doch die leuchtenden Punkte waren eindeutig nicht physischer Natur. Etwa zehn Minuten später verschwanden sie von allein.

Hagen gelang es, wieder zu Atem zu kommen. Dann stand er vorsichtig auf und machte ein paar zögernde, bedachtsame Schritte, damit seine Füße ihn auf dem Weg zu dem Geschäft, das ihn ursprünglich geweckt hatte, nicht wieder im Stich ließen.

Zurück in seinem Zimmer zog er sich aus, wobei er seine Kleider auf dem Boden verstreute, und schlief ein.

✳ ✳ ✳

ER ERWACHTE AM nächsten Morgen und fühlte sich völlig ausgedörrt. Es war Samstag, also musste er nicht zur Arbeit.

Hagen streckte sich, bis seine Gelenke knackten, und ging dann zum Kühlschrank. Mit wenigen Schlucken stürzte er den Inhalt einer Tüte O-Saft hinunter und überlegte, ob er zum Supermarkt gehen sollte, um ein paar Vorräte zu besorgen.

Er setzte sich an seinen Küchentisch, der zur Hälfte unter Computerteilen wie Grafikkarten, RAM-Speicherkarten und Ethernet-Karten verschwunden war. Da wurde ihm klar, dass etwas nicht stimmte. Und das lag nicht an den Kopfschmerzen von den sechs Gläsern Bier, die er gestern Abend getrunken hatte.

In seinem Gesichtsfeld war etwas, das wie ein Desktop-Symbol aussah, und es ging nicht weg. Er hatte es nach dem Aufwachen bemerkt, aber zunächst angenommen, dass er nur etwas im Auge hatte oder etwas an seinen Wimpern hing – vielleicht ein Fussel.

Mike blinzelte, aber der Fussel blieb. Wenn überhaupt, schien er noch größer geworden zu sein. Er dachte, er müsste sich das Gesicht waschen, also ging er ins Bad.

Während Mike sich etwas Wasser ins Gesicht spritzte, beschloss er, sich zu rasieren. Das machte er nicht oft – schließlich gab es keinen Grund, Zeit damit zu verschwenden, sich das Gesicht mit einem Rasierer abzuschaben. Warum also sollte er es heute tun? Allein der Impuls überraschte ihn.

Er gab etwas Rasiergel auf seine Hand und rieb es sich ins Gesicht, während er sich im Spiegel betrachtete.

Da traf ihn die Erkenntnis. Über seinem Kopf mit dem lichter werdenden, hellen Haar schwebten zwei Textzeilen. Sie sahen aus wie etwas, das man in einem verdammten Computerspiel erwarten würde.

Mike „Heulsuse" Hagen
Alter: 29
Level: 1

Hagen fuhr mit der Hand durch die Luft über seinem Kopf, das Gesicht voller Schaum. Seine Hand glitt durch den Text, ohne dass er einen Widerstand spürte. Erlaubte sich irgendwer einen Spaß mit ihm? Sorgfältig sah er sich den Spiegel an, fand aber keine Hinweise darauf, dass der manipuliert worden sein könnte.

Doch was konnte es dann sein? Eine Halluzination?

Plötzlich hatte Mike einen morbiden Gedanken, der ihn vor dem Spiegel zurückweichen ließ. Seine Beine gaben unter ihm nach, und er sackte zu Boden.

Konnte das Krebs sein? Die Sorte, die seine Mutter gehabt hatte?

Und was würde dann passieren? Er war noch nicht einmal 30. Es war ihm in seinem Leben bisher nicht wirklich gelungen, irgendwelche wertvollen Erfahrungen zu machen und die Freuden kennenzulernen, die es bringen konnte. Er hatte gedacht, dass das alles noch vor ihm läge – dass er genug Zeit haben würde, um so stark zu werden wie Mighty Mouse.

Und was war mit den Frauen? Er hatte nie jemanden außer Jessie gehabt. Der Gedanke, dass seine Zeit abgelaufen war und er bis zum Ende seines Lebens, das offenbar nur sehr kurz werden sollte, nie wirklich mit jemandem vertraut sein würde, brachte Hagen dazu, stumm zu weinen.

Dann begann er, unkontrolliert zu schluchzen – seine Mutter war nicht mehr da, um ihn zu umarmen und zu trösten, und er hatte das Gefühl, als fließe sein Leben zusammen mit seinen Tränen aus ihm heraus. Er verfiel in einen dunklen, depressiven Zustand. Hagen verspürte nicht mehr den Wunsch, irgendetwas zu tun, also wusch er sich nur die Tränen und den Schaum ab, rieb sich das Gesicht mit einem Handtuch trocken und ging wieder ins Bett. Er schloss die Augen und blieb liegen, bis der Abend hereinbrach, unfähig, einzuschlafen oder aufzustehen.

Lange nach Sonnenuntergang wurde Hagen klar, dass er nicht mehr so liegenbleiben konnte. Sein Körper war taub, seine Muskeln sehnten sich schmerzlich nach Bewegung und sein Gehirn hatte endlich von Gedanken an den drohenden Tod auf seine Urtriebe umgeschaltet: Durst, Hunger und der reine Lebenserhaltungstrieb. Sein Wunsch, am Leben zu bleiben, brachte ihn dazu, die Zähne zusammenzubeißen, und er beschloss, herauszufinden, was eigentlich los war.

Er stand aus dem Bett auf und starrte in die Dunkelheit seines Apartments. Immer noch war am Rande seines Gesichtsfelds ein dreidimensionales Objekt zu sehen, egal, wohin Hagen schaute. Es war, als würde er einen Film in 3D anschauen, nur, dass er keine 3D-Brille trug.

Er fokussierte seinen Blick auf das Objekt, das sofort reagierte. Das bis dahin flache Symbol rotierte wie eine von einer Katzenpfote angetippte Christbaumkugel und verwandelte sich in einen Würfel mit der Silhouette eines menschlichen Kopfes auf jeder Seite. Von einem bestimmten Blickwinkel aus sah er Hagen sogar richtig ähnlich.

Der junge Mann streckte die Hand nach dem Würfel aus. Als würde dieser seine Einladung annehmen, schwebte er auf seine Handfläche zu und wurde größer. Hagen berührte ihn mit den Fingerspitzen und spürte eine Art Widerstand. Der Würfel blinkte und verwandelte sich in ein Fenster. Selbst, wenn es nur eine Halluzination war, war sie schon erstklassig.

Das Fenster, das erschienen war, zeigte einen Hagen in 3D in Sport-Shorts und mit nacktem Oberkörper. Es war ein lächerlicher Anblick. Er war dünn mit herausstehenden Rippen, doch der Ausdruck auf seinem Gesicht spiegelte pure Boshaftigkeit wider. Unter Hagen war eine Textanzeige. Der aktive Tab bestand aus zwei Spalten. In der ersten stand:

Mike „Heulsuse" Hagen
Alter: 29
Level: 1

LP: 4.000 Pkt.
Kämpfe/Siege: 0/0
Gewicht: 55,8 kg
Körpergröße: 159 cm

Mike las sich den Text durch und studierte jede Zeile. Wenn er auf eine Zeile fokussierte, öffnete sich ein Pop-up mit einer Meldung, die deren jeweilige Bedeutung erklärt. Außerdem gab es Zusatzinfo zur ersten Zeile – seine Nationalität, sein Geburtsort und seine aktuelle Adresse.

Das zweite Pop-up erklärte ihm, wie er sein Level steigern konnte. Erfahrung erhielt man im Kampf, egal welcher Art. Ob

Straßenkampf oder Trainings-Match, alles zählte irgendwas. Die einzige Bedingung war, dass der Gegner volljährig sein musste. Man brauchte so viele Siege, wie man auf dem aktuellen Level hatte, um zum nächsten aufzusteigen. Niederlagen brachten keine EP, es gab aber auch keinen Abzug dafür. Ein Sieg über einen stärkeren Gegner brachte schnellere Fortschritte, aber es gab keine Information darüber, wie viel schneller genau.

Die zweite Zeile zeigte körperliche Werte an.

Hauptwerte:
Stärke: 1
Geschicklichkeit: 2
Ausdauer: 4

Hagen sah sich die gesamte Liste an und konzentrierte dabei seine Aufmerksamkeit der Reihe nach auf jeden Eintrag.

Der Stärkewert entspricht 10 % des Gesamtdurchschnitts menschlicher Stärke.
Er beeinflusst den Schaden, den man verursacht.

Der Geschicklichkeitswert entspricht 10 % des Gesamtdurchschnitts menschlicher Geschicklichkeit.
Er beeinflusst die Treffsicherheit deiner Angriffe und deine Chancen, denen deines Gegners auszuweichen.

Der Ausdauerwert entspricht 10 % des Gesamtdurchschnitts menschlicher Ausdauer.
Er beeinflusst deine Lebenspunkte sowie deren Regeneration und bestimmt, wie schnell körperliche Aktivitäten dich erschöpfen.

Alle diese Werte machten deutlich, dass Hagen sehr schwach war – zehnmal schwächer als jeder durchschnittliche Mensch, fünfmal weniger geschickt und zweieinhalbmal weniger ausdauernd. Doch das war ihm schon als kleiner Rotzbengel klar gewesen. *Erzähl mir was Neues,* dachte er.

Das Wichtigste war, dass er nur einen einzigen Sieg über einen beliebigen Gegner brauchte, um auf Level 3 zu gelangen. Mit jedem Level-up würde Hagen einen Fähigkeitenpunkt sowie einen Punkt für seine Werte erhalten, mit dem er seine Stärke, Geschicklichkeit oder Ausdauer steigern konnte.

Fähigkeitslevel konnten also auch auf andere Weise außer durch Training gesteigert werden, und um seine Stärke zu steigern, brauchte er nicht zwingenderweise ein Fitnessstudio.

Nachdem er das alles verarbeitet hatte, wechselte er zum zweiten Tab.

Der war offenbar inaktiv und zeigte nur die Silhouette eines kämpfenden Hagens.

Ohne nachzudenken, tippte Mike sie an und sah eine Reihe von Symbolen, die verschiedene Fähigkeiten abbildeten. Es gab: Faustschlag, Aufwärtshaken, Lowkick, Mittel-Kick, Highkick, Clinchen und Grappling. Alle Symbole waren grau und darüber wurde jeweils ein Schloss angezeigt. Das einzig Farbige war das für den Faustschlag. In seiner unteren rechten Ecke wurde über einem grünen Symbol die Zahl 1 angezeigt.

Hagen konzentrierte sich darauf. Eine Sprechblase mit einer Meldung öffnete sich darüber.

Faustschlag: Level 1
Schaden: 100
Du musst diese Fähigkeit öfter nutzen, um sie steigern zu können.

Darunter befand sich eine Fortschrittsleiste, die auf 2 % stand.

Das alles war viel zu detailliert für eine durch Anspannung ausgelöste Halluzination. Am Rande seines Bewusstseins registrierte Hagen, dass er sich am Montag von einem Arzt würde untersuchen lassen müssen. Jedenfalls konnte das nicht schaden.

Einer plötzlichen Eingebung folgend nahm Hagen etwas ein, das er für eine Kämpferpose hielt, und boxte in die Luft. Mit der Rechten, dann mit der Linken, dann die Rechte, dann wieder die Linke. Er versuchte sich an einer Art Schattenboxen, führte etwa 100 Schläge aus, stolperte über ein Gamepad, das zu seinen Füßen lag, und war schließlich verschwitzt und erschöpft. Allerdings war es das wert: Die Fortschrittsleiste hatte 3 % erreicht.

Bis spät in die Nacht boxte Hagen weiter in die Luft und machte nur Pause, um zu essen oder zur Toilette zu gehen. Sein niedriger Ausdauerwert machte sich umgehend bemerkbar – er ermüdete schnell. Am linken Rand seines Gesichtsfeldes unter dem Symbol mit seinem Gesicht, wo sein aktuelles Level (also 1) angezeigt wurde, sah er auch die Werte für LP und Vitalität.

Vitalität war das, was ihm ständig ausging. Schließlich war er so erschöpft, dass er kaum noch die Fäuste heben konnte. Die Lebenspunkte waren ebenfalls völlig real. Das fand Michael heraus, als er gegen die Wand schlug. Er spürte einen stechenden Schmerz in seiner Hand. Die Systemmeldung unten sagte ihm, dass er 100 Schadenspunkte erlitten hatte, und seine LP-Leiste war geschrumpft.

Bis Mitternacht hatte Hagen seine Fähigkeit „Faustschlag" auf Level 2 gesteigert. Flammen schlugen aus seinen Fäusten. Auch wenn sie nur virtuell sein mochten, wirkten sie doch erschreckend real. Sie wärmten seine Hände, verbrannten ihn aber nicht, also hatte Mike nicht einmal Zeit, in Panik zu geraten. Er schwitzte am ganzen Körper und starrte voller Entzücken auf seine Hände. Langsam erstarben die Flammen.

Dann erschien direkt vor seinen Augen eine Systemmeldung.

Glückwunsch! Du hast ein neues Fähigkeitslevel erreicht!

Name der Fähigkeit: Faustschlag

Hagen öffnete das Fenster mit seinen Werten, um nachzusehen, ob sein Fähigkeitslevel tatsächlich gestiegen war.

Faustschlag: Level 2
Schaden: 200
Du musst diese Fähigkeit öfter nutzen, um sie steigern zu können.

Der Levelaufstieg ermöglichte es ihm also, mehr Schaden zu verursachen.

Das war unglaublich!

Mike war so aufgeregt wie jeder Gamer, der je in einem Computerspiel seinen Charakter gelevelt hatte. Die Strahlen der aufgehenden Sonne drangen bereits durch die Lücke zwischen seinen Vorhängen, und da stand er, boxte unerbittlich in die Luft und war sauer, dass er weitere 100 Faustschläge benötigen würde, um erneut ein Level aufzusteigen. 200 Schläge machten ein Prozent Wachstum seiner Fähigkeit aus. Das erste Level hatte nur 100 gebraucht. Für das dritte waren dreimal so viele nötig.

Das waren jedoch nicht die einzigen Features des Systems, wie er den neuen Gast in seinem Kopf insgeheim nannte. Mitten in der Nacht war er völlig ausgehungert aufgewacht. In seinem Kühlschrank befand sich rein gar nichts Nahrhaftes, also hatte er bei einem Pizzaservice bestellen müssen, der rund um die Uhr geöffnet hatte. Schließlich benötigte sein unterversorgter Körper dringend ein paar Kalorien. Also bestellte Mike gleich zweimal Pizza Mexicana und fiel darüber her wie eine Katze über einen Topf Sahne, sobald er die Tür hinter dem Pizzaboten geschlossen hatte.

Als er mit dem Essen fertig war (und er hatte bis zur letzten Olivenscheibe restlos alles verputzt, sogar die Reste des Belags, die auf dem Boden der Schachtel klebten), erhielt er eine weitere Systembenachrichtigung:

Aufgenommene Kalorien: 2.536. Proteine: 210 g. Fette: 170 g. Kohlenhydrate: 360 g.

Der Hunger-Debuff, der irgendwo oben rechts in seinem Gesichtsfeld geschwebt war, war verschwunden. Dafür hatte er

14

jetzt einen neuen: Schlafentzug. Dieser senkte seine Vitalität um 25 %.

Bis zum Morgen hatte der Schlafentzugs-Debuff Level 2 erreicht, sodass seine Vitalität um 50 % reduziert war. Mike ermüdete schneller und musste mehr Pausen machen, um sich zu regenerieren. Bei Sonnenaufgang, als die Fortschrittsleiste für den Faustschlag 67 % erreicht hatte, sprang der Schlafentzug plötzlich auf Level 4, was die Vitalität um 99 % reduzierte. Zusätzlich erhielt Hagen einen weiteren Debuff namens Erschöpfung. Dieser senkte keinen seiner Werte. Doch er stoppte die Regeneration der Vitalität völlig. Also musste er schließlich schlafen.

Hagens Enttäuschung darüber hielt sich in Grenzen. Sein ganzer Körper schmerzte, seine Arme waren taub und seine Augen voller Sand. Er schlief ein, sobald sein Kopf das Kissen berührte.

KAPITEL 2
GUTEN TAG, MR. GORETSKY!

„Die Welt ist erfüllt von Leid, und dann stirbst du."

GTA Vice City Stories

AM MONTAG ging Hagen zur Sprechstunde, um dem Arzt von seinen unerklärlichen Halluzinationen zu berichten. Der Arzt brummte eine Weile verblüfft vor sich hin und schickte ihn dann zum MRT. Es zeigte keine pathologischen Befunde in Hagens Gehirn. Deswegen lautete die Diagnose des Arztes „Stress durch Überarbeitung". Er verschrieb Hagen ein mildes Beruhigungsmittel und empfahl ihm, sich mal eine Auszeit von der Arbeit zu nehmen.

Seine Arbeitgeber hatten nichts dagegen – es war das erste Mal seit drei Jahren, dass Mike Urlaub nahm, also hatte er plötzlich drei ganze Wochen frei. Als Hagen den Laden verließ, sah er Mr. Goretsky, der erfolglos nach seinem Notebook suchte. *Ich würde Ihnen wirklich raten, in den nächsten drei Wochen keine illegalen Seiten aufzurufen,* dachte er, von purer Schadenfreude erfüllt.

Eine Systemmeldung erschien in der Luft direkt über Goretsky.

Greg „der Büffel" Goretsky
Alter: 38
Level: 4

LEVEL UP : KNOCKOUT

LP: 22.000
Kämpfe/Siege: 9/6
Gewicht: 113,9 kg
Körpergröße: 192 cm

Hölle und Teufel!, war das Erste, was Mike durch den Kopf schoss. *Fünfmal so viele LP wie ich!*

Goretskys Ausdauer lag bei 16. Die anderen Werte konnte Hagen sich nicht mehr ansehen. Er versuchte, das Fenster mit dem Profil des riesigen Mannes zu öffnen, aber das System lieferte ihm nur immer wieder dieselbe, unverständliche Nachricht:

Das aktuelle Level deiner Fähigkeit „Erkenntnis" ist zu niedrig, um die angeforderte Information aufzurufen!

Diese Fähigkeit war ihm noch nicht untergekommen, aber er beschloss, später definitiv mehr darüber herauszufinden.

Mike sah jetzt schon, dass er gegen den Mann keine Chance hatte. Selbst mit seinem verdoppelten Schaden müsste er einem Gegner wie ihm mindestens um die 80 Faustschläge verpassen, was schlicht unmöglich war.

„Da steckst du also, kleiner Scheißer!"

Hagen war so in Gedanken versunken gewesen, dass ihm gar nicht aufgefallen war, dass Mr. Goretsky ihn schließlich entdeckt hatte. Er ragte drohend vor Mike auf, der aus reiner Gewohnheit die Schultern einzog, und grinste ihn schief an. „Schwing deinen Arsch und gib mir meinen Laptop zurück, du Trottel!"

Hagen versuchte, einen möglichst freundlichen Gesichtsausdruck aufzusetzen. „Guten Tag, Mr. Goretsky!"

„Wenn du meine Geduld auch nur noch drei Minuten auf die Probe stellst, wird der Tag für dich nicht mehr gut! Gib mir sofort meinen Laptop zurück! Diesmal schauen wir ihn uns genau an, um zu sehen, wie gut du ihn repariert hast!"

„Ich bin im Urlaub, Mr. Goretsky. Bitte wenden Sie sich mit Ihrem Problem an einen meiner Kollegen."

Hagen dachte weiter darüber nach, wie weit er seinen Faustschlag hochleveln müsste, um einen Riesen wie den Büffel mit einem einzigen Schlag umzuhauen. Mathe war schon immer eine von Mikes Stärken gewesen, also konnte er es sofort ausrechnen: Er müsste auf Level 160 kommen, was bei einem täglichen Training von zwölf Stunden in etwa zehn Jahre dauern würde. Allerdings basierte diese Rechnung auf seinem aktuellen Stärke-Level, und das konnte ja auch gesteigert werden ...

„He, du kleiner Geek! Ist dein Hirn abgestürzt? Muss ich dir das Licht ausknipsen, um dich neu zu starten, Schnarchnase?"

Hagen wurde sich seiner Umgebung wieder bewusst und sah, dass Goretskys Gesicht nur wenige Zentimeter von seinem eigenen entfernt war. Zusammen mit der Schimpftirade bekam er eine volle Ladung Speichel auf die Nase ab.

Automatisch wischte Hagen sich übers Gesicht. Andere Verkäufer und ein paar Kunden traten hinzu, als sie das Geschrei hörten, aber niemand hielt es für nötig, einzugreifen, auch wenn sie die Szene mit einiger Sorge verfolgten. Jemand holte den Geschäftsführer.

Mike nahm die Reste seines Selbstwertgefühls zusammen und sagte mit vor Erniedrigung bebender Stimme: „Entschuldigung, Mr. Goretsky, aber Sie sollten aufhören, mich ständig zu beleidigen. Genau genommen bin ich momentan kein *DigiMart*-Angestellter, da ich im Urlaub bin. Bitte wenden Sie sich an einen meiner Kollegen."

„Bist du echt so blöd? Das ist mir scheißegal!", spuckte Goretsky. „Du arbeitest hier, ich hab dir meinen Laptop gegeben. Also bist du derjenige, der ihn reparieren muss, und du bist dafür verantwortlich!"

„Entschuldigung, Mr. Goretsky", sagte Lexie, die leitende Vertriebsmitarbeiterin. „Darf ich Ihnen helfen?" Sie nahm den Büffel am Arm. „Geben Sie mir einfach Ihre Quittung und ich hole Ihnen umgehend Ihr Gerät."

Der Büffel sah Lexie anerkennend an und grinste. Dieser Personalwechsel gefiel ihm offensichtlich.

„Du hast Glück, dass in deinem Laden so kesse Mädels

arbeiten, du Lahmarsch", waren die an Hagen gerichteten Abschiedsworte des Büffels.

Lexie machte eine kaum merkliche Geste in Mikes Richtung, während sie den Kopf wandte und den ungehobelten Kunden wegführte, damit Mike gehen konnte. Hagen nickte zurück und ging zum Ausgang. Das Blut stieg ihm ins Gesicht und in die Ohren.

„Nichts davon wird jemals, jemals gut ausgehen", murmelte er vor sich hin.

Es war wirklich Pech, dass der Gipfel seiner Demütigung mit Lexies Ankunft zusammengefallen war. Sie war die einzige Kollegin, die Hagen nie wie ein Stück Scheiße behandelt hatte. Sie schätzte ihn für seine Fähigkeit, in kürzester Zeit jeden Fehler an jedem Computer zu entdecken, fand immer ein freundliches Wort für ihn und lobte ihn für seine Arbeit. Sie war drei Jahre jünger als er, aber schon eine leitende Vertriebsmitarbeiterin. Und auch noch richtig hübsch. Zu schade, dass er bei ihr keine Chance hatte.

Und doch vergaß er Lexie sofort, als er draußen war. Hagen hatte jetzt ein Ziel. Digital und leicht zu verstehen.

Sein größter Wunsch war es, kämpfen zu lernen – dieser Wunsch war sogar noch stärker als seine Gefühle für Jessie bei ihrer ersten Verabredung. Eigentlich ging es ihm nicht einmal so sehr ums Kämpfen selbst. Das würde nämlich schmerzhaft werden. Was er wirklich wollte, war, jeden Gegner mit einem einzigen Schlag ausschalten können, ohne dass der Kampf zu lange dauerte. Genau wie dieser irische Landfahrer Mickey in dem Guy-Ritchie-Film. Schließlich war seine Ausdauer nicht die beste. Hagen stellte sich vor, wie Goretsky ihm eins auf die Nase gab, und schauderte.

Nach der Nacht, die Mike damit verbracht hatte, seine Fähigkeit „Faustschlag" zu steigern, wachte er erst spät am Nachmittag auf. Er war völlig erschöpft, denn jeder Muskel seines untrainierten Körpers schmerzte. Seine Laune hingegen war unerwartet gut. Er versuchte, die Fähigkeit zu steigern, doch sein Körper reagierte mit intensivem Schmerz. Mike wusste nicht, was er tun sollte, also studierte er das Interface näher.

Er rollte wild mit den Augen, als er ein paar Symbole

bemerkte, die er zuvor nicht gesehen hatte. Er starrte sie an und beförderte sie per Drag & Drop in den Benutzerbereich. Eines davon war mit „Programm-Features" beschriftet. Als Hagen es öffnete, wurde ihm Folgendes angezeigt:

Erweiterte Realität! 7.2 Home Edition
Copyright © First Martian Company, Ltd. 2101–2118
Alle Rechte vorbehalten
Registrierter Nutzer: Michael Björnstad Hagen.
S/N S2L-7702B-1412010
Einzelnutzerlizenz für ein Jahr
Kontoart: Premium
Aktivierungsdatum: 24.04.2018, 09:00
Ablaufdatum: 24.04.2019, 08:59

Eine Google-Suche brachte weder etwas über die First Martian Company noch über die *„Erweiterte Realität!"*-Plattform zutage. Doch Hagen brauchte nicht lange, um das Ganze zu kapieren. Er hatte zu viele Comics gelesen, um von so etwas überrascht zu sein. Es war ziemlich offensichtlich: Irgendwie hatte er ein Interface der Erweiterten Realität aus der Zukunft erhalten. Wie genau das vor sich gegangen war, war im Moment nicht wichtig. Mike konnte sich gut vorstellen, dass jeder Erdling im 22. Jahrhundert über ein solches Interface verfügen würde. Wenn er nach dem Namen der Firma ging, die es entwickelt hatte, würde wohl auch jeder Marsianer eines haben.

Das Wichtigste war, dass auch die Zeit kostbar war, soviel war ihm klar. Er würde jeden einzelnen Tag voll ausnutzen müssen, um seinen Traum verwirklichen zu können.

Etwa eine Stunde lang erkundete er den Tab „Einstellungen", um das Interface genau so zu konfigurieren, wie er es haben wollte. Es gab jede Menge cooler Funktionen, darunter einen eingebauten Wecker, der einen in der leichtesten Schlafphase, wenn das Aufwachen am wenigsten stressig war, sanft weckte sowie einem alle möglichen Daten im Überblick anzeigte. Dabei handelte es sich um einige sehr nützliche Dinge: die Uhrzeit, die Herzfrequenz, die Außentemperatur, die seit dem Aufwachen verbrauchten Kalorien und vieles mehr, was man theoretisch auf dem Smartphone nachsehen konnte, doch mit dem *Erweiterte Realität*-Interface war das so viel einfacher.

Außerdem legte Mike sich auch die Fortschrittsleisten der wichtigsten Werte in sein Gesichtsfeld, nämlich Stärke, Geschicklichkeit und Ausdauer. Er verbrachte etwa eine halbe Stunde mit Schattenboxen, versuchte dabei, den Schmerz zu ignorieren, und bemerkte, dass auch diese Werte gestiegen waren. Nicht so schnell wie die Fähigkeit „Faustschlag", aber immerhin.

Den meisten Erfolg hatte er mit der Ausdauer. Hagen bemerkte, dass sie während des Trainings am schnellsten anstieg, wenn er mit seinem Durchhaltevermögen an seine Grenzen stieß – wenn er nach Atem rang und darum kämpfen musste, den Schmerz in seiner Brust und das Gefühl der Schwere in seinen Schultern zu überwinden.

Es gab zwei weitere Haupt-Icons: „Auf Updates prüfen" und „Technischer Support", aber immer, wenn er eines davon antippte, bekam er folgende Fehlermeldung:

Verbindung mit Update-Server nicht möglich.
Server ist nicht verfügbar.
Bitte überprüfen Sie Ihre Verbindungseinstellungen für den Universal Infospace.

Universal Infospace? Ernsthaft? Ein Internet der Zukunft?

Als Hagen damit fertig war, das Interface zu erkunden, wandte er sich wieder seinem Training zu. Er stellte am Fernseher einen Musikkanal ein und fuhr damit fort, seinen unsichtbaren Gegner, den er sich als Goretsky vorstellte, windelweich zu prügeln. Das hielt er durch, bis er spät nachts einen Zustand völliger Erschöpfung erreicht hatte. Er duschte und verschlief den Tag. Wahrscheinlich wäre er nicht einmal aufgewacht, wenn jemand sein Bett angezündet hätte.

Das war sein Sonntag. Am Montag ging er zur Sprechstunde und setzte dann sein Schattenboxen zu Hause fort, um so schnell wie möglich voranzukommen. Den Dienstag verbrachte er auf die gleiche Weise. Am Mittwochabend machte Hagen einer plötzlichen Eingebung folgend eine Entdeckung.

Er funktionierte eines seiner Sofakissen zu einer Art Boxsack um, indem er es anstelle des ziemlich geschmacklosen Bilds eines Gorillaweibchens im Abendkleid mit Hut an einen Haken in der Wand hängte. Der Titel des Bildes lautete *Sonnenuntergang an der Atlantikküste*, aber es bestand nur aus kitschigen Rechtecken in psychedelischen Farben. Den Sonnenuntergang konnte Hagen darin nicht erkennen – nur den Gorilla.

Es stellte sich heraus, dass seine Fähigkeit wesentlich schneller stieg, wenn er auf das Kissen statt in die Luft schlug.

Am Ende desselben Tages steigerte Hagen seine Fähigkeit „Faustschlag" auf Level 8 und konnte damit 1.600 Schadenspunkte verursachen, da seine Stärke schließlich auch angestiegen war. Da erkannte er endlich, dass es ihm am meisten bringen würde, wenn er in einem Boxstudio trainieren würde. Gleich die Straße runter gab es eines, das einem alten Mexikaner gehörte.

FRÜH AM SONNTAGMORGEN kam Hagen beim Boxstudio an der Roosevelt Street an. Mr. Guillermo Ochoa zuckte nicht mit der Wimper, als das mickrige Jüngelchen sein Studio betrat. Vielmehr blieb Mr. Ochoa selbst, als Hagen seine Absicht erklärte, im Studio trainieren zu wollen, cool und gelassen. Doch als dieser kraftlose, schmalbrüstige Hobbit, den man mit einem Strohhalm hätte durchbohren können, mit seinem unordentlichen, hellen Haar und seinen farblosen, blonden Augenbrauen und Wimpern verkündete, dass er jeden Tag mindestens zwölf Stunden trainieren wollte, war das zu viel für den alten Ochoa. Er lachte lauthals los.

Davon schien sich der junge Mann nicht beirren zu lassen. Er wartete geduldig, bis der Besitzer des Boxstudios fertig gelacht hatte, und starrte Ochoa aus seinen himmelblauen Augen direkt und ohne ein Jota Ärger an. Tatsächlich allerdings *war* er verärgert. Der alte Mann war 70 Jahre alt und konnte Menschen recht gut einschätzen. Der Mexikaner lachte so heftig, dass Rotz aus seiner großen, gebrochenen Nase schoss. Trotzdem blieb der junge Mann absolut ruhig.

Als der Alte aufgehört hatte, zu lachen, zog Hagen ein Bündel zerknitterter Dollarnoten aus seiner hinteren Hosentasche. „Würde das für den ersten Monat reichen, Mr. Ochoa?"

Der alte Mann wurde ernst. Er zählte das Geld und nickte. „Das reicht für drei Monate. Und wenn du mir jeden Abend hilfst, das Studio sauberzumachen, kannst du ein halbes Jahr lang trainieren." Ochoa bot ihm seine Hand an. „Willkommen in meinem Boxstudio, Junge ... Äh, wie heißt du denn eigentlich?"

„Mikey", sagte der junge Mann, während er die Hand des Mexikaners schüttelte. „Aber Sie können mich Hagen nennen, wenn Sie möchten."

„Also dann, Klein-Mikey? In Ordnung. Wann möchtest du anfangen? Wenn du meinst, dass ..."

„Kann ich jetzt gleich loslegen?", unterbrach Hagen ihn.

Der alte Mann lachte leise. „Jetzt gleich?"

„Ja, jetzt gleich", wiederholte der Hobbit.

Ochoa musterte Mike von Kopf bis Fuß, stieß einen Pfiff aus und zeigte dann mit ausladender, theatralischer Geste auf das leere Studio. „Das Studio gehört dir, junger Mann! Die Umkleide ist da entlang."

Hagen mochte es sich eingebildet haben, aber es schien ihm, als läge etwas wie Respekt in der Stimme des Alten. Es war das erste Mal in seinem Leben, dass jemand auf diese Weise mit ihm sprach, und es gefiel ihm.

Fünf Minuten später, nachdem er sich umgezogen hatte, begann Hagen mit enormem Enthusiasmus, auf den Boxsack einzuschlagen. Die riesigen Hawaii-Shorts, die bis unter seine Knie reichten, gaben den Blick auf Beine frei, die so dünn waren, dass man sie mit einer Hand umfassen konnte. Die viel zu großen Ärmel seines T-Shirts gingen ihm bis zu den Ellenbogen, und seine unbeholfenen Schläge bewegten den Sack keinen Zentimeter. Nichts außer dem verbissenen Ausdruck in seinen durchdringenden, blauen Augen hätte irgendjemanden davon überzeugt, dass der mickrige Klein-Mickey es wirklich ernst meinte.

Also erbarmte sich Ochoa am Ende des Tages des Jungen und zeigte ihm, wie man richtig zuschlug.

AM ENDE DER zweiten Woche im Studio hatte sich Hagens körperlicher und geistiger Zustand beträchtlich verbessert. Es hatte sich herausgestellt, dass sein Premium-Konto einen dreifachen Level-Booster für alle Fähigkeiten und Werte beinhaltete. Das erfuhr Mike unter „Hilfe". Der virtuelle Assistent war Siri um Meilen voraus. Er hatte keine Probleme, Sprachbefehle zu erkennen, und antwortete unverzüglich. So erfuhr Hagen, dass er immer dann eine Extrafähigkeit bekam, wenn eine Kampffähigkeit ein durch zehn teilbares Level erreichte. Bei „Faustschlag" würde er auf Level 10 zum Beispiel eine 50%ige Chance haben, jedes Abblocken seines Gegners aufzuheben. Auf Level 30 würde das garantiert jedes Mal geschehen.

Das konnte Hagen aber am Ende der ersten Trainingswoche sowieso selbst feststellen, als seine einzige Fähigkeit endlich Level 10 erreichte.

Wie sich herausstellte, gab es neben dem Boxring und dem Boxsack in Ochoas Studio auch Kurz- und Langhanteln. Am zweiten Tag ließ der alte Mann Hagen damit trainieren und zeigte ihm ein paar Übungen zum Aufbau verschiedener Muskelgruppen. Ergänzt durch intensive Gewichthebeübungen ließ dieses Training seine Stärke viel schneller ansteigen und führte außerdem dazu, dass er einen enormen Appetit entwickelte.

Hagen nahm gewaltige Mengen Fleisch und Fisch zu sich. Dann wurde ihm klar, dass er auch einfach eine Riesendose Proteinpulver kaufen konnte. Seither trank er jeden Tag zusätzlich zu seinen normalen Mahlzeiten mindestens drei Protein-Shakes. Durch das Training hatte er ständig Hunger, selbst in der Nacht. Wenn er aufwachte, machte er sich einen Shake, stürzte ihn hinunter und schlief wieder ein.

Innerhalb von zwei Wochen hatte er ein paar Kilo zugenommen und es aus irgendeinem Grund sogar fertiggebracht, zu wachsen.

Am Ende seines Urlaubs hatte er folgende Werte:

Mike „Heulsuse" Hagen
Alter: 29
Level: 1

LP: 9.000
Kämpfe/Siege: 0/0
Gewicht: 61,2 kg
Körpergröße: 162 cm

Hauptwerte:
Stärke: 5
Geschicklichkeit: 4
Ausdauer: 9

Hagen hatte es geschafft, alle seine Werte zu steigern und fünfeinhalb Kilo zuzunehmen. Er wurde stärker, und die aufgepeppte Ausdauer steigerte seine Überlebenschancen, da sie ihm mehr Zeit gab, einen entscheidenden Schlag zu landen. Der einzige Wert, der nur sehr langsam wuchs, war die Geschicklichkeit.

Er entdeckte keine neuen Kampfbewegungen, also beschloss er, sich auf das Steigern seines Faustschlags, der einzigen Fähigkeit in seinem Instrumentarium, zu konzentrieren. Egal, wie sein Gegner ausweichen würde, Hagens höheres Level würde es ihm schließlich ermöglichen, blitzschnelle Schläge zu platzieren, denen keiner entkommen konnte.

Faustschlag: Level 16
Schaden: 8.000
+50 % höhere Wahrscheinlichkeit, Abblocken zu ignorieren

Du musst diese Fähigkeit öfter nutzen, um sie steigern zu können.

Diese unglaubliche Fähigkeit, Schaden zu verursachen, war das direkte Ergebnis seiner gesteigerten Stärke. Auf Level 1 konnte Hagen nur 1.600 Schadenspunkte verursachen (100 Punkte für jedes Level der Fähigkeit). Doch diese 1.600 Punkte wurden mit fünf multipliziert, und 8.000 Punkte waren schon eine ganze Menge. Trotz seiner gesteigerten Ausdauer hätte er sich selbst mit einem oder zwei Schlägen k. o. schlagen können. Sein altes Selbst – das ohne Interface – hätte er wie eine Fliege zerquetschen können.

An seinem letzten Urlaubstag ging Hagen zum Besitzer des Studios. „Mein Urlaub ist zu Ende, Mr. Ochoa. Ich muss wieder arbeiten gehen. Ich werde direkt nach der Arbeit hierherkommen."

Der alte Mann hob die Schultern. „Du kannst kommen, wann immer du willst, Kleiner."

„Danke, Mr. Ochoa! Für heute bin ich fertig ..."

„Warte mal kurz, Kleiner", unterbrach Guillermo ihn und zeigte in die Ecke des Studios, wo ein Latino mit ausdruckslosem Gesicht schattenboxte. „Wie wär's mit einem Kampf gegen Juan? Er ist auch ein Anfänger, auch wenn er schon mehr als ein halbes Jahr herkommt. Aber er macht es nicht so wie du. Er kommt dreimal die Woche vorbei und lässt das Training manchmal komplett ausfallen. Jeder andere, den ich hier habe, ist knallhart, und ich finde beim besten Willen keinen passenden Partner für ihn."

„Wir können's ja mal versuchen", meinte Hagen achselzuckend.

Er inspizierte Juan näher und entdeckte Folgendes:

LEVEL UP : KNOCKOUT

Juan Manuel Guerrero
Alter: 26
Level: 3

LP: 13.000
Kämpfe/Siege: 7/5
Gewicht: 78 kg
Körpergröße: 183 cm

„In Ordnung. Warte", sagte Ochoa und ging zu Mikes zukünftigem Sparringspartner.

Der Typ wird keine leichte Nummer, dachte Hagen bei sich, als er Juan Guerrero in seine Richtung blicken sah. Guerrero war stark, mit langen Armen, und anderthalbmal so vielen LP wie Hagen. Aber irgendwo musste er schließlich anfangen. Er konnte ja wohl kaum alte Damen auf der Straße verprügeln, um hochzuleveln.

Als die laufende Runde vorbei war, schickte Ochoa die Sparringspartner aus dem Boxring und lud Guerrero und Hagen ein, ihre Plätze einzunehmen. Sie stießen die Boxhandschuhe zusammen. Guerrero nickte, Hagen nickte zurück.

„Bereit? Kämpft!", gab Ochoa das Startkommando.

Der Trainingskampf begann.

Guerrero umkreiste Hagen und versuchte, auf seine linke Seite zu gelangen, blieb aber auf Abstand. Ob er sich nähern sollte? Er könnte einen Treffer kassieren. Sollte er darauf warten, dass sein Gegner angriff? Würde es in diesem Fall möglich sein, den Schlag zu blockieren oder ihm auszuweichen?

Hagen umkreiste seinen Gegner weiter und versuchte, ihm stets das Gesicht zuzuwenden, während der andere seinerseits im Kreis lief. Er wartete auf seine Chance. Eine Gelegenheit, einen Schlag zu platzieren, der seine einzige Chance in diesem Kampf darstellen konnte.

„Los doch!", rief Ochoa in dem Versuch, die Kämpfer zu motivieren. „Kämpft! Macht schon!"

Hagens Gegner wagte einen Angriff. Er blieb ständig in

27

Bewegung, um den anderen Kämpfer zu verwirren. Doch dann kam der Moment, als Hagen klar wurde, dass er zuschlagen musste. Intuitiv führte er einen Schlag gegen das Gesicht des Angreifers, ohne sich überhaupt bewusst zu sein, was er tat, und versuchte, Guerreros Schlag gleichzeitig mit seiner Linken abzublocken. Er spürte den Boxhandschuh des anderen Mannes beinahe seinen berühren, doch dann verloren sie den Kontakt.

Verursachter Schaden: 8.000 (Faustschlag)
Der Block deines Gegners wurde aufgehoben

Mike würde die nächste Szene ein paar Nächte hintereinander in Zeitlupe immer wieder erleben. Da ist er, wie er zuschlägt, da die Faust, die mitten durch den schlecht ausgeführten Gegenschlag zur Abwehr hindurchgeht und dann Guerrero direkt auf den Kiefer trifft. Der Kopf seines Gegners schnellt erst nach oben und hinterlässt dabei eine Spur Schweißtropfen in der Luft, dann heben die Füße des Mannes ebenfalls vom Boden ab.

Auf diese Weise fand Hagen heraus, dass es immer zu einem Knockout kam, wenn sein Schlag einen Schaden von mehr als 50 % der LP seines Gegners verursachte. Genau das geschah mit Guerrero. Er war in der Tat ausgeknockt.

Hagen für seinen Teil war vor unglaublicher Freude fast überwältigt. Das war besser als jeder Orgasmus. So zumindest ließ das System ihn seinen ersten Levelaufstieg empfinden.

Er stand inmitten einer Lichtsäule, die für alle außer ihn unsichtbar war. Was Ochoa sagte, hörte er nicht. Er sah jedoch deutlich folgende Systemmeldung:

Glückwunsch! Sie haben Ihren Gegner in einem fairen Kampf besiegt!
Ein Sieg über einen Gegner mit höherem Level als Ihrem verdoppelt die erhaltenen EP!
Ihr Level steigt um +2!
Aktuelles Level: 3

LEVEL UP : KNOCKOUT

Neu verfügbare Systempunkte für Haupteigenschaften: 2
Neu verfügbare Systempunkte für Kampffähigkeiten: 2

Als er an diesem Abend zu Bett ging, verteilte Hagen mithilfe des virtuellen Assistenten die Systempunkte auf Stärke und Geschicklichkeit. Zuerst wollte er sie beide auf Stärke legen, aber es stellte sich heraus, dass es tödliche Folgen haben konnte, einen Wert um mehr als einen Punkt auf einmal zu steigern. Das System gab eine entsprechende, deutliche Warnung aus.

Warnung! Wir haben eine ungewöhnliche Steigerung deiner Eigenschaft „Stärke" festgestellt: +1 Pkt.
Dein Körper wird zur Anpassung an den neuen Wert (6) entsprechend deiner Metabolismus- und Chronotropie-Werte restrukturiert.

Erforderliche Änderungen: beschleunigtes Wachstum von Muskelgewebe, Sehnen und Bändern.

Außerdem stand dort einiges über die Anhebung von intramuskulären Kreatinphosphat- und Glykogen-Werten, über interne Mechanismen, intramuskuläre Koordination und so weiter. Allerdings fand sich ganz unten eine deutliche Warnung:

Warnung!
Die Restrukturierung deines Körpers erfordert eine erhebliche Menge an Nährstoffen. Wir empfehlen dir dringend, ein Minimum von 280 g tierischem Protein, 1.400 g Kohlenhydraten und 90 g tierischem Fett zu dir zu nehmen, um Gesundheitsschäden zu vermeiden. Ein Mangel an Nährstoffen kann zu einem Versagen der Körperfunktionen führen.

Warnung!
Künstliche Steigerung von Eigenschaften um mehr als 1 Pkt. auf einmal ist streng untersagt! Es besteht höchste Lebensgefahr!

Eine ähnliche Systemmeldung und Warnung folgten, als er einen zusätzlichen Punkt auf Geschicklichkeit legte:

Warnung! Wir haben eine ungewöhnliche Steigerung deiner Eigenschaft „Geschicklichkeit" festgestellt: +1 Pkt.

Dein Körper wird zur Anpassung an den neuen Wert (5) entsprechend deiner neuen Motorik- und Koordinationswerte restrukturiert.

Erforderliche Änderungen: Restrukturierung deines zentralen Nervensystems und Elastizitätssteigerung von Muskelgewebe, Sehnen, Bändern und Gelenken.

Auch dieser Meldung folgte die Warnung bezüglich möglicher Lebensgefahr – sowie der Rat, so viel Protein, Fett und Kohlenhydrate wie möglich zu essen und ausreichend zu trinken.

Also verschlang Hagen im Laufe der nächsten zwei Stunden eine riesige Menge Brathähnchen und ein paar Pizzen und spülte sie mit viel Limo und Wasser hinunter.

Während er aß, wurde ihm auf einmal klar, dass er keine Angst mehr hatte, gegen Mr. Goretsky zu kämpfen. Da sein Stärkewert gestiegen war, konnte er 9.600 Schadenspunkte verursachen, was mehr als genug war, um den Büffel k. o. zu schlagen, da die erforderliche Punktzahl 50 % von dessen LP betrug.

Dann sank er mit einem Lächeln ins Land der Träume. Morgen würde ein neuer Tag beginnen – der erste Tag vom Rest seines Lebens.

Er würde weiter trainieren und hochleveln und schließlich an einem MMA-Wettkampf teilnehmen, und dann… Wer weiß? Vielleicht würde er eines Tages stolz seinen Meistergürtel hochhalten.

Doch das würde noch dauern. Und morgen…

Hagen lächelte noch mal. Morgen würde er endlich Lexie fragen, ob sie mit ihm ausgehen wollte.

Kapitel 3
Wiedersehen, Mr. Goretsky!

*„Der Attentäter hat meine letzte
Verteidigungslinie durchbrochen, und jetzt ist
er hier, gekommen, um mich zu töten. Was
unterscheidet letzten Endes einen freien Mann
von einem Sklaven? Geld? Macht? Nein. Der
Freie hat die Wahl. Ein Sklave gehorcht.“*

BioShock

HAGEN VERBRACHTE DAS komplette besagte „Morgen" an
seinem Schreibtisch und reparierte die Xbox irgendeines
jungen Kerls. Jemand hatte Bier darüber gekippt, doch er
brauchte eine Weile, um herauszufinden, welche Teile genau defekt
waren. Alle seine Gedanken kreisten um das Versprechen, das er
sich selbst gegeben hatte – nämlich, sich mit Lexie zu verabreden –
doch jedes Mal, wenn sie an ihm vorbeikam, schob Mike Panik.

Wie sollte er nur das Eis brechen? *Hi, du, hast du Bock, mit mir
auszugehen?* Oder vielleicht: *Hey, Baby, hast du schon Pläne für
heute Abend?* Das war alles nicht das Richtige. *Baby* würde
wahrscheinlich dazu führen, dass Lexie ihn umbrachte oder ihn mit
diesem mörderisch verächtlichen Laserblick durchbohrte, den
Frauen aufsetzen, wenn sie einen totalen Versager vor sich haben.
In diesem Fall wäre die Aussicht auf ein Date wohl definitiv gleich

null.

Allerdings schien das Mädchen sein Interesse bemerkt zu haben. Hagen spürte, wie sie ihm Blicke zuwarf. Er erwiderte sie jedoch nicht, sondern versteckte sich stattdessen hinter der Konsole. Es war ihm völlig klar, dass er keinen Ton herausbringen würde, falls Lexie ihm eine Frage über seine Arbeit stellen würde. Sein Selbstbewusstsein von gestern war spurlos verpufft. Seine Zunge fühlte sich an, als wäre sie im Mund festgeklebt. Hagen versuchte es mit Cola – er war schon bei seiner fünften Dose – doch nichts schien zu helfen. Allein beim Gedanken an die Blamage und die Demütigung einer Zurückweisung hatte er das Gefühl, innerlich zu sterben, und diese Erfahrung war ihm alles andere als fremd.

In irgendeiner Männerzeitschrift hatte Mike einmal gelesen, das sei die natürliche Reaktion aller Männer auf Zurückweisung und gleichzeitig der Grund, warum viele von ihnen sich davor fürchteten, hübsche Mädchen anzusprechen, doch diese wissenschaftliche Beobachtung trug nichts dazu bei, das Gefühl abzumildern.

Ein paarmal rief er das Interface auf, um seine Errungenschaften zu bewundern und so sein Selbstbewusstsein aufzubauen. Dann schloss er es sofort wieder. Was waren das denn schon für Errungenschaften? Er war nicht mal annähernd in derselben Liga wie Demetrious „Mighty Mouse" Johnson. Oder Dominick Cruz, oder… die Liste war endlos. Alle waren sie viel besser als die Heulsuse Hagen.

Es tröstete ihn etwas, sich seine Werte anzusehen, doch jedes Mal, wenn Lexie in einem der Gänge auftauchte, zog Hagen aus Angst vor einem Gespräch mit ihr den Kopf ein.

So verbrachte er den ersten Teil des Tages. Als es Zeit für die Mittagspause war, gelang es ihm schließlich, hinter seinem Schreibtisch hervorzukriechen. Er lief direkt zur Toilette. Die gesamte Pause verbrachte er damit, gegen sein Spiegelbild zu boxen. Die Fähigkeit steigerte sich nicht so schnell wie im Studio, doch er spürte die Verbesserung. Schließlich stieg die Fortschrittsleiste an. Mike war heiß und er schwitzte. Bei jedem

Schlag atmete er laut aus.

Fast hatte er es geschafft, seine Fähigkeit „Faustschlag" auf den nächsten Level zu steigern, als jemand an die Tür klopfte. Es war Lexie.

Hagen schlüpfte aus dem Raum und vermied es dabei, dem Mädchen in die Augen zu sehen. Sein *DigiMart*-T-Shirt klebte an seinem Rücken, sein Atem ging schnell und er öffnete und schloss die Fäuste.

„Was ist los mit dir? Hast du da drin ...?" Lexie grinste, als der junge Mann verzweifelt den Kopf schüttelte. „M–hm. Na, geht mich ja nichts an, aber ..."

„Lexie ..."

„Ja?"

„Heute Abend ... du ... und ich. Sollen wir?"

„Sollen wir was?"

„Also, sozusagen ... Wie wär's, wenn wir zusammen essen gehen?"

Lexie lachte laut auf. „Du bist schon 'ne Nummer, Mike. Tut mir leid, aber nicht in diesem Leben. Mit dir gehe ich definitiv nirgends hin."

Lexie wiederholte damit fast wörtlich die Antwort der tätowierten Sheila. Mikes Gedanken rasten. Er wollte sich eine Antwort einfallen lassen, mit der er das Gesicht wahren konnte, aber die junge Frau betrat bereits die Toilette. Geräuschvoll schloss sie die Tür ab und überprüfte sogar noch einmal, ob sie richtig verschlossen war, als ob sie erwartete, dass ein verschwitzter, stammelnder Mike ihr folgen würde.

Er war so durcheinander, dass er komplett vergaß, etwas zu essen. Das System meldete ihm einen Debuff namens „Leichter Hunger", der seine Zufriedenheits- und Metabolismuswerte senkte, doch das schob er beiseite.

Niedergeschlagen saß Hagen an seinem Arbeitsplatz und wusste nicht, ob er irgendetwas an der Situation ändern konnte, geschweige denn, ob er es überhaupt versuchen sollte. Dann schaffte er es, sich zusammenzureißen, und beschloss, dass er seinem Körper ein paar Nährstoffe zuführen musste, wenn er jemals stark werden wollte.

Bis zum Ende seiner Pause hatte er nur noch zehn Minuten. Ihm blieb nur der *Tasty-Dog*-Laden direkt gegenüber. Die Hotdogs, die dort verkauft wurden, enthielten braune Fasern, die verdächtig nach Kakerlakenbeinen aussahen. Jeder wusste das, und die meisten Leute hielten sich wohlweislich davon fern. Die Besitzer nutzten den Laden hauptsächlich, um Drogen zu verticken. Die allgegenwärtigen Junkies, die sich vor dem Eingang herumdrückten, verschlangen die Hotdogs jedoch trotz ihrer seltsamen Kakerlakenbeinfüllung.

„Hi, Masheer." Hagen nickte einem Typen am Verkaufstresen zu, den er kannte, und reichte ihm das Geld. „Ich hätte gern ein Hotdog, bitte."

„Wie üblich, Mike?" Der Verkäufer verzog sein Gesicht zu etwas, das er für ein höfliches Lächeln hielt. „Mit mehr Petersilie?"

„Äh … ja", stimmte Hagen zu. „Und mit viel Ketchup und Majo."

Masheer machte ihm ein Hotdog, immer noch lächelnd und völlig gelassen, und wünschte ihm irgendetwas, aber Mike war geistig schon ganz woanders.

Er aß sein Hotdog auf dem Weg zurück zur Arbeit und versuchte dabei, sich nicht mit Soße zu bekleckern.

Bis zum Abend wühlte er sich durch die Innereien der verdammten Xbox und spielte dabei im Kopf immer wieder sein Gespräch mit Lexie durch. Warum war es so schwer, die richtigen Worte zu finden? Mit Jessie hatte er früher doch auch reden können, oder? Andererseits … mit ihr zu reden war wie ein Gespräch mit einem Fernseher gewesen. Sie hatte Hagen nie besonders aufmerksam zugehört, hauptsächlich selbst vor sich hingeplappert, und nicht mal darauf geachtet, ob Mike sie überhaupt hören konnte. Sie hatte geredet und geredet … Das Einzige, was sie von ihm erwartet hatte, war, die Rechnungen zu bezahlen. Oh, und noch eine Sache: Sie hatte nicht gewollt, dass er eifersüchtig wäre. Jessie hatte immer gesagt: „Wenn du eifersüchtig bist, dann liebst du mich nicht. Was wäre das denn für eine Liebe, wenn du kein

Vertrauen hättest?" Mike hatte ihr zugestimmt, sie trotzdem geliebt und seine Eifersucht nur schwer zu verbergen vermocht.

So verbrachte er den Tag – in düstere Gedanken versunken, mit der gelegentlich aufblitzenden Hoffnung, dass sich alles bald zum Besseren wenden würde, während er die ganze Zeit über damit beschäftigt war, die Konsole zu reparieren. Schließlich gelang es ihm. Er startete *Injustice: Götter unter uns*, wählte Batman als Spielcharakter und kämpfte gegen Superman.

Einer der Vorteile seiner Aufgabe, Elektrogeräte zu reparieren, war es, dass er theoretisch den ganzen Tag spielen und das als zum Testen der reparierten Konsole unter starker Auslastung notwendig verkaufen konnte.

„Tschüss, Leute!", sagte Lexie, als sie ging.

„Tschüss, Lexie. Bis morgen!", antwortete Wei Ming, der andere Verkäufer, ein kleiner Chinese mit leichtem Akzent.

Hagen hob den Kopf, aber das Mädchen sah nicht einmal in seine Richtung. Sie hängte sich ihre Tasche über die Schulter und ging, die Autoschlüssel am Finger schwingend.

Hagen räumte das Xbox-Gamepad weg und machte sich ebenfalls fertig.

Warum musste es immer so sein? Was, wenn mit Mädchen reden sich wie eine neue Fähigkeit einfach meistern ließe? Was, wenn die nötigen Worte freigeschaltet werden mussten – genau wie der Aufwärtshaken, der Kick, das Ausweichen und alles andere, das er im Studio lernen würde, während er seine Fähigkeiten hochlevelte?

Beim Kommunizieren mit Frauen müsste es doch genauso sein. Er sollte es ausprobieren.

Die Tatsache, dass Lexie nicht mehr da war, verlieh ihm mehr Selbstbewusstsein. Hagen ergriff seine Jacke und sprintete aus dem Laden.

Wenn er sich steigern konnte, indem er mit den Fäusten in die Luft boxte, warum sollte er dann nicht auch lernen können, sich Lexie verständlich zu machen, indem er dieselbe Luft mit den richtigen Worten füllte?

Er musste es nur ernsthaft genug versuchen.

INSGEHEIM HATTE HAGEN gehofft, dass er zu spät dran und Lexie schon weg sein würde. Doch da stand sie auf dem Parkplatz und öffnete gerade die Tür ihres alten, beigen Toyotas. Hagen verbot sich, nachzudenken, und ging zu ihr hin.

„Lexie, warte mal kurz. Du hast mich vorhin nicht richtig verstanden."

Lexie öffnete die Autotür und blickte ihn müde an. „Ich hab dich schon sehr genau verstanden, Mike. Du hast meine übermäßige Freundlichkeit mit Interesse an einer Beziehung verwechselt. Ganz typisch für einen totalen Loser wie dich."

„Aber ich dachte …"

„Hau ab, Mike. Oder ich komme zu dem Schluss, dass du mich stalkst."

Jedes von Lexies Worten ließ Mikes Kopf tiefer zwischen seinen Schultern verschwinden. Er brachte es nicht einmal über sich, sich umzudrehen und wegzulaufen, wie er es in seiner Kindheit getan hatte, wenn alle anderen Kinder um ihn herumgestanden waren und ihn mit Sand oder Limodosen beworfen hatten.

Dann hörte er hinter sich einen Motor aufheulen. Ein riesiger, mit nackten Frauen und Flammen verzierter Pick-up bremste direkt vor Lexies Auto. Die Tür öffnete sich. Goretsky sprang vom Fahrersitz und stolzierte auf Lexie zu.

„Ich habe so lange auf dich gewartet, Baby." Er schloss die Autotür und versperrte ihr den Weg mit seinem Arm. „Wie wäre es, wenn du deinen Luxuskörper vom coolsten Typen der Nachbarschaft ausführen lässt?"

„Mr. Goretsky, ich bin wirklich müde. Verschieben wir's auf ein anderes Mal."

Hagen blieb der Mund offen stehen. Goretsky sprach genau dieselben Worte, die Mike damals zu Sheila gesagt hatte. Die

36

Wirkung war jedoch eine andere. Hagen wich Schritt für Schritt zurück. Das Letzte, was er wollte, war, dass dieser Grobian ihm seine Aufmerksamkeit zuwandte.

Lexie versuchte, in ihr Auto zu steigen und Goretskys Arm beiseitezuschieben. Doch er packte sie um die Taille und zog sie an sich.

„Spiel nicht die keusche Jungfrau, du Zicke. Deine Sorte kenne ich genau. Du stehst auf böse Buben."

„Lassen Sie mich los!"

Goretsky legte Lexie die Hand in den Schritt. „Ich bin der böseste Bube von allen. Und du bist doch schon ganz feucht da unten, du Hure."

„Nehmen Sie Ihre Finger weg!"

„Oh, versuch nur, dich zu widersetzen, Baby. Das ist doch genau das, was dich anmacht."

Hagen war fast ganz von Lexies Auto zurückgetreten. Plötzlich kam es ihm vor, als hätte sich ein roter Filter über sein Gesichtsfeld gelegt.

Gerechter Zorn
Du bist Zeuge einer Ungerechtigkeit – du gerätst in Rage!
+3 auf alle Haupteigenschaften
+100 % auf Vitalität
+50 % auf Selbstvertrauen
+75 % auf Willenskraft
+75 % auf Kampfgeist
-50 % auf Selbstkontrolle
Der Effekt bleibt aktiv, bis die Gerechtigkeit wiederhergestellt wurde und solange du davon überzeugt bist, dass dein Anliegen gerechtfertigt ist.
Annehmen?

„Ja-a-a-a-a!", schrie Hagen laut auf und ballte die Fäuste.

Lexie und Goretsky erstarrten beide.

„Hat dein Mund gerade was gefurzt, kleiner Scheißer?"

Goretskys Stimme klang spöttisch, aber es schwang auch leichte Verblüffung darin mit.

Da wurde Hagen klar, dass der Gorilla ihn nicht einmal bemerkt hatte, als er aus seinem geschmacklosen Pick-up gestiegen war. Als ob Hagen gar nicht existierte.

Das machte ihn stinksauer.

Natürlich hatte Hagen früher schon Zorn empfunden, doch bis zu diesem Zeitpunkt hatte er ihn nur mental ausdrücken können. In seinen Träumen hatte er bereits all diejenigen verprügelt, die ihn jemals schlecht behandelt hatten, angefangen mit dem rothaarigen Danny, der ihm regelmäßig seinen Popel auf die Sandwiches geschmiert hatte, die seine Mutter ihm jeden Morgen so sorgfältig in die Brotdose gepackt hatte, bis hin zu dem Schwachkopf, der an jenem Morgen das Bier über seine Xbox gekippt hatte.

Zum ersten Mal wurde Hagen klar, dass er all seinen aufgestauten Hass in seine Fäuste packen konnte, und dass er seine Fäuste auf den Kiefer eines jeden sausen lassen konnte, der ihn schlecht behandelte.

Der rote Nebel vor seinen Augen wurde dichter. Hagen nahm eine Kampfpose ein und stellte sich vor, er wäre in einem achteckigen Boxring. Er krümmte den Finger in Richtung Goretsky, um ihn zum Näherkommen aufzufordern – genau wie dieser Charakter in UFC 2.

Goretsky nahm die Hände von Lexie. „Bist du besoffen, Arschgesicht?"

Mike „Heulsuse" Hagen krümmte den Finger erneut in Richtung Greg „der Büffel" Goretsky.

Der Mann schlurfte hinüber zu Mike. „Du kleines Rabenaas. Ich schieb dir deinen Finger gleich in deinen Arsch."

„Mike, er wird dich umbringen! Ich rufe die Polizei!" Panisch wühlte Lexie in ihrer Handtasche nach ihrem Telefon.

„Ruf besser einen Krankenwagen", antwortete Mike.

„Ja, Arschgesicht! Die haben einen Leichensack, extra für dich persönlich."

Goretsky war sich seiner Überlegenheit völlig sicher. Er kam auf Hagen zu und versuchte, ihn mit einem Schlag in die Seite zu treffen, in der Annahme, dass das „Arschgesicht" sofort zusammenknicken würde, doch Hagen wich mit Leichtigkeit aus und trickste Goretsky so aus.

Verwirrt ließ Lexie ihr Telefon sinken. Sie hatte den Notruf noch nicht gewählt.

Goretsky drehte seinen massigen Körper, nur, um Hagens Faust direkt ins Gesicht zu kriegen. Das Letzte, was der Büffel sah, waren der Abendhimmel und ein Teil einer Plakatwand... Dann landete er mit dem Geräusch einer umkippenden Mülltonne auf dem Kofferraum von Lexies Auto.

Verursachter Schaden: 14.400 (Faustschlag)

Der Gerechte Zorn hatte Mikes Werten einen Boost verpasst, also hatte sein Schlag mehr Schaden gemacht als ursprünglich erwartet. Goretsky brachte kein einziges Wort heraus. Wie gelähmt blieb er mit hervortretenden Augen auf dem Rücken liegen.

Glückwunsch! Sie haben Ihren Gegner in einem fairen Kampf besiegt!
Erhaltene EP: 1
Auf aktuellem Level (3) erhaltene EP: 1/3

Hagen ignorierte die Systemmeldung. Er nahm nichts mehr wahr außer dem Gegner, den er gerade besiegt hatte. Eine dämliche Visage mit glasigen Augen und einem blutigen Rinnsal, das ihm aus der gebrochenen Nase lief. All das symbolisierte die Rache für Jahre der Demütigung. Für Mike repräsentierte Goretskys Gesicht jeden – den rothaarigen Danny, den Trucker, mit dem Jessie durchgebrannt war, den Arzt, der sich mit einem Ausdruck unaufrichtigen Mitgefühls geweigert hatte, seine Mom zu behandeln, den Bankmanager, der ihm den Kredit verweigert hatte, und Millionen anderer Gesichter – alle, die Hagen im Laufe seines Lebens gedemütigt, ausgelacht und verprügelt hatten.

Hagen hatte zurückgeschlagen! Endlich war sein Gegner besiegt. Endlich ...

Mike fühlte zarte, weibliche Finger, die ihn an der Schulter schüttelten. Durch das Pulsieren des Blutes in seinen Ohren drang Lexies Stimme zu ihm durch.

„Mike! Mike! Hör auf! Oh, bitte, Mike!"

Der rote Nebel verschwand. Mike wurde sich bewusst, dass er auf Goretsky saß. Das Gesicht des größeren Mannes war eine einzige blutige Masse. Der Kotflügel von Lexies beigem Toyota war voller roter Flecken. Angsterfüllt stand Hagen auf.

„Habe ich ... Habe ich ... Ist er ... tot?"

Lexie beugte sich vor und tastete nach Goretskys Puls. Dann richtete sie sich wieder auf. „Er lebt. Es braucht eine Menge, um so ein Vieh wie ihn umzubringen."

„Wir müssen einen Krankenwagen rufen ..."

„Hab ich schon." Das Mädchen öffnete die Autotür. „Verduften wir."

„A-a-aber ... er ... Sollten wir nicht auf den Krankenwagen warten?"

Lexie maß Hagen mit einem langen Blick. „Junge, du steckst voller Überraschungen. Im einen Augenblick bist du ein kleiner Geek-Wurm, im nächsten ein kaltblütiger Kämpfer, dann kommt wieder eine Wurmphase. Mir wär's lieber, wenn du dich mal für eins entscheidest."

Hagen nickte. Dann zerrte er Goretsky zum Straßenrand. Er bugsierte ihn sanft auf das Gras gleich neben dem Parkplatzschild. Der Büffel kam wieder zu sich. Er versuchte, durch die Blutblasen etwas zu murmeln.

„Wiedersehen, Mr. Goretsky. Tut mir leid."

Hagen zog sich in gebührendem Tempo zurück und setzte sich auf den Beifahrersitz des Toyotas.

Als sie vom Parkplatz fuhren, kam bereits der Rettungswagen mit rot und blau blinkendem Licht an, und die Sirene war laut genug, dass die ganze Nachbarschaft sie hören konnte.

LEVEL UP : KNOCKOUT

✳ ✳ ✳

HAGEN BEOBACHTETE, WIE der Rettungswagen vorbeifuhr, und lehnte sich dann in seinem Sitz zurück.

Lexie drehte die Musik leiser. „Wo musst du hin?"

Hagen gab ihr die Adresse von Ochoas Boxstudio. Lexie nickte und bog in die Straße ab, die er ihr genannt hatte.

„Also, Mikey, warum erzählst du mir nicht, was da gerade passiert ist?", fragte sie. „Konntest du schon immer so boxen?"

„Das wollte ich tatsächlich schon mein ganzes Leben lang, aber ich habe erst vor Kurzem angefangen, es zu lernen."

Hagen war überrascht, dass er nicht mehr stotterte, wenn er mit Lexie sprach. War der Buff vielleicht noch aktiv? Verlieh ihm das so viel Selbstvertrauen und Gelassenheit?

Mike klappte die Sonnenblende herunter und musterte sich im Spiegel. Er strich sich die Haare glatt. Dabei fiel ihm auf, dass er Blutstropfen im Gesicht hatte.

„Die Taschentücher sind im Handschuhfach", bemerkte Lexie.

Hagen wischte sich die Wangen ab.

„Zu sagen, dass du mich überraschst, wäre eine maßlose Untertreibung", fuhr Lexie fort. „Wie kann irgendjemand so einen Büffelbullen mit einem einzigen Schlag ausknocken? Er ist so viel größer als du! Ich habe gesehen, dass du auf die Zehenspitzen gehen musstest, um ihn zu treffen."

Hagen lachte leise. „Es kommt nicht auf die Größe an, sondern auf die Technik."

„Eins ist sicher – Goretsky wird sich eine Weile nicht mehr bei uns im Laden blicken lassen!"

Hagen hatte auch während der restlichen Fahrt das Gefühl, dass sein Selbstvertrauen gestärkt war. Er hatte kein Problem, zu sprechen, und musste ihrem Blick nicht ausweichen. Wie sehr er sich wünschte, dass dieser Buff ein permanenter wäre.

„Da sind wir." Lexie lehnte sich über das Lenkrad, um das

Schild über der Tür des Boxstudios lesen zu können. „Da hängst du also normalerweise rum, ja? Du gibst mir ein Rätsel nach dem anderen auf, Mike Hagen."

„Ja, manchmal überrasche ich mich selbst. Übrigens, wegen meines Angebots ..."

„Oh, das war also doch ein Angebot?" Sie lächelte. „Klang für mich eher nach unverständlichem Gemurmel."

Hagen räusperte sich. „Wie wär's, wenn wir nach der Arbeit mal zusammen rumhängen?"

Lexie hob die Schultern. „Warum nicht? Aber ich will nicht einfach irgendwo hingehen. Lass dir was einfallen, was Spaß macht. Hör nicht auf, mich zu überraschen. Das ... Das gefällt mir ziemlich gut." Als Hagen ausstieg, fügte sie hinzu: „Und noch was: Danke für deine Hilfe."

Die beste Antwort auf ihren Dank wäre wohl, zu schweigen und sie ermutigend anzulächeln, und genau das tat Mike.

Kapitel 4

Die richtige Antwort

Roman: Also, wenn du dich mal entspannen willst, komm bei mir vorbei und wir schauen amerikanisches Fernsehen. Das ist so viel besser als der Mist, den wir daheim hatten.

Niko: Das meiste von dem Mist, der daheim im Fernsehen lief, kam aus Amerika, weißt du das nicht mehr, Roman?

Roman: Dann schau hier fern und werd' nostalgisch, auch egal.

GTA IV

DER KAMPF MIT Juan Guerrero hatte sich herumgesprochen. Alle Anwesenden hatten das Match zwischen einem der Jungs aus der Nachbarschaft und dem kümmerlichen Gringo gesehen, und Hagens Sieg war umso überraschender gewesen. Endlich fand der junge Mann Beachtung. Selbst in der Umkleidekabine kamen ein paar Typen, die er noch nie gesehen hatte, zu ihm, um sich vorzustellen. Andere Kämpfer musterten Hagen ebenfalls, sagten jedoch nichts – sein mickriger Körper war das Letzte, was sie mit einem derartigen Sieg in Verbindung brachten.

Mike konnte ihren Unglauben und ihre Skepsis geradezu spüren. Offenbar waren alle der Meinung, sein Sieg wäre nichts als ein glücklicher Zufall gewesen. Er ließ sie in dem Glauben.

Ohne der feindseligen Aufmerksamkeit Beachtung zu schenken, schlüpfte er in seine alten Trainingsklamotten. Die Hosen waren zu kurz, und seine Jacke hatte ein Loch unter dem Arm. Seine Mutter hatte es mal geflickt, doch es war wieder aufgerissen. Aber das war ihm momentan egal. Wie man angezogen war, war nicht wichtig. Es kam allein darauf an, was man tat, während man diese Kleider trug. Und was Hagen vorhatte, war, stärker zu werden.

Er begann mit Aufwärmübungen, auch wenn er glaubte, dass der Kampf mit Goretsky zum Aufwärmen völlig ausreichend gewesen war, und er noch nicht einmal Gelegenheit gehabt hatte, wieder abzukühlen. Dann versuchte er es mit Seilspringen, doch dazu fehlte ihm die Geschicklichkeit, und er stolperte ständig. Die anderen lachten, doch Hagen behielt seinen gelassenen Gesichtsausdruck bei. Rom war auch nicht an einem Tag erbaut worden.

Nach ein paar Übungen kam der alte Ochoa zu ihm herüber. Er trug Trainingspratzen. „Wir müssen an der Kondition deiner Arme arbeiten. Gestern ist mir aufgefallen, dass du dazu neigst, sie zu schnell herunterzunehmen. Wenn dein Gegner deinen Schlägen ständig ausweicht, kann er dich leicht ermüden."

„Es ist schwer, einem meiner Schläge auszuweichen", erwiderte Hagen und erinnerte sich an die glasigen Augen des ausgeknockten Büffels. „Und mehr als einen brauche ich nicht."

Im nächsten Augenblick traf die Pratze ihn ziemlich schmerzhaft an der Stirn.

Erlittener Schaden: 93 (Pratze)
Aktuelle LP: 8907

„Bilde dir bloß nichts ein, nur, weil du gestern Glück hattest, Jungchen", sagte Ochoa gelassen. „Juan hat dich unterschätzt, darum hat er deinen Schlag nicht mitgekriegt. Du hattest Glück, dass du ihn ausknocken konntest. Aber Boxen ist kein Glücksspiel. Entweder trainierst du und schmeißt alles andere aus deinem Kopf raus und gewinnst, oder …" Der alte Mann grinste. „Oder du betrachtest dich als unbesiegbar, und sie zeigen dir ganz schnell, wo du hingehörst. Also, was ist dir lieber?"

„Trainieren."

„Und wofür genau?"

„Damit meine Siege kein Zufall mehr sind."

„Hm … Gut, das ist die richtige Antwort, Söhnchen. Dann machen wir uns an die Arbeit!"

Während er seine Stellung einnahm, dachte Hagen an Lexie. Sofort traf die Pratze ihn wieder an der Stirn.

„Und lass den albernen, verträumten Gesichtsausdruck, Junge! Konzentrier dich!", ermahnte Ochoa ihn missbilligend.

Mike schüttelte den Kopf, um alle unnötigen Gedanken loszuwerden. Er schlug auf die Pratzen ein, während er dem monotonen Vortrag seines Coachs zuhörte.

„Du musst lernen, dich zu entspannen, damit deine Arme weniger leicht ermüden. Das kriegst du noch überhaupt nicht hin. Sobald du im Ring bist, spannst du dich so an, als hättest du schon Angst davor, dass dein Gegner dich auch nur ansieht. Ich sag's dir gleich: Wenn der Kampf beginnt, tut er mehr als dich nur anzusehen. Er wird dich auch schlagen. Es wird wehtun, und er wird genau wissen, wo er dich treffen muss. Selbstverständlich musst du bereit sein, aber das heißt nicht, dass du bis ins letzte Nervenende angespannt sein und erstarren musst. Halte deine Arme nicht immer in derselben Position."

Hagen versuchte, sich zu entspannen, doch seine Schläge wurden sofort schwächer.

„Schau, was du jetzt machst", fuhr Ochoa fort. „Du hältst die Ellenbogen weit auseinander und deine Fäuste nah am Gesicht. Jede Wette, dass du sie so fest ballst, wie du nur kannst. Das ermüdet dich schnell. Wenn du so weitermachst, bist du in Runde 2 völlig ausgelaugt. Und das nur aus dem Grund, weil du dir selber nicht genug Entspannung gönnst."

Hagen schlug weiter auf die Pratzen ein, spannte seine Arme dabei abwechselnd an und lockerte sie wieder. Ochoa sagte, sie sollten „atmen" können. Doch was sollte „atmen" bloß bedeuten? Ochoa blieb ihm die Erklärung schuldig. Er kritisierte ihn nur, und zu ein paar Gelegenheiten brachte er auch ein Lob über die Lippen.

Als der Alte müde geworden war, nahm er die Pratzen ab und zeigte auf den Boxsack. „Halt dich ran. Vergiss nicht: Was du lernen musst, ist nicht, deinen Gegner bei erster Gelegenheit umzuhauen, sondern dich darauf vorzubereiten, dass er länger durchhält als du. Wenn du erschöpft bist, bevor du deinen besten Schlag landen kannst, verlierst du."

Also boxte Hagen weiter. Er entspannte seine Muskeln und versuchte, sie „atmen" zu lassen, ohne dass ihm klar war, was das hieß. Irgendwann bemerkte er allerdings, dass er mit komplett entspannten Armen einen starken Schlag zustande brachte. Zuerst passierte das nur selten, aber dann bekam er so langsam den Dreh raus.

„Mehr Wut! Und noch mehr Wut!", wiederholte der alte Mann immer wieder. „Wie viele Runden glaubst du, dass ein Boxkampf dauert? Drei? Das ist Schwachsinn! Es scheint dir nur wie drei. Du brauchst noch 200 oder 500, bis du zu diesen drei kommst. Und danach noch mal so viele. Beim Boxen wird – genau wie in jeder anderen Kampfkunst – keine Schwäche toleriert! Je aggressiver und stärker du bist, desto wahrscheinlicher ist es, dass du ein Champion wirst!"

Hagen ging jegliches Zeitgefühl verloren. Er bemerkte nicht, wie das Studio sich leerte und die Straßenlaternen draußen angingen. Schwer atmend stolperte er gegen den Boxsack und hielt sich daran fest, um nicht umzufallen.

Glückwunsch! Du hast einen neuen Fähigkeitslevel erreicht!
Name der Fähigkeit: Faustschlag
Aktuelles Level: 17

Glückwunsch! Du erhältst +1 auf Stärke!

LEVEL UP : KNOCKOUT

Aktuelle Stärke: 7

Mike lächelte erschöpft. Er war kurz vor dem Zusammenbrechen und konnte nicht einmal mehr den Arm heben, aber es stellte sich heraus, dass er das Interface auch mit mentalen Befehlen steuern konnte. Mike öffnete den Reiter mit seiner einzigen Kampffähigkeit:

Faustschlag: Level 17
Schaden: 11.900
+50 % höhere Wahrscheinlichkeit, Abblocken zu ignorieren.
Du musst diese Fähigkeit öfter nutzen, um sie steigern zu
können.

Er war gerade stärker geworden. Doch ein starker Faustschlag war nicht alles – schließlich würde sein Gegner nicht stillhalten, und mit einem Schlag zu treffen, stellte eine ziemliche Herausforderung dar. Außerdem würde sein Gegner alles versuchen, um ihn seinerseits zu treffen. Also war es genauso wichtig, durchhalten zu können, bis sich die Chance bot, einen kritischen Treffer zu landen. Er würde ziemlich bald darüber nachdenken müssen, seine Ausdauer und Treffergenauigkeit zu verbessern.

Ochoa trat zu ihm. „He, Jungchen, das reicht für heute. Mopp und Eimer findest du in der Abstellkammer. Du weißt ja, wo die ist. Mach dich ans Aufwischen."

Der alte Mann klopfte ihm wohlwollend auf die Schulter.

HAGEN DUSCHTE, ZOG sich um und machte sich auf den Weg zur Abstellkammer, von der aus er den Reinigungswagen mit Mopps und Putzmitteln in Richtung Boxhalle schob. Mittlerweile hatte er diese ruhigen Stunden, wenn niemand mehr im Studio war und nur noch der intensive Geruch nach Schweiß und Deodorant in der Luft hing, schätzen gelernt. Die Halle schien ganz still zu werden, nur ein paar Boxsäcke schwangen aus irgendeinem Grund noch hin und her.

Der alte Ochoa war dann immer schon auf dem Heimweg. Er vertraute Hagen genug, dass er ihm einen Ersatzschlüssel und die Codes für die Alarmanlage gegeben hatte.

Es war die perfekte Zeit für ihn, eine Weile mit sich allein zu sein. Mike nahm einen Lappen und verlor sich in seinen eigenen Gedanken, während er automatisch die Geräte abwischte.

„He, Bro!", brachte eine Stimme ihn zurück in die Gegenwart. „Wie war doch gleich dein Name?"

Einer der Typen, die er im Umkleideraum getroffen hatte und an dessen Namen er sich nicht erinnerte, trat an Hagen heran. Zu viele Leute hatten sich gleichzeitig vorgestellt, sodass ihre Namen ihm nicht im Gedächtnis geblieben waren. In der Vergangenheit hatte er nicht allzu oft neue Leute kennengelernt, soviel war sicher, also hatte er nie die Gelegenheit gehabt, ein gutes Namensgedächtnis zu entwickeln.

Der Typ sah aus wie das Klischee eines Latinos, mit weiten Shorts, einem roten Stirntuch auf dem glatt rasierten Kopf, einem karierten Hemd und dem unvermeidlichen Tränentattoo unter einem Auge. Also war er entweder ein unbedeutendes Mitglied einer Latino-Gang, oder wollte zumindest dafür durchgehen. Hagen hielt sich stets von solchen Typen fern, auch wenn es in dem Viertel, in dem er aufgewachsen war, viele davon gab. Mom hatte ihn immer gewarnt, dass die nur Ärger machten. Baby Mikey durfte sich ihnen nicht einmal nähern, geschweige denn in irgendeiner Form mit ihnen kommunizieren. Aber sie näherten sich ihm ständig, sie hatten einen Blick dafür, welchem Schulkind man ein oder zwei Dollar abnehmen konnte, als stünde es ihm ins Gesicht geschrieben. Noch bevor er in die High School gekommen war, hatte er erfahren müssen, dass es unter ihnen einige wirklich grausame, psychotische Typen gab – die verprügelten einen nicht nur, viele hatten auch Messer bei sich. Einige trugen Schusswaffen unter dem Gürtel und verdeckten sie mit ihren karierten Hemden, genau wie das, das dieser Typ hier trug.

Hagen spannte sich instinktiv an und zog den Kopf zwischen die Schultern.

„Alter, das war ein klasse Kampf!", sprudelte der Kerl lebhaft hervor und imitierte sogar Hagens Faustschlag vom Vortag. „Ich hab's nicht selber gesehen, aber meine Brüder haben mir ein Video geschickt. Also, wie heißt du?"

„Mike. Mike Hagen."

„Ich bin Gonzalo Herrera." Der Typ streckte ihm die Hand hin. „Du bist 'ne krasse Nummer, Alter! Wer hätte gedacht, dass man Juan mit einem einzigen Schlag umhauen kann? Ha!"

„Äh ... Danke ..."

„Hey, Bro. Hast du Bock, auf die Schnelle ein paar Scheinchen zu verdienen?"

„Nein."

Diese Antwort musste so unerwartet gekommen sein, dass der Latino einen Moment lang einfror wie ein Windows-Betriebssystem beim Update. Doch Hagen klangen noch die Worte seiner Mutter im Ohr, die sich auf FOX alle einschlägigen Serien ansah und sicherlich genau über Straßengangs Bescheid wusste. Sie sagte immer: „Mikey, nimm niemals irgendein Angebot von solchen Gangstern an. Sie erzählen dir was von einer Gelegenheit, schnell an Geld zu kommen. Wenn du zustimmst und anfängst, Meth zu verkaufen, schnappt dich früher oder später die Drogenfahndung."

Warum sie überhaupt annahm, dass ein fremder Latino ihm jemals anbieten sollte, Meth zu verkaufen, war ihm nicht ganz klar, aber Hagen wollte seine Mom trotzdem auf keinen Fall enttäuschen. Selbst jetzt, da sie nicht mehr unter den Lebenden weilte.

„Äh-h-h, Alter?"

Hagen tauchte seinen Mopp in den Eimer, wrang das überschüssige Wasser aus und wischte damit über den Boden. „Ich deale nicht mit Drogen."

Wieder erstarrte der Latino und musste diese Antwort erst mal verarbeiten, dann lachte er laut auf, schlug sich auf die Knie und konnte eine ganze Weile nicht mehr damit aufhören.

Inzwischen wischte Hagen ungerührt weiter den Boden. Immerhin war es ihm gelungen, den Kerl zum Lachen zu bringen. Das war schon mal ein gutes Zeichen.

Als Gonzalo schließlich fertiggelacht hatte, sagte er: „Was für Drogen, Alter? Ich bin clean. Ich rede vom Kämpfen, *hermano*. Ein echter Kampf in einem echten Ring. Bist du interessiert? Ey? Und überhaupt, Mann, was sollen diese Vorurteile? Beurteile doch die Leute nicht nach ihrem Aussehen. Du hast nur einen Blick auf mich geworfen und hattest dir schon eine Meinung gebildet, was? Ein Mexikaner ist automatisch verdächtig? Da liegst du falsch, Bruder! Ich bin Boxer! Ich nehm keine Drogen! Und dealen tu ich auch nicht."

Hagen stand einen Augenblick stumm da.

Der andere nahm das als Zeichen seines Zweifels. „He, hör mal!" Er wartete, bis Hagen seinen Mopp beiseite geräumt hatte. „Es gibt da in der Gegend von Buckhead Island einen geschlossenen Club für MMA-Wettkämpfe. Jeder außer Profis kann teilnehmen – die wollen sich sowieso nicht unter uns gemeines Volk mischen. Also kämpfen da nur Normalos wie du und ich. Die meisten Leute sind arm und kommen von der Straße, aber als Geldsack will man da eh nicht mitmachen – die Bezahlung ist nicht gerade üppig. Juan hat da früher auch gekämpft. Bis du ihm das Licht ausgeknipst hast. Ha, ha!"

Ohne zu antworten, wischte Mike mit dem bereits getrockneten Mopp weiter den Boden. Er senkte einfach den Kopf, weigerte sich, dem anderen in die Augen zu sehen, und wünschte sich sehnlichst, dass Gonzalo endlich gehen würde. Moms Angst vor Fernsehserien-Gangstern hatte tiefe Spuren bei ihm hinterlassen.

„Keine Sorge, Alter. Die Kämpfe sind echt, aber sie sind hauptsächlich zur Unterhaltung der Clubbesucher gedacht. Also wirst du sogar dann bezahlt, wenn du verlierst. Wenn du beim Publikum gut ankommst, nehmen die Clubbesitzer dich unter Vertrag. Dann kannst du regelmäßig kämpfen. Einer von meinen Brüdern ist gerade einer ihrer Topstars! Er kriegt sogar einen Anteil an den Wetteinnahmen. Hat sich davon grade 'nen heißen Schlitten geleistet. Glaubst du mir?"

Mike nickte. Es war nicht so, als hätte er irgendwelche Zweifel. Aber zur Hölle mit diesem Typen und ganz allgemein auch mit halblegalen Kämpfen. In einem Ring vor Hunderten von Leuten kämpfen? Und dabei immer das Risiko eingehen, einen Schlag einzustecken, der schmerzhaft und demütigend sein konnte? Nein, danke. Sehr gern, aber nicht gerade jetzt. Er war einfach noch nicht so weit.

Hagen stellte sich oft vor, wie er einen Kampf gewann, aber das waren nur Tagträume. Selbst Ochoa hatte ihm gesagt, dass sein Sieg über Juan nur ein glücklicher Zufall gewesen war. Keine Chance! Er musste auf Ochoa hören und erst trainieren.

„Also, was sagst du, Bro?"

„Tut mir leid, aber ich bin noch nicht bereit, zu kämpfen", gab Hagen zu.

„Machst du Witze? Juan ist der geborene Kämpfer, und du hast ihn einfach so ausgeknockt."

„Das war nur Anfängerglück."

„Ja klar! Merk dir einfach die Adresse, Mike. Buckhead Island, Zwölfte Straße. Das Schild *Dark Devil Club* ist echt riesig, das kannst du gar nicht übersehen. Wenn du drin bist, sag denen, ich hab dich geschickt. Gonzalo. Kapiert?"

Mike nickte. Der Mexikaner streckte ihm die Hand hin. Mike bot ihm die seine an, und Gonzalo vollführte so einen speziellen Handschlag wie einer der Gangster in den Serien, die seine Mutter so gemocht hatte. Dann presste er ihm die Faust an die Wange und sagte: „Ich hoffe doch schwer, dich mal in einem Kampf zu treffen, Bro."

Hagen bekreuzigte sich in Gedanken. Gott behüte!

Er sah Gonzalo nach und seufzte erleichtert auf, als die Tür sich schloss. Dieser Gonzalo Herrera war eigentlich gar nicht so beängstigend. Keine Waffe, kein Messer ... Und Drogen hatte er ihm auch keine angeboten. War es möglich, dass seine Mom die Gefahr überschätzt hatte?

KAPITEL 5

EIN SAUBERER SIEG

Wir sind in Amerika, wo ein verlogener, verkommener Betrüger wie ich bestens gedeihen kann.

Red Dead Redemption

HAGEN WAR SO begierig darauf, Lexie zu sehen, dass er früher als gewöhnlich beim *DigiMart* eintraf. Sein Kollege Wei Ming war der einzig andere Anwesende im Laden. Er räumte Toaster in die Regale und bemühte sich darum, die Schachteln möglichst attraktiv anzuordnen.

Das Systeminterface zeigte die folgenden Informationen über dem Verkäufer an:

Wei Ming "die Katze" Xuan
Alter: 29
Level: 22

LP: 25.000
Kämpfe/Siege: 346/234
Gewicht: 77 kg
Körpergröße: 165 cm

Hölle und Teufel! Selbst Wei Ming war ein Kämpfer, und seine Siegesbilanz war beeindruckend. Und dann auch noch Level 22!

Voller Erstaunen las Mike sich das Profil seines Kollegen durch.

„Hallo, Mike", sagte Wei Ming, ohne sich auch nur umzudrehen.

Sein Gehör war außergewöhnlich. Manchmal erstarrte er plötzlich irgendwo im Laden, legte die Hand hinters Ohr, griff sich dann einen Baseballschläger und ging in den Keller. Seine Bewegungen waren lautlos und schnell. Wenn er zurückkehrte, wischte er den Schläger mit einem Papiertuch ab.

„Heute habe ich zwei auf einmal erwischt."

Gemeint waren Ratten.

Auf täglicher Basis tötete Wei Ming ein paar der Ratten, die sich im Elektrogerätelager eingenistet hatten. Nicht, dass sie dort etwas zu fressen gefunden hätten. Doch sie knabberten die Schachteln an und zerstörten die Verpackungen, was die völlig einwandfreie Ware unverkäuflich machte. Weder mit Fallen noch mit Rattengift war ihnen beizukommen. Also war das zwischen den Ratten und Wei Ming eine ziemlich persönliche Angelegenheit. Mr. Howell, der Besitzer des Ladens, machte ihn in Anerkennung seiner Verdienste sogar zum Angestellten des Monats.

Hagen fragte sich, ob das Vernichten von Ungeziefer als Punkte für Wei Mings Kämpfe und Siege gezählt wurde. Wenn ja, dann könnte das ein Cheat sein.

Er hörte ein knirschendes Geräusch. Es war Wei Ming, der eine Gurke aß – eine Gewohnheit, die Mike immer schon seltsam gefunden hatte.

„Isst du die eigentlich dauernd?"

„Es ist nicht zu unterschätzen, wie gesund Ballaststoffe für einen sind", sagte Wei Ming und deutete mit den Resten des Gemüses nach oben. „Sind gut für den Stuhlgang."

Das, fand Mike, war etwas zu viel Information. Er ächzte als Antwort nur und ging zu seinem Arbeitsplatz, um sein *DigiMart*-Hemd überzustreifen und sich an die Arbeit zu machen. Seine

Aufgabe war es heute, den zerbrochenen Bildschirm eines Laptops zu reparieren. Hagen wusste, wo er alle dazu nötigen Informationen finden konnte – in einem Internetforum, wo viele Hardware-Techniker rumhingen.

Er fand das fragliche Modell und begann, die Beiträge zu lesen. Dann klickte er auf einen YouTube-Link, um sich ein Video anzusehen, in dem ein anderer Techniker erklärte, wie man dieselbe Art von Laptop mit demselben Problem auseinander- und wieder zusammenbaute. Er musste nicht mal sein Gehirn einschalten – es würde ganz einfach sein, den Anweisungen im Video zu folgen.

Die Zeit verflog, doch irgendwann bemerkte Hagen, wie Wei Ming sich plötzlich anspannte. Nachdem er die Quelle des Geräuschs lokalisiert hatte, wandte er sich um und ging zur Kellertür – wie eine echte Katze auf der Pirsch. Unterwegs schnappte er sich den Baseballschläger, der in der Ecke allzeit bereit auf seinen Besitzer wartete.

Nachdem Hagen herausgefunden hatte, welche Art von Bildschirm er brauchte, um den zerbrochenen zu ersetzen, saß er da und wartete auf Wei Mings Rückkehr. Doch ihm lief die Zeit davon. Mike hatte den ganzen vorigen Tag damit verbracht, an der verdammten Xbox zu arbeiten. Der Kunde mit dem Laptop sollte noch vor Mittag wiederkommen.

Er blickte zur Glastür am Eingang. Noch waren keine anderen Kollegen da. Der Sicherheitsmann, dessen Namen Hagen vergessen hatte, war wie gewöhnlich zur nahegelegenen Snackbar gegangen. Es musste ein Kick für sein Selbstbewusstsein sein, wenn alle Junkies vor der Anwesenheit eines Cops Reißaus nahmen. Schließlich brauchte auch der alte Mann mal eine Bestätigung seines eigenen Wertes.

Hagen verließ seinen Arbeitsplatz und ging in den Keller. Als er die Treppen heruntergestiegen war, sah er Wei Ming mit dem Schläger mitten im Raum stehen. In seiner Nähe lagen zwei tote Ratten. Der Schwanz der einen zuckte noch.

Wei Ming holte erneut aus. Man hörte einen Aufprall und ein

Quietschen. Hagen fühlte einen Würgereiz aufsteigen, als sein Kollege mit einem einzigen Satz mehr als einen Meter zurücklegte und erneut mit dem Schläger auf den Boden schlug. Eine weitere Ratte zermatscht.

„He, ein neuer Rekord", verkündete Wei Ming beinahe erstaunt. „Drei an einem einzigen Morgen. Das Ungeziefer hat sich ganz schön rangehalten."

„Na, solange Mr. Howell dich hat, sparst du ihm ganz schön was – ansonsten müsste er den Kammerjäger dafür bezahlen."

Hagen näherte sich dem Regal mit den Bildschirmen und suchte nach dem richtigen Modell.

„Moment mal. Wer ist denn jetzt im Verkaufsraum?", fragte Wei Ming.

„Naja, unser Polizist ist irgendwo hier."

„Mr. Riggs geht jeden Morgen zum Imbiss!"

Hagen sah Wei Ming verständnislos an. Dieser erstarrte und hielt die Hand hinters Ohr. Dann zuckte er zusammen.

„Da kramt jemand im Laden herum! Komm, wir sehen nach!"

Beide rannten nach oben und stürmten in den Verkaufsraum.

Es war genau, wie sie befürchtet hatten. Die Junkies, die der Ex-Polizist verscheucht hatte, mussten vor der Tür rumgehangen sein. Es waren drei Typen da, denen wohl aufgefallen war, dass niemand im Laden war. Einer versuchte gerade, die Kasse aufzubrechen, während die anderen beiden Handys, die sie direkt aus den Ladegeräten in der Auslage gerissen hatten, in ihre Rucksäcke stopften.

„Ya-a-a-a-a-rgh!", schrie Wei Ming und griff seinen Schläger fester, als wäre er ein Schwert, während er auf den nächsten Junkie zustürmte.

Der Schlag kam genau rechtzeitig. Der Möchtegernräuber fiel zu Boden und verstreute Handys über den ganzen Boden.

Mike rannte zu dem an der Kasse.

Recht und Ordnung!
Du bist erzürnt, wenn du auf Gesetzesbrecher triffst.

+3 auf alle Grundwerte
+50 % auf Vitalität
Die Wirkung des Buffs dauert an, bis die Gerechtigkeit wiederhergestellt ist.

Mike beugte sich über den Tresen und verpasste dem Dieb einen immens befriedigenden Kinnhaken. Es war bestenfalls ein leichter Klaps – seine Position war ziemlich ungünstig – doch der reichte aus, um den Junkie auszuknocken.

Verursachter Schaden: 5.950 Punkte (Faustschlag)

Glückwunsch! Du hast deinen Gegner in einem fairen Kampf besiegt!
Erhaltene EP: 1
Auf aktuellem Level (3) erhaltene EP: 2/3

Hagen war froh, zu entdecken, dass es da draußen andere Leute gab, die noch schwächer waren als er. Drogensüchtig oder nicht, das war ihm herzlich egal. Er spürte einen Adrenalinschub, und der Buff beflügelte ihn, als er sich dem letzten Junkie zuwandte. Er machte einen Schritt auf ihn zu, als der etwas aus der Tasche seines Kapuzenpullis zog und es auf Mike richtete.

„Stehenbleiben, Arschloch! Wenn du nich stehnbleibst, mach ich dich kalt, klar? Ich bring dich um, Arschloch, klar? Ich pump dich voller Kugeln!"

Hagen hatte noch nie zuvor in den Lauf einer Waffe geblickt. Er brauchte ein paar Augenblicke, um zu erkennen, dass dieser undefinierbare Gegenstand in der von wunden Stellen bedeckten Hand des Räubers ihm in Sekundenbruchteilen das Leben nehmen konnte. Einfach so. In Sekundenbruchteilen. Ein Schuss wird abgefeuert. Der Körper fällt zu Boden. Dann folgt nichts mehr außer einer Abschiedsmeldung vom Interface und dem Tod. Keine Hoffnung auf einen Respawn.

„Ich drück ab, du Arschloch!", schrie der Junkie stockend

immer weiter. „Mach die Scheiß-Kasse auf, Arschloch. Die Kasse. Ich mach dich kalt, du Miststück!"

Hagen lief ein Schauer den Rücken hinunter. Seine Knie waren weich wie Butter, sein Heldenmut und seine Empörung augenblicklich verschwunden. Er wollte nur auf die Knie fallen, weinen und um sein Leben betteln.

Er öffnete die Kasse, doch es war fast kein Geld darin, nur ein paar Dollar in kleinen Scheinen und wenige Münzen – typisch für die frühe Tageszeit.

Der Junkie richtete seine Waffe auf Wei Ming, der seinen Schläger immer noch wie ein zweihändiges Schwert hielt.

„Lass den Schläger fallen, Schlitzauge, sonst verpass ich dir 'ne Kugel!"

Wei Ming warf seinen Schläger weg. Der Räuber richtete die Waffe wieder auf Hagen. Sein Kinn war vom Schreien voller Speichel. „Gib das Geld her! Scheiße, worauf wartest du? Ich leg dich um, ich schwör's!"

Hagen holte die Scheine und Münzen heraus und reichte sie dem Räuber. „Bitteschön, Sir", wiederholte er aus reiner Gewohnheit immer wieder.

„Willst du mich verarschen, du Miststück? Ich verpass dir 'ne Kugel, hörst du, 'ne Kugel!"

Hagen erschauderte bis ins Mark. Er sah kaum, wie Wei Ming sich bewegte. Der Chinese sprang hoch in die Luft und trat den Junkie genau an die Schläfe. Das Ganze passierte schneller als ein Wimpernschlag. Der Kopf des Räubers zuckte zurück, die Kapuze rutschte ihm vom Kopf und entblößte dieselben wunden Stellen wie an seinen Händen und Armen. Ein kurzes Rauschen und der Fixer lag am Boden.

Wei Ming landete geschmeidig, murmelte etwas auf Chinesisch und spuckte auf den Körper seines bewusstlosen Gegners.

„W-was?", fragte Hagen mit ausdruckslosem Gesicht.

„Ein fehlerfreier Sieg!", übersetzte Wei Ming. „Fatality!"

Hagen konnte das Zittern in seinen Armen und Beinen nicht

unterdrücken. Er hatte immer noch das Gefühl, als hätte jemand eine Waffe auf ihn gerichtet. Alles, was er tun konnte, war, erstarrt hinter dem Tresen zu stehen, ohne einen Finger rühren zu können.

Wei Ming packte einen der Junkies mit nüchternem Gesichtsausdruck am Arm. „Ich brauche hier mal etwas Hilfe."

„Was willst du denn machen?"

„Wir sollten diese Irren rausschaffen, bevor Riggs zurückkommt."

Endlich fiel Mike der Name des Sicherheitsmanns wieder ein. Richtig, er hieß Mr. Riggs. Er löste sich von der Kasse und packte die Beine des Junkies. „Sollten wir es ihm nicht sagen? Wir sollten die Polizei rufen ..."

„Naja, immerhin ist es unsere Schuld. Unser Gelände war ja größtenteils unbewacht. Riggs kriegt wahrscheinlich auch Ärger dafür, dass er seinen Posten verlassen hat."

Einer der Drogensüchtigen kam wieder zu Bewusstsein und bettelte sie an, ihn nicht der Polizei zu übergeben. Die Blutspritzer in seinem Gesicht erinnerten Mike an den kürzlichen Zusammenstoß mit Goretsky.

Wei Ming schüttelte die Faust in Richtung des Junkies. „Dann pack deine Freunde beim Arm und schleif sie hier raus."

Eifrig zerrte der Mann den Körper seines Komplizen in Richtung der Glastür des Haupteingangs.

„Hey", schrie Wei Ming. „Nimm den Hinterausgang, du Penner."

„Tut mir leid, Sir!" Der Junkie zog seinen Kumpel jetzt in die entgegengesetzte Richtung.

Während er schnaufte und keuchte, sammelten Wei Ming und Hagen die Telefone auf und richteten die Auslage wieder her. Die Waffe behielt Wei Ming. Hagen wurde schon beim Anblick der Schusswaffe übel. Er wollte nie wieder etwas mit der Todesmaschine zu tun haben.

Dann wischten die beiden das Blut mit Mopps vom Boden auf.

Die Vordertür öffnete sich. Riggs trat ein und zwirbelte seinen silbrigen Schnurrbart. „Diese verdammten Drogendealer!

Die Streifenpolizisten müssen echt blind sein oder so was. Ich hatte innerhalb von einer Minute raus, wer von dem Haufen ein Dealer ist. Zu meiner Zeit waren die Polizisten noch aus ganz anderem Holz, das sag ich euch, Jungs. Damals hatten die Angst, auch nur ein Bröckchen Hanf zu verkaufen. Und schaut sie euch jetzt an! Verkaufen das Heroin zentnerweise! Ach, nein. Polizisten sind echt nicht mehr das, was sie mal waren. Die jungen Leute haben keinen Respekt mehr vor dem Alter. Diese Hänflinge glauben, sie wissen alles. Überhaupt keinen Respekt mehr vor der Erfahrung und der Weisheit des Alters!"

Riggs nahm kopfschüttelnd seinen üblichen Posten am Eingang ein und schlug eine Zeitung auf. Wei Ming und Hagen tauschten einen wissenden Blick: Der alte Mann würde einen Schlag bekommen, wenn er erführe, was während seiner kurzen Abwesenheit geschehen war.

Hagen machte sich wieder an die Reparatur des Laptops. Wei Ming nahm ebenfalls wieder seinen Posten ein, was in seinem Fall bedeutete, die Gänge entlang zu laufen und auf Kundschaft zu warten. Nach und nach trafen die anderen Angestellten ein. Einige nutzten die Vordertür, andere die Hintertür. Lexie allerdings kam immer durch die Vordertür herein. Hagen war ständig von seiner Aufgabe abgelenkt, weil er auf ihre Ankunft wartete.

Sein Herz machte einen Sprung, als die junge Frau, angekündigt durch ihr Spiegelbild in der Glastür, im Laden auftauchte. Hagen straffte die Schultern, lächelte und winkte.

„Hallo, Lexie!"

Selbst Riggs schaute von seiner Zeitung auf und blickte Hagen verblüfft an, weil der sonst so ruhige Techniker die Kühnheit besessen hatte, die Stimme zu heben.

„Hallo, Leute." Lexies Blick glitt beiläufig über Mike hinweg. Er war so höflich und ausdruckslos wie der, den sie jedem anderen schenkte.

Mike spürte, wie seine Knie butterweich wurden. Es fühlte sich wieder genauso an, wie in den Lauf der Waffe zu blicken.

Andererseits, warum sollte sie sich anders verhalten?

Schließlich hatte er sich nicht über Nacht in einen Traumprinzen verwandelt. Noch war er größer oder ansehnlicher geworden. Oder reicher oder erfolgreicher. Nichts dergleichen. Er war immer noch derselbe Federgewicht-Loser, dem es einmal gelungen war, sie zu überraschen, indem er Goretsky umgehauen hatte, nicht mehr. Das war schließlich noch kein Grund für ein Mädchen, gleich ins Schwärmen zu geraten.

Eine Stunde später war der Laptop fertig. Hagen gab ihn an den Leiter der technischen Supportabteilung weiter und begann mit seiner neuen Aufgabe.

Bis zum Mittagessen geschah nichts Interessantes. Hagen timte es wieder genauso wie letztes Mal, sodass er Lexie auf dem Parkplatz genau dort traf, wo er zuvor Goretsky mit einem wohlplatzierten Schlag ins Land der Träume geschickt hatte.

Er nahm alles zusammen, was er an Keckheit aufbringen konnte. und sagte: „Hey! Hör mal, ich hab nachgedacht. Hast du Lust, essen zu gehen?"

Lexie seufzte. „Mike. Ich hab's dir doch schon gesagt. Abendessen kann ich ganz alleine. Was soll denn daran Spaß machen? Kino kommt auch nicht infrage. Ich dachte, du hast ein Geheimnis. So in der Art ,während der Arbeitszeit ein bescheidener Computertechniker und nachts ein Superheld, der Schurken k. o. schlägt' oder so."

„Lexie ..."

„Aber ich bekomme den Eindruck, dass du auch nach Einbruch der Dunkelheit immer noch derselbe Techniker bleibst."

Das war's dann wohl. Lexie würde jede Sekunde in ihr Auto steigen und davonfahren. Teilnahmslos blickte Hagen sich um, als wollte er eine Bande Schläger (vorzugsweise mit niedrigem Level) herbeirufen, die das Mädchen attackierten, damit er sie wieder retten konnte. Gab es irgendeinen anderen Weg, sie zu beeindrucken?

Lexie wartete kurz ab, wandte sich aber dann, da keine Antwort kam, wieder ihrer Autotür zu.

„Aber ich würde dich wirklich gern einladen ..."

„Sorry, kein Interesse. Für Kinkerlitzchen habe ich keine Zeit."

„... mit mir zu einem illegalen MMA-Kampf zu gehen!", sagte Hagen, bevor ihm klar wurde, worauf er sich da gerade eingelassen hatte.

Lexie hielt inne. „So ein richtig echter?"

„Klar."

„Kämpfst du auch?"

„Nein ... Weiß noch nicht. Vielleicht. Irgendwann."

„Das klingt, als könnte es schon eher mein Fall sein, Mike Björnstad Hagen!"

Bei ihren Worten fühlte sich Mike wie ein Bulle, der mit seinen Hufen auf den Asphalt stampfte. Wer hätte gedacht, dass Lexie seinen zweiten Vornamen kannte?

„Dann sehe ich dich heute Abend?", fragte er mit klopfendem Herzen.

„Okay", antwortete Lexie und stieg wieder ins Auto.

Als Hagen in den Laden zurückkam, beäugte Riggs ihn erneut misstrauisch. Er warf ihm einen schiefen Blick zu, stand dann auf und ging zum Verkäufer an der Kasse. „Dieser mickrige Freak benimmt sich in letzter Zeit komisch. Ist dir das aufgefallen? Im einen Moment ist er traurig, im nächsten fröhlich, und dann sperrt er sich im Bad ein und verbringt eine lange Zeit dort. Schau ihn dir jetzt an, wie er breitschultrig herumstolziert und vor sich hin pfeift."

Der Kassierer nickte zustimmend. „Da ist was dran. Er war immer schon komisch. Aber was ist so seltsam daran, dass jemand pfeift?"

„Mir ist aufgefallen, dass er in letzter Zeit oft zur Hotdog-Bude geht. Nimmt er Drogen? An den Kakerlaken-Hotdogs kann's ja wohl nicht liegen, oder?"

„Gott, ich hoffe, er raubt den Laden nicht aus."

Riggs grinste. „Keine Sorge. Solange ich hier zuständig bin, kommt solches Gesindel nicht mit irgendwas durch."

Hagen und Wei Ming hatten seit ihrer morgendlichen Begegnung nicht mehr miteinander gesprochen, aber ihre Blicke trafen sich gelegentlich. Dann zwinkerte Wei Ming, und Hagen antwortete mit einem Kopfnicken. Er mochte nicht zurückzwinkern, da ihm voll bewusst war, dass ihn das noch alberner wirken lassen würde.

Hagen beschloss, dass er eine Pause von der Reparatur des nächsten Laptops brauchte, und ging zu Wei Ming.

„Ich wollte dir nur sagen, dass ich es sehr bewundert habe, wie du diesen Junkie ausgeknockt hast. War das Kung Fu?"

„Karate. Aber eigentlich hat alles mit *Mortal Kombat* angefangen. Das spiele ich schon seit meiner Kindheit, und dann wollte ich lernen, im wirklichen Leben genauso zu springen und zuzuschlagen. Wie Li Kang. Darum habe ich die ganze Zeit trainiert."

„So was würde ich auch furchtbar gern lernen", sagte Hagen nachdenklich.

„Naja, dem anderen Junkie hast du doch auch ganz schön eine eingeschenkt. Ich hätte nie gedacht, dass so ein, äh ... ruhiger Mensch wie du das drauf hat."

Hagen wurde rot wie eine Tomate. „Ich habe vor Kurzem gewisse innere Ressourcen in mir entdeckt. Und ich habe ein bisschen trainiert."

Er wusste nicht, wie er das Gespräch weiterführen sollte, also wandte er sich zum Gehen. Wei Ming hielt ihn auf.

„He, wegen heute Morgen. Wir haben die Überwachungskameras ganz vergessen. Da ist alles drauf."

„Was machen wir denn dann jetzt?"

„Nichts. Drücken wir nur die Daumen und hoffen, dass sich niemand ansieht, was sie aufzeichnen. Soweit ich weiß, werden die alten Videos irgendwann gelöscht, um Platz zu schaffen."

„Meinst du nicht, wir sollten es trotzdem jemandem erzählen? Wenigstens Lexie?"

„Erwartest du eine Belohnung dafür, dass wir den Laden unbeaufsichtigt gelassen haben? Und Riggs würde das auch in Schwierigkeiten bringen. Sie würden ihn feuern. Und uns auch. Hier ist ja wohl kaum der richtige Ort für MMA-Kämpfe."

Hagen wollte Wei Ming erzählen, dass er Riggs sowieso nie

besonders gemocht hatte. Der ehemalige Polizist behandelte ihn genau wie alle anderen – mit Spott und Sticheleien. Immer, wenn der Büffel Hagen demütigte, lachte Riggs und applaudierte Mr. Goretsky für das, was er dessen „großartigen Sinn für Humor" nannte.

Also antwortete Hagen: „Ich hätte nichts dagegen, wenn sie ihn feuern. Wozu muss er denn zur Hotdog-Bude gehen und sich so aufspielen? Er hält sich immer noch für einen echten Cop, der da ermittelt."

„Was war das mit dem Hotdog-Laden? Was flüstert ihr da herum?", fragte Riggs, der hinter den Ladentischen hervortrat. „Solltet ihr beide nicht arbeiten?"

Wei Ming trat sofort von der Bildfläche ab. Hagen ging ebenfalls zu seinem Arbeitsplatz, verfolgt von einer Litanei aus Ich-behalt-dich-im-Auge-Bürschchen-denk-nicht-mal-drüber-nach-was-anzustellen-ich-krieg-dich-sofort.

Das kommt davon, wenn man jemandem hilft, dachte Hagen niedergeschlagen. *Der alte Knacker ahnt nicht mal, dass wir ihm den Arsch gerettet haben.*

Er verbrachte den Rest des Nachmittags über den Laptop gebeugt. Gelegentlich hob er den Kopf, nur, um Riggs Blick zu begegnen, der ihn drohend anstarrte. Der Ex-Cop vermisste echte Ermittlungsarbeiten so sehr, dass er jeden verdächtigte, kriminelle Gedanken zu haben.

Draußen wurde es dunkel. Riggs Ablösung kam an – ebenfalls ein Ex-Polizist, aber ein jüngerer.

Hagen ließ seinen Morgen Revue passieren und dachte darüber nach, was passieren würde, wenn er es mit ein paar Siegen über Tiere versuchen würde. Wei Ming schien mit den Ratten jedenfalls gute Erfolge zu erzielen. Ob das System die wohl zählte? In diesem Fall könnte er richtig schnell hochleveln. Das wäre der perfekte Cheat. Schließlich bekam er für jeden Levelaufstieg Punkte für seine Werte.

Hagen beschloss, es zu versuchen. Als alle seine Kollegen den Laden verlassen hatten, nahm er Wei Mings Schläger und stieg die Kellertreppe hinunter. Während er an den Regalen mit den Waren entlanglief, hielt er seine Waffe bereit.

„Kommt raus, ihr mieses Ungeziefer. Ich werde mich gut um euch kümmern."

Hagen wurde von einer nie gekannten Hochstimmung gepackt. Endlich hatte er das Gefühl, dass er eine gewisse Präsenz hatte – wie es mit dem Junkie der Fall gewesen war. Er konnte sich zum Verlierer zum Siegertypen wandeln. Jeder hätte Hagen wegen seiner Begeisterung darüber, dass er Junkies besiegte oder seine Absicht ausgelacht, Ratten mit einem Baseballschläger zu Brei zu schlagen. Doch für ihn fühlte sich jeder Sieg wie ein großer Erfolg an.

Jemand, dessen einzige Siege bisher in seiner Einbildung stattgefunden hatten, konnte sich schließlich allein schon über die Tatsache freuen, irgendeine Art von Macht zu haben.

Er hörte ein Geräusch, das von hinter den Kisten mit den Waschmaschinen kam. Hagen erstarrte und versuchte, Wei Ming imitierend, zu erahnen, wohin das Ungeziefer wollte. Langsam und in geduckter Haltung näherte er sich der Ratte. Dann huschte das kleine, graue Wesen an ihm vorbei, und er holte mit dem Schläger aus und schlug zu. Der Schläger prallte vom Boden ab und traf ihn an der Stirn.

Erlittener Schaden: 396 Punkte (Treffer mit Schläger)

Er hob den Schläger auf und rieb sich die schmerzende Stelle. Dann stand er wieder still da. Schließlich musste er den angerichteten Schaden berechnen.

Noch eine Ratte huschte über den leeren Kellerboden. Hagen machte sich daran und schlug wieder zu. Diesmal traf der Schläger auf weiches Fleisch. Der Körper der Ratte verwandelte sich in einen blutigen Brei. Der Schwung ließ sie noch ein Stück weiter fliegen, und sie hinterließ einen blutigen Abdruck auf der Schachtel irgendeines Elektrogeräts.

So konzentriert Hagen auch starrte, er sah keine

Systemmeldung.

Was für ein Pech. Wäre eine tolle Möglichkeit zu cheaten gewesen. Schließlich gab es eine Menge Spiele, in denen der Charakter alle Arten von Nagetieren töten musste. Offenbar galten diese Regeln aber nicht in Hagens Fall. Siege über Ratten, Vögel oder Hunde zählten wohl doch nicht. Oder musste er sie mit den Fäusten totschlagen?

Hagen lachte bei der Vorstellung, wie er Ratten durch den ganzen Keller jagte und versuchte, sie k. o. zu schlagen, und ging dann nach oben.

Es war Zeit, nach Hause zu gehen und sich für das Treffen mit Lexie fertigzumachen.

Kapitel 6
Lasst es krachen!

Da du ja die Regeln kennst, spiel am besten die Weißen – die fangen an.

American McGee's Alice

GONZALO – DER LATINO, mit dem Hagen kürzlich gesprochen hatte – hatte recht gehabt. Man musste schon blind sein, um das Schild des *Dark Devil Clubs* zu übersehen. Die Front sah aus, als würden Flammen auf dem Dach eines niedrigen Gebäudes tanzen. Überall in der Nähe des Eingangs parkten Autos, und etwas weiter weg stand ein ganzer Haufen Motorräder. Das Lokal schien geradezu zu schreien: „He, schaut mal! Alles hier ist absolut illegal! Man könnte alle hier verhaften und sofort Beweise finden, dass sie etwas verbrochen haben."

Der Besitzer musste mit der örtlichen Polizei unter einer Decke stecken – auf der gegenüberliegenden Straßenseite parkten zwei Streifenwagen. Träge musterten die Cops die Schlange vor dem Eingang und beobachteten die lärmende Biker-Gang. Es war offensichtlich, dass sie auf den Club aufpassten.

„Wow, was für ein Schuppen!", rief Lexie. „In so einem war ich noch nie!"

Hagen beobachtete sie, wie sie aus dem Auto ausstieg, und

der Mund blieb ihm offen stehen. Lexie trug ein kurzes, dunkelrotes Kleid. Er verstand nicht ganz, was sie mit ihren Haaren gemacht hatte, aber sie ließen sie noch attraktiver wirken. Ihre hohen Absätze trafen mit einem kratzenden Geräusch auf den Asphalt, und Hagen hatte plötzlich Schmetterlinge im Bauch.

Dann packte ihn die Angst und er hatte die paranoide Vorstellung, dass er zu weit gegangen war. Lexie war weder Sheila mit ihren Tattoos und ihrer Misanthropie, noch Jessica, die ihn für den erstbesten Typen verlassen hatte, auch nur im Entferntesten ähnlich. Geradezu banale Assoziationen füllten seinen Kopf – ein Model aus der Werbung oder zumindest eine Ansagerin bei der Wettervorhersage. Alleroberste Liga. Und noch dazu mindestens 15 cm größer als Hagen. In Ermangelung übergriffiger Goretskys würde er sich etwas anderes einfallen lassen müssen, um sie bei der Stange zu halten.

„He, was soll denn der Zombieblick? Mach schon, gehen wir rein", befahl sie.

„Klar doch, klar", murmelte Hagen und blickte sich um. „Gehen wir rein ... äh-h-h ..."

Er führte Lexie ans Ende der Schlange. Sie nahmen ihren Platz hinter zwei Bodybuilder-Typen in engen Shirts ein.

„Anstehen ist so nervig", stöhnte Lexie.

„Gib mir 'ne Sekunde", murmelte Mike. Er nahm all seinen Mut zusammen und ging zum Anfang der Schlange, ohne die feindseligen Blicke der anderen zu beachten. Lexie beschloss, sich ebenfalls vorzudrängen, und schloss zu Mike auf.

Hagen erstarrte, als er beim Türsteher ankam. Der Kerl bestand nur aus Muskeln und war weit über 1,90 m groß. Und er machte sich nicht die Mühe, auch nur in Mikes Richtung zu schauen.

„Ähm ... Ich möchte zu Gonzalo."

Keinerlei Reaktion.

„Mir wurde gesagt ... er sei hier."

Der Türsteher schob ihn beiläufig und ohne ein Wort zu sagen wie einen leeren Wäschekorb beiseite und ließ ein Mädchen im weißen Pelzmantel ein.

Doch Hagen baute sich erneut vor dem großen Flegel auf und sagte, jetzt lauter: „Sir, entschuldigen Sie, aber ... Gonzalo hat mich hierher eingeladen. Gonzalo Herrera."

Der Türsteher schob ihn beiseite, um mehr Besucher einzulassen, und zischte Hagen zwischen zusammengebissenen Zähnen zu: „Wenn du noch einmal zu mir kommst, schmeiß ich dich raus, dass du auf deinen Arsch fliegst."

Hagen las die Systemmeldung.

Enrique „der Hüne" Noel
Alter: 29
Level: 21

LP: 50.000
Kämpfe/Siege: 402/214
Gewicht: 122,5 kg
Körpergröße: 207 cm

Der würde nicht nach einem einzigen Schlag einfach umkippen, soviel war sicher.

„Aber Gonzalo hat mir gesagt ..."

Der Hüne warf Hagen einen aggressiven Blick zu. Mike machte peinlich berührt einen Schritt rückwärts und trat dabei beinahe Lexie auf den Fuß. Schöne Scheiße. Er hatte einen guten Eindruck machen wollen, aber genau das Gegenteil erreicht.

Plötzlich trat Lexie vor. „He, du, Muskelprotz. Bist du taub oder was? Hast du nicht gehört, was Mr. Hagen gerade zu dir gesagt hat? Wir sind Gäste von Gonzalo ... äh, Herrera. Auf spezielle Einladung. Also schieb deinen breiten Hintern zur Seite und lass uns rein!"

Der Hüne grinste und deutet mit dem Finger auf Lexie. „Du kannst reinkommen." Dann zeigte er mit dem Finger auf Hagen. „Was dich betrifft: Stell dich hinten an."

„Bist du taub oder einfach nur blöd? Oder vielleicht beides? Wir sind hier, um Gonzalo Herrera zu treffen."

Hagen sah Gonzalo hinter dem massigen Türsteher auftauchen.

„Wie kommt es, dass eine solche Schönheit mich kennt, ich sie aber nicht? Natürlich erwarte ich dich! Gonzalo Herrera ist mein Name."

„Ich bin Lexie." Das Mädchen schüttelte ihm die Hand.

Gonzalo bemerkte Hagen, der verloren dastand. „Yo, Bro! Toll, dass du hier bist!" Er wandte sich an den Türsteher. „Lass sie rein. Das sind meine Gäste."

Der Hüne konnte sich allerdings nur dazu durchringen, zu Lexie höflich zu sein. Sobald Hagen näher kam, blockierte der Rausschmeißer die Tür erneut mit seinem Körper. Nur mit einem abschätzigen Blick signalisierte er Mike, dass er eintreten durfte. Also quetschte sich Hagen zwischen ihm und dem Türrahmen durch und fühlte sich dabei wie ein totaler Niemand.

Sobald mein Schaden 50.000 Punkte erreicht hat, bist du als Erster dran, dachte er rachedurstig.

GONZALO FÜHRTE SIE durch den Club und sprach dabei mit erhobener Stimme, um die Musik zu übertönen. „Der Ring ist im Keller. Im Erdgeschoss haben wir nur eine Tanzfläche, ein paar Bartresen und Tische. Kämpfer kriegen Ermäßigung."

Lexie schritt neben Gonzalo her und ließ Hagen hinter sich. Sie drehte den Kopf in alle Richtungen und deutete mit dem Finger. „Hey, ist das nicht CJ, der Rapper? Und direkt daneben seine Freundin, dieses russische Model?"

„Gut erkannt", nickte Gonzalo. „Und das da neben ihnen ist der Sohn des Bürgermeisters. Der Typ an dem Tisch dort schreibt Drehbücher für irgendein Studio in Hollywood. Und da weiter hinten ist ein Regisseur aus Europa. Der alte Kerl am Tisch links ist ein UFC-Produzent. Ich kenne ihn nicht persönlich und habe keine Ahnung, was er in dieser Kaschemme hier will. Aber die ganzen

Promis hier haben neuerdings eine Vorliebe für solche Clubs wie unseren entwickelt. Also ignoriert die Inszenierung. Wir müssen den Eindruck aufrechterhalten, dass das Lokal illegal ist und von der Mafia betrieben wird. Dieser Teil hier hat aber alle nötigen Lizenzen und den ganzen Papierkram."

„Warum ‚wir'? Bist du einer der Gründer?"

„Schön wär's. Ich bin nur ein ganz normaler Typ. Aber ich kämpfe schon sehr lange. Und ich helfe dabei, Kämpfe zu organisieren. Ich manage den Zeitplan für die Kämpfe und denke mir cool klingende Namen für die Kämpfer aus. Und so Zeug."

„Das muss so spannend sein!", rief Lexie. „Dagegen bin ich als stinknormale Verkaufsleiterin ja total langweilig."

Hagen starrte missmutig die fremden Leute an, während er sich anstrengen muss, um mit Lexie Schritt zu halten. Die Tatsache, dass das Mädchen ihn völlig vergessen zu haben schien, verletzte ihn tief. Sie hörte ausschließlich Gonzalo zu und lachte über seine Witze. Allgemein verhielt sie sich, als wäre Hagen nicht einmal in der Nähe.

Herrera führte sie zu einem der Tresen, half Lexie, auf einem der hohen Barhocker Platz zu nehmen, und setzte sich daneben. Es gab nicht genug Stühle, sodass Hagen gezwungen war, zu stehen. Sein Kinn befand sich beinahe auf derselben Höhe wie die Theke.

Gonzalo rief den Barkeeper.

„Was wollt ihr trinken?"

„Einen Daiquiri", bestellte Lexie.

Hagen entschied sich für ein Bier.

Gonzalo sagte, er bliebe beim Wasser, da er später noch kämpfen würde.

„Ich drück dir die Daumen", sagte Lexie.

„Was nützt einem Daumen drücken, hm? Setz einfach ein paar Kröten. Obwohl, wenn Mike kämpfen würde, würde ich auf ihn wetten. So wie er aussieht, glaubt kein Mensch, dass er ein ernstzunehmender Kämpfer ist. Sorry, ich wollte dich nicht dissen, Alter. Du hast deine Meinung nicht geändert, oder?"

Hagen nahm einen Schluck Bier und schüttelte den Kopf. „Ich

glaube, ich bin noch nicht so weit."

„Alter, wenn ich nicht gesehen hätte, wie du gegen Juan gekämpft hast, würde ich meinen, du ziehst den Schwanz ein."

Überraschend stimmte Lexie zu: „Ja, wenn ich nicht gesehen hätte, wie du Goretsky umgehauen hast, würde ich auch vermuten, dass du ein Feigling bist. Was ist denn los mit dir?"

Hagen hob die Schultern und mied ihre Blicke. Er konnte ihnen ja schlecht eingestehen, was alles mit ihm los war, oder? Dass er tatsächlich ein Feigling war. Dass er sich davor fürchtete, sich auch nur vorzustellen, wie er eine Faust ins Gesicht kriegte, die ihm die Nase brach, seine Lippen in eine blutige Masse verwandelte, ihm die Zähne ausschlug und so weiter. Er hatte ein sehr lebhaftes Bild vor Augen, wie sein Blut im Ring spritzte. Er schüttelte den Kopf, um die Vision zu verscheuchen.

Gonzalo blickte über Hagens Kopf hinweg zu jemandem auf, nickte dann und wandte sich an Lexie. „Also. Jetzt habt ihr offiziell die Erlaubnis, den Keller zu betreten. Ihr habt die Überprüfung bestanden."

„Die Überprüfung?" Lexie sah überrascht aus.

„Klar. Glaubt ihr, es kann jeder einfach so in die Halle mit dem Boxring reinspazieren? Die Security-Leute an der Tür sind nur ganz normale Türsteher für das Club-Publikum. Wer einen Kampf sehen will, muss eine Extra-Überprüfung bestehen. Schließlich sind die Kämpfe nicht zu 100 % legal. Ich meine, das Wetten auf die Kämpfe ist illegal. Zumindest nach den Gesetzen unseres Staates. Aber solange der Junior des Bürgermeisters seinen Anteil kriegt, sind die Cops nicht wirklich ein Problem."

Niedergeschlagen stand Hagen da. Noch nie war er in so einem Club gewesen. Tatsächlich ging er nie in irgendwelche Clubs. Das hier war nicht annähernd so wie in *Chuck's Bar*, wo er ein billiges Glas Bier bestellen und es auf einem Stuhl in der Ecke trinken konnte, während er die Mädchen beobachtete. Hier waren alle Besucher wichtige Typen – die einzig gewöhnlichen Leute waren entweder Kämpfer oder hübsche Mädchen, die sich unter Filmregisseure, Politikerkinder und Geldsäcke aller Art mischten.

71

Mike fühlte sich wie ein Niemand, der sich in den Club geschlichen und kein Recht hatte, hier zu sein. Jeden Moment würde der Hüne auftauchen, ihn am Kragen packen und hochkant rauswerfen.

Lexie und Gonzalo standen von ihren Barhockern auf und gingen in Richtung Kellereingang, der von einer Vorhangfassade verdeckt war. Hagen war nicht mehr als ein Schatten, der sie begleitete. Er nahm einen großen Schluck und folgte ihnen lustlos, nachdem er ein paar Scheine auf dem Tresen hinterlassen hatte, um für sein Bier und Lexies Cocktail zu bezahlen.

DER EINGANG ZUM Keller wurde von einem Typen bewacht, der der Zwillingsbruder des Türstehers draußen hätte sein können: ein Muskelberg von weit über 1,90 m Größe.

Der Raum war nicht besonders groß. Die Hälfte davon wurde von einem Ring eingenommen – genau wie der in Ochoas Studio, ein gewöhnlicher Boxring. Dieser war umgeben von einer niedrigen Absperrung und etwa einem Dutzend Sitzen, die etwas höher platziert waren. Sie schrien geradezu „VIP", ohne dass eine Beschilderung nötig gewesen wäre. Der Rest der Zuschauer stand einfach herum, als wären sie in einem Zoo. Ein Mann im Smoking mit Fliege und einem Mikrofon schritt durch den Ring.

Gonzalo drängte sich durch die Zuschauer und führte Lexie geradewegs zur Absperrung.

Hagen folgte ihnen fast gegen seinen Willen. Als er die braunen Flecken auf dem Stoff, mit dem die Absperrung bedeckt war, bemerkte, ignorierte er sie angestrengt.

Er hatte bereits gesehen, wie Gonzalo den Arm um Lexies Taille gelegt und ihr etwas ins Ohr geflüstert hatte. Hagen spürte, wie ihm das Blut ins Gesicht stieg. Hatte er das Mädchen in den Club mitgenommen, nur, um zusehen zu müssen, wie jemand anders sie im Arm hielt? Er versuchte, sich zwischen die beiden zu quetschen.

Lexies Reaktion war ein Aufschrei, während Gonzalo ihn fragte: „Hey, Bro, sorry. Also läuft da doch was zwischen euch? Hätte ich nie gedacht."

„Zwischen uns läuft gar nichts! Wir arbeiten nur zusammen", beeilte Lexie sich, einzuwerfen.

Hagen kam nicht einmal zu Wort, bevor Gonzalo ihn beiseiteschob und wieder etwas in Lexies Ohr flüsterte. Sie lachte auf und bog dabei den Kopf zurück. Ihre Augen strahlten.

Hagen war bereits aufgefallen, dass Systemmeldungen automatisch über Leuten auftauchten, die ihm Kummer machten oder potenziell zum Gegner werden konnten. Genau wie jetzt – ungebeten erschien eine Systemmeldung:

Gonzalo „Killa" Herrera
Alter: 26
Level: 6

LP: 37.000
Kämpfe/Siege: 25/20
Gewicht: 78 kg
Körpergröße: 186 cm

Das System schien zu suggerieren, dass vor ihm ein Gegner stand und Mike sich auf einen Kampf vorbereiten sollte. Doch es widerstrebte Hagen, gegen Gonzalo zu kämpfen.

Die Menge schrie auf, was ihn nur wieder erschauern ließ. Das Publikum sammelte sich um den Ring und schob Hagen weiter und weiter von Lexie und Gonzalo fort. Männliche wie weibliche Körper drückten sich gegen ihn, und er hatte keine Chance, an seinen früheren Platz zurückzukehren. Ein ältlicher Typ mit biederem Lehrerblick stand bereits dort, brüllte etwas und schüttelte seine Faust.

Zwei Kämpfer betraten den Ring. Ihre Namen waren angekündigt worden, doch Hagen erinnerte sich an keinen der beiden. Sie nahmen ihre Plätze in den Ecken ein, und der Ansager brachte das Mikrofon mit seinem lauten „Lasst es krachen!" fast zum Explodieren.

Ein Gong ertönte und trug ebenfalls zum Lärmpegel bei. Die Kämpfer hatten gerade in der Mitte des Rings die Handschuhe zusammengestoßen. Beide nahmen Kampfhaltung an. Wider Willen war Hagen als eingefleischter Fan von UFC-Kämpfen im Fernsehen neugierig geworden. Und das hier war live und geschah direkt vor seinen Augen.

Er quetschte sich zwischen den alten Mann und einen weiteren Zuschauer. Beide waren größer als er, und Hagen hatte das Gefühl, ihnen nur bis zu den Ellenbogen zu reichen.

Die Kämpfer im Ring hatten es nicht eilig mit dem Kämpfen. Sie umkreisten einander und testeten nur gelegentlich mit einzelnen Schlägen die Abwehr des anderen. Der Ansager war sich voll bewusst, dass der Kampf keine große Show werden würde, und brüllte weiter ins Mikrofon, um die Stimmung anzuheizen. Selbst Hagen wurde es langweilig. Er blickte hinüber zu Gonzalo und Lexie und sein Blick verschwamm. Sie umarmten einander bereits auf sehr eindeutige Weise. Lexie beobachtete die Kämpfer, wie sie durch den Ring tanzten, und Gonzalos Hand war fast ganz unter ihrem Kleid verschwunden.

Konnte es sein, dass Goretsky von vornherein recht gehabt hatte? War es möglich, dass Lexie eine dieser Frauen war, die auf Bad Boys standen? Wenn das so war, würde er Gonzalo nie das Wasser reichen können. Hagen mochte besser darin sein, kaputte Spielekonsolen zu reparieren, aber das war keine Fähigkeit, mit der man bei Mädchen punkten konnte.

Endlich wurde die Action im Ring etwas interessanter. Der Kämpfer in den blauen Shorts traf seinen Gegner ein paarmal und drängte ihn in die Ecke. Der andere war nur noch in der Defensive und hielt die Handschuhe schützend vor sich. Ekstatisch schrie die Menge auf und übertönte die Worte des Ansagers.

Hagen sah wieder zu Lexie hinüber. Ein Kellner kam auf Gonzalo zu, reichte dem Mädchen einen Cocktail und sagte etwas zu ihm, das Mike nicht verstehen konnte. Gonzalo nickte Lexie zu und folgte dem Kellner. Sofort drängte Hagen sich durch die Menge, ohne auf die verärgerten Zuschauer zu achten. Er brauchte nicht lange, um die junge Frau zu erreichen.

„Hey, Mikey! Und ich dachte schon, du wärst heimgegangen."

„Bin ich nicht, Lexie. Ich bin genau hier gestanden und habe alles gesehen."

„Alles? Was genau meinst du?" Lexie runzelte verwirrt die Stirn. Dann leuchtete ihr Gesicht auf. „Danke, Mikey! Ich finde den Schuppen hier echt cool, und ich bin dir dankbar, dass du mich hierhin mitgenommen hast. Gonzalo hat versprochen, mir nächstes Mal einen dieser VIP-Sitze zu reservieren."

„Nächstes Mal", echote Hagen missmutig. „Aber wollten wir nicht ...? Wir beide? Lexie, ich möchte mit dir reden."

Das Mädchen hörte schon nicht mehr zu. Sie hob die Faust und stieß einen lauten Schrei aus. Hagen sah zum Ring. Der Typ in den blauen Shorts lag reglos am Boden. Blut lief aus seiner Nase auf den völlig verdreckten Boden. Der Kämpfer, der eben noch in defensiver Pose in der Ecke gestanden war, sprang in die Luft, hob die Fäuste und brüllte triumphierend.

Der Ansager rief: „Der erste Kampf endet mit dem ersten Knockout! Eine schöne Überraschung für Sie am heutigen Abend! Und wir halten noch mehr Überraschungen bereit, das garantieren wir Ihnen!"

Der Ansager verließ den Ring, und es gab eine Pause. Seine Stimme wurde durch den neuesten Hit von CJ ersetzt, der aus den Lautsprechern dröhnte.

Hagen sah Lexie zum letzten Mal heute Abend an, wie er dachte, und wollte sich eben daran machen, den Club zu verlassen. Er fand sich bereits damit ab, seinen Job im Laden zu kündigen, um sie nie wiedersehen zu müssen. Dann blieb er stehen, als er Gonzalo beim Ausgang sah. Der Latino hatte sich bereits in sein Boxer-Outfit geworfen und boxte in Vorbereitung auf den Kampf in die Luft. Der Ansager stand in seiner Nähe.

Der bereits bekannte rote Nebel legte sich über Hagens Gesichtsfeld, um ihm einen neuen Debuff anzukündigen.

Eifersuchtsanfall (1 Stunde)
Du bist eifersüchtig auf das Objekt deiner Begierde!
Warnung! Hohe Wahrscheinlichkeit spontaner Wut!
Warnung! Deine Aggro-Reichweite hat sich soeben vergrößert!
–75 % auf Selbstkontrolle
–1 auf Geschicklichkeit
+4 auf Stärke
+2 auf Ausdauer

Voller Selbstverachtung schüttelte er den Kopf. Warum musste er schon wieder davonlaufen? Warum hatte er solche Angst? Ochoa hatte ihm doch gesagt, dass ein Boxer keine Angst haben durfte. Warum zeigte er nur andauernd Schwäche? Hatte er nicht ein geheimnisvolles Interface der *Erweiterten Realität* erhalten? Vielleicht war er der einzige Mensch auf dem Planeten, der so etwas hatte, verdammt noch mal. Machte ihn das nicht zu so einer Art Superheld?

Hagen ballte die Fäuste und schritt selbstbewusst auf Gonzalo zu.

Sein Kumpel schenkte ihm ein freundliches Lächeln. „Yo, Mikey, Bro! Sorry wegen der Sache mit dem Mädchen. Aber sie hat damit angefangen. Nichts für ungut, hoffe ich?"

„Nicht im Mindesten."

„Yo, was geht, Alter?"

„Ich will im Ring antreten."

„Klar, Bro. Ein bisschen später. Ich setz dich auf die Liste. Der erste Kampf ist absolut scheiße gelaufen. Darum haben sie mich gebeten, früher zu kämpfen."

„Bro, das hab ich nicht gemeint. Ich will gegen dich kämpfen."

„Aber, hey, Bro ..."

Der Ansager drängte sich zwischen sie. „Genau das, was wir brauchen! Das Publikum liebt Überraschungen. Nur eins, Killa: Bitte hau den Schwächling nicht sofort um. Scheuch ihn eine Weile durch den Ring. Lass ihnen Zeit, die Show zu genießen."

Gonzalo wandte sich dem Ansager zu. „Dieser *Schwächling* hat es geschafft, Juan Manuel k. o. zu schlagen."

Ungläubig musterte der Ansager Hagen. „Uh … Das kaufe ich dir nicht ab, tut mir leid. Aber das ist noch mehr Wasser auf unsere Mühlen. Also, wie war dein Name? Mike, hm? Dann schwing dich, Mikey. Lauf schnell in den Umkleideraum. Da hilft dir jemand, das richtige Outfit zu finden und die Handschuhe anzuziehen. Wie soll ich dich ankündigen?"

Hagen stand eine Sekunde lang stumm da. Der Spitzname, den das System ihm verpasst hatte, war wenig schmeichelhaft. Dann sprach er ihn unentschlossen aus: „Mike ‚Die Heulsuse' Hagen."

KAPITEL 7

DER LOWKICK

Ein Toaster ist nur ein Todesstrahl mit geringerer Leistung!

Fallout New Vegas

HAGEN BEREUTE SEINE Entscheidung sofort. Selbst der Eifersuchts-Debuff, der ihm fast den letzten Rest gesunden Menschenverstands geraubt hatte, änderte das nicht.

Sein idiotisches Unterfangen tat ihm bereits leid, als die Crew in der Umkleidekabine in den Klamotten herumwühlte, um ein Paar Shorts für ihn zu finden. Was gar nicht so einfach war, denn die kleinste Größe war nicht leicht aufzutreiben. Dasselbe galt für den Unterleibschutz.

Hagen hörte sie hinter seinem Rücken sticheln: „Wozu braucht der Dreikäsehoch denn überhaupt Eier? Ist ja nicht so, als käme jemals jemand auf die Idee, den zu vögeln!"

Bei dem folgenden lauten Gelächter zuckte er zusammen und spannte sich an.

Er bereute immer noch, als er die Handschuhe anprobierte – keine Boxhandschuhe wie in Ochoas Studio, sondern dünnere, fingerlose. Hagen wusste bereits, dass in MMA-Kämpfen diese Variante zum Einsatz kam. Damit war es einfacher, den Gegner zu packen.

Tatsächlich bedauerte er das am meisten. Wie sollte er kämpfen, wenn er nur einen einzigen Kampf-Move draufhatte? Was, wenn Gonzalo jede Menge Moves kannte? Dinge wie Jiu Jitsu oder Kickboxen zum Beispiel? Ganz zu schweigen von Sprung-Kicks wie Wei Ming? Das hier war schließlich nicht Ochoas Studio, wo jeder sich an die Regeln hielt. Was, wenn ...?

„Dein Mundschutz", brummte ein Crew-Mitglied.

Hagen steckte sich den vom Einweichen nassen Mundschutz in den Mund, wo er seinen Lippen im Weg war und an seinem Gaumen schabte. Beides war nicht besonders angenehm. Das Ding war alles andere als bequem.

„Ist das okay?"

„Nicht wirklich."

„Für solche wie dich ist es allemal gut genug."

Jemand klopfte ihm auf die Schulter. „Bereit? Zum Ring geht's da lang! Die Zuschauer sind schon sauer, weil die Pause zu lang dauert."

Hagen trat aus dem Umkleideraum, und es kam ihm vor, als würde er von einer Klippe in einen tosenden Ozean stürzen. Das Geschrei der Menge vermischte sich mit CJs Rap zu einem unbestimmten Lärm. So hatte sich Mikey seinen ersten Kampf im Ring nicht vorgestellt. Keine eigene Erkennungsmelodie, keine Mädchen in Bikinis und kein Team zu seiner Unterstützung. Er hatte sich immer Eminems *Lose Yourself* als Erkennungs-Song gewünscht.

Eine abgekaute Limettenscheibe, die nach Wodka stank, traf ihn im Gesicht – offensichtlich genau zu diesem Zweck von einem der Zuschauer aus einem Cocktail gefischt und nach ihm geworfen. Sie traf ihn direkt aufs Auge, doch Hagen tapste weiter und rieb sich das Augenlid.

Gonzalo sprang bereits im Ring herum und schattenboxte. Sein tätowierter Rücken glänzte im Scheinwerferlicht. Die Menge brüllte anerkennend.

Als Hagen sich dem Ring näherte, erinnerte er sich an einen

von Ochoas Ratschlägen. „Du kannst nicht boxen, wenn du dich nicht aufgewärmt hast", hatte der alte Mann ihm gesagt. „Mike Tyson, dein Namensvetter, hat sich vor jedem Kampf zehn Minuten lang aufgewärmt, bis ihm der Schweiß im Gesicht stand. Und er war einer der ganz Großen. Ein gewöhnlicher Sterblicher wäre dann bereits erschöpft, ein wahrer Boxer fängt da gerade erst an."

Hagen stellte sich vor, wie er im Ring windelweich geprügelt werden würde, was seinen Status als gewöhnlicher Sterblicher bestätigen würde.

Doch sein gesunder Menschenverstand war durch den Debuff beeinträchtigt. „Scheiß aufs Aufwärmen", beschloss Hagen. „Das hier ist MMA, also kann ich das einfach überspringen. Die Hauptsache ist es, dass ich dem Mistkerl einen Kinnhaken verpasse. Der Rest ist egal."

Jemand half Mike in den Ring, doch er schaffte es trotzdem, sich in den Seilen zu verheddern. Die Menge lachte. Der Ansager betrat den Ring von der anderen Seite und sprach ins Mikrofon. Er musste Witze auf Mikes Kosten gerissen haben, denn das Publikum brach erneut in Gelächter aus. Mike war immer sehr empfindlich gewesen, wenn er zur Zielscheibe eines Scherzes geworden war, selbst wenn er den genauen Grund nicht verstand.

Er drehte sich um und fand Lexies Blick in der Menge. Die junge Frau lächelte nicht – tatsächlich wirkte sie ziemlich besorgt. Also war ihr Hagen doch nicht völlig egal. Er spürte einen Selbstbewusstseinsschub, straffte die Schultern und winkte ihr zu. Lexie antwortete mit einem leichten Nicken und sah von ihm weg zu Gonzalo.

Der Ansager rückte sich die Fliege zurecht und kam nach vorne. „Wie versprochen kommt hier eine weitere Überraschung. Der Kämpfer in der linken Ecke ist unser aller Liebling – ein Anfänger, der nichtsdestoweniger unglaubliches Potenzial zeigt. Hier ist Gonzalo ‚Killa' Herrrrrrera! Der Junge hat eine große Zukunft vor sich."

Das Johlen der Menge übertönte die letzten Worte des Ansagers. Als der Lärm verebbt war, hörte Hagen etwas über sich selbst:

„... rechten Ecke ... unsichere Zukunft, besonders nach einem Kampf gegen Killa! Hier ist Mike ‚Die Heulsuse‘ Hagen!"

Die Zuschauer brüllten vor Lachen und warfen Obststücke und Eiswürfel aus ihren Cocktails in den Ring.

Der Ansager hielt Mike das Mikrofon hin. „Willst du uns ein bisschen was über dich erzählen? Warum eigentlich ‚Heulsuse‘?"

„Äh-h-h ... Ich weiß nicht so genau."

„Naja, gleich werden wir es rausfinden! Lasst es krachen!"

Der Gong ertönte. Mike zuckte zusammen, während Gonzalo den Ring schnell durchquerte und seine Fäuste auf ihn richtete. Mike sprang zurück und schützte seinen Kopf. Bilder von aufgeplatzten Lippen und ausgeschlagenen Zähnen blitzten vor seinem inneren Auge auf.

Erneut brandete aus dem Publikum ohrenbetäubendes Gelächter auf.

Hagen wurde rot und streckte seine Fäuste ebenfalls nach vorne. Gonzalo griff gar nicht an. Er wollte nur zur Begrüßung die Fäuste mit ihm zusammenstoßen.

„Hey, Bro, bist du in Ordnung?", fragte Gonzalo mit besorgtem Blick. „Bist du sicher, dass du das durchziehen willst? Bist wohl kein Publikum gewöhnt, was?"

Hagen nickte und stieß die Fäuste zweimal mit Gonzalo zusammen. Er erinnerte sich an seinen Kampf mit Juan. Damals waren die Bedingungen natürlich anders gewesen: Es hatte außer ein paar anderen Boxern aus dem Studio und dem alten Ochoa keine Zuschauer gegeben. Er beschloss, dass er sich zunächst einmal sammeln musste. Anstatt daran zu denken, von tausend Leuten ausgelacht zu werden, musste er sich auf seinen Gegner konzentrieren und sich vorstellen, dass niemand anders anwesend war.

Der Gegner würde ihn wahrscheinlich besiegen. Aber eine Niederlage war ja wohl nichts Besonderes, oder?

Er wünschte sich nur, dass es nicht zu sehr wehtun würde ...

GONZALOS ERSTER SCHLAG an die Seite von Hagens Gesicht ernüchterte ihn ganz schnell. Es tat also doch weh. Und höchstwahrscheinlich würde es noch viel mehr wehtun. Gonzalos erster Faustschlag war nicht stark – er wollte Hagen nur helfen, sich im Ring etwas wohler zu fühlen.

Erlittener Schaden: 2.150 (Faustschlag auf Wangenknochen)

Hagen nahm eine Boxerpose ein, wie Ochoa es ihm beigebracht hatte. Sein Körper war dem Gegner zugewandt, die rechte Schulter hochgezogen und sein Kinn lag darauf. Der linke Arm war für die Abwehr und der rechte immer bereit, zuzuschlagen. Als er sich bewegte, damit sein Gesicht Gonzalo zugewandt war, erstarrte er beinahe.

Der Latino bewegte sich in einer Kurve, fast wie der Zeiger einer Geschwindigkeitsanzeige, und wirkte dabei völlig entspannt. Von links nach rechts und wieder zurück. Er hielt seine Arme anders. Er bewegte das Bein, als wollte er zutreten, aber Hagen schaffte es, mit einem Schritt zurück auszuweichen. Wie sollte er nur gegen so einen Gegner ankommen? Er ließ Mike nicht einmal nah genug an sich heran, um zuzuschlagen.

Hagen merkte, dass er die Arme immer wieder verspannte, und versuchte, sie zu lockern. So würde er müde werden, bevor überhaupt irgendeine Action begonnen hatte! Er ermahnte sich selbst, sich zusammenzureißen.

Wenn ich das hier überlebe, bitte ich Wei Ming auf jeden Fall, mir alles über Kicks beizubringen, dachte er, während er einer weiteren Finte Gonzalos auswich.

Hätte sich Hagen besser mit Kickboxen ausgekannt, wären ihm allerdings Gonzalos viele Fehler aufgefallen – er ließ seine Deckung offen und bewegte das Becken beim Treten nicht nach vorne. Hagen hatte von all dem keine Ahnung. Auf ihn wirkte es, als

82

wäre die Technik seines Gegners phänomenal. Ständig spürte er Gonzalo direkt auf seinen Nasenrücken starren, wie ein Scharfschützengewehr mit Laser-Zielfernrohr. Hagen hingegen konzentrierte sich auf die Arme und Beine seines Gegners, aus Angst, den Anfang eines Angriffs zu verpassen.

Gonzalo machte zwei schnelle Schritte, drehte sich und führte den langerwarteten Kick aus. Doch er zielte nicht auf den Kopf, sondern auf den unteren Teil von Mikes Körper.

Hagen schaffte es kaum, auf den Beinen zu bleiben. Ein plötzlicher Schmerz flammte in der Mitte seines rechten Oberschenkels auf und breitete sich in seinem ganzen Körper aus. Alles verschwamm vor seinen Augen. Automatisch schlug Hagen zu, ohne sich seiner Handlung bewusst zu sein, und versuchte dabei, die Tränen zurückzuhalten. Schließlich wehrte Gonzalo in diesem Augenblick nicht ab. Zwar nur eine Sekunde lang, aber für einen Gegenangriff würde Hagen noch weniger Zeit brauchen ...

Seine Faust sauste durch die Luft. Gonzalo war bereits außerhalb seiner Angriffsreichweite.

Die Stimme des Ansagers klang, als käme sie aus einem Verlies: „Meine Damen und Herren! Jetzt sehen wir, dass Mikey, die Heulsuse, seinen Spitznamen nicht umsonst trägt. Er weint, weil er verliert ... Der arme Kerl ..." Der Lärm übertönte alle weiteren Worte des geheuchelten Mitleids.

Hagen war sich nicht sicher, ob der Lärm von der Menge kam oder aus dem Inneren seines Kopfes.

Er rieb sich das Gesicht mit seinem Handschuh. Der stechende Schmerz brachte ihn wirklich zum Weinen, obwohl er sich gesagt hatte, dass es dieses Mal anders sein würde. Trotzdem konnte er die Systemmeldung durch seine Tränen hindurch klar lesen.

Erlittener Schaden: 4.500 (Kick an den Oberschenkel)
Linkes Bein geschädigt: -100 LP pro Minute
Warnung! Dir verbleiben weniger als 40 % LP!
Wir empfehlen, den Kampf sofort zu beenden und

medizinische Hilfe in Anspruch zu nehmen!

Gonzalo fühlte sich bereits als Sieger. Er verbeugte sich in alle Richtungen und streckte die Arme in die Luft. Das Publikum johlte anerkennend. Zwei Mädels, beide gleichermaßen heiß und mit denselben Tops, schafften es, sich durch die Menge zum Zaun zu drängen, um Gonzalo näher zu sein, und warfen ihm Küsse zu.

Hagen wischte sich die Tränen weg und drehte sich auf der Suche nach Lexie um. Er sah, dass das Mädchen die Kämpfer sorgenvoll beobachtete, doch diesmal war sie eindeutig um Hagen besorgt. Sie hielt die Hände um den Mund, um ihre Stimme zu verstärken, und schrie: „Mike, hör auf! Komm raus aus dem Ring!"

Gonzalo nahm eine sprungbereite Haltung ein und wechselte ständig von einem Fuß auf den anderen. Er wirkte nicht mehr fürsorglich oder mitfühlend – auf seinem Gesicht zeigte sich nur der Wunsch, den Gegner zu demütigen. Und das würde er auf möglichst schmerzhafte Weise tun. Jedenfalls wirkte es auf Mike so.

„Lass es, gib auf! Du hast schon verloren!" Das war Lexies Stimme hinter ihm. Wenn er darüber nachdachte, konnte das aber auch genauso gut eine Halluzination gewesen sein.

„Gib auf, Bro", flüsterte Gonzalo und kam auf Hagen zu.

Mike schüttelte den Kopf. Er brauchte keine Tipps und kein Interface, um zu wissen, dass er den Schmerz eines Tritts überstehen konnte – mit ein paar Schmerztabletten vielleicht, oder später mit einem Besuch beim Arzt. Doch der Schmerz der Demütigung würde ihn sein Leben lang begleiten. Den Ring jetzt zu verlassen, da er noch auf eigenen Füßen stand, wäre das ultimative Eingeständnis einer Niederlage, und er würde sich für immer dafür schämen.

Hagen wusste das besser als jeder andere. Sein ganzes Leben hatte aus einer langen Reihe von Demütigungen bestanden. Den Ring zu verlassen, käme jeder Niederlage seiner Kindheit gleich, egal, ob echt oder eingebildet. Früher war er in Tränen aufgelöst von der Schule weggelaufen und hatte seine Peiniger angefleht, ihn nicht mehr zu schlagen. Er hatte den Spielplatz weinend verlassen, wenn ein paar fiese Kinder einen Müllsack über seinem Kopf ausgeleert hatten. Er hatte sich so weit wie möglich von „gefährlichen" Stadtvierteln ferngehalten und es dabei kaum geschafft, die Tränen zurückzuhalten.

Und damit war er durch. Das würde sein Training und selbst seinen Sieg über Goretsky völlig entwerten. Lexie mochte sich vielleicht für jemand anderen entscheiden, aber nicht, weil er sich als Schwächling erwiesen hatte.

Hagen schüttelte sich, um seine Konzentration wiederzufinden, und vergaß den Schmerz – oder vielmehr unterdrückte er seine Furcht. Er visierte Gonzalo an.

Diesmal wanderte seine Aufmerksamkeit nicht ab – sein Blick blieb auf das Gesicht seines Gegners gerichtet. Sein Fixpunkt war das Tränentattoo unter Gonzalos Auge.

Der Angriff erfolgte im Bruchteil einer Sekunde. Gonzalos zweiter Lowkick fand sein Ziel – denselben Oberschenkel. Das System warnte Hagen nicht mehr, dass er einen Arzt aufsuchen sollte.

Erlittener Schaden: 2.500 (Kick an den Oberschenkel)
Linkes Bein geschädigt: -150 LP pro Minute

Er fühlte erneut Schmerz, doch er fischte nur mit dem Finger den lästigen Mundschutz aus seinem Mund. Seine Sicht blieb klar. Irgendwo in ihm drin weinte die Heulsuse, doch Hagen registrierte die Tatsache, dass der zweite Kick nicht so stark gewesen war wie der erste. Gonzalo musste müde sein – oder er war in Erwartung eines leichten Sieges sorglos geworden. Indem er erneut an dieselbe Stelle trat, die bereits verletzt war, zeigte er kaum Gnade für seinen Gegner. Und diesmal blieb seine Deckung etwas länger offen. Er musste annehmen, dass Hagen sowieso nicht in der Lage sei, seinen Angriffen etwas entgegenzusetzen.

Wieder hob Gonzalo in einer triumphierenden Geste die Fäuste über den Kopf. Die Mädchen warfen ihm weiter Küsse zu, doch der Latino hatte nur Augen für Lexie, die auch noch zurücklächelte.

Abrupt wandte er sich Mike zu, offenbar in dem Entschluss, ihn lieber mit einem Faustschlag umzuhauen, da das mehr Eindruck machen würde als ein Lowkick. Hagen versuchte, ihn zu blocken. Er hatte beinahe Erfolg. Trotzdem schaffte es Gonzalos Faust, sein Gesicht zu erreichen, auch wenn sie diesmal wenig Schaden verursachte.

Erlittener Schaden: 500 Punkte (Kinnhaken)

„Was war das?" Gonzalo sah überrascht aus und versuchte dann erneut seinen liebsten Lowkick.

Hagen sprang einfach zurück und beachtete das Gelächter der Menge nicht.

„Hey, Alter, wir spielen hier nicht Fangen", lachte Gonzalo und kam auf ihn zu. „Ich dachte schon, das Heulsusen-Image wäre nur vorgeschoben, aber sieht nicht so aus. Du kleiner Schisser. Was hast du dir überhaupt gedacht? Der Ring ist kein Ort für dich!"

WAS FOLGTE, WAR eine Szene aus Hagens angsterfüllten Horrorvisionen: Er sah eine Faust in Zeitlupe, wie sie auf den Kiefer traf, wie der verzogene Mund Blut spuckte, wie das Gesicht sich verformte und mehr Blut aus den aufgeplatzten Lippen quoll. Einige Zähne mussten wohl ausgeschlagen worden sein. Er konnte fast fühlen, wie Zahnschmelzbrocken an der Kehle entlangschabten.

Doch der Kämpfer, den dieser Faustschlag traf, war Gonzalo, nicht er.

Genau in dem Moment, als er Hagen erneut gegen den Oberschenkel trat, erwischte Mikes Faust ihn. Gonzalo schaffte es nicht, auszuweichen. Der Schlag warf ihn ein paar Schritte zurück. Er fiel hin und glitt durch den ganzen Ring. Erst die Seile stoppten die Bewegung seines Körpers. Der ausgeknockte Kämpfer lag bewusstlos direkt vor den beiden heißen Mädchen, die ihm Küsse zugeworfen und ihn mit eindeutiger Absicht aufgefordert hatten, sie „später anzurufen".

Hagen atmete schwer. Er sah nicht seinen Gegner an, sondern die neue Systemmeldung.

Wutanfall (10 Sekunden)
+5 auf alle Werte

Eine weitere Systemmeldung blinkte auf, während die Menge einen Augenblick lang verstummte.

Verursachter Schaden: 23.800 Punkte (Schlag gegen den Kopf)
Block wurde aufgehoben.

Er reagierte überhaupt nicht auf den Ansager, der mit triumphierendem Geschrei in den Ring sprang und den Gewinner umkreiste. Dann packte er Hagen bei der Hand und hob sie über seinen Kopf.

Die Halle war dunkel. Die Menge begann zu toben. Erst da wurde Hagen klar, wie schmerzhaft intensiv das blendende Scheinwerferlicht war, und dass das Licht es ihm unmöglich machte, die Halle zu sehen.

Vor Publikum zu kämpfen war doch gar nicht so beängstigend. Der springende Punkt war, es zu ignorieren.

Nach dem Levelaufstieg fühlte er sich euphorisch und hielt sich ganz still. Es widerstrebte ihm, den Zuschauern irgendwelche Anzeichen davon zu zeigen. Systemmeldungen scrollten vor seinen Augen, doch Mike las nur immer wieder ungläubig die Hauptmeldung. Sie verschwand nicht, sondern wartete geduldig auf ihn.

Hagen bekam mit, wie ihm jemand etwas unter die Nase hielt. Endlich fokussierte er seinen Blick wieder. Die Systemmeldung verschwand.

Der Ansager, der natürlich größer war als Hagen, stand über ihn gebeugt und hielt ihm das Mikrofon ins Gesicht. Offenbar erwartete er eine Antwort.

„W-was?", fragte Mike zurück.

„Ha! Deine Verblüffung spricht Bände! Das ist die beste Antwort überhaupt!" Der Ansager wandte sich um und schrie ins Mikrofon: „Unser Held hätte sich lieber ‚Glücksjunge' statt ‚Heulsuse' nennen sollen! Das war eindeutig ein Zufallssieg. Mir ist klar, dass viele von Ihnen denken, dieser Kampf sei getürkt. Aber schauen Sie sich Killa nur an. Glauben Sie, irgendwer könnte so einen K. O. vortäuschen?

Mike warf einen angstvollen Blick in die Ecke des Rings, wo Gonzalo zusammengekrümmt lag, als hätte er einen Magenkrampf. Der Typ im roten T-Shirt, der als eine Art Arzt fungierte, versuchte, ihn auf den Rücken zu drehen. Der andere schwenkte ein Handtuch über ihm. Sie hatten keinen Erfolg, also versuchte der ‚Sanitäter', Gonzalos Augenlider hochzuschieben, und senkte den Kopf, um ihm etwas ins Ohr zu schreien. Gonzalo nickte nur schwach, krümmte sich immer noch und ließ sich nicht umdrehen. Ganz offensichtlich hatte er keine Ahnung, wer diese Leute waren, was passiert war oder wo er sich befand.

Der Ansager unterhielt das Publikum weiter. „Na los, geben Sie's zu: Wer von Ihnen hat auf Heulsuse gewettet? Wer ist jetzt der Krösus?"

Hagen wollte auf Gonzalo zugehen, doch der Ansager wandte sich abrupt zu ihm und zeigte in die andere Richtung. „Der Ausgang ist da lang, Junge. Oder möchtest du gern für die nächste Runde hierbleiben? Ha! Lassen wir das. Für heute haben wir genug Überraschungen gehabt."

Als er Hagen zu den Seilen geführt hatte, deckte er das Mikrofon mit der Hand ab und flüsterte: „Warte im Umkleideraum auf dein Geld. Gut gemacht, Kleiner!"

Der Ansager wandte sich wieder dem Publikum zu und lachte angestrengt ins Mikrofon: „In der Tat, Mikey, die Heulsuse, hat viele von uns heute zum Heulen gebracht. Sagen Sie's mir ganz ehrlich:

LEVEL UP : KNOCKOUT

Wie viele von Ihnen haben auf einen Sieg von Killa gewettet? Alle, da bin ich sicher!"

Die Buhrufe der enttäuschten Menge sagten alles.

KAPITEL 8

KEIN SIEG OHNE NIEDERLAGE

*Ich kann Ihnen einen Kampf anbieten, bei dem
Sie keine Chance auf einen Sieg haben ... Das
wäre eine ziemlich herbe Enttäuschung, nach
allem, was Sie gerade überlebt haben.*

Half Life

IRGENDWIE SCHAFFTE HAGEN es, sich beim Verlassen des Ringes
wieder in den Seilen zu verheddern. Er ging zu der Stelle, wo er
Lexie zuletzt gesehen hatte, fand aber keine Spur von ihr.
Stattdessen lief er dem bieder dreinblickenden, alten Mann, der wie
ein Mathelehrer wirkte – der, der während des Kampfes so laut
gebrüllt hatte – in die Arme. Der stürmte auf Hagen zu und umarmte
ihn, wobei er ihn an seinen Bauch drückte (wie jeder andere war
auch der Alte größer als Hagen).

„Danke, Sohn! Ich habe 50 Dollar auf dich gesetzt, weil du
mich an meinen Enkel erinnerst. Und du hast sie gerade in 50 Riesen
verwandelt!"

Der alte Mann schwenkte einen Fetzen Papier vor seinem
Gesicht. Es gelang Mike, sich aus der Umarmung zu winden, und er
ging in Richtung des Umkleideraums. Auf dem Weg dorthin drückten
einige der Zuschauer ihre Anerkennung aus, andere buhten, wieder

andere starrten ihn einfach nur misstrauisch an. Einige mussten ihn für einen Betrüger halten, der mit den Besitzern unter einer Decke steckte – jemanden, der mit ihnen zusammen ein krummes Ding abzog. Selbst Gonzalos schlechter Zustand überzeugte sie nicht.

Ein gewisser Menschenschlag sieht einfach überall Verschwörungen, Betrug und Schiebung. Er hatte viele von dieser Sorte in der Arbeit kennengelernt – das waren meistens genau die, deren Computer ständig abstürzten. Immer gaben sie dem Hersteller die Schuld, die ihre Geräte angeblich so „programmiert" hatten, dass sie fehlerhaft waren. Wenn Hagen versuchte, ihnen klarzumachen, dass der Nutzer für die fraglichen Defekte verantwortlich war, erklärten sie ihn umgehend zu einem weiteren Mitglied der „Verschwörung". Dann hinterließen sie negative Bewertungen auf der *DigiMart*-Webseite, die vor Beschimpfungen strotzten und sich über die „Inkompetenz" der Belegschaft ausließen.

Genau wie jetzt, als ein bärtiger Typ in einer Jeansjacke ihm den Weg versperrte. „He, Kleiner! Glaubst du, ich weiß nicht, was ihr hier für 'ne Betrugsnummer abzieht, häh?"

„Tut mir leid, Sir, aber was genau meinen Sie?" Hagen brauchte eine Weile, um zu reagieren – er war in Gedanken verloren gewesen.

„Ich meine eure gottverdammte Verschwörung! Ich rieche Beschiss zehn Kilometer gegen den Wind! Und dieser Kampf stinkt ganz eindeutig nach Scheiße!"

„Tut mir leid, Sir, aber Sie irren sich", murmelte Mike.

„Glaubst du, irgendwer kauft dir ab, dass du Gonzalo umgehauen hast? Hm? Eine Made wie du?"

„Sie haben doch alles mit eigenen Augen gesehen, oder nicht?"

„Ich habe gar nichts gesehen, nur einen gut inszenierten Schwindel. Wir kommen her, um echte Kämpfe zu sehen, nicht diesen Wrestling-Scheiß!"

Hagen war so erschöpft, dass er einfach ohne Antwort weiterging. Der bärtige Typ hatte sich zwar aggressiv aufgeführt, insistierte aber nicht weiter. Schließlich hätte sich die „Made" als Nächstes ihn vorknöpfen können. Und Gonzalo „Killa" Herreras Flug aus dem Ring ins Nirwana hatte doch ziemlich realistisch gewirkt.

Hagen hörte die Beleidigungen hinter seinem Rücken, denen ein Hagel Strohhalme und Eiswürfel folgte.

Das fand Mike sehr verwunderlich. Hatte er nicht gerade einen fairen Kampf im Ring gewonnen? Wie konnte es also sein, dass er schon wieder fliehen musste – so wie er als Kind vom Spielplatz geflohen war? Und die Kinder, die ihn drangsaliert hatten, waren schon wieder hinter ihm her. Warum hassten sie ihn so sehr?

Der andere Sanitäter wartete in der Umkleidekabine auf ihn. Völlig gleichgültig und desinteressiert spielte er auf seinem Smartphone *Clash of Clans*. Mike erkannte den vertrauten Sound sofort. Der Sanitäter ließ sich Zeit, bevor er mit dem Spielen aufhörte. Gemütlich schloss er seinen Überfall auf ein gegnerisches Dorf ab und legte erst dann sein Telefon beiseite. „Alles okay, Alter?"

„Ja", antwortete Hagen und ließ sich auf eine der Bänke fallen.

Das Glücksgefühl des Kampfes verließ ihn mit einem Mal. Es stellte sich heraus, dass sein Oberschenkel – das Ziel von Killas typischen Lowkicks – höllisch wehtat. Und das Summen in seinem Kopf hielt an. Also kam es wohl doch nicht vom Lärm der Menge, sondern vom Schlag gegen die Seite seines Gesichts. Selbst sein Gaumen blutete, da dieser idiotische Mundschutz ihn wundgescheuert hatte.

Erst da wurde Hagen bewusst, dass er alles andere als siegesbewussten Schritts durch die Menge gelaufen war, sondern hin und her schwankend und humpelnd. Das musste auf das Publikum wie schlechtes Schauspielern gewirkt haben. Kein Wunder, dass sie ihn hassten. Und das war alles seine eigene Schuld.

„Hey, du siehst aber nicht aus, als wäre alles okay", bemerkte der Sanitäter.

Er nahm einen Eisbeutel aus der Kühlbox und legte ihn auf den Bluterguss an Mikes Oberschenkel. Hagen warf nur einen flüchtigen Blick darauf. Der Anblick des Blutergusses, der blau und blutrot war und immer dunkler wurde, erfüllte ihn mit Entsetzen.

Mit gelangweiltem Blick untersuchte der Mediziner Hagens Gesicht und drehte seinen Kopf in alle Richtungen, als wäre er ein Fußball. Die kalten, behandschuhten Finger bohrten sich in sein Gesicht. Hagen dachte, dass es sich wahrscheinlich genauso anfühlte, wenn man von einem Gerichtsmediziner untersucht wurde.

„He, du bist ganz schön tough, Kleiner", sagte der Sanitäter plötzlich. „Du hast ordentlich was eingesteckt, aber du hältst dich tapfer. Obwohl… Wenn es jemand Erfahreneres als Gonzalo gewesen wäre, würdest du jetzt gerade im Ring Erste Hilfe bekommen. Oder wärst schon auf dem Weg in die Notaufnahme. So was passiert hier öfter." Der Sanitäter zuckte die Schultern.

Mike ächzte. Dass Leute versuchten, ihn einzuschüchtern, war nichts Neues für ihn. Nicht, dass das nötig gewesen wäre – praktisch alles schüchterte ihn ein. Und Schmerz war immer seine größte Angst gewesen.

Und dennoch … Hatte er wirklich das Zeug dazu, „sich tapfer zu halten"? Obwohl er unkontrolliert in Tränen ausgebrochen war – genau wie in seiner Kindheit.

„Ist Gonzalo kein erfahrener Kämpfer?", fragte er nach. „Ich meine, ich habe gesehen, wie verrückt das Publikum nach ihm ist."

„Wer, Killa? Der macht hauptsächlich Show. Ich meine, er kennt diese ganzen Latino-Moves und hat seine Tattoos, aber weißt du, was das Lustige an seiner Geschichte ist?"

„Was?"

„Er ist ein Junge aus gutem Hause. Seine Eltern sind vor ungefähr zehn Jahren aus Seattle hergezogen. Sein Dad ist Rechtsanwalt, seine Mum leitet irgend so ein Forschungslabor bei einer Kosmetikfirma. Die mit der Fabrik ein paar Meilen vor der Stadt. Weißt du, welche ich meine? Und Gonzalo ist auch nicht blöd. Er hat einen College-Abschluss, auch wenn er das sorgfältig vor allen geheim hält. Er meint, dass keine zehn Pferde einen echten Gangsta in ein College bringen würden. Straßen-Gangster, ja, klar doch. Er ist vorm Fernseher aufgewachsen. Nicht in einer Gang oder so."

Der Sanitäter zog die Hand zurück. „Das Eis kannst du selbst festhalten", sagte er. „Ich rate dir, morgen ins Krankenhaus zu gehen und dich röntgen zu lassen, um sicherzugehen, dass der Knochen nicht angebrochen ist. Der Rest heilt von selbst."

Er verstummte wieder und kümmerte sich um die Abschürfung in Hagens Gesicht. Endlich konnte Mike die Systemmeldung lesen, wozu er vorher nicht gekommen war. Immerhin war er gerade im Ring verprügelt worden und hatte sich kaum aufrecht halten können. Interface-Meldungen waren da nicht gerade seine erste Priorität gewesen. Außerdem wusste Hagen genau, was da stehen würde, also hatte er beschlossen, die Nachricht später ganz entspannt zu genießen.

Glückwunsch! Du hast einen Gegner in einem fairen Kampf besiegt!

Erhaltene EP: 2 (doppelte Erfahrungspunkte für deinen ersten Sieg über einen Gegner eines höheren Levels).

Du hast ein neues Level erreicht!
Aktuelles Level: 4
Verfügbare Eigenschaftspunkte: 1
Verfügbare Fähigkeitspunkte: 1

Auf aktuellem Level (4) erhaltene EP: 1/4

Was für eine Belohnung! Er hätte wirklich gern alle Punkte genutzt, um seine Ausdauer zu verbessern, aber die Restrukturierung seines Körpers würde Zeit brauchen, und er würde viel schlafen müssen. Das, was sein Körper an Reserven übrig hatte, würde vielleicht nicht reichen, wenn er seinen erbärmlichen Zustand bedachte. Zuerst würde er heilen und sich wieder in Form bringen müssen. Dann konnte er immer noch weitersehen.

Außerdem sah er sich seine LP an: 2.255. Nicht viel, aber mehr, als er beim Verlassen des Rings gehabt hatte. Also regenerierte sich seine Gesundheit nach und nach von selbst. Zumindest drängte das Interface ihn nicht mehr, ins Krankenhaus zu gehen oder sein Testament zu machen.

Er fragte sich, was passieren würde, wenn seine LP bis ganz auf null sinken würden. Würde er dann sterben? Oder war das nur ein Schwellenwert für den Zustand, in dem der Nutzer nicht unverzüglich starb, aber seine übrigen LP nicht mehr zu sehen brauchte?

Von Zeit zu Zeit öffnete sich die Tür zum Umkleideraum und jemand kam herein. Manche waren vielleicht Kämpfer, aber nicht ausschließlich. Ihre Ankunft wurde von einem Gemisch aus Gerüchen nach Schweiß, Aftershave und Alkohol angekündigt. Außerdem drangen durch die Tür der Lärm der grölenden Menge, die Kommentare des Ansagers und alle möglichen anderen Geräusche. Neue Kämpfer stellten sich im Ring – die Unterhaltungsmaschinerie stand niemals still.

Die meisten Leute, die hereinkamen, beachteten ihn nicht. Sie waren es wohl gewöhnt, alles Mögliche im Ring zu sehen. Der Einzige, der Hagen ansprach, war ein Typ in einem Trainingsanzug. Er grinste Hagen an.

„An der Bar ist so ein alter Knacker, der deinetwegen völlig ausflippt. Er schreit rum, dass du ein Geschenk des Himmels bist und er fünf Riesen gewonnen hat. Er behauptet, das ist genau die Summe, die er braucht, um die Arztrechnung für irgendein Magenproblem zu zahlen. So viel, wie der schon in der Bar gelassen hat, weil er den Huren links und rechts Drinks spendiert, hat er am Ende des Abends wahrscheinlich keinen Cent mehr. Und er kippt so viel Bourbon in sich rein, dass sein Magen bestimmt sowieso bald nicht mehr zu retten ist."

Mike fiel keine Antwort ein, also schwieg er. Er blickte jedes Mal sehnsüchtig zur Tür, wenn diese sich öffnete, in der Hoffnung, dass die Nächste, die hindurchtreten würde, Lexie wäre. Wo konnte sie nur stecken? Ob es daran lag, dass sie den Anblick von Gewalt nicht ertrug?

Das hielt er nicht für sehr wahrscheinlich. Sie hatte definitiv Interesse an den Kämpfen gezeigt.

Der Sani beendete seine Behandlung, erinnerte Hagen daran, im Krankenhaus vorbeizuschauen, und verzog sich. Hagen blieb weiter sitzen und wartete auf Lexie. Irgendwann stand er auf, ging zu dem Spind, in dem er seine Kleider gelassen hatte, und zog sich langsam um. Als er seine Hosen anzog, bemerkte er, dass jemand die Taschen durchsucht hatte, während er im Ring gekämpft hatte. Seine Brieftasche war noch da, aber alles Bargeld war verschwunden.

Ein toller Eliteclub war das hier. Strenge Security und Großstadt-VIPs ...

Oder war es einfach Hagens typisches Pech, dass er sich nach seinem glorreichen Sieg im Ring mit solch einem kleine Ärgernis herumschlagen musste?

WIEDER ÖFFNETE SICH die Tür, und Hagen spähte hoffnungsvoll hinter der Spindtür hervor, doch es war nicht Lexie, sondern der glatzköpfige Kerl, der laut Gonzalo ein UFC-Produzent war.

„Da steckst du also, Kleiner! Genau der Mann, den ich suche!"

„Warum, Sir? Wenn Sie möchten, dass ich kämpfe, das geht gerade nicht. Ich bin nicht annähernd fit genug." Hagen schämte sich – vor seinem Kampf gegen Gonzalo hatte er ziemlich genau dasselbe gesagt. „Jedenfalls sieht es so aus, als hätte ich mir vielleicht den Oberschenkelknochen gebrochen ..."

„Gebrochen, Kleiner? Du bildest dir ja ganz schön was ein. Als würde ich dir einfach so einen Vertrag anbieten. Zunächst einmal: Mein Name ist Luke Lucas." Er streckte Hagen seine Bärenpranke zu einem festen Händedruck hin. „Und noch was, du kämpfst wie ein Trottel. Tut mir leid, dir die Illusionen zu nehmen, Kleiner, aber es ist wahr. Und dein Gegner ist genauso ein Trottel wie du. Überhaupt ist dieser Club was für Arschlöcher. Und wird von Arschlöchern geführt."

„Was interessiert Sie denn dann überhaupt an mir?"

Luke Lucas antwortete nicht sofort. Er ließ sich Zeit und musterte Hagen – genau wie der Sanitäter, der seinen Kopf hin und her gedreht hatte. Mike wand sich, senkte den Kopf und widmete sich dem Reißverschluss seiner Hose. Luke Lucas kaute auf den Lippen herum, spuckte aus, zog ein glänzendes Zigarettenetui aus seiner Jackentasche und nahm eine Zigarette heraus. Gemächlich zündete er sie an. Sein Feuerzeug klang beim Schließen wie eine Autotür. Dann sagte er geschäftsmäßig: „Ich bin Produzent und arbeite für die UFC. Weißt du überhaupt, was ein Produzent ist?"

Hagen schniefte. „Es gibt keine Produzenten in der UFC."

„Hah! Noch so ein Besserwisser. Was bin ich dann, ein Phantom? Lass dich nicht von meinem Alter täuschen. Ich kann dir deine Arme um die Beine wickeln und dich in diesen Spind packen, ohne auch nur ins Schwitzen zu kommen. Auch wenn das sicher nicht das erste Mal für dich wäre, oder? So haben sie dich doch bestimmt in der Schule immer behandelt, nicht?"

Hagen nahm all seinen Mut zusammen, um den Kopf zu heben und Luke anzusehen. Sofort sah er eine Systemmeldung über dem älteren Mann.

Luke „Kojote" Lucas. Alter: 54
Level: 122

LP: 69.000
Kämpfe/Siege: 1859/1202
Gewicht: 102 kg
Körpergröße: 192 cm

Wie bitte? Mike traute seinen Augen kaum. Level 122? War das überhaupt möglich?

Wie wurde man denn so stark? Hoffnungslosigkeit senkte sich über Hagen wie eine dunkle Wolke. Das Level des Kojoten schien unerreichbar.

Luke Lucas blies ihm Rauch ins Gesicht – offenbar, um Mikes Geduld zu testen. Er verkniff sich das Husten und ging in die Knie, um seine Schuhbänder zu binden, während Lukas auf und ab lief und weitersprach.

„Ein Produzent muss die Zukunft voraussehen können. Und voraussehen reicht nicht – man muss auch wissen, wie man Geld damit macht."

Hagen ließ sich absichtlich Zeit damit, die Zunge seiner Turnschuhe zurechtzuziehen, in der Hoffnung, dass der seltsame Besucher das Interesse verlieren und weggehen würde.

„Jeder gute Produzent muss auch ein Analytiker sein – und ein Hellseher und jedes noch so kleine Lüftchen spüren", fuhr Luke fort. „Selbst in Arschlochclubs wie diesem erkennt er Potenzial, wenn er es sieht."

Mike richtete sich auf, blickte den über ihm stehenden Luke an und wandte sich ab. Er nahm seine Jacke aus dem Spind und machte sich an den Falten im Stoff zu schaffen.

„Hör zu, Kleiner. Schon mal was von Demetrious Johnson gehört?"

„Klar doch! Der Fliegengewichtschampion! Er hat so viele Kämpfer besiegt …"

„He, erzähl du mir nichts über seine Siege. Ich weiß alles darüber." Lukas schnippte die Asche seiner Zigarette direkt auf Hagens Schuhe. „Du bist ein Trottel, Kleiner, aber du hast unheimlich viel Potenzial. Und du musst mehr trainieren. Du hast Jahre in irgendeinem schäbigen Studio verbracht …"

„Ich habe erst vor Kurzem zu trainieren angefangen."

Luke sah ihn schief an. „Versuch nicht, mich zu verarschen, Kleiner. Ich hab gesehen, dass du ein oder zwei Tricks auf Lager hast, aber du wurdest nie ordentlich trainiert."

„Aber es stimmt. Ich habe erst vor Kurz…"

„Allzu helle bist du auch nicht, wenn du glaubst, ich kaufe dir die Story ab, dass du ein totaler Anfänger bist. Es braucht Zeit, bis man so einen Faustschlag draufhat. Und dieser Faustschlag ist das

Einzige, was du draufhast. Du bewegst dich wie eine alte Oma im Stau, und deine Haltung erinnert an einen Affen, der kurz davor ist, einen anderen Affen mit Kacke zu bewerfen. Und was soll das mit der Heulerei? Ich habe schon einen Boxer weinen sehen, aber das war, weil er zu viele Schläge auf den Kopf gekriegt oder einen Meistertitel gewonnen hatte. Tatsächlich gibt es Kämpfer, die nach einem Sieg richtig rührselig werden. Aber einen, der mitten im Kampf weint, habe ich noch nie erlebt."

Hagen hielt sich zurück. Lucas war der Letzte, dem er von der *Erweiterten Realität* erzählen wollte, von dem Interface, das einem besser als jeder Trainer half, seine Kampffähigkeiten zu entwickeln, und das ihm einen Vorteil verschaffte – etwas, das aus dem Nichts vor seinen Augen erschienen war und an das er immer noch nicht so recht glauben konnte.

Luke Lucas zog stärker an seiner Zigarette. „Was ich sagen will: Die Zeit wird vergehen, und du wirst immer noch ein Arschloch sein, das in Kaschemmen wie dieser kämpft, um alte Perverslinge zu unterhalten. In der UFC gibt es einen Mangel an guten Fliegengewichtskämpfern. Darum ist Demetrious so lange Champion geblieben. Es gibt sehr wenige Kämpfer mit deiner Größe und Konstitution. Jeder ist heutzutage 2 Meter groß und wiegt weit über 90 Kilo. Als stolzer Amerikaner kann ich nur sagen, wir verwandeln uns in Dinosaurier. So werden wir eines Tages aussterben... Daran sind nur die linksversifften Demokraten schuld, und die Feminazis. Was ist nur aus dem ersten Verfassungszusatz geworden? Aber ich schweife ab."

Luke drückte seine Zigarette auf der Bank aus, ließ die Kippe auf den Boden fallen und fischte eine Visitenkarte aus der Innentasche seiner Jacke. „Mein Produzentenzentrum hält Wettkämpfe für Amateurkämpfer ab, um die besten auszuwählen. Zweimal im Jahr. Da hast du die Chance, aufzufallen. Natürlich müsstest du erst raus aus diesem Drecksloch. Aber am wichtigsten ist es, einen richtigen Trainer zu finden, nicht dieses Arschloch aus deinem Hinterhofstudio, wo du deine Zeit damit verschwendest, auf Scheiß-Boxsäcke draufzukloppen."

Hagen fühlte sich stellvertretend für Ochoa beleidigt, doch er nahm die Karte trotzdem.

„Ruf mich an, wenn du so weit bist, und ich vermittle dich an einen guten Ausbilder. Lass dir nicht zu lange Zeit. Wir werden alle nicht jünger ... Pah!"

Luke machte eine verächtliche Geste und verließ den Raum.

HAGEN SAH NACH, ob er etwas vergessen hatte, und schloss die Spindtür. Er wollte Lexie finden und zu Gonzalo gehen, um sich zu entschuldigen. Es war ihm nicht ganz klar, wofür eigentlich – immerhin war es ein fairer Kampf gewesen –, aber seine Mutter hatte ihm beigebracht, dass man immer höflich sein sollte.

Auf dem Weg nach draußen stieß er mit einem Kellner zusammen.

„Entschuldigung, Sir, ich soll Ihnen das hier bringen." Er drückte Hagen ein kleines Bündel zusammengerollter Banknoten in die Hand. „Außerdem sollen Sie Ihre Telefonnummer an der Bar hinterlassen. Sie sind eingeladen, an weiteren Kämpfen teilzunehmen."

„Verstehe. Danke."

Hagen stopfte das Geld in die Gesäßtasche seiner Jeans und ging in Richtung Haupthalle. Lukes Worte, dass ein Produzent ein Hellseher sein musste, klangen ihm noch im Kopf. Genauso wie die Andeutungen über Hagens potenzielle Zukunft.

Konnte er wirklich von hier weggehen?

Während er die Menge betrachtete, flüsterte Mike leise vor sich hin: „Was sagt man dazu? Es könnte die Chance auf ein neues Leben sein, in dem ich keinen Ruf als Schwachkopf und Verlierer hätte. Warum also nicht?"

Er hatte sich umgezogen, also erkannte ihn niemand als den Heulsusen-Boxer. Überhaupt schenkte ihm keiner Beachtung. Die Aufmerksamkeit des Publikums war auf den Ring gerichtet, wo ein neues Paar Kämpfer aufeinander losging. Die beiden waren reine Muskelberge, so riesig, dass der Ring beinahe zu klein für sie wirkte.

Mike erinnerte sich an Lukes Worte über die Dinosaurier. Nie wäre er auf die Idee gekommen, dass seine Konstitution einen Vorteil darstellen könnte.

Die beiden Kämpfer bevorzugten Grappling, was bedeutete, dass sie eine Kombination aus allen möglichen Ringertechniken mit maximaler Toleranz für schmerzhafte Aufgabegriffe anwendeten. Die beiden waren schnell aufeinander zugekommen und schienen sich eine Weile zu umarmen wie ein Liebespaar nach langer Trennung. Dann bebte der Ring, als einer der gewaltigen Leiber zu Boden ging, wo sein Gegner ihn in einem Würgegriff festhielt.

Auch wenn Hagen in Gedanken woanders war, zog dieser spezielle Anblick seine Aufmerksamkeit auf sich. Wie wäre er damit klargekommen, wenn Gonzalo einen solchen Griff bei ihm angewendet hätte? Aus so einer Position konnte man wohl kaum zurückschlagen, und ein Knockout wäre völlig außer Frage. Hölle und Teufel! Er hatte tatsächlich großes Glück gehabt!

Aber es gab keine Garantie, dass er seinen nächsten Kampf nicht verlieren würde.

Hagen war von sich selbst überrascht, wie selbstverständlich er einen nächsten Kampf in Betracht zog. Er hatte geglaubt, er hätte noch nicht entschieden, ob er weiter im *Dark Devil Club* kämpfen wollte oder nicht. Und plötzlich dachte er darüber nach, als wäre es schon beschlossene Sache.

Er kämpfte sich durch die Menge um den Ring und an der Bar vorbei, wo der alte Herr schlief, der auf Hagen gewettet hatte – den Kopf auf dem Tresen und sein Hemd vollsabbernd.

Dann sah Mike Lexie.

Sie hockte vor Gonzalo, der in jedem Nasenloch ein blutiges Watteröllchen stecken hatte. Ein Auge war komplett blau und zugeschwollen.

Hagen ging auf sie zu und blieb direkt hinter Lexie stehen. All seine Zweifel waren verflogen.

Auch die beiden Sanitäter waren da. Einer wiederholte

immer wieder mit monotoner Stimme dieselbe Frage: „Also, Killa, ich frag dich noch mal. Wo bist du, und welches Jahr haben wir?"

Gonzalos Antworten klangen dumpf, als wäre er erkältet. Die blutigen Watteröllchen sahen aus wie Walrossstoßzähne und bewegten sich beim Sprechen auf und ab.

„Häh? Oh, ja! Hör schon auf, mich zu testen, Doc. Mir geht's gut."

„Weißt du, was passiert ist?"

Gonzalo dachte einen Moment lang nach und seine Augen bekamen einen glasigen, versonnenen Blick. „Äh ...", sagte er heiser und sah aus, als versuchte er, sich an etwas zu erinnern. „Es hat einen Kampf gegeben?"

„Du wurdest k. o. geschlagen!", sagte der Doktor.

„K. o. geschlagen?", wiederholte Gonzalo missmutig. „Ne, Doc, da musst du falsch liegen. Es gab einen Kampf."

„Und, wie ist der ausgegangen? Was meinst du?"

„Ich ... ich ... Es gab einen Kampf ..." Gonzalo starrte den Doktor ohne einen Funken Verständnis in seinen Augen an. „Oder kommt der erst noch?"

Der zweite Sanitäter tauschte die blutgetränkten Tampons aus.

Hagens entsetzter Blick haftete auf dem Mann, den sein Faustschlag in einen solchen Zustand versetzt hatte. Zuzusehen, wie jemand k. o. geschlagen wurde, egal, ob live oder im Fernsehen, war immer etwas ganz anderes gewesen. Diesmal war er für das Leid eines anderen verantwortlich.

Und doch empfand er wohl zum ersten Mal in seinem Leben Genugtuung. Nicht umsonst kam in Mixed Martial Arts das Wort „Arts", also Kunst, vor. Hagen fühlte sich, als hätte er etwas geleistet und einen wichtigen Wendepunkt in seinem Leben erreicht, auch wenn ihn der Gedanke daran, was das Gonzalo gekostet hatte, mit Unbehagen erfüllte. Immerhin war der Latino nett und fair zu ihm gewesen.

Als würde er seine Gedanken lesen, heftete Gonzalo seinen fischäugigen Blick auf Hagen, und sagte noch mal, ohne ihn zu erkennen: „Klar, Doc. Ja, es gab einen Kampf. Und ich hab ein bisschen was eingesteckt. Aber, hey, kein Sieg ohne Niederlage."

KAPITEL 9

DER HIGHKICK

Du musst weitere Pylonen konstruieren.

Starcraft

MIKES HERZ SCHLUG so heftig, dass er ein Zittern in den Händen spürte. Seine Erregung bestand aus einer irrsinnigen Mischung aus Begeisterung über seinen Sieg, Sorge um Gonzalo und herzzerreißender Eifersucht, begleitet von der Angst, Lexie zu verlieren, obwohl sie bis jetzt ja nicht mal in einer Beziehung waren. Was allerdings am meisten an seinen Nerven zerrte, war das Gefühl der Erwartung. Etwas Wichtiges stand bevor, und es konnte ihn entweder so glücklich machen, wie er es sich nie erträumt hatte, oder ihn in den Abgrund unerwiderter Liebe stoßen.

Hagen berührte Lexies Schulter. Sie erschauerte, stand auf und sah ihn an. Der Blick in ihren Augen unterschied sich sehr von der verächtlichen Art, mit der sie Mike gewöhnlich ansah. Er hatte sich mit Beziehungen nie gut ausgekannt, also konnte er nicht genau sagen, welcher Art diese Veränderung war. Er folgte dem Mädchen einfach in der Annahme, sie wäre vielleicht müde.

Sie durchquerten die Halle und gingen nach oben zur eigentlichen Clubfläche, wo sie sich durch die Menge drängen mussten. Dann verließen sie das Gebäude. Vor dem Club war keine Schlange mehr. Jeder, der hineingewollt hatte, war entweder bereits drin oder weggegangen, um sein Glück anderswo zu versuchen. Jetzt stand ein anderer Wachmann am Eingang – genauso muskulös wie Enrique, der Hüne.

Die kalte Nachtluft war erfrischend, doch sie verstärkte auch Mikes Schmerz und seine Erschöpfung. Er zog das Bein nun noch stärker nach.

„Kannst ... kannst du fahren?", fragte Lexie mit besorgtem Blick.

„Kein Thema", antwortete Mike und tat so, als wären die Schläge, die er eingesteckt hatte, nichts Besonderes gewesen.

„Du hast ganz schön Prügel kassiert", sagte das Mädchen zweifelnd. „Du solltest dich morgen röntgen lassen, um sicherzugehen, dass nichts gebrochen ist."

Mike hob die Schultern. „Klar."

„He, du bist stärker als du aussiehst! Nicht bös gemeint, ich wollte nur ...", sagte das Mädchen.

„Du musst dich nicht rechtfertigen. Ich habe einen Spiegel zu Hause, ich weiß, wie ich aussehe. Wie ein verdammter Waschlappen."

Mike versuchte, zu lächeln, stöhnte aber vor Schmerz auf. Er schmeckte Blut – eine seiner Wunden an der Lippe musste wieder aufgeplatzt sein. Mürrisch schürzte er die Lippen und ging schneller, ohne auf den Schmerz zu achten, um nicht zu weit hinter Lexie zurückzufallen.

Er wollte nur noch nach Hause und sich unter seiner Decke zusammenrollen. Selbst seine Gefühle für das Mädchen traten in den Hintergrund. Sogar, falls Lexie beschließen würde, gleich jetzt im Auto mit ihm zu schlafen (eine seiner lang gehegten Fantasien), hätte er sich nur beschämt die Stirn gerieben und gefragt, ob sie es auf morgen verschieben könnten.

Ohnehin war Lexie völlig real und weit von dem Mädchen in seiner Fantasie entfernt. Mit ihm zu schlafen stand eindeutig nicht auf ihrer To-Do-Liste. Als sie beim Auto ankamen, öffnete sie die

Tür. Allerdings setzte sie sich nicht ans Lenkrad. Stattdessen nahm sie ein Päckchen Zigaretten aus dem Handschuhfach und zündete sich eine an.

„Ich wusste gar nicht, dass du rauchst. In Mr. Howells Mitarbeiterrichtlinie steht …"

„Und ich wusste nicht, dass du in halblegalen MMA-Kämpfen Leute umhaust", entgegnete Lexie. „Mr. Howell kann mich mal. Wir sind ja grade nicht im *DigiMart*, oder? Übrigens ist er mein Onkel. Aber es wäre mir lieb, wenn du diese Information keinem deiner Kollegen weitererzählst. Ich würde es hassen, wenn sie mich nur als Verwandte vom Boss ansehen. Ich habe mir den Arsch aufgerissen, um mich zu meiner Position hochzuarbeiten. Und Onkel Howell schert sich einen Dreck darum, dass ich mit ihm verwandt bin. Er verlangt von allen dasselbe."

„Wow, ich hatte ja keine Ahnung."

Lexie nahm einen langen Zug und betrachtete Hagen durch eine Rauchwolke hindurch. „Natürlich nicht. Darum habe ich es dir ja grade erzählt. Verdammt, Mikey, du solltest wirklich die Klappe halten, anstatt so völlig offensichtliches Zeug zu sagen."

„Tut mir leid. Klappe wird gehalten." Mike spitzte die Lippen, da er schon wieder sein eigenes Blut schmeckte.

„Halt mal bitte." Lexie gab Hagen ihre Zigarette. Ergeben griff er danach und bemerkte die Lippenstiftspuren am Filter. Er empfand es als intimen Moment – etwas, womit Hagen bisher keine Erfahrung hatte. Er konnte nur auf die Beziehung mit Jessie zurückgreifen, aber sie hatte ihn betrogen, und überhaupt wollte er jetzt nicht an sie denken.

Lexie beugte sich wieder hinunter und zog eine Packung Taschentücher aus dem Handschuhfach. Sie ging zu Hagen und drehte sein Gesicht ins Licht der Straßenlaterne. Dann tupfte sie ihm das Blut von den Lippen.

„Als Kind wollte ich immer Krankenschwester werden. Krankenschwester, nicht Ärztin. Ich habe davon geträumt, verwundete Soldaten zu versorgen. Komisch, oder?"

„Hm-m, ist doch ganz normal", murmelte Hagen. „Ich bin so

oft verprügelt worden, dass ich über nichts anderes nachdenken konnte als Rache."

„Der Unterschied zwischen Träumen und Zielen ist, dass Träume immer Träume bleiben", sinnierte Lexie. Das war eindeutig ein Zitat, aber Mike konnte es nicht einordnen.

Sie knüllte das Taschentuch zusammen und warf es ins Handschuhfach. Dann nahm sie Hagen die Zigarette aus den zitternden Fingern, inhalierte noch mal tief und wirkte dabei, als wäre sie mit ihrem Werk zufrieden. Mike fiel auf, wie sie dabei die Augen halb schloss und wie der Schatten ihrer langen Wimpern sie noch schöner machte.

Er versuchte, die Lücke in ihrem Gespräch zu füllen und seine Angst zu mildern, indem er fragte: „Äh ... Was ich gerade sagen wollte ... Du hast gesagt, du wolltest Verwundete versorgen, aber du hast keine Anstalten gemacht, Goretsky zu helfen, nachdem ich ihn, äh, fertiggemacht hatte."

„Verdammt, Mikey! Du solltest wirklich lernen, die Klappe zu halten. Warum zum Teufel musst du jetzt von dem reden? Was hat er denn mit irgendwas zu tun?"

„Tut mir leid."

„Jetzt machst du's schon wieder. Entschuldigst dich für etwas, wovon du keine Ahnung hast. Was für ein Mann bist du eigentlich, Mikey? Gut, klären wir das Thema ein für alle Mal. Was Goretsky angeht ... Die Sache ist die, ich habe ihm ein bisschen falsche Hoffnungen gemacht, das muss ich zugeben. Ich bin schon ziemlich lange Single, verstehst du? Ich kümmere mich um die Läden, und es gibt ganze drei von denen. Meine Freunde wohnen alle nicht mehr hier. Ich lebe allein. Ich habe einen Hund. Er heißt Rex. Er ist echt lieb und so, aber ... Hey! Warum lachst du, du Perversling? Na, immerhin hab ich dich zum Lachen gebracht, das ist doch was."

„Entschuldige, Lexie. War keine Absicht", sagte Hagen und hielt sich die blutende Lippe.

„Schon vergessen. Wie auch immer, eine Weile lang bin ich auf Goretskys Macho-Gehabe reingefallen. Das meine ich ernst. Was hab ich mir nur dabei gedacht? Wie auch immer, es hat nicht lange gedauert, bis ich kapiert habe, was für ein Typ er ist. Und er hat sich ganz schön was eingebildet. Er dachte, ich spiele nur die Unnahbare. Das Ende davon war, dass du ihn umgehauen hast. Ich will nicht undankbar sein, aber können wir jetzt aufhören, von ihm zu reden?"

Lexie nahm ihr Telefon heraus und schaltete es ein. „He, schon 3 Uhr morgens!" Schnell drückte sie ihre Zigarette aus und nahm auf dem Fahrersitz Platz. Dann ließ sie das Fenster herunter und sagte: „Mach dir nicht die Mühe, morgen zur Arbeit zu kommen. Du solltest dich auskurieren und zum Arzt gehen. Ernsthaft. Es könnte wirklich was gebrochen sein."

„Danke! Ich wollte schon um einen freien Tag bitten, wusste aber nicht, wie ich es anfangen sollte."

„Es ist egal, wie du anfängst, das Einzige, was zählt, ist, wie du es zu Ende bringst", prustete Lexie. „Danke. Ich hatte schon seit Ewigkeiten nicht mehr so viel Spaß. So viel irren Spaß", stöhnte sie. „Wiedersehen, Mikey-Baby!"

Hagen trat vom Auto zurück. Er konnte sein albernes Grinsen nicht unterdrücken. Er wusste, dass er auf keinen Fall wie ein Idiot grinsen durfte, weil ihn das noch dämlicher aussehen ließ, aber es gelang ihm einfach nicht. Er war froh, dass Lexie es nicht sehen konnte.

„He, warte mal kurz! Warte, Lexie!" Er gab sich einen Ruck und humpelte so schnell er konnte hinter ihrem Toyota her.

„Was ist denn jetzt noch?"

„Wann sehen wir uns? Wieder, meine ich ..."

Lexie ließ ihr Fenster herunter. „He, mach mal langsam! Tut mir leid, aber jetzt bist du zu aufdringlich."

„Klar. Natürlich."

Sie startete den Wagen, aber nach ein paar Metern rief Hagen wieder: „Halt bitte noch mal an!"

„Himmel, Mikey, so verspielst du alle deine Punkte. Was ist jetzt wieder?"

Hagen hustete und hielt sich die Hand vor den Mund. „Auf ... auf wen hast du gesetzt?"

Lexie rollte die Augen. „Ich hab dich gewarnt, Mike Björnstad Hagen! Es reicht. Null Mitleid!"

Einen Moment lang fühlte sich Mike entmutigt. Dann lächelte Lexie, und seine Miene hellte sich wieder auf. „Einen Zwanziger auf Gonzalo. Pech gehabt. Das nächste Mal weiß ich es besser."

Mike sah ihrem Toyota nach, wie er um die Ecke verschwand, und hinkte dann zu seinem eigenen Wagen. Jetzt hatte er ein breites Grinsen im Gesicht. Konnte das wirklich passiert sein? Konnten seine Träume sich erfüllt haben?

Sein Leben hatte sich drastisch verändert, doch er grübelte darüber nach, wie wenig tatsächlich anders war.

Die Angst zum Beispiel. Klar, jemand, der völlig ohne Angst war, war entweder ein Psycho oder betrunken. Aber die Angst, die Hagen im Ring empfunden hatte, war etwas anderes. Etwas, dem er widerstehen musste. Der Schrecken seiner Kindheit war nur der Fluchtteil des Kampf-oder-Flucht-Reflexes.

Eben hatte er seine Gelegenheit gehabt, die Flucht zu vermeiden, doch seine Prägung hatte die Oberhand behalten. Hagen war sich deutlich bewusst, dass einzig die Seile um den Ring ihn davon abgehalten hatten, nach Killas ersten paar Schlägen aus dem Ring zu fliehen.

Offenbar hatte das Interface dafür gesorgt, dass in ihm eine neue Persönlichkeit heranreifte, die sich sehr vom früheren Hagen unterschied, doch ständig sabotierte er sich selbst auf so hartnäckige und nervige Art wie eine Bannerwerbung.

Immer noch lächelnd legte Hagen die Hände ans Steuer. Da überkam ihn eine bleierne Müdigkeit, und selbst das Umdrehen des Schlüssels im Zündschloss schien ihm eine nahezu unmögliche Leistung.

Er schloss die Augen. Immer noch konnte er die Menge johlen hören. Von einigen kamen Anfeuerungsrufe, und ein großer Teil des Publikums war tatsächlich auf seiner Seite gewesen. Doch Hagen war es zu sehr gewöhnt, das Gute herauszufiltern und nur das Negative zu sehen. Plötzlich tauchten alle möglichen freundlichen Gesichter vor seinem inneren Auge auf. Der Lehrertyp war nett gewesen. Und an der Bar hatten zwei Männer gesessen, die sich ehrlich über seinen Sieg gefreut hatten. Sie mussten aus einer Laune heraus auf Mike gewettet haben, und ihre relativ kleinen Einsätze hatten einen unerwartet hohen Gewinn erbracht.

Um uns herum sind viele nette Menschen, und doch bemerken wir sie nicht, entweder aus Angst, übervorteilt zu werden, oder weil wir uns vor jemandem fürchten, der in Wahrheit böse ist, dachte Mike.

Ein paar Szenen aus dem Kampf fielen ihm wieder ein. Wie der völlig von sich überzeugte Gonzalo herumgesprungen und dann Blut und Schweiß tropfend in Zeitlupe zu Boden gegangen war, während Hagen danebengestanden hatte, als wäre er ein Schauspieler auf einer Bühne. Er selbst, so gefangen in seiner Angst, dass er den Moment der Glückseligkeit verpasst hatte, den das System ihm nach einem Sieg und einem Levelaufstieg geschenkt hatte. Hagen war so angsterfüllt gewesen, dass er den Unterschied zwischen dem Rampenlicht und der Lichtsäule des Systems für den Levelaufstieg nicht bemerkt hatte.

Seine Angst hatte ihm die Freude an seinem Sieg verdorben. Früher war sie ein Überlebensmechanismus gewesen, aber jetzt schien sie sich zum Hindernis zu entwickeln.

Hagen schreckte mit einem Wimmern aus seiner Träumerei auf. Er hob den Kopf vom Lenkrad und sah sich um. Er hatte das Gefühl, die ganze Nacht durchgeschlafen zu haben, doch es war erst zehn Minuten her, dass er sich von Lexie verabschiedet hatte.

Er schüttelte den Kopf und rieb sich das Gesicht. Wenn er sich jetzt nicht aufmachte, würde er komplett wegpennen.

Er sah nach seinem Telefon, das noch in der Ladestation steckte. Gut, dass er das hier vergessen hatte, sonst wäre es jetzt weg, wie sein Geld – der Umkleideraum war kein Ort der Tugend.

Er schaltete es ein und schaute, ob er irgendwelche Anrufe oder Nachrichten verpasst hatte. Es gab keine. Nix. Null. Er bekam nie viele Nachrichten. Normalerweise entweder Spam oder irgendwelche motivierenden Armee-Memes von Onkel Peter. Letztere nervten ihn mehr, denn auf den Spam seines Onkels musste man antworten.

Hagen durchstöberte seine Playlist und fand Eminems *Lose Yourself*. Er drehte die Lautstärke hoch und startete den Motor.

„Wenn ich schon keine Erkennungsmelodie kriege, dann wenigstens passende Musik für den Abgang", kommentierte er und bog um eine Ecke.

Nach einer Fahrt, die sich mehr wie ein Traum anfühlte, kam er schließlich zu Hause an. Es gelang ihm kaum, die Treppe zu seiner Wohnung hinaufzusteigen. Er stolperte in sein Zimmer, schaltete das Licht an und lehnte sich gegen die Wand. Sein Oberschenkelknochen schmerzte jetzt noch stärker. Er würde ins Bad gehen und nach den Schmerzmitteln suchen müssen, die aus der Zeit der tödlichen Krankheit seiner Mutter noch übriggeblieben waren.

Er versuchte, sich auf Ochoa-Art zu motivieren. „Lass das! Konzentrier dich!" Er hatte es so satt zu leiden. War er ein echter Siegertyp?

Er hinkte ins Badezimmer. Da verbrachte er eine Weile damit, sich kaltes Wasser ins Gesicht zu spritzen. Er würde eine Dusche brauchen, um sich das ganze Blut und den Schweiß abzuwaschen.

Sein erster Impuls war es, das auf morgen zu verschieben. Dann hielt er inne. Sein ganzes Leben lang hatte er Dinge auf morgen verschoben. Er hatte genug davon.

Ächzend und stöhnend zog er sich aus und stieg in die Dusche. Die Körperstellen, die Gonzalo getroffen hatte, fühlten sich an, als stünden sie in Flammen, also drehte Hagen die Wassertemperatur herunter, bis es kalt genug war, um den Schmerz zu stillen.

Hagen war immer der Typ gewesen, der im Sommer einen Hut trug, wie seine Mutter es ihm beigebracht hatte. Ihm wurde bewusst, dass er zum ersten Mal im Leben eine kalte Dusche nahm. Er dachte an Erkältungen, Meningitis, Lungenentzündung und andere Krankheiten, die man sich durch Unterkühlung zuziehen konnte. Seine Mom hatte ihm die immer aufgezählt.

Dann verpufften diese Gedanken.

Der Tag steckte voller Überraschungen.

Im Medizinschrank fand er ein frisches Pflaster, das er auf die Abschürfung in seinem Gesicht klebte. Es sah schief aus, aber er hatte sein Bestes getan. Der Geruch der Medizin erinnerte ihn an die Zeit, als seine Mutter krank gewesen war. Nie hatte er es über sich gebracht, ihre Sachen wegzuwerfen, auch nicht die halbleeren Tablettenpackungen mit den Pillen für Krebspatienten im Endstadium.

Er fand ein Schmerzmittel und ging, die Tablette in der geballten Faust, zum Kühlschrank, um irgendwas Flüssiges zu finden, mit dem er sie herunterspülen konnte. Dann blieb er plötzlich mitten im Raum stehen und blickte sich um.

Diesmal würde er etwas anders machen. Es schien ihm der richtige Zeitpunkt, alle seine Werte zu überdenken.

„Gott, wie kann ich in diesem Chaos eigentlich leben? Das sieht hier aus wie eine einzige Müllhalde."

Was würde Lexie sagen, falls sie je beschließen sollte, ihn zu besuchen? Das alles hier wirkte, als würde er sich seine Wohnung mit einem Penner mit schlechten Hygienegewohnheiten teilen, der während seiner Arbeitszeit hier wohnte.

Der Gedanke ließ Mike erschaudern. Seine Mutter hatte ihm immer erzählt, dass Obdachlose alle erdenklichen der Medizin bekannten Krankheiten hätten, sowie noch ein paar unbekannte dazu.

Er hatte nicht mal richtige Vorhänge. Seine Fenster waren von etwas bedeckt, das unter den besten Umständen als schmutzige Lumpen zählen konnte und dem Zimmer ein noch schäbigeres Aussehen verlieh. Diese Lumpen hatten schon bessere Tage gesehen. Damals, als seine Mutter noch am Leben war, waren es Vorhänge gewesen. Doch er hatte nichts getan, um sie ordentlich zu pflegen.

Noch schlimmer war seine Küche. Der Herd sah aus, als hätten die Angestellten von Tasty Dog ihn für ihre Kakerlakenhotdogs verwendet. Früher hatte Mutter den Boden gewachst und poliert. Hagen hatte es fertiggebracht, dass er aussah, als wäre er asphaltiert. Oder sogar noch schlimmer. Asphaltwege wurden wenigstens gelegentlich von Schülern gekehrt, die ihre für den Abschluss erforderlichen gemeinnützigen Arbeitsstunden ableisteten.

Selbst die Möbel wirkten ohne die Zuwendung seiner Mutter zerrupft und verunstaltet. Die Stühle waren verschwunden, das Sofa war steinhart geworden, und die Matratze von Hagens Bett war so durchgelegen, dass er jeden Abend in die Vertiefung fiel wie in eine Grube.

Beim ersten Anblick dieses Chaos würden Lexies romantische Gefühle sofort verpuffen. Sofern sie denn überhaupt existierten.

Hagen war auf einmal kristallklar, warum alle ihn immer so sehr verachtet hatten. Er hatte sich selbst die ganze Zeit wie ein Stück Scheiße behandelt. Hatte Goretsky ihn gezwungen, auf den Boden zu starren und seine Antworten zu murmeln? Hatten die Kinder, die ihn in der Schule schikaniert hatten, sein Zimmer vermüllt? Hatte Onkel Peter, der erlebt hatte, wie seine Kameraden im Krieg gestorben waren, Hagen so ängstlich werden lassen, dass er sich schon vor den Schatten eines Astes vor seinem Fenster fürchtete?

Alle diese Gedanken kamen ihm erst jetzt, was ihm seltsam erschien. Direkt nach einem Sieg. Nachdem ein Mädchen, das wie ein unmöglicher Traum schien, ihm das Blut von den Lippen gewischt hatte. Und sie war nicht zurückgezuckt oder so – es schien ihr wirklich etwas an ihm zu liegen. Fast wie … seiner Mutter. Warum sollte das jetzt passieren, da Luke Lucas aufgetaucht war, um Hagens Traum eine Richtung zu geben?

Am entmutigendsten war, dass der Traum immer da gewesen war und nicht einmal ein Interface nötig war, um ihn zu verwirklichen. Er musste nur aufhören, ein kleiner Scheißer zu sein, der in einem Scheiß-Schweinestall wohnte und vor allem und jedem Schiss hatte.

Hagen öffnete die Faust und sah das weiße Pulver der Tablette an, die er unwillkürlich zerquetscht hatte.

Er war endlich fertig damit, vor Schmerzen wegzulaufen. Er würde sie aushalten müssen. Und es würde viel Schmerz geben. Klein-Mikey, die Heulsuse, würde wahrscheinlich immer noch weinen. Aber er würde grinsen und es ertragen, und zurückschlagen.

Mike stieß einen lauten Schrei aus, der ganz tief aus seiner neu erwachten Seele kam. Er stand vom Sofa auf, schritt voller Stolz zum Mülleimer und ließ das weiße Pulver aus seiner Faust hineinrieseln.

Vor einer Minute hätte er es einfach zu Boden geworfen. Doch das lag jetzt hinter ihm. Er würde mit den kleinen Dingen beginnen müssen.

Auf dem Weg ins Schlafzimmer machte er im Geiste eine Liste der Dinge, die er gleich als Erstes am nächsten Tag entsorgen wollte. Wozu brauchte er einen Haufen kaputter PlayStations? Selbst die PlayStation 3 war ja jetzt schon völlig veraltet. Konnte er einzelne Teile davon gebrauchen? Es wäre sinnvoller gewesen, sie mit in die Arbeit zu nehmen, anstatt sie zu Hause verstauben zu lassen.

Neben dem Wandschrank blieb er eine Weile stehen.

Da war noch was.

Es würde wehtun, aber ...

Er würde die Kleider seiner Mutter entsorgen müssen. Oder sie an irgendeine Organisation spenden. Auf Fox News war ein Bericht über die Bewohner der ehemaligen Sowjetunion gewesen, die von autoritären Regimes unterdrückt wurden und kaum genug Kleidung hatten, um sich zu bedecken.

Propaganda wäre ein weiteres Ding, von dem er sich würde verabschieden müssen, doch das war Hagen zu diesem Zeitpunkt noch nicht klar. Genau wie seine Mutter früher glaubte er dem Fernsehen. Momentan jedenfalls noch.

Doch mehr noch verließ er sich auf das unglaubliche Interface in seinem Kopf. Beim Einschlafen rief er es kurz auf, um sich seine verfügbaren Werte- und Fähigkeitenpunkte anzusehen.

Heute war in jeder Hinsicht ein wundervoller Tag gewesen.

KAPITEL 10

WOLLEN SIE NOCH MAL EINS IN DIE FRESSE?

Wir alle treffen Entscheidungen. Aber letztendlich machen diese Entscheidungen uns aus.

BioShock

LEXIE WACHTE AM nächsten Morgen später als gewöhnlich auf. Ihr betagter Pitbull Rex saß bereits neben dem Bett und wartete besorgt darauf, dass seine Besitzerin aufstand, mit den Füßen nach den Hausschuhen tastete, den Bademantel vom Stuhl nahm und in Richtung Küche schlurfte. Der Hund war klug genug, sie nicht zu drängen – das Morgenritual war bis ins Detail durchgeplant, wie die Wachablösung des Buckingham Palace.

Lexie ging in die Küche, während Rex sich zwischen Regal und Kühlschrank platzierte. Alles lief genau nach Plan. Rex' Besitzerin ging in das kleine Zimmer, das feucht und vom Duft nach Shampoos und Kosmetika erfüllt war. Dort wagte sich der Hund nicht oft hinein. Dann kochte sie etwas und bereitete Kaffee in einer Maschine zu, die so ein schreckliches, summendes Geräusch machte. Als sie damit fertig war, setzte sie sich an den Tisch und tat mehrere Dinge gleichzeitig: Sie trocknete ihr Haar mit einem Föhn, biss ab und zu vom Toast ab, den sie mit großen Schlucken aus ihrer Kaffeetasse herunterspülte und las auf ihrem Handybildschirm die Nachrichten.

Normalerweise war das die Zeit, zu der Lexie mit ihrem Hund sprach.

„Wenn du nur wüsstest, Rexie ... Selbst der Kaffee scheint heute nicht zu wirken. Ich bin echt so was von müde."

Rex öffnete das Maul und hechelte, um zu zeigen, dass er zuhörte. Er war begierig, in all dem unverständlichen Geplapper etwas Vertrautes zu hören, etwas wie „Gehen wir Gassi" oder „Hals, Rex!" – dann wusste er, dass er aufstehen und stillhalten musste, bis sie die Leine in sein Halsband eingehakt hatte. Das war das Signal für ihn, seine Freude zum Ausdruck zu bringen und mit seinem kupierten Schwanz zu wedeln. Vielleicht konnte er sogar ein paarmal vorsichtig bellen.

Heute lag seine Besitzerin jedoch nicht im Zeitplan.

Natürlich kam so etwas gelegentlich vor. Besonders, wenn sie spät abends oder früh morgens nach Hause kam und nach Zigaretten und Alkohol stank. Manchmal war sie dann guter Laune; manchmal setzte sie sich auf den Boden, umarmte Rex und fragte ihn: „Warum habe ich so viel Pech? Ich bin hübsch, nicht ganz blöd, aber ich lebe ein Hundeleben. Nichts für ungut, Rexie ..."

Normalerweise hechelte Rex dann so heftig er konnte, um ihr seine ungeteilte Aufmerksamkeit zu demonstrieren. Er wusste dann schon, dass seine Herrin am nächsten Morgen nicht früh aufwachen und ihm sagen würde, es wäre Zeit für die Leine. Und es würde auch keine vom Frühstück übriggebliebenen Schinkenscheiben für ihn geben. Sie würde schlafen und weiterschlafen, bis die Sonne hoch am Himmel stand. Der arme Hund wusste, dass er würde einhalten müssen, um keine Pipipfütze an der Tür zu hinterlassen, und seine Eier schmerzten höllisch.

Er wurde ein bisschen traurig, da er vermutete, dass es einer dieser Tage voller Schmerz und Leid werden würde – immerhin sagte seine Besitzerin das wohlvertraute Wort „schlafen". Jedoch stand Lexie vom Tisch auf, streckte sich mit weit ausgebreiteten Armen und sprach endlich das vertraute Wort „Gassi" aus, auf das Rex so sehnsüchtig gewartet hatte.

Es war noch früh am Morgen, wenn auch etwas später als gewöhnlich. Überglücklich zerrte Rex Lexie an seiner Leine hinter sich her. Ihren Kaffee schlürfte sie aus einer Tasse mit Deckel weiter. Rex schnüffelte unter den Büschen der Umgebung herum und beeilte sich dann, seine Besitzerin zu dem leerstehenden Grundstück ziehen, wo ein Hund seinen Haufen machen konnte, ohne dass es eine Strafe nach sich zog, wenn man die Exkremente nicht entfernte.

Alexa Hepworth, die Hauptgeschäftsführerin der *DigiMart*-Kette, lebte in einem einstöckigen Reihenhaus, dessen eine Hälfte sie vermietet hatte. Ihre Wohngegend war kein gentrifiziertes Viertel, aber auch kein Slum.

Ihre Nachbarn auf der anderen Seite der Zwischenwand blieben die meiste Zeit für sich. Es handelte sich um ein älteres Ehepaar aus Missouri. Zu vereinzelten Gelegenheiten, wenn sie die Geburt ihres Enkels feierten oder des Todes ihres Sohnes in Afghanistan gedachten, boten sie ihr einen verbrannten, selbst gebackenen Keks an. Lexie musste so tun, als wäre sie überglücklich darüber, und wählte wenigstens einen mit weniger dunklen Stellen aus, der halbwegs verdaulich war.

Im Haus auf der anderen Straßenseite wohnte ein pummeliges polnisches Ehepaar mit so vielen Kindern, dass Lexie den Überblick verloren hatte. Vielleicht waren es drei, vielleicht auch ein Dutzend. Die Kinder waren ebenfalls pummelig, und Lexie hätte bei keinem sicher sagen können, ob es ein Mädchen oder ein Junge war. Die Namen konnte sie auch nicht aussprechen, also hatte sie das irgendwann aufgegeben. Am besten fuhr sie damit, wenn sie sie „diese engelhaften Kinder" nannte. Die Polen begingen jeden einzelnen katholischen Feiertag, beschwerten sich darüber, wie Russland sich in das Weltgeschehen einmischte, und glaubten, Marihuana zu medizinischen Zwecken und gleichgeschlechtliche Ehen wären des Teufels. Allgemein waren sie der Ansicht, Amerika wäre dem Untergang geweiht und dass sie anderswo hinziehen sollten.

Der letzte alte Nachbar, den sie kannte, nannte sich Easy Sammy C. Er war ein weißer Rapper, dem nie ein Durchbruch gelungen war. Ständig spielte er laute Musik, zu der er ins Mikro nuschelte, und fuhr einen klapprigen, alten Cadillac mit einem eindeutig für Großveranstaltungen dimensionierten Subwoofer. Die Karriere des Rappers hatte sich in den fünf Jahren, in denen Lexie hier wohnte, nicht weiterentwickelt. Er war bereits über 30 und über seine besten Tage hinaus. Seine Kleidung wurde immer grotesker und sein Rappen immer weniger verständlich.

Davon ließ Easy Sammy sich jedoch nicht herunterziehen. Ständig schickte er allen seinen Nachbarn neue Demoaufnahmen und quälte Lexie mit Links zu seinen Videos (mit ihm, wie er seinen Cadillac an dem verfallenen Grundstück vorbeifuhr, wo Rex gewöhnlich sein Geschäft verrichtete).

Ihr Einkommen und die Tatsache, dass sie Single war, hätten es ihr erlaubt, etwas Besseres zu mieten. Doch sie hatte dort schon gewohnt, seitdem sie bei ihren Eltern ausgezogen war. Eine junge *DigiMart*-Angestellte konnte sich leicht eine Reihenhaushälfte leisten. Und sie hatte hart gearbeitet. Mr. Howell, ihr Onkel, hatte ihr unmissverständlich erklärt, dass seine professionelle Haltung ihr gegenüber nicht von Dingen wie zusammenpassenden Sternzeichen oder ihrer Verwandtschaft beeinflusst würde. Sie würde keine Privilegien genießen.

Andererseits verlangte er regelmäßig Dinge von ihr, die nicht Teil ihrer Stellenbeschreibung waren. Immer, wenn Lexie das ansprach, hob ihr Onkel seine buschigen, graumelierten Augenbrauen und fragte sie mit verblüfftem Blick: „Kannst du deinem Onkel das wirklich abschlagen? Wir sind doch schließlich keine Fremden, oder?"

Dann seufzte Lexie und sagte sich, dass sie eines Tages Howells Platz einnehmen würde. Und dann wäre Polen offen. Wenn sie erst seine Geschäfte führen würde, würde sie glänzen und das Unternehmen zu nie dagewesener Größe expandieren können. Sie hatte viele Male mit ihrem Onkel über *DigiMarts* magere Gewinne gesprochen und darüber, dass es sinnvoll wäre, das alte Gebäude dem Erdboden gleichzumachen und stattdessen ein mehrstöckiges Einkaufszentrum dort hinzustellen.

Die Antwort war jedes Mal eine abwehrende Geste, die in etwa besagte: „Tu, was ich dir sage, und lass das Fantasieren sein.“

ALS HAGEN NOCH klein gewesen war, hatte seine Mutter ihn ins Krankenhaus geschleift, wann immer eine neue Krankheit in der Zeitung oder im Fernsehen erwähnt worden war. Jahre später war es an ihm gewesen, seine Mutter von Krankenhaus zu Krankenhaus zu bringen. Er hatte eine starke Aversion gegen all diese Leute in ihren makellos weißen Kitteln entwickelt, die auf so herablassende Weise Weisheit ausstrahlten.

Also überraschte es ihn nicht, dass der neue Arzt – ein Dr. Rothson – Hagens Beteiligung an einem Martial-Arts-Kampf nicht viel Glauben schenkte. Er heftete nur das Röntgenbild von Mikes Bein an einen Leuchtkasten und sagte mit ausdrucksloser Stimme: „Es ist nicht gebrochen. Kein Grund, sich Sorgen zu machen.“

Hagen saß auf der Couch und blickte auf die unverständliche Anordnung schwarzer und weißer Teile.

Der Doktor spitzte zweifelnd die Lippen. „Also, was hatten Sie gesagt, wie sie zu diesen Blutergüssen gekommen sind? In einem Boxring?“

„Das ist richtig.“

„Was ist mit der Abschürfung im Gesicht?“

„Auch dort.“

„Dann sind Sie also ein Boxer?“ Dr. Rothson beäugte Hagen unverhohlen. „Wann waren Sie zum letzten Mal bei Ihrem Psychiater? Laut Ihrer Krankenakte haben Sie ein MRT machen lassen. Haben Sie Beschwerden?“

„Nicht mehr, Doc.“

Der Doktor ging zurück zu seinem Tisch und tippte etwas in sein Tablet. Hagen wartete geduldig – immerhin hatte er nichts anderes vor. Er sah sich weiter im Sprechzimmer um und nahm anerkennend die Kombination aus Gemütlichkeit und Minimalismus zur Kenntnis. Es war nicht viel da, aber er sah einige Gegenstände, die den Empfangsraum etwas weniger kalt und steril wirken ließen als andere, die er schon kennengelernt hatte. Und er hatte genug Erfahrung damit – vom Krankenzimmer in der Schule bis zu kommunalen Krankenhäusern.

„Sind Sie krankenversichert?", fragte Rothson.

„Nein."

„Dann können Sie gehen. Ich bestätige Ihnen hiermit offiziell, dass Sie nicht mehr verletzt sind", grinste der Doktor.

Hagen zahlte seine Rechnung und verließ die Klinik. Er humpelte zwar leicht, doch er fühlte sich einfach perfekt. Als Mike am Morgen aufgewacht war, hatte er zuerst seine Gesundheitswerte überprüft, dann die Systemmeldungen. Es hatten sich einige angesammelt, die er jetzt sorgfältig studieren konnte.

Mike „Heulsuse" Hagen
Alter: 29
Level 4

LP: 9.000
Kämpfe/Siege: 4/4
Gewicht: 61,2 kg
Körpergröße: 162 cm

Verfügbare Eigenschaftspunkte: 1
Verfügbare Fähigkeitspunkte: 1

Am Rand seines Gesichtsfelds befand sich eine Meldung zu einem 24-Stunden-Debuff wegen der Verletzung seines linken Beins. Dieser zog ihm einen Punkt Geschicklichkeit ab. Mike glaubte, damit klarkommen zu können. Immerhin war er schon viel geschickter als noch vor einem Monat, Debuff hin oder her.

Seine noch nicht verteilten Eigenschaftspunkte waren ebenfalls eine helle Freude. Fast so sehr wie Gedanken an Lexie. Nicht einmal die Schadensinformationen machte ihm etwas aus. Doch zuerst wollte er sich vollständig erholen.

Bis dahin vergnügte sich Hagen damit, zu überlegen, wie er seine zusätzlichen Punkte nutzen wollte. Sollte er Stärke oder Geschicklichkeit wählen?

Seine Erfahrungen bei nur vier Kämpfen deutete darauf hin, dass er sein Können im Bereich Ausweichen und Treffsicherheit verbessern sollte. In seinem letzten Kampf hatte er immerhin zwei Chancen verpasst, Gonzalo auszuknocken. Andererseits war es auch verlockend, mehr Schaden zufügen zu können. Er sehnte sich wirklich danach, groß und stark genug zu werden, dass niemand, egal, ob ein riesiger Sicherheitsmann oder ein UFC-Produzent in seinen 50ern, mehr wie ein unbesiegbares Ungeheuer auf ihn wirken würde.

Hagen erreichte den Parkplatz, ließ sich auf dem Fahrersitz seines Autos nieder und textete Lexie zum zweiten Mal an diesem Morgen.

Mir geht's gut, nichts gebrochen. Danke für das tolle Wochenende.

Er verbrachte fünf Minuten damit, darauf zu warten, dass das Symbol für „Jemand schreibt eine Nachricht" auf seinem Bildschirm auftauchte, während sein Herz gelegentlich einen Schlag aussetzte. Der fragliche Jemand gab jedoch keinen Text ein.

Nun ja, Alexa Hepworth war eine vielbeschäftigte Frau, die sich um drei Läden kümmern musste.

Auf dem Heimweg legte Mike einen Zwischenstopp bei Walmart ein und kaufte verschiedene Putzmittel, Möbelpolitur, einen neuen Wischmopp und zwei Eimer sowie eine Packung große, reißfeste Müllsäcke.

Er war fest entschlossen, den Staub und Dreck seines alten Lebens für immer wegzuwischen.

121

* * *

WÄHREND LEXIE IHREN Hund zum nahegelegenen leerstehenden Grundstück ausführte, erledigte sie ein Gespräch mit der Werbeagentur, die *DigiMart* unter Vertrag hatte, um ein paar Werbebroschüren freizugeben, den Text einiger Beiträge für Social-Media-Seiten zu korrigieren und diverse Schreiben an Zulieferer zu verfassen, um die Rücksendung fehlerhafter Waren zu bestätigen.

„Weißt du, Rexie, das war echt eine komische Nacht. Jetzt könnte ich einen ganz normalen Tag gut gebrauchen."

Alexa erledigte noch ein Dutzend anstehende Aufgaben, doch etwas, das nur sie selbst betraf, ging ihr nicht aus dem Kopf. Ab und zu öffnete sie ihre Messenger-App, um Mike eine Nachricht zu schicken, aber sie fand einfach nicht den richtigen Ton. Seit der Sache mit Goretsky war sie sehr vorsichtig, bei niemandem irgendwelche falschen Hoffnungen zu wecken. Was, wenn Mike ihre Frage, wie es ihm gesundheitlich ging, als Zeichen romantischen Interesses auffasste?

Sie erinnerte sich an sein Vorstellungsgespräch bei ihr vor drei Jahren. Selbst damals hatte er ihr diese seltsamen Blicke zugeworfen. Mike hatte erbärmlich gewirkt. Seine ungleich großen Ohren, die auf peinliche Weise gezuckt hatten, hatten ausgesehen, als könnte er sie wie Dumbo als Flügel verwenden.

Und dann seine geringe Körpergröße. Lexie hatte sich immer größer gefühlt als Hagen, selbst wenn sie zusammen an einem Tisch saßen. Der neue Angestellte konnte ihr kaum ins Gesicht blicken und murmelte so leise, dass sie ihn immer wieder bitten musste, das Gesagte zu wiederholen. Dann zuckte er zusammen und versuchte, das Gesagte etwas zusammenhängender neu zu formulieren. Doch auch, wenn er zu Anfang eines Satzes eine verständliche Aussprache zustande gebracht hatte, ging er am Ende doch wieder in Flüstern über.

In gewisser Weise verstand Lexie, warum er Goretsky so auf

die Nerven ging. Manchmal hatte sie den Drang, Hagen beim Kragen zu packen, ihn zu schütteln und anzuschreien: „Jetzt red schon endlich deutlich!"

Da war ihr klargeworden, dass solche völligen Tollpatsche wie Mike zum Ausgleich normalerweise über irgendeine Superkraft verfügten. Als Techniker glänzte Hagen bei der Reparatur von Elektrogeräten wirklich. Am allerersten Tag seiner Probezeit war es ihm gelungen, alles zu reparieren, was sein Vorgänger – ein schlampiger Faulenzer, der gekündigt hatte, um nach Indien zu gehen und sich selbst zu finden – zurückgelassen hatte. Hagen machte es nichts aus, Dinge zu reparieren, sei es der Sensor eines Feuermelders, eine Waschmaschine oder das neueste Modell eines Apple-Laptops, der angeblich unmöglich wieder hinzukriegen war.

Doch da endete die Liste seiner Tugenden auch schon. Zumindest bis vor Kurzem.

Lexie starrte in die Ferne, während Rex sich seinen üblichen Platz suchte, wo er sich erleichterte, und sich dabei umsah, um potenzielle Bedrohungen auszumachen.

Ich habe darüber nachgedacht, Männern falsche Hoffnungen zu machen, oder?, dachte die junge Frau.

Sie scrollte auf der Suche nach Gonzalo, dem Killa, durch ihre Kontaktliste, um ihm eine kurze Nachricht zu schicken. „Hey, Alter, geht's dir gut? Ich dachte, wir könnten ..." Dann wechselte sie zum Emoji-Tab und suchte eine Kaffeetasse heraus. Doch sie kam nicht dazu, die Nachricht abzuschicken. Das Telefon vibrierte, der angezeigte Avatar war der ihres Onkels.

„Guten Morgen, Mr. Howell."

„Warum bist du noch nicht im Büro?"

„Tut mir leid, ich bin aufgehalten worden. Weißt du ...?" Lexie dachte fieberhaft nach, um eine passende Ausrede zu finden. Dass sie eine Nacht in einem MMA-Club verbracht hatte, wo ein *DigiMart*-Kollege im Ring gekämpft hatte, würde wohl nicht so toll klingen.

„Hör auf, dir Ausreden auszudenken! Wir sind hier in Teufels Küche! Schwing deinen Hintern sofort zu unserer Hauptgeschäftsstelle! Das Problem hast größtenteils du uns eingebrockt!"

„Aber was ist denn los?", fragte Lexie überrascht, doch sie hörte nur noch, wie ihr Onkel auflegte.

Ständig benahm er sich wie einer dieser ganz harten Typen im Film, und nicht ums Verrecken würde er die genaue Art eines Problems je am Telefon beschreiben. Als im Lager des zweiten Ladens einmal ein Rohr geplatzt war, hatte er sie angerufen und nur gesagt: „Schwing deinen Hintern hier rüber, das musst du sehen!"

Als sie den dritten Laden eröffnen wollten und er es endlich geschafft hatte, ein passendes Gebäude anzumieten, hatte er angerufen und mit geheimnisvoller Stimme gesagt: „Komm her, ich hab was für dich!"

Manchmal dachte sie, dass ihrem Onkel in seinem Leben ein paar echte Geheimnisse fehlten und er deswegen immer versuchte, alles mysteriös wirken zu lassen. Alle anderen mussten dann augenblicklich einen Schnitt machen, wie im Film, und seinem Ruf folgen.

Lexie blieb nichts anderes übrig, als Rex sofort zurück nach Hause zu zerren. Der Hund wehrte sich – schließlich gingen sie normalerweise immer länger Gassi. Ein Cadillac fuhr vorbei, und Easy Sammy streckte den Kopf aus einem der Fenster.

„Hey, hast du schon meinen neuesten Track gehört?"

„Der Beat und der Flow rocken total", kommentierte Lexie und beeilte sich, durch ihre Eingangstür zu verschwinden. „Oh, und der Text ist so was von weise."

Aus Erfahrung wusste sie, dass Zuspruch die einzige Reaktion war, die ein kreativer Mensch erwartete. Ihr Versuch, sich den neuen Track des Rappers anzuhören, war gescheitert – nach der Hälfte hatte sie ihn abschalten müssen. Seine Aussprache war so schlampig, dass man den Text nie richtig verstand. Sammy setzte immer auf Geschwindigkeit, sodass jeder Text, den er schrieb, zu einem unverständlichen Gemurmel verschwamm.

LEVEL UP : KNOCKOUT

* * *

HAGEN BALANCIERTE AUF einem Stuhl vor dem Schrank seiner Mutter und räumte ihre Kleidung aus – Jacken, Kleider und altmodische Pullover, die sie seit ihrer Jugend aufbewahrt hatte. Es schnürte ihm das Herz ab.

Er wischte sich die Tränen weg und sprach im Geiste mit seiner Mutter. „Tut mir leid, Mom, ich wollte dir nie wehtun, dich enttäuschen oder dich zum Weinen bringen. Aber heute muss ich diesen Schrank ausräumen. Ich entrümple mein Leben."

Er stopfte die Kleider seiner Mutter in zwei riesige Tüten. Konnte es sein, dass er seine Horterei von ihr geerbt hatte?

Allerdings fand er unter ihren Kleidern auch etwas Nützliches – eine strapazierfähige Armeejacke, die Onkel Peter hier vergessen hatte, als er seine kranke Schwester das letzte Mal besucht hatte.

Hagen hatte in Onkel Peter immer den furchteinflößenden Kommisskopf gesehen. Er schreckte nie vor Handgreiflichkeiten zurück, um seine Meinung durchzusetzen, wenn ihm die verbalen Argumente ausgingen. Und da sein Vokabular nicht gerade umfassend war, wenn man Schimpfwörter nicht dazuzählte, geschah es oft genug, dass er die Fäuste fliegen ließ. Daher sahen seine Nachbarn gewöhnlich davon ab, mit ihm über Politik oder den nächsten potenziellen Superbowl-Champion zu diskutieren.

Doch im Moment erschien Hagen Onkel Peters Jacke wie eine Art magischer Rüstung. Er untersuchte sie sogar mit dem Interface und erwartete fast, etwas wie *„Die Jacke soldatischer Tapferkeit. +1 auf Stärke"* zu lesen, doch das System blieb stumm.

Nichtsdestotrotz stand Hagen auf, streifte die Jacke über und betrachtete sich im Spiegel an der Schranktür. Seinem Onkel passte sie genau, an Hagen wirkte sie wie ein Mantel.

Trotzdem gefiel ihm die Verwandlung. Er konnte Gewichte stemmen – die Jacke würde ihm dann zwar trotzdem noch zu groß sein, aber wenigstens tragbar. In einer der Taschen fand er eine

Packung *Camels*, ein billiges Feuerzeug und ein paar alte Powerball-Lotterietickets. Sowohl sein Onkel als auch seine Mutter waren eifrige Lottospieler gewesen und hatten immer auf den Jackpot gehofft. Seine Mutter war nicht mehr da, und den Jackpot hatte keines seiner Familienmitglieder je geknackt, doch die Tickets waren noch hier.

Das Telefon piepte und riss Hagen, der immer noch vor dem Spiegel stand, aus seinen Gedanken. Die Jacke seines Onkels behinderte ihn ziemlich, als er sein Telefon in Hoffnung auf eine Antwort von Lexie herausfischte.

Doch es war nicht sie. Es war Gonzalo.

Er schrieb: *Hey, Bro, wie läuft's bei dir? Ich hoffe doch, ich hab dir genauso eingeschenkt wie du mir, bevor du mich ausgeknockt hast!*

Diverse Smileys bekräftigten den vorgeblich scherzhaften Ton.

Schon der Gedanke daran, mit Gonzalo zu sprechen, erschreckte Hagen. In seiner Vorstellung waren sie zu lebenslangen Feinden geworden, daher war er vom unbefangenen Ton des anderen überrascht.

Hinke etwas, aber sonst alles OK, schrieb Hagen. Dann dachte er eine Weile nach und fügte hinzu: *Nen ganz schön krassen Lowkick hast du drauf!*

Während er auf eine Antwort wartete, brachte er die Tüten nach draußen und räumte dann den zweiten Schrank leer, der mit alten Zeitschriften vollgestopft war, die sich hauptsächlich mit Mode und Promis beschäftigten. Seine Mutter hatte sich immer Talkshows mit Hollywood-Superstars angeschaut und dann in den Zeitschriften Berichte über sie gelesen. Später hatte sie auch gelernt, sich im Internet zurechtzufinden, und hatte Kommentare zu allen Beiträgen der Stars in den sozialen Netzwerken hinterlassen.

OK, Bruder, schon geschnallt ... Ich bring ihn dir bei, sobald ich aus dem Krankenhaus raus bin. Tihihi.

Hagen begann, sich Sorgen zu machen. *Du bist im Krankenhaus? Ist es so schlimm? Schick mir die Adresse.*

Mach dir nicht so viele Sorgen. Ich werd's überleben. Ist nur eine kleine Gehirnerschütterung. Aber ich freu mich, wenn du mich besuchst.

Gonzalo schickte ihm eine Anfahrtsbeschreibung. Hagen versprach, ihn definitiv besuchen zu kommen, und arbeitete dann mit doppeltem Einsatz weiter.

Er füllte einen weiteren Sack mit Müll und noch einen mit Elektronikteilen, die schon vor Jahren veraltet gewesen waren. Darunter waren alte PlayStations, kaputte Xbox-Konsolen und Überreste alter Handys. (Warum hatte er die bloß so lange gehortet?) Aus dem Haufen alten Elektronikschrotts rettete er einen uralten Gameboy. Den hätte er auf Ebay verkaufen können, aber das Gerät funktionierte nicht.

Und schließlich fand er eine PSP. Hagen brachte es nicht über sich, die zu entsorgen. Beinahe hätte er sie in den Sack gesteckt. Doch er schaffte es nicht, die Hand zu öffnen und sie zum Rest des Mülls hineinfallen zu lassen. Stattdessen sah er sich nach einem Ladegerät um.

Er schaltete sie ein. Und siehe da, sie funktionierte einwandfrei.

Erinnerungen daran, wie er 15 geworden war und sich einen Ferienjob bei einem Elektronikladen gesucht hatte, überwältigten Mike. Er war schon damals recht technikversiert gewesen, da er seine mangelnden sozialen Fähigkeiten mit seinem Geschick bei der Reparatur seelenloser Elektronik ausglich. Seine Einnahmen hatte er damals auf dieses technologische Wunder namens *PlayStation Portable* verwendet. Gerade zu jener Zeit hatte der *DigiMart* seine Pforten geöffnet, und als der Verkauf begann, hatte er dort lange Schlange gestanden.

Wenn er darüber nachdachte, war *DigiMart* wohl der Grund gewesen, warum der Besitzer des Elektronikladens pleitegegangen war. Aber das war erst später gewesen. Mit dem Kauf seiner PSP war Hagen ernsthaft zum Gamer geworden. Nicht, dass er zuvor etwas gegen Spiele gehabt hätte, aber bis dahin hatte er nur Zugang zu Spieleautomaten und einer Konsole gehabt, die so alt war, dass sie aus der Generation vor ihm hätte stammen können. Damals war es ihm vorgekommen, als hätte er jetzt die ganze Welt in seiner Tasche. Er hatte seine Tage mit dem Spiel *Tekken* verbracht.

Hagen öffnete das Menü der Konsole. Sogar seine Spielstände waren noch vorhanden.

„K. O. Du gewinnst!" Dieser Satz hallte in seinem Kopf wider.

Mit 15 hätte Hagen sich niemals vorstellen können, etwas Ähnliches nach einem Sieg in einem echten Boxring zu hören.

Er beschloss, die Konsole zu behalten. Er ließ sie am Ladegerät und durchwühlte den Sack mit den elektronischen Geräten nach der Schachtel mit den ROMs.

Er ließ nicht locker, bis er *Tekken* sowie *Mortal Kombat: Unchained* gefunden hatte, und dann stellte er fest, dass er auch noch *WWE SmackDown* besaß! Das war das erste Spiel, auf das er gestoßen war, bei dem man im Ring kämpfen musste, und weswegen er ernsthaftes Interesse an MMA entwickelt hatte.

Allerdings war dieses Interesse nie über Spiele und Fernsehübertragungen hinausgegangen. Mike hatte immer zu viel Angst vor körperlichen Schmerzen gehabt.

Oh, Mann! Wenn ich so weitermache, fange ich gleich wieder an, Müll zu sammeln, dachte Hagen. Er krempelte die Ärmel hoch und warf alle ROMs außer *Tekken* in den Müll. Das war die ROM, die in der PSP steckte. Er hatte keine Ahnung, wozu er dieses alte Spiel überhaupt brauchte, aber er wurde das Gefühl nicht los, dass es eine persönliche Bedeutung für ihn hatte. Eine Erinnerung an seine unschuldige Jugendzeit, von der er sich einfach nicht trennen konnte.

Er trug die Säcke zum Wagen und lud den Kofferraum und den Rücksitz bis unters Dach voll mit Altkleidern und Elektronikschrott. Beim Hin- und Herlaufen bemerkte er, dass er immer weniger hinkte.

Er überprüfte die Systemdaten – es würde noch etwas über zwölf Stunden dauern, bis sein Bein wieder in Ordnung war.

Konnte es sein, dass er schneller regenerierte als ein gewöhnlicher Mensch? Falls das stimmte, waren das ausgezeichnete Neuigkeiten.

Auf dem Weg ins Krankenhaus hielt Mike bei einem Supermarkt direkt neben den Spendencontainern an. Er verlor keine Zeit und warf alle seine Säcke dort hinein. Dann fuhr er davon, ohne zurückzublicken.

$$* * *$$

LEXIES ONKEL WARTETE am Eingang auf seine Nichte. Das war ebenso unerwartet wie erschreckend.

Der Onkel hielt sich nicht mit einer Begrüßung auf, sondern kam gleich zum Punkt. „Dieser Knilch wartet schon seit dem frühen Morgen auf mich!"

„Wer?"

„Der Typ ist völlig ausgerastet. Er bedroht mich ganz offen. Stell dir das mal vor! Aber ich glaube nicht, dass seine Behauptungen Hand und Fuß haben."

„Wen meinst du denn, und was soll Hand und Fuß haben?"

Howell führte Lexie ins Büro und sprach weiter, ohne auf die Frage einzugehen: „Der hat echt ganz schön Nerven. Ich hab schon selber drüber nachgedacht, ob ich ihm ins Gesicht schlage. Niemand redet so mit mir!"

„Wen meinst du denn überhaupt?"

„Was er sagt, ist schwer zu glauben. Aber wenn es wahr ist, stecken wir bis zum Hals in der Scheiße, und weit und breit keine Schaufel."

„Onkel, ich verstehe nicht ... Scheiße!"

Howell öffnete die Tür zu seinem Büro, und Lexie sah einen massigen Mann auf dem Stuhl ihres Onkels sitzen, die Füße lässig auf den Tisch gelegt. Unter seiner Baseballmütze schaute ein Verband hervor. Außerdem war sein halbes Gesicht von einem Pflaster bedeckt. Die andere Hälfte kannte Lexie nur zu gut – vor allem das raubtierhafte Grinsen.

„Hey, Babe. Lange nicht gesehen."

„Mr. Goretsky? Warum sind Sie hier? Wollen Sie noch mal eins in die Fresse kriegen?"

„Alexa!", rief ihr Onkel. „Was um alles in der Welt redest du da?"

Goretsky nahm seine Füße vom Schreibtisch und stand auf. „Ich bin persönlich hergekommen, um euch zu sagen, dass sehr bald eine Vorladung bei euch eintrudeln wird. Ihr werdet mir Millionen blechen müssen!"

Lexie antwortet ruhig: „In diesem Fall werde ich Sie ebenfalls verklagen. Wegen sexueller Belästigung. Und dann müssen *Sie* an *mich* blechen."

Goretsky lachte leise. „Versuch gar nicht erst, mir Angst zu machen, Babe. Ich habe mit meinem Anwalt geredet. Das kannst du niemals beweisen."

„Als hätten Sie irgendwelche Beweise."

Howell stellte sich zwischen die beiden. „Das ist genau der Grund, warum ich vorschlage, das Ganze gütlich zu bereinigen. Die Gerichte müssen nichts davon erfahren."

Goretsky ballte die Faust. „Es wird keine gütliche Einigung geben! Ich klage euch in Grund und Boden! Besonders euren schwachsinnigen Mitarbeiter. Ihr werdet mich noch auf Knien um Verzeihung bitten! Wo steckt der überhaupt? Versteckt ihr ihn vor mir? Letztes Mal hat er mich hinterrücks angegriffen, als ich es am wenigsten erwartet habe."

„Mike ist heute nicht in der Firma. Aber er kann Sie wieder genauso wie beim letzten Mal drankriegen."

„Alexa!", schrie ihr Onkel wieder. „Sag nichts, das gegen dich verwendet werden könnte."

„Dann verpissen Sie sich. Raus." Alexa deutete auf die Tür.

„Oh, so willst du das also spielen? In Ordnung. Ihr werdet von meinem Anwalt hören!"

„Ja, machen Sie schon."

Lexie wies Goretsky die Tür, kam dann zurück ins Büro und ließ sich auf einen Stuhl fallen. Sie verbarg das Gesicht in den Händen und schaffte es kaum, die Tränen zurückzuhalten. „Mr.

Howell ... Onkel, was sollen wir bloß tun?"

Howell ging zu seiner Bar und kam mit einer Flasche Single Malt Whiskey und zwei Gläsern zurück. Er schenkte großzügig ein, gab Eis in die Gläser und reichte eines davon Lexie.

„Erst mal hörst du jetzt auf zu heulen. Ich habe mir diesen Goretsky genau angesehen, und ich kenne die Sorte. Sie lieben es, jemanden weinen zu sehen – jemanden, der schwächer ist als sie. Er würde dich liebend gern in Tränen aufgelöst sehen. Das war der ganze Grund, warum er hier war. Außerdem solltest du mir erzählen, was wirklich passiert ist. Wer ist dieser Hagen? Und wie hat er es geschafft, so einen Gorilla zu verprügeln?"

„Michael Hagen ist einer unserer Techniker."

„Er muss ein echt guter Kämpfer sein. Seltsam, dass er mir nie aufgefallen ist."

„Oh, Onkel, du verstehst das ganz falsch. Mike ist kein Kämpfer. Ich meine, ist er schon, aber er sieht nicht wie einer aus ... Ich bin so durcheinander."

„Na, dann sind wir schon zwei. He, warte mal. Ist das der Schwachkopf, der hinter dem Tresen sitzt? Der mit den Segelohren?"

„Ganz genau der. Der Kleine."

„Das nennst du klein? Er ist beinahe ein Zwerg. Er kann ja kaum über den Tresen gucken. Also, du sagst, er ist derjenige, der Goretsky verprügelt hat?"

„Ich hab es mit eigenen Augen gesehen. Hätte ich nicht eingegriffen, hätte er diesen großen Kerl totgeprügelt."

Lexies Onkel sah zu, wie sie einen Schluck Whiskey nahm, das Gesicht verzog und das Glas auf dem Tisch abstellte.

„Und wo ist dieser Hagen jetzt?"

„Ich habe ihm einen Tag freigegeben."

„Warum?"

„Wegen Krankheit."

„Alexa!", rief der Onkel. „Verarsch mich nicht! Ich sehe es dir jedes Mal an, wenn du das machst!"

„Er hat gestern Abend an einem illegalen MMA-Turnier

teilgenommen", erwiderte Lexie überhastet. „Und am Ende des Kampfes war er kaum noch am Leben. Ich war mit ihm dort."

„Bitte wie? Willst du damit sagen, dass du auch im Ring gekämpft hast?"

„Nein, es war ein Kampf im *Dark Devil Club*. Er hat mich dorthin ausgeführt. Irgendwie."

„Ich habe von dem Schuppen gehört. Der Besitzer ist der Sohn des Bürgermeisters. Na ja. Alexa, Alexa ... Ich will gar nicht fragen, wie du da gelandet bist. Oder warum du dich immer ausgerechnet zu solchen Ganoven hingezogen fühlst."

Die Eiswürfel klingelten in seinem Glas, während ihr Onkel im Büro auf und ab lief. Lexie wischte sich die Tränen ab und versuchte, zu entschlüsseln, was hinter diesem von Falten durchzogenen Gesicht vor sich ging. Sie hielt sich für eine starke, unabhängige Frau, doch das Erlebnis mit Goretsky hatte sie aus der Bahn geworfen, und sie beschloss, sich auf die Erfahrung ihres Onkels zu verlassen.

Energisch setzte Howell sein Glas ab. „Also, so wird es laufen: So, wie ich das sehe, gibt es keine Zeugen für den Kampf zwischen Mike und Goretsky."

„Ich weiß es nicht so genau. Theoretisch hätte es jeder sehen können."

„Gehen wir mal davon aus, dass du die einzige Zeugin bist. Also hat Goretsky keine Beweise."

„Aber ich habe von meinem Telefon aus den Notruf gewählt. Wenn sie nach dem Grund forschen, warum ich angerufen habe ..."

„Stimmt. Das klingt nicht gut. Aber darum kümmern wir uns, wenn es so weit ist. Das Erste, was ich dir rate, ist, diesen Mike zu feuern. Klingt, als wäre der ziemlich verquer, und mit verquer komme ich nicht klar. Er nimmt an Boxkämpfen teil und hat einen Kunden angegriffen ..."

„Er hat nicht angegriffen, Onkel. Er hat mich verteidigt."

„Vergiss das mal. Goretsky hat ein starkes Argument. Der Vorfall hat sich auf dem Firmengelände ereignet, und einer unserer Mitarbeiter war beteiligt. Ein guter Rechtsanwalt könnte daraus eine Klage in Millionenhöhe machen. Ich hoffe bloß, dass Goretsky keinen guten findet. Außerdem solltest du von diesem Schwein Hagen eine Strafzahlung verlangen, weil er auf einen Kunden losgegangen ist."

„Aber dann ist das …"

„Jepp. Wir sollten deinem Mike für alles die Schuld geben. *DigiMart* hat nichts mit der Sache zu tun. So können wir es als persönlichen Konflikt zwischen Mike und Goretsky hinstellen. Statt einer Klage ‚Goretsky gegen *DigiMart*'."

Lexie griff nach ihrem Glas und nahm einen tiefen Schluck. „Aber das ist nicht fair!"

„Geschäft ist Geschäft. Glaubst du, Goretsky würde Mitleid mit dir zeigen, wenn er die Gelegenheit hätte, uns auf eine Millionen Kröten zu verklagen? Ich mache gleich einen Termin mit unseren Rechtsanwälten und bespreche mich mit ihnen, aber ich bin sicher, die einzige Option, die sie vorschlagen werden, ist, alles zu leugnen und Hagen zum Sündenbock zu machen."

Lexie stand von ihrem Stuhl auf und ging zum Spiegel, um ihr vom Weinen zerlaufenes Make-up in Ordnung zu bringen. Ihr Onkel war schon dabei, das Büro zu verlassen, doch als er die Tür öffnete, drehte er sich noch einmal um.

„Und noch was. Sag Riggs, er soll sich die Aufnahmen der Überwachungskamera von diesem Tag anschauen. Kameras haben wir doch auch auf dem Parkplatz, oder nicht?"

„Ich bin mir nicht sicher."

„Egal, die Kameras hinter dem Laden könnten einen Teil davon aufgezeichnet haben."

„Okay", sagte Lexie mit zitternder Stimme.

Plötzlich drehte ihr Onkel den Mitleidshahn auf. „Mach dir keine Sorgen. Dieser Idiot hat uns Zeit zur Vorbereitung verschafft. Er hätte auch sofort klagen können, aber er musste ja unbedingt erst hierherkommen und uns bedrohen."

Howell schloss die Tür hinter sich. Lexie holte tief Luft, zupfte sich die Kleidung zurecht und ging zurück in die Eingangshalle.

Das würde ein langer, harter Tag werden. Bestimmt hatte sie

noch ein paar Alka-Seltzers irgendwo in ihrer Handtasche. Die würde sie brauchen.

HAGEN HATTE ERWARTET, Gonzalo bewegungsunfähig im Bett vorzufinden, mit allen möglichen Schläuchen, die in ihm steckten, und irgendwelchen nervenaufreibend piependen medizinischen Geräten neben sich. Sein Sparringspartner wirkte jedoch quicklebendig – er kam sogar zur Tür der Station, um ihn zu begrüßen. Gonzalos Gesicht war noch angeschwollen – eins seiner Augen konnte er fast gar nicht öffnen, und er trug einen Verband um den Kopf. Trotzdem lächelte er und drückte Mike fest die Hand. Dann überraschte er ihn mit einer Umarmung.

„Was läuft, Brüderchen? Yo, du bist offiziell die schnellste Faust im Wilden Westen!"

Mike lächelte gequält zurück. Er sah Gonzalo mit einiger Zurückhaltung an und fragte sich, wie der andere so gute Laune haben konnte. Schließlich hatte Mike ihn beinahe zum Invaliden geschlagen, und das auch noch vor Publikum, und auch noch genau in dem Moment, als Gonzalo sich seines Sieges völlig sicher gewesen war. Als hätte er der Verletzung noch eins draufsetzen wollen.

Mike war von seinem Verhalten beeindruckt, und sein Respekt vor seinem Gegner wuchs. Gonzalo Herrera, auch bekannt als der Killa, musste etwas vom Leben wissen, das Hagen bisher entgangen war.

Gonzalo nahm die Hände nicht von Mike, schob ihn zurück und sah ihn sich genau an. „Echt cooler Mantel."

„Eigentlich ist es eine Jacke."

„Ah. An dir sieht's aus wie ein Mantel. Aber er passt. Was du allerdings machen musst, ist das hier – echter Street Style, der einsame Wolf aus dem Problemviertel der Stadt." Gonzalo schlug den Kragen von Hagens Jacke hoch.

„Wie geht es dir denn insgesamt?", fragte Hagen.

„Ich sag doch, ich werd's überleben. Der Arzt wollte mich nur für ein paar Tage stationär dabehalten. Aber es ist so langweilig hier, dass ich es kaum aushalte. Hey, Homie. Sollen wir ein paar Bierchen zischen?"

„Wo kriegen wir die denn her? Geht das in einem Krankenhaus überhaupt? Oder gibt's in der Nähe eine Bar?"

„Stell dich nicht blöd. So geh ich doch nicht auf die Straße." Gonzalo deutet auf seinen Kittel.

Er öffnete die Tür und lugte in den Gang, dann winkte er Hagen näher heran.

„Siehst du die Tür am Ende des Gangs? Da ist die Feuerleiter. Die Patienten nutzen sie zum Rauchen, weil die Ärzte und Pfleger das nicht checken. Die Praktikanten machen auch oft mit. Die sind cool. Haben gutes Gras. Da warte ich auf dich, und du läufst schnell zum Getränkemarkt am Ende des Blocks. Wir haben was zu feiern, oder nicht? Und du musst nach deinem Sieg genug tote Präsidenten auf die Hand gekriegt haben, dass du dir das leisten kannst."

„Klar, kein Problem!" Mike nickte eifrig.

„Also, läuft!" Gonzalo strahlte ihn an.

Als er auf dem Weg nach draußen war, fügte Gonzalo noch hinzu: „Hey! Du hinkst ja ganz schön krass! Also hab ich dir wohl auch mächtig eingeschenkt!"

Auf dem Weg schickte Hagen Lexie eine weitere Textnachricht. Dann, während er an der Kasse anstand, brachte er sogar das Selbstbewusstsein auf, ihre Nummer zu wählen. Doch Lexie ging nicht ans Telefon, und er landete auf ihrer Mailbox.

Hagen versteckte sein Telefon in der Jackentasche seines Onkels und beschloss, sich nicht zu sehr aufzudrängen. Das Mädchen musste wirklich viel zu tun haben.

Tatsächlich hielten sich auf dem Treppenabsatz einige Menschen in Krankenhauskitteln auf. Einer hatte sogar seine Infusion mitgebracht. Er saß auf den Stufen, die Beine so weit gespreizt, dass man einen guten Blick auf alle Weichteile hatte, rauchte und erzählte jedem, der es hören wollte: „Morgen wird es sich herausstellen. Vielleicht überlebe ich, vielleicht auch nicht. Die Ärzte geben mir eine Chance von 50 %. Das könnte die letzte Zigarette sein, die ich je rauche."

Gonzalo saß neben dem Typen und klopfte ihm auf die Schulter. „Jetzt blas mal nicht Trübsal, Homie. Du bist stark, dem Schnitter springst du doch locker von der Schippe! Oh! Hier kommt unser Bier!"

Gonzalo nahm Hagen die Packung ab und reichte die Flaschen an alle anderen weiter. Alle prosteten sich zu und nahmen einen Schluck.

Der Mann mit der Infusion drückte seine Zigarette aus. „Hat irgendwer was zum Rauchen da?"

„Hey, Bro, wir rauchen nicht. Wir sind Sportler", sagte Gonzalo mit einem Lachen und nahm einen tiefen Schluck aus seiner Flasche.

Hagen fiel ein, dass er in einer seiner Taschen noch die Packung *Camels* von seinem Onkel hatte, also reichte er sie und das Feuerzeug dem Mann. „Bitte sehr."

Der Mann mit der Infusion prustete los. „Also war das doch nicht die letzte Zigarette meines Lebens!"

Gonzalo stieß Mike an, um ihm zu bedeuten, die Treppe hochzusteigen. Sie passierten ein paar Stockwerke und erreichten das Dach.

Es war kurz vor Sonnenuntergang. Ein paar Plastikstühle standen in der Nähe des Geländers. Herrera setzte sich auf einen davon und lud Hagen ein, dasselbe zu tun.

„Die haben die Praktikanten hier raufgebracht. Sie kommen her, um zu chillen, wenn ihre Abendschicht vorbei ist."

Vorsichtig ließ Mike sich auf einen der Stühle nieder und blickte auf die Straße hinunter.

Gonzalo nahm noch einen Schluck Bier. „Hey, ich weiß über dich Bescheid, Mikey-Boy!"

„Was meinst du damit?"

„Du bist gar kein echter Kämpfer, Bro!"

Sofort stieg die Paranoia in Hagen hoch. Hatte Gonzalo

irgendwie sein Geheimnis herausgefunden und wusste alles über das Interface? Aber wie? Wie hatte Gonzalo das nur rausgekriegt? Und warum war er dann so ruhig?

Hagen stellte sein Bier weg und fragte mit tonloser Stimme: „Woher ... weißt du das?"

Gonzalo verengte die Augen und blickte in die durch die Baumwipfel sichtbare untergehende Sonne. „Du und ich, wir sind uns ähnlich, Bruder. Ich versuche oft, als etwas durchzugehen, was ich gar nicht bin."

Hagen fasste sich etwas und wurde ruhiger. Gonzalo sprach gar nicht über das Interface.

„Natürlich unterscheiden wir uns, aber wir haben etwas gemeinsam. Wir beide nutzen den Kampfsport als Mittel, um persönlich voranzukommen. Weißt du, wie mir endgültig klar wurde, dass ich den Rest meines Lebens im Ring kämpfen würde?"

„Wie?"

„Gott hat mir ein Zeichen gegeben. Vor ein paar Jahren war ich Mitglied einer Latino-Gang, die für den Schutz von so ein paar Schmalspur-Dealern gesorgt hat. Eigentlich haben wir sie nur vor uns selbst beschützt, oder anderen Möchtegern-Gangstern wie uns, aber mit der Zeit kamen wir auf den Geschmack. Und es hat uns richtig gut Geld eingebracht. Wir wurden in unserer Nachbarschaft zu einer ernstzunehmenden Gewalt. Irgendwann haben sich alle Schusswaffen und aufgemotzte Karren besorgt. Also haben wir unser Einflussgebiet erweitert und uns an anderen Arten von Geschäften beteiligt. Zu der Zeit begann ich, in Ochoas Studio zu trainieren. Um noch härter zu werden. Ich wollte ein paar wirkungsvolle Moves lernen, um diese armen Schweine besser verprügeln zu können, die unseren Schutz nicht haben wollten. Eigentlich habe ich auf dem College mit dem Boxen begonnen." Gonzalo gluckste. „Und wenn schon? Ich war auf dem College! Ist es nicht komisch, dass ich nicht Arzt oder Rechtsanwalt geworden bin, oder eins von den hohen Tieren, die man im Club trifft? Naja, egal. Jedenfalls kamen die Cops eines Tages, um die ganze Gang einzukassieren, da wir angefangen hatten, Geschäfte zu erpressen, die unter *ihrem* Schutz standen. Fast alle wurden verhaftet, außer mir und ein paar anderen Jungs. Weißt du, warum ich Glück hatte?"

„Vielleicht hattest du deine Meinung geändert?"

„Ha, ha, ha. Du bist ja witzig, Mikey. Niemand ändert seine Meinung, bis etwas passiert, das ihn dazu zwingt. Ne. Zum Zeitpunkt der Razzia habe ich gerade in Ochoas Studio trainiert. Der Rest der Gang war in der Garage. Also, unserem Hauptquartier. Da wurde mir klar, dass Gott mir ein Zeichen gegeben hatte. Mir den Weg gezeigt hatte. An jenem Tag beschloss ich, den ganzen Scheiß hinter mir zu lassen und eine MMA-Karriere einzuschlagen. Naja, zumindest so viel Karriere, wie ein Amateur sich leisten kann, Bruder. Mir wurde klar, was ich tun musste. Aber wo genau willst du hin? Versteh mich nicht falsch, Bro, aber du bist kein Kämpfer."

„Und warum nicht?", entgegnete Hagen verstimmt.

Er fand das Urteil nicht fair, da er Gonzalo doch aus dem Ring gehauen hatte. Warum sollte er also kein Kämpfer sein?

„Du hast zu viel Angst, wenn du den Ring betrittst, Brüderchen. Und dann beginnst du, deinen Partner als Feind zu sehen, um diese Angst zu überwinden. Ich hab mit eigenen Augen gesehen, wieviel Schiss du hattest. Dann hast du beschlossen, dass ich dein Feind bin, und es wurde einfacher, stimmt's? Vor einem Feind Angst zu haben, ist weniger beschämend, oder nicht, Bro?"

Hagen wusste nicht, was er darauf antworten sollte, also nickte er nur unbestimmt.

„Was du dir klar machen musst, Mikey, ist, dass ein Partner kein Feind ist. Die Person, gegen die du im Ring kämpfst, kann dich ruhig sauer machen oder was auch immer. Aber selbst dein schlimmster Feind wird im Ring zu deinem Kampfpartner. Ein Sieg über jemanden bedeutet nicht, ihn aus Hass zu vernichten. Jede Kampfkunst ist ein Kräftemessen unter Meistern. Nicht unter Feinden."

Gonzalo schwieg. Hagen, der über seine Worte nachdachte, ebenso. Dann blickte Mike auf die untergehende Sonne, die als roter Ball knapp über dem Horizont schwebte.

„Danke, Gonzalo. Ich habe sehr stark an mir selbst

gezweifelt."

Herrera grinste. „Lass dich nicht runterziehen, Homie. Manchmal philosophiere ich gern. Immerhin war ich ja in ein paar Vorlesungen. Also, was hältst du von mir?" Er stieß Hagen freundschaftlich an.

Hagen grinste zurück. „Ich glaube, Mom hatte recht. Du bist ein echter Gangster."

„Keine Ahnung, was deine Mom damit zu tun hat, aber aus der Gang bin ich schon lange raus. Eine Gang ist keine Spiele-Arkade, aus der man einfach rausspaziert, wenn man keine Münzen mehr hat. Niemand verlässt eine Gang je völlig. Aber ich hatte Glück, wenn man so will. Die Jungs haben mich verlassen. Viele meiner Brüder sind noch im Gefängnis, aber wir sind noch in Kontakt. Ich muss es noch mal sagen: Niemand verlässt eine Gang jemals völlig. Wenn du die Hundekacke einmal am Schuh hast, kriegst du sie nie wieder ab."

Gonzalos Geständnis hatte bei Hagen tiefen Eindruck hinterlassen, und er begleitete ihn schweigend zurück zu seiner Station. Sie verabschiedeten sich herzlich. Mike wünschte dem Typen mit der Infusion viel Glück und ging dann hinaus zum Parkplatz.

Als er sein Auto erreicht hatte, sah er auf sein Telefon – während seiner Unterhaltung mit Gonzalo auf dem Dach hatte er Lexie völlig vergessen. Sein Herz klopfte aufgeregt, als er eine ungelesene Nachricht von ihr entdeckte. Da stand:

Du kannst noch bis Freitag krank machen. Ich sag dir Bescheid, wenn du auf der Arbeit gebraucht wirst.

Ganz schön kurz angebunden. Lexie war eindeutig nicht mit dem Konzept von „Hallo" und „Auf Wiedersehen" vertraut.

Hagen versuchte erneut, sie anzurufen, aber der Anruf landete erneut auf der Mailbox. Er durfte nicht vergessen: Alexa Hepworth war eine Geschäftsfrau. Also war das wohl einfach ihre Art, zu kommunizieren.

Das intensive Gespräch mit Gonzalo hatte ihn munter gemacht, also beschloss er, zum Studio zu fahren. Ein leichtes Hinken war kein Grund, sein Training am Boxsack sausen zu lassen.

Außerdem nahm Hagen seine Verpflichtungen als „Hausmeister"
sehr ernst.

Schließlich machten Hausmeister die Welt zu einem
saubereren Ort.

KAPITEL 11

EIN PSYCHOLOGISCHER SIEG

*Bist du immer so blöd oder strengst du dich
heute extra an?*

Red Dead Redemption

MIKE BJÖRNSTAD HAGEN war zufrieden mit sich selbst und mit der Arbeit, die er an diesem Tag vollbracht hatte. Seitdem die Räume nicht mehr so zugemüllt waren, hatte sich herausgestellt, dass sie gar nicht so klein waren. Er hatte die dämlichen Vorhänge entfernt, und dahinter waren große Fenster zum Vorschein gekommen, die viel Licht hereinließen.

Stopfen wir unsere eigenen Räume nur so voll, damit wir uns darüber beschweren können, wie eingeengt wir uns fühlen?, dachte Hagen.

Er hatte genug von Unordnung. Es war Zeit für eine gründliche Renovierung. Er würde die Wände ausbessern und neu streichen, den Bodenbelag erneuern und vor allem neue Möbel besorgen müssen. All diese krummen, alten Sofas und Sessel hätten schon längst auf der Müllhalde landen sollen. Er musste neue kaufen.

Mike blieb in einer Ecke stehen und dachte: *Hier könnte ich einen Standboxsack unterbringen.*

Für all das benötigte er Geld, und mit dem Gehalt eines Technikers konnte man nicht gerade große Sprünge machen. Außerdem erinnerte sich Hagen daran, dass es sein Ziel war, so viel Geld wie möglich zu sparen und nach Las Vegas zu ziehen, wo Luke Lucas im Trainingscenter der UFC seine Bewerberkämpfe abhielt.

Na, dann zur Hölle mit den Möbeln. Geld war wichtiger. Hagen rechnete sich aus, dass er über sechs Monate sparen musste, um nur zwei Monate in Las Vegas finanzieren zu können. Sein Technikergehalt würde nicht reichen, also würde er so oft er konnte im Ring kämpfen müssen, um so viel wie möglich zu verdienen.

Alles schien perfekt. Der einzige Wermutstropfen war Lexies absolute Weigerung, seine Anrufe zu erwidern. Sie ließ ihn einfach vor die Wand rennen. Immer, wenn Hagen sein Versprechen vergaß, nicht zu aufdringlich zu sein und sie nicht mit Nachrichten zu überschwemmen, schickte sie nur eine knappe Antwort. *Werd gesund. - Ruh dich aus. - Momentan gibt es keine eiligen Reparaturen. - Ich sag dir Bescheid, wenn du wieder zur Arbeit kommen sollst.*

Er hatte sogar darüber nachgedacht, Lexie einen Besuch abzustatten, aber er wollte sie nicht verärgern. Auch wenn Hagen schon nicht mehr hinkte und der Debuff längst verschwunden war, hätte er ihr das schlecht erklären können. Er fühlte sich sogar etwas gerührt von ihrer Sorge um seine Gesundheit. In diesen Zeiten waren ein paar freie Tage ein wahrer Luxus.

Er versuchte auch, Gonzalo zu texten, aber vergeblich – sein Freund sagte ihm nur, dass er mit irgendwas Dringendem im Club beschäftigt war.

Nichtsdestotrotz war Hagen zum ersten Mal seit Ewigkeiten zufrieden mit sich selbst. Nicht nur hatte er seine Wohnung in Ordnung gebracht, er hatte jetzt auch jemanden, mit dem er reden und Textnachrichten austauschen konnte. Kaum zu glauben.

Nachdem er die angesparten Eigenschaftspunkte verteilt hatte, war Mike sogar noch glücklicher. Er entschied sich für Ausdauer, da er glaubte, die Fähigkeit, mehr Zeit im Ring zu verbringen, ohne zu ermüden, würde seine Chancen steigern, den

Gegner auszuknocken.

Die Entscheidung, wofür er seinen Fähigkeitspunkt ausgeben sollte, fiel ihm nicht so leicht. Viele Optionen hatte Mike nicht. Trotzdem starrte er auf die verfügbaren Fähigkeiten:

Faustschlag (17)

Tritt (0)

Sollte er nicht Lowkicks wie den von Gonzalo lernen? Oder Wei Ming bitten, ihm die Technik für den Sprungkick beizubringen? Das alles wirkte sehr verlockend.

Was, wenn er sich für keins von beiden entschied, sondern lieber den Uppercut oder das Ausweichen freischaltete? Er seufzte. Im Studio gab es wenigstens einen Trainer. Das Interface hatte nur einen virtuellen Assistenten, der in etwa so gut verständlich war wie ein schlecht übersetztes Bedienerhandbuch. Und er wollte seine Entscheidung wirklich gern mit einem menschlichen Wesen besprechen.

Mike beschloss, den Fähigkeitspunkt vorläufig noch nicht zu verteilen, sondern abzuwarten, ob die weitere Entwicklung der Dinge ihm vielleicht einen Hinweis liefern würde.

AUCH WENN ER andere Möglichkeiten gehabt hätte, die Zeit totzuschlagen, beschloss Hagen, in *Chuck's Bar* zu gehen. So früh am Tag waren nur wenige Gäste in der Bar. Chuck selbst, ein älterer Mann mit Backenbart, stand hinter der Bar und stützte die Arme auf das glattpolierte Holz. Er schien über seiner Kaffeetasse eingedöst zu sein.

An einem der Tische drinnen saß eine Gruppe Lastwagenfahrer. Sie kauten geräuschvoll und brachen gelegentlich in Gebrüll aus, während die *Los Angeles Rams* im

Fernsehen mit allem, was sie hatten, gegen die *Dallas Cowboys* kämpften.

„Ein Bier, bitte."

Chuck zuckte zusammen, gähnte und strich sich über den Schnurrbart. Er ging zum Zapfhahn und füllte ein Bierglas, während er Hagen von der Seite betrachtete.

„He, Junge, dich kenne ich doch. Du warst ein paarmal mit Pete hier, oder? Mit diesem alten Veteranen, der in den meisten unserer Kriege gekämpft hat."

„Onkel Peter?"

„Genau. Ein toller Typ. Früher kam er jeden Abend her. Damals hatten wir hier noch eine Stripshow. Wusstest du das? Oh, offenbar nicht." Chuck gluckste. „An manchen Abenden hat dein Onkel den Ladys um die 300 Dollar gegeben, stell dir das nur vor."

Am Tisch der Lastwagenfahrer brach Gelächter aus.

Chuck blickte missbilligend zu der Gruppe hinüber „Solche wie die da waren der Hauptgrund, warum wir die Stripshow streichen mussten."

„Wieso das?"

„Die checken den Unterschied zwischen einer Striptease-Bar und einem Bordell nicht. Als die Lastwagenfahrer anfingen, hierherzukommen, haben die Mädels sich geweigert, aufzutreten. Diese Typen brauchen Nutten, keine Tänzerinnen. Und ich bin kein Zuhälter."

Chuck stellte das Bierglas zusammen mit einer Schüssel Erdnüsse vor Hagen auf den Tresen. „Warum kommt dein Onkel eigentlich nicht mehr her? Er hat immer eine doppelte Portion Erdnüsse bestellt."

„Er lebt in Seattle. Er war nur hier, wenn er meine Mutter besucht hat. Also, seine Schwester. Sie ist nicht mehr am Leben."

„Oh?" Chuck runzelte die Stirn. „Tut mir leid, das zu hören"

Einer der Lastwagenfahrer kam zur Bar – ein großer Kerl mit Jeans-Weste und Baseballmütze. Obwohl genug Platz war, schob er Hagen beiseite und brüllte, als würde Chuck sich in einem anderen Raum befinden: „He, Alter, bist du schon taub, oder was? Wir haben einen Bärenhunger, wir wollen mehr Buffalo Wings. Was für eine Bar ist das hier eigentlich?"

„Ihr hattet schon einen Eimer voll", erwiderte Chuck ruhig. „Bitte geduldet euch. Die nächsten werden gerade frittiert."

Der Trucker verzog das Gesicht. „Bitte wie? Du hättest die Bar anders nennen sollen. ‚Gedulde dich' würde gut passen. Oder vielleicht ‚Der Weg von der Küche ist weit'!"

Der Kerl lachte über seinen eigenen Witz und setzte sich an die Bar. Er nahm seine durchgeschwitzte Baseballmütze ab, fuhr sich durchs Haar und sah Hagen an. Mike rutschte in weiser Voraussicht beiseite und nahm sein Bier und seine Erdnüsse mit.

„He, was ist los, Steve?", schrie einer der Trucker dem Mann an der Bar zu.

„Sie frittieren sie gerade! Schrei nicht so laut!", brüllte Steve zurück.

Obwohl sie sich in einer Bar befanden, grölten die Männer, als ob sie sich am Steuer ihrer Lastwagen bei voller Fahrt durchs offene Fenster unterhielten und dabei Wind und Motorenlärm übertönen wollten.

Chuck lehnte sich über die Bar zu Hagen. „Die Lastwagenfahrer haben ihre Route geändert und benutzen jetzt die Hauptumgehungsstraße unserer Stadt. Vielleicht gab es da ein neues Gesetz, jedenfalls ist es für sie jetzt rentabler, hier entlang zu fahren. Darum ist die Bar jeden Abend brechend voll. Ich sollte nicht meckern – immerhin scheffle ich jetzt doppelt so viel Geld. Aber das Risiko hat sich auch verdoppelt. Du weißt ja, wie unberechenbar diese Typen sein können. Normalerweise sind sie okay, aber manche ..."

„Ich weiß. Manche sind totale Arschlöcher", entgegnete Hagen und dachte daran, wie seine Ex Jessica mit einem Vertreter dieses Berufsstandes durchgebrannt war.

Plötzlich glitt die Erdnussschüssel von Hagen weg, als Steves schwielige Finger mit schwarzen Rändern unter jedem Fingernagel sie ihm wegzog. Steve nahm sich eine großzügige Portion Erdnüsse und stopfte sie sich in den Mund, ohne den Blick von Hagen zu wenden.

„Erdnüsse, was? Macht dir doch nix aus, die zu teilen, oder? Die sind immer noch dabei, die verdammten Wings zu frittieren."

Hagen schwieg einen Moment, ohne den Augenkontakt zu unterbrechen. „Klar doch, Bro. Bedien' dich. Ich bestelle noch welche."

Steve wandte sich zu seinen Freunden um. „Hah! Der da hat mich grade ,Bro' genannt. Haste das gehört, Doug?"

„Leck mich, Steve, wir schaun uns das Spiel an. Was ist mit den Wings?"

Steve drehte sich wieder zu Chuck um. „Was ist mit den Wings? Die Jungs wollen das wissen."

„Sind in fünf Minuten fertig."

„Fünf Minuten, Doug!", schrie Steve seinen Kumpels zu.

Chuck ging von Hagen weg zum Schrank, holte eine weitere Schüssel heraus und öffnete eine weitere Packung. Kurz darauf stand eine neue Schüssel Erdnüsse vor Hagen auf den Tresen. Aber sobald er danach griff, zog Steve diese ebenfalls zu sich hin.

„Sorry, ähm, ,Bro'", sagte er mit einem Lachen. „Irgendwie find ich, die Erdnüsse da schmecken besser."

Hagen hatte keine Ahnung, was er jetzt tun sollte. Die Szene erinnerte ihn daran, wie er in der Schule ständig gedemütigt worden war, also war es sein erster Impuls, zu gehen und so zu tun, als wäre nichts Außergewöhnliches geschehen. Jedoch hielt ihn irgendetwas auf seinem Barhocker, als wäre er dort festgeklebt.

Hagen war nicht klar, warum er sich diesmal für etwas anderes entschied. Statt zu fliehen, bedeutete er Chuck, ihm eine dritte Portion Erdnüsse zu bringen.

„Bist du sicher, Junge?"

„Oh, ich liebe Erdnüsse zu meinem Bier."

Wieder hatte Hagen keine Ahnung, warum er das überhaupt sagte. Er mochte weder Bier noch Erdnüsse so besonders gern. Allerdings hatte Onkel Peter - stets bemüht, sich an Hagens Erziehung zu beteiligen - ihn immer wieder in die Bar geschleift, um ein Glas der bitteren Flüssigkeit zu trinken. Er hatte wohl angenommen, das gehöre zu den Dingen, die ein „echter Mann" so tut. Schließlich hatte Hagen begonnen, an dem Getränk und dem Gefühl geborgter Kühnheit und Lässigkeit, das es ihm verlieh, Gefallen zu finden. Erdnüsse oder andere Bar-Snacks schmeckten ihm allerdings immer noch nicht besonders. Gewöhnlich kippte er sich nur Bier hinter die Binde.

Chuck beugte sich zu Hagen hinüber und flüsterte: „Er hat gehört, wie du die Trucker Arschlöcher genannt hast, und ist jetzt stinksauer."

Hagen antwortete mit einem Nicken.

Chuck strich sich über den Schnurrbart und versuchte, vernünftig mit Steve zu reden. „Bist du sicher, dass du nicht zurück zu deinen Freunden willst? Die Wings sind gleich fertig."

„Ich sitze hier genau richtig, Opa! Mein ‚Bro' ist doch hier bei mir, stimmt's?" Steve klopfte Hagen auf die Schulter – so fest, dass Mike gegen sein Glas stieß und einiges Bier auf seine Jacke verschüttete.

Chuck raschelte mit seiner Tüte und stellte eine weitere Schüssel vor Hagen hin.

Wie von einer fremden Macht gesteuert wandte sich Hagen Steve zu und sagte: „Wenn du mich noch mal anfasst, wirst du es bereuen."

Er konnte nicht glauben, dass diese Worte aus seinem Mund gekommen sein sollten. Wie kam er denn dazu? Er hätte sich diesen Trucker Steve genau ansehen und seine Werte studieren sollen. Was, wenn sein Gegner ein Level-80-Boss mit irren Fähigkeiten war?

Trotzdem wollte er sich nicht umdrehen, damit dieses unerklärliche Gefühl des Selbstbewusstseins ihn nicht verließ.

Die Schüssel blieb, wo sie war. Hagen nahm eine Erdnuss und spülte sie mit Bier hinunter.

Etwas Kleines traf seine Wange. Dann noch mal. Und noch einmal.

Steve bewarf ihn mit Erdnüssen und kicherte vor sich hin. Dieses Kichern ließ einige traumatische Erinnerungen an seine

Demütigungen in Hagen aufsteigen – etwas, das in ihm das Bedürfnis weckte, sich in seinem Zimmer zu verstecken und es nie wieder zu verlassen.

Da begannen Mikes Kopf und sein Körper mit einem Mal, unabhängig voneinander zu funktionieren. Während sein Gehirn verzweifelt überlegte, wie er diesen Konflikt lösen konnte, ohne das Gesicht zu verlieren, griff seine Hand nach einer Handvoll Erdnüsse und warf sie Steve ins Gesicht, als würde sie von einer unsichtbaren Macht geführt.

Im nächsten Moment verschwand der Barhocker unter Mike plötzlich. Flüchtig sah er Chucks besorgtes Gesicht und Steves selbstzufriedene Visage, bevor er sich am Boden wiederfand, wo er mit dem Kopf aufschlug. Der Barhocker, den Steve unter ihm weggetreten hatte, rollte mit lautem Geklapper über den Boden.

Erlittener Schaden: 233 (Schlag auf den Kopf)

„Jungs, bitte, lasst das sein, oder ich muss die Polizei rufen."

„Klappe, Opa. Bevor die Cops da sind, machen wir deine Bar zu Kleinholz."

Chuck strich sich über den Schnurrbart und griff unter der Bar nach seinem Handy. Doch er wählte nicht – die Drohung des Truckers konnte mehr bedeuten als nur Sachschaden.

Außerdem benahm sich Peters Neffe ziemlich seltsam.

Hagen sprang auf und nahm eine Boxerstellung ein. Endlich las er die Profildaten seines Gegners, während der den Kopf schüttelte.

Steve „Jobs" Mauchley
Alter: 36
Level 6

LP: 7.250
Kämpfe/Siege: 55/15
Gewicht: 93 kg

LEVEL UP : KNOCKOUT

Körpergröße: 189 cm

Nach dem Verhältnis Kämpfe/Siege zu urteilen war es Steve, Spitzname Jobs, nicht wichtig, ob jemand recht oder unrecht hatte. Er fing einfach Streit mit Leuten an und polierte ihnen die Fresse. Wessen Fresse, war völlig nebensächlich. Der LP-Wert bezeugte, dass Steves Lebensstil sich nicht besonders gut mit dem Konzept „gesund bis ins hohe Lebensalter" vertrug. Die ganzen frittierten Chicken Wings würden es Mike wesentlich leichter machen.

Inzwischen stand Steve da, den Mund voller Erdnüsse, und lachte, kaute und beobachtete Hagen.

„Kleiner, bist du schon dicht? Dreimal am Bier genippt, mehr verträgt so einer wie du nicht." Er wandte sich an seine Kumpane. „Haste gehört, Doug? Hier ist ein kleines Baby, das seine klitzekleinen Fäustchen an jemandem testen möchte."

„Scheiß auf dich, Steve", sagte Doug herablassend.

Keiner der Lastwagenfahrer schien die Auseinandersetzung zu bemerken. Offenbar waren sie es gewohnt, dass Steve jeden terrorisierte, den er aus irgendeinem Grund nicht mochte. Also blieben sie nur mit dem Rücken zur Bar sitzen und sahen weiter fern.

Hagen war etwas überrascht, dass er nicht den Effekt „Zorn des Gerechten" oder „Wutanfall" bekam. Allerdings brauchte er das System nicht, um ihm zu sagen, dass er Steve gegenüber keine Feindseligkeit empfand. Hagen wollte nur, dass der Typ mit dem aggressiven Schwachsinn aufhörte. Also sagte er in beschwichtigendem Ton: „Ich habe mich danebenbenommen, indem ich alle Lastwagenfahrer beleidigt habe, und das tut mir leid."

Steve mampfte eine weitere Handvoll Erdnüsse. „Nö, Kleiner. Zuerst hau ich dir in die Fresse. Dann kann dir meinetwegen leidtun, was immer du willst."

Als Steve fertig gekaut hatte, spuckte er die Schalen in Hagens Richtung. Und gleichzeitig warf er die Schüssel nach Mike, dem es gelang, sie in der Luft mit der Faust zu zerschlagen. Steve musste gedacht haben, dass sein Manöver den Gegner ablenken würde, und versuchte ziemlich ungeschickt, Hagen in den Bauch zu boxen.

Erneut wurde sich Mike bewusst, welchen Vorteil ihm sein Aussehen und seine Größe verschafften, besonders bei Gelegenheitskämpfen. Keiner nahm ihn ernst – sie nannten ihn „Schisser", „Kleiner", „Kurzer" und so weiter. Und dann ...

Hagen wich dem unsauberen Schlag mit Leichtigkeit aus, und seine Linke landete auf Steves Kiefer.

Verursachter Schaden: 3.400 Punkte (Faustschlag)

Mike hatte sich bei diesem speziellen Schlag absichtlich zurückgehalten, doch er reichte aus, um Steve gegen die Bar zurückzuwerfen und dafür zu sorgen, dass er dem Geschehen eine kurze Zeitlang nicht mehr folgen konnte.

„Na, hol mich der Teufel, Söhnchen", kommentierte Chuck, während er Steve zusah, wie dieser sich an die Bar klammerte, darum bemüht, auf den Beinen zu bleiben. Dann warf er einen besorgten Blick auf die anderen. „Ich hoffe, das gerät nicht außer Kontrolle."

Hagen entspannte sich und redete beruhigend auf seinen Gegner ein. „Schau, lassen wir's einfach gut sein, ja?"

Steve antwortete nicht. Er packte einen Barhocker und griff an. Das war wohl die bevorzugte Waffe des Truckers, denn er schaffte es, ihn zu schwingen und Hagen zu treffen.

Erlittener Schaden: 933 (Schlag auf die rechte Schulter)

Als Steve den Barhocker erneut nach ihm schwang, konnte Mike ausweichen. Er verspürte nicht mehr das Bedürfnis, sich zurückzuhalten, also stürmte er auf Steve „Jobs" Mauchley zu und verpasste ihm einen kräftigen Haken direkt auf die Nase. Dann trat er zurück.

Zwei Blutrinnsale liefen Steve aus der Nase. Er hielt immer noch den Hocker fest, während er wie ein gefällter Baum umfiel und laut in die anderen Barhocker krachte.

Verursachter Schaden: 9.400 Punkte (Faustschlag)

Glückwunsch! Du hast einen Gegner in einem fairen Kampf besiegt!
Erhaltene EP: 2 (doppelte Erfahrungspunkte für einen Sieg über einen Gegner eines höheren Levels).
Auf aktuellem Level (4) erhaltene EP: 3/4

Während Chuck mit offenem Mund dastand und nicht verstand, was gerade passiert war, grinste Hagen unkontrollierbar über den Ausgang der Situation.

Ein leichter Sieg. Danke für den Levelaufstieg, Steve.

NUN HATTE DAS Handgemenge die Aufmerksamkeit von Steves Freunden erregt. Alle sprangen gleichzeitig auf und kamen auf die Bar zu. Erst zwei... dann vier... dann fünf. Eine Menge Systemmeldungen erschienen über der Gruppe, und Hagen verlor den Überblick, wer wer war.

Ihr Anführer war ein riesiger Muskelberg. Hagen dachte, bei ihm würde es sich um Doug handeln, aber das Interface sagte ihm etwas anderes.

Timothy „Mount Whitney" Versetti
Alter: 44
Level 30

LP: 18.200
Kämpfe/Siege: 440/435
Gewicht: 121 kg
Körpergröße: 195 cm
Einfach so hatte die *Erweiterte Realität* den höchsten Berg in

Kalifornien als Timothys Spitznamen ausgesucht. Oder hatte der Typ sich selbst so genannt? Oh, und sein LP-Wert war wohl nicht von einer auf Chicken Wings basierenden Ernährung beeinträchtigt.

„Junge, jetzt wäre es das Beste, die Fliege zu machen", riet Chuck ihm. „Ich kümmere mich um diese Typen und beruhige sie irgendwie."

Hagen ließ die Arme sinken, blieb aber stehen. Er war damals in der Schule oft genug davongerannt. Er gab sich selbst das Versprechen, dass er ab jetzt nur noch joggen würde – und das auch nur, um sich aufs nächste Training vorzubereiten.

Timothy blieb stehen, verschränkte die Arme und starrte Hagen an. Jemand hob den immer noch bewusstlosen Steve auf und verfrachtete ihn auf ein Sofa.

Ein zappeliger, recht kleiner Bursche sprang hinter Timothy hervor. Er spazierte drohend vor Hagen auf und ab und rief: „Der da war es, der hat Steve mit dem Stuhl umgehauen, ich hab's gesehen!"

„Aber es war genau andersherum."

„Ich hab's gesehen! Steve ist einfach nur dagesessen und hat Erdnüsse gegessen, und dann bist du von hinten rangekommen und hast ihm eins mit dem Barhocker übergezogen!"

Der Typ erinnerte Hagen an Donald Duck. Er krempelte sich die Ärmel seines karierten Hemds auf, als wollte er sich kampfbereit machen. Daher war Mike überrascht, als er die Werte seines Gegners las.

Doug „Donald" Wilson
Alter: 28
Level 4

LP: 9.800
Kämpfe/Siege: 30/5
Gewicht: 61,2 kg
Körpergröße: 165 CM

Von den Werten her war der Kerl mit Hagen gleichauf. Er

musste eine Reihe von Niederlagen eingesteckt haben, genau wie der alte Mike. Nur, dass Doug ein Jahr jünger und ein paar Zentimeter größer war. Außerdem hatte er mehr LP. Hagen blieben nur noch etwa 9.000.

Doug hüpfte weiter herum, kam ihm aber nicht zu nahe – er wusste genau, dass es kein Stuhl gewesen war, der Steve ausgeknockt hatte. Er wollte wohl ihren Anführer provozieren, diesen riesenhaften Timothy, damit der eine Rauferei mit Hagen anfing, um die Ehre ihres gefallenen Kollegen zu rächen.

„Halt die Luft an, Doug", sagte Timothy. „Du kennst Steve. Der legt's immer drauf an. Und dann kriegt er eben, was er sich eingebrockt hat."

„Aber ich hab gesehen, wie dieser laufende Meter ihn mit einem Barhocker geschlagen hat! Einem Barhocker, sag ich dir!"

Mike war klar, dass sein Leben auf dem Spiel stand. Timothy würde nur einen Finger heben müssen, um Hagen einfach umzuhauen. Also ging er zur Bar, nahm einen Schluck Bier und sagte zu Doug: „Du nennst *mich* einen laufenden Meter? So viel kleiner als du bin ich gar nicht." Er machte eine Pause und fügte dann, von sich selbst überrascht hinzu: „Du kleiner Scheißer."

Verdammt, es machte ja richtig Spaß, dieses Wort zu benutzen. Wenn es auch noch wohlverdient war – nicht so, wie Goretsky es verwendete, um Leute zu drangsalieren, sondern mit gutem Grund.

Timothy grinste Hagen an. „Werd bloß nicht übermütig, du Knirps."

„Ja, Tim! Zeig es ihm! Er respektiert dich nicht!"

„Die Wings sind fertig", verkündete Chuck plötzlich. „Ihr habt doch Wings bestellt, oder? Ich habe hier zwei Eimer voll für euch!"

„Ah!" Timothy drehte sich um und ging zum Tisch. Beiläufig sagte er zu Doug: „Er gehört dir. Macht das unter euch aus ... ihr kleinen Scheißer."

Die restlichen Trucker lachten und folgten Timothy, wobei sie Steve auf ein anderes Sofa verlegten. Er war schon wieder zu Bewusstsein gekommen und saß aufrecht, befühlte vorsichtig sein

Gesicht und hatte keine Ahnung, was ihm zugestoßen war. Chuck brachte ihm etwas Eis und ein paar Servietten und eilte dann zur Bar zurück, um auf keinen Fall zu verpassen, wie Hagen gegen einen Typen kämpfte, der ihm zum Verwechseln ähnlich sah.

Hagen saß ruhig da und trank sein Bier.

Jetzt, da seine Freunde ihn verlassen hatten, schien Doug in Verlegenheit. „Also ... Gehen wir nach draußen, du Arschloch!"

„Nicht nötig." Hagen nahm lässig ein paar Erdnüsse aus der Schüssel. „Ich kann dir genau hier den Arsch versohlen."

„Mach mich nicht wütend, du Dreckskerl!"

„Das könnte ich genauso sagen." Hagen knackte eine Erdnuss mit den Zähnen und knirschte dabei absichtlich laut.

Bei dem Geräusch zuckte Doug zusammen und machte einen Schritt rückwärts.

Plötzlich stand Hagen auf. Doug zuckte wieder, blieb aber stehen. Er nestelte ständig an seinem Hemdsärmel herum, krempelte ihn auf und wieder herunter.

Hagen schob Doug einen Barhocker hin. „Und? Willst du mich mit einem Stuhl schlagen? Wie dein Freund?"

„Mache ich, wenn ich will."

Hagen legte den Kopf schief in der Absicht, seine Wirbelsäule knacken zu lassen wie manche Kämpfer es taten, kriegte es aber nicht ganz so hin. Es reichte trotzdem.

„Ach, leck mich doch", sagte Doug. „Ich hab keine Zeit für diesen Mist. Will deinetwegen nicht das Spiel verpassen."

Er drehte sich um und ging an seinen Tisch. Dabei feuerte er die Spieler auf dem Bildschirm übertrieben an.

Hagen wollte gerade an seinen Platz zurückkehren, als eine neue Systemmeldung ihn beinahe ins Straucheln brachte.

Du hast einen kritischen verbalen Schaden verursacht!
Psychologischer Sieg: 100 %

Glückwunsch! Du hast einen Gegner in einem fairen Kampf besiegt!

LEVEL UP : KNOCKOUT

Du hast ein neues Level erreicht!
Aktuelles Level: 5

Verfügbare Eigenschaftspunkte: 1
Verfügbare Fähigkeitspunkte: 1

Dann geschah etwas völlig Unerwartetes.

Du hast ein neues Fähigkeitslevel erreicht! Erkenntnis I
Art der Fähigkeit: Passiv
Du kannst dich jetzt mit dem universellen Inforaum verbinden, um deine Daten und die deiner Umgebung im Rahmen deines Fähigkeitslevels anzuzeigen.

Erkenntnis? Was konnte das sein? Hagen sah sich um, als ob es jemanden gäbe, der ihm alles erklären konnte.

Erst da bemerkte er, dass er zitterte und sein Hemd völlig durchgeschwitzt war, als wäre er gerade durch den Regen gelaufen. Toller psychologischer Sieg ... Der war ihm alles andere als zugeflogen.

Chuck trat hinter dem Tresen vor, setzte sich neben Hagen und strich sich mit neuem Schwung über den Schnurrbart.

„Das war eine ganz schöne Leistung, Junge. Nicht nur hast du diesen Idioten umgehauen, du musstest seinem Milchbubi von einem Freund gegenüber nur die Augenbraue heben, und der ist winselnd abgezogen. Ich habe schon viel erlebt – das gehört dazu, wenn man eine Bar betreibt. Aber so etwas habe ich noch nie gesehen."

„Wirklich? Wieso das?", fragte Hagen unnötigerweise.

Das alles wurde ihm gerade zu viel – Erkenntnis, was immer das auch sein mochte, eine Art psychologischer Sieg, und dass Lexie sich nicht meldete. Er war immer noch dabei, seinen Kampf gegen Gonzalo zu verarbeiten, und das alles kam ihm vor wie ein riesiges Chaos.

„Das hier ist ein wirklich heiteres, gastfreundliches Lokal", fuhr Chuck fort. „Aber einige Kunden sind alles andere als heiter, und sie ziehen alle anderen runter."

„Tut mir echt leid, Sir."

„Jetzt lass doch das Sir! Ich bin kein Sir. Nenn mich einfach Chuck."

„In Ordnung, Chuck."

Chuck kaute auf seinen Lippen herum. „Was ich sagen will ... Suchst du einen Job? Ich könnte jemanden gebrauchen, der so zuhauen kann wie du."

„Was für eine Art von Job?"

„Söhnchen, das sollte doch offensichtlich sein. Ein Job als Sicherheitsmann. Ein Türsteher. Ich würde gern wieder Stripperinnen auftreten lassen. Damals hab ich wirklich gut Kohle gescheffelt. Aber ohne Security ist das echt riskant, darum suche ich Leute."

„Ich? Ein Türsteher?" Hagen versuchte, sich vorzustellen, wie er einen streitlustigen Betrunkenen hochkant rauswarf. So einen über 1,90 großen, muskelbepackten, wie der menschliche Berg, mit dem er es gerade zu tun gehabt hatte. „Na, Sie haben ja Sinn für Humor, Chuck! Türsteher! Ha, ha, ha!"

„Lach nicht. Überleg's dir. Du wärst ja auch nicht allein. Du kannst dir einen Assistenten suchen."

„Danke, aber ich habe schon einen Job."

Chuck stand auf, holte sich einen Besen und kehrte die Erdnüsse vom Boden auf. „Wie du meinst. Ich wollte es nur gesagt haben. Du kannst es ja trotzdem im Hinterkopf behalten. Oh, und grüß deinen Onkel von mir."

„Mach ich."

Hagen hinterließ ein paar zerknitterte Banknoten auf dem Tresen und ging. Er brauchte dringend einen ruhigen Ort, wo er sich diese Erkenntnis-Geschichte näher ansehen konnte.

Eins war allerdings klar – den psychologischen Sieg hatte Hagen nicht nur über Doug errungen, sondern auch über sich selbst. Sowie seine tief verwurzelte Feigheit, die sein Leben schon immer vergiftet hatte.

KAPITEL 12

EIN BLÖDER, HÄSSLICHER, SCHLECHTER VERLIERER

Mach ihn fertig!

Mortal Kombat

AUF DEM HEIMWEG musste Mike mehrfach den Impuls unterdrücken, das Auto anzuhalten und sich mit den neuen Funktionen des Interface vertraut zu machen. Doch zu Hause wäre das viel bequemer. Außerdem vermutete er, dass sich etwas in ihm verändert hatte – etwas, das ihn zu einem Magneten für Ärger zu machen schien.

Hagen lachte leise, während er an einer Kreuzung hielt und darauf wartete, dass die Ampel grün wurde. Was, wenn all die Konflikte, die er erlebt hatte, seitdem er das Interface hatte, dazu dienten, alles nachzuholen, was er verpasst hatte? Eine Art Ausgleich für all die Kämpfe, Prügeleien und Beleidigungen, denen er sein Leben lang ausgewichen war?

Von dem Auto hinter ihm kam ein wütendes Hupen. Hagen schlug seinen Kragen hoch, wie Gonzalo es ihm gezeigt hatte. Dann lehnte er sich aus dem Fenster und zeigte dem Fahrer den Mittelfinger.

Hätte er das früher gewagt? Theoretisch ja. Und er hatte es auch getan. Jedoch nur so, dass der Gemeinte den Finger auf keinen Fall sehen konnte. Man konnte ja schließlich nie wissen.

In seinem Apartment angekommen zog Mike die Jacke aus. Verspätete begann er plötzlich, vor Angst zu zittern.

Wie hatte er sich nur so verantwortungslos verhalten können? Was, wenn Steve auf demselben Level gewesen wäre wie das menschliche Gebirge? Dann wäre Hagen derjenige gewesen, der mit einem Eisbeutel auf dem Gesicht auf dem Sofa in der Bar gelegen hätte.

Sofern er überhaupt überlebt hätte.

Woher war nur dieses Selbstvertrauen gekommen? Es musste wohl am Bier gelegen haben.

Hagen ließ sich auf sein eigenes Sofa fallen und schloss die Augen.

Also, welchen Nutzen brachte ihm nun diese geheimnisvolle Erkenntnis-Fähigkeit auf Level 1? Das Interface-Icon war inaktiv und er musste einen Eigenschaftspunkt investieren. Nachdem er das getan hatte, blinkte das Icon auf und der Tab „Eigenschaften" öffnete sich.

Gleichzeitig erschien folgende Systemmeldung:

Nebeneigenschaften des Trägers berechnet:
Intellekt: 6
Wahrnehmung: 5
Glück: 1
Charisma: 1

Mike starrte auf seine Werte und lief rot an. Nicht, dass ihm nicht immer klar gewesen wäre, dass er ein nutzloser, hässlicher Verlierer war. Das allerdings so unverblümt bestätigt zu bekommen, ließ sein Selbstbewusstsein bröckeln. Der Intellekt schien halbwegs gut entwickelt zu sein, aber das war nur naheliegend – ansonsten hätte er wohl kaum komplexe Geräte reparieren können. Allerdings hegte Hagen den Verdacht, dass 6 trotzdem ein recht niedriger Wert war. Er war nie ein überragender Schüler gewesen, und er trug den Spitznamen „Schnarchnase" aus gutem Grund. Also war ihm schon selbst klar, dass er nicht gerade der Allerhellste war. Genau genommen war er überhaupt nicht helle.

Die Erklärung des virtuellen Assistenten schien recht nebulös, und Hagen war kein besonders leidenschaftlicher Leser. Er las langsam und hatte den Satzanfang oft schon vergessen, wenn er am Ende angekommen war. Zumindest las er für gewöhnlich Comics, Handbücher und die Dialoge von Charakteren in Computerspielen (wobei er meistens auf „Überspringen" klickte).

Also fand er sich überhaupt nicht zurecht, als er wieder und wieder versuchte, die Beschreibung der Eigenschaft durchzulesen.

Glück ist eine Eigenschaft, die das durchschnittliche Verhältnis von guten zu schlechten Entscheidungen des Trägers im Kampf sowie im Alltag darstellt. Die Werte für Glück und Pech hängen von den positiven oder negativen Folgen der Entscheidungen des Trägers ab.

Es steigert die Chance, kritischen Schaden zu verursachen oder trotz Block des Gegners einen Treffer zu landen.

„Ach du Kacke, was soll das denn jetzt heißen?", rief Hagen. „Warum erklären die etwas Einfaches wie Glück auf so verdrehte Art? Und wer soll dieser ‚Träger' überhaupt sein? Bin das ich?"

Die Entwickler des Interface schienen keinen besonderen Wert auf eine höfliche Wortwahl zu legen. Träger von was denn? Für Hagen klang das kalt und medizinisch, als wäre er der Träger einer ansteckenden Krankheit.

Er beschloss, sich darüber keinen Kopf zu machen, und erkundete das Interface weiter.

Die Beschreibung einer Eigenschaft konnte man aufklappen, um mehr Details zu erhalten, aber wie erwartet waren die Detailinfos noch vager gehalten. Eins war sicher – auf seinem aktuellen Level brachte ihm ein einzelner Glückspunkt eine um 1 %

erhöhte Chance, durch den Block des Gegners hindurch zu treffen. Nicht viel, aber so war Glück ja allgemein – wer konnte es schon beziffern? Dieser Unterschied von 1 % konnte sich im Kampf als entscheidend erweisen – oder eben auch nicht.

Intellekt fasst deine Effektivität im Kampf sowie im Alltag zusammen.

Er steigert das Tempo, in dem du neue Fähigkeiten lernst und Fertigkeiten entwickelst.

Außerdem beeinflusst er die Effektivität von im Kampf getroffenen Entscheidungen.

Insgeheim hatte Hagen gehofft, dass ein gesteigerter Intellekt-Wert ihn zum Genie machen würde. Ein gut entwickeltes Gehirn konnte seinen Besitzer reich machen, das war Mike sehr wohl klar. Er könnte in Kryptowährungen investieren oder an der Börse, oder vielleicht wie der Typ in *Ohne Limit* werden, der diese magische Pille „NZT-48" entdeckt hatte.

Wenn nicht in die Finanzwelt, dann würde er in die Wissenschaft gehen. Die Eierköpfe dort wurden seines Wissens recht gut bezahlt. Und sie mussten auch nicht ihr Leben im Ring riskieren – wahrscheinlich nutzten sie ihre makellosen, sterilen Labors, um Meth herzustellen.

Wäre das nicht cool?

Allerdings war jede Eigenschaft hier ausschließlich auf Kampffertigkeiten bezogen.

Selbst Charisma spielte im Kampf eine Rolle. Es stellte sich heraus, dass seine Wirkung etwas anders war, als Hagen erwartet hatte, doch diese Beschreibung verstand er einigermaßen.

Charisma steuert den Zusammenhang zwischen dem Gesprochenen und dem Gesichtsausdruck, den Gesten und der Körpersprache allgemein.

Es beeinflusst die Stärke verbaler und psychologischer Angriffe.

Mike studierte die Eigenschaften dieses Werts eine Weile, bevor ihm klar wurde, wie er funktionierte. Im Grunde konnte er mit höherem Charisma einfach drohend die Augenbrauen zusammenziehen, damit ein Feigling wie Steve mit eingezogenem Schwanz die Flucht ergriff.

Hagen fiel ein, wie UFC-Kämpfer den Kampf oft mit Beleidigungen und Drohungen einleiteten, sobald sie den Ring betreten hatten. Dieser Austausch von Schimpfworten war natürlich hauptsächlich für das Publikum gedacht, aber jetzt, da er bereits Erfahrungen in einem echten Ring gesammelt hatte, verstand Hagen, dass jede Kampfshow letztendlich auf den Fähigkeiten der Kämpfer basierte. Das bedeutete, dass psychologische Angriffe oder die Fähigkeit, diesen auszuweichen, auch einen wichtigen Teil des Kampfs darstellten.

Steve „Jobs", der Erdnussmampfer, würde das sicher bestätigen.

Außerdem gelangte Mike zu der Erkenntnis, dass Charisma eine der wenigen Eigenschaften war, die ihm helfen würden, im Alltag bessere Beziehungen zu seinen Mitmenschen zu entwickeln. Er hatte eine Weile gebraucht, sich durch die erweiterte Beschreibung zu arbeiten, doch irgendwann stieß er auf folgenden Absatz:

Einige der wichtigsten physiologischen Merkmale, auf die Menschen zurückgreifen, um andere Menschen zu beurteilen, sind die Änderungen des Ausdrucks der Augen und die Bewegungen der Lippen, Augenbrauen, Hände, Füße, Schultern und des Halses. Diese Merkmale übermitteln die meisten Informationen, und jedes einzelne verfügt über einen Code, der unbewusst entschlüsselt wird.

Eine Diskrepanz zwischen dem tatsächlichen Zustand eines Menschen und seiner Mimik oder Gestik kann zu Missverständnissen führen oder Konflikte provozieren.

Das System erklärte sein niedriges Charisma so:

Deine Technik, deine eigenen Gefühle auszudrücken, ist so schlecht, dass die Menschen, mit denen du kommunizierst, nicht nur nicht verstehen, was genau du ihnen übermitteln willst, sondern auch feindselig auf dein Verhalten reagieren.

Der Text war rot hervorgehoben, um diesen Punkt zu verdeutlichen.

Das war Hagen nichts Neues. Über sein Aussehen machte er sich keine Illusionen – er hatte sie bereits im Detail mithilfe eines alten, analogen Interface bewertet, das allgemein als „Spiegel" bekannt war.

Es war genau so, wie Onkel Peter es ihm immer gesagt hatte. Bei jedem seiner Besuche hatte er mit Mike eine Reihe von Trainingsstunden abgehalten.

„Warum schaust du auf den Boden? Ist dein Kopf vielleicht zu schwer? Du musst die Person, mit der du sprichst, direkt anschauen! Und warum bewegst du die Lippen, wenn jemand mit dir redet? Das sieht aus, als ob du leise vor dich hin fluchst. Herrgott, Mike, du bringst mich wirklich so weit, dass ich dich ohrfeigen oder dir eine Kopfnuss mit dem Vorschlaghammer verpassen will!"

„Du kleiner Scheißer", flüsterte Mike. Er war sich ziemlich sicher, dass sein Onkel das Wort in seinem Kopf ausgesprochen hatte.

Wahrnehmung war ein durchschnittlicher Wert, der auf der Sinnesschärfe seiner Sehkraft, seines Gehörs und seines Geruchs- und Geschmacks- und Tastsinns beruhte. Irgendwie beeinflusste sie die Reaktion, die Chance, einem Angriff auszuweichen und die Chance, kritischen Schaden zu verursachen, aber mehr Information gab es nicht.

Im Interface drehte sich alles nur um Kampffähigkeiten. In der wirklichen Welt war er auf sich allein gestellt.

Hagen dachte, er hätte sich wohl lieber auf die *Sims* verlegen sollen. Dann wäre sein Interface wahrscheinlich darauf ausgerichtet, seine sozialen Fähigkeiten zu steigern.

Der Rest war abgesehen von den Zahlen nichts Besonderes –

genau wie in jedem anderen Spiel. Er musste nur herausbekommen, wie er Charisma, Glück und Intellekt steigern konnte.

Außerdem waren einige neue Fertigkeiten und Fähigkeiten verfügbar geworden. Es gab so viele, dass Hagen sich etwas ratlos fühlte. Wo sollte er die Zeit hernehmen, die alle zu lernen? Oder musste er nur eine Klasse wählen und sich auf die dafür relevantesten konzentrieren? Aber er konnte nirgends Klassen entdecken.

Nachdem er mit den Eigenschaften fertig war, wandte er sich Erkenntnis zu. Bei der allerersten Zeile zuckte er zusammen und riss die Augen auf.

Identifizierung von Objekten, die die Eigenschaften des Trägers beeinflussen.
Identifizierung von Menschen und anderen Lebewesen.
Informiert den Träger über deren Haltung ihm gegenüber.

Er sah sich im Raum um, und sein Blick fiel auf die zerknitterte Jacke seines Onkels, die neben ihm auf dem Sofa lag.

Militärjacke
+3 auf Charisma
+30 % auf Selbstvertrauen
Beständigkeit: 36/100

Deshalb war er im Streit mit den Lastwagenfahrern so selbstbewusst gewesen. Schnell strich Hagen die Jacke glatt und legte sie ordentlich auf den Tisch.

Das war ein ziemlich wertvoller Gegenstand! Allerdings war sie in erbärmlichem Zustand – er würde die fehlenden Knöpfe annähen, die Nähte reparieren und das zerschlissene Innenfutter der Taschen ersetzen müssen. Und den beinahe durchgewetzten Kragen würde er mit Leder oder so was verstärken müssen.

Verdammt! Er hatte keine Ahnung, ob die Eigenschaften des Gegenstands die Reparaturen überstehen würden.

Dann begann Hagen wie verrückt, jeden einzelnen Gegenstand im Raum zu inspizieren, entdeckte aber keine weiteren Systemmeldungen. Er hatte erwartet, die Eigenschaften jedes kleinen Dings angezeigt zu bekommen – Gewicht, Wert und so weiter, wie das bei manchen Spielen der Fall war. Möglicherweise zeigte das Programm der *Erweiterten Realität* nur die Beschreibung von Gegenständen an, die einem einen Bonus brachten, was nur logisch wäre. Wer wollte denn schon sinnlose Werte von Alltagsgegenständen lesen?

Hagen trat an den Schrank, in dem er die PSP aufbewahrte. Seine Nostalgie war verflogen – Kampfspiele machten keinen Spaß mehr. Warum sollte er seine Zeit damit verschwenden? Er konnte jeden Abend in Ochoas Studio gehen und trainieren, bis er schwarz wurde – oder eher, bis einer der Kämpfer ausgeknockt wurde. Oder er konnte in *Chuck's Bar* rumhängen und auf mehr großspurige Trucker warten. Oder einfach auf der Suche nach Zufallsbegegnungen mit Straßenschlägern durch die Problemviertel streifen. Wenn er darüber nachdachte, war Letzteres eine ganz miese Idee – wahrscheinlich hatten die meisten Messer oder Schusswaffen dabei. Dem hatte Hagen noch nichts entgegenzusetzen.

Der folgende Text erschien über der Spielekonsole:

PSP-1000 (sehr alt, aber noch funktionsfähig)
Objektklasse: Talisman
+2 auf Glück
Wirkungsradius: 500 Meter
Gewicht: 20 g
Beständigkeit: 12/100
Wert: Im aktuellen Zustand kein kommerzieller Wert

Möchtest du dieses Objekt als deinen Talisman nutzen?

Natürlich wollte er.

Für einen Moment geriet Hagen in Panik: Was, wenn unter den

Sachen, die er zum Spendencontainer gebracht hatte, noch andere wertvolle Gegenstände gewesen waren? Andererseits konnte er wohl kaum die Kleider seiner Mutter im Boxring tragen, selbst wenn sie ihm +10 auf Intellekt verliehen hätten.

Er zog die Jacke an und steckte die PSP in seine Innentasche. Sofort bemerkte er, dass Charisma und Glück zugenommen hatten. Er würde sich albern vorkommen, wenn er die ganze Zeit mit dieser Jacke und einer schweren tragbaren Konsole in der Tasche herumlief, aber Hagen war sich sicher, dass es das wert war.

ER MUSSTE NOCH seine übrigen beiden Fähigkeitspunkt verteilen. Beim letzten Mal hatte er beschlossen, es dem Zufall zu überlassen. Dieser Ansatz funktionierte auch diesmal gut: Hagens Telefon klingelte.

„Hi", sagte Wei Ming.

„Was läuft, Bro?" Hagen imitierte Gonzalos Verhalten und bediente sich seines Vokabulars, ohne sich dessen überhaupt bewusst zu sein.

„B-Bro? Wie bitte? Mike, du machst jetzt schon den dritten Tag blau ..."

„Ich bin krankgeschrieben. Ich hab mich am Bein verletzt. Alexa Hepworth weiß Bescheid – sie hat überhaupt erst dafür gesorgt, dass ich krank zu Hause bleibe."

„Verstehe. Hör zu, hier geht etwas echt Seltsames vor sich. Riggs hat mir gesagt, ich soll in den Security-Raum kommen und hat mich regelrecht verhört."

„Ja, der alte Riggs vermisst seine Zeit als Polizist offenbar sehr."

„Schon klar, aber er hat viele Fragen über dich gestellt."

„Bro, ich arbeite schon länger als du beim *DigiMart*", erklärte Hagen, immer noch im Gonzalo-Modus, seinem Kollegen selbstbewusst. „Riggs war immer schon so. Manchmal setzt er es sich in den Kopf, dass einer der Angestellten so eine Art Spion ist. Dann fängt er an, alle zu verhören. Er muss glauben, dass du für den chinesischen Geheimdienst arbeitest oder so was. Als ich gerade angefangen hatte, dort zu arbeiten, hat er versucht, herauszufinden, ob ich für den deutschen Geheimdienst arbeite, obwohl Björnstad nicht mal ein deutscher Name ist, sondern ein norwegischer."

„Ha! Ja, er hat auch nach meiner Herkunft und meinem Geburtsort gefragt. Ich hab ihm gesagt, dass ich aus Reading bin. Und da hat er mich gefragt, ob das im Norden oder im Süden von China liegt. Ich hab gesagt, das liegt in Massachusetts, ganz in der Nähe von Boston. Ha! Wahrscheinlich hast du recht. Das ist einfach eine Spinnerei des Alten. Na gut, also bis bald dann. Obwohl ... Ich glaube, es wäre sinnvoll, wenn du mal vorbeischaust, um rauszukriegen, warum sich Riggs so für dich interessiert."

„Mach ich doch glatt. Danke, Wei Ming!"

Bevor sein Kollege auflegen konnte, fügte Hagen schnell hinzu: „He, könntest du mir beibringen, zu kicken wie Liu Kang?"

„Äh-h-h ... Hast du nicht gesagt, dein Bein ist verletzt?"

„Das ist schon verheilt. Und wir könnten über Riggs sprechen, wenn wir schon dabei sind."

„Das ist aber eine seltsame Bitte. Wenn ich nicht gesehen hätte, wie du den Junkie vermöbelt hast, hätte ich dich jetzt zum Teufel geschickt."

„Glaubst du, ich könnte von dem noch was lernen?"

„Ha! Okay, dann komm irgendwann heute Abend vorbei. Dann reden wir darüber."

Hagen rief das Interface auf und investierte beide Punkte in „Tritt".

Tritt: Level 2
Schaden: 1.000
+2 % höhere Wahrscheinlichkeit, Abblocken zu ignorieren

Der Kampf mit Steve hatte ihn zu einer Reihe

aufschlussreicher Erkenntnisse geführt. Es war in der Tat an der Zeit, seine Fähigkeiten etwas vielseitiger aufzustellen. Wie sein Gegner ihm den Stuhl unterm Hintern weggetreten hatte, war definitiv eine wirksame Taktik gewesen, das musste er zugeben. Wenn Hagens Erscheinung Steve nicht getäuscht hätte, hätte der Lastwagenfahrer ihn leicht fertiggemacht, ohne Mike auch nur die Möglichkeit zu lassen, aufzustehen.

Er machte sich auf den Weg zum Sportgeschäft, um einen Stehboxsack zu besorgen.

AthleticSmart war eine der Sparten von Howells Unternehmensimperium. Außerdem war es auch das größte Sportgeschäft der Stadt. Leider hatten sie einen eigenen Manager, also war eine Zufallsbegegnung mit Lexie wohl ausgeschlossen.

Der Boxsack, den Mike wollte, war derselbe, den Ochoa auch in seinem Studio hatte – mit Sprungfedern und auf einer breiten, dreieckigen Platte montiert. Der Sack selbst war länglich, sodass Hagen damit üben konnte, sowohl den oberen als auch den unteren Teil zu treffen, was in seinem Fall essenziell war.

Ein weiterer wichtiger Faktor war jedoch, dass er mehr kostete als ein Standard-Boxsack.

Hagen machte eine Bestandsaufnahme seiner finanziellen Lage und seufzte. Er sah sich einen Boxsack nach dem anderen an und fragte sich, welcher die klügste Investition seiner verbleibenden Mittel darstellen würde. Er plante, seine Ausgaben wieder wettzumachen, indem er im *Dark Devil Club* kämpfte, aber wer wusste schon, wann das wieder passieren würde. Wäre es nicht besser, gleich mit dem Sparen auf den Umzug nach Las Vegas anzufangen?

Er warf einen Blick in die Abteilung mit den Fitnessgeräten nebenan, den Hanteln und Gewichten und Ähnlichem. Dort lief ein muskulöser Typ in langen Shorts und Unterhemd herum – ganz eindeutig nicht das, was man normalerweise bei diesem Wetter tragen würde. Seine Muskeln wirkten glatt und wie aus Stein gemeißelt. Er wirkte irreal – man bekam Lust, ihn in den Bizeps zu pieken, nur um zu sehen, ob der nicht aus Plastik war. Selbst die

Tattoos auf seiner Haut wirkten wie auf Porzellan gemalte Kunstwerke.

Der muskulöse Kerl war in Begleitung einer Frau, die ein ebenso edles Exemplar Mensch war. Ihre dunklen Yogahosen lagen eng an ihrem Hintern an und betonten ihre großartige Figur. Ihr helles Haar wirkte, als wäre es aus Nylon, so sehr glänzte es.

Hagen starrte die beiden bewundernd an. Niemals würde er so aussehen, selbst wenn er es auf das millionste Level schaffte. Keine Fähigkeit der Welt, egal wie hoch, konnte seine Gene ändern.

Hagens kurze, schmächtige Statur ließ ihn nicht gerade athletisch wirken. Noch schmeichelte ihm sein seltsames Kleidungsstück, das halb nach Jacke, halb nach Mantel aussah, auch nur annäherungsweise. Das Gewicht der PSP in der Innentasche sorgte zusätzlich dafür, dass sie schief saß.

Der Muskeltyp bemerkte Hagens Blick, schnaubte und sagte etwas zu der Frau. Sie spitzte die Lippen und grinste dann. Sie sprachen nicht allzu laut, aber Hagen hörte, wie der Typ „Scheiß-Freak" sagte.

Mike verengte die Augen und las seine Werte.

Sylas „Ken" Kopf
Alter: 23
Level 9

LP: 19.000
Kämpfe/Siege: 156/120
Aktueller Status: Athlet

Ruf: Hohn (8/10)
Widerstand gegen dein Charisma: hoch (9/10)

Interessiert studierte Hagen die neuen Zeilen in der Personenbeschreibung. Was hatte es mit diesem Widerstand auf sich? Die Kurzbeschreibung verriet es ihm: Je niedriger der Widerstand einer Person, desto höher war die Chance des „Trägers" (also Hagens), das Verhalten dieser Person zu beeinflussen. Als er jedoch versuchte, eine Detailbeschreibung aufzurufen, meldete das System ihm, dass er dazu erst Erkenntnis auf Level 2 steigern musste.

Hagen hatte keine Ahnung, warum oder wie er das Verhalten von Leuten beeinflussen sollte.

Außerdem war er überrascht davon, dass Kens Ruf-Wert sprunghaft schwankte.

Hohn wurde für ein paar Sekunden von Gleichgültigkeit abgelöst, nur um dann zurückzukehren. Die Werte waren ebenfalls ständig im Fluss. Die Zeile sah aus wie eine Art Anzeigegerät, das keinen korrekten Messwert fand. So stellte das Interface offenbar den Wankelmut der menschlichen Natur dar.

Ken, der Typ mit den Muskeln, fragte plötzlich: „Was starrst du denn so? Bist du im falschen Laden? Das hier ist kein Sex-Shop, du Freak."

„Ach, echt nicht?", gab Hagen sofort zurück. „Warum sehe ich dann hier so viele Aufblaspuppen?"

Kens Hohn verwandelte sich in Ärger. Er verstand die Pointe nicht, vermutete aber, dass sie auf seine Kosten ging.

Hagen sah sich Kens Begleiterin an. Der Spitzname des Systems für sie brachte ihn wieder zum Lächeln.

April „Barbie" Connell
Alter: 21
Level 16

LP: 25.000
Kämpfe/Siege: 204/127
Aktueller Status: Krav-Maga-Trainerin

Ruf: Gleichgültigkeit (10/10)
Widerstand gegen dein Charisma: extrem hoch (10/10)

Also war Barbie wohl härter als Ken. Den Begriff Krav Maga

konnte Hagen nicht einordnen. War das nicht so eine Art Yoga? Aber beim Yoga kämpfte man doch nicht, oder?

Wieder war Mike verwirrt – das war heute sein Dauerzustand.

Die Frau schenkte Hagen keine Aufmerksamkeit, obwohl ihr muskulöser Begleiter versuchte, sie zu amüsieren, indem er Mike verspottete. Barbies Lächeln wirkte kein bisschen aufrichtig. Und der Typ war eindeutig wegen irgendeiner Auseinandersetzung mit ihr gereizt. Das musste der Grund für seine Feindseligkeit Mike gegenüber sein, der es gewagt hatte, seine Freundin anzulächeln.

Es war wahrscheinlich nicht empfehlenswert, Ken mit den Plastikmuskeln zu ärgern, also ging Hagen weiter und boxte dabei leicht gegen die verschiedenen Boxsäcke. Bei allen handelte es sich um die einfache, auf einer runden Platte montierte Variante. Sie würden ihm nicht viel bringen, außer beim Training seiner Schlaggeschwindigkeit. Hagen suchte etwas Solides, Massives. Der Boxsack musste eine echte Herausforderung für seine Stärke und Ausdauer bieten.

Schließlich blieb er vor einem Modell stehen, das seine Kriterien zu erfüllen schien. Es war ein schwerer Boxsack, menschengroß (in anderen Worten: wesentlich größer als Hagen), auf einer schweren, dreieckigen Bodenplatte montiert und mit Bolzen festgeschraubt. Mike fand, dass dieser hier zuverlässiger wirkte als die mit Sand und Wasser gefüllten Säcke, die er bisher gesehen hatte.

Er stieß mit der Faust gegen den Boxsack. Der bog sich stark nach hinten und kehrte dann in seine aufrechte Position zurück.

Das sah ja perfekt aus.

„Hey, du Zwerg, was willst du denn mit einem Sack anfangen, der zurückhauen kann? Wenn der dich trifft, schlägt er dich am Ende noch tot", grölte Ken und warf Barbie dabei einen Seitenblick zu.

Sie seufzte, hob die Schultern und lächelte gezwungen.

„Ich muss meinen Faustschlag trainieren", entgegnete Hagen. „Aber wenn du nicht brav bist, muss ich dich zu meinem Boxsack machen."

Hagen verpasste dem Boxsack einen harten Schlag und nutzte dabei alle 11.900 Schadenspunkte, die er zur Verfügung hatte.

Es krachte so laut, dass einer der Verkäufer, erschrocken von dem Geräusch, einen lauten Schrei ausstieß. Der Boxsack bog sich von Hagen weg und federte mit einem Quietschen und einem Zischen zurück. Die schlecht angezogenen Schrauben, mit denen er befestigt war, wurden ein Stück aus ihren Löchern herausgezogen.

Der Sack schnellte mit solcher Kraft zurück, dass Hagen ihm ausweichen musste wie einem echten Sparringspartner.

Ken wurde sauer. „Dir zeig ich, wie man wirklich trainiert." Er stolzierte auf Hagen zu und stieg dabei über Hanteln und Gewichte, die ihm im Weg lagen.

„Lass es, Sylas", gab Barbie die Stimme der Vernunft. „Lass dich nicht in Raufereien verwickeln, denk an deine Vorstrafen. Willst du schon wieder Sozialstunden aufgebrummt kriegen? Kannst du's nicht abwarten, wieder Orange zu tragen?"

„Mach dir keine Sorgen. Ich rühre Shorty nicht an. Ich zeige ihm nur, wie man ordentlich zuhaut."

Der Muskeltyp ging zum Boxsack, der immer noch hin und her schwankte, und wärmte sich kurz und ziemlich theatralisch auf, wobei er sich die ganze Zeit seine Plastikmuskeln rieb. Währenddessen sah er sich ständig nach Barbie um, in der Hoffnung, einen bewundernden Blick einzufangen.

Was Hagen anging ... Der warf der gut aussehenden Frau ebenfalls Blicke zu. Ihr Ruf-Wert wechselte von Gleichgültigkeit zu Leichtes Interesse.

Ken nahm Kampfhaltung ein und atmete scharf aus, als er auf den Sack schlug.

Erneut gab es einen lauten Krach. Der Boxsack bog sich weit zurück, genau wie nach Hagens Schlag, doch es war unmöglich zu sagen, wer von ihnen stärker zugeschlagen hatte.

Diesmal kam der Verkäufer angelaufen. „Die Herren sind offenbar an diesem Sportgerät interessiert?"

Ken, der Muskelmann, ballte die Faust vor Hagens Gesicht mit einem knirschenden Geräusch. „Hast du jetzt gesehen, wie man richtig zuschlägt?"

„Nicht wirklich." Hagen lachte leise. „Komm doch zu mir ins Studio. Ich muss meine Kicks trainieren. Da kann ich dir auch zeigen, wie man einen Faustschlag richtig hinkriegt."

„Du bist mir ein ganz Schlauer, was? Ich werde da sein. Sag mir nur, wann und wo."

Hagen gab ihm die Adresse von Ochoas Studio. „Da triffst du mich jeden Abend an."

„Ich komme, verlass dich drauf", stieß Ken barsch hervor und kehrte dann zu Barbie zurück.

Sie liefen den Gang hinunter. Hagen sah der Frau hinterher, während sie davonging, und musste sich zwingen, seine Augen von den eng anliegenden Yogahosen abzuwenden, um Folgendes zu lesen:

Ruf: Interesse (5/10)
Widerstand gegen dein Charisma: hoch (9/10)

Hagen verstand immer noch nicht, welchem Zweck dieser Widerstand diente, aber er war jetzt schon froh, dass er um einen Punkt gesunken war.

Der Verkäufer bückte sich und deutete auf die Bodenplatte des Boxsacks. „Ich erkläre es Ihnen. Dies ist ein altes Modell. Heutzutage verwendet kaum noch jemand ein System zur mechanischen Anbringung. Aber Sie können den Boxsack einfach am Boden befestigen, ohne Löcher bohren oder eine spezielle Bodenplatte montieren zu müssen. Außerdem... äh, Sir... Wir können Ihnen eine beträchtliche Ermäßigung für dieses Sportgerät gewähren."

„Einverstanden", nickte Hagen. „Würden Sie sich bitte die Lieferadresse notieren?"

Eine Ermäßigung! Was für ein Glück!

Er verbrachte den Rest des Tages damit, den Boxsack aufzustellen. Sobald Hagen sicher war, dass er fest am Boden angebracht war, versetzte er dem Sack ein paar Tritte, aber seine

Kicks waren schwach und unbeholfen. Mike schaffte es kaum, aufrecht zu bleiben, wenn der Sack zurückschwang und ihn an der Ferse traf – genau wie ein echter Sparringspartner. Ken, der Muskelmann, hatte wohl doch recht gehabt.

Es würde eine Menge Training brauchen, bevor das System ihm sagen würde, dass seine Kick-Fähigkeit gestiegen war.

HAGEN KAM BEIM *DigiMart* an, als die meisten anderen Mitarbeiter bereits heimgegangen waren. Riggs' Schicht war auch zu Ende, und Murteau, der Nachtwächter, hatte übernommen. Der hochgewachsene Mann war ein ehemaliger Soldat, also musste Mike nicht fürchten, von jemandem, der seine alten Qualifikationen einsetzen wollte, in den Security-Raum gezerrt und verhört zu werden.

Auch Wei Ming ging normalerweise um diese Zeit nach Hause, aber Hagen sah ihn in den Gängen auf und ab laufen und offenbar auf ihn warten. Lexies Toyota stand auf dem Parkplatz, was bedeutete, dass sie das Gebäude noch nicht verlassen hatte – wahrscheinlich machte sie wie üblich Überstunden.

Die arbeitet ganz schön hart, dachte Hagen zärtlich.

In seiner Eile fiel ihm nicht auf, dass auch Howells Wagen in der Nähe parkte. Der Boss blieb nie länger im Büro – das war immer Lexies Aufgabe.

Mike zeigte seine Angestelltenkarte vor und ging am Nachtwächter vorbei. Er hatte sich schon lange daran gewöhnt, der unauffälligste unter den Mitarbeitern zu sein. Wenige seiner Kollegen erinnerten sich auch nur an sein Gesicht.

Als Wei Ming Hagen bemerkte, nahm er ihn verschwörerisch beiseite. „Ich glaube, Riggs hat das Video gefunden, auf dem wir diese Junkies verprügeln."

„Wie kommst du darauf?"

„Also, er war lange im Serverraum und ist dann ins Büro von

Ms. Hepworth gegangen. Sie kamen gemeinsam zurück und blieben eine ganze Weile drin."

„Warum glaubst du, dass sie sich die Videos angesehen haben?"

„Was kann man denn in einem Raum, in dem es nichts außer einem Computer mit Überwachungskameraaufzeichnungen gibt, sonst machen?"

Hagen nickte. „Selbst, wenn sie die Aufnahmen gefunden haben, was für eine Rolle spielt das? Was wir getan haben, ist kein Verbrechen, oder? Riggs sollte uns dankbar sein."

„Er klang nicht besonders freundlich, als er mich gegrillt hat, um was über dich rauszufinden. Dauernd hat er gefragt, ob mir bei dir gewalttätiges Verhalten aufgefallen wäre, oder ob du die Gewohnheit hast, Leute anzugreifen. Und ich so: ‚Hagen soll Leute angreifen? Der würde sich doch sogar vor Bambi fürchten' ... Nichts für ungut, Mike."

„Schon okay."

„Also sage ich: ‚Mr. Riggs, Sie sollten doch mittlerweile wissen, dass Klein-Mikey eher in Tränen ausbricht, als dass er jemanden schlagen würde ...'. Ist nicht bös gemeint, echt."

Hagen grummelte.

„Ich wollte dir so gut wie möglich den Hintern retten. Weißt du, ich habe keine Ahnung, was für ein Typ du eigentlich bist, Mike. Du sprichst mit diesem Goretsky und fängst an, zu zittern. Dann haust du einen Junkie einfach mit einem Schlag k. o. Und jetzt willst du Kicks lernen ..." Er hielt inne. „Okay, bist du bereit? Wo trainieren wir? Ich gehe immer in ein asiatisches Kampfsportzentrum, aber da muss man sich vorher anmelden. Außerdem ... Lassen die dich sowieso nicht rein. Nichts für ungut."

Hagen antwortete nicht sofort, sondern dachte darüber nach, was Wei Ming ihm über Riggs' und Lexies seltsames Verhalten erzählt hatte. Warum rief sie denn nur nicht zurück? Warum bat sie Mike nicht, wieder zur Arbeit zu kommen? Er wusste, dass in der Abteilung für Notfall-Service immer jede Menge kaputte Geräte zu reparieren waren. Und überhaupt, eine Beinverletzung war für einen Techniker doch sowieso kein großes Problem.

„Also, was sagst du?", fragte Wei Ming.

„Könntest du im Auto auf mich warten? Ich muss mit Lexie reden ... Ms. Hepworth, meine ich", antwortete Hagen.

„Das ist jetzt nicht gerade die beste Zeit dafür", rief Wei Ming Mike hinterher. „Die haben da gerade eine Besprechung."

Hagen lief die Stufen zur Büroetage hoch. Im Gang war es dunkel, aber er sah, dass jemand in Howells Büro war – unter der nur angelehnten Tür drang etwas Licht hindurch.

Hagen Herz klopfte, als hätte er bereits zwei Runden im Ring gekämpft. Warum war er eigentlich so aufgeregt?

Er öffnete die Tür und trat ein. „Guten Abend."

Mr. Howell saß am Schreibtisch, und zwei Männer in Anzug und Krawatte standen links und rechts neben ihm und zeigten ihm irgendwelche Unterlagen. Alexa stand mit einem Glas Saft in der Hand neben dem dritten Rechtsanwalt und hörte ihm zu, wie er von Forderungen, Gerichten, Verfügungen und Ähnlichem sprach. Juristischer Fachjargon mochte zwar vage nach menschlicher Sprache klingen, aber für jeden, der kein professioneller Jurist war, war er einfach nur absolut unverständlich.

„Alexa?", fragte Howell in drohendem Tonfall, ohne Hagen zu beachten. „Was macht der denn hier? Und warum ist er eigentlich überhaupt noch da?"

Auch die Rechtsanwälte sahen die junge Frau vorwurfsvoll an.

Hagen rief Lexies Profil auf.

Mike war nicht an ihrem Alter oder ihren Fähigkeiten interessiert, auch wenn er bemerkte, dass sie auf Level 2 war und ein paar Kämpfe ausgefochten hatte – sie musste wohl als Kind einen Kampfsportkurs besucht haben.

Ruf war der einzige Wert, der ihn interessierte. Er hatte erwartet, alles Mögliche zu sehen: Ärger, Abneigung oder Leichtes Interesse.

Doch es wurde etwas völlig anderes angezeigt.

DAN SUGRALINOV, MAX LAGNO

Aktueller Ruf: Feindseligkeit (10/10)
Widerstand gegen dein Charisma: extrem hoch (10/10)

Feindseligkeit? Wie zur Hölle kam es zu „Feindseligkeit"? Nach allem, was er getan hatte? Und sie war doch dabei gewesen. Er hatte sie vor Goretskys Annäherungsversuchen geschützt, dann im Ring gekämpft und gesiegt. Wie konnte sie ihm denn jetzt feindselig gegenüberstehen?

Er war völlig verblüfft. Zumindest auf Interesse hatte er gehofft. Selbst Gleichgültigkeit wäre besser gewesen als diese demütigende Feindseligkeit.

„Mr. Howell... Onkel, ich erkläre ihm alles", sagte Lexie kleinlaut.

„Dann mach mal", forderte Howell sie in befehlsgewohntem Ton auf und wandte sich wieder den Rechtsanwälten zu. Mike ignorierte er immer noch.

Lexie ging durchs Zimmer und schob Hagen nach draußen. „Reden wir in meinem Büro."

Hagen hatte die letzten Tage ständig davon geträumt, mit Lexie zu reden. Jetzt war er darüber jedoch alles andere als glücklich.

Kapitel 12+1

Eine Lektion in Geschäftsfüh-
rung

Lass deine Ängste und deine Selbstbezogenheit hinter Dir. Fokussiere deine Willenskraft auf dein Ziel und akzeptiere den Tod als eine Möglichkeit. Das ist der Weg des Karateka.

Karateka (1984)

ALEXA HEPWORTH HATTE sich schon lange nicht mehr so schrecklich gefühlt. Sie hatte den Verdacht, etwas falsch gemacht zu haben, und sah sich daher ständig dazu gezwungen, ihr Verhalten zu rechtfertigen. Das Schlimmste war, dass sie es vor sich selbst rechtfertigen musste – niemand anders verurteilte sie im Mindesten. Ganz im Gegenteil, alle boten ihr Unterstützung an.

Die Rechtsanwälte ihres Onkels erklärten ihr ausführlich, was sie vor Gericht sagen durfte und was nicht. Die waren schon ein Haufen ausgemachter Widerlinge – jede noch so schändliche Tat war für sie Teil des Jobs, solange sie nur nicht gesetzlich verboten war. Also paukten sie mit ihr, was die Rechtsanwälte des Angeklagten sie fragen könnten und wie sie darauf antworten sollte.

Als hätte Hagen es sich leisten können, ein Team von Rechtsanwälten zu beauftragen, naiver Trottel, der er war.

Je weiter die Vorbereitungen voranschritten, desto mehr gelangte Lexie zu der Überzeugung, dass sie und ihr Onkel ein hilfloses, 30 Jahre altes Kind den Wölfen zum Fraß vorwarfen, um die Firma zu retten – und genau das war Hagen, ein zu groß geratenes Kind. Er war vielleicht in der Lage, jemanden im Ring oder auf dem Parkplatz k. o. zu schlagen, aber er war und blieb vertrauensselig und naiv. Ihn hinters Licht zu führen wäre so einfach, wie einem Kind den Lutscher wegzunehmen.

Egal, wie gut jemand zuhauen konnte, in der zivilisierten Welt gaben gute Rechtsanwälte den Ausschlag. Und Goretsky hatte gute. Zumindest hatte er sich vor Kurzem eine anständige Kanzlei besorgt. Davor waren seine Interessen von einem hoffnungslosen, rotgesichtigen Alkoholiker in einer abgetragenen Cordjacke mit einem Anstecker, der ihn als Mitglied der Anwaltskammer von Hampshire County auswies, vertreten worden.

Der Säufer vom Elitecollege Amherst hatte auf ein langes und ermüdendes Gerichtsverfahren gegen *DigiMart* abgezielt und sich geweigert, zu verhandeln. Also hatte Howell Goretsky die Dienste seiner eigenen Rechtsanwälte sowie 50.000 Dollar als Entschädigung angeboten, damit der Kläger seine Forderungen gegenüber *DigiMart* vergaß und stattdessen Hagen verklagte.

Bei diesem Gespräch war Lexie anwesend gewesen.

Howell erklärte: „Ich habe die besten Anwälte der Stadt, und sie haben mir zugesichert, dass dieser Mike die Höchststrafe erhält. Also, Mr. Goretsky, das sollte doch reichen, damit Sie sich ausreichend gerächt fühlen."

„Sie können mich mal", antwortete Goretsky. „Ich will zehn Millionen."

Der Elite-Alkoholiker lehnte sich zu ihm hinüber und flüsterte ihm etwas ins Ohr.

„Oder 15 Millionen bei einer außergerichtlichen Einigung", fuhr Goretsky fort. Er thronte selbstbewusst und mit den Füßen auf dem Tisch auf seinem Stuhl.

Langsam erhob sich Howell und zog sein Jackett aus. Die Schnallen seiner altmodischen Hosenträger glänzten im Licht der Leuchtstoffröhrenlampen. Auf gewisse Weise ähnelte er einem alten Polizeiinspektor, der kurz davor steht, einen festgenommenen Verdächtigen ins Gebet zu nehmen und zu einem Geständnis zu bringen. Selbst Goretsky schien zu dämmern, dass er zu weit gegangen war.

Lexies Onkel trat auf Goretsky zu, schob dessen Füße beiseite und setzte sich auf den Schreibtisch.

„15 Millionen Dollar ist in der aktuellen Wirtschaftslage keine realistische Summe. Mein gesamtes Unternehmen ist nicht so viel wert."

„Das ist Ihr Problem, nicht meins", grinste Goretsky und zeigte dabei seine Zahnlücken – Andenken an seine Begegnung mit Hagen.

Alexa beobachtete ihren Onkel voller Bewunderung. Sie hatte ihn noch nie in so einer Situation erlebt. Das war ein unmittelbarer Beweis, dass sein Ruf als unbarmherzigster und raffiniertester Geschäftsmann der Stadt nicht unverdient war.

„Okay, Söhnchen, Sie wollen es also auf die harte Tour? Dann reichen wir eine Gegenklage ein und machen einen Fall sexueller Belästigung draus. Meine Nichte leidet immer noch unter einer schweren Depression."

Alexa beeilte sich, zustimmend zu nicken und einen jammervollen Gesichtsausdruck aufzusetzen.

Goretsky blickte sich nervös im Zimmer um. Erneut lehnte sich der Elitecollege-Alkoholiker hinüber, um ihm etwas ins Ohr zu flüstern.

„Ich und Alexa hatten quasi eine Beziehung", murmelte Goretsky. „Sie hat sich mir gegenüber zweideutig verhalten, was man dahingehend interpretieren konnte ..."

„Ich habe genug von Ihrem Scheiß, Jungchen", unterbrach Howell ihn. „Ich weiß nicht, warum meine Nichte überhaupt irgendetwas mit jemandem wie Ihnen zu tun haben wollen sollte –

das bleibt ihre Angelegenheit. Allerdings ist es unzweifelhaft, dass es zu sexueller Belästigung gekommen ist."

„Tut mir leid, Sir, aber das müssen Sie erst beweisen", schaltete sich der versoffene Anwalt ein.

„Das werden wir. Alexa Hepworth ist die einzige Zeugin."

„Mike Björnstad Hagen war ebenfalls dort."

„Der wird wohl kaum gegen sich selbst aussagen."

Der Anwalt lehnte sich zu Goretskys Ohr. Goretsky hörte ihm zu. Dann straffte er ruckartig die Schultern. „Ich nehme Ihren Vorschlag an."

Howell verharrte einen Moment. Dann stand er auf und ging zu seinem Stuhl zurück. Er ließ sich absichtlich Zeit, bis Goretsky nervös mit dem Finger auf dem Schreibtisch zu trommeln begann. Gemächlich schenkte er sich einen Whiskey ein (der Elitecollege-Alkoholiker schluckte hörbar) und blickte dann zu Goretsky auf.

„Ich muss mich geirrt haben. Ich habe gerade keine 50.000. Ich habe nur 40. Und dazu kommt die Garantie, dass dieser Mike für lange Zeit hinter Gitter wandert."

Goretsky druckste eine Weile herum, stimmte aber schließlich zu und unterzeichnete alle Papiere. Dann verließ er das Büro, gefolgt von seinem in Cord gehüllten Anwalt.

Als Lexies Onkel ihre Schritte im Gang nicht mehr hörte, brach er in schallendes Gelächter aus.

„Was für ein Idiot. Er hätte eine halbe Million machen können, wenn er bei seinem Pokerspiel geblieben wäre."

„Aber wenn wir Goretsky um den Finger wickeln können, warum sollten wir dann überhaupt eine Vereinbarung mit ihm unterzeichnen?", fragte Lexie.

„Weißt du, was Hagen getan hat, zählt immer noch als schwere Straftat. Wie ich dir schon gesagt habe, wenn wir Goretsky nicht unter Kontrolle kriegen, macht er uns bettelarm. Wir haben Glück, dass der so blöd ist."

„Scheißkerl", murmelte Lexie rachsüchtig.

„Außerdem besteht die Möglichkeit, dass unser Ruf geschädigt wird. Ist dir klar, was die Leute denken werden, wenn sie herausfinden, dass unsere Mitarbeiter unsere Kunden vermöbeln? Und dieser Mike hat ihn ganz schön fertiggemacht. Um ehrlich zu sein, glaube ich, ist unsere Verteidigung wenig stichhaltig. Wir müssen es in die eigenen Hände nehmen, damit nicht alles den Bach runtergeht und wir unter dem Schlamm begraben werden."

Das war eine wichtige Lektion in Sachen Geschäftsführung. Alexas Onkel hatte den Schaden von 15 Millionen auf 40.000 reduzieren können, und das war schon eine Menge.

Deshalb fühlte sie sich jetzt extrem elend, da sie Hagen von Angesicht zu Angesicht gegenüberstand. Viel schlimmer als damals, als sie nach dem Abschlussball neben dem Typen aufgewacht war, den sie im College immer gehasst hatte. Hagen erinnerte sie ein bisschen an ihn – genauso unbeholfen und genauso naiv in sie verliebt. Und da stand er und wartete darauf, was seine angebetete Lexie ihm nun gnädigerweise mitteilen würde.

Sie wollte ihn anschreien: „Lauf sofort weg! Verlass die Stadt, verlass den Staat. Flieh irgendwohin, wo sie dich nicht finden werden!"

Stattdessen holte sie tief Luft und kanzelte ihn ab. Ihr Monolog war eine wortwörtliche Wiederholung des Textes, den der Rechtsanwalt ihr eingebläut hatte. Sie führte die Absätze des Arbeitsvertrags auf und erwähnte, dass Hagen willentlich einen Konflikt mit einem gewissen Mr. Goretsky, einem geschätzten Kunden von *DigiMart*, herbeigeführt hatte.

„Aber ich... du..." Hagen brachte keinen annähernd zusammenhängenden Satz heraus, verblüfft entweder von ihren Anschuldigungen oder von der Bezeichnung „geschätzter Kunde" im Zusammenhang mit Goretsky. Der große Mann war immer eine Nervensäge für jeden bei *DigiMart* gewesen.

Lexie konnte Hagen nicht in die Augen sehen, trotzdem fuhr sie unerbittlich fort und behauptete, dass es sich bei dem Konflikt, obwohl er auf dem Firmengelände stattgefunden hatte, doch um eine private Auseinandersetzung zwischen Mike und ihm gehandelt habe. Außerdem erklärte sie, dass sie bereit wäre, diese Aussage vor Gericht zu wiederholen.

Mike überhörte das mit dem Gericht und rief: „Aber du hast es doch gesehen! Er ... er hat dich angegriffen, oder nicht?!"

„Mr. Hagen, ich habe gesehen, was ich gesehen habe. Und genau das werde ich vor Gericht aussagen. Sie haben dieses Ar... diesen armen Mann beinahe umgebracht."

Erst da bemerkte Lexie Hagens Outfit, das tatsächlich gar nicht so uncool aussah. War das ein Mantel oder eine Jacke? Außerdem wirkte er weniger albern als sonst. Konnte es sein, dass ihre Schuldgefühle sie dazu brachten, ihn in einem besseren Licht zu betrachten?

Sie verscheuchte diese Gedanken und verkündete Hagen die Entscheidung, ihm wegen „mit dem Verhaltenskodex eines *DigiMart*-Angestellten unvereinbaren Handlungen" zu kündigen.

Eine Vertragsstrafe wegen Rufschädigung würde von Hagens Gehalt abgezogen werden, und der Betrag war fast so hoch wie das Gehalt selbst. Hagen würde ein schlechtes Zeugnis erhalten: „Eine unberechenbare Persönlichkeit, die selbst als Techniker eine Gefahr darstellt."

„Tut mir wirklich leid, Mr. Hagen, aber wir müssen diesen Vorfall mit Ihrem unmotivierten Angriff auf Mr. Goretsky in Ihrer Personalakte vermerken."

Das wiederholte Lexie wie ein Roboter. Ihr innerer Monolog lautete hingegen ganz anders.

Herr im Himmel, das ist absoluter Bockmist. Wir stellen Mike als völligen Irren dar, dabei ist er einer der harmlosesten Menschen auf der Welt. Wir werfen ihn den Haien zum Fraß vor. Jetzt hat Goretsky etwas viel Stärkeres auf seiner Seite als Muskeln und Dreistigkeit – nämlich ein Bezirksgericht.

Plötzlich schrie Lexie auf und wich zurück. Sie war so in Gedanken versunken gewesen, dass sie nicht einmal bemerkt hatte, wie Hagen ihr die Hand auf die Schulter legte.

„Ich hab's kapiert, Alexa, das reicht."

Seltsamerweise starrte der mickrige Hagen auf etwas über ihrem Kopf, als ob er von einem Teleprompter direkt hinter ihr abläse. „Tut mir leid, dass ich dich in solche Schwierigkeiten gebracht habe."

Bei diesen Worten fühlte sich Lexie gleich noch viel elender. Dass er sich auch noch entschuldigte, nach allem, was sie ihm gesagt hatte!

Hagen nahm den Stoß Papiere vom Schreibtisch. „Ist das alles?"

„J-ja ... Sie müssen morgen wiederkommen, um ein paar Unterlagen zu unterzeichnen und Ihre Arbeitskleidung abzu..."

Hagen öffnete die Tür. „In Ordnung. Dann hole ich auch gleich meine Sachen ab."

„Mike!"

Er drehte sich um.

„Es ... Es tut mir leid. Bitte verstehe ..."

„Ich versteh schon, Lexie. Oder eigentlich nicht, aber ich akzeptiere es."

Hagen war schon lange weg, als Lexie immer noch mit ihren Ellenbogen auf den Knien dasaß. Was wäre passiert, wenn sie Mike gewarnt hätte, dass gefeuert werden nicht seine größte Sorge war?

Schließlich erinnerte sie sich an ein paar Worte aus einem Song von Easy Sammy, bei dem sie endlich mal den Text verstanden hatte. Der verkannte Rapper war der Meinung, *wenn jeder aufhören würde zu tun, was andere ihm vorschrieben, gäbe es keine Ungerechtigkeit mehr.*

Da stand Lexie schnell auf, richtet ihre Frisur und ging mit einem siegessicheren Lächeln zurück ins Büro ihres Onkels. Sie war immer gut darin gewesen, eine Maske aufzusetzen.

NACH SEINEM GESPRÄCH mit Lexie fühlte sich Hagen, als wäre etwas, das seinem Leben Bedeutung und Substanz verliehen hatte, im Bruchteil einer Sekunde in Rauch aufgegangen.

Seltsamerweise mischte sich in das Gefühl des Verlusts eine

Spur Erleichterung. Anderen zu vertrauen war schließlich nur etwas, das einen einengte. Ohne so etwas konnte man sich viel freier bewegen.

War das der Grund, warum Schurken es leichter hatten? In ihrer Seele gab es nichts, was Gefühle für ihre Mitmenschen in ihnen hätte wecken können.

„Warum hast du denn so lange gebraucht? Hast du die Arbeit so vermisst?", fragte Wei Ming. „Oder musstest du wieder mal Goretskys Laptop von einem Pornoseitenvirus befreien?"

„Sagtest du Goretsky?", fragte Hagen.

„Ja. Er ist ein paarmal vorbeigekommen, während du weg warst. Ich hab's nicht so genau mitgekriegt. Er hatte irgendwelche Probleme mit Lexie zu regeln."

Hagen öffnete die Tür seines Autos und bedeutete Wei Ming, einzusteigen. „Das ist jetzt alles egal. Ich bin offiziell kein *DigiMart*-Angestellter mehr."

„Das darf doch nicht ... Aber warum denn?"

„Ich habe den Ruf der Firma gefährdet. Gegen den Verhaltenskodex für *DigiMart*-Angestellte verstoßen und wer weiß was noch für anderen Scheiß."

Wei Ming riss in gespielter Angst die Augen auf. „Verhaltenskodex, sagst du? Den hab ich gar nicht gelesen. Ich frag mich, ob sie mich dafür auch feuern dürfen? Aber ernsthaft, Mike, warum haben die das getan?"

Hagen sah Wei Ming an und las seine Werte.

Wei Ming "die Katze" Xuan
Alter: 29
Level 22

LP: 25.000
Kämpfe/Siege: 350/236
Gewicht: 77 kg

Ruf: Ausgezeichnet (10/10)

LEVEL UP : KNOCKOUT

Widerstand gegen dein Charisma: mittel (5/10)

Außer, dass er offenbar etwas mehr Muskeln aufgebaut hatte, schien Wei Ming seit ihrer letzten Begegnung auch noch an einigen Kämpfen teilgenommen zu haben. Sein Werte für Ruf und Widerstand gegen Charisma sahen auch ganz gut aus. Hieß das, man konnte jemanden beeinflussen, wenn man sich gut mit ihm verstand? War es ihm deshalb so einfach gelungen, Wei Ming zu überreden, seine Zeit damit zu verbringen, ihm ein paar Kicks beizubringen?

„Du hast ganz schön viel trainiert, was?", wechselte Hagen das Thema.

„Allerdings. Woran hast du das gemerkt? Wegen der Arbeit im Laden musste ich in letzter Zeit ein paar Stunden mit meinem Shifu ausfallen lassen. Also war ich nicht besonders in Form. Als diese Junkies eingebrochen sind, habe ich mir geschworen, härter zu trainieren."

„Danke, dass du mir was beibringst."

„Mach ich gern. Shifu sagt immer, wenn es einem nicht gelingt, in einem bestimmten Bereich weiterzukommen, soll man versuchen, jemand anderem beizubringen, wie es geht, dann erkennt man seine eigenen Fehler."

Sobald sie Hagens Wohnung betraten, bewunderte Wei Ming das Ambiente. „Schön, sauber und minimalistisch."

„Ich will den ganzen Platz zum Trainieren nutzen."

„Der Boxsack ist auch cool", kommentierte Wei Ming, sprang hoch, drehte sich in der Luft und trat dagegen.

Nachdem sie sich umgezogen und ein paar Aufwärmübungen gemacht hatten, ging Wei Ming mit Hagen wieder zum Boxsack. „Zeig mir erst mal, was du schon kannst."

Hagen trat ein paarmal gegen den Sack und versuchte dabei, hoch zu zielen.

„Verstehe", sagte Wei Ming. „So gut wie nichts. Deine Haltung ist im Großen und Ganzen schon okay, aber das Problem bei deinen Kicks ist ein weit verbreitetes: Du stehst nicht besonders fest auf den Beinen. Selbst der Boxsack kann dich zurückstoßen und zu Fall bringen."

Wei Ming zog einen Stuhl heran. „Du kannst damit anfangen, dass du dich darauf abstützt, dann gewöhnst du dich an die Haltung. Und versuch nicht, zu stark oder zu hoch zuzutreten. Klar, du willst natürlich sofort jemandem gegen den Kopf treten. Aber vorher musst du erst mal dein Gleichgewichtsgefühl entwickeln und lernen, nicht umzukippen. Oh, und noch was: Warte nach dem Kick nicht zu lange. Zieh dein Bein sofort zurück."

Hagen war überrascht. Er hatte den Eindruck gehabt, dass seine Kicks zwar zu schwach, aber schnell genug waren. „Du meinst, ich brauche zu lange?"

Wei Ming stellte sich ihm gegenüber auf. „Versuch mal, mich zu treten."

Hagen ging in Stellung und trat zu.

Sofort wurde er nach oben gewirbelt, sah nur noch die Decke und landete auf dem Rücken. Wei Ming hatte nicht nur sein Bein gepackt, sondern ihm auch einen Fußfeger verpasst – all das im Bruchteil einer Sekunde.

Als Hagen auf dem Boden landete, lächelte er und schaute auf. Es schien, dass die Technik seines Freundes noch besser war, als er erwartet hatte. Das war großartig – genau das, was er brauchte: eine neue Herangehensweise ans Kämpfen. Boxen war schön und gut, aber außer Fäusten hatte ein Kämpfer auch noch Beine – und einen Kopf. Kopfstoß war eine weitere Fähigkeit, die Mike noch nicht freigeschaltet hatte.

Hagen verbrachte etwa eine Stunde damit, den Boxsack zu treten, und hielt sich dabei die ganze Zeit am Stuhl fest. Wei Ming korrigierte ihn, zeigte ihm die richtigen Bewegungsabläufe und gab ihm nützliche Tipps.

Schließlich nickte er. „Nein, so ist es schrecklich. Du bewegst deine Beine immer noch wie eine Gummipuppe. Natürlich hast du noch keinerlei Fortschritte gemacht, aber irgendwann kriegst du das schon hin. Ich hab den Eindruck, dass du ein ziemlich hartnäckiger Typ bist. Auch wenn das noch nicht lange so ist, oder?"

Hagen zuckte mit den Schultern. „Ich weiß nicht so genau. Es ist nur so, dass ... Ich schnell lerne. Besonders mit einem Coach wie dir."

„Pah, ich bin kein Coach." Wei Ming lächelte. „Na gut, es wird Zeit, dass ich gehe. Meine Freundin wartet auf mich."

Während Wei Ming sich vor dem Spiegel die Haare kämmte, überprüfte Hagen seine Werte.

Ruf: Freundschaftlichkeit (4/10)
Widerstand gegen dein Charisma: niedrig (3/10)

Alle Werte schienen sich geändert zu haben. Er musste sich die Beschreibung noch mal genau ansehen, um durch diese ganzen Beziehungsabstufungen durchzusteigen, aber das konnte warten.

Und er bemerkte noch etwas: Ein winziges Dreieck neben den Werten, fast vom Text verdeckt. Er berührte es im Geiste. Ein Rechteck, das eine einzelne Zeile hervorhob, erschien über der obersten Wertezeile.

Intuitiv verstand er, dass diese Option es ihm erlaubte, eine bestimmte Zeile an den Eigentümer des Werts anzuheften. Jetzt sah Hagen, wo immer Wei Ming hinging, eine angeheftete Info mit einer Fortschrittsleiste.

Ruf: Sympathie (3/10)

Die Fortschrittsleiste bewegte sich langsam nach rechts.

„Vielen Dank, Wei Ming. Diese Training-Session war echt wichtig für mich."

„Ach, komm schon, Mann. Das war doch nicht der Rede wert."

Wei Ming gab sich bescheiden, aber Hagen sah, wie die Fortschrittsleiste ein Stückchen weiter anstieg. Er wollte noch etwas Nettes zu seinem neuen Freund sagen, hielt aber klugerweise den Mund – es war besser, seine Dankbarkeit nicht in Schmeichelei ausarten zu lassen.

Wei Ming packte seine Sachen zusammen und ging, während Hagen weiter trainierte.

Er bemerkte nicht einmal, wie er in einen gewissen Flow geriet. Das Einzige, was um ihn herum existierte, waren er, der Boxsack und seine Kicks. Er hatte das Gefühl, in der Luft auf den Sack zuzuschweben wie eine Figur in einem Anime. Jeder Tritt repräsentierte seine Hoffnung, seinen Hass, seinen Schmerz und seine Enttäuschung – alle Gefühle, die Lexie vorhin in ihm hervorgerufen hatte, Dinge, die Hagen immer noch nicht ruhig verarbeiten konnte. Er trat mit dem rechten Bein zu, dann mit dem linken, dann wieder mit dem rechten. Wie Wei Ming ihn angewiesen hatte, versuchte er, sich nicht die ganze Zeit am Stuhl festzuhalten und sein Gleichgewicht zu erspüren.

Er wäre auf unbestimmte Zeit in diesem Zustand geblieben, wenn nicht eine virtuelle, blaue Flamme seine Beine umhüllt hätte, als er zum x-ten Mal gegen den Boxsack trat.

Glückwunsch! Du hast einen neuen Fähigkeitslevel erreicht!
Name der Fähigkeit: Tritt
Aktuelles Level: 3
Schaden: 1.500
Du musst diese Fähigkeit öfter nutzen, um sie steigern zu können.

Da kam Hagen wieder zu sich. Er hatte seine Hausmeisteraufgaben in Ochoas Studio völlig vergessen! Und Ochoa war nicht allzu begeistert von Leuten, die unpünktlich waren oder nicht Wort hielten.

Schnell duschte er, was ihn wertvolle Minuten kostete. Er trocknete sich hastig ab, schlüpfte ohne Socken in seine Turnschuhe und rannte nach draußen.

OBWOHL HAGEN SICH beeilt hatte, kam er erst an, als Ochoas Studio gerade kurz davor war, zu schließen. Es war niemand da außer ein oder zwei Anfängern – schwächliche Bürohengste, so wie sie aussahen, die Sorte, die ihr „Leben verändern und in Form kommen" wollten. Sie sprangen um die Leichtgewicht-Boxsäcke herum und schlugen so hart wie möglich zu.

Der Coach saß auf einer Bank und wischte sich den Nacken mit einem Handtuch ab. Er musste an diesem Tag alle Register gezogen und richtig hart trainiert haben.

„Ich dachte schon, du kommst heute nicht mehr", kommentierte er und studierte Hagens Gesicht.

„Ich hatte Probleme bei der Arbeit."

„Ernsthafte Probleme?"

„Sie haben mich gefeuert."

„Lass all deinen Ärger am Eingang zurück. Um so was kümmern wir uns hier nicht. Wir setzen Ziele. Und die hast du in letzter Zeit nicht erfüllt."

Hagen eilte zur Besenkammer, um den Putzwagen zu holen.

Ochoa war noch nicht fertig mit ihm. „Warum hast du dein Training verpasst? Oder ist dein höchster Ehrgeiz ein Hausmeisterjob?"

„Ich habe zu Hause trainiert."

Ochoa stand auf. „Na, ist deine Sache, Junge. Oh, übrigens, das hier ist für dich." Er reichte Hagen ein Stück Papier mit einer Telefonnummer. „So ein Typ war hier. Er hatte ein Mädel dabei. Sie haben dich gesucht. Hab aber seinen Namen vergessen. Eyeless, Schmyless…"

„Sylas?"

„Hab keinen blassen Schimmer. Er hat gesagt, du hast ihm einen Übungskampf versprochen."

„Tut mir leid, Coach. Ich habe ihm einen echten Kampf versprochen, keine Übung."

„Junge, ist dir klar, dass das hier kein MMA-Club ist wie der, in dem du mit Gonzalo rumhängst? Damit bin ich übrigens nicht einverstanden, und das gilt für euch beide. Ich glaube, es ist zu früh für dich, im Ring zu stehen, selbst in einem so beschissenen wie dem, den sie dort haben. Aber das bleibt dir überlassen."

„Entschuldigung, aber Sylas war wirklich heiß darauf, mich zum Kampf herauszufordern. Also habe ich ihn hierher eingeladen."

Ochoa lachte leise. „War irgendwie auffällig, dass er heiß drauf war. Und was noch aufgefallen ist, war, dass du nicht da warst, als er zum Kämpfen herkam. Also hat er behauptet, du kneifst. Wenn du jemanden zum Kampf herausforderst, musst du auch zu deinem Wort stehen."

„Ich konnte einfach nicht ... Und ich hatte keine Ahnung, dass er heute kommen würde."

„Klar. Das hab ich ihm auch gesagt. Wie auch immer, Junge, da ist seine Nummer. Ich sehe zu, dass der Ring abends um sieben für euch frei ist, wenn ihr euch kloppen wollt. Ich hab mir diesen Schmyless genau angeschaut. Er ist ein schlechter Kämpfer – fast so schlecht wie du. Oh, und sperr wie immer alles ab, wenn du fertig bist."

Ochoa nickte zum Abschied und zog sich in sein Büro zurück. Dann hörte Hagen, wie sich die Hintertür öffnete und wieder schloss – im Hinterhof parkte der Coach normalerweise sein SUV.

Hagen machte sich ans Putzen. Er wischte den Boden, reinigte die Bänke und zog die Seile um den Ring wieder fest, die sich gelockert hatten. Dann räumte er die Hanteln und Gewichte weg und machte eine Pause.

Also war Ken wirklich scharf drauf, den Hintern versohlt zu kriegen, was? Warum sollte er ihn in diesem Fall warten lassen?

Hagen wählte die Nummer. Als er hörte, dass der andere dranging, hielt er sich nicht mit Begrüßungen oder Vorstellungsfloskeln auf und sagte: „Ich warte morgen im selben Studio, wo du heute warst, auf dich."

„Oh, guten Abend, Knirps. Und wer garantiert mir, dass ich nicht wieder dasselbe erlebe wie heute? Dass du davonrennst wie ein Feigling, meine ich?"

Sylas Stimme triefte vor Sarkasmus, aber Hagen hatte den Eindruck, dass der Mann mit den Plastikmuskeln etwas weniger selbstsicher klang. Vielleicht war das sein Charisma, oder aber Ochoa hatte ihm irgendwas erzählt.

„Wird nicht passieren. Ich sehe dich hier um sieben."

„Dann also abgemacht. Ich werde da sein. Wie kämpfen wir? Nur Boxen oder Freistil?"

„Mir ist egal, wie ich dich k. o. schlage", entgegnete Hagen selbstbewusst. Boxen wäre ihm allerdings lieber gewesen, da er seinen Kick noch üben musste.

„Okay, Knirps. Wenn es uns beiden egal ist, entscheiden wir uns für MMA."

Ken alias Sylas hängte auf. Hagen machte sich wieder ans Putzen und pfiff dabei ein Kinderlied. Morgen musste er nicht mehr früh aufstehen, um rechtzeitig im Laden zu sein.

Ihm wurde klar, dass sein Leben sich verändern würde, wenn *DigiMart*, Howell, der schnüfflerische Riggs und die anderen Kollegen erst einmal kein Teil mehr davon wären.

Es würde sich verändern, ob zum Guten oder zum Bösen, und nichts würde bleiben, wie es war.

Am wenigsten er selbst.

KAPITEL 14

TEUFELCHEN

*Eigentum der Kirche. +2 Gold für jede Stadt, die
dieser Religion folgt.*

Civilization V

HAGENS NÄCHSTER MORGEN begann mit der üblichen
Trainingsroutine. Zuerst joggte er ein paar Kilometer, dann
übte er seine Kicks.

Er hörte auf, als ihm die Systemmeldung „Leichter Hunger"
angezeigt wurde. Voller Zufriedenheit sah er sich die zu einem
Viertel volle Fortschrittsleiste an und ging in die Küche. Beim
Frühstück vertiefte er sich in das Interface und suchte nach
nützlichen Einstellungen.

Hagen mochte Kampfspiele nicht nur, weil sie es ihm
ermöglichten, den Kämpfer in sich herauszulassen. Auch die
Schlichtheit des Szenarios sprach ihn an – dort der Feind, hier man
selbst. Man wartete auf den Befehl „Kämpft!" und stürzte sich dann
ins Gefecht. Beziehungsweise der Charakter. Er kämpfte, drängte
furchtlos immer weiter nach vorn, führte Kombos aus und rammte
den Gegner in den Boden. Alternativ konnte der Charakter auch
Angriffe abblocken, ausweichen, eine Rolle machen und so weiter.

Hagen kannte sich bei Kampfspielen ziemlich gut aus. An

RPGs nervte ihn eher die Notwendigkeit, ständig von einem Ort zum anderen herumzuwandern, nach allem möglichen Zeugs zu suchen und endlose Gespräche mit praktisch jedem Charakter zu führen, den er traf. Zu viele Fenster mit Beschreibungen von Gegenständen ärgerten ihn ebenfalls. Immer, wenn Mike eine Quest erhielt, langweilte ihn das, und er vergaß, wer ihn losgeschickt hatte und wozu und wohin. Er wollte immer nur gleich zu dem Teil des Spiels kommen, bei dem gekämpft wurde.

Die *Erweiterte Realität* hatte sein Leben allerdings in ein RPG verwandelt, das nicht im Mindesten langweilig zu spielen war. Selbst das Wort „spielen" passte hier nicht so richtig – es war jetzt sein Leben. Schmerz und Tod waren real, was das „Spiel" zu etwas ganz Besonderem machte. Dass alles so echt war, machte auch Gegenstände, die seine Werte erhöhten, so wichtig.

Er hatte eine plötzliche Eingebung. Wenn es Gegenstände gab, die einen Bonus auf Eigenschaften brachten, wäre es wahrscheinlich eine gute Idee, bewusst nach ihnen zu suchen.

Zuerst ging er in den Schuhladen im örtlichen Einkaufszentrum. Eine ganze Weile lang wanderte er durch die Gänge und inspizierte und befühlte jeden Schuh, Stiefel oder Turnschuh. Selbst die Verkäufer beschlossen, ihn nicht zu beachten oder zu fragen, ob sie ihm helfen konnten. Sie mussten Hagen als einen dieser merkwürdigen Kunden identifiziert haben, der Stunden damit verbrachte, durch den Laden zu streifen, um eine Entscheidung rangen, nur um dann schließlich mit leeren Händen wieder zu gehen.

Hagen hatte angenommen, dass Sportschuhe ihm garantiert irgendeinen Bonus bringen würden. Leider blieb das System stumm. Nirgends fanden sich Turnschuhe, die die Geschicklichkeit verbesserten oder Stiefel, die die Stärke erhöhten.

Erst in der Abteilung für exotisches Schuhwerk gelang es ihm, einen Gegenstand zu finden, der eine Systemmeldung auslöste: ein Paar Stiefel, die mit einem fremdartigen Muster bestickt waren.

Russische Filzstiefel

+20 % auf Frostwiderstand

+3 auf Ausdauer

–1 auf Geschicklichkeit

Achtung! Der Bonus wird nur bei Temperaturen unter 0 aktiviert

Beständigkeit: 99/100

Kosten: 59 $

In anderen Worten: nichts Weltbewegendes.

Hagen war ein paar Sekunden lang unentschlossen, dann rief er den virtuellen Assistenten auf.

Während der ersten paar Tage, in denen er das Interface benutzt hatte, hatte es ihm Angst gemacht, die Stimme eines Fremden in seinem Kopf zu hören. Das kam Hagen wie ein Anzeichen dafür vor, dass er nicht ganz richtig im Kopf war.

Jetzt fragte er leise: „Assistent, äh… Sir, wo finde ich besondere Gegenstände?"

Sofort antwortete die Stimme: „Genauere Angaben durch Träger erforderlich."

„Wo finde ich Gegenstände, die meine Eigenschaften verbessern können?"

„Genauere Angaben durch Träger erforderlich."

„Wo muss ich hingehen, um Gegenstände zu finden, die, äh … zum Beispiel meine Stärke erhöhen können?"

„Keine Standorte für solche Gegenstände bekannt", gab die Stimme zurück, und in Hagens Vorstellung hob sie die Schultern.

„Moment mal kurz. Zwei davon habe ich zu Hause gefunden! Die waren ziemlich besonders, oder nicht?"

„Besondere Objekte weisen gewöhnlich eine langjährige emotionale Bindung mit dem Interface-Träger auf. Zum Beispiel hat der Träger viel Zeit damit verbracht, auf der PSP zu spielen, was den symbolischen Wert des Objekts bestimmt hat."

„Und was ist mit der Jacke?"

„Der vom Träger ‚Onkel Peters Jacke' genannte Gegenstand gehörte jemandem, der einen starken Einfluss auf die Weltsicht des

Trägers hatte. Der Träger hat eine tief verwurzelte Verbindung mit diesem Objekt, weswegen es sein Selbstvertrauen erhöht."

„Hm... Verstehe. Kannst du mich vielleicht anders nennen als ‚Träger'?"

„Natürlich, Mr. Michael Björnstad Hagen, Sir." Die Stimme schien ihn zu verspotten.

„Einfach nur ‚Mike' reicht völlig."

„Verstanden, Mike."

SOVIEL WAR ALSO klar: Wenn besondere Gegenstände so wahnsinnig selten waren, war die Suche nach ihnen Zeitverschwendung. Hagen verließ das Einkaufszentrum und fuhr zum *DigiMart*.

Doch er konnte nicht aufhören, über Gegenstände nachzudenken, die nützlich sein könnten. Was, wenn er irgendein Objekt der ultimativen Macht fände, das seine Stärke exponentiell steigern würde?

Hagen erinnerte sich an das letzte RPG, das er gespielt hatte – *Skyrim*. „Was ist mit der Fertigung besonderer Gegenstände? Ich meine, könnte man so was selbst herstellen?"

„Theoretisch ja, Mike. Nach der Erfahrung der Bewohner dieses Segments der Galaxis zu urteilen liegt die Wahrscheinlichkeit, ein solches Objekt herzustellen, allerdings bei unter einem Billionstel eines Prozents."

„Wie wahrscheinlich ist das im Rahmen der *Erweiterten Realität*?", fragte Hagen reichlich verwirrt.

„Es ist unmöglich, Mike."

Es war gut, dass die Stimme des Assistenten völlig emotionslos war, ansonsten hätte Hagen ihn im Verdacht gehabt, ihn insgeheim zu verspotten. Mike war sich bewusst, dass eine Billionstel eines Prozents nicht viel war. Aber er hatte zwei solche Gegenstände auf einmal gefunden, ohne seine Wohnung zu verlassen!

Obwohl er versucht hatte, sich einzureden, dass er mit dem *DigiMart* fertig war und seine Zeit als Angestellter dort der Vergangenheit angehörte – der jüngsten Vergangenheit zwar, aber trotzdem – brachte das vertraute Schild sein Herz zum Rasen, egal, wie sehr er versucht hatte, alle emotionalen Bindungen zu dieser Firma zu kappen. Hatte er dort nicht vier lange Jahre hinter einem Tisch in der Ecke damit verbracht, das Innere aller möglichen Geräte zu erkunden, und dabei immer Lexie beobachtet und zugesehen, wie ihre Karriere durchstartete?

Wenn er nur in der Zeit zurückreisen und seinem alten Selbst sagen könnte ...

Aber was hätte er sich eigentlich gesagt? Dass er keine Angst haben und sie fragen sollte, ob sie mit ihm ausgehen wollte? Sie hätte definitiv abgelehnt. Damals war Hagen ein Niemand gewesen. Nur ein stummer Beobachter des Lebens und Erfolgs anderer. Nicht, dass er seither so viele Fortschritte gemacht hätte.

Der Weg vom Parkplatz zum Haupteingang bestand aus purer Anspannung – genau wie der Weg aus der Umkleidekabine zum Ring.

„Unnatürliche Beschleunigung der Herzfrequenz sowie psychogene Störung des normalen Atemrhythmus entdeckt", sagte die Stimme in seinem Kopf. „Es wird empfohlen, Atemübungen durchzuführen."

„Kannst du nicht mal die Klappe halten?", entgegnete Hagen. „Früher hast du dich doch auch nicht um meinen Herzschlag gekümmert."

„Aus Mangel an Interesse am Sprachmodus des virtuellen Assistenten deinerseits war diese Funktion vorübergehend deaktiviert."

Sich mit dem Assistenten zu unterhalten, lenkte ihn von seinen Gedanken an Lexie ab, also fragte Hagen: „Wie kann man die Parameter einstellen, wann der Assistent Warnungen ausgeben darf und wann ich lieber meine Ruhe hätte?"

Ein Tab mit der Beschriftung „Systembenachrichtigungseinstellungen" erschien vor Hagen. Dort gab es nur einen einzigen Regler, der ihn sehr entfernt an ähnliche Interface-Elemente eines Windows-Betriebssystems erinnerte. Der Regler konnte zwischen „Immer benachrichtigen" und „Nie benachrichtigen" bewegt werden. Hagen wählte eine Stellung in der Mitte. Jetzt würde der Assistent Kommentare über kleine Änderungen in Hagens Körper unterlassen, ernsthafte Probleme aber melden.

Es war Mittagszeit, aber da stand Riggs an der Tür, wie gewöhnlich mit einer Zeitung. Hagen hatte erwartet, dass der alte Polizist ihn verspotten oder ausfragen würde, aber er sah ihn nur freundlich über die Ränder seiner Lesebrille hinweg an, legte die Zeitung beiseite und sagte in liebenswürdigem Ton: „Guten Tag, Mr. Hagen."

Er hat definitiv eine neue Art von Sarkasmus für sich entdeckt. Muss sich ja tierisch freuen, dass sie mich feuern, dachte Hagen und nickte dem Wächter missmutig zu.

Er ging nach oben in die Verwaltungsetage, gab die unterzeichneten Papiere in der Personalabteilung ab, erhielt einen Stapel weiterer Unterlagen und kam wieder herunter, um seine Sachen aus seiner Ecke abzuholen.

Weder Alexa noch Mr. Howell waren irgendwo zu sehen. Umso besser. Aber er musste sich eingestehen, dass er Lexie wirklich gern ein letztes Mal gesehen hätte.

Er räumte seine Sachen zusammen und stopfte alles in seinen Rucksack – seine Werkzeuge zur Reparatur von Laptops, die er aus eigener Tasche hatte zahlen müssen (die von der Firma zur Verfügung gestellten waren von grauenhafter Qualität gewesen) und ein paar *Rat-Queens*-Comics. Das war alles, was ihm gehörte. Außerdem gab es noch eine Tasse, die innen von all dem Kaffee, den er über die Jahre getrunken hatte, ganz schwarz war, eine alte Baseballmütze mit dem *DigiMart*-Logo und noch anderen Krimskrams, doch Hagen beschloss, das alles dazulassen. Wenn die Gegenstände nicht besonders waren, warum sollte er sie dann nach Hause schleppen?

Wei Ming in der Verkaufsetage zu finden war recht einfach.

Die Ruf-Fortschrittsleiste hing immer noch über seinem Kopf und zeigte denselben Wert wie am Vortag.

Hagen fragte leise: „Assistent, verstehe ich das richtig, dass ein niedriger Widerstand gegen mein Charisma jemanden verletzlicher für meine psychologischen Angriffe macht?"

„Das ist korrekt, Mike. Besonders, wenn die fragliche Person Angst hat, gegen dich zu kämpfen", bestätigte die Stimme.

„Allerdings kann ich mir nicht vorstellen, warum ich Wei Ming angreifen sollte. Wir sind schließlich Freunde, oder nicht? Und ich glaube auch nicht, dass er Angst vor mir hätte."

„Charisma beeinflusst nicht nur verbale und psychologische Angriffe. Es legt auch das Ausmaß fest, zu dem du eine andere Person in einer Kampfsituation beeinflusst."

„Wie war das mit der Kampfsituation?"

Das Interface blieb einen Moment lang stumm, bevor es antwortete, als hätte es in der Datenbank etwas gesucht. „Das war metaphorisch ausgedrückt, Sir."

„Egal. Ich kriege das schon noch irgendwie raus."

Hagen und Wei Ming begrüßten sich freundschaftlich und sprachen ein paar höfliche, bedeutungslose Worte miteinander.

„Tut es dir nicht leid, dass du deinen Job verloren hast?", fragte Wei Ming dann.

„Natürlich. Immerhin war er eine verlässliche Einnahmequelle. Andererseits bin ich jetzt froh, dass ich das alles hinter mir habe. Ich habe nämlich einen Plan." Mike machte eine Pause. „Du hast nicht zufällig Lust, diesen blöden Job auch zu kündigen?"

„Ähm..." Wei Ming wirkte einen Augenblick lang verwirrt. „Natürlich, aber ich glaube nicht, dass ich die Wahl habe. Ich war nie auf dem College, also habe ich keine nennenswerte Ausbildung. Ich fühle mich den chinesischen Einwanderern der ersten Generation unterlegen – die sind alle entweder Ärzte oder Wissenschaftler. Aber zumindest bin ich froh, eine sichere Stelle im Einzelhandel zu haben."

„Aber du bist ein großartiger Kämpfer!"

Wieder lachte Wei Ming leise. „Schon klar, danke schön, aber wie soll ich meine Kampffähigkeiten beruflich einsetzen?"

„Ich habe ein Jobangebot bekommen, da werden unsere Fähigkeiten wesentlich nützlicher sein als hier."

„Was für eine Art von Angebot?"

„Komm mit. Du hast sowieso gerade Mittagspause. Hör dir den Vorschlag aus erster Hand an und entscheide dann selbst."

Wei Ming blickte sich um, schob ein paar Schachteln mit Waren wieder ordentlich auf ihren Platz, rückte die Preisschilder zurecht und nickte dann entschlossen. „Zum Teufel, warum eigentlich nicht? Ist das weit weg?"

CHUCK'S BAR WAR laut und brechend voll. Die Gäste schlangen ihr Essen hinunter, unterhielten sich und klirrten mit den Gläsern. Einige Leute lagen schlafend auf dem Sofa. Ein paar andere spielten Darts. Insgesamt herrschte die typische Mittags-Stoßzeit. Mit Eimern voller Chicken Wings, für die Chuck so berühmt war, eilten die Kellner in der Menge hin und her und mussten sich geradezu zwischen den Gästen hindurchquetschen.

Der Eigentümer stand mit einem Becher Kaffee in den Händen an seinem angestammten Platz hinter der Bar. Diesmal gab es aber einen Unterschied: Er döste nicht vor sich hin. Stattdessen ließ er seinen Blick durch den lauten Raum wandern und schickte die Kellner mittels Handzeichen an den einen oder anderen Tisch. So wirkte er wie ein Football-Trainer, der ein Spiel überwachte. Nur dass seine Schützlinge statt Bällen Essen in die hungrigen Mäuler der Gäste warfen.

Es war kein Tisch mehr frei, und trotzdem kamen immer mehr Leute an. Chuck machte gelegentlich eine hilflose Geste, um anzuzeigen, dass es keinen freien Platz mehr gab. Er legte die Hände wie einen Trichter um seinen Mund und schrie: „Kommen Sie übermorgen wieder, da eröffnen wir ein zweites Lokal. Sie kriegen eine Sonderermäßigung."

Chuck nippte an seinem Kaffee und wandte sich schließlich an Hagen. „Also, Sohn, hast du dich endlich dazu durchgerungen, es zu versuchen? Ist dieser Typ da dein Assistent?"

„Ja. Wei Ming ist übrigens ein viel besserer Kämpfer als ich."

Chuck nahm seine Schürze mit dem Logo der Bar darauf ab und warf sie einem der Kellner zu, der sie auffing und die Vertretung für seinen Chef an der Bar übernahm.

Chuck hakte Hagen und Wei Ming unter und führte sie durch den Hauptraum. Sie passierten ein paar Lager- und Wirtschaftsräume, gingen dann einen kurzen Gang entlang und fanden sich in einer riesigen Halle wieder.

Sie war zweimal so groß wie *Chuck's Bar*. Am hinteren Ende der Halle schimmerten matt ein paar Tanzstangen. Auf einer hohen Trittleiter stand ein Handwerker, der einen schweren Samtvorhang aufhängte. Ein zweiter half ihm vom Boden aus.

Hier gab es doppelt so viele Tische wie vorne und einen langen Bartresen, der die gesamte Breite einer der Wände einnahm. Der Raum roch nach frischer Farbe und Baustaub.

„Wie ihr seht, erweitere ich mein Geschäft ernsthaft, hehe. Alle Umbauten sind fertig und der Papierkram erledigt. In zwei Tagen ist Eröffnung. Zu diesem Raum gibt es einen separaten Eingang. Ich nenne ihn *Chuck's Bar Mark II*. Der Plan ist, dass der alte Teil mit Betonung auf die Küche auf ruhigere Gruppen von Leuten ausgerichtet ist und *Mark II* sich mehr aufs Entertainment konzentriert. Hierher sollen all die rüpelhaften Gäste kommen, um zu schreien, zu pfeifen und sich aufzuführen. Aber für mich ist der Betrieb eines so großen Ladens etwas Neues. Ich war immer nur der Besitzer einer kleinen Bar, in der ich alle Gäste persönlich kannte. Also musste ich nie auch nur über Sicherheitspersonal nachdenken. Ich habe es mit ein paar Agenturen versucht, aber die ziehen einem das Geld aus der Tasche. Um mir das leisten zu können, müsste ich einen weiteren Kredit aufnehmen. Darum habe ich beschlossen, das selbst zu organisieren. Das heißt, mit eurer Hilfe. Also, was sagt ihr?"

Hagen zuckte mit den Schultern. „Ich brauche das Geld. Also, ich bin dabei."

Wei Ming schien begeisterter. „Türsteher in einem Striptease-Laden? Also … Das klingt jedenfalls nach mehr Spaß als seine Tage damit zu verbringen, elektrische Saftpressen in Regale zu stapeln."

„Dann also abgemacht? Ich habe gleich eine Aufgabe für dich, Mike."

Chuck nahm die beiden wieder am Arm und brachte sie zum Ausgang. Er öffnete die Tür. Sie verließen das Gebäude und fanden sich auf der anderen Seite des Blocks wieder.

Hagen verengte im hellen Sonnenlicht die Augen und sah auf der Straße eine Gruppe Leute mit Plakaten und Schildern. Als sie Chuck bemerkten, schrien sie: „Du kennst keine Scham!"

„Gotteslästerer!"

„Wir lassen nicht zu, dass du unsere Jugend verdirbst!"

Die Slogans auf den Schildern forderten die Sünder dazu auf, zu bereuen und die Lasterhöhle der Untreue zu schließen.

„Mit diesem Haufen hatte ich Pech", erklärte Chuck. „Es gibt einen Kult namens *Church of Saint Ian Wilson*. Diese Leute sind seine Anhänger. Nicht, dass er viele davon hätte. Sie sind auf diesen Typen reingefallen, der ein Steuerschlupfloch für wohltätige Einrichtungen und gemeinnützige Organisationen ausnutzt. Wilson selbst ist nicht dumm. Er nutzt jede Chance, um keine Steuern zahlen zu müssen, während er Immobilien in der ganzen Stadt aufkauft. Das Grundstück, auf dem ich meine zweite Bar gebaut habe, wollte er auch kaufen. Er war aber zu spät dran, also hat er beschlossen, mir seine Fanatiker auf den Hals zu hetzen."

„Aber was können wir tun, Sir? Sie sollten die Polizei rufen."

„Ach, Söhnchen. Alles, was sie tun, ist vor dem Gesetz völlig legal. Sie haben jede Genehmigung, die sie brauchen, um Absperrungen aufzustellen und zu demonstrieren. Dieser verdammte Saint Ian Wilson kennt sich nicht nur mit Gehirnwäsche aus, sondern auch mit den Gesetzen des Bundesstaates. Das Einzige, was ich erreichen konnte, war, sie davon abzuhalten, ihre

Absperrungen direkt vor meinem Grundstück aufzubauen. Aber diese hasenfüßigen Idioten sind trotzdem zu nah dran. Sie sind gut aufgestellt, um mir den Tag der Eröffnung zu ruinieren, wenn sie nur den Zugang zum Parkplatz blockieren. Und dass diese Bekloppten mich einen schamlosen Gotteslästerer nennen, finde ich auch nicht so prickelnd."

„Aber was kann ich da tun? Sie alle verprügeln?" Hagen klang verwirrt.

„Ich habe einen Vorschlag für St. Ian, aber er ignoriert mich und lässt mich auflaufen. Und ich komme auch nicht an seinen Security-Leuten vorbei. Du allerdings bist ein neues Gesicht, also könntest du ihm mein Angebot überbringen."

„Was für ein Angebot?"

„Zehn Riesen. Sag es ihm einfach. Ein einfaches ‚Ja' oder ‚Nein' als Antwort reicht mir. Wobei mir ein ‚Ja' lieber wäre. Ian ist Geschäftsmann, also sollte ihm klar sein, dass diese Summe besser ist als nichts." Chuck klopfte Mike auf die Schulter. „Du kannst dich gleich dranmachen. Um diese Zeit hält sich Ian immer in dem nach ihm benannten Tempel auf."

Als Chuck fort war, tauschten die beiden Blicke aus. Wei Ming wartete auf Hagens Reaktion.

Hagen bemerkte, dass Wei Mings Widerstand gegen sein Charisma um zwei Punkte stieg. Das war ein sicheres Zeichen, dass er anfing, an Hagen zu zweifeln.

Also schlug Mike den Kragen der Jacke seines Onkels hoch und sagte: „Warte hier auf mich."

Er überquerte die Straße und blieb vor dem Eingang zu einem Gebäude mit einem Schild stehen, auf dem *Church of Saint Ian Wilson* stand. Aus der Entfernung hatte es ausgesehen wie ein hübsches Haus, aber als er näherkam, bemerkte er, dass es nur eine weiß gestrichene Scheune war.

Mike nahm all seinen Mut zusammen und trat ein, um seine erste Quest zu erfüllen. Sein Leben ähnelte immer mehr einem RPG.

LEVEL UP : KNOCKOUT

✳ ✳ ✳

DIE SCHEUNE WAR leer – die gesamte Gemeinde musste draußen sein, um den gotteslästerlichen Striptease-Laden zu belagern. Ein Teil des Raums wurde von Stühlen eingenommen. Auf der anderen Seite der Halle befand sich eine Kanzel sowie ein großes Porträt eines bärtigen Mannes in einer lila Robe. Seinem frömmlerischen Gesichtsausdruck nach zu urteilen handelte es sich um Ian höchstselbst.

Unter dem Porträt war eine Tür, die von einem großen Mann mit rasiertem Kopf bewacht wurde, der die gleiche lila Robe trug.

Hagen näherte sich ihm und las die Systeminformationen.

Liam „Goliath" Anvil
Alter: 29
Level 7

LP: 29.000
Kämpfe/Siege: 202/181
Aktueller Status: St. Ians Krieger

Ruf: Gleichgültigkeit (8/10)
Widerstand gegen dein Charisma: hoch (8/10)

„Ich möchte Mr. Wilson sprechen", sagte Hagen.

„Saint Ian Wilson", korrigierte Goliath ihn. „Möchten Sie Mitglied unserer Gemeinde werden? In diesem Fall können Sie sich eine der Broschüren dort auf dem Tisch nehmen. Außerdem müssen Sie eine Beitrittsgebühr zahlen."

„Nicht wirklich. Es geht um etwas Geschäftliches."

Liam maß Hagen mit seinem Blick und wandte sich dann ab. „Wenn das so ist, hauen Sie ab. Der Boss ... Ich meine, St. Ian ruht sich gerade aus."

„Aber es ist wirklich wichtig. Es dauert auch nicht lange."

„Er hat mich bevollmächtigt, zu entscheiden, was wichtig ist und was nicht. Sie sind es nicht."

Hagen machte einen Schritt nach vorne. Liam bewegte sich seitwärts und positionierte sich vor der Tür. Mike trat noch einen Schritt vor und blieb direkt vor dem Wächter stehen.

„Ich habe Ihrem, äh, Anführer einen Vorschlag zu unterbreiten."

Goliath antwortete nicht. Er legte die Hand auf Hagens Gesicht und schob ihn weg.

„Ich sag's dir doch, Teufelchen. Hebe dich hinfort!"

Er schob so fest, dass Hagens Füße nach hinten wegrutschten, er das Gleichgewicht verlor und krachend zwischen die Stühle stürzte.

Erlittener Schaden: 102 (Schlag auf die Schulter)
Erlittener Schaden: 45 (Schlag auf den Ellenbogen)

Ein vertrauter roter Schleier erschien vor seinen Augen.

Zorn des Gerechten
Du bist Zeuge einer Ungerechtigkeit geworden und gerätst in Rage!
+3 auf alle Grundwerte
+100 % auf Ausdauer
+50 % auf Selbstvertrauen
+75 % auf Willenskraft
+75 % auf Kampfgeist
-50 % auf Selbstkontrolle
Der Effekt bleibt aktiv, bis die Gerechtigkeit wiederhergestellt wurde und solange du davon überzeugt bist, dass dein Anliegen gerechtfertigt ist.

Hagen sprang auf und nahm eine Kampfposition ein. Neben allem anderen sah er eine kurze Systemmeldung mit einer tatsächlichen, wahrhaftigen Quest. Das Fenster blinkte, um seine

Aufmerksamkeit zu erregen.

Michael und Goliath
Besiege Liam Anvil in einem Kampf für neue Errungenschaften.
Verbleibende Zeit bis zum Abschluss: 10 Minuten 59 Sekunden ... 58 Sekunden ...

Der Countdown lief.

Das war etwas Neues. Hatte „Erkenntnis" die Möglichkeit freigeschaltet, Quests zu erhalten?

Hagen fühlte sich ermutigt. Die Fäuste vor sich erhoben ging er langsam auf Goliath zu. Der schnaubte, bog dann seinen rasierten Kopf nach links und rechts und ließ seine Wirbel knacken.

Einen Moment lang war Hagen neidisch. *Ich frage mich, wie die das immer machen*, dachte er.

Goliath ballte ebenfalls die Fäuste. „Mann, bist du blöde, Teufelchen."

Hagen erkannte, dass sein Gegner den riesigen Fehler machte, ihn zu unterschätzen. Das passierte jedem. Immer und immer wieder.

Goliath dachte nicht einmal daran, sich zu decken, als er auf Hagen losging. Er hob wieder die Handfläche, offenbar in der Absicht, ihm einen weiteren herablassenden Stoß zu versetzen, aber Hagen wich geschickt aus, beugte sich etwas zur Seite und schlug Goliath mit der linken Faust in die Seite.

Verursachter Schaden: 17.000 Punkte (Faustschlag)

Goliath heulte auf, krümmte sich und sprang zurück. Er krachte mit solchem Schwung gegen die Tür, die zu den Privatgemächern des Kultoberhauptes führte, dass die schäbige Wand wackelte und das Porträt verrutschte.

Von dem Lärm angezogen trat Ian persönlich aus seinen Gemächern. Er wirkte weniger majestätisch als auf dem Porträt, und sein Gesicht drückte Besorgnis aus.

„Was geht denn hier vor sich? Was wollen Sie?"

„Ich habe ein Angebot für Sie von Mr. Chuck Morrison, dem Besitzer der Bar gegenüber. Zehn ..."

Goliath richtete sich auf und ging erneut auf Hagen los. Diesmal war er vorsichtiger. Er wich Hagens Rechter aus und blockierte den Angriff von der linken Seite mit einem Gegenangriff.

Erlittener Schaden: 5.500 (Faustschlag auf Wangenknochen)

Hagen machte einen Schritt zurück. Er hatte Goliaths wunden Punkt bereits entdeckt. Er sollte sich auf den Körper konzentrieren, nicht auf den Kopf, den sein Gegner wesentlich besser verteidigen konnte. Wahrscheinlich hielt der größere Mann Schläge auf den Kopf auch besser aus. Seinen Bewegungen nach zu urteilen war es jedoch offensichtlich, dass der direkte Schlag in die Leber ihm immer noch beträchtliche Schmerzen bereitete. Goliaths Gesicht wurde blass, und er nahm instinktiv eine Schonhaltung ein, hielt sich jedoch weiterhin aufrecht und zur Verteidigung bereit.

St. Ian fasste sich und sagte spöttisch: „Mein Kind, das Einzige, was du zu fürchten hast, ist die Sünde. Die Sünde – und Liam Anvil, den Krieger des Lichts und der Barmherzigkeit."

Den „Krieger des Lichts und der Barmherzigkeit" schien die Anwesenheit seines Idols etwas aufzubauen. Wieder ging er auf Hagen los, als hätte er den Segen eines Priesters dafür erhalten. Der Mann war schnell. Es gelang Hagen gerade noch, auszuweichen, doch Goliaths Faust erwischte ihn trotzdem an der Lippe.

Hagen fühlte einen scharfen Schmerz im Unterkiefer und schmeckte Blut im Mund.

Erlittener Schaden: 3.500 Punkte (Kinnhaken)

Aber Mike wich nicht zurück, wie sein Gegner erwartet hatte. Automatisch trat er mit dem linken Bein zu, als würde er mit seinem

Boxsack trainieren. Er traf ihn mit voller Wucht erneut genau in die Leber.

„Du mieser ...", zischte Goliath und krümmte sich zusammen.

Verursachter Schaden: 2.400 (Kick)

Hagen ließ nicht ab. Jetzt, da Liams Gesicht in Reichweite war, verpasste Mike ihm den finalen Schlag.

Verursachter Schaden: 17.000 Punkte (Faustschlag)

Goliath bog sich zurück, als wollte er eine Brücke machen, blieb einen Moment lang so und stürzte dann zu Boden wie ein Abrissgebäude, nachdem die Sprengsätze gezündet hatten.

Glückwunsch! Du hast einen Gegner in einem fairen Kampf besiegt!
Erhaltene EP: 2 (doppelte Erfahrungspunkte für einen Sieg über einen Gegner eines höheren Levels).

Michael und Goliath: Quest abgeschlossen!
Erhaltene EP: 2
Auf aktuellem Level (5) erhaltene EP: 4/5

Hagen spürte ein leises Summen in seinem Kopf. Seine Zähne schmerzten. Er wischte sich das Blut mit dem Ärmel aus dem Gesicht und trat auf den angsterfüllten St. Ian zu.

„Mr. Chuck Morrison hat mich gebeten, in Erfahrung zu bringen, ob Sie sein Angebot von 10.000 Dollar annehmen wollen. Sagen Sie ja oder nein?"

„Mein Kind, ich gehe keinen Handel mit dem Teufel ein", plapperte der Heilige drauflos.

Hagen neigte den Kopf zur Seite und hörte ein Knacken. Endlich! Endlich konnte er das auch!

„Immer noch nicht?"

St. Ian Wilson hielt einen Moment lang inne, zog sich die lila Robe zurecht und rückte das Bild an der Wand wieder gerade. Dann schielte er zu Hagens Faust, lächelte und hob die Hände in die Luft.

„Allerdings ist Mr. Morrison kein Teufel. Nur ein Sünder, ein anständiger Mann, der vom rechten Pfad abgekommen ist. Ich nehme sein Angebot an. Denn steht nicht geschrieben: ‚Vergib deinem Bruder seine Sünden, und der Herr wird dir die deinen vergeben'?"

WEI MING VERLAGERTE ständig sein Gewicht von einem Fuß auf den anderen und blickte zur Kirche hinüber. Der Tag war sonnig und heiß, trotzdem zögerte er, sich einen schattigeren Platz zu suchen, um auf Hagen zu warten. Nachdem Chuck gegangen war, brüllten die Fanatiker der Church of Wie-war-doch-gleich-sein-Name Wei Ming noch eine Weile an, nannten ihn einen Sünder und Verführer. Einer von ihnen ging sogar so weit, zu rufen: „Geh zurück nach Vietnam, du Schlitzauge!"

Dann verstummte er allerdings sofort, wahrscheinlich, weil er fürchtete, dass die rassistische Beleidigung zu rechtlichen Konsequenzen führen könnte.

Als die Gemeinde erkannte, dass Wei Ming überhaupt nicht auf sie reagierte, wurden sie nach und nach leiser und ließen sich auf dem Gehsteig nieder, wo sie unter ihren Spruchbändern Schutz vor der Sonne suchten.

Wei Ming fragte sich, ob es das wert wäre, seinen viel friedlicheren Job beim *DigiMart* für das hier zu verlassen – er war zwar nicht gut bezahlt, aber wenigstens bot er etwas Verlässlichkeit. Außerdem hatte Ms. Hepworth ihm kürzlich gesagt, dass sie bald einen stellvertretenden Verkaufsleiter für die Ladenkette brauchen würde, und angedeutet, er wäre einer der Kandidaten.

Die Bar war ein seltsamer, ungewöhnlicher Arbeitsplatz.

Außerdem sollte er bedenken, wie seine Freundin auf die Nachricht reagieren würde, dass er seine Arbeitszeit in einem Striplokal verbringen würde. Immerhin war sie ziemlich prüde. Sie hielt es nicht einmal aus, beim Sex das Licht anzulassen. Wahrscheinlich würde sie die Partei der Fanatiker ergreifen.

Und so wie Hagen sich verhielt, fühlte er sich auch nicht wohl in seiner neuen Position. Andererseits steckte Klein-Mikey voller Überraschungen. Wer hätte ihm schon so viel Stärke und Durchhaltevermögen zugetraut? Selbst Goretsky, der kürzlich mit einem dicken Kopfverband im Laden vorbeigeschaut hatte, hatte Hagen „dieser bösartige Zwerg" statt dem üblichen „Scheißer" genannt, als er nach ihm gefragt hatte. Irgendwann hatte er dann doch „Scheißer" gesagt, aber das war an einen der Verkäufer gerichtet gewesen, der Goretsky versehentlich mit einer Laptop-Verpackung gestreift hatte.

Als er die Ereignisse der letzten Tage Revue passieren ließ, keimte in Wei Ming die Vermutung auf, dass es Hagen gewesen sein könnte, der dafür gesorgt hatte, dass Goretsky sein Fett weggekriegt hatte. Wenn das so war... Das wäre absolut umwerfend!

Die Fanatiker nahmen ihr Geschrei wieder auf, als sie sahen, wie Chuck mit einem Tablett aus der Bar trat, auf dem ein riesiges Glas Eistee stand. Die Eiswürfel klimperten mit jeder Bewegung.

„Hier ist was zu trinken", sagte Chuck zu Wei Ming und hielt Ausschau nach Hagen. Er sah zum Eingang der Kirche hinüber. „Wie schlägt sich unser Junge?"

„Er ist immer noch drin."

„Dieser alte Betrüger hat einen ehemaligen Boxer als Security-Mann angeheuert. Der Typ war sogar mal Profi, aber dann hat er eine schwere Gehirnerschütterung abgekriegt und beschlossen, damit aufzuhören und ein glühender Anhänger St. Ians zu werden. Da fragt man sich echt, auf wie viele Arten die Leute spinnen können."

Wei Ming sah besorgt aus. „Ob ich wohl mal hingehen und nachschauen sollte?"

„Keine Sorge, der Junge kommt schon klar." Chuck strich sich über den Schnurrbart. „Jedenfalls hoffe ich das."

Ganz plötzlich verstummten die Fanatiker. Die Kirchentür öffnete sich, und ein bärtiger Mann in einer lila Robe trat heraus. Mit einer gebieterischen Geste rief er sie zu sich. Die Eiferer wandten sich um und gingen weg. Ian trat zurück in die Kirche, und dann kam Hagen aus der Tür.

Er stolperte und atmete schwer. An seiner Lippe war Blut, und sein Gesicht war auf einer Seite aufgeschürft.

„Herr im Himmel!", rief Chuck. „Unser Junge hat echt Prügel bezogen! Schade, dass er den alten Betrüger nicht überzeugen konnte."

Als Hagen bei Wei Ming ankam, nahm er das Glas Eistee und stürzte es in einem Zug hinunter. Dann fischte er einen Eiswürfel aus dem leeren Glas und legte ihn auf seine Lippe.

„Bist du okay?", fragte Wei Ming ernsthaft besorgt.

„Ich hatte schon schlimmere Prügeleien", entgegnete Hagen und spuckte etwas Blut aus.

„Keine Sorge, Junge", sagte Chuck. „Ich kümmere mich persönlich um diesen falschen Propheten. Wenn es sein muss, zerre ich ihn bis vor den Bundesgerichtshof!"

Hagen griff in eine seiner Jackentaschen und zog eine Kirchenbroschüre heraus. Fast schien es, als würde er gleich etwas sagen wie: „Woher wissen Sie, dass Ihnen vergeben wurde?" Stattdessen reichte er sie Chuck mit völlig anderen Worten.

„Auf der letzten Seite stehen die Kontoinformationen. Saint Ian lässt Ihnen ausrichten, dass Sie die 10.000 auf sein Konto überweisen sollen. Außerdem sagt er, er habe Ihnen vergeben, auch wenn er hinzugefügt hat, er sei sich sicher, dass Sie in der Hölle brennen werden."

Chuck öffnete den Mund und bekreuzigte sich. Wei Ming, der ihn beobachtet hatte, machte es ihm nach, hielt aber dann in der Bewegung inne.

„Na, hol mich doch der ...", waren die einzigen Worte, die der Barbesitzer hervorbrachte.

KAPITEL 15

WENN DER SCHWANZ MIT DEM HUND WEDELT

Ich liebe dich. Wie 'n Sohn oder 'n Hund ...

GTA Vice City Stories

HAGEN HATTE SICH schon lange das Gesicht gewaschen und das Blut abgewischt. Er saß in *Chuck's Bar* an einem Tisch und drückte einen Eisbeutel gegen seine Wunden. Wei Ming war bereits wieder zum *DigiMart* aufgebrochen. Die Fortschrittsleiste, die über ihm schwebte, zeigte an:

Ruf: Freundschaft (8/10)
Widerstand gegen dein Charisma: sehr niedrig (1/10)

Hagen musste noch herausfinden, was der Assistent mit „Kampfsituation" gemeint hatte, aber er wusste, er konnte sich darauf verlassen, dass Wei Ming zu seinem Wort stehen würde. Beim Gehen hatte er versprochen, noch am selben Tag bei *DigiMart* zu kündigen und übermorgen in seinem neuen Job anzufangen.

Außerdem hatte er ständig aufgeregt gefragt: „Hey, Mike, was soll ich denn anziehen? Einen Trainingsanzug? Oder vielleicht was ganz anderes? Jackett und Hose und eine Sonnenbrille? Oder doch nicht? Was trägt man denn als Türsteher eigentlich?"

Hagen hatte schon erklären wollen, dass er keine Ahnung hatte, hatte sich dann aber zurückgehalten. Ein Mangel an Selbstvertrauen seinerseits wäre definitiv schlecht für sein Charisma.

„Zieh einfach etwas an, worin du dich wohlfühlst", hatte er seinen Freund beruhigt. „Ich schätze mal, das kann bis hin zu einem Paar Shorts alles sein."

„Keine Shorts, Jungs", hatte sich Chuck eingemischt, der das Gespräch mitgehört hatte. „Türsteher in Shorts sehen albern aus. Die Bar ist im Südstaaten-Stil gehalten, also könnt ihr Jeans tragen. Aber beim heiligen St. Ian, bitte keine Cowboyhüte!"

„Ein chinesischer Türsteher mit Cowboyhut in einer Striptease-Bar? Das ginge sogar mir etwas zu weit", hatte Wei Ming gegrinst, als er aufgebrochen war.

„Vergiss nicht, dass du auch noch ein Kung-Fu-Kämpfer bist!", hatte Hagen ihm hinterhergerufen.

Der Kellner, den Chuck geschickt hatte, stellte einen Eimer Chicken Wings vor ihm ab und reichte ihm eine Speisekarte. „Das geht aufs Haus."

Hagen nickte Chuck, der an der Bar stand, dankbar zu, schob den Eimer mit den Wings aber beiseite. Der Barbesitzer wirkte etwas gekränkt, doch Hagen wusste, wie schlecht frittiertes Essen für den Körper war.

Er nutzte den virtuellen Assistenten, um die Speisekarte zu studieren und das am wenigsten ungesunde Gericht auszuwählen. Doch *Chuck's Bar* hatte einen großartigen Koch, der sich auf ebenso leckeres wie ungesundes Essen spezialisiert hatte.

Der Kellner brachte Mikes Bestellung und erinnerte ihn noch einmal daran, dass alles aufs Haus ging. Dann berührte er Hagens Schulter.

„Tut mir leid, Sie haben es wahrscheinlich noch nicht bemerkt, aber Ihre Jacke hat einen Riss."

Der Kellner hatte recht. Einer der Ärmel der kostbaren Jacke seines Onkels war eingerissen. Hagen erschrak und rief hastig die Werte auf. Sein Charisma war jedoch immer noch dasselbe.

Allerdings war die Beständigkeit der Jacke auf einen katastrophalen Level gesunken, nämlich auf 5/100.

„Assistent", fragte Hagen im Geiste, „was passiert, wenn die Beständigkeit eines Gegenstands auf 0 fällt? Verschwindet er dann?"

„Erreicht die Beständigkeit eines Objekts 0, gewährt es keinerlei Boni mehr. Das ist nicht umkehrbar."

„Was, wenn man einen Gegenstand repariert, solange er noch über Beständigkeit verfügt?"

„Dann steigt seine Beständigkeit, wird den ursprünglichen Wert aber nicht mehr erreichen."

„Verdammt! Also hat jeder Gegenstand eine begrenzte Lebensdauer?"

„Das ist korrekt."

Ein weiteres Problem, um das er sich würde kümmern müssen. Allerdings stand das nicht an der Spitze seiner Liste von Problemen. Später heute Abend würde er gegen Sylas alias Ken kämpfen müssen. Und der war ein furchterregender Gegner.

Hagen war sicher, dass Ken die Vorbereitung auf den bevorstehenden Kampf todernst nehmen würde. Er würde nicht denselben Fehler machen wie Goliath oder Steve „Jobs". Außerdem konnte es sein, dass Ken das Video seines Kampfes mit Guerrero gesehen hatte. Hagen hatte seither natürlich hochgelevelt, aber trotzdem sollte er das im Hinterkopf behalten.

Mike aß seinen Salat behutsam – seine aufgeplatzte Lippe tat ziemlich weh. Gedankenverloren kaute er langsam sein Essen.

Also, wie war die Lage? Ken wusste vermutlich alles über Hagens Knockout-Schlag sowie die Pros und Kontras seiner kleinen Statur. Daher würde er bei diesem Gegner aufpassen und taktisch denken müssen.

Aber was wäre in diesem Fall eine erfolgversprechende Taktik? Er würde sich mindestens einen Kampf mit Sylas ansehen müssen, um seinen Kampfstil kennenzulernen und mögliche Schwächen zu identifizieren. Alles, was er momentan über ihn wusste, war, dass er nicht schwächer zuschlug als Mike. Sowie die

Tatsache, dass er eine umwerfende Freundin hatte, die ihn vermutlich nicht besonders respektierte.

Hagen würde sich der furchtbaren Aussicht auf einen K.O. stellen müssen – und diesmal wäre er derjenige, der ausgeknockt werden würde. Er bemerkte nicht einmal, wie er automatisch einen frittierten Hühnerflügel aus dem Eimer nahm und daran nagte, während er über die Situation nachdachte.

All diese Veränderungen waren so schnell passiert. Mittlerweile wurde er fast täglich in einen Kampf verwickelt. Hätte er sich je vorstellen können, dass sein Leben solche Fahrt aufnehmen und so gefährlich werden würde?

Mike erinnerte sich an seine „vor-Interface"-Zeiten, als er einen Tag damit verbringen konnte, nichts zu tun außer Soaps anzuschauen, Comics zu lesen oder online *Mortal Kombat* zu spielen. Völlig ohne jede Verantwortung. Er konnte essen, was immer er wollte, tonnenweise Chicken Wings in sich hineinstopfen und sie mit literweise Limo hinunterspülen. Wegen seiner schwächlichen Konstitution hatte er nie zugenommen.

Und jetzt drehte sich alles nur noch darum, regelmäßig zu trainieren, sich selbst zu optimieren, seine Fähigkeiten zu verbessern und ständig mit Fremden zu kämpfen – einschließlich des unvermeidlichen Schmerzes.

Hagen legte den halb aufgegessenen Flügel beiseite und stand auf.

Wünschte er sich diese Zeiten zurück? Hölle, nein. Das hatte man kaum Leben nennen können – bestenfalls war es das Leben einer Kakerlake gewesen, die die Welt aus einer Ritze in der Wand beobachtet hatte.

Hagen verabschiedete sich von Chuck und ging zum Parkplatz vor der Bar. Auf dem Weg nach draußen zog er sein Telefon aus der Tasche und suchte nach einer Flickschneiderei. Die am nächsten gelegene – und tatsächlich die einzige in der Stadt – hieß *Reknitting Express* und lag ein ganzes Stück von der Bar entfernt im Viertel North Hills.

LEVEL UP : KNOCKOUT

* * *

REKNITTING EXPRESS TEILTE sich ein Gebäude mit einer chemischen Reinigung. Wahrscheinlich gehörten die beiden Betriebe dem gleichen Besitzer. Eine orientalisch aussehende Frau mit Kopftuch empfing Hagen in einer kleinen Lobby, deren Wände arabischsprachige Kalender und Poster schmückten. Hagen zog die Jacke aus und zeigte ihr den Riss.

„Sie müssen den Ärmel hier flicken und ein paar Knöpfe wieder annähen. Außerdem ist da diese Stelle am Kragen – da muss man etwas tun, damit der nicht weiter einreißt, verstehen Sie?" Hagen blickte zu ihr auf. „Verstehen Sie, was ich sage?"

Die Frau nickte, ohne einen Ton zu sagen.

„Wird das lange dauern?"

Sie zeigte auf dem Kalender auf das morgige Datum.

„So lange kann ich nicht warten. Ich hätte gern, dass Sie sie gleich reparieren. Ginge das?"

Die Frau nickte und zeigte ihm zwei Finger.

„Zwei Stunden?"

Ein weiteres Nicken. Dann spreizte die Frau die Finger beider Hände.

Das heißt wohl zehn Dollar, dachte Hagen. *Meine Güte, ich brauche zwei Stunden, um einen Laptop zu reparieren.*

Er musste zehn weitere Dollar für den Eilauftrag zahlen. Nicht, dass er zwei Stunden als „Eilauftrag" bezeichnet hätte. Einen vollen Zwanziger für eine Jacke – davon konnte er ja fast eine neue kaufen.

Doch selbst, wenn er 1.000 Dollar gehabt hätte, hätte er die gern für einen Bonus von drei Punkten auf Charisma ausgegeben.

Langsam ging ihm das Geld aus. Der Job bei Chuck war ein Segen. Er würde ihn um einen Vorschuss bitten müssen, um alle seine Rechnungen bezahlen zu können.

Die Frau nahm seine Jacke und ging ins andere Zimmer. Die Tür öffnete sich und einen Moment lang sah Hagen ein paar weitere

Frauen in Kopftüchern, die über ihre Nähmaschinen gebeugt waren.

Mike stand eine Weile da, fühlte sich verloren und studierte die unverständlichen Poster. Dann ging er hinaus in die brennende Sonne. Er erinnerte sich daran, was seine Mutter immer gesagt hatte: „Der Frühling ist dieses Jahr ganz schön früh dran." Sie gab der Erderwärmung die Schuld. Mike hatte ihr zugestimmt, auch wenn ihm kein Unterschied aufgefallen war. Nicht, dass er jemals geleugnet hätte, dass es die Erderwärmung wirklich gab, aber wenn man Moms Logik folgte, würde Weihnachten in zehn Jahren im Sommer liegen.

Das einzeln stehende Gebäude, in dem sich die Reinigung und der *Reknitting Express* befanden, war recht abgelegen. Rechts daneben war ein brachliegendes Feld, links das eingezäunte Gelände des Kosmetikunternehmens. *Wie die Kunden wohl zu denen finden?* fragte Hagen sich.

Er berührte seine Lippe. Sie schien noch stärker angeschwollen zu sein. Der pulsierende Schmerz war ebenfalls stärker geworden und plagte ihn ständig.

Mike bekam langsam Zweifel wegen des Kampfs mit Ken am Abend. Er fragte sich, ob er ihn wenigstens auf den nächsten Tag verschieben konnte. Allein der Gedanke daran, dass seine verletzte, geschwollene Lippe erneut aufgeschlagen werden könnte, erfüllte ihn mit Panik. Er gab sein Bestes, um seine Angst vor dem Schmerz zu überwinden, aber trotzdem geriet sie manchmal außer Kontrolle. Wie jetzt zum Beispiel.

Er griff nach seinem Telefon und wählte Kens Nummer, während er überlegte, wie er seine Bitte um Aufschub so formulieren konnte, dass der Muskelprotz das nicht als Feigheit auffassen würde. Oder war es vielleicht tatsächlich Feigheit?

„Hallo", meldete sich eine angenehme, weibliche Stimme.

Hagen war sofort klar, dass das Barbie sein musste. Er wusste nicht einmal mehr ihren richtigen Namen. Doch der allzeit bereite Assistent flüsterte ihm zu: „April „Barbie" Connell."

Vielleicht war es der kühle Wind, oder vielleicht fühlte er sich ohne die Jacke seines Onkels weniger wohl, aber Hagen spürte, wie eine Gänsehaut seinen Nacken überzog, sobald er ihre Stimme hörte.

„Äh, ich … Ich bin es. Ken hat gesagt … Oh, hallo. Ich bin Mike." Endlich schaffte Hagen es, sein Herumgestottere unter Kontrolle zu bekommen. „Ken – ich meine, Sylas wollte heute Abend gegen mich kämpfen."

„Hi, Mike. Ich bin April. Ich erinnere mich an dich. Sylas kann gerade nicht rangehen. Was soll ich ihm ausrichten?"

„Nichts, danke. Ich versuche es später noch einmal."

„Später wirst du ihn nicht erreichen, Mikey. Vor jedem Kampf bricht Sylas den Kontakt mit der Außenwelt völlig ab und verbringt viel Zeit mit Meditieren. Darum nehme ich an solchen Tagen seine Telefonate an. Er war echt stinksauer, dass du gestern nicht im Studio warst. Er hat gesagt, er hat einen Tag mit Meditation verschwendet. Und ich bin auch nicht allzu glücklich, schon den zweiten Tag seine Sekretärin spielen zu müssen."

„Aber ich habe ein kleines Problem. Können wir den Kampf auf morgen verschieben?"

Ihre Stimme klang stählern. „Ein kleines Problem? Ich dachte, deine Körpergröße wäre das einzig Kleine an dir."

„Ich habe keine Angst, es ist nur so, dass ich heute schon eine … Auseinandersetzung hatte. Also, vielleicht …"

„Ach, Mikey. Und ich dachte schon, du wärst jemand mit einer bemerkenswerten Haltung. So provokativ, und das, obwohl du kaum bis zum oberen Ende des Boxsacks reichst", lachte sie. „Sylas war so sauer! Und ich mag Leute, die ihn sauer machen können."

Hagen spürte, wie die Gänsehaut zu seinem Gesicht hochwanderte, nur um dann einem fieberhaft brennenden Schamgefühl zu weichen. Onkel Peter hatte ihm einmal gesagt, dass die Armee der einzige Ort war, wo man niemals „nein" sagen konnte. Für einen Zivilisten war „nein" jedoch die beste Antwort auf jeden Vorschlag, den man auch nur entfernt unangenehm fand.

Hagen hatte den Worten seines Onkels damals nicht viel Beachtung geschenkt. Jetzt kam er zu der Erkenntnis, dass sie sehr viel Sinn ergaben. Wenn er darüber nachdachte, hatte sich sogar die

Jacke seines Onkels als wertvoll herausgestellt.

Plötzlich sah sich Hagen außerstande, „nein" zu Barbie zu sagen. Obwohl er sie nur einmal getroffen hatte, fühlte er sich furchtbar verlegen. Auch wenn er sich ehrlich gesagt besser an ihre Yogahosen erinnerte als an ihr Gesicht.

„Also, Mikey-Baby? Was sage ich Sylas?"

„Ich werde um sieben da sein."

Barbie lächelte verführerisch. Manche Frauen konnten auf eine Art lächeln, dass man es durchs Telefon hören konnte.

„Nein, Mikey, das reicht nicht. Wie wär's, wenn ich ihm ausrichte, dass du ihm im Ring den Arsch aufreißen wirst?"

„Wie bitte?"

„Außerdem sage ich noch, dass du ihn ein dummes Schwein und ein Stück Hundescheiße genannt hast."

„Äh ... "

„Oh, und noch was. Ich sage ihm, dass du der Meinung bist, er sei der hässlichste Mensch der Welt."

„Aber das stimmt doch gar nicht."

„Natürlich nicht. Ich bin ja nicht blind. Aber er wird so stinkwütend werden!" Sie lachte wieder.

Hagen grinste. „Wenn das so ist, kannst du ihm noch was sagen: Er sieht aus wie eine Aufblaspuppe."

„Ha! Mach ich glatt! Gut. Dann tschüss, Mikey."

April legte auf. Hagen stand noch etwa eine Minute da, hielt sein Telefon umklammert und dachte über Barbie nach.

Bisher hatte Hagen sich immer für seltsam und anders als alle anderen gehalten. Aber in letzter Zeit kam er mehr und mehr zu der Überzeugung, dass es „alle anderen" gar nicht gab. Jeder hatte „seinen eigenen Dachschaden", wie Onkel Peter es ausdrücken würde. Wovor Hagen sich wirklich fürchtete, war im Vergleich zu all seinen neuen Bekannten als durchschnittlicher Allerwelts-Niemand angesehen zu werden – als jemand, der den Großteil seines Lebens damit verschwendet hatte, zu viel Angst zu haben, um wirklich zu leben.

Der Kampf war unumgänglich. Und das war in Ordnung für

ihn.

Schmerz? Umso besser. Nur die Toten fühlten keinen Schmerz. Ein Knockout? Auch kein Problem. Dann konnte man wieder zu sich kommen, dem Gegner gratulieren, die eigenen Fehler analysieren und in der Folge ein besserer Kämpfer werden. Tatsächlich kam es Hagen vor, als hätte er sein ganzes Leben lang ausgeknockt verbracht, und als würde er gerade erst langsam zu sich kommen.

Er fand das Gespräch mit Barbie seltsam ermutigend. Sogar seine Lippe schien weniger zu schmerzen.

DIE STUMME, ORIENTALISCHE Frau brachte ihm seine Jacke zurück. Hagen untersuchte jedes Detail. Alles war einfach perfekt. *Reknitting Express* mochte nicht so schnell sein, wie der Name suggerierte, aber sie verstanden sich definitiv auf ihr Geschäft.

Der Riss im Ärmel war verschwunden. Alle Knöpfe waren angenäht, und sogar der Kragen wirkte brandneu. Selbst die Löcher in den Taschen waren repariert, obwohl Hagen gar nicht darum gebeten hatte. Jetzt betrug die Beständigkeit der Jacke 32/100 – geringfügig weniger als der ursprüngliche Wert. Aber das war ja zu erwarten gewesen, da sich alles mit der Zeit abnutzte.

Er ging zurück zu seinem Auto und betrachtete sich im Rückspiegel. Seine Lippe war weniger geschwollen, als er erwartet hatte. Er würde im Drogeriemarkt vorbeischauen müssen, um sich Verbände, Watte-Pads und Pflaster zu besorgen. Jetzt würde er davon wesentlich mehr benötigen als früher. Aber seine Finanzen schwanden dahin, also musste er sparsam sein.

Sein Telefon klingelte.

„Hey, Bro, was geht?"

„Alles gut, Gonzalo, danke."

„Hey, Bro, mach dich mal locker. Nenn mich einfach Killa."

„Okay, Killa … Bro."

„Hey, schon viel besser. Ich habe gehört, du planst heute Abend einen Kampf. Ich und die Jungs haben beschlossen, ein paar Wetten auf den Ausgang abzuschließen. Ich setze auf dich, aber alle, die dich nicht kennen, werden auf den neuen Typen setzen. Bist du dabei?"

„Hat Mr. Ochoa das erlaubt?"

„Hey, das muss der Alte doch gar nicht wissen. Und es ist ja nicht so, als würden wir Millionen verwetten. Wir machen das nur so zum Spaß. Zehn bis 50 Mäuse von jedem, nicht mehr. Ich habe auf dich gesetzt."

Hagen dachte eine Weile darüber nach. Er wollte Gonzalo erzählen, dass es sicherer wäre, auf den „neuen Typen" zu setzen, und dass er überhaupt nicht siegesgewiss war. Tatsächlich erwartete er, zu verlieren. Aber das konnte er nicht laut zugeben. Wenn er verlor, sollte er es trotzdem so aussehen lassen, als hätte er die ganze Zeit vorgehabt, zu gewinnen.

Er nahm seine Geldbörse heraus und zählte sein Bargeld. „Ich habe momentan nicht viel. Ich könnte 20 Dollar setzen."

„Cool! Dann setze ich das Geld für dich."

Nachdem er sich von Gonzalo verabschiedet hatte, rief Hagen den Assistenten auf. „Hat das System den Spitznamen ‚Heulsuse' festgelegt, weil ich jedes Mal heule, wenn ich verletzt werde?"

„Das ist völlig korrekt, Mike."

„Gibt es eine Art Quest, sich einen neuen Spitznamen zu verdienen?"

„Nein. Ein Spitzname ist nur eine Kennung, die sich mit dem Verhalten des Trägers ändert."

Sein Verhalten ändern? Leichter gesagt als getan. Mike weinte immer, wenn er Schmerz empfand. Das lag außerhalb seiner Kontrolle. Dieses Verhaltensmuster war eine alte Prägung aus seiner Kindheit. Zuerst hatte er den Schmerz gefühlt, dann hatte seine Mutter liebevoll auf die Verletzung gepustet und die anderen Kinder dafür ausgeschimpft, dass sie ihr geliebtes Söhnchen geärgert hatten.

Hagen blickte auf das einsame Gebäude des *Reknitting*

Express. Räudig aussehende Vögel saßen auf dem Dach. Sein Blick wanderte zu dem Brachgrundstück, auf dem der Wind das vertrocknete Gras zerzauste, und dann zu den vorbeifahrenden Autos. Das alles wirkte so farblos und einsam. Jeden Moment würden sich jetzt seine Schleusen öffnen. Warum nur fühlte er sich so völlig allein, obwohl er neue Leute kennengelernt und Freunde gefunden hatte? Er kam sich vor wie eine erbärmliche Heulsuse, die in Selbstmitleid badete.

Also tat Hagen etwas, das er normalerweise nicht tat: Er öffnete seine Messenger-App und las seine Unterhaltungen mit Onkel Peter durch. Die Benachrichtigungen für diesen Chat hatte er schon lange deaktiviert, um die zahllosen motivierenden Armee-Memes nicht mehr sehen zu müssen, die sein Onkel all seinen Kontakten schickte.

Hi, Onkel Peter. Wie geht es dir? Mein Leben hat sich sehr verändert. Ich mache jetzt Kampfsport und gehe regelmäßig ins Studio. Hab dich lange nicht gesehen.

Er schrieb seine Nachricht fertig und schloss den Chat dann, ohne auf „Senden" zu tippen.

Seine eigene Sentimentalität nervte ihn. So würde er den Namen Heulsuse niemals loswerden.

Wie jedem ehemaligen Soldaten fiel es Onkel Peter leicht, innerhalb kürzester Zeit marschbereit zu sein. Eine einzige Nachricht würde ihm wahrscheinlich reichen, ihn dazu zu motivieren, seinem Neffen einen Besuch abzustatten. Nachdem seine Firma für Alarmanlagen bankrottgegangen war, war ihm jede Ausrede recht, um durchs Land zu reisen und Verwandte und ehemalige Waffenbrüder zu besuchen.

Hagen startete den Motor und reihte sich zwischen die Autos ein, die an dem einsamen Gebäude vorbeifuhren. Die North Hill Road war eben jene neu fertiggestellte Umgehungsstraße, wegen der die Trucker jetzt hier entlangfuhren. Hagen bog an der Fußgängerbrücke rechts ab, um in sein Viertel zu gelangen. Der Highway rechts führte nach Mount Winewood – das Viertel, in dem Lexie wohnte.

Jetzt schämte er sich, es zuzugeben, aber einmal war er ihr dorthin nachgefahren – vor drei Jahren, als seine unerwiderte Leidenschaft ihn beinahe in den Wahnsinn getrieben hatte. Er hatte nicht einmal gewusst, warum er dem alten, pinken Chevrolet gefolgt war, den sie damals gefahren hatte. Er hatte gegenüber von ihrem Reihenhaus geparkt und sie von dort aus beobachtet. Die junge Frau war aus dem Auto gestiegen, hatte ihre Nachbarn gegrüßt und war dann zur Tür gegangen.

Als Lexie sich umgewandt hatte, war er in seinem Sitz beinahe bis auf den Boden seines Autos heruntergerutscht. Das hatte ihm seither immer ein schlechtes Gewissen bereitet und dazu geführt, dass er noch schüchterner war, wenn er mit ihr sprach.

Nun, dieser Teil seines Lebens war vorüber, St. Ian sei gepriesen.

IN OCHOAS STUDIO waren mehr Leute als sonst. Der alte Mann selbst stand am Ring, wirkte verwirrt und spielte mit dem Handtuch, das er um den Hals gehängt hatte.

Als er Hagen sah, machte er seiner Verblüffung lauthals Luft: „Was soll denn dieser ganze Radau? Ein ganz normaler Anfängerkampf, aber schau dir an, wie viele Leute hier sind! Und was für welche! Überall nur hübsche Gesichter. Wird das ein Boxkampf oder ein Schönheitswettbewerb?"

Tatsächlich konnte man in der Menge sofort erkennen, wer Freunde von Sylas (alias Ken) und April (alias Barbie) waren. Lauter gut aussehende Exemplare der Gattung Mensch mit leicht plastikartigen Gesichtszügen. Man konnte sich vorstellen, dass sie alle vom selben Fließband gelaufen waren. Nur anhand ihrer Kleidung waren sie voneinander zu unterscheiden.

„Tut mir leid, Sir. Ich hatte keine Ahnung, dass sie so viele Freunde mitbringen würden."

„Ist schon gut." Ochoa wedelte mit seinem Handtuch in der

Luft herum. „Sieben von denen haben eine Jahreskarte für mein Studio gekauft, ohne auch nur zu feilschen. Normalerweise kriege ich solche Typen nicht – die gehen in die schickeren Studios in der Innenstadt. Tatsächlich habe ich den Eindruck, dass sie mein Studio für was ‚Exotisches' halten. Sie schießen Hunderte von Selfies und tun so, als wären sie so richtig bodenständig, und dann hauen sie wieder in ihre Nobelschuppen ab. Ist mir aber egal. Sie haben schon bezahlt."

Ochoa begleitete Hagen in den Umkleideraum. Erst dort bemerkte er die Verletzungen in Mikes Gesicht. „He, was ist das denn, hm?"

„Ich war in einen Kampf verwickelt."

„Du überraschst mich, Junge. Als du das erste Mal in mein Studio gekommen bist, hätte man dich mit einem Fingerschnipsen umhauen können. Und jetzt kämpfst du jeden Tag! Was war denn das Problem? Was Wichtiges?"

„Eine Meinungsverschiedenheit in einer Glaubenssache."

„Wer hat gewonnen?"

„Der falsche Götze wurde vom Sockel gestoßen, Coach!"

„Amen."

„Vae victis!"

Ochoa lächelte. „In Ordnung, du Komiker. Mach dich bereit für den Kampf. Dein Gegner ist gerade angekommen. Hat sich im Nebenraum eingesperrt. Meditiert. Was es nicht alles gibt. Manche Leute tun echt alles, um in aller Öffentlichkeit eine Riesenshow abzuziehen."

Einer der muskulösen Kerle in so knappen Shorts, dass man sie schon unangemessen hätte nennen können, kam zu Ochoa und bat darum, ein Selfie mit ihm machen zu dürfen.

Der Alte seufzte tief und setzte ein freundliches Grinsen auf. Der Typ musste einer der Jahreskartenkäufer sein.

Hagen schloss die Tür zum Umkleideraum und öffnete seinen Spind.

Darin lagen ein Paar Handschuhe, ein Helm und ein Suspensorium, alles nagelneu. Auf der Verpackung prangte das

Logo von *AthleticSmart*.

Seltsam. Hatte Ochoa vielleicht beschlossen, ihm die Sachen zu spendieren? Das hielt er für unwahrscheinlich. Der Alte war nicht reich, also hätte er keine unnötigen Dinge aus eigener Tasche gekauft. Jeder brachte seine eigene Ausrüstung mit.

Er packte den Helm aus und erstarrte. Das Gesicht auf der Verpackung gehörte zu niemand anderem als Sylas „Ken" Kopf. Dort war er mit Helm und Boxhandschuhen im Ring abgebildet.

Das war also er. Das Werbe-Model von *AthleticSmart*! Hagen erinnerte sich daran, den muskelbepackten Widerling auf Werbetafeln, im Fernsehen und zahlreichen anderen Anzeigen gesehen zu haben.

Was für eine seltsame Laune des Schicksals. Hagen trat also gegen einen Ex-Kollegen an – schließlich war Sylas ein Angestellter von Mr. Howell, wenn auch nur indirekt. Sein alter Job schien ihn doch noch nicht ganz loszulassen.

Mike zog sich um, setzte den Helm auf und sah sich im Spiegel an. Die neue Ausrüstung passte nicht zu dem alten *Dodgers*-T-Shirt, das sich wiederum mit den Hawaiihosen biss, die er trug, seitdem er das erste Mal in Ochoas Studio gekommen war.

Als Nächstes packte er die Handschuhe aus. Das waren echte Profihandschuhe. Inzwischen kannte Hagen sich schon etwas mit Sportausrüstung aus. Sylas meinte es ernst, das bezeugten die Handschuhe. Sie hatten keinen Klettverschluss, sondern eine Schnürung. Hagen hatte keine Erfahrung mit dieser Sorte Handschuhe. Die Faust fühlte sich nackt an – weit entfernt von der weichen, kissenartigen Polsterung der Sparring-Handschuhe. Andererseits sahen sie im Vergleich zu den fingerlosen Handschuhen, die er im Kampf gegen Gonzalo getragen hatte, geradezu harmlos aus. Und trotzdem ...

Als er gerade darüber nachdachte, sie mit den Zähnen zuzuziehen, klopfte jemand an die Tür.

„Hey, kann ich reinkommen?"

Es war April, die einen kurzen Tennisrock und ein T-Shirt trug. Ihr glänzendes Haar hatte sie zu zwei seitlichen

Pferdeschwänzen gebunden, wodurch sie wie eine nicht bösartige Version von Harley Quinn aussah, falls es so etwas überhaupt gab.

Sie war absolut umwerfend. Nicht so wie Lexie, die außer ihrer Schönheit noch andere Qualitäten hatte. Aber es war schwer, den Blick von April abzuwenden.

Hagen erstarrte und stand nur da, eines der Bänder zwischen den Zähnen. Er konnte nicht anders, als sich an Pornoszenen zu erinnern, die in Umkleidekabinen spielten, und davon hatte er eine Menge gesehen.

„Ich wusste, du würdest Hilfe brauchen!"

Sie trat zu Hagen, nahm seine Hand, zog ihm den Handschuh an und band ihn ordentlich zu. Mike konnte ihre starken, selbstbewussten Bewegungen nur bewundern. Er verbarg seine Aufregung, öffnete den Tab mit den Werten und verpasste Barbie eine permanent sichtbare Fortschrittsleiste.

Ruf: Interesse (8/10)
Widerstand gegen dein Charisma: hoch (8/10)

Während sie den zweiten Handschuh schnürte, sagte Barbie: „Der Besitzer des Studios hat mir ein paar Dinge über dich erzählt. Du steckst voller Überraschungen, und so was mag ich."

„Das ist nicht zu übersehen", lachte Hagen.

Barbies Gesicht verwandelte sich in eine Maske des Zorns, wodurch sie Harley Quinn noch ähnlicher wurde.

„Willst du mir dumm kommen? Ich kann dich innerhalb von Sekunden kampfunfähig machen."

„Auch das ist nicht zu übersehen", sagte Mike und konnte nicht aufhören, zu lächeln.

„Jedenfalls musst du über Sylas Folgendes wissen: Er ist vielleicht ein Blödmann und gibt viel zu gern an, aber er hat bereits zwei deiner Kämpfe analysiert. Einer war der in diesem Studio, der andere der im Club. Ich muss sagen, dieser Kampf hat mich schon ein bisschen beeindruckt."

„Mich ehrlich gesagt auch ..."

Barbie zog fest an seiner Schnürung. „Klappe halten und zuhören. Er kennt deinen Stil, du kennst seinen nicht."

Hagen beschloss, nicht zu erwähnen, dass der Gedanke ihm auch schon gekommen war. Er war neugierig, was die Frau zu sagen hatte.

„Er wird deinen Schlag abwarten. Er weiß alles darüber und ist bereit dafür. Höchstwahrscheinlich wird er versuchen, in einen Clinch zu gehen, um dich festzuhalten. Das bedeutet, du musst bereit sein, seitwärts auszuweichen. Wenn er dich packt ..." Barbie sah Hagen bedeutungsvoll an. Sie war etwas größer als er (wie praktisch jeder andere auch). „Wenn er dich packt und dich niederschlägt, bist du erledigt. Er wird alles auf seine liebsten Würge- und Aufgabegriffe setzen. Wenn er dich erst mal mit seinem Körpergewicht am Boden hält, stehst du nicht mehr auf. Kapiert?"

Mike nickte.

Die Tür öffnete sich. Gonzalo spähte hinein.

„Hey, Bro, wegen der 20 Mäuse ..." Er sah Barbie an und zwinkerte. „Uups, Alter, ich bin gar nicht da. Bis später. Hättest ruhig einen Socken an die Klinke hängen können!"

„Warum erzählst du mir das?", fragte Hagen, nachdem sich die Tür hinter Gonzalo geschlossen hatte.

„Ich will, dass du gewinnst."

„Aber warum? Seid ihr zwei nicht ...?"

„Ja, wir sind ein Paar. Aber er ist trotzdem ein selbstverliebtes Arschloch. Er verdient eine Lektion. Also möchte ich, dass du ihm einen Denkzettel verpasst – das ist das Einzige, was seine selbstgerechte Arroganz eindämmen wird. Er redet und stolziert so aufgeblasen daher, es ist nicht auszuhalten. Selbst sein Atemrhythmus ist nur Show."

Hagens Gesicht verzog sich zu einem schiefen Grinsen. „Klar. Und der schlimmste Denkzettel für einen hübschen Jungen wie ihn wäre es, gegen einen Freak wie mich zu verlieren."

„Da hast du völlig recht."

Irgendwie passte Barbies verächtlicher Ton nicht zu der Tatsache, dass ihr Interesse an ihm um 1 Punkt gestiegen war. Hätte

Hagen das nicht gewusst, wäre er wirklich verletzt gewesen. Aber die Fortschrittsleiste änderte alles. Die Frau versuchte nur, ihr Interesse an ihm zu verbergen.

„Also, du hast es kapiert, oder?", wiederholte sie.

„Ich hab voll und ganz verstanden, aber was kriege ich dafür?"

„Was du kriegst?" Barbie blickte durch ihn hindurch, während sie mit dem Finger sein Kinn entlangfuhr und ihn plötzlich mit dem Fingernagel an der Oberlippe kratzte. „Dass ich dir für deine Unverschämtheit nicht allzu viele Schmerzen bereiten werde."

Ihre Berührung war elektrisierend. Hagen verfiel in sein altes Muster. Er wurde verlegen und blickte zu Boden.

„Okay. Ja ...", murmelte er schließlich. Ihm waren die Worte ausgegangen, also drückte er sein Einverständnis aus, indem er in die Luft boxte.

„Braver Junge! Und noch was: Spar dir deinen besten Schlag bis zum richtigen Moment auf. Mach so viele Finten wie möglich, auch auf Kosten der Dynamik. Du musst Sylas verwirren. Der Schlag muss kommen, wenn er es am wenigsten erwartet. Aber er wird ihn jederzeit erwarten, also musst du ihn gut tarnen."

Hagen war erstaunt. Wie konnte eine Yogalehrerin so viel übers Kämpfen wissen?

„Sylas hat außerdem Angst um seine Nase", fuhr Barbie fort. „Du hast ja keine Ahnung, wie viel Geld er beim Schönheitschirurgen lässt. Alle deine Finten müssen so wirken, als würdest du versuchen, ihn ins Gesicht zu schlagen. Keine Haken, keine Uppercuts, nur ein direkter Faustschlag. Das schüchtert ihn auf jeden Fall ein."

Wieder öffnete sich die Tür. Es war Ochoa.

„Es ist Zeit."

Hagen wollte gehen, doch Barbie hielt ihn auf und griff nach seiner Hand. Zu ihm gebeugt, sodass ihr Gesicht ganz nah an seinem war und ihr Atem ihn wie Feuer versengte, flüsterte sie: „Tu's einfach."

Hagen nickte, legte den Mundschutz ein, rückte den Helm

zurecht und ging zum Ring. Er fühlte sich wie unter Strom. Es war, als hätte Barbie ihn inspiriert, zu gewinnen.

Das System bestätigte das prompt durch einen neuen Buff.

Ermutigung (gilt bis zum Ende des Kampfes)
+1 auf alle Eigenschaften
+3 auf jedes Fähigkeitslevel
+50 % auf Lerntempo für Fähigkeiten
Achtung! Buff-Abklingzeit: -1 auf alle Eigenschaften (12 Stunden lang)
Annehmen?

„Hölle, ja!", rief Hagen aus, hob die Arme und stieß die Boxhandschuhe gegeneinander.

DEN RING IN Ochoas Studio zu betreten, war etwas völlig anderes als den im *Dark Devil Club*. Es gab keine feindselige Menge und keine Dunkelheit. Außerdem fühlte sich Hagen wesentlich selbstbewusster. Die Ermutigung machte es ihm leichter, mit der Angst vor Schmerz und Niederlage umzugehen.

Hagen betrat den Ring gleichzeitig mit Sylas, der ein von *AthleticSmart*-Logos bedecktes Ringer-Outfit trug. Das System reagierte auf sein Eintreten mit der vertrauten, blinkenden Meldung – der zweiten für heute.

Wenn der Schwanz mit dem Hund wedelt
Besiege in Aprils Auftrag Sylas in einem Kampf für neue Errungenschaften

Überraschenderweise hatte auch Ochoa sich umgezogen. Er betrat den Ring mit einem ausgeblichenen, blauen Hemd und einer Fliege bekleidet – ein klassischer Schiedsrichter der alten Schule.

„Kämpfer, trefft euch in der Mitte des Rings", ordnete er an.

Hagen verließ seine Ecke und ging auf seine übliche Art in die Mitte. Sylas – oder Ken – drückte auf seinem Weg durch den Ring die Handschuhe gegen die Brust und verbeugte sich ständig zum Publikum hin. Offensichtlich wollte er wie ein fernöstlicher Philosoph wirken.

Ochoa warnte sie, dass er sie ohne Voreingenommenheit beurteilen würde, umriss kurz die Regeln und überprüfte die Handschuhe der Kämpfer. Dann schickte er die Gegner in ihre Ecken. Es gab eine kurze Pause, die von aufmunternden Rufen aus dem Publikum unterbrochen wurde. Killa und seine Freunde, die auf Hagen gewettet hatten, pfiffen, während Sylas' Freunde klatschten.

Allein in seiner Ecke flüsterte Hagen: „Assistent, wie investiere ich den temporären Fähigkeitspunkt am besten? Soll ich eine neue Fähigkeit freischalten oder eine aufbauen, die ich schon habe?"

„Beide Möglichkeiten haben Vor- und Nachteile", erwiderte der Assistent. „In der gegebenen Situation wäre es klüger, die Fähigkeit ‚Kick' zu verbessern."

Das war's! Laut Barbie wäre das der eine Angriff, den Sylas nicht erwarten würde. Das hieß, wenn man ihr überhaupt trauen konnte.

Hagens Blick fand April. Sie stand direkt am Ring in der Nähe seiner Ecke. Ihre Blicke trafen sich, und sie zwinkerte und warf ihm sogar einen Kuss zu.

Selbst dem sozial ungeübten Hagen war klar, dass Barbie ihn nur benutzte, um ihrem Freund eins auszuwischen. Allerdings verriet die Fortschrittsleiste über ihrem Kopf ihre wahren Gefühle. Die *Erweiterte Realität* konnte sie ja wohl kaum täuschen, oder?

Sylas hatte sie beobachtet und ging sofort in die Luft. Seine Leutseligkeit und seine meditative Gelassenheit gingen in Rauch auf.

„Dich zerquetsche ich, du Knirps", bellte Sylas und boxte in die Luft. Ochoa musste ihn anschreien, um ihn zurück in seine Ecke zu schicken.

„Du bist nicht der Erste, der das verspricht", entgegnete Hagen.

Ermutigung war etwas Schönes, aber der Mann wirkte einschüchternd – ein menschliches Gebirge aus makellosen Muskeln. Hagen rief seine eigenen Werte auf, um sich etwas zu beruhigen.

Stärke: 8
Geschicklichkeit: 6
Ausdauer: 11
Intellekt: 7
Wahrnehmung: 6
Glück: 4
Charisma: 2

Faustschlag: Level 17
Schaden: 13.600

Tritt: Level 6
Schaden: 3.600

Insgesamt nicht schlecht, aber der LP-Unterschied wirkte beängstigend. Hagen hatte nur etwas über 10.000 – er war nach seinem Kampf mit Goliath noch nicht vollständig regeneriert. Und Sylas lag bei 20.000. Das war mehr, als er ursprünglich gehabt hatte. Konnte die Meditation für diesen Unterschied verantwortlich sein?

Ochoa streckte die Hände aus. „Kämpft!"

Hagen hatte darauf gewartet, aber das Wort überrumpelte ihn trotzdem. Die Gegner gingen aufeinander zu und stießen die Fäuste gegeneinander.

Sylas ging sofort in Verteidigungsstellung und umkreiste Hagen.

Mike hob die Hände nicht zu hoch und plante seine Finten. Barbie hatte recht gehabt – er würde sich seine Spezialangriffe, die ihn zum Sieg führen konnten, für später aufheben müssen. Und sein Gegner erwartete nicht, dass es sich bei seinem Überraschungsangriff um einen Kick handeln würde.

Sylas hatte jedoch auch ein paar Tricks drauf. Er schoss nach vorne und machte eine Finte mit der Hand. Hagen wich aus, nur, um einen Tritt in den Oberschenkel zu erhalten.

Erlittener Schaden: 3.000

Verdammt! Schon wieder ein Lowkick! Hatte Ken beschlossen, Gonzalos Technik zu übernehmen?

Hagen machte einen hinkenden Schritt zurück. Allerdings setzte sein Gegner den Angriff nicht fort, sondern nahm eine defensive Pose ein. Selbst der Rahmen des Helms und der sichtbar vortretende Mundschutz taten der Schönheit seines Gesichts keinen Abbruch. Hagen vermutete, dass Sylas' Furcht vor ihm übertrieben war.

Also tat er alles, was Sylas von ihm erwartete, indem er ein paar kraftvolle Schläge ausführte. Ducken, Haken, Uppercut, ein Schritt zurück und eine kurze Gerade. Er folgte Ochoas Lehrbuch bis aufs Wort.

Sylas blockte den Haken ab. Dem Uppercut wich er tänzelnd aus, als wäre das ein Übungskampf unter dem wachsamen Auge eines Trainers. Die Gerade – die nicht besonders kraftvoll war, da Mike seine anfängliche Stärke bereits aufgebraucht hatte – durchdrang jedoch Sylas Abwehrhaltung. Hagen hatte ihn auf die Nase treffen wollen, erwischte aber stattdessen das Kinn.

Verursachter Schaden: 10.000 Punkte (Faustschlag)
Glückwunsch! Du hast ein neues Fähigkeitslevel erreicht!
Name der Fähigkeit: Faustschlag
Aktuelles Level: 18

Leider fing der Helm einigen Schaden ab, den der Faustschlag verursacht hatte. Sylas warf den Kopf zurück, als hätte er etwas Interessantes an der Decke gesehen. Er musste wirklich sauer darüber sein, dass er genau den Angriff nicht hatte kommen sehen, auf den er sich vorbereitet hatte.

Sylas ließ jedoch nicht zu, dass Hagen ihn erledigte. Dem zweiten Angriff wich er aus und stürmte nach vorn. Hagen wich zurück, stieß aber an die Seile. Sylas lehnte sich gegen ihn und drückte ihn noch fester in die Seile. Sein Körper verdunkelte das Licht der Lampen.

Hagen hatte das Gefühl, in einem komplett zugezogenen Schlafsack zu stecken, den jemand auch noch festhielt. So hatten die anderen Jungs ihn bei seinem einzigen Aufenthalt in einem Sommerlager immer schikaniert.

Ochoas Gesicht tauchte vor seinen Augen auf. Der Trainer hatte den Kampf ebenso wie ein paar Fremde scharf beobachtet. Dann erschien ein vertrautes Gesicht in seinem Blickfeld. Gonzalo hatte den Mund geöffnet, ohne dass ein Ton herauskam, und die Faust geballt. Er drängte Hagen, weiterzukämpfen.

Sylas drückte Mike nicht nur gegen die Seile. Er schlug auch auf ihn ein. Ihre Stellung ließ keine starken Schläge zu, aber der größere Mann prügelte trotzdem weiter auf ihn ein. Ein paar Schläge konnte Hagen abblocken, aber er hatte genug Schaden eingesteckt. Die Angriffe mit dem Knie waren am schmerzhaftesten.

Erlittener Schaden: 910
Erlittener Schaden: 680
Erlittener Schaden: 355
Erlittener Schaden: 320

Ein Arm in einem hellblauen Hemd schob sich vor Mike. Schiedsrichter Ochoa wies die Kämpfer an, auseinanderzugehen.

Hagen wusste nicht, warum. Es war ihm auch egal. Er schaute auf die LP-Leiste des Gegners und verglich sie mit seiner.

Sylas „Ken" Kopf: 10.000

LEVEL UP : KNOCKOUT

Mike „Heulsuse" Hagen: 4.835

Wie üblich verliefen die Dinge nicht nach Plan. Und das galt für beide.

„Bist du bereit?", fragte Ochoa Sylas. Dann wandte er sich Hagen zu. „Wie steht's mit dir?"

Beide nickten und kamen wieder aufeinander zu.

Diesmal waren sie langsamer. Beide atmeten schwer. Sylas hatte einen roten Fleck am Kinn. Außer in seiner Lippe fühlte Hagen Schmerzen in anderen Körperteilen, die sein Gegner getroffen hatte.

Nach Sylas' Bewegungen zu urteilen wollte er gleich wieder ins Grappling gehen. Jetzt war er viel vorsichtiger, wich jeder Finte aus und versuchte, den Moment abzupassen, in dem Hagen aufhören würde, nach ihm zu boxen, um den Abstand zwischen ihnen zu verringern.

Mike bekam das deutliche Gefühl, dass Sylas seine typischen Moves ausführen würde, bevor er sich wehren konnte. Er fühlte sich in die Ecke gedrängt.

Ducken, schlagen. Wieder ducken, wieder zuschlagen. Nichts half. Sylas bewegte sich schnell und griff seinerseits jedes Mal an, wenn Hagens Haltung unsauber wurde.

Bei einem dieser Gegenangriffe überrumpelte er Hagen. Erneut fühlte Mike, wie die Dunkelheit des Schlafsacks ihn umhüllte. Diesmal wurde sein Rücken jedoch nicht gegen die Seile gedrückt, diesmal lag er am Boden.

Hagen versuchte, sich aufzurichten, aber Ken drückte ihn nieder und hielt ihn am Boden fest. Er zwang Mike in einen Aufgabegriff und blockierte seine Arme. Hagen spannte die Muskeln an, um sich herauszuwinden, aber Sylas packte ihn immer wieder. Das unpassende *Dodgers*-T-Shirt verhedderte sich und engte ihn ein.

Erlittener Schaden: 1.000 (Aufgabegriff)
Warnung! Dir verbleiben weniger als 40 % LP!
Wir empfehlen, den Kampf sofort zu beenden und

medizinische Hilfe in Anspruch zu nehmen!

Ein Beobachter hätte den Eindruck gewinnen können, dass Sylas den Kampf in der Ecke des Rings allein durchexerzierte – er war groß genug, um Hagen fast unsichtbar zu machen. Gelegentlich sah man eine behandschuhte Faust oder einen Fuß oder einen Teil von Mikes gerötetem Gesicht unter seinem etwas verrutschten Helm.

Erlittener Schaden: 1.000 (Aufgabegriff)

„He, steh schon auf! Enttäusch mich nicht!", sagte eine Stimme ganz in der Nähe.

Aus dem Augenwinkel erblickte Mike April, bevor Sylas seine Sicht wieder blockierte.

Unerwarteterweise half ihm die Unterstützung des Mädchens. Sylas wandte ihr seine Aufmerksamkeit zu, und Mike schaffte es, sich anzuspannen und sich aus seinem Griff zu winden. Die Kämpfer waren wieder auf den Beinen.

Hagens Blick verschwamm. Das Publikum war ein einziger großer Fleck und Ochoa sah aus wie eine blaue Wolke.

„Bist du okay?", fragte die Wolke.

Hagen nickte und blinzelte, um wieder klar zu sehen. „Ja, Coach."

„Bist du sicher?"

„Ja ... Ich bin sicher."

Ochoa schüttelte den Kopf, gab aber das Signal, dass der Kampf weitergehen konnte, und erklärte, dass Sylas nach Punkten führte.

Mikes Gegner war jedoch alles andere als triumpherfüllt. Er blieb genauso vorsichtig wie vom ersten Augenblick an.

Erneut trat Sylas nach ihm. Hagen reagierte gar nicht. Es war keine Gelassenheit, die ihn erfasst hatte, eher ein Gefühl der Gleichgültigkeit. Der Kampf war so gut wie verloren. Er fragte sich, ob es nicht einfacher wäre, jetzt aufzugeben, als Sylas die Chance zu geben, erneut zuzuschlagen.

Eine weitere Finte – sein Gegner tat so, als sollte sein Tritt diesmal treffen. Ein Grinsen erschien auf Sylas' nahezu perfektem Gesicht: Er musste Mikes Zustand richtig eingeschätzt haben.

Der dritte Schlag erwischte ihn an der Seite. Hagen schrie auf und krümmte sich zusammen.

So musste sich Goliath gefühlt haben, als er ihn in die Leber getroffen hatte.

Erlittener Schaden: 2.000

Das System gab jede Menge Warnungen aus, vom blinkenden, roten Filter über seinem Gesichtsfeld (als wäre es nicht genug, dass Mike sein eigenes Blut in die Augen lief) bis zu der düsteren Ankündigung durch die Stimme in seinem Kopf.

Letzte Chance!

Es besteht höchste Lebensgefahr! Kampf sofort beenden! 10 Sekunden lang +10 auf Geschicklichkeit ... 9 ...

Welch bittere Ironie. Ein unglaublicher Geschicklichkeitsbonus, den er nur zum Weglaufen verwenden konnte.

Irgendwie schaffte es Hagen, einem Uppercut auszuweichen, ohne aufrecht zu stehen. Sylas' Handschuh sauste mit einem zischenden Geräusch neben seinem Gesicht durch die Luft. Hagen wich zurück und gab seine geduckte Stellung auf, also trat sein Gegner erneut nach ihm. Diesem wich Hagen aus und erwischte den Fuß des anderen, so wie Wei Ming es ihm beigebracht hatte, als sie Kicks geübt hatten.

Allerdings schaffte er es nicht, den Fußfeger durchzuführen. Sylas konnte sich aus dem Griff befreien.

Ein Ausweichmanöver und eine weitere Finte. Sylas schützte sein Gesicht vor einem starken Schlag. Hagen machte einen Schritt nach hinten und trat seinen Gegner in die von seinem hautengen

Ringeranzug bedeckte, muskulöse Brust.

Verursachter Schaden: 9.600 (Kick)

Aus irgendeinem Grund ließ der Tritt Sylas nach vorne kippen – er fiel auf die Knie und stützte sich dann mit den Händen ab. Sofort wollte wieder aufstehen, doch er war noch zu benommen. Er kroch zu den Seilen, um sich daran aufzurichten, doch seine Hände rutschten ab, er fiel aufs Gesicht und drehte sich dann auf den Rücken.

Ochoa stand über Sylas und zählte erbarmungslos die Sekunden, obwohl der Ausgang ohnehin schon klar war.

„Sechs... Sieben... Acht..."

Hagen fühlte sich, als hätten seine Füße den Kontakt zum Boden des Rings verloren. Ihm war, als würde ihm jemand die Luft abdrücken. Er musste sich ebenfalls an den Seilen festhalten.

„Zehn! Der Kampf ist vorbei!

Glückwunsch! Du hast einen Gegner in einem fairen Kampf besiegt!

Erhaltene EP: 2 (doppelte Erfahrungspunkte für einen Sieg über einen Gegner eines höheren Levels).

Erhaltene EP: 2 (doppelte Erfahrungspunkte für einen Sieg am Rande der Niederlage).

Du hast ein neues Level erreicht!
Aktuelles Level: 6

Die vertraute Lichtsäule hüllte Hagen ein. Wieder fühlte er die ultimative Ekstase, die den Schmerz für eine Weile überdeckte. Es kam ihm sogar so vor, als wäre die Lichtsäule das Einzige, was ihn auf den Beinen hielt.

Wenn der Schwanz mit dem Hund wedelt: Quest abgeschlossen!
Erhaltene EP: 2

LEVEL UP : KNOCKOUT

Auf aktuellem Level (6) erhaltene EP: 5/6

Selbst die Meldung über den Debuff während der Abklingzeit (12 Stunden lang Punktabzug für seine Werte) dämpfte seine Begeisterung nicht.

Hagen sah immer noch verschwommen, sein Kopf drehte sich, aber die Meldungen des Interface standen klar und deutlich vor seinen Augen, besonders Aprils Fortschrittsleiste.

Ruf: Starkes Interesse (5/10)
Widerstand gegen dein Charisma: mittel (5/10)

KAPITEL 16

BEZIEHUNGSANBAHNUNG

*Gott vergibt alles, aber ich bin nur ein Prophet,
also muss ich es nicht.*

BioShock

HAGEN LAG AUF dem Sofa und sah fern. Ein oberflächlicher Betrachter wäre vielleicht zu dem Schluss gekommen, er wäre zu seinen alten Gewohnheiten zurückgekehrt – genau so hatte er früher seine Freizeit verbracht. Allerdings hatte der virtuelle Assistent ihn darüber informiert, dass seine Regeneration schneller verlaufen würde, wenn er absolut still hielt.

Wäre er vor dem Stillhalten zum Arzt gegangen, hätte das die Regeneration natürlich noch weiter beschleunigt, doch das konnte er sich nicht leisten. Gonzalo hatte ihm den Gewinn aus seiner Wette überreicht, aber der betrug nur etwa 100 Dollar. Das war eine lächerliche Summe, aber die Wetten waren nur zum Spaß unter Freunden geschlossen worden, also war nicht viel anderes zu erwarten gewesen.

Der virtuelle Assistent hatte ihm diesbezüglich schon ein paar Andeutungen gemacht. „Wenn ich daran erinnern dürfte ..."

„Was ist denn jetzt wieder?" Mike bereute schon, dass er dem Assistenten erlaubt hatte, Gespräche zu beginnen und Ratschläge zu erteilen.

„Laut unserer Analyse der Bevölkerung dieses Segments der Galaxis ist Lesen die am häufigsten verfolgte Aktivität zur Entwicklung des eigenen Intellekts. Lesen verbessert die Fähigkeit zum Austausch von Informationen mit anderen. Darüber hinaus wird der kognitive Vorgang ..."

Hagen griff sich mit beiden Händen an den Kopf. „Kannst du das in einfacheren Worten erklären?"

„Wenn du etwas über Militärstrategie und Kampfsport lesen würdest, anstatt deine Zeit vor dem Fernseher zu verschwenden, würdest du intelligent werden."

Hagen war ein extrem widerstrebender Leser. „Geht das auch ohne Bücher?"

„Selbstverständlich. Dokumentationen über diese Themen entwickeln den Intellekt ebenfalls weiter, wenn auch nur mit halber Geschwindigkeit."

„Was ist mit Comics?"

„Keine Informationen zu Comics und Graphic Novels vorhanden."

Hagen gähnte. „Ich denk darüber nach. Vielleicht lese ich ja was. Oder schaue mir ein paar YouTube-Videos an."

„Darf ich eine Liste von Büchern für Anfänger vorschlagen? Sie basiert auf der offiziellen Leseliste der US-Militärakademie ..."

„Nein, tut mir leid, aber nein", reagierte Hagen schließlich. „Ich habe bei dem Kampf zu viel Schaden eingesteckt. Mein Kopf funktioniert nicht richtig ..."

„Ich möchte mir erlauben, zu bemerken, dass deine intellektuelle Kapazität gemäß dem letzten Scan dasselbe Niveau hat wie vor deinem Kampf mit Sylas. Und sie ist nicht gerade hoch. Es wird empfohlen, dass du dich mehr darum kümmerst."

„Sind die Daten vielleicht veraltet? Wie oft führst du diese Scans durch?"

„Alle fünf Millisekunden."

„Das ist cool. Wie die Schaltzeit von LCD-Bildschirmen. Wie auch immer. Ich habe volle sechs Erfahrungspunkte – ich könnte einen oder zwei auf Intellekt legen."

„Das wird dazu führen, dass du neue Fähigkeiten und Fertigkeiten schneller lernst. Aber es verleiht dir kein neues Wissen."

„Kapiert. Danke. Und könntest du jetzt einfach für eine Weile still sein?"

Hagen rief den Regler für die Benachrichtigungseinstellungen auf und bewegte ihn in Richtung „Keine Benachrichtigungen", um nicht gestört zu werden. Zufrieden lehnte er sich auf dem Sofa zurück und sah weiter fern.

Auf einem Sportsender fand er ein paar Boxkämpfe. Hagen war erstaunt, wie sehr sich seine Einstellung zu im Fernsehen übertragenen Kämpfen geändert hatte. Automatisch identifizierte er jetzt Fehler und erfolgreiche Angriffe. Er überlegte, was er anstelle der jeweiligen Kämpfer tun würde, und analysierte jede ihrer Bewegungen. Trotzdem wurde er das Gefühl nicht los, dass es zum Lernen nicht ausreichte, anderen Leuten beim Kämpfen zuzusehen.

Sehnsüchtig blickte er zu dem leicht schief stehenden Boxsack in der Ecke des Raums hinüber. Wie von selbst ballte er die Fäuste – er wollte wirklich hart trainieren und seine Fähigkeiten weiterentwickeln.

Doch er würde erst mal stillhalten müssen. Sonst würde er sich auf keinen Fall bis morgen wieder erholt haben. Und dann stand ja auch noch die Eröffnung von *Chuck's Bar Mark II* bevor, dem Lokal mit Unterhaltungs- und Striptease-Programm. Wer wusste schon, was da passieren konnte? Vielleicht würde er noch nicht wieder voll in Form sein, aber wenigstens kein so völliges Wrack wie heute.

Anderen Leuten beim Kämpfen zuzusehen, führte ihn zu sehr in Versuchung, also schaltete Hagen wieder auf irgendeine Serie um. Doch die Handlung trug wenig dazu bei, seine Gedanken ans Hochleveln zu verscheuchen.

Sechs Punkte! Satte sechs Punkte. Das war ein Riesenfortschritt. Wäre da nicht die Gefahr gewesen, bei der Anpassung seines Körpers an die neuen Werte zu sterben, hätte er sie schon längst verteilt.

Wieder sah Hagen sich seinen LP-Zähler an, obwohl er ihn erst vor Kurzem aufgerufen hatte.

4.562/10.000

Zehn Punkte mehr. Wenn er so weitermachte, wäre er morgen Früh bei 6.000 oder 7.000. Das war erträglich.

Hagen schlief ein …

Die Türklingel weckte ihn. Es war Wei Ming in Blue Jeans, einem karierten Hemd und einer Weste.

Es war ihr erster Tag bei der Bar, und Hagen hatte ihn verschlafen.

„Wie geht es Mr. Morrison?", fragte er besorgt. „War er sehr sauer, dass ich nicht aufgetaucht bin?"

Wei Ming hatte eine Plastiktüte mit dem Logo einer Drogerie dabei. „Er war ein bisschen enttäuscht, aber er wusste, dass du einen Kampf hattest, also hatte er schon Verständnis. Er hat gesagt, er hofft, dass du morgen zur Eröffnung da bist. Immerhin bist du der Leiter der Security des Striptease-Ladens!"

Hagen und Wei Ming lachten gleichzeitig laut auf. Wei Ming legte die Medikamente auf den Tisch.

„Aber im Ernst, es gab keinerlei Zwischenfälle. Nur dieser Trucker namens Doug, der sich beschwert hat, dass die Wings nicht so gut wie beim letzten Mal schmeckten. Er wollte dem Koch das Rezept in Form von Handgreiflichkeiten näherbringen. Aber ich konnte ihn recht schnell beruhigen."

„Der guter alte Doug. Eigentlich ist er harmlos."

„Klar. Aber Mr. Morrison sagte, die richtige Action geht normalerweise erst abends los. Die Leute betrinken sich und verlieren die Kontrolle. Dann gibt es Kämpfe und so. Außerdem sagt er, dass sich ein Kampf oft nur dadurch stoppen lässt, indem man allen Beteiligten eine ordentliche Abreibung verpasst."

Wei Ming half Hagen, seine Verbände und Pflaster zu wechseln, während er weitersprach. „Eigentlich wäre alles prima, nur meine Freundin ist ausgeflippt, als sie von meinem neuen Job erfahren hat. Sie kommt aus einem ziemlich strengen Elternhaus. Sobald sie das Wort ‚Strip-Club' gehört hat, dachte sie, ich würde ab sofort täglich an Orgien teilnehmen."

Mike lächelte wissend. „Was hast du gemacht?"

„Ich bin auch ausgerastet. Ich hab ihr vorgeworfen, dass sie mich nicht in meinen Entscheidungen unterstützt. Also habe ich ihr vorgeschlagen, dass sie vorbeikommen und sich selbst überzeugen soll, ob da irgendwelche Orgien laufen. Äh. Das heißt, ich hoffe, dass da keine ... Wie auch immer, wir waren ziemlich sauer aufeinander und haben in getrennten Zimmern geschlafen. Aber was soll ich machen, hm? Sie liegt in dieser Sache wirklich falsch!"

Hagen gab Wei Ming das Geld für das Verbandsmaterial. „Schau dich um. Ich lebe jetzt schon eine ganze Weile allein. Ich habe keine Freundin, und die Chancen, dass sich das bald ändert, stehen schlecht. Dein Glück ist an deiner Seite. Du solltest wertschätzen, was du hast, und nicht nach unmöglichen Träumen streben."

„Hm ..." Wei Ming wurde nachdenklich. „Wahrscheinlich hast du recht. Aber so haben wir noch nie zuvor gestritten."

„Du solltest froh sein, dass du jemanden hast, mit dem du streiten kannst. Das ist viel besser, als deine Tage allein vorm Fernseher zu verbringen."

„Da hast du wohl recht, Kumpel. Okay, ich muss los zur Bar."

Nachdem Wei Ming gegangen war, ließ sich Hagen wieder aufs Sofa fallen und sank zurück in seine Unbeweglichkeit.

Verdammt. Wieder einmal war er an seine absolute Einsamkeit erinnert worden.

CHUCK MORRISON WAR in einer grauenhaften Stimmung – er sah sich vor dem Ruin und bereute es, den Kredit aufgenommen zu haben, der zur Eröffnung der zweiten Bar nötig gewesen war.

Höchstwahrscheinlich würde er pleitegehen und alles verlieren.

Seine Verwandten versicherten ihm ständig, dass er alles richtig machte und *Mark II* genau das Lokal war, das dieser Stadtteil brauchte. Sie beteuerten, ihn für seine unternehmerischen Fähigkeiten zu bewundern. Aber Chuck konnte nicht anders, als sich Sorgen zu machen. Immer wieder fasste er sich an die linke Seite seiner Brust, wo er einen dumpfen Schmerz im Herzen empfand, der nichts Gutes verhieß.

Schon am Morgen war die Bar brechend voll. Scharenweise drängten die Gäste in beide Bars, angezogen von den Rabatten, die Chuck unvorsichtigerweise versprochen hatte. Sie saßen an jedem Tisch und bestellten, als hätten sie nichts anderes zu tun, als ihre Zeit hier zu verbringen.

Die Köche kamen mit den vielen Bestellungen kaum hinterher. Die Kellner gerieten ins Schwitzen, während sie von Tisch zu Tisch hasteten. Und all das schon am späten Vormittag, noch vor der Stoßzeit zum Mittagessen.

„Ich habe eine Lektion in Sachen Geschäftsführung für dich", sagte Chuck zu Wei Ming und strich sich den Bart. „Biete denen, die dein Zeug sowieso schon kaufen wollen, keinen Rabatt an."

„Aber ist das nicht gut für die Kundenbindung?"

„Ja, genauso lange, wie du deine Verpflichtungen erfüllen kannst. Wie du siehst, haben wir's etwas zu gut gemeint. Meine Wings waren auch schon ohne Ermäßigung beliebt genug."

Trotz allem befürchtete Chuck, dass die Hauptattraktion des Abends – die große Strip-Show – nicht viel mehr werden würde als ein paar durchschnittliche Poledancing-Nummern. Sie hatten einen akuten Mangel an Stripperinnen, auch wenn Chuck schon lange, bevor die Bar fertig gewesen war, mit der Personalsuche begonnen hatte.

Selbst heute, am Eröffnungstag, hatte er noch Vorstellungsgespräche mit potenziellen Tänzerinnen. Er brauchte jemanden, um die Illusion einer richtig großen Show zu erzeugen, selbst wenn es nur vorübergehend wäre. Morrisons Pflichten erforderten es, dass er ständig zwischen seinem Büro – einem winzigen Raum hinter der Bar, wo sich vor der Tür eine Schlange von Mädchen gebildet hatte – der Küche, wo die Köche kaum mit den Bestellungen Schritt halten konnten und nach mehr Hilfe verlangten, und dem Hauptraum des *Mark II* hin und her wechselte, wo er mit Freunden und verschiedenen VIPs sprach, darunter einige Mitglieder des Stadtrats. Er musste mit allen trinken, sich unterhalten und ihnen gebührende Aufmerksamkeit widmen.

Plötzlich wurde Chuck klar, dass es eine echte Herausforderung werden würde, die Eröffnungsfeier zu überstehen, wenn er mit jedem einzelnen seiner zahlreichen Freunde und Bekannten etwas trank.

Die Situation mit den Köchen war besonders problematisch. Sie drohten, ernsthaft zu meutern, wenn Chuck ihnen nicht sofort mindestens einen weiteren Helfer besorgte.

„Guten Morgen, Mr. Morrison", sagte Hagen, als er auf den Besitzer zukam.

„Du bist spät dran", blaffte Chuck, nahm sich aber dann zusammen. „Es tut mir leid. Ich weiß, du hast deine Gründe, aber schau dir an, was hier los ist!"

Hagen trug seine Militärjacke mit hochgeklapptem Kragen. Seine Augen waren hinter einer Sonnenbrille versteckt. Als er sie abnahm und sich die Halle ansah, bemerkte Chuck Hagens Veilchen.

„Was genau ist denn los?", fragte Hagen. „Es ist perfekt! Jede Menge Kunden, gute Umsätze. Die Gäste benehmen sich, niemand macht Radau oder so was. Sie machen sich einfach zu viele Sorgen, Mr. Morrison."

Chuck prustete los und wollte gerade antworten, als ein Kellner auf ihn zu gerannt kam.

„Mr. Morrison! Der Chefkoch hat seine Schürze abgenommen. Er sagt, die Zeiten der Sklaverei sind vorbei."

Der Chefkoch persönlich kam in eine Wolke aus verlockenden Küchendüften gehüllt herein. Er war ein korpulenter Schwarzer, fast so alt wie Chuck.

„Mein Freund, wenn du glaubst, dass ich mir meinen schwarzen Arsch unter solchen Bedingungen für dich aufreißen werde, dann solltest du noch mal gründlich nachdenken. Heutzutage läuft das anders, das kann ich dir sagen!"

„Ich verstehe schon. Aber könnt ihr nicht noch ein wenig länger durchhalten? Es ist doch nur für heute!"

„Das würde ich ja, aber wir enttäuschen unsere Gäste. Niemand will zu lange warten. Und sie werden mir die Schuld geben und meinen, ich bin zu langsam."

Plötzlich sprang Hagen in die Bresche. Er rief Wei Ming zu sich.

„Hör mal, Alter, entschuldige, wenn ich jetzt gleich rassistische Vorurteile rauskrame, aber du bist nicht zufällig ein guter Koch?"

„Ha! Chinese gleich Koch gleich Kung-Fu-Kämpfer." Wei Ming hörte plötzlich auf zu lachen. „Aber ja, tatsächlich kann ich gut kochen."

„Könntest du vielleicht in der Küche aushelfen?"

Wei Ming sah enttäuscht aus. „Aber ich arbeite doch als Security-Mann ..."

„Wei Ming, bitte hilf uns, nur dieses eine Mal!", schaltete sich Chuck in das Gespräch ein und reichte ihm die Schürze. „Ich wäre dir äußerst dankbar, wenn du das tust."

Wei Ming sah Hagen an, der ihm leicht zunickte.

Er seufzte und zog die Schürze an. Offensichtlich hatte er keine Lust, in der Küche auszuhelfen, also beschloss Hagen, ihn aufzuheitern.

„Sieh's mal so: Wenn deine Freundin erfährt, dass du in der Küche arbeitest, wird sie wenigstens nicht denken, dass du an irgendwelchen Orgien teilnimmst."

„Ja, stimmt!" Wei Mings Stimmung hellte sich auf. „Ich schieße ein Selfie mit den Töpfen und Pfannen und schicke es ihr."

Zusammen mit Wei Ming verließ der Koch den Raum. Chuck ging in sein „Büro", wo bereits eine ganze Anzahl an Mädchen vor der Bar auf ihr Vorstellungsgespräch warteten.

Er hatte eine Menge um die Ohren. Aus Erfahrung wusste Chuck, dass einige der Bewerberinnen nicht das Geringste vom

Tanzen verstehen oder auch nur ein Wort Englisch sprechen würden. Und doch brauchten viele der Kunden – traurige, einsame Männer – nicht mehr als ein persönliches Gespräch mit einem hübschen Mädchen in einem Strip-Club, um Geld für einen Drink oder einen privaten Tanz auszugeben. Einige der Tänzerinnen waren nicht für einen Lapdance zu haben, während andere das hier quasi für ein Bordell hielten und zu allem bereit waren. Einige der Bewerberinnen schließlich waren einfach völlig unattraktiv, und auch noch so viel Dunkelheit und Makeup würden das nicht kaschieren können.

HAGEN WANDERTE DURCH die Bars und sah sich jeden Tisch und jeden einzelnen Gast an. Er traf auf die altbekannte Gruppe Lastwagenfahrer: Unzertrennlich wie immer saßen Doug „Donald" und Steve „Jobs" nebeneinander. Er fragte sich, ob sie die Stadt je verließen oder die ganze Zeit nur in Bars rumhingen.

Die beiden taten so, als würden sie Hagen nicht erkennen. Sie hatten je einen mittleren Widerstand gegen sein Charisma.

Generell war es in *Chuck's Bar* ruhiger als im *Mark II*. Erstere wurde eher von Familien besucht. Niemand trank am Morgen – die Gäste waren nur wegen der günstigen, leckeren Chicken Wings hier. Letzteres war voller Leute, die die Eröffnung feiern wollten. Bis jetzt waren alle noch nüchtern, aber es war offensichtlich, dass einige fest vorhatten, das schnell zu ändern.

Die Zeit verging. Zur Mittagszeit kam wie erwartet ein neuer Ansturm von Gästen. Jetzt war auch die größere Bar genauso überfüllt wie die kleinere. Hagen schaute in der Küche vorbei. Wei Ming wirbelte mit Küchenmessern, und der Chefkoch schien zufrieden, einen so eifrigen Helfer zu haben.

Die Arbeit eines Türstehers stellte sich als weniger anstrengend heraus, als Mike erwartet hatte. Es passierte nicht viel, doch Hagen beschwerte sich nicht – mit weniger als 7.000 LP in einen Kampf verwickelt zu werden, hätte seine junge Karriere als Security-Mann in null Komma nichts beenden können.

Dann war der Ansturm vorbei. Alle machten sich bereit für den nächsten am Abend. Wieder tauchten Handwerker in *Chuck's Bar Mark II* auf, um eine Piñata in Form einer riesigen, nackten Frau aufzuhängen. Morrison und sein Partner sollten diese bei der Eröffnungszeremonie zerschlagen.

Mike spannte sich an. Eine bekannte Gestalt in einer lila Robe war im Türeingang erschienen. In Begleitung dreier seiner Eiferer trat St. Ian ein.

Verdammt. Hatte der Mann nicht das Geld angenommen und versprochen, keinen Ärger zu machen?

St. Ian trat an einen freien Tisch, wartete ab, bis einer seiner Fanatiker ihm einen Stuhl herangezogen hatte, und ließ sich würdevoll nieder, wobei seine Robe sich wie das Ballkleid einer Dame bauschte. Er studierte die Speisekarte, die ihm ein anderer seiner Begleiter reichte, und entschied sich für die Spezialität des Hauses, einen Eimer Chicken Wings. Der Kellner nickte und eilte davon, um die Bestellung aufzugeben.

Hagen folgte ihm und blieb in einigem Abstand mit verschränkten Armen stehen. Im Film machten das alle Türsteher so, und eine andere Informationsquelle über seinen neuen Beruf hatte Mike nicht. Er studierte die Anhänger von St. Ian und kam zu dem Schluss, dass keiner von ihnen in einem Kampf eine große Herausforderung darstellen würde. Goliath war nicht dabei, also würde er einen eventuellen Konflikt allein beilegen können.

Einer der Eiferer berührte Ian an der Schulter und deutete auf Hagen.

„Ah, da ist ja mein kleiner Sünder", sagte Ian. „Hast du die Tatsache akzeptiert, dass du für all deine Verfehlungen bestraft werden wirst?"

„Klar, aber können Sie mir erklären, warum ein Heiliger sich überhaupt herablässt, diesen, äh, Sündenpfuhl zu besuchen?"

Der Kellner kam zurück und stellte einen Eimer Chicken Wings vor den Fanatikern ab. Ian nahm einen der Flügel und biss ab.

„Ich möchte nur diese frittierten Hühnerflügel probieren und sehen, worum das ganze Theater hier gemacht wird."

„Dann viel Vergnügen, Sir", nickte Hagen nur, da die Mitglieder des Kults offenbar nicht auf Ärger aus waren – sie saßen da, aßen und spülten die Wings mit Bier herunter wie alle anderen auch.

„Ich wünsche dir ebenfalls viel Vergnügen. Der Herr bestraft einige von uns schon in diesem Leben. Und dich scheint er schon gestraft zu haben, bevor du überhaupt geboren wurdest, kleiner Gestrauchelter. Ha!"

Die Eiferer beeilten sich, ihren Anführer mit kriecherischem Lachen zu unterstützen. Beschämt ging Hagen weiter.

Was haben die denn immer mit meiner Größe? dachte er. *Die werden schön blöd schauen, wenn ich mich erst mal erholt habe und alle Punkte in Stärke investiere. Dann bin ich so groß wie alle anderen.*

Und warum auch nicht? Das wäre die optimale Art, die angesammelten EP einzusetzen.

Ein Kellner unterbrach seine Gedanken. „Mike, wir haben ein Problem bei *Chuck's*! Es ist dringend!"

Hagen hinkte beim Gehen nicht mehr, aber Rennen belastete sein Bein noch ziemlich. So schnell er konnte, folgte er dem Kellner. Bereits vom Gang aus, der die beiden Bars miteinander verband, konnte er das hitzige Wortgefecht zwischen einem Mann und einer Frau hören.

„Ich hab dir doch gesagt ..."

„Lass mich los!"

Vor der Tür zu Chucks Büro war ein freier Raum entstanden. Ein Typ mit Dreitagebart und Lederjacke zog eine Frau am Arm, und sie wehrte sich dagegen.

Sie war eine echte Schönheit. Ihre hohen Absätze kratzten über den Boden. Das Mädchen war eindeutig hier, um sich als Stripperin zu bewerben. Ihre Handtasche war ihr von der Schulter gerutscht. Ihr Handy, ihr Make-up und anderer Kleinkram lagen auf dem Boden verstreut.

„Ich hab's dir schon mal gesagt! Lass mich los, du Schwein!"

„Ich lass dich das nicht machen!" Der Typ mit dem

Dreitagebart war ganz schön laut.

Trotz der vielen Gerüche, die in der Bar vorherrschten, konnte Hagen deutlich den Alkohol im Atem des Kerls riechen.

Er ging auf das Paar zu. „Tut mir leid, Sir, aber was genau geht hier vor?"

Der Kerl ignorierte die Frage.

Immer dasselbe.

Das Mädchen warf Hagen einen Blick zu, ohne zu erkennen, dass sie es mit dem Leiter der Security zu tun hatte. Sie wandte sich wieder dem Typen zu. „Ich bin nicht verpflichtet, dir zu erklären, was ich tue."

Der Kerl mit dem Dreitagebart schwenkte seine Hand vor ihrem Gesicht und zeigte ihr seinen Ehering. „Du bist meine Frau. Und du tust, was ich dir sage."

„Du kannst mich mal! Ich bin nicht dein Eigentum!"

„Du bist eine unzüchtige Hure!"

„Deine angestaubten Ansichten zu Moral interessieren mich nicht die Bohne!"

Das junge Paar schien diese Diskussion bereits mehrfach geführt zu haben.

„Mein Herr, meine Dame ... Bitte, beruhigen Sie sich", mischte Hagen sich zaghaft ein und dachte, es wäre höchste Zeit, mal an seiner Redekunst zu arbeiten. Hieß das, er würde doch anfangen müssen zu lesen?

Der Typ packte das Mädchen wieder. Sie rutschte aus und ihr Absatz brach mit einem lauten Knacken ab.

„Schau, was du angerichtet hast! Nimm deine Pfoten weg!"

„Wehr dich nicht. Sonst bereust du es."

Hagen räusperte sich und sagte laut: „Sir, die junge Dame hat Sie gebeten, sie nicht anzufassen."

„Kümmer dich um deinen eigenen Kram, Kleiner", gab der Typ mit dem Dreitagebart zurück.

Kleiner? Zornig sah Mike sich die Werte des Typen an.

Terrence Ward

249

Alter: 24
Level 4

LP: 15.000
Kämpfe/Siege: 23/17
Gewicht: 94,8 kg
Körpergröße: 180 cm
Aktueller Status: Immobilienmakler

Ruf: Feindseligkeit (8/10)
Widerstand gegen dein Charisma: hoch (8/10)

Der Kerl war jünger als Hagen! Was zum Teufel?

Terrence zerrte die Frau zum Ausgang. „Ich lasse nicht zu, dass du deine Titten vor diesen ...", er wandte sich um und sah Hagen an, „... diesen Freaks und Perverslingen schüttelst."

„Lass mich los!"

Hagen folgte ihnen. „Ich warne Sie zum letzten Mal."

„Zum letzten Mal?" Terrence grinste. „Es gab also ein erstes Mal? Sorry, das hab ich nicht gehört. Vielleicht solltest du dich auf einen Hocker stellen, wenn du was sagen willst. Von da unten hört man dich nicht."

Genau in diesem Moment gelang es der Frau, ihrem Ehemann mit ihrer Handtasche eins überzuziehen. Die Metallschnalle erwischte ihn über der Augenbraue und hinterließ eine klaffende Schnittwunde.

Er sah überrascht aus. „Du Nutte! Zeit, dass ich dir eine Tracht Prügel verpasse!"

Er holte aus, um sie zu schlagen, aber Hagen blockte ihn ab. Zu mehr kam er allerdings nicht, da er von einer blinkenden Meldung abgelenkt wurde.

Ruhe und Ordnung

Stelle in Chuck Morrisons Bar Ruhe und Ordnung wieder her, um neue Errungenschaften freizuschalten.

Terrence entzog Mike seinen Arm. „Was zum Teufel ist dein Problem?"

„Ich will nur Ruhe und Ordnung aufrechterhalten, Sir."

Statt einer Antwort schlug Terrence erneut zu und atmete dabei scharf aus.

Seine Faust traf nur die leere Luft. Hagen hatte eine halbe Sekunde gebraucht, um sich zu ducken und hinter dem Kerl aufzutauchen, der herumwirbelte, um den aufmüpfigen Kleinen zu erwischen. Stattdessen keuchte er auf und wedelte mit den Armen, als würde er die Ungerechtigkeit dieser liederlichen Welt beklagen, und glitt dann mit dem Rücken an der Wand beinahe in Zeitlupe zu Boden. Man hätte meinen können, Terrence hätte beschlossen, sich eine Weile auszuruhen.

Keiner der Beobachter hatte bemerkt, wie Hagen ihm einen schnellen Kinnhaken verpasst hatte.

Verursachter Schaden: 12.600 Punkte (Faustschlag)

Glückwunsch! Du hast einen Gegner in einem fairen Kampf besiegt!
Erhaltene EP: 1

Ruhe und Ordnung: Quest abgeschlossen!
Erhaltene Fähigkeitenpunkte: 1

Du hast ein neues Level erreicht!
Aktuelles Level: 7

Wieder die Lichtsäule und die Ekstase. Hagen hatte sich beinahe schon an den Effekt gewöhnt, aber es fühlte sich an, als würde die Säule mit jedem neuen Level höher werden und die Ekstase länger andauern – als ob das Interface die Dosis steigerte, um die Gewöhnung auszugleichen.

Die Säule flackerte und verschwand dann.

„Was hast du gemacht, du Idiot!"
Erlittener Schaden: 3
Erlittener Schaden: 12
Erlittener Schaden: 7

Er fand sich unter einem Hagel Schlägen wieder, auch wenn keiner davon besonders stark war. Die Frau schlug ihm ihre Handtasche auf den Kopf.

„Da! Nimm das, du Freak!"

Sie ließ die Tasche fallen und kniete sich neben ihren Ehemann, nahm seinen Kopf in die Hände und bedeckt sein Gesicht mit Küssen. „Terry! Terry, bist du am Leben? Sprich mit mir! Bist du okay?"

Ihr Mann kam strauchelnd auf die Beine. Blind starrte er Mike an, wischte sich mit dem Ärmel übers Gesicht und sagte: „Tut mir leid wegen des Schlamassels hier. Bitte rufen Sie nicht die Polizei."

„Machen wir nicht. Und, naja … Beehren Sie uns wieder", sagte Hagen.

Mike sammelte die persönlichen Gegenstände auf, die die Frau hatte fallen lassen, und begleitete das Paar zum Ausgang, während er sich den Hinterkopf rieb. Als er zurückkam, waren die Gäste schon wieder an ihren Tischen und lachten sich über die Szene schief.

Aber er bemerkte jemanden an der Bar. Es war April.

Aus irgendeinem Grund war Hagen nicht überrascht, sie zu sehen.

Sie grinste. „Weiber, was? Man weiß nie, was sie wollen, und selbst, wenn man's rausfindet, weiß man nie, warum."

BARBIE … NEIN, AUS irgendeinem Grund wollte Hagen sie so nicht mehr nennen.

Aprils Outfit war wesentlich weniger offenherzig als sonst – ein gewöhnliches, graues T-Shirt und ausgeblichene Jeans. Ihr langes, blondes Haar war von einer Baseballmütze mit dem allgegenwärtigen *AthleticSmart*-Logo bedeckt, das ihm langsam auf die Nerven ging. Sie musste wohl auch als Model für die Firma arbeiten.

„Wie geht es Sylas?", fragte Mike.

„Er ist dabei, zu genesen, suhlt sich in seinem Schmerz, meditiert ... Ich weiß nicht. Wir wohnen nicht mehr zusammen."

Hagen ging zur Bar und setzte sich zu April. „Wie schade. Ihr habt wie das perfekte Paar ausgesehen."

April machte eine abschätzige Geste. „Das sagt jeder. Ich kann's schon nicht mehr hören. Tatsächlich waren wir ein schreckliches Paar. Sylas ist ein narzisstischer Pavian. Und ich ... Ich bin auch nicht ganz normal. Ich habe eine hohe Meinung von mir selbst. Wir waren wohl nicht besonders gut füreinander. Ich weiß nicht, ob er mich je geliebt hat, aber ich habe definitiv gelernt, ihn zu hassen."

Hagen sah April an und biss sich auf die Zunge. „He, warum genau bist du eigentlich hier? Planst du eine Karriere als Tänzerin?"

Das Mädchen wirkte überrascht. „Bitte wie? Wie um alles in der Welt kommst du denn darauf? Ich bin nur hier, um mich bei dir zu bedanken. Der Kampf mit Sylas hat dir ganz schön was abverlangt."

„Aber wir hätten so oder so gekämpft. Wofür willst du mir denn danken?"

April lachte. „Keine Ahnung. Ich hatte nichts anderes vor, also habe ich beschlossen, bei dir vorbeizuschauen. Nach dem Kampf hast du ausgesehen, als wärst du ziemlich von der Rolle. Hast mich aus irgendeinem Grund Barbie genannt ..."

Mike lachte. „Echt? Daran erinnere ich mich gar nicht. Sylas hat mein Hirn wohl ziemlich durchgeschüttelt."

Auch wenn Hagen etwas nervös war, fiel es ihm es doch bei April viel leichter, mit dem Gefühl umzugehen als zum Beispiel bei Lexie.

Chucks Bürotür öffnete sich und er begleitete die letzte Bewerberin nach draußen. Er sah April an. „Sind Sie ebenfalls Tänzerin, Miss?"

„Wie bitte? Natürlich nicht! Ich verstehe nicht, warum mich das jeder fragt."

„Tut mir leid, Miss. Wenn das so ist, willkommen in *Chuck's Bar*. Wir haben jetzt neue Räumlichkeiten, in denen bald die Eröffnungsfeier für *Chuck's Bar Mark II* beginnt. Es gibt den ganzen Tag bis abends um 7 Uhr Rabatte auf alle Getränke und unsere Spezialität, frittierte Chicken Wings. *Chuck's Bar*! Fühl dich wie zu Hause!"

Morrison sagte seinen Werbespruch auf, strich sich über den Schnurrbart, zwinkerte Hagen zu und ging.

Mike sprach weiter mit April. Er fand heraus, dass sie tatsächlich für *AthleticSmart* modelte. Sie und Sylas waren die Aushängeschilder des Unternehmens. Ihr Vater war beim Militär und nahm aktuell an einer internationalen Operation in Israel teil. Ihre Mutter leitete die Werbeabteilung einer örtlichen Kosmetikfirma. April war in der Schule Cheerleader gewesen, was Hagen nicht im Geringsten überraschte. Sie hatte sich noch nicht für ein College beworben, sondern dachte darüber nach, wie ihr Vater zum Militär zu gehen. Doch sie hatte sich noch nicht entschieden, und vielleicht war es schon zu spät – bald würde sie 22 werden. Außerdem liebte April Karaoke und Kino – vor zwei Jahren hatte sie sogar eine kleine Rolle als estnische Spionin in einem zweitklassigen Actionfilm bekommen. Allerdings hatte ihre Filmkarriere ein Ende gefunden, als der Regisseur seine Hände nicht bei sich hatte behalten können – sie hatte ihm die Nase brechen müssen.

Je mehr April über sich selbst sprach, desto missmutiger wurde Hagen. Was hatte er über sich zu erzählen? Bald wäre er 30, aber seine wenigen Erfolge hatte er erst kürzlich erreicht. Wenn man den Job als Türsteher in einem Striplokal überhaupt als Erfolg bezeichnen konnte. Kaum die direkteste Art, seinen Traum zu leben.

Andererseits hatte er wenigstens einen Traum. Nichts Vages oder Unmögliches – der Weg dorthin war hart, aber er war real.

„Ich plane, an UFC-Amateurkämpfen teilzunehmen und mich in die Profiliga hochzuarbeiten."

„Hm, bist du nicht zu alt dafür?", platzte April heraus. „Ups, sorry, ich wollte nicht gemein sein ..."

„Ich bin vielleicht kein junger Hüpfer mehr, aber ich werde alles tun, um teilnehmen zu können – und zu gewinnen."

April legte ihre Hand auf seine. „Ich glaube an dich. Du schaffst das."

Hagen fühlte, wie ihm die Röte ins Gesicht stieg, als sie ihn berührte. Verlegen rückte er seine Sonnenbrille zurecht und räusperte sich. „Sollen wir mal schauen, wie Mr. Morrison sich mit der Piñata schlägt?"

Im *Mark II* ging es ziemlich lebhaft zu. Die Beleuchtung war gedämpft, und bunte Lichter spielten auf den Körpern der Stripperinnen, die noch bekleidet langsam an ihren Stangen tanzten. Auf den Tischen sammelten sich Flaschen, Schnapsgläser und Bierkrüge – die Gäste bestellten fleißig.

Die Zuschauer drängten sich im Zentrum des Hauptraums um die Piñata. Wei Ming und der Chefkoch waren ebenfalls anwesend.

„Ernsthaft?" April lachte leise. „Eine Piñata in Form einer nackten Frau? Das ist sowas von ultra-sexistisch. Andererseits ... Was will man in einem Striplokal anderes erwarten?"

Hagen und April drängten sich durch die Menge und blieben neben Wei Ming stehen. Morrison hatte sich bereits umgezogen und trug einen makellos weißen Anzug, in dem er aussah wie ein Plantagenbesitzer aus dem 19. Jahrhundert in einem Buch von Mark Twain. Sein Partner, ein großer, dünner, alter Mann in seinen Achzigern, holte zwei Baseballschläger hervor. Eine der Stripperinnen kam von der Bühne herunter und verband den beiden die Augen.

Die zwei alten Herren nahmen die Schläger und schwangen sie auf das entsprechende Kommando.

Das Publikum jubelte und rief ihnen zu, wo sie hinschlagen sollten. Hagen befürchtete schon, dass sie sich gegenseitig treffen könnten. Doch bald war die Piñata verbeult und platzte schließlich auf. Glitzer, Süßigkeiten, Münzen und Gutscheine für kostenloses Essen regneten herab. Einige Kunden sammelten sie auf, aber die

Mehrheit gratulierte nur den Partnern und wandte sich wieder dem Feiern zu.

Mehr Stripperinnen kamen auf die Bühne. Die Musik wurde lauter und das Tanzen freizügiger. Hagen wusste nicht, wohin er den Blick wenden sollte. Er hätte den Mädchen wirklich gern beim Ausziehen zugeschaut. So etwas hatte er noch nie zuvor gesehen (Videos zählten nicht). Aber es machte ihn schon verlegen, auch nur in ihre Richtung zu blicken, solange April direkt neben ihm stand.

Sie ihrerseits schenkte Hagens Bedrängnis keinerlei Beachtung, sondern schaute den Tänzen zu, nippte an ihrem alkoholfreien Cocktail und kommentierte: „Die bewegt sich gut. Und die da ist ganz klar zu schluderig. Die Brünette dort drüben wirkt ein bisschen prüde …"

Wei Ming kam auf sie zu. „Ich bin fertig mit Kochen, Boss! Bereit, meine Pflichten als Türsteher wiederaufzunehmen! Kann ich anfangen?" Dann bemerkte er April. „Noch eine Tänzerin? Neu hier?"

April lachte. Hagen konnte sich nicht beherrschen und musste ebenfalls kichern.

Wei Ming sah verwirrt aus. „He, hab ich was Komisches gesagt?"

„Nichts, was wir nicht schon gehört hätten."

Als April fertiggelacht hatte, wollte sie einen Schluck von ihrem Cocktail nehmen. Allerdings stieß einer der Gäste beim Versuch, an ihr vorbeizukommen, gegen ihren Ellenbogen, murmelte eine betrunkene Entschuldigung und lief davon.

„Na, da haben wir's", sagte April. „Das ist das Zeichen für mich, dass es Zeit ist, heimzugehen. Es wird laut und die Betrunkenendichte steigt. Und ich kann Betrunkene nicht ausstehen."

Sie streckte sich, wobei das eng anliegende T-Shirt ihre Brüste auf ziemlich bezaubernde Weise betonte. Dann nahm sie die Baseballmütze ab und richtete ihre Haare. Jetzt wirkte sie wieder mehr wie die Schönheit, die jeder anstarrte.

Auch Wei Ming starrte. Dann schüttelte er den Kopf, sich offenbar an seine Freundin erinnernd, und ging davon.

„Ich bring dich raus", verkündete Hagen und bahnte sich genau wie ein professioneller Türsteher einen Weg durch die Menge.

„Ich habe mein Auto da drüben geparkt", sagte April und deutete in Richtung Ende des Blocks.

„Ein bisschen weit weg."

„Der Parkplatz war rappelvoll."

Hagen begleitete April zu ihrem Auto.

„ICH FIND'S SCHON irgendwie komisch hier", gestand April ihm auf dem Weg.

„Wieso das?"

„Dieser Mr. Morrison kommt mir überhaupt nicht wie der Besitzer eines Stripclubs vor. Und sein Partner noch viel weniger. Sie wirken wie zwei liebenswürdige Großväter – einer sieht aus wie Colonel Sanders von Kentucky Fried Chicken, der andere wie ein Kaufhaus-Weihnachtsmann mit einem Schnurrbart statt einem Vollbart."

Hagen dachte daran, dass er auch nie so wahrgenommen wurde, wie er es sich wünschte. „Woher weißt du denn, wie ein Besitzer von einem Stripclub auszusehen hat? Leute nach ihrem Aussehen zu beurteilen ist immer riskant."

„Um die Wahrheit zu sagen, ich möchte da nicht noch mal hingehen. Einmal reicht mir. Das ist nicht meine Art von Lokal. Und warum sind alle so wild auf diese Wings? Sie sind frittiert, fettig und scharf. Alles ungesund. Es war eklig, den Leuten zuzuschauen, wie sie sich damit vollgestopft haben. Und dann beschweren sie sich über Magenschmerzen und Übergewicht."

„Das ist aber nicht ganz fair."

„Vielleicht. Ich kenne dich nicht so gut, Mike, aber ich bin überzeugt, dass die Bar auch nichts für dich ist. Hier wirst du kein professioneller Kämpfer. Du kriegst nur mehr Ärger."

„Ja, aber Mr. Morrison ist ein toller Mensch, und sein Lokal ist nun mal auf Leute ausgerichtet, die seine Chicken Wings mögen. Wenn die nicht dein Ding sind, zwingt dich ja niemand, sie zu essen."

April wandte sich zu ihm, um zu antworten, als sie eine barsche Stimme unterbrach.

"Sofort stehenbleiben."

Eine Gruppe von vier Leuten tauchte plötzlich aus den Schatten auf. Die Straßenlaternen beleuchteten sie nur schwach, aber ihre Gesichter waren definitiv feindselig.

Hagens Herz machte einen Aussetzer und begann dann, heftig zu schlagen. Fragen wie "Wer seid ihr?" oder "Was wollt ihr?" waren überflüssig – der Saum einer lila Robe, der unter der Jacke des einen hervorschaute, sprach Bände.

Besorgt spannte Mike sich an, während April die Fremden musterte. Die vier Männer umzingelten sie, ohne ein Wort zu sagen. Sie konnten sowieso nirgends hinlaufen – eine Richtung war durch einen Jeep mit Hörnern auf dem Dach versperrt, der in völliger Missachtung aller Verkehrsregeln mitten auf dem Gehsteig parkte, und die andere Seite blockierten zwei der Schläger.

Was sollten sie jetzt tun? Um Hilfe rufen? Diese Taktik konnten sie sich vielleicht als letzten Ausweg aufheben, aber sie waren zu weit weg von der Bar – niemand würde sie hören.

St. Ians Eiferer mussten beschlossen haben, dass Gott jemanden brauchte, um ihm bei der Bestrafung der Sünder zu helfen.

April hatte keine Ahnung, wer sie waren, also fragte sie: "Was wollt ihr?"

"Von dir nichts", antwortete der Anführer.

"Ja, stimmt", mischte sich der zweite Fanatiker ein. "Bist du eine dieser abscheulichen Stripperinnen aus der Bar? Du gehörst in Satans Schoß."

"Habt ihr alle dasselbe Zeug geraucht? Ich bin keine Stripperin!"

Hagen durchforstete die Werte ihrer Gegner. Die einzig Gefährlichen waren die zwei, die das Reden übernommen hatten.

LEVEL UP : KNOCKOUT

Gil Neumann
Alter: 32
Level 7

LP: 32.000
Kämpfe/Siege: 121/119
Aktueller Status: St. Ians Krieger

Ruf: Hohn (10/10)
Widerstand gegen dein Charisma: mittel (4/10)

Der zweite war etwas kleiner.

Billy „Boxer" Blanks
Alter: 27
Level: 9

LP: 28.000
Kämpfe/Siege: 210/174
Aktueller Status: St. Ians Krieger

Ruf: Hass (8/10)
Widerstand gegen dein Charisma: mittel (4/10)

Mike beschloss, dass er die anderen beiden zwar nicht ignorieren durfte, sie aber kaum eine ernstzunehmende Gefahr darstellten. Einer war auf Level 3, der andere hatte noch nie an irgendeinem auch nur entfernt ernsthaften Kampf teilgenommen. Sein Widerstand gegen Mikes Charisma lag bei null. Es war ziemlich offensichtlich, dass er vor dem Kampf weglaufen würde, sobald Hagen auch nur die Faust hob.

„Wenn ihr nichts von mir wollt, dann kann ich ja einfach gehen, oder?", fragte April.

„Verschwinde, Dirne", antwortete Billy „der Boxer", hielt aber dann inne. „He, nicht doch. Du gehst nirgendwohin. Sonst rufst du sicher die Bullen."

„Und wer will mich aufhalten? Du?"

„Darauf kannst du Gift nehmen", nickte Billy und zog die Faust aus der Jackentasche. Im Licht der Straßenlaterne blitzte ein Schlagring auf.

Die anderen Fanatiker holten ebenfalls sofort ihre Waffen hervor. Gil nahm einen schwarzen Baseballschläger aus einem Rucksack – in der Dunkelheit war er kaum zu sehen. Der dritte Angreifer zog ein Messer. Die matt glänzende Klinge rastete mit einem Klicken ein. Der vierte hickste laut und machte einen Schritt zurück.

Mike hatte bereits genug Kampferfahrung, um zu wissen, dass Reden hier zu nichts führen würde. Es wäre sinnlos, eine friedliche Lösung für die Situation vorzuschlagen – umgeben von Leuten, deren einziger Wunsch es war, einen zu verprügeln.

Als er allerdings die Waffen sah, bekam er so große Angst wie damals vor seinem Kampf gegen Gonzalo.

„Hört mal", sagte er leise. „Was wollt ihr eigentlich wirklich? Wir haben die Sache mit Ian Wilson geklärt. Er hat sein Geld bekommen."

„St. Ian weiß von nichts", erklärte Gil. „Wir haben das ohne sein Wissen geplant, und wir werden definitiv dafür bestraft werden. Aber zuerst bekommst du, was du verdient hast."

„Wofür habe ich denn irgendwas verdient?", fragte Hagen verblüfft.

„Für unseren Bruder Liam, den du so schändlich zum Krüppel geschlagen hast."

„Er liegt im Krankenhaus! Im Koma! Deinetwegen!", jammerte Billy und wischte sich mit dem Schlagring die Tränen von den Wangen. „Wir wissen nicht einmal, ob unser Bruder überleben wird!"

„Was?" Hagen war ehrlich geschockt.

Er hatte jemanden beinahe umgebracht. Oder vielleicht tatsächlich umgebracht? Er wusste es nicht.

Er fragte sich, was seine Mutter dazu sagen würde, wenn sie noch am Leben wäre. Das war leicht zu erraten. Er hörte ihre

Stimme laut und deutlich in seinem Kopf: *„Sohn, was ist aus dir geworden? Ein Mörder? Ich kann es nicht glauben. Es tut mir leid, aber ich kann dir jetzt, da ich tot bin, nicht mehr helfen."*

Seine Lippe zitterte. Tränen füllten seine Augen. Hagen war fast bereit, diese Fanatiker auf Knien um Vergebung zu bitten, aber Aprils Stimme brachte ihn wieder zur Besinnung.

„Wenn Mikey es geschafft hat, einem von euch Deppen das Licht auszuknipsen, hat der das sicher mehr als verdient."

„Schweig, du Hure!" Gil schwang seinen Schläger.

Er wollte sie eher erschrecken als sie tatsächlich zu treffen. Doch April tat etwas völlig Unerwartetes. Mit dem Pulli, den sie den ganzen Abend herumgetragen hatte, bedeckte sie den Kopf des zappeligen Typen mit dem Messer. So schnell, dass man mit den Augen kaum folgen konnte, packte sie seine Handgelenke, zog ihn zu sich heran und trat ihm in die Eier. Der Typ krümmte sich zusammen und bekam sofort noch einen Tritt in sein von dem Pullover bedecktes Gesicht. Rasch kehrte April in ihre Ausgangsposition zurück.

Der Typ stocherte mit seinem Messer schwach in der Luft herum, aber die junge Frau war schon außer Reichweite. Er ließ seine Waffe fallen, bedeckte seine verletzte Stelle mit beiden Händen und ging in die Hocke. Dann kippte er zur Seite und blieb in Embryonalstellung liegen, als wollte er sich unter seiner eigenen Haut verkriechen, und stöhnte so laut, dass selbst die Kunden des lärmenden Stripclubs ihn hören mussten.

Gil und Billy machten sofort eine Bestandsaufnahme der Situation. Der vierte Mann hickste wieder und rannte dann weg.

Sobald er einen sicheren Abstand erreicht hatte, lamentierte er: „Hattet ihr nicht gesagt, wir wollen sie nur erschrecken, Brüder? Ich will nicht kämpfen. Gewalt führt zu nichts!"

Das alles geschah innerhalb von drei oder vier Sekunden. Hagen nahm wieder seine Kampfhaltung ein. Es war zu spät für Entschuldigungen. Gewalt war jetzt die einzige Option, egal, was Ians Eiferer gesagt hatte.

Und überhaupt, war es nicht seltsam, dass der Heilige sich

mit Schlägern umgab?

Gil schwang den Schläger nach Hagen, aber der verpasste ihm einen geraden Kinnhaken. Allerdings musste seine Angst vor dem Schläger seinen Schwung gebremst haben. Der Fanatiker wich ihm aus und traf Hagen in den Rücken.

Das Muster war ihm vertraut: Irgendwann bekam man das, wovor man sich am meisten fürchtete. Er sollte sich besser daran gewöhnen. Gil hatte natürlich auf seinen Kopf gezielt, aber instinktiv hatte Hagen es geschafft, dem Schlag auszuweichen.

Er mochte gar nicht darüber nachdenken, was passiert wäre, wenn sein Gegner mit voller Kraft sein Ziel getroffen hätte. Wäre sein Kopf geplatzt wie vorhin die Piñata?

Erlittener Schaden: 4.200 Punkte (Treffer mit Schläger)

Unter dem Schlag gab es in seinem Rücken ein knackendes Geräusch. Ein scharfer Schmerz breitete sich entlang seines Rückgrats bis hinauf zu seinem Hinterkopf aus. Hagen Augen tränten unkontrolliert.

Er drehte sich um, deckte sich gegen einen weiteren Schlag und erhaschte einen Blick auf Billy, der drohend auf April zukam. Seine schwere Faust mit dem Schlagring zischte durch die Luft, als würde ein unsichtbarer Tontechniker Soundeffekte für einen dieser alten Actionfilme aus Hongkong machen. April wich immer wieder aus und ging Schritt für Schritt rückwärts. Währenddessen kramte sie die ganze Zeit auf der Suche nach etwas in ihren Taschen. Wahrscheinlich wollte sie ihr Telefon finden, um den Notruf zu wählen. Als sie die Mülltonnen erreichte, stieß sie eine davon Billy entgegen, doch der grinste nur und trat sie zur Seite.

Hagen konzentrierte sich auf Gil. Er würde ihn so schnell er konnte erledigen müssen. Ohne den Schläger zu beachten, stürmte er auf seinen Gegner zu, duckte sich und schlug Gil in die Seite, doch seine Faust verheddderte sich nur in der Jacke des anderen.

Mike spürte schon, wie die schwere Waffe auf seinen Schädel zu sauste, auch wenn er sie nicht sehen konnte. Es war ein

Wettrennen zwischen dem Schläger und seiner linken Faust, mit der er das Kinn seines Gegners treffen wollte.

Aus der Richtung der Bar waren Schreie zu hören. Die Gäste mussten endlich auf dem Kampf aufmerksam geworden sein.

Hagens Faust donnerte in Gils Gesicht.

Verursachter Schaden: 12.600 Punkte (Faustschlag)

Erneut hörte Mike ein Knacken, als hätte er eine Tüte Chips aufplatzen lassen. Allerdings traf der Schläger nicht auf Mikes Kopf auf. Gil war bereits ausgeknockt und hielt ihn nicht mehr fest. Er stieß nur leicht gegen seinen Schädel. Das war schmerzhaft, aber nicht tödlich.

Erlittener Schaden: 1.220 Punkte (Treffer mit Schläger)
Glückwunsch! Du hast einen Gegner in einem fairen Kampf besiegt!
Erhaltene EP: 1
Stumpfe Waffe blocken: Fähigkeit freigeschaltet.
Du musst diese Fähigkeit öfter nutzen, um sie steigern zu können.

Ohne auf die zahlreichen Systemmeldungen zu achten, eilte Hagen April zu Hilfe, doch aus irgendeinem Grund wälzte sich Billy „der Boxer" bereits am Boden, bedeckte sein Gesicht mit den Händen und schrie. April stand über ihm, atmete schwer und zeigte ihm das Pfefferspray in ihrer Hand.

Sie schwenkte es hin und her.

„Das hilft wirklich am allerbesten gegen Straßenschläger", sagte sie. Sie bemerkte die Tränen in Hagens Gesicht und steckte ihre Waffe eilig weg. „Hey, tut mir leid! Hat das Pfefferspray bis zu dir gereicht?"

„Ja, offenbar. Aber nur ein bisschen." Hagen wischte sich die Augen mit dem Ärmel der Jacke seines Onkels.

Wenn April wüsste, dass das Tränengas nichts mit der

Feuchtigkeit unter seinen Augen zu tun hatte ...

Kapitel 17
Wachstumsschmerzen

Du kannst einen Mann nicht brechen wie einen
Hund oder ein Pferd. Je härter du einen Mann
schlägst, desto weniger wird er sich beugen.

Far Cry 2

HAGEN FÄLLTE SELTEN irgendwelche direkten Entscheidungen, und wenn doch, bereute er jede einzelne sofort. Nach dem Handgemenge mit „St." Ians Eiferern hatte er allerdings seine Prioritäten neu sortiert und beschlossen, gar nichts mehr zu bereuen. Sobald er sich von den Treffern mit dem Baseballschläger erholt hatte, ging er ins Büro von Chuck Morrison und sagte entschlossen: „Es tut mir leid, Sir, aber ich kann hier nicht mehr arbeiten."

„Warum?" Überrascht strich Chuck sich den Schnurrbart. „Du machst deine Sache gut. Ich könnte mir keinen besseren Sicherheitsmann wünschen. Oder hast du Angst? Ich kann dir aber versichern ..."

„Tatsächlich habe ich Angst", stimmte Hagen ihm zu. „Ich habe Angst, dass ich hier für lange Zeit festhängen werde. Ich habe diesen Traum, und in Ihrem Betrieb zu arbeiten, bringt mich seiner Erfüllung nicht näher. Ich habe bereits mein halbes Leben damit vergeudet, etwas anderes zu tun als das, was ich immer wollte."

Chuck seufzte. „Ich verstehe dich. Was ist mit Wei Ming?"

„Er bleibt. Es gefällt ihm hier. Nur bitte, zwingen Sie ihn nicht, dem Koch zu helfen. Das ist nicht das, was er gern tut. Und geben Sie ihm so viele Gurken, wie er nur mampfen kann, die mag er wirklich gern."

„Naja, wenn das deine Entscheidung ist, Söhnchen, dann respektiere ich das. Aber ich kann nicht anders, als sie bedauern. Religiöse Spinner als Nachbarn zu haben hat sich als gefährlich herausgestellt. Man weiß nie, was denen als Nächstes einfällt."

„Sir, ich verspreche, dass ich jemanden finden werde, der Wei Ming unterstützt. Ich bin Stammkunde bei einem Boxstudio, da gibt es jede Menge Leute, die an Ihrem Angebot interessiert wären."

„Gut, einverstanden."

Chucks Büro war nur unwesentlich größer als ein Kühlschrank, also musste Hagen nicht zur Tür gehen – er drückte sie einfach auf.

„Wiedersehen, Sir."

„Warte mal!" Chuck schaffte es kaum, sich von hinter seinem Schreibtisch hervorzuwinden, der eigentlich nur aus einem einzelnen Schulpult bestand. „Ich kann dir nicht viel geben, aber das gehört dir."

Chuck drückte Hagen ein paar Geldscheine in die Hand. Hagen wollte sie ihm zurückgeben, aber das ließ Chuck nicht zu.

„Söhnchen, lass es. Nimm das Geld einfach und stecke es in deine leere Tasche. Ich bin alt genug, um jemandem sofort anzusehen, ob er ein Loch in seinem Budget hat. Das ist kein Almosen. Ich bezahle dich für deine Arbeit."

„Danke, Sir."

Sie gaben einander die Hände, und Hagen ging, leicht verunsichert. Er war kurz davor, es zu bereuen, einen sicheren Job aufgegeben zu haben, aber dann erinnerte er sich daran, was April ihm gesagt hatte.

Das hier war wirklich nicht der richtige Platz für ihn. Er musste gegen andere Sportler im Ring kämpfen, nicht gegen betrunkene Loser, religiöse Spinner oder den eifersüchtigen Ehemann einer Möchtegern-Stripperin.

Am selben Tag stockte er seine Essensvorräte auf – in letzter Zeit hatte er gegessen, was immer er in die Hände bekommen hatte, da er nicht genug Geld für Nahrungsergänzungsmittel gehabt hatte.

Bevor er ins Bett ging, rief Hagen das Interface auf, überprüfte, ob seine Gesundheitsleiste voll war, und überlegte, wie er die EP und Fähigkeitenpunkte verteilen sollte.

„Pah, als müsste ich da groß nachdenken!", rief er aus und legte vier Punkte auf Stärke. Diese stieg jedoch nur um einen einzigen Punkt an.

Warnung!
Künstliche Steigerung von Eigenschaften um mehr als 1 Pkt. gleichzeitig ist streng untersagt! Es besteht höchste Lebensgefahr!

„Verdammt! Das hatte ich völlig vergessen."

Diese Einschränkung machte ihm die Entscheidung leichter. Mike erhöhte jeden Wert um einen Punkt. Er beschloss, sich einen als Reserve aufzuheben, um später Stärke oder Ausdauer zu steigern.

Mehrere der bekannten Meldungen klärten ihn über das unnatürliche Verbessern seiner Werte auf, doch die folgende freute ihn besonders:

Warnung!
Wir haben eine ungewöhnliche Steigerung Ihrer Eigenschaft „Charisma" festgestellt: +1 Pkt.
Ihr Körper wird zur Anpassung an den neuen Wert restrukturiert.
Erforderliche Änderungen: Die Körpergröße des Trägers steigt um 3 cm...

„Körpergröße! Körpergröße!" Hagen konnte sich den Ausruf nicht verkneifen, nachdem er genau das gesehen hatte, was er immer schon hatte sehen wollen. Er las nicht einmal die Liste der Änderungen bis zu Ende durch, die das System gleich an seinem Äußeren vornehmen würde.

Sein alter Wunschtraum begann endlich, in Erfüllung zu gehen. Selbst als Erwachsener hatte Hagen davon geträumt, dass Wissenschaftler einen Weg finden würden, jemanden größer werden zu lassen, so wie im Comic. Nur eine Pille einnehmen, und schon wächst man. Oder eine spezielle Wachstumskammer aufsuchen und so groß wie ein Basketballspieler herauskommen.

Sein ganzes Leben lang hatte er geglaubt, dass seine Größe der Grund für all seine Probleme wäre. Irgendwann war Hagen zwar zu der Erkenntnis gelangt, dass an seinen Problemen wesentlich mehr dran war als nur die Länge seines Körpers. Trotzdem träumte er immer noch davon, größer zu werden.

Der noch nicht ausgegebene Fähigkeitenpunkt brachte ihn ins Grübeln. Man hätte meinen können, es wäre sinnvoll, Fähigkeiten freizuschalten, die er noch nicht verwenden konnte, wie zum Beispiel den Kopfstoß. Doch bei der Vorstellung, jemandem einen Kopfstoß zu verpassen, zuckte Hagen zusammen. Er wollte seinen Kopf lieber da raushalten.

Der Abwärtsschlag im Sprung sah allerdings sehr verlockend aus. Selbst von Ferne betrachtet wirkte das wie ein cooler Move. Was ihn jedoch am attraktivsten machte, war die Tatsache, dass er Schaden in Höhe der Summe des Schadens durch den Faustschlag und einem Zehntel des Schadens durch einen Kick verursachte. Jedes neue Fähigkeitslevel brachte ihm zusätzliche 10 %.

Also entschied er sich für den Abwärtsschlag im Sprung.

Fertig!

Jetzt war es Zeit, sich mit diesen ganzen Abstufungen von Liebe und Hass sowie dem Widerstand der Leute gegen sein Charisma zu beschäftigen. Wenn das als Standardwert angezeigt wurde, musste es wichtig sein.

Er rief den virtuellen Assistenten auf, fragte aber dann etwas ganz anderes als ursprünglich beabsichtigt.

„Kann ich dir einen anderen Namen geben?"

„Mike", die Stimme des Assistenten war völlig emotionslos, aber Hagens misstrauisches Wesen ließ ihn eine Andeutung von Herablassung darin erkennen. „Ich habe keinen Namen, also kann ich genau genommen nicht umbenannt werden."

„Okay. Kann ich dir einen Namen geben, damit ich dich nicht mit ,He, virtueller Assistent' anreden muss?"

„Natürlich, Mike."

„Wenn das so ist, nenne ich dich Demetrious. Ist das okay für dich?"

„Ja."

„Kriegst du es hin, etwas menschlicher zu klingen?"

„Ich bin kein Mensch."

„Du könntest wenigstens so tun. Siri auf meinem iPhone klingt wie ein lebendiger Mensch, und du kommst doch angeblich aus der Zukunft, also kannst du doch wohl was gegen diese retrofuturistische Roboterstimme tun."

Anstelle einer Antwort sah Mike ein blinkendes Symbol mit der Beschriftung „Neu laden". Eine Sekunde später fragte eine fröhliche Stimme in seinem Kopf: „Ist es so besser, Mike?"

„Viel besser."

„Was geht, Alter?"

„Was geht, Demetrious? Hey, ist deine Stimme nicht ...?"

„Die Sprechweise, Stimmlage und Betonungsparameter wurden nach Sprechproben des UFC-Champions Demetrious Johnson synthetisiert."

„Cool! Und jetzt, Demetrious, könntest du mir sagen, wie ich diese Ruf-Einstufungen zu verstehen habe? Ich kapiere noch nicht, wie das widerspiegelt, was die Leute wirklich von mir halten."

„Was ist daran so kompliziert?" Demetrious klang erstaunt. „Es gibt zwei Sets von Ruf-Modi – eines ist für Mitglieder deines eigenen Geschlechts, das andere für Mitglieder des anderen Geschlechts. Möchtest du eine tabellarische Übersicht? Sortiert von schlecht zu gut?"

„Lass sehen."

Ruf-Einstufung für Mitglieder desselben Geschlechts:
Mörderischer Hass
Starker Hass
Hass
Verachtung
Feindseligkeit
Gleichgültigkeit
Gut
Ausgezeichnet
Sympathie
Freundschaft
Enge Freundschaft

Ruf-Einstufung für Mitglieder des anderen Geschlechts:
Mörderischer Hass
Starker Hass
Hass
Verachtung
Feindseligkeit
Gleichgültigkeit
Leichtes Interesse
Interesse
Starkes Interesse
Verknallt
Liebe

Hagen fragte: „Also, jeder Modus hat Punkte von eins bis zehn, ja? Und wenn man zehn erreicht, wechselt man in einen höheren Modus?"

„Gut erkannt, Mikey."

Hagen stockte einen Moment lang der Atem. „Also, Aprils Ruf liegt bei ‚Starkes Interesse', und darauf folgt ..."

„Diese Einstufung ist ziemlich vage, Mikey-Boy. Immer mit der Ruhe. Menschliche Gefühle sind extrem flüchtig. Innerhalb von Sekunden können deine Handlungen dazu führen, dass jemand von

Verachtung zu Mörderischem Hass wechselt – oder von Interesse zu Verliebtheit. Wenn du dich benimmst wie ein Arschloch, kann Liebe sich in null Komma nichts in Hass verwandeln."

„Kapiert, Demetrious. Gute Nacht."

Statt einer Antwort warnte der Assistent ihn mit seiner Standardstimme: „Achtung! Leichte Symptome des Einsetzens einer Angststörung entdeckt."

„Himmel, Demetrious, habe ich dir nicht gesagt, du sollst in Menschensprache mit mir reden?"

„Das ist doch offensichtlich. Du hast einem virtuellen Assistenten, der nicht einmal menschlich ist, einen Namen gegeben und mir dann eine gute Nacht gewünscht. Deine Einsamkeit führt zu ernsthaften Angstzuständen."

„Hast du irgendwelche Empfehlungen für mich?"

„Willst du es wissenschaftlich oder für Doofe?"

„Dem!"

„Okay, schon gut. Bleib cool." Demetrious klang, als würde er lächeln. „Es gibt für solche Fälle viele Empfehlungen. Die erste lautet: Finde eine Freundin. Dann solltest du beginnen, deinen Plan umzusetzen, nach Vegas zu ziehen. Hör auf, dir selbst leidzutun, und fang an zu arbeiten. Übrigens hast du diese Nachricht an Onkel Peter nie abgeschickt. Er könnte der einzige deiner Verwandten sein, der einen positiven Einfluss auf dich hat."

„Eine Freundin", kommentierte Hagen mürrisch. „Wo sollte ich denn überhaupt anfangen, nach einer zu suchen? April ist nicht meine Liga ..."

„Du kannst überall suchen, wo du willst, aber Pornoseiten sind definitiv eine schlechte Wahl."

„Du meinst ..."

„Jepp, Mikey. Ich weiß mehr über dich als Google, Amazon und Facebook zusammengenommen. Aber lass dich davon nicht runterziehen – ich bin nur die Stimmfunktion eines Systeminterface."

„Jetzt reißt du also Witze, was?"

„He, Kumpel, du hast mich gebeten, menschlicher zu klingen,

oder nicht?"

Hagen griff nach seinem Telefon und öffnete das Chatfenster mit der nicht abgeschickten Nachricht an Onkel Peter. Er fügte hinzu: „Es wäre wirklich schön, dich mal wiederzusehen." Er schickte sie ab und schaffte es endlich, einzuschlafen.

ALS ERSTES AN diesem Morgen tastete sich Mike gründlich am ganzen Körper ab. Enttäuscht stellte er fest, dass es keine augenscheinlichen Veränderungen gab. Ein paar Zentimeter würden schließlich kaum dazu führen, dass er beim Aufwachen mit dem Kopf an die Decke stieß. Trotzdem wünschte er sich, es würde ein Wunder geschehen.

Hastig lief er zum Spiegel und rief seine Werte auf. Die neuen Werte passten: Seine Körpergröße betrug jetzt 1,62 m, sein Gewicht 65,8 kg. Tatsächlich war eine Veränderung spürbar – seine Unterhose fühlte sich um die Taille herum enger an.

„He, was, wenn..." Hagen zog die Hosen herunter, um nachzusehen. Dort schien alles so zu sein wie immer.

Mike betrachtete sich genauer. Bildete er sich das ein, oder wirkte er selbstbewusster und cooler? War sein Haar dichter geworden?

Er lächelte sein Spiegelbild an, anstatt wie sonst davor zurückzuzucken. Konnte es sein, dass er jetzt besser aussah?

Hagen fühlte sich beflügelt und beschloss, den noch übrigen Punkt heute Abend auf Charisma zu legen.

Er ging eine Runde Joggen und begann dann mit seinem Training. Immer wieder versuchte Mike, den Angriff auf dem Icon nachzumachen, auf dem sein virtuelles Gegenstück mit einem Bein hochsprang und dann dem Gegner einen Schlag verpasste. Außerdem sah er sich ein paar Anleitungsvideos auf YouTube an.

Gelinde gesagt kam er langsam voran. Keiner seiner Schläge verursachte nennenswerten Schaden – sie waren schwächer als seine normalen. Außerdem fühlte sich Hagen nahezu wehrlos. Er brauchte keine Kommentare von anderen, um zu erkennen, dass er bei solchen Angriffen, bei denen seine Arme wie Rotoren in der Luft herumwedelten, aussah wie ein abstürzender Hubschrauber.

Sein Fortschritt hing offenbar auch von seiner Kick-Fähigkeit ab. Er wechselte das Bein und den Angriff sowie die Angriffsstärke und den Vektor und probierte alles Mögliche aus. Natürlich würde er einen echten Mentor brauchen, um das alles zu lernen. Allerdings war es ihm zu peinlich, Wei Ming erneut zu bitten, ihn zu trainieren. Sein Freund würde ihn nicht abweisen, aber jede Art von Arbeit sollte entlohnt werden, und Mike war so gut wie pleite.

Also schrieb Hagen Gonzalo an und sagte ihm, dass er dieses Wochenende kämpfen wollte.

Cool, Bro, antwortete Gonzalo. *Ich schau mal, gegen wen du antreten kannst. Besprechen wir das heute Abend bei Ochoa im Studio.*

Außerdem musste Mike zu *AthleticSmart,* um neue Ausrüstung zu besorgen. Er erinnerte sich daran, wie das *Dodgers-*Shirt ihn im Kampf gegen Sylas behindert hatte. Ab sofort würde er keine alten Lumpen mehr tragen. Es war Zeit, neue Sportklamotten zu kaufen. Ein paar Handschuhe wie die, die er im Kampf gegen Sylas getragen hatte, könnte er auch gut gebrauchen, aber das würde warten müssen. Die konnte er sich jetzt noch nicht leisten.

Hagen bemerkte April jetzt überall – auf den Verpackungen mit Tennis-Outfits, den Etiketten von Yogahosen und vielem mehr. Er verbrachte sogar eine Minute damit, eine gigantische Plakatwand auf der Verkaufsetage zu betrachten, auf der April in einem Kimono auf einer Tatami-Matte posierte.

Krav Maga hatte er mittlerweile nachgeschlagen. Es handelte sich dabei um eine vom israelischen Militär angewendete Kampfkunst, keine Stilrichtung des Yoga, wie er irrigerweise angenommen hatte. April war wunderschön – und gefährlich.

Seit dem Zwischenfall mit den religiösen Eiferern hatten sie sich nicht gesehen. Ihr Abschied war freundschaftlich gewesen. April hatte sogar einen Scherz gemacht, bevor sie davongefahren war. „Yo, Mikey, wir sind ein tolles Team, oder nicht? Genau wie Batman und Robin."

Sie hatte gelacht, aber Hagen hatte bemerkt, dass sie nervös mit ihrem Haar gespielt hatte. Die Fanatiker hatten ihnen einen ganz schönen Schrecken eingejagt.

Hagen hatte ihre Telefonnummer nicht. Und selbst wenn, hätte er sie nicht angerufen. Warum sollte er? Um sie einzuladen, einen weiteren Kampf in einer anderen Bar zu erleben? Was hatte er Mädchen wie April oder Alexa überhaupt zu bieten?

Nach seinen Erfahrungen mit Lexie machte Hagen keine optimistischen Pläne mehr. Er hatte beschlossen, niemanden mehr auf ein Date einzuladen oder einer Frau gegenüber Interesse auszudrücken. Es reichte ihm, dass die Fortschrittsleiste über April „Starkes Interesse (4/10)" anzeigte.

Hagen fühlte sich, als würde er mit einem Cheat-Code spielen. Aber auch wenn April aus irgendeinem Grund „Starkes Interesse" hatte, wusste er nicht, was er damit anfangen sollte. Seine einzigen Erfahrungen mit Sex beschränkten sich auf die seltenen Gelegenheiten, wenn Jessica, seine bisher einzige Freundin, spät nachts völlig betrunken nach Hause gekommen war. Dann hatte sie Hagen aufgeweckt, ihn bestiegen und ihn geritten, bis sie darüber eingeschlafen war. Er war dankbar, dass sie nie auf ihn gekotzt hatte. Wenn sie nüchtern gewesen war, hatte sie ihn allerdings so gut sie konnte gemieden. Sie hatte eine Reihe Ausreden parat gehabt: ihre Periode, Kopfschmerzen und vieles mehr. Ihre Fähigkeit, sich Ausreden auszudenken, war nichts weniger als legendär.

Schief grinsend dachte Hagen, dass seine Ex wahrscheinlich die Weltmeisterschaft im Ausreden erfinden gewonnen hätte.

Mit April konnte er viel unbefangener sprechen als mit Lexie, doch sie war und blieb trotzdem ein Werbestar. Sie hatte Hagen aus einer Laune heraus dazu gebracht, bis aufs Blut zu kämpfen, während sie ihren Freund sauer genug gemacht hatte, dass auch dieser so gnadenlos gekämpft hatte, wie er nur konnte. Was hatte Gonzalo neulich gesagt? Im Ring gäbe es keine Feinde, nur Partner?

Ein Mädchen wie April konnte das ohne Weiteres ändern, wenn beide um ihre Aufmerksamkeit buhlten.

Er würde an seiner Einstellung sich selbst gegenüber arbeiten müssen, bevor er in der Lage war, eine Beziehung mit einem Mitglied des anderen Geschlechts einzugehen.

Diese Gedanken führten ihn schließlich zurück zu Demetrious und seinem Rat, eine Freundin zu finden.

Leichter gesagt als getan. Natürlich hätte er einfach ein Mädchen vom Straßenrand aufgabeln können. Aber Sexarbeiterinnen gegenüber war Hagen noch befangener. Bei Jessie war das anders gewesen. Onkel Peter hatte sie nie gemocht und sie immer eine Schlampe genannt.

Mike fuhr zum Comicladen. Sheila, die pummelige Tätowierte, die ihm einmal auf ziemlich unangenehme Weise eine Abfuhr erteilt hatte, arbeitete dort immer noch an der Kasse.

Hagen schlug den Kragen der Jacke seines Onkels hoch und betrat selbstbewusst den Laden. Direkt neben Sheila blieb er stehen, um sich die heruntergesetzten Comics anzusehen.

Das Mädchen wandte sich ein paarmal zu ihm um und sagte dann: „He, ich glaub, dich kenn ich!"

„Ich bin mir nicht sicher. Ich kann mich nicht erinnern."

„Oh, doch, ich schon! Du hast vorgeschlagen, dass wir mal auf ein paar Bierchen gehen, oder? Dein Name ist Hank, oder? Heute Abend hätt ich Zeit."

Hagen sah sie sich noch mal an – sie war dreimal so breit wie er – und beeilte sich, zu gehen.

Wie verzweifelt war er wirklich? Er wäre der Letzte, der jemand wegen seines Körperumfangs ablehnen würde – immerhin war er sein ganzes Leben lang für seine Statur verspottet worden. Aber warum sollte er sich mit Sheila einlassen, wenn er Frauen kannte, die er wesentlich lieber mochte? Warum sollte er an Kleinstadtwettkämpfen teilnehmen, wenn er in die oberste Liga wollte? Würde er je irgendetwas erreichen, wenn er sich mit mickrigen Erfolgen zufriedengab? Nicht, dass das Wort „mickrig" auf Sheila zutreffen würde.

Wenn er jemals mit jemandem zusammenkommen sollte, so beschloss er, würde sie keine Manifestation seiner Verzweiflung sein. Er hatte sowieso genug Verzweiflung für zwei.

Hagen sprang ins Auto und trat aufs Gas. Er fand sich auf der North Hill Road wieder, ganz in der Nähe der Abzweigung nach Mount Winewood, wo Lexie wohnte. Er drückte das Pedal durch und verbot sich, über den Grund nachzudenken, warum er das tat.

Hagen näherte sich dem vertrauten Reihenhaus. Das letztes Mal, als er dort gewesen war, war schon ein paar Jahre her, aber er erinnerte sich noch an jedes kleine Detail.

Jetzt konnte er Lexies Fenster sehen. Er parkte sein Auto am selben Platz wie damals und hielt Ausschau nach Bewegungen, bereit, sich beim ersten Anzeichen ihrer Anwesenheit zu verstecken.

Als jemand an die Scheibe seines Autos klopfte, zuckte er zusammen.

Vor seinem Wagen stand ein weißer Typ in Baggy Pants und einer weiten Jacke. Er war nicht gerade jung, und Hagen hätte nicht sagen können, ob seine Haare gebleicht oder von Natur aus weiß waren. Der Kerl erinnerte ihn an einen alten Rapper, der in den frühen 2000ern kurz populär gewesen war.

„Yo, Mann, suchst du ein Reihenhaus zur Miete?"

„N-nein ... Ich meine, ja", fasste sich Hagen und suchte nach einer Rechtfertigung, warum er im Auto saß und anderer Leute Türen beobachtete.

Der Rapper deutete auf Lexies Reihenhaus. Erst da bemerkte Hagen das Schild „zu vermieten" neben der Tür.

„Da ist gerade eine wirklich coole Frau ausgezogen. Sie hat ziemlich lange hier gewohnt. Das Haus ist sauber, und die Elektroinstallationen sind kürzlich erst erneuert worden. Zieh ein, dann werde ich dein Nachbar."

„Schön, dich kennenzulernen."

„Ich bin Easy Sammy alias Sammy C. Hast du schon was von mir gehört?"

„Vielleicht. Ich bin Mike", antwortete Hagen.

„Yo, Mikey, Bro ..." Sammy wühlte in den Taschen seiner übergroßen Jacke.

Panikerfüllt drückte Hagen sich in seinen Sitz und suchte nach dem Fensterhebeknopf. Er ging davon aus, dass Easy Sammy eine Waffe herausziehen und ihn überfallen würde.

Etwas blitzte in der Hand des Mannes auf. Durchs offene Fenster bot er Mike eine CD an.

„Ich bin nämlich Musiker, weißt du? Willst du mein neues Album kaufen? Jeder, der es gehört hat, hat mir gesagt, dass das ganz neue Dimensionen des Hip-Hops eröffnet, verstehste? Nur zehn Mäuse, Mann."

„Aber ich habe keine ..."

„Ach, komm schon, Bro. Du willst mir weismachen, dass ein weißer Junge keine zehn Mäuse dabei hat?"

Hagen wollte seine Einwände nicht ausführen – nämlich, dass Sammy selbst weiß war, und dass er gar keinen CD-Player hatte. Also zog er einen Zehner aus seiner Tasche und nahm die CD zusammen mit einem Wortschwall an Tipps und Anweisungen von Sammy entgegen.

„Auf dem Cover findest du alle meine Kontaktdaten auf sozialen Netzwerken, und da steht auch ein Link zu meinem YouTube-Kanal. Ich freu mich über Kommentare, Bruder! Bleib sauber!"

„Vielen Dank, Sammy, aber ich muss jetzt los."

Hagen schloss das Fenster und ließ das Auto an. Er fragte sich, warum er überhaupt erst hatte herkommen und dann noch Geld für nutzloses Zeugs hatte ausgeben müssen. Er warf die CD auf den Rücksitz und machte sich den ganzen Weg zurück zu Ochoas Studio Vorwürfe wegen dieser blödsinnigen, impulsiven Aktion. Selbst wenn er es geschafft hätte, Lexie zu treffen, was hätte er ihr denn sagen sollen? Hatte er sich etwa eingebildet, dass sie wie Sheila ihre Meinung ändern und mit ihm ausgehen würde?

Zum Teufel mit Demetrious und seinem verdammten Ratschlag, eine Freundin zu finden! Als wäre er sich seiner Bedürfnisse nicht bewusst. Er brauchte keine bescheuerten

Ratschläge!

Der Debuff „Sexuelle Frustration" tauchte immer wieder am Rand seines Gesichtsfelds auf. Außerdem bekam er häufiger als sonst spontane Erektionen. Alles, was es gewöhnlich dazu brauchte, war, dass er einen nackten, weiblichen Körperteil erblickte. Und das sah man in der Werbung ja heute wirklich ständig.

Wenigstens boten seine Training-Sessions ihm etwas Erleichterung für seinen unbefriedigten Körper und ein Ventil für seine Testosteron-Hochs.

Zum Teufel mit Demetrious! Ein schöner „Assistent", was? Warum hatte er nicht eine ordentliche Anleitung liefern können, wo man eine Freundin finden konnte?

OCHOAS STUDIO EMPFING ihn mit derselben vertrauten Atmosphäre wie immer – der Geruch nach Schweiß, die Rufe, das Geräusch der Schläge auf die Boxsäcke, das schwere Atmen der Kämpfer und die unnachahmliche Aura eines Ortes, an dem viele Leute über Jahre hinweg versucht hatten, über sich selbst hinauszuwachsen.

Jepp, hier gehöre ich her, dachte Hagen wieder einmal.

In der Bar hatte er nie dieses Gefühl gehabt. Auch wenn er dort nackte Frauen sehen konnte.

Er schüttelte den Kopf. Das war nicht der richtige Zeitpunkt, um an nackte Frauen zu denken.

Mike begrüßte seine Bekannten und erzählte ihnen, dass in Chucks Laden Türsteher gesucht wurden. Er verteilte Rabattgutscheine für das Restaurant an diejenigen, die Interesse zeigten. Nachdem er seine Verpflichtung Morrison gegenüber erfüllt hatte, ging er in den Umkleideraum.

Die neuen Sporthosen und das T-Shirt saßen perfekt. Er musste sich keine Gedanken machen, ob er nach einem weiteren Level-Up seiner Stärke oder seines Charismas zu groß für seine Kleider sein würde. Die Kleidung war dehnbar, also konnte er weiter wachsen.

Als Hagen mit dem Aufwärmen fertig war und begann, an seiner Kick-Technik zu arbeiten, kam Ochoa zu ihm und reichte ihm einen Pappkarton.

„Tut mir leid, wenn ich unterbreche, aber das hat ein Kurier gestern Abend für dich hier abgegeben."

Hagen starrte es überrascht an. „Von wem kann das denn sein?"

„Woher zum Henker soll ich das wissen?", blaffte der Alte.

Hagen trug die Schachtel zu seiner Bank. Ochoa gab ihm ein Messer zum Öffnen. Der Alte stand hinter Mike, als dieser das Klebeband durchschnitt, und atmete laut. Er musste ebenfalls neugierig auf den Inhalt des Pakets sein.

Darin lag ein Paar professioneller Boxhandschuhe mit Schnürung – genau die, mit denen Mike Sylas besiegt hatte.

„Ich kapier's nicht", kommentierte Hagen, als er die Handschuhe aus der Schachtel nahm.

Ochoa hörte auf, laute Geräusche mit seiner Nase zu machen, und griff nach einem Heftchen, das am Boden der Schachtel lag. „Haha. Kapierst du's jetzt?"

Auf dem Umschlag war dasselbe Bild von April im Kimono. Die Beschriftung lautete: „Krav-Maga-Unterricht für Frauen. Trainerin: April Connell." Auf der Rückseite standen die Adresse und die Öffnungszeiten des Studios.

Die Handschuhe in Händen las Hagen die Systemmeldung.

Handschuhe des Heldenmuts
+25 % auf Lerntempo für alle Schlag-Fähigkeiten
Beständigkeit: 94/100

„Das sind Profihandschuhe", sagte Ochoa anerkennend. „Übrigens hätte ich gern, dass du gegen einen weiteren Boxer kämpfst. Beziehungsweise will er mit dir trainieren. Bist du bereit?"

Hagen war über diese merkwürdige Nachricht von April verblüfft, und er verstand nicht gleich, was Ochoa ihm sagen wollte. „Ein Übungskampf? Wofür? Und mit wem? Ich meine … klar, ich bin dabei. Ich bin bereit."

Ochoa half ihm, die Handschuhe des Heldenmuts zu schnüren. „Er ist ein guter Kämpfer, aber er trainiert nicht regelmäßig, was seinen Fortschritt verlangsamt. Er hat irgendeinen Bürojob. Das sind diejenigen unter den Amateurkämpfern, die normalerweise am wütendsten kämpfen. Keine Ahnung, warum genau. Also bereite dich darauf vor, gegen jemanden mit einem aggressiven Stil zu kämpfen, der ständig angreift."

Hagen nickte automatisch, während er über „aggressiv" und „angreifen" nachgrübelte. Allerdings dachte er dabei nicht an den bevorstehenden Trainingskampf. Warum fällten Frauen alle Entscheidungen in seinem Leben? Selbst seine Mutter, so zweideutig das auch klingen mochte. Bisher war es seine Ausrede gewesen, dass er hässlich, klein und nicht besonders interessant war. Doch war es vielleicht an der Zeit, diese Ausflüchte über Bord zu werfen?

Ochoa unterbrach seine Gedanken. „Ab in den Ring, Junge. Auch wenn ich mir zuerst nicht so sicher war, ob ihr gegeneinander kämpfen solltet."

„Warum das?"

„Wegen der Körpergröße." Ochoa sah, wie sich Hagens Gesicht verfinsterte, und fügte hinzu: „Keine Sorge. Da seid ihr beide außerhalb der Norm."

Hagen wollte sich auf den Kampf konzentrieren, also schlug er sich selbst gegen den Kopf, wie um die ablenkenden Gedanken zu verscheuchen. Er stieg in den Ring. Kurz darauf tat sein Gegner es ihm gleich.

Hagen wurde sofort klar, was Ochoa mit „außerhalb der Norm" gemeint hatte.

Hilton „der Bürohengst" Desmars
Alter: 27
Level: 9

LEVEL UP : KNOCKOUT

LP: 22.500
Kämpfe/Siege: 217/181
Gewicht: 98,9 kg
Körpergröße: 204 cm
Aktueller Status: Stellvertretender Geschäftsführer des Gemeindezentrums

Ruf: Gut (2/10)
Widerstand gegen dein Charisma: mittel (5/10)

Der Typ war tatsächlich über zwei Meter groß und wirkte wie eine dieser Aufblasfiguren, die man manchmal vor Einkaufszentren sah. Er war genauso dünn und wedelte mit den Armen, als würden sie von einem Gebläse angetrieben.

Desmars lächelte verlegen. Er war sich der Absurdität der Situation wohl bewusst, und seine großen, weißen Zähne leuchteten in seinem schwarzen Gesicht.

Ochoa stieg in den Ring. „Gentlemen, wir wollen unnötige Grausamkeit vermeiden. Dieser MMA-Kampf wird nach Punkten entschieden. Es gibt drei Runden zu je drei Minuten. Einverstanden?"

„Ja, Coach", entgegneten beide.

Ochoa rief Gonzalo und Guerrero herbei, die ihm als Schiedsrichterassistenten zur Seite stehen sollten. Der Alte schien Gefallen daran gefunden zu haben, Übungskämpfe mit einem Brimborium zu organisieren, als handelte es sich um Profiwettkämpfe. Es fehlte nur noch, dass er einen Gong aus seinem Büro holte, um den Beginn jeder Runde einzuläuten.

„Warum willst du ausgerechnet gegen mich kämpfen?", fragte Hagen Desmars, als sie ihre behandschuhten Fäuste zusammenstießen.

„Tut mir leid, Kumpel. Ich gehe ins Studio, um Dampf abzulassen. Und du siehst meinem Arschloch von einem Boss ziemlich ähnlich. Dieselbe Größe."

„Uh-h ..."

„Es ist nichts Persönliches. Ich würde meinen Boss nur gern mal richtig windelweich prügeln. Auch wenn du nur der Ersatz dafür bist."

„Bist du sicher, dass du das schaffst?"

„Allerdings", erwiderte Desmars reichlich arrogant.

„Naja, das werden wir ja sehen, wenn es so weit ist", gab Hagen zurück und atmete geräuschvoll durch die Nase ein.

Die Kämpfer gingen zurück in ihre Ecken, um ihren Mundschutz einzulegen. Seltsamerweise hatte Desmars immer noch ein freundliches Grinsen im Gesicht.

„Kämpfer, trefft euch in der Mitte des Rings", wies Ochoa sie an.

Hagens erster Schritt wurde von einer blinkenden Meldung begleitet:

Als Erster zuschlagen
Lande den ersten effektiven Schlag im Kampf, um eine neue Errungenschaft freizuschalten.

Er konnte sich ein Lächeln nicht verkneifen. Das war wahrscheinlich sein erster Kampf ohne böse Absichten, ohne dass sein Gegner ihn verachtete oder unterschätzte. Desmars „der Bürohengst" warf ihm immer wieder leicht schuldbewusste Blicke zu, als wollte er sich dafür entschuldigen, dass er Hagen zum Kampf herausgefordert hatte.

Ochoa wies sie an, zu beginnen.

Desmars ließ seinen Kampfstil schon während der ersten zehn Sekunden erkennen. Seine Angriffe wirkten nicht im Geringsten durchdacht – er wollte einfach nur durchpflügen, ohne Mike eine Chance zum Gegenangriff zu geben. Die langen Beine des Büroangestellten schienen Hagen in jedem Teil des Rings zu erreichen. Der Größenunterschied machte jeden Tritt zum Highkick, der auf Hagens Gesicht zielte.

Desmars verbrachte den Großteil der Runde damit, anzugreifen. Hagen war damit beschäftigt, sich zu verteidigen und bei jeder sich bietenden Gelegenheit auszuweichen. Einer der Schläge erwischte ihn beinahe am Kopf, aber Mike konnte ihn blocken.

Das System reagierte unverzüglich.

Glückwunsch! Du hast ein neues Fähigkeitslevel erreicht!
Name der Fähigkeit: Arm-Block
Du musst diese Fähigkeit öfter nutzen, um sie steigern zu können.

Hagen versuchte es, so gut er konnte – nur, um zu erkennen, dass das alte Sprichwort vom Angriff als beste Verteidigung absolut zutraf. Er musste sich ständig verteidigen und konnte keinen einzigen effektiven Schlag landen.

Andererseits erreichte Desmars so auch nichts Greifbares. Außerdem entdeckte Hagen, dass er die Anzeigen der Jury beim besten Willen nicht entschlüsseln konnte. Er wusste, dass sie sich auf die Ergebnisse des Kampfes bezogen, aber er blickte da nicht durch. Wenn er an einer Meisterschaft teilnehmen wollte, würde er das recherchieren müssen.

Demetrious kam ihm sofort zu Hilfe und übersetzte die Zeichen für Hagen. „Desmars liegt zwei Punkte vorn."

Diese Information überraschte Hagen so sehr, dass er beinahe einen Schlag übersehen hätte. „Warum das denn? Er konnte doch bis jetzt kaum einen Schlag landen, oder?"

„Die Richter urteilen nach der Technik, und Desmars demonstriert momentan größere Fähigkeiten als du. Du musst vor Ende der Runde einen effektiven Angriff durchführen, und viel Zeit bleibt dir nicht mehr."

Hagen sprang verzweifelt vor und hoffte, Desmars einen Körpertreffer beibringen zu können. Seine Faust traf beinahe ihr Ziel – dann fand er sich direkt neben den Seilen und auch noch auf der Seite liegend wieder.

Sein Blick verschwamm, als würde er mit dem Auto durch eine Waschanlage fahren. Gonzalo sagte etwas, aber seine Lippen bewegten sich, ohne dass ein Geräusch zu Hagen vordrang.

„Du wurdest niedergeschlagen", erklärte Demetrious. „Drei Punkte Abzug."

Eilig kam Hagen wieder auf die Füße.

Erlittener Schaden: 5.000 Punkte (Schlag gegen den Kopf)

Die Questmeldung blinkte rot auf und verschwand dann.

Quest fehlgeschlagen!
Du konntest nicht den ersten effektiven Schlag landen.

Hagen schaffte es, aufzustehen und Kampfhaltung anzunehmen, aber er wurde durch Ochoa gerettet.

„Runde um!"

Mike zog sich in seine Ecke zurück und setzte sich auf den Hocker, den Gonzalo ihm anbot.

„Scheiße, Bruder. Du hättest diesen Kampf einfach ablehnen können. Ihr zwei seid einfach größentechnisch zu verschieden. Ich hab keine Ahnung, was ich machen würde, wenn ich gegen so einen Riesen antreten müsste."

„Einen Kampf ablehnen? Würde mir im Traum nicht einfallen. Das ist es nicht, wofür ich trainiere."

Gonzalo drückte Mikes Handschuh. „Ich habe nie an dir gezweifelt, Bro. Aber du musst einen Zahn zulegen. Fünf Punkte sind kein Pappenstiel. Offensichtlich benutzt er eine aggressive Technik, um dich in der Defensive zu halten. Versuch, an ihn ranzukommen, nutze alles, was du weißt, und rechne nicht mit einem Knockout. Gib einfach alles, was du hast."

„Kämpfer, trefft euch in der Mitte des Rings!", rief Ochoa.

Bereitwillig stürzte sich Desmars erneut in den Kampf und fuchtelte dabei mit seinen überproportional langen Gliedmaßen. Gleichwohl war seine Haltung immer noch entschuldigend. Das machte Hagen ziemlich sauer. Der andere Typ war sich seines Sieges so sicher und glaubte auch noch, es würde einfach werden.

Na, das würde sich noch zeigen.

Ochoa gab den Kämpfern das Signal zum Anfang.

Es lief wieder genau wie in Runde eins. Desmars hielt Hagen buchstäblich auf Armeslänge. Und gewissermaßen auch auf Beineslänge. Da seine Arme und Beine lang genug waren, war der Abstand mit einem einzigen Angriff nicht zu überbrücken.

Wie ein Riese aus einem Albtraum ragte der Aufblasmann bedrohlich über Hagen auf. Er schwenkte seine Fäuste und versuchte, Mike mit der Ferse oder dem Knie zu erwischen. Immer noch war sein Gesichtsausdruck von Schuld geprägt, als wollte er sagen: „Tut mir leid, aber so bin ich nun mal."

Hagen beschloss, keine Sekunde innezuhalten. Er duckte sich, sprang zurück und blieb ständig in Bewegung. Das machte sich in der letzten Minute gut bezahlt. Er stellte fest, dass er jedem Angriff seines Gegners ausgewichen war. Ein Stoß mit dem Bein, ein Sprung und ein Schlag, der direkt von oben auf das ungeschützte Gesicht traf.

Verursachter Schaden: 12.580 Punkte (Abwärtsschlag im Sprung)

„Ausgezeichnet", kommentierte Demetrious. „Zwei Punkte für den Schlag und ein weiterer für deine Gesamtleistung. Jetzt steht es 5:3."

Allerdings brachte Hagens Sprung ihn aus dem Gleichgewicht, und Desmars traf ihn am Ohr, wenn auch nicht mit voller Wucht. Trotz seines Helms fühlte Hagen sich taub.

Erlittener Schaden: 2.500 Punkte (Haken gegen den Kopf)

„Runde um", verkündete Ochoa erneut und hielt Desmars davon ab, eine weitere Attacke zu starten.

Gonzalo hatte diesmal keinen Rat für ihn. Er reichte Mike nur das Handtuch und gab ihm einen Schluck Wasser aus einer Flasche.

Mike atmete schwer, tatsächlich musste er beinahe um Atem

ringen. Er gelangte zu dem Schluss, dass er noch nicht bereit für so lange andauernde Kämpfe war.

„Kämpfer, Aufstellung in der Mitte des Rings!", rief Ochoa.

Diesmal war der Aufblasmann langsamer und konnte sich kaum bewegen. Er war ebenfalls erschöpft, als wäre das Gebläse ausgeschaltet und er würde langsam in sich zusammensinken.

„Kämpft!"

Hagen und Desmars umkreisten sich in der Mitte des Rings. Beide wollten ihre Kräfte sparen und warteten darauf, dass ihr Gegner einen Schlag versuchte.

„Hey, Mikey, Mann, Desmars gewinnt. Er muss gar nicht angreifen. Er muss nur bis zum Ende der Runde durchhalten", erklärte Demetrious.

„Ich weiß." Hagen biss die Zähne zusammen.

Demetrious zeigte Hagen die Zeit an: *00:02:12.*

Sie waren schon fast eine Minute lang umeinander herumgetanzt.

Seltsamerweise genoss Hagen es, so durchdacht zu kämpfen. Es war sinnvoll, auf die Technik zu achten, anstatt verzweifelt anzugreifen, sich auf nichts als die eigene Intuition zu verlassen und zu versuchen, den Gegner mit einem einzigen Schlag auszuschalten oder wenigstens nicht selbst ausgeknockt zu werden. Er würde definitiv an seiner Ausdauer arbeiten müssen.

00:01:59

Desmars trat mit seinem langen Bein zu. Hagen parierte mit dem Knie. Ochoa ging neben ihnen auf und ab und beobachtete abwechselnd die Kämpfer und die Stoppuhr-App auf seinem Telefon.

00:01:01

Hagen versuchte erneut den Schlag aus dem Sprung, aber er wurde abgeblockt, und Desmars warf ihn zurück. Zweimal ließ er sich nicht hereinlegen. Er wollte sofort einen weiteren Tritt landen, aber Hagen konnte ihm ausweichen. Blitzschnell tauchte er unter den Händen seines Gegners durch, um ihn mit einer Geraden im Gesicht zu treffen, wurde jedoch wieder abgeblockt.

Verdammt! Er hatte eine 53 %ige Chance gehabt, mit dem Schlag durchzukommen! Desmars musste viel Zeit und Mühe in seine Abwehrtechnik gesteckt haben.

00:00:32

„Ähem", meldete sich Demetrious und imitierte dabei den Ton eines besorgten Trainers. „Die Zeit …"

„Ich weiß!" Hagen nuschelte, weil der Mundschutz ihm im Weg war. „Ich weiß!"

Deadline
Du hast nicht mehr genug Zeit, um diesen Kampf zu gewinnen.
+2 auf Geschicklichkeit bis zum Ende des Kampfs
+2 auf Wahrnehmung bis zum Ende des Kampfs

Hagen nutzte die Vorteile dieses unerwarteten Buffs und sprang auf Desmars zu. Er schaffte es in einer einzigen Bewegung, die Schläge seines Gegners abzulenken, auf ihn zu springen und ihn mit den Beinen zu umschlingen. Mit der rechten Hand hielt er den Nacken des schlaksigen Riesen fest, während er seinem behelmten Kopf drei schwache Schläge versetzte. Dann wurde er mit solcher Kraft zurückgeworfen, dass er es kaum schaffte, aufrecht zu bleiben.

Hagen machte sich bereit, seinen vierten und letzten Schwinger zu platzieren, aber Ochoas Hand auf seiner Brust hielt ihn zurück.

„Die Runde ist um!"

„Wuuhu!", rief Gonzalo. „Ich hatte keine Ahnung, dass du solche Sachen drauf hast!"

Du hast die Fähigkeit Beinumklammerung freigeschaltet.
Du musst diese Fähigkeit öfter nutzen, um sie steigern zu können.

Ochoa beobachtete beide Kämpfer mit einem Lächeln. Beide standen vornübergebeugt wie alte Männer und atmeten laut genug, um seine Worte zu übertönen.

„Gentlemen, es steht unentschieden. Möchtet ihr fortfahren?"

Hagen spuckte seinen Mundschutz aus und sah Desmars in die Augen. Dieser tat es ihm gleich. So blickten sie einander ein oder zwei Sekunden an, dann lächelten sie.

„Das verschieben wir lieber auf später", keuchte Desmars.

„Viel später", krächzte Hagen.

„Kluge Entscheidung", stimmte Ochoa zu. „Ich hätte keine weitere Runde zugelassen. Ihr zwei könnt euch ja kaum noch auf den Beinen halten. Es bleibt beim Unentschieden."

$$* \quad * \quad *$$

IM UMKLEIDERAUM ENTSCHULDIGTE sich Desmars noch einmal.

„Ich weiß, das war nicht leicht für dich. Aber ich hatte Lust, gegen dich zu kämpfen, das war einfach so. Verstehst du das?"

Hagen lächelte als Antwort höflich. „Kein Problem, Bro."

Desmars war ein sehr netter und bescheidener Mensch, egal, ob im Ring oder außerhalb. Ein wahrer Büromensch, der im Ring kämpfte, um ein Ventil für seinen Ärger zu finden, während er äußerlich ruhig blieb. Es war wirklich schwer zu glauben, dass er irgendwelche Probleme haben könnte, wenn man seinen gütigen Gesichtsausdruck sah. Man konnte ihn sich ohne Weiteres in einem weißen Hemd mit Krawatte vorstellen, wie er im Gemeindezentrum hinterm Schreibtisch saß.

Nach dem Duschen kam Hagen zurück ins Studio und traf auf Gonzalo, der dort auf ihn wartete. Er war bereits mit seinem Training fertig.

„Lust, deinen Auftritt durchzusprechen? Ich hab da was organisiert. Du kommst in der dritten Runde dran. Zum Aufwärmen beginnen sie mit ein paar Anfängern."

„Also zähle ich nicht mehr als Anfänger?"

„Sagen wir mal, du hast den Anfängerstatus fast hinter dir

gelassen."

„Okay. Und gegen wen werde ich kämpfen?"

Gonzalo sah sich um, als wollte er jemanden ausfindig machen. „Wo ist er denn jetzt hin? Er war doch gerade noch hier ...“

„Wen meinst du denn?"

„Checkst du es nicht? Dein Gegner im *Dark Devil Club* wird Desmars sein. Das Publikum liebt ihn und seine kultivierte Art. Jedes Mal, wenn er einen Kampf gewinnt, entschuldigt er sich und lädt den besiegten Gegner zu einem Kurs für kreatives Schreiben oder Zeichnen in sein Gemeindezentrum ein. Das ist seine Masche."

Hagen lachte. „Mich hat er noch nicht eingeladen."

„Naja, er hat ja auch noch nicht gewonnen."

Hagen hatte keine Ahnung, wie er reagieren sollte. Es war ihm etwas unangenehm, im Ring gegen jemand so Freundlichen zu kämpfen.

„Du musst dir auch eine Masche zulegen. Vergiss nicht, dass es im *Dark Devil Club* ums Entertainment geht. Du musst fair kämpfen, aber du musst auch ein paar theatralische Elemente reinbringen."

Mike kratzte sich am Kopf. „So was wie eine Verkleidung, meinst du?"

„Ne, das wäre zu übertrieben. Wir sind ja schließlich nicht beim Lucha Libre. Mach lieber was, wenn du den Ring betrittst und die Zuschauer begrüßt. Sie kennen dich als Heulsuse, also solltest du darauf aufbauen."

Erneut kratzte sich Hagen am Kopf. „Ich lass mir was einfallen."

„Das ist die richtige Einstellung, Brüderchen! Und noch was anderes. Such dir mal eine Erkennungsmelodie für deinen Auftritt im Ring aus."

„Oh, da weiß ich schon einen Song. Er ist von Eminem ...“

„Hey, geht gar nicht, Alter. Eine Menge Leute filmen das und laden es auf YouTube hoch. Wenn das der Copyright-Inhaber rauskriegt, verklagen die uns in Grund und Boden. Keine Promis. Du brauchst eine Lizenz, um deren Musik zu verwenden. Wenn du

100.000 Kröten übrig hast, kannst du das natürlich machen."

„Was für ein Song spielt denn bei *dir*?"

„Einen der Tracks, die meine Brüder in der aufgelösten Gang aufgenommen haben."

„Könnte ich vielleicht ...?"

„Nö, Bro. Du musst was finden, was zu dir passt. Und es muss lizenzfrei sein."

Nachdem sie mit der Planung fertig waren, verabschiedete sich Gonzalo und ging. Bald war keiner mehr im Studio. Darauf hatte Hagen gewartet. Er zog sich seine alten Klamotten an und holte den Putzwagen aus der Abstellkammer.

Als er mit Saubermachen fertig war, schloss er das Studio ab und ging zum Auto. Er öffnete die hintere Tür und suchte auf dem Rücksitz nach der CD von Easy Sammy C.

Als er sie gefunden hatte, sah er eine Systemmeldung über dem Gegenstand, die er noch nicht kannte.

CD eines verkannten Genies
+1 auf Stärke während der ersten Minute des Kampfes
Beständigkeit: 99/100

Von dem Kampf mit Desmars tat ihm immer noch alles weh. Auch wenn er auf dem linken Ohr fast nichts hörte, fühlte er sich aufgekratzt und kampflustig.

Mike grinste. Ein klar definiertes und verständliches Ziel konnte einen Riesenunterschied machen. Für morgen war alles klar.

Der wahre Sieger des heutigen Unentschiedens würde derjenige sein, der den Ring morgen triumphierend verließ.

KAPITEL 18
HAUS ZU HAUS

Diese Klamotten sind scheiße. Ich meine, ich komm gerade aus dem Gefängnis!

Kane & Lynch: Dead Men

PETER HAGEN LAS die Nachricht seines Neffen am Morgen. Er stopfte die erforderliche Menge an persönlichen Gegenständen in seinen alten Armeerucksack. Zwei Stunden später war er am Flughafen. Eine weitere Stunde später hatte er bereits ein Flugzeug bestiegen und las Mikes Nachricht nochmals gedankenverloren durch.

Dabei zupfte Peter ständig an seinem kümmerlichen, grauen Bart und schalt sich selbst. Immer hatte er daran gezweifelt, dass sein Dumpfbacken-Neffe nach dem Tod seiner Schwester allein würde überleben können. Er hatte versucht, anzudeuten, dass Mike eine Weile bei ihm bleiben und ihn unterstützen könnte, aber der hatte nur die Schultern hängen lassen, auf einen Punkt am Boden gestarrt und in seiner typischen Art „N... d..." gemurmelt.

„Wie bitte? Sprich lauter, Soldat! Wie oft muss ich dir das noch sagen?"

„Ich sagte, nein, danke, ich schaffe das schon allein."

Soldat. Pah! Irgendwann hatte Peter das Wort immer

sarkastischer betonet, wann immer er sich an Mikes Erziehung beteiligte. Der mickrige, kleine Armleuchter war alles, nur kein Soldat. Nur um seiner Schwester Willen hatte er sich die Mühe gemacht, dem Jungen etwas Lebenstauglichkeit beizubringen und ihm abzugewöhnen, sich an Mutters Rockzipfel zu klammern, wenn er sich irgendwie bedroht fühlte. Aber keine seiner Bemühungen hatte jemals gefruchtet. Der Junge hatte nie einen richtigen Vater gehabt, und seine Mom liebte ihn einfach viel zu sehr. Wie Mütter eben so sind. Jede Mutter würde für ihr Kind sterben, aber eine Vaterfigur war nun einmal auch absolut notwendig. Jemand, der ihm sagen konnte, dass er kämpfen musste, wenn es nötig war – ohne darüber nachzudenken, sich zu schonen, oder wenigstens jemand, der ein Vorbild in Sachen Männlichkeit war.

Aber Hagens Vater konnte man nach Onkel Peters Maßstäben kaum als Mann bezeichnen – er hatte Helen sitzen lassen und seinen Sohn im zarten Alter von zwei Jahren verlassen. Peter hatte versucht, ihn zu finden, aber das Schwein reiste ständig im ganzen Land umher, um sich seiner Verantwortung zu entziehen.

Daher war Peter sicher, dass Mike seine Feigheit von seinem Vater geerbt hatte. Auf der Hagen'schen Seite der Familie hatte es nie irgendwelche Feiglinge gegeben.

Und jetzt schien es, als wäre sein Neffe endgültig abgestürzt. Was meinte er bloß mit „Kampfsport"? War das wieder mal so ein bescheuertes Computerspiel wie die, mit denen er seine Kindheit verplempert hatte? Wenn er es sich recht überlegte, war es nicht nur seine Kindheit gewesen – Mike hatte als Jugendlicher und junger Erwachsener ständig gezockt. Meinte er, dass er einer von diesen Geek-Champions geworden war? Ein Geek war er ja schon immer gewesen.

Peter erinnerte sich, wie er Helen immer gesagt hatte, sie sollte ihren Sohn in ein Sommer-Trainingslager schicken oder ihm eine Saisonkarte für das nächstgelegene Boxstudio kaufen, da er doch so vom Kämpfen besessen war. Alles war besser, als seine gesamte Zeit mit Computerspielen zu verschwenden.

Peters Schwester hatte das jedoch anders gesehen. „Mikey

ist zu schwach. Und er war schon mal im Sommerlager. Rate, was passiert ist? Die anderen Kinder haben ihn beinahe erstickt. Kannst du dir das vorstellen? Sie haben ihn in einen Schlafsack gestopft und ihn nicht mehr rausgelassen. Und Boxen ... spinnst du jetzt völlig? Alle Boxer werden irgendwann zum Krüppel! Mir ist es lieber, wenn er spielt. Kannst du glauben, dass er mir meinen Toaster repariert hat? Er kennt sich wirklich gut mit allen Arten von Elektrogeräten aus."

Helen hatte immer solche Angst gehabt, dass Mike etwas passieren könnte. Und jetzt, da sie tot war, wurden ihre schlimmsten Albträume wahr – der Junge musste sich der harten Realität stellen.

Kein Wunder, dass sein Gehirn jetzt schlapp machte.

Diese Gedanken gingen Peter beim Einschlafen durch den Kopf.

Er wachte auf, als eine Flugbegleiterin ihn an der Schulter berührte.

Es war dunkel, als er den Flughafen verließ. Er suchte sich ein Taxi, warf seinen Armeerucksack auf den Rücksitz, stieg neben dem Fahrer ein und zog sein Telefon heraus.

Peters ursprünglicher Plan war gewesen, seinen Neffen zu überraschen. Aber dann hatte er seine Meinung geändert. Er wählte Mikes Nummer. Der ging nicht ran. Also schickte Peter Mike eine Textnachricht.

Hallo, Neffe. Zufällig bin ich gerade in deiner Gegend, also dachte ich, ich nehm dich beim Wort und schaue vorbei. Wohnst du noch an der gleichen Adresse?

Es dauerte eine Weile, bis er eine Antwort erhielt.

Onkel Peter, du kommst gerade rechtzeitig. Komm sofort zum Dark Devil Club und sag dem Sicherheitsmann, du bist ein Ehrengast von Mike ,Heulsuse' Hagen. Ich habe heute Abend einen Kampf. Bitte beeil dich, ich muss in genau einer Stunde im Ring sein.

Mikes nächste Nachricht enthielt eine Anfahrtsskizze und die Adresse des Clubs. Peter zeigte sie dem Fahrer.

„Si, Señor", nickte der Mann und startete den Motor.

Also ein weiterer Beweis, dass Klein-Mikey jetzt komplett plemplem war. Ein Ring, man stelle sich vor. Und Heulsuse? Würde irgendein Kämpfer, der etwas auf sich hielt, sich Heulsuse nennen?

Peter beschlich das Gefühl, dass Mikey so eine Art Standup-Comedy-Nummer plante. Vielleicht unterhielt er die Zuschauer in den Kampfpausen? Mit anderen Worten, er war ein Clown. Allerdings war ein noch schlimmeres Szenario ebenfalls möglich – vielleicht stand er nur in der Menge und stellte sich vor, einer der Kämpfer zu sein. Der Kleine war wohl wirklich nicht mehr ganz bei Trost. Seltsam war er schon immer gewesen, und jetzt war er endgültig durchgeknallt.

Peter erinnerte sich an zwei Soldaten, die damals im Irak durchgedreht waren. In beiden Fällen waren die Umstände natürlich ganz anders. Der erste Typ hatte während eines Aufräumeinsatzes in Tikrit auf dem Gehsteig nicht vorhandene Blumen gepflückt und sie den anderen Soldaten lachend gezeigt. Der andere war ohne sichtbaren Grund verrückt geworden. Er war als völlig normaler Soldat ins Bett gegangen, aber als er am nächsten Tag aufgewacht war, hatte er unzusammenhängenden, paranoiden Bockmist darüber geplappert, dass Saddam einen Tunnel bis unter sein Feldbett gegraben und dort eine Zeitbombe deponiert hatte.

Auch Klein-Mikey musste übergeschnappt sein.

Aber da konnte man nichts machen. Zu Schwächlingen war das Leben niemals freundlich.

Peter verspürte ein heftiges Verlangen nach ein paar Gläsern Bourbon. Gefolgt von einigen weiteren. Er fragte sich, ob der Pub mit dem bärtigen Bartender noch offen hatte. Da musste er mal vorbeischauen. Das Lokal war gemütlich und die Chicken Wings köstlich.

LEVEL UP : KNOCKOUT

* * *

SELTSAMERWEISE MACHTE DER Türsteher den Weg sofort frei und ließ Peter ein, als dieser stockend erklärte, dass jemand namens Heulsuse ihn eingeladen hatte. Auch wenn Mikey ein Clown war, kannten die Clubbesitzer ihn wenigstens.

Peter ging zur Bar und bestellte ein Glas Bourbon. Schließlich redete er sich ein, dass es gar nicht so schlimm war, wie es ausgesehen hatte. Er hatte versucht, seinem Neffen so gut er konnte zu helfen.

Vor etwa vier Jahren hatte Peter ihn eingeladen, zu ihm nach Seattle zu ziehen. Damals hatte er gerade seine eigene Firma für Alarmanlagen gegründet. In Seattle hatte Mike allein und ohne die Fürsorge und den Schutz seiner Mutter überleben müssen. Es hatte sich herausgestellt, dass er ein echtes Talent für Elektrogeräte hatte. Das hatte die Firma nicht vor dem Bankrott gerettet, aber anfangs war es gut gelaufen, und Peter hatte seine Gewinne mit seinem Neffen geteilt.

Dann hatte der junge Mikey Jessica aufgegabelt. Eigentlich hatte eher sie ihn aufgegabelt und seine Naivität und mangelnde Erfahrung mit dem Leben im Allgemeinen und mit Menschen im Besonderen ausgenutzt.

Peter Hagen war sehr gegen die Beziehung mit Jessica gewesen, aber seine Schwester hatte sich wie immer für ihr Söhnchen gefreut.

„Endlich hat der Junge eine richtige Freundin", hatte sie lächelnd gesagt.

„Eine richtige Schlampe, meinst du. Und nicht die Sorte, die dir die Hand in die Hose steckt – sie ist die Sorte, die die Finger in deiner Hosentasche hat."

Seine Schwester hatte jedoch nur geseufzt und ihn gebeten, Klein-Mikey etwas freundlicher zu behandeln.

Das hat man dann davon, wenn man „freundlicher" ist, Schwesterherz, dachte Peter und kippte sein zweites Glas hinunter.

Er bestellte eine Flasche Bier und ging zu der Tür, die zum Ring führen musste.

Peter Hagen interessierte sich hauptsächlich für Football und Baseball, aber er wusste Boxen und MMA durchaus zu schätzen, also besah er sich den Ring neugierig. Einer der Kämpfer drückte den anderen gerade in eine Ecke und schlug dabei die ganze Zeit auf seinen Kopf ein. Der zweite Mann konnte sich dem Griff entziehen und versuchte, zurückzuweichen, aber der zukünftige Sieger hielt ihn erneut fest. Dann warf der stärkere Kämpfer seinen Gegner über die Hüfte und klemmte seinen Kopf mit den Beinen ein. Nach ein paar Sekunden in diesem Aufgabegriff klopfte der zweite Kämpfer mit den Handschuhen auf den Boden, um seine Niederlage zu signalisieren.

Enttäuscht buhte die Menge. Niemand wollte einen Kämpfer aufgeben sehen. Es machte viel mehr Spaß, wenn die Sanitäter jemanden raustragen mussten. Das Publikum wollte Blut sehen, nicht einfach nur eine Niederlage.

Unter den Schreien der Menge standen die Kämpfer auf und verließen den Ring. Sie wurden von einem Jungen mit einem Mopp abgelöst, der das Blut wegwischte.

Dann ging der Junge, und der Ansager nahm seinen Platz ein. Seine Fliege glitzerte im Scheinwerferlicht.

„Und jetzt, meine Damen und Herren, möchte sich jemand zu einem Kurs für kreatives Schreiben anmelden? Hilton ‚der Bürohengst' Desmars freut sich schon auf Ihre Teilnahme!"

Klassische Musik setzte ein und ein großer, schwarzer Mann betrat den Ring. Er trug schwarze Trainingshosen und ein weißes T-Shirt sowie ein Paar schwarze Boxhandschuhe aus Leder.

Die Menge drängte sich dichter um den Ring. Aufmunterungsrufe für Desmars wurden aus dem Publikum laut. Jemand eilte mit einer Handvoll Papiere an Peter vorbei. Ihm wurde klar, dass die Leute Wetten abschlossen.

„Sein Gegner ...", hier machte der Ansager absichtlich eine dramatische Pause, „ist der Mann, der nicht nur viele von Ihnen zum Heulen gebracht, sondern gleich selbst mitgeheult hat! Meine

Damen und Herren, Mike ‚Heulsuse' Hagen!"

Die klassische Musik wurde durch harten Hip-Hop ersetzt. Peter verstand kein einziges Wort des Textes.

Der andere Kämpfer betrat den Ring. Sein Oberkörper war nackt, und er trug rote Shorts und hellgrüne Boxhandschuhe mit Schnürung.

Das war eindeutig Klein-Mikey, aber gleichzeitig sah er aus wie ein völlig anderer Mensch. Er war schlank und durchtrainiert, seine Haltung selbstbewusst und seine gut definierten Muskeln im Scheinwerferlicht deutlich sichtbar.

Peter Hagen ließ beinahe seine Flasche fallen.

Währenddessen verbeugte sich Mike schwungvoll vor dem Publikum. Als er sich jedoch aufrichtete, tat er so, als würde er sich mit einem Handschuh die Tränen aus den Augen wischen. Das Publikum lachte, und anerkennende Rufe wurden laut.

„Also hat er ein bisschen trainiert." Peter nahm einen Schluck Bier. „Dann sind das wohl beides Clowns, die das Publikum zwischen den echten Kämpfen unterhalten."

Doch er glaubte seinen eigenen Worten nicht so recht. Klein-Mikey bewegte sich wie ein echter Profi. Wann hatte er es denn fertiggebracht, so in Form zu kommen? Und warum jetzt? Jedes Mal, wenn Peter vorgeschlagen hatte, dass Mike irgendeine Sportart anfangen sollte, hatte sein Neffe immer nur auf seine Zehen gestarrt und etwas Unverständliches gemurmelt.

Jetzt sah er so aus, als käme er aus einem Paralleluniversum – aus der Version, in der der junge Hagen immer auf seinen Onkel gehört und sich nicht an Mamas Rockzipfel geklammert hatte.

In seiner Aufregung stürzte Peter sein Bier doppelt so schnell hinunter wie gewöhnlich, während er sich zum Ring durchdrängte.

„Ich glaub es nicht! Wie kann das sein? Oh, Mann!"

Inzwischen machte sich der Doppelgänger seines Neffen kampfbereit. Ein Schiedsrichter nahm den Platz des Ansagers ein. Er überprüfte die Handschuhe der Gegner und signalisierte mit einer Handbewegung den Beginn des Kampfes.

Sofort verringerte Mike die Distanz zwischen sich und seinem Gegner und führte ein paar Schläge gegen dessen Körper aus. Desmars ging in die Defensive und blockte die meisten davon.

Peter umklammerte seine Flasche und sah Mike wie gebannt zu. Er bemerkte nicht einmal, dass er mitkommentierte. „Du bist zu nah dran! Zurück!"

Genau das tat Mike, als hätte er seinen Rat gehört, und Peter seufzte erleichtert auf. „Genau so! Abstand halten. Gut gemacht! Warte, bis er seine Verteidigung aufgibt."

Es sah so aus, als hätte Desmars nicht erwartet, dass Mike so offensiv kämpfen würde. Immer, wenn er nach ihm schlug, kassierte er sofort ein paar Gegentreffer gegen den Körper. Desmars trat zu, aber Mike haschte jedes Mal nach seinem Fuß, um ihn festzuhalten. Auch wenn der Ausgang nicht absehbar war – Mike würde es wohl kaum schaffen, einen zwei-Meter-Riesen zu schlagen, wenn er sich auf Ringertechniken verlegte.

Desmars musste klar sein, dass ein Klammergriff ihm einen enormen Vorteil verschaffen würde. Aber so einfach war das nicht. Hagen musste sich nicht einmal zusammenkauern, um sich unter den Versuchen seines Gegners, ihn zu fassen zu kriegen, durchzuducken. Es schien, als hätte der Bürohengst nicht viel zu bieten.

Als Mike jedoch das nächste Mal aus Desmars' Griff schlüpfte, straffte der die Schultern, trat schnell zurück und führte einen heftigen Schlag gegen Mikes Kopf aus. Hagen konnte ihn mit einer Hand abblocken, aber der Schlag war stark genug, um ihn benommen zu machen.

Der zweite Angriff – ein Tritt ins Gesicht – ließ Mike zu Boden gehen.

Das Publikum schrie. Jemand warf eine Zitronenscheibe aus seinem Cocktail nach Mike, aber die Security identifizierte den Übeltäter sofort, drehte ihm den Arm auf den Rücken und drängte ihn in Richtung Ausgang.

Mike, der auf dem Rücken gelandet war, drehte sich sofort um und ging in Kauerstellung.

„Steh auf, steh auf!", brüllte Onkel Peter und bekleckerte sich mit Bier.

Der Rest der Zuschauer schrie dasselbe – und trotzdem schien Klein-Mikey seine Stimme gehört zu haben. Er wandte den Kopf zu seinem Onkel.

Peter sah seine Augen, die genauso blau waren wie Helens.

Er wusste nicht, ob sein Neffe ihn erkannt hatte.

„Steh auf, mein Junge!" Das letzte Mal, dass Peter so geschrien hatte, war auf dem Schlachtfeld gewesen. „Zeig ihnen, woraus wir Hagens gemacht sind!"

Doch ein Schatten fiel auf seinen Neffen – Desmars machte sich für den nächsten Kick bereit. Es entging Peter nicht, dass der Mann auf sonderbare Art lächelte – als wollte er Mike im Voraus um Vergebung bitten.

DIESER MORGEN HATTE mit der üblichen Routine begonnen. Mike war aus dem Bett gesprungen und zum Spiegel gerannt.

Diesmal hatte der Punkt, den er auf Charisma investiert hatte, einen sichtbaren Effekt gehabt. Er war zweieinhalb Zentimeter größer, und sein Gesicht hatte sich noch stärker verändert. Seine Lippen sahen männlicher aus, und sein Kinn wirkte breiter und kantiger.

Als Fremden hätte er den Mann im Spiegel sicher nicht bezeichnet. Er war zweifellos immer noch Klein-Mikey. Allerdings hätte es genauso gut ein völlig anderer Mensch sein können. Wie ein Doppelgänger aus einem Paralleluniversum. Jemand, der von Anfang an im Leben mehr Glück gehabt hatte.

Diesmal las er die Informationen über seine Verwandlung sorgfältiger durch. Außer seiner Größe waren auch die Form seines Schädels sowie seine Gesichtsmuskulatur verändert worden. Zusätzlich hatten sich seine Gesichtsausdrücke und seine Körpersprache verändert, um seinen jeweiligen Gefühlszustand besser wiederzugeben.

Die Systemmeldungen waren ebenfalls interessant:

7. Erhöhte Kapazität zur Identifizierung des eigenen Gefühlszustands

8. Erhöhte Kapazität zur Identifizierung des Gefühlszustands anderer

„Was bedeutet das, Dem?", fragte Mike, während er den Text noch mal durchlas.

„Es bedeutet, du gewinnst ein besseres Verständnis dafür, was in dir vorgeht und wie du darauf reagieren kannst", antwortete der Assistent nonchalant. „Entsprechend verstehst du auch besser, was in anderen Leuten vorgeht."

„Du meinst, das habe ich vorher nicht verstanden?"

„So richtig viel verstehst du auch jetzt noch nicht, aber immerhin richtest du weniger Stuss an."

Hagen war ein bisschen beleidigt. Er überlegte sogar, ob er den Assistenten auf seine alte Stimme zurückstellen sollte. Dieses „wie ein Mensch klingen" ging ihm langsam, aber sicher auf die Nerven. Oder war das bereits ein Effekt seiner gesteigerten Fähigkeit, Dinge zu identifizieren?

Er gönnte sich ein ausgiebiges Frühstück, das den Kühlschrank völlig leer zurückließ. Um das Upgrade auszugleichen, brauchte er eine Menge Kalorien.

Für heute hatte Hagen zwei Termine geplant. Da er es allerdings nicht gewohnt war, Dinge zu planen, konnte er sich nicht einmal entscheiden, wo er zuerst hingehen sollte.

Beim Anziehen bemerkte er, dass sein Hemd um die Schultern herum spannte. Er musste in seinem Kleiderschrank kramen, bis er ein anderes fand, das ihm bis dahin zu groß gewesen war. Jetzt passte es ihm perfekt. Wenn er die Jacke seines Onkels darüber trug, würde er schwitzen, aber er hatte kein Geld für neue Kleider.

Seine Schuhe fühlten sich ebenfalls zu eng an. Als Hagen ins

Auto stieg, stellte er fest, dass er den Sitz zurückschieben musste, da seine Beine nicht mehr in den Fußraum passten.

„Demetrious, hast du eine Meinung dazu, ob ich bei der Entwicklung meiner Werte alles richtig mache?"

„Bro, Strategie und Taktiken beim Hochleveln sind völlig dir überlassen. Wenn du meinst, du müsstest dein Charisma steigern, nur zu. Es ist nicht so, als wäre mir das wichtig."

„Aber?"

„Aber wenn wir uns die Verteilung deiner verfügbaren Punkte betrachten, ist dein Glückswert recht niedrig. Deshalb kassierst du oft kritische Treffer. Wenn du das Glück auf diesem Level halten willst, musst du das ausgleichen, indem du die Ausdauer steigerst. Die ist echt gering."

Hagen startete den Motor. „Wenn ich mein Glück steigere, habe ich dann auch Glück im Spielcasino?"

Demetrious lachte auf. „Klar. Aber nur, wenn dort ein Kampf ausbricht. Bei dem hast du dann Glück."

„Kapiert. Also wird es nicht wahrscheinlicher, dass ich im Lotto gewinne, eine unerwartete Erbschaft mache oder einen Koffer voller Geldscheine finde?"

„Andererseits könnte dein Gegner im Ring einen Schlaganfall erleiden. Wenn du dein Glück auf maximale Stufe steigerst, liegt die Chance dafür bei 0,02 %."

„Sonst noch was?"

„Du kannst durch jeden Block schlagen wie durch aufgeweichte Pappe, und 80 % deiner Angriffe führen mit hoher Wahrscheinlichkeit zum K. O. Allerdings müssen deine Angriffe stark genug und deine Fähigkeiten auf einem bestimmten Level sein. In anderen Worten, es gibt jede Menge Parameter und Abhängigkeiten, die dabei eine Rolle spielen. Möchtest du eine tabellarische Übersicht?"

„Nein, lass die Tabellen mal stecken! Ich verstehe schon, vielen Dank."

Das städtische Krankenhaus war sein erstes Ziel. Es war ein graues, nicht gerade einladendes Gebäude, das wie eine der verlassenen Fabriken wirkte, die so oft Schauplatz des Showdowns in B-Movies waren.

Hagen war sich bewusst, dass viele der Probleme in seinem Leben das Ergebnis der überbehütenden Haltung seine Mutter waren. Trotzdem war er ihr dankbar dafür, dass sie in Sachen medizinischer Versorgung nie nachlässig gewesen war. Egal, wie arm sie waren, sie hatte Mike immer in die besten verfügbaren Krankenhäuser gebracht, also war er hier noch nie gewesen.

Am Empfang erkundigte er sich, auf welcher Station Goliath lag.

Er lief durch die überfüllten Korridore, wo Patienten entlang der Wände saßen oder lagen, und war entsetzt darüber, dass St. Ian mit seinen Immobiliengeschäften so viel Geld angehäuft haben konnte und einem seiner Bodyguards trotzdem kein Zugang zu ordentlicher medizinischer Versorgung zugestand. Alles lag natürlich in Gottes Hand, aber war ein bisschen Menschlichkeit denn so viel verlangt?

Er öffnete die Tür und spähte hinein. Goliath saß vor dem Fernseher und wirkte mager und abgehärmt. An der Wand hing bereits ein Poster von St. Ian, und auf dem Tisch lag neben ein paar verwelkten Blumen ein Stapel religiöser Broschüren.

Goliath wandte sich Mike zu, erkannte ihn offenbar nicht, und sah dann weiter fern.

Ruf: Gleichgültigkeit (10/10)
Widerstand gegen dein Charisma: sehr niedrig (10/10)

Hagen schloss die Tür und ging davon, ohne ein Wort zu sagen.

Er war immer noch erschüttert von der Nachricht, dass er Liam „Goliath" Anvil beinahe umgebracht hatte. Zuvor hatte er seine Bedenken mit Gonzalo besprochen.

„Mike, du willst an einer MMA-Meisterschaft teilnehmen", hatte Gonzalo erwidert. „Wie viele Leute wirst du noch ausknocken, verstümmeln oder ins Krankenhaus bringen? Und wie viel Schaden wirst du selbst nehmen? Wir alle wählen unseren eigenen Weg. Du solltest dich nicht verantwortlich fühlen, wenn es dazu führt, dass jemand sich den Knöchel verstaucht oder die Nase bricht."

Hagen war mehr von der Art fasziniert gewesen, wie Gonzalo seine Gedanken formuliert hatte, als von der Tatsache, dass er völlig recht hatte.

„Dem?", hatte er grimmig gefragt. „Kommt das vom Lesen?"

„In der Tat. Gonzalo hat im College viel gelesen."

Danach war Hagen in die Stadtbücherei gefahren und hatte sich das erste Buch aus der *Offiziellen Leseliste der US-Militärakademie* ausgeliehen.

✳ ✳ ✳

ALS NÄCHSTES SCHAUTE er im *Highmark-Sportcenter* vorbei. Es befand sich in einem neuen Gebäude in der Nähe des Stadtparks. Hagen näherte sich der gläsernen Wand des Erdgeschosses und hielt die Krav-Maga-Broschüre fest umklammert in der Hand.

Das Studio war fast leer. Mike hatte absichtlich eine Uhrzeit gewählt, zu der eine Pause zwischen den Kursen war.

„Suchst du jemanden?", fragte eine Stimme hinter seinem Rücken.

April trug einen Trainingsanzug, hatte ein Handtuch um den Hals und eine Flasche Wasser in der Hand.

„Ich suche nach einem Mädchen", erwiderte Hagen ehrlich.

„Was für ein Mädchen?"

„Die, die mir ein Paar Boxhandschuhe geschickt hat. Ich wollte mich bei ihr bedanken. Sie sind toll. Ich habe mich gefragt, ob ich ihr dafür etwas schulde."

„Hah! Sei nicht albern, Mikey-Boy. Ich habe sie mitgehen lassen, als ich bei Sylas ausgezogen bin. Du brauchst sie nötiger als er. Seine ganze Garage ist mit *AthleticSmart*-Ausrüstung vollgestopft."

April führte Hagen ins Studio, das sauber, geräumig und hell war. Im Gegensatz dazu wirkte Ochoas Studio geradezu wie ein Saftladen.

„Hier trainierst du also deine Schüler", stellte Hagen fest und beschloss dann, lieber eine Weile zu schweigen, da er sich daran erinnerte, wie Lexie ihn immer verspottete, wenn er das Offensichtliche aussprach.

„Jepp. Die Miete ist hoch, aber mein Unterricht ist auch nicht gerade billig."

„Hmpf. Ich hatte schon gehofft, dass du mir ein paar Krav-Maga-Moves gegen stumpfe und Klingenwaffen beibringen könntest."

April lachte. „Tut mir leid, Mikey, hier regiert das Matriarchat. Ich unterrichte nur Frauen."

„Es war bewundernswert, wie du mit diesem Fanatiker fertiggeworden bist."

April zupfte sich eine Haarsträhne zurecht, die sich gelöst hatte. „Oh, *das.* Ich werde immer noch ganz zittrig, wenn ich daran denke. Ich meine, ich bin Kampfsportlehrerin, schon klar. Täglich erzähle ich Frauen, wie sie sich zur Wehr setzen können. Ich nehme sogar regelmäßig an Meisterschaften teil. Aber mein Wissen im wirklichen Leben anwenden zu müssen ... Ich hätte nie gedacht, dass es einmal so weit kommen würde."

Deshalb hatte der Zwischenfall mit den Eiferern sie so aus der Fassung gebracht. Sie hatte ihre Fähigkeiten bisher nur vor Publikum und bei Wettkämpfen angewendet.

Hagen fühlte sich gleich weiser und erfahrener. Das ermutigte ihn. „Wie wäre es mit Privatunterricht?"

April musterte Hagen. „Du wirkst verändert. Als wärst du gewachsen. Hast du eine neue Frisur?"

„Ich trainiere viel und strecke mich nach neuen Horizonten. Also, was ist jetzt mit den Klingenwaffen?"

April nahm das Handtuch vom Hals und ging zu einem Ständer mit verschiedenen Trainingsgeräten. Als sie zurückkam, hatte sie ein orangenes Plastikmesser dabei, das sie Hagen reichte.

„Das ist eine Messerattrappe, die wir zum Training

verwenden. Zieh die Schuhe aus und komm auf die Matte hier."

Sie folgte ihm und stellte sich direkt vor Hagen auf. „Die erste Regel, wenn man gegen einen mit einem Messer bewaffneten Gegner kämpft, ist, den Kampf zu vermeiden."

„Was meinst du damit?" Hagen sah sie verwirrt an. „Du hast diesen Eiferer doch ausgeschaltet."

„Ich hatte Glück. Er hat nie gelernt, seine Waffe richtig einzusetzen. So, wie ich es verstanden habe, wollten sie uns nur erschrecken, anstatt uns eine ernsthafte Abreibung zu verpassen."

„Ja, aber wir hatten solche Angst, dass wir nicht anders konnten, als ihnen eine Abreibung zu verpassen."

„Genau", lächelte April. „Ich war mit meinem Dad eine Zeitlang in Israel und habe dort Krav-Maga-Kurse bei einem Veteranen der Israelischen Verteidigungsstreitkräfte besucht. Eine der ersten Sachen, die er uns beibrachte, war, dass die ganzen Moves, mit denen man angeblich einen Gegner mit einem Messer entwaffnet, völliger Quatsch sind. Wenn dein Angreifer weiß, wie man ein Messer führt, schlitzt er dich auf, was auch immer du tust. Egal, wie viele Moves du kennst."

„Und trotzdem hast du sie gelernt. Und unterrichtest sie hier."

April seufzte. „Ich habe sie gelernt, und ich unterrichte sie, ja. Allerdings können sie nur in einer einzigen Situation hilfreich sein: wenn du einem Amateur wie diesem religiösen Irren gegenüberstehst. Er hatte vielleicht ein Messer, aber er hatte keine Ahnung, wie man es benutzt. Dasselbe gilt jetzt übrigens für dich."

Hagen wechselte seinen Griff und hielt das Messer anders. „Ist es so besser?"

„Nein. Du hältst es, als würdest du eine Karotte schälen wollen. Das Heft des Messers muss in deiner Handfläche liegen. So, wie du es hältst, rutscht es, und du kannst nicht richtig zustechen."

Hagen lachte. „Eigentlich wollte ich ja lernen, wie man sich gegen ein Messer verteidigt, nicht, wie man es benutzt."

„Okay, greif mich an."

Hagen packte die Messerattrappe fester und hob den Arm.

Er sah, wie etwas sich schnell über seinen Kopf bewegte.

Sein Arm zuckte zur Seite, als hätte er einen eigenen Willen.

April war bereits hinter ihm. Hagen fühlte, wie ihr Körper sich gegen seinen drückte, und er spürte das Messer an seinem Hals.

„Hab ich's dir nicht gesagt?" April ließ Hagen los. „Jemanden, der nicht angreifen kann, kann man mit fast jedem Move ausschalten."

April wiederholte den Trick und zeigte Hagen, was genau sie beim ersten Mal gemacht hatte, und wie man das Handgelenk des Gegners auf die richtige Weise verdrehen musste. Er übte es noch ein paarmal, bis seine Bewegungen schließlich ähnlich glatt waren wie ihre.

„Das reicht fürs Erste, Mikey-Boy", verkündete April anerkennend.

Klingenwaffe blocken: Fähigkeit freigeschaltet.
Du musst diese Fähigkeit öfter nutzen, um sie steigern zu können.

„Versuch noch einmal, mich anzugreifen."

Hagen holte erneut aus. Diesmal trat April ihm gegen das Handgelenk. Sein Messer landete ein paar Meter von ihm entfernt.

„Du hältst es schon wieder falsch. Wenn ich gegen jemanden kämpfen würde, der den richtigen Griff beherrscht, könnte ich ihm das Messer nicht aus der Hand treten. Versuch jetzt, zuzustechen."

Hagen folgte ihren Anweisungen und hielt das Messer diesmal wie ein Ritter sein Schwert. April trat beiseite, packte sein Handgelenk und brachte ihn erneut dazu, das Messer fallenzulassen. Dann verdrehte sie ihm den Arm.

Der Schmerz war scharf und unerwartet. Er ging in die Knie und wurde prompt von den Füßen gerissen. Während sie seinen Arm noch festhielt, hob die junge Frau das Messer auf und setzte sich auf Hagen.

Mike dachte längst nicht mehr daran, Moves und Fähigkeiten zu lernen. Der wiederholte Körperkontakt mit April ließ ihm fast die Sinne schwinden. Dieses Mädchen konnte jeden Mann entwaffnen, indem sie einfach ihren Körper gegen ihn drückte.

Sie beugte sich vor, als wollte sie ihm mit der Messerattrappe die Kehle durchschneiden.

Da zog Hagen sie plötzlich an sich und küsste sie.

Der Kuss dauerte vielleicht eine Minute – vielleicht auch eine Stunde.

Ein Kichern hallte durch das Studio und brachte April dazu, wieder aufzustehen. Ihre Haare waren etwas in Unordnung geraten und ihr Gesicht gerötet.

„Also, das war ein echt unorthodoxer Move", sagte sie.

„Gott, es tut mir leid ... Das ist einfach so passiert."

„Warum solltest du dich entschuldigen? Wenn ich etwas dagegen gehabt hätte, hätte ich dich längst erwürgt." Ein Lächeln huschte über ihr Gesicht. Sie zog sich die Kleider zurecht. „Okay, jetzt verschwinde aber. Es wird Zeit für mich, mit dem Unterricht zu beginnen. Die Gruppe versammelt sich schon."

„Aber wir ... ich und du ..." Verdammt, wo war jetzt sein gesteigertes Charisma? Warum stotterte er schon wieder herum? „Ich kämpfe heute Abend im *Dark Devil Club*. Willst du kommen?"

„Ich überleg's mir. Und jetzt zieh die Schuhe an und hau ab."

Auch wenn April ihm gesagt hatte, er sollte abhauen, war Hagen wirklich glücklich. Und es war eine andere Art von Glück als die, die er aus seinen Wunschträumen bezüglich Lexie gewann, die doch nur aus Trugbildern und wilden Fantasien bestanden. Das hier war einfacher, und er verspürte mehr Selbstbewusstsein.

VON ANFANG AN war Hagen sich sicher gewesen, dass er Desmars besiegen würde. Es gab keine andere Möglichkeit. Schließlich hatte er schon beim ersten Mal beinahe gewonnen. Mit Desmars' Technik war er ja bereits vertraut, also nutzte er seinen einminütigen Stärke-Buff, um noch aggressiver als Desmars selbst anzugreifen, was den größeren Mann aus dem Gleichgewicht brachte.

Darüber hinaus war die Meldung bezüglich der Quest „Als Erster zuschlagen" zu Beginn des Kampfs erneut erschienen, und es war ihm gelungen, sie zu erfüllen, wofür er einen Eigenschaftspunkt und einen Fähigkeitenpunkt erhalten hatte.

Auch die darauffolgende Systemmeldung waren von der angenehmen Sorte.

Glückwunsch! Du hast ein neues Fähigkeitslevel erreicht!
Name der Fähigkeit: Arm-Block
Aktuelles Level: 2

Glückwunsch! Du hast ein neues Fähigkeitslevel erreicht!
Name der Fähigkeit: Tritt
Aktuelles Level: 4

Nur eine kleine Wolke trübte seine Freude. Als Hagen sich vor dem Kampf Desmars Werte angesehen hatte, hatte er bemerkt, dass sein Gegner wesentlich mehr LP hatte als zuvor – satte 30.000.

„Dem, wie ist das denn nur möglich? Kann das ein Systemfehler sein?"

„Die *Erweiterte Realität* ist beim Einschätzen der Werte absolut präzise."

„Aber zuvor hatte er doch nur 22.000! Ich habe ein gutes Zahlengedächtnis."

„Hilton „der Bürohengst" Desmars muss eine bioaktive Substanz verwendet haben, um seine körperliche Leistung zu steigern."

Hagen konnte sich nicht ganz entscheiden, ob er seinen Gegner für das Doping verachten sollte. Das Interface in seinem Kopf stellte möglicherweise eine schwerwiegendere Manipulation dar.

Jedenfalls war nach der Hälfte des Kampfes Desmars' LP-Leiste beinahe halbiert. Er lächelte nicht mehr und konzentrierte sich verzweifelt darauf, mit seinem Gegner Schritt zu halten. Desmars war kurz davor, das Handtuch zu werfen, und Hagen wusste das.

Dann war es das wohl? Hagen war dem Sieg so nahe gewesen und hatte kurz davor gestanden, diesen Kampf bald zu Ende zu bringen.

Wie konnte es dann dazu gekommen sein, dass er zu Boden gegangen war?

Hatte Desmars ihn zur Selbstüberschätzung verleitet?

All diese Überlegungen schienen eine kleine Ewigkeit zu brauchen, doch in Wirklichkeit durchzuckten sie seinen Kopf in Sekundenbruchteilen. Genau lange genug, um in die Hocke hochzukommen. Er wendete einige Anstrengung auf, um aufzustehen, doch sein Körper weigerte sich störrisch.

Er fühlte den Boden des Rings unter Desmars Schritten erzittern.

Ochoa hatte ihm immer gesagt, dass ein Kämpfer zwei Dinge im Kopf behalten musste: die Vorteile des Gegners und die eigenen Defizite. Eines davon zu vergessen war der kürzeste Weg, um enge Bekanntschaft mit dem Ringboden zu machen.

Der hatte eine interessante Oberfläche ... Es gab Risse, Staubkörner, Unebenheiten ... Blutstropfen fielen von seiner Nase wie Tinte von der Spitze eines Pinsels.

Ein Ozean aus Stimmen brandete um Hagen herum auf. Alle drängten ihn, aufzustehen.

Als wäre das nicht sowieso sein größter Wunsch. Aber für jemanden, der vor Schwindel beinahe umkippte und es in Betracht zog, mit dem Gesicht nach unten am Boden zu landen und aufzugeben, war das gar nicht so einfach.

Das System schrie ihm ebenfalls einen Schwall an Meldungen entgegen, wenn auch lautlos.

Erlittener Schaden: 3.000 Punkte (Schlag gegen den Kopf)
Erlittener Schaden: 5.200 Punkte (Tritt ins Gesicht)

Du wurdest niedergeschlagen!

Warnung!
Dir verbleiben weniger als 40 % LP!

In der Menge machte er Onkel Peters Gesicht aus. Er brüllte etwas und feuerte seinen Neffen an.

Guter alter Onkel, dachte Hagen. *Ich habe deine Fürsorge nie wirklich zu schätzen gewusst. Immer wollte ich nur, dass du mich in Ruhe lässt."*

Das Schlimmste daran war die Tatsache, dass sein Onkel seine Niederlage miterleben würde. Wie konnte das nach so vielen Siegen nur sein?

Hagen kam auf die Knie und sammelte sich.

Pflicht und Ehre
Du verspürst ein enormes Pflichtgefühl.
+2 auf alle Eigenschaften bis zum Ende des Kampfs.
Alle deine Fähigkeiten sind bis zum Ende des Kampfs um 50 % erhöht.
Du wirst bis zum Ende des Kampfes völlig unempfindlich gegen Schmerzen.
Der Effekt dauert an, bis du dich als würdiges Mitglied der Familie Hagen erweist. Zeig, dass du ein Gewinner bist!

Mike spürte etwas wie eine sanfte Brise. Auch wenn er die Quelle nicht ausmachen konnte, erkannte er, dass es sich um einen Tritt handelte, der auf ihn zukam. Er schaffte es, ihn zu blocken und sich aufzurichten. Hagen wusste bereits, dass die ganze Welt innerhalb einer Sekunde verschwinden konnte, wenn er im Ring war, und dass sie sich manchmal Zeit damit ließ, zurückzukehren.

Also wartete er nicht ab, bis sein Blick sich wieder völlig geklärt hatte, sondern ließ sich von seinen durch das Interface gesteigerten Instinkten leiten.

Es schien Hagen, als wäre es ihm gelungen, unter Desmars Armen durchzuschlüpfen, aber er konnte kaum etwas sehen. Der größere Mann hatte immer noch Probleme, mit Hagens Größe zurechtzukommen, auch wenn dieser jetzt mehr als sieben Zentimeter größer war.

Desmars landete vielleicht noch ein paar Tritte oder Schläge mehr, aber Hagen ignorierte den Schaden. Er machte einfach weiter. Immer wieder schlug er Desmars in den Magen und an jede andere Stelle, die er erreichen konnte. Manchmal merkte er, dass seine Angriffe geblockt wurden, dann wieder, dass seine Körpertreffer durchkamen.

Das Einzige, was Hagen wusste, war, dass er keine Sekunde lang aufhören durfte. Er konnte nicht zulassen, dass sein Gegner zur Besinnung kam, einen Schritt zurücktrat oder sich verteidigte. Er musste seine Abwehr durchbrechen wie ein gemeiner, kleiner Erdrutsch. Er wollte, das Desmars sich fühlte wie ein unglücksseliger Snowboarder, der versuchte, einer Lawine aus Schnee und Eis zu entgehen, die er selbst losgetreten hatte.

Nach wie vor erkannte Hagen nur verschwommene, unidentifizierbare Flecken und Formen, aber die Systemmeldung sah er gestochen scharf.

Verursachter Schaden: 18.000 Punkte (Faustschlag)

Nach dieser Meldung schrumpfte der Fleck, der Desmars gewesen war, auf Hagens Größe. Doch er schlug weiter auf den Teil ein, bei dem es sich um das Gesicht seines Gegners oder um seinen Körper handeln musste. Dann wich er intuitiv seinen Gegenschlägen aus, die er nicht einmal sah, sondern nur erahnte.

Hagen hörte erst auf, als er Demetrious eindringlich sagen hörte: „Komm wieder runter, Mann, es ist vorbei!"

Hagens Blick wurde wieder klar. Desmars saß im Ring, stützte sich mit einem Arm ab und hielt den anderen vor sich. Doch er konnte ihn nicht hochhalten. Er versuchte es immer wieder, doch sein Arm fiel immer wieder herunter.

Glückwunsch! Du hast einen Gegner in einem fairen Kampf besiegt!

Erhaltene EP: 2 (doppelte Erfahrungspunkte für einen Sieg über einen Gegner eines höheren Levels).

Du hast die Fähigkeit Nahkampf-Kombo freigeschaltet. Gestalte die Angriffskombination variantenreicher, um ihr Level zu steigern.

Du hast die versteckte Quest „Ein Dutzend" abgeschlossen. Glückwunsch! Du hast 12 Gegner hintereinander besiegt. Erhaltene EP: 2 Erhaltene Fähigkeitenpunkte: 2

Hagens Ohren vernahmen das anerkennende Gebrüll der Menge. Alle hatten den Kampf genossen – er war etwas völlig anderes als der vorangegangene gewesen. Die Zuschauer mochten es, wenn es eine gute Show gab. Sie waren beiden Kämpfern dankbar.

Doch sie wollten mehr. Ein rhythmischer Ruf erhob sich:

„Mach ihn fertig! Mach ihn fertig!"

Der Schiedsrichter beeilte sich ebenfalls nicht, den Kampf für beendet zu erklären. Seine Anwesenheit diente die meiste Zeit über eher Dekorationszwecken, und er kontrollierte nicht viel von dem, was im Ring vor sich ging. Darüber hinaus war er selbst ein Entertainer und wusste nur zu gut, dass es viel unterhaltsamer war, wenn einer der Kämpfer bewusstlos hinausgetragen wurde.

Alle erwarteten von Hagen, dass er seinen Gegner mit einem grandiosen letzten Move erledigen würde.

Allerdings dachte Mike „Heulsuse" Hagen nicht lange nach. Er schnürte seinen Handschuh mit den Zähnen auf, ließ ihn fallen und bot Desmars seine Hand an, um ihm vom Boden aufzuhelfen.

Gemischte Gefühle brandeten ihm aus der Menge entgegen – einige schätzten Mikes Sportsgeist, während andere ihr Missfallen zum Ausdruck brachten (höchstwahrscheinlich diejenigen, die auf einen K.-O.-Sieg gesetzt hatten).

Hagen half Desmars aus dem Ring.

Der Bürohengst dankte es ihm mit einem Nicken. „Hey ... Hast du Lust, mal an einem unserer Schreibkurse teilzunehmen? Ich sorge dafür, dass du eine Ermäßigung kriegst."

Hagen lachte. „Ich denk drüber nach."

MIKE SASS IM Umkleideraum. Der Sanitäter, den er von seinem Kampf gegen Gonzalo kannte, war wieder dabei, Watte in Hagens Nase zu stopfen.

„Du machst ja richtig Fortschritte. Letztes Mal warst du halbtot. Und jetzt wärst du beinahe noch fit für einen zweiten Kampf."

Onkel Peter kam herein und baute sich vor Hagen auf. „Fortschritte? Das ist eine verdammte Revolution! Teufel noch eins! Das ist ja ein Ding! Mikey, bist du das wirklich? He, Marsmenschen! Was habt ihr mit dem echten Mikey gemacht?" Scherzhaft blickte sein Onkel sich um.

Hagen musste sich beherrschen, um nicht zu sagen: *Lustig, dass du Marsianer erwähnst ...*

„Ich bin es, Onkel. Derselbe alte kleine Mikey. Ich habe nur beschlossen, mein Leben jetzt auf die Reihe zu kriegen."

Onkel Peter nahm einen Schluck Bier. „Ich hab's meiner Schwester immer gesagt: ‚Helen, lass den Jungen in Ruhe und lass ihn seine Probleme selbst lösen.' Und immer hab ich ihr gesagt, dass Kampfspiele dir guttun würden. Dass du da irgendwann lernst, zu kämpfen, wenn du größer wirst."

Hagen lachte. „Ach, komm schon, Onkel. Du warst immer gegen Computerspiele."

„Wirklich? Dann war das wohl so. Weiß nicht mehr so genau."

„Ich weiß noch, wie sauer du geworden bist, wenn du mich in *Mortal Kombat* nicht besiegen konntest. Selbst, wenn ich beschlossen hatte, absichtlich zu verlieren."

„Hah, jetzt würde ich auch nicht gegen dich kämpfen wollen. Egal, ob in *Mortal Kombat* oder im echten Leben."

Der Sanitäter ging. Hagen zog sich seine Alltagskleidung an.

Tatsächlich gab es im Vergleich zum vorigen Kampf eine Menge Fortschritte. Wie zu erwarten fühlte er Schmerz und Erschöpfung, aber beides war erträglich. Und was am wichtigsten war, er hatte keine einzige Träne vergossen. Konnte das davon kommen, dass seine Schmerzrezeptoren vorübergehend abgeschaltet hatten?

Die Tür der Umkleidekabine öffnete sich. Hoffnungsvoll wandte Hagen sich um, aber es war nur ein Kellner. Genau wie beim letzten Mal reichte er Hagen eine Rolle Dollarscheine und dankte ihm für einen ausgezeichneten Kampf.

Ohne großes Aufheben stopfte Hagen das Geld in seine Jackentasche.

Langsam machte sich bei ihm die Enttäuschung darüber breit, dass April nicht da war. Er hatte das Publikum immer wieder abgesucht, sie aber nicht gesehen. Sie war einfach nicht anwesend.

Was hatte es also mit dem Kuss im Fitnessstudio auf sich gehabt? Er fragte sich, ob er je lernen würde, Frauen und ihre Bedürfnisse zu verstehen.

Verärgert schlug Hagen die Spindtür zu.

„He, ist das nicht meine Jacke?", fragte sein Onkel. „Da habe ich die also vergessen!"

„Willst du sie zurückhaben?"

„Ich habe zwei davon. Wie du weißt, habe ich mit Mode nichts am Hut, also trage ich immer das, woran ich gewöhnt bin. Behalte sie ruhig. Außerdem sieht sie an dir echt gut aus."

„Danke. Diese Jacke ... Sagen wir mal, sie hilft mir sehr."

Auf dem Weg nach Hause fragte sein Onkel: „Also, was für Pläne hast du für heute Abend? Wie wär's, wenn ich meinen Rucksack bei dir ablade und wir dann in diese Bar mit dem schnurrbärtigen Besitzer gehen? Gibt's den noch? Die Chicken Wings dort ... So was von lecker. Ich kann sie fast noch schmecken."

Hagen fuhr weiter und starrte konzentriert auf die dunkle Straße. „Weißt du, heute Abend geht's nicht. Tut mir leid, aber ich kann nicht mitgehen."

314

„Tut dir was weh?"

„Meine Nase, ein bisschen. Aber ..."

„Schon kapiert. Wer ist sie? Erzähl mir bloß nicht, du bist wieder mit dieser Nutte Jessica zusammen. Bei der hätte ich echt nichts dagegen einzuwenden, wenn sie von Marsmenschen entführt würde."

Hagen verzog das Gesicht. „Nein, es ist definitiv nicht Jessica. Mir ist jetzt klar, dass du mit ihr wohl die ganze Zeit recht hattest."

„Natürlich hatte ich recht. Wenn ich die Gewohnheit hätte, mich zu irren, hätte meine Leiche eine der Straßen in Falludscha geziert."

Als sie ankamen, bemerkte Peter sofort, dass sich die Wohnung seines Neffen sich im Vergleich zu früher komplett verändert hatte. Er schlug ein paarmal auf den Boxsack in der Ecke, ging dann zurück zum Sofa und nahm das Buch vom Couchtisch, das Hagen gerade las.

„*House to House* von Staff Sergeant David Bellavia. Da geht's um den Irakkrieg, oder?"

„Ja, ich interessiere mich neuerdings ein bisschen dafür."

„Die Marsmenschen haben dich eindeutig ausgetauscht!"

Sein Onkel blätterte durch das Buch, während Hagen duschen ging.

Durch das Geräusch des laufenden Wassers hindurch hörte er die Türklingel und dann Stimmen. Wer konnte das sein? Gonzalo? Mike war gegangen, ohne sich von ihm zu verabschieden.

Die Stimmen verstummten. Dann klopfte sein Onkel an die Badezimmertür.

„Okay, Mikey. Wenn du keine Zeit hast, dann gehe ich in diese Bar und verziehe mich dann ins nächste Hotel. Feiern wir unser Wiedersehen morgen."

„Ins Hotel? Warte mal!" Hastig drehte Hagen die Dusche ab, rieb sich notdürftig trocken und schlang sich das Handtuch um die Hüften.

Aber als er endlich aus dem Bad kam und ins Wohnzimmer trat, war sein Onkel schon weg. Allerdings war jemand anders da –

April.

„Bist du das wirklich?"

„Tut mir leid, der Club hat mich fertiggemacht. Ich hab es keine fünf Minuten da drin ausgehalten. Du weißt ja, dass ich Lokale voller Betrunkener hasse. Das war also dein Onkel, was? Du siehst ihm ein bisschen ähnlich."

„April", sagte Hagen und ging auf sie zu. „Ich wollte dir schon lange etwas sagen ..."

„Hm, Mikey-Boy, kannst du mich noch mal dran erinnern, wo wir bei unserem Training stehengeblieben waren?"

„Genau da." Hagen nahm das Mädchen in die Arme.

DIE AUFGEHENDE SONNE schien durch die schiefen Fensterläden und malte Streifen aus gelbem Licht auf den Boxsack. Hagen lag neben April, den Kopf in die Hand gestützt, und betrachtete die schlafende Frau.

Er sah sie an und fragte sich, wie er zu so einem unglaublichen Glück kam. April war nicht einfach nur gut aussehend. Sie war umwerfend ... magisch ... Hagen gingen schnell die Adjektive aus.

Er würde definitiv an seinem Intellekt arbeiten und sein Vokabular erweitern müssen. Er hatte das Gefühl, als wäre er völlig unberechtigt zu April gekommen, und dass bald jemand sie ihm wieder wegnehmen und Mike dafür bestrafen würde, dass er sie entführt hatte.

Aber welchen Grund hatte er andererseits, sich so zu fühlen? Er war nicht ohne Anstrengung so weit gekommen. Er hatte alles, was er an Blut, Schweiß und Tränen hatte, investiert, um das zu schaffen.

Von jetzt an würde sein Leben ihn nur noch nach vorne und nach oben bringen. Neue Errungenschaften. Neue Siege. Er würde sein Charisma steigern, um attraktiver zu werden, und jedes Buch auf der von Demetrious vorgeschlagenen Liste lesen, auch wenn er sich immer noch fragte, warum sie alle vom Krieg handelten.

Er würde noch härter arbeiten. Er würde dieses Kaff verlassen, nach Vegas ziehen und die UFT-Meisterschaft genauso gewinnen wie alle anderen, die es gab.

Er würde Aprils würdig werden.

Tags zuvor hatte Hagen viel Zeit damit verbracht, über ihre Beziehung nachzudenken. Als sie erschöpft in der Mitte des Betts gelegen hatten, hatte er sie direkt gefragt: „Warum fühlst du dich zu mir hingezogen? Ich bin nicht wie Sylas. Ich bin wohl kaum gut aussehend."

„Was dich interessant macht, ist, dass du nicht er bist."

„Hey, wenn es um mein Äußeres geht, daran arbeite ich und mache auch Fortschritte ..."

„Sylas ist wie die Imitation eines Kämpfers. Er erinnert mich an das Plastikmesser, das wir zum Trainieren verwendet haben. Sein Kopf steckt voller pseudo-philosophischem Müll, den er sich aus Filmen wie *Kung Fu Panda* und *Karate Kid* abgeschaut hat. Dieses ganze überkandidelte Zeug. Du hast so gar nichts davon. Du erinnerst mich an eine Waffe. Eine ernsthafte Waffe, die sich nur ihrer Stärke noch nicht bewusst ist. Und die Leute um dich herum wissen auch nicht, wie tödlich du eigentlich bist. Manchmal wirkst du echt mickrig, Mikey-Boy, aber das macht das, was in dir heranwächst, nur umso gefährlicher. Und diese Gefahr finde ich attraktiv."

„Ich habe jemanden beinahe zum lebenslangen Krüppel geschlagen. Das hat mich zuerst richtig fertiggemacht, aber dann dachte ich, warum sollte mich das kümmern? Ich war es ja nicht, der ihn zuerst angegriffen hat."

„Das ist genau das, wovon ich rede."

Sie setzten ihr „Training" fort. April brachte Hagen so viele neue „Moves" bei, er musste sich etwas widerwillig eingestehen, dass er zum ersten Mal in seinem Leben richtigen Sex hatte. Wenn er das mit dem verglich, was er mit Jessica erlebt hatte – Himmel. Das wäre wie wenn man eine kitschige Postkarte neben ein

Gemälde von Van Gogh hielt.

Mike betrachtete dieses schlafende schöne Wesen und fragte sich, ob das Leben wirklich so wunderbar sein konnte, ohne dass er sich dessen überhaupt bewusst war. Konnte es sein ...?

Er hörte jemanden an die Tür klopfen. Dann klingelte es.

April murmelte etwas und zog sich ein Kissen über den Kopf. Hagen schlüpfte hastig in seine Jeans und hatte Mühe, seine Beine hineinzuquetschen. Es war gut, dass er früher am Abend nicht mehr Punkte in seine Größe investiert hatte, ansonsten hätten ihm seine Kleider nicht mehr gepasst, oder er hätte ausgesehen, als hätte er es gerade so geschafft, sich in ein Paar Super-Skinny-Jeans zu zwängen.

Es klopfte wieder an der Tür, diesmal drängender. So energisch, wie der Besucher war, musste es sich um den Vermieter handeln, der die Miete kassieren wollte. Hagen zog die Geldrolle heraus, die er am Vortag im Club erhalten hatte, und ging die Tür öffnen.

Davor erblickte er zwei Polizisten. Einer stand direkt im Türrahmen, während sich der andere mit der Hand auf dem Pistolenhalfter ein paar Schritte hinter ihm hielt.

„Sind Sie Mike Björnstad Hagen?"

„Ja. Was um alles in der Welt ...?"

„Sir, wir haben einen Haftbefehl. Sind Sie bereit, mitzukommen?"

„Da muss ein Irrtum vorliegen. Was wird mir denn vorgeworfen?"

„Sir!" Der erste Polizist hob die Stimme. Der andere knöpfte sein Halfter auf.

Hagen wurde ein juristisches Dokument unter die Nase gehalten. Die Zeilen verschwammen vor seinen Augen. „Bezirksgericht ... sofortige Zustellung ..." Er konnte nicht zu Ende lesen, da ihn der zweite Polizist mit seinen ständig auf das Halfter trommelnden Fingern aus dem Konzept brachte.

„Ich möchte mich nur noch anziehen, bitte."

„Wie Sie wollen, Sir. Wir warten genau hier auf Sie."

Hagen schloss die Tür. April war schon aufgestanden und hatte sich in eine Decke gehüllt.

„Was will die Polizei? Ist was passiert?"

Hagen zuckte die Achseln und zog sich zu Ende an. „Die müssen mich mit jemand anderem verwechseln."

Mike hätte nicht falscher liegen können.

KAPITEL 19

DAS SPIEL IST AUS

Weißt du, die Welt wird nicht von Gesetzen auf Papier geleitet. Sondern von Menschen – manche halten sich dabei an das Gesetz, manche nicht.

Mafia

W AS ZUNÄCHST WIE ein unbedeutendes Missverständnis ausgesehen hatte, stellte sich als immenses Problem heraus.

Hagen war es gewohnt, dass die Zeit sich auf wirklich seltsame Art und Weise ausdehnen konnte. Im Ring schossen ihm manchmal tausend Gedanken in nur einer Sekunde durch den Kopf. Vor Gericht konnte man eine Woche verbringen, ohne dass einem auch nur klar wurde, was vor sich ging.

Da war ein Mann mit Koteletten, der ihm in ernstem Ton erklärte, dass es sich um einen „komplizierten Fall" handelte, und dass „der Kläger bereits jedes kleine Detail belegt" hätte. Hagen brauchte eine Weile, um sich daran zu erinnern, dass dieser Mann sein Rechtsanwalt war. Wie hieß er doch gleich? Robert Salk, genau.

Salk kämpfte zwar bis zur letzten Minute für seinen Klienten, allerdings schien er nicht alles zu geben. Es konnte etwas damit zu tun haben, dass Hagen völlig pleite war.

Manchmal schien ihm die Abfolge dieser Gerichtssitzungen wie ein fortlaufender Knockout. Oft hatte er das Gefühl, als würde der Lärm in seinem Kopf gleich verschwinden, der Gerichtssaal sich aufhellen und dieses Chaos sich in Wohlgefallen auflösen.

Doch das geschah nicht. Weitere Tatsachen kamen ans Licht und komplizierten die Sache noch mehr.

Der Angriff auf Greg Goretsky war nicht das Einzige, was Hagen zur Last gelegt wurde. St. Ian tauchte wie eine übernatürliche Erscheinung im Gerichtssaal auf und bestätigte, dass der Angeklagte in seine Kirche eingebrochen wäre, und dort beträchtlichen Schaden angerichtet sowie einen der treuesten Anhänger ihres Glaubens, der diesen Frevel hatte unterbinden wollen, zum Krüppel geschlagen hätte.

„Wir alle sind in tiefer Trauer – ich, meine Brüder und meine Schwestern. Und wir hoffen, dass die Strafe auf dem Fuße folgen wird. Ein weltliches Gericht sollte dieselbe Gerechtigkeit walten lassen wie Gottes Urteil", erklärte er und zog sich die lila Robe zurecht.

Doch völlig abgedreht wurde die Sache, als das unzertrennliche Pärchen Steve „Jobs" und Doug „Donald" auftraten, um eine Aussage zu machen. Steve bestätigte, dass „der Ganove" ihn verprügelt hätte, nachdem er aus Versehen eine Erdnuss aus seiner Schüssel genommen hätte.

„Ja, ja!", beeilte Doug sich, zu bestätigen. „Er war auch derjenige, der mich verprügelt hat, und dann hat er mir hundert Mäuse geklaut, das hat er gemacht!"

Diese letzte Behauptung ließ sich natürlich entkräften, genauso wie der angebliche Grund für den Angriff, denn Chuck Morrison war ebenfalls anwesend und sagte aus. Allerdings konnte Chuck die Tatsache, dass Steve grün und blau geschlagen worden war, unter Eid nicht leugnen.

„Er hat ihm schon eine saubere Abreibung verpasst. Ist genau vor meinen Augen passiert, jawohl."

„Sie lenken den Fall in ihre Richtung, wie sie wollen",

beschwerte sich Hagens Verteidiger mit den Koteletten zwischen den Anhörungen. „Was haben Sie bloß angestellt, damit die besten Anwälte der Stadt so darauf erpicht sind, Sie hinter Gitter zu bringen?"

Die Aufnahmen der Überwachungskamera vom Parkplatz des *DigiMart* wurden als Beweismittel vorgelegt. Hagen verfolgte seinen Kampf gegen Goretsky mit extremer Verwirrung. Tatsächlich sah es so aus, als wäre der Büffel nur auf Mike zugegangen, um mit ihm zu sprechen, und als hätte Hagen ihm dann ins Gesicht geschlagen und weiter auf ihn eingeprügelt, als er zu Boden ging. Der Moment, in dem Goretsky seinerseits einen Faustschlag ausführte, fehlte aus irgendeinem Grund in der Aufzeichnung.

Selbst der Richter wirkte überrascht. „Viele Zeugen haben auf Ihre angeblich geringe Körpergröße hingewiesen, allerdings wirkt diese auf mich völlig im Rahmen des Durchschnitts, und Sie haben eindeutig eine sportliche Konstitution. Sie hätten Ihr Talent besser einsetzen können als zum Verprügeln wehrloser Menschen."

Als Antwort konnte Hagen nur den Mund öffnen, ohne einen Laut von sich zu geben. Ihm fehlten die Worte, um diese Anschuldigungen zu widerlegen. Nichts von dem, was gesagt worden war, konnte eindeutig als Lüge ausgelegt werden, aber man musste schon eine spezielle Haltung einnehmen, um es als Wahrheit anzusehen. Er konnte dem Gericht ja wohl schlecht sagen, dass er sein ganzes Leben lang ein elender Schwächling gewesen war, bis zu dem Moment, als er angefangen hatte, Systemmeldungen zu sehen und Stimmen zu hören. Oder dass er im Verlauf einer einzigen Nacht größer und stärker werden konnte.

Stattdessen verteidigte Salk Hagen. Seine Taktik ließ allerdings einiges zu wünschen übrig. Er versuchte, das Gericht davon zu überzeugen, dass Hagen nur ein bescheidener Kampfsportler war, der Probleme hatte, sein Temperament im Zaum zu halten.

Außerdem deutete der Verteidiger an, dass er statt ins

Gefängnis auch in eine psychiatrische Klinik gehen könnte, aber Mike fand diesen Gedanken noch beängstigender. Zumindest sah er sich nicht als potenziell psychisch Kranken. Er mochte zuvor an seiner geistigen Gesundheit gezweifelt haben, aber nach allem, was er erlebt hatte – und nachdem er April getroffen hatte – glaubte er vielmehr, dass er zum ersten Mal in seinem Leben wirklich normal war.

Endlich fühlte er sich wie ein Mensch, der eigene Rechte hatte, und nicht wie eine zitternde Kreatur, auf die andere herabsahen, um ihr eigenes Ego zu stärken.

VOR GERICHT TRAF Hagen einige Leute, von denen er geglaubt hatte, sie wären nicht mehr Teil seines Lebens. Alexa Hepworth zum Beispiel. Sie sah genauso schön und attraktiv aus wie immer, auch wenn sie eine neue Frisur hatte und eine Brille mit dunklem Gestell trug. Sie wirkte strenger, nüchterner und selbstbewusster. Von der alten Lexie war keine Spur mehr – von derjenigen, die Hagen das Blut aus dem Gesicht gewischt und ihm von ihrer Schwäche für verwundete Männer erzählt hatte.

Sie bestätigte, dass sie Zeugin des Kampfes zwischen Hagen und Goretsky gewesen war, auch wenn sie keinen Grund für die Auseinandersetzung nennen konnte. Ihre Stimme zitterte nicht, noch verhaspelte sie sich – und doch konnte sie Mike nicht in die Augen schauen. Nach ihrer Aussage musste „Mr. Hagen" seine Arbeit schlecht ausgeführt haben. Goretsky hätte sich oft über die Qualität von Reparaturen beschwert, was der Anlass des Streits gewesen sein musste. Sie wäre absolut sicher, so erklärte sie, dass sie keinesfalls der Grund für den Konflikt gewesen sein konnte.

Hagen hörte ihr mit einem ironischen Grinsen zu. War er wirklich einmal in sie verliebt gewesen? Natürlich, er war völlig verrückt nach ihr gewesen. Sie war wohl sein erster großer Schwarm gewesen. Was konnte also seither geschehen sein?

Hagen bemerkte Dinge an ihrem Ton und ihrer Körpersprache, die er früher nie beachtet hatte. Lexie war eine bedauernswerte Frau, die es nie geschafft hatte, eine stabile Beziehung aufrechtzuerhalten und die ihr persönliches Glück ihrer Karriere geopfert hatte. Sie glaubte wohl, dass sie Howells Unternehmenskette erben würde. Und doch war sie unglücklich und einsam.

Viel einsamer, als Hagen es einst gewesen war.

Ruf: Interesse (8/10)
Widerstand gegen dein Charisma: mittel (7/10)

Das System log nicht und machte keine Fehler – Lexies Interesse an Hagen war auf einem Höchststand. Doch wie viel Interesse hatte Hagen noch für sie übrig? Nicht das geringste.

Hagen studierte Goretskys Gesicht und Gesten, während der Büffel seine Aussage machte. Einst war er unfähig gewesen, den Mann direkt anzublicken oder in Goretskys Gegenwart auch nur den Kopf zu heben. Jetzt fragte er sich nur, wie er sich von so jemandem hatte einschüchtern lassen können. Goretsky war praktisch genauso wie Doug alias Donald – nur eine etwas größere und dickere Ausgabe.

Hagen spürte Goretskys schlechte Laune förmlich – der Mann hatte keine Ahnung, wie der „Schisser" sich so verändert haben konnte. Sein ehemaliger Erzfeind fürchtete sich jetzt davor, Mike in die Augen zu sehen. Es war, als hätten sie die Rollen getauscht. Jetzt war Hagen die erschreckende Erscheinung, die Goretsky in Angst versetzte – ein kläglicher Verlierer, der etwas von „körperlichem Schaden und emotionalen Verletzungen" daherbrabbelte.

Ruf: Mörderischer Hass (10/10)
Widerstand gegen dein Charisma: niedrig (7/10)

Auch die Werte bestätigten, was Hagen schon wusste. Hätte

er jetzt gegen Goretsky gekämpft, hätte er den Büffel mit einem einzigen Stirnrunzeln in die Flucht schlagen können.

Mike war, was das Siegen anging, auf den Geschmack gekommen. Egal, wie viel Mühe, Schmerz oder Angst es ihn kosten würde. Selbst Gegner auf hohem Level schienen nicht mehr unbesiegbar. Er hatte sich daran gewöhnt, dass er in Augenblicken extremer Gefahr irgendeinen Buff bekam oder eine Fähigkeit freischaltete, oder sogar einen magischen Gegenstand fand. Bei seiner Verhaftung hatte er angenommen, dass das Missverständnis sich in Kürze aufklären und das Gericht ihn für unschuldig erklären würde. Dann würden sie sich entschuldigen und ihn freilassen.

Darum war er einigermaßen verwirrt davon, was sein Verteidiger ihm sagte. Immer wieder bemerkte dieser niedergeschlagen, dass die Dinge schlecht standen, dass die Kläger sich von langer Hand vorbereitet hatten, und dass es eine Menge falscher, aber sorgfältig präparierter Beweise gegen ihn gab.

„Die wollen Ihren Hintern hinter Gittern sehen, Hagen", erklärte Salk ihm. „Sie haben alles getan, um das zu erreichen. Ich tue, was ich kann, damit Ihre Strafe weniger schwer ausfällt, aber ins Gefängnis gehen Sie auf jeden Fall."

„Aber warum? Was habe ich getan?"

„Nichts Ernsthaftes. Aber ich vermute, dass es einen Deal zwischen Howell und Goretsky gibt. Goretsky hasst Sie und würde alles nur Erdenkliche tun, um Sie leiden zu sehen. Howell und Alexa Hepworth müssen Sie dafür geopfert haben, damit sie nicht von Goretsky verklagt werden."

„Ist so was überhaupt möglich?"

„Junge, Sie sind der Angeklagte. Sehen Sie nicht, dass es nicht nur ‚möglich' ist? Es ist schon passiert. Und ich verstehe ihre Herangehensweise – sie gewinnen, indem sie Ihre Freiheit gegen ihre Profite eintauschen. Geschäft ist Geschäft. Sie hatten nur das Pech, zu einer der Waren in ihrem Handel zu werden."

„Wenn ihre gemeinsamen Machenschaften auffliegen, hilft mir das dann?"

„Es wird den Ausgang dieses Prozesses in keinster Weise

beeinflussen."

✳ ✳ ✳

LEUTE TAUCHTEN VOR Hagens Augen auf, als würde er durch das Charakterauswahlfenster in einem Computerspiel scrollen. Sie schienen aus einer Art Nebel aufzutauchen und wieder zu verschwinden. Riggs, der Sicherheitsmann, war einer dieser Charaktere. Er hatte sich nicht verändert, nur die Brille und die Zeitung fehlten.

Er hatte seine Kontakte zu den Gefängnisaufsehern genutzt, um Hagen nach der Urteilsverkündung in seiner Zelle zu besuchen. Seltsamerweise entschuldigte er sich zuallererst.

„Es tut mir wirklich leid, dass ich vor Gericht nicht zu deinen Gunsten aussagen konnte."

„Hatten Sie das denn vor?" Hagen hatte keine Lust, mit irgendjemandem zu reden, der Verbindungen zum vermaledeiten *DigiMart* hatte. So jemanden wollte er nicht mal sehen oder auch nur an ihn denken müssen.

„Urteile nicht so vorschnell. Es ist so ... Als sie mir sagten, ich solle helfen, Beweise gegen dich zu finden, musste ich mir alle Aufzeichnungen der Überwachungskameras ansehen. Also habe ich mitbekommen, was du und Wei Ming mit diesen Junkies gemacht habt. Ich bin dir sehr dankbar, dass du mich nicht rangehängt hast. Und ich hasse es, das zu sagen, aber ich habe Beweise gesehen, dass *DigiMart* ein falsches Spiel treibt. Ich wollte Howell diese Aufzeichnung zeigen, aber er hat überhaupt nicht reagiert. Da wurde mir das erste Mal klar, dass sie dich nur einsperren lassen wollten, um irgendein größeres Problem zu vertuschen."

„Und wenn schon?", fragte Hagen erschöpft. „Was macht das jetzt noch für einen Unterschied?"

„Der Unterschied ist, dass ich das Original der Aufnahme gesehen habe, in der du dich mit Goretsky prügelst. Und es ist eindeutig zu sehen, dass er zuerst zuschlägt."

Hagen wurde hellhörig. „Also könnte ich beweisen, dass ..."

326

„Deswegen möchte ich mich entschuldigen. Ich hatte nicht daran gedacht, sofort eine Kopie zu machen. Als der Prozess anfing, habe ich nachgesehen, aber die Aufzeichnung war schon manipuliert worden. Ich habe Lexie ein paar Fragen gestellt, aber entweder hat sie die Unschuldige gespielt, oder sie wusste wirklich nichts davon. Also ging ich zu Howell – ich kenne ihn schon sehr lange, manchmal gehen wir abends auf ein Bier zusammen. Wir waren sogar mal in diesem neuen Striplokal, es heißt *Chuck's Bar Mark II*. Schon mal gehört? Tut mir leid, ich schweife ab. Wie auch immer, nachdem ich mit Howell gesprochen hatte, wurde mir klar, dass das Video gefälscht worden war. Dein Verteidiger hat nicht einmal einen Experten bestellt, um die Echtheit der Aufzeichnung zu überprüfen. Es ist schon mächtig seltsam, dass er nicht einmal daran gedacht hat, die Richtigkeit dieses Videos anzuzweifeln. Aber sie haben auch andere Beweise gegen dich. Du hast irgend so eine Kirche zu Kleinholz gemacht, oder?"

Hagen griff sich mit beiden Händen an den Kopf. „Mr. Riggs, ich will nicht, dass sie mir eine Detektivgeschichte erzählen. Wenn nichts davon funktioniert, warum machen Sie mir dann falsche Hoffnungen?"

Riggs sah Mike streng an. „Ich bin vielleicht nicht mehr bei der Polizei, aber ich werde der Sache auf den Grund gehen. Wenn ich Beweise dafür finden kann, dass das Video bearbeitet wurde, kann man wenigstens einige der Vorwürfe gegen dich entkräften. Für den Rest musst du natürlich trotzdem sitzen."

„Tun Sie, was Sie nicht lassen können", schnaufte Hagen. Dieser leicht geistig umnachtete alte Mann, der nichts Besseres zu tun hatte, als den Betrieb eines Hotdog-Stands zu überwachen, konnte wohl kaum irgendwas ändern.

Am nächsten Tag besuchten gleich mehrere Leute Mike. Onkel Peter wirkte missmutig und suchte nach Worten. Nicht nur war sein Neffe zum Kämpfer geworden – er war auch in etwas hineingeraten, was sein Onkel absolut verblüffend fand.

„Ich war nie im Gefängnis, Mikey, und ich glaube nicht, dass es da so ist wie in der Armee. Eins, was beide gemeinsam haben, ist jedoch, dass sich deine Gewohnheiten radikal verändern werden. Du wirst anfangen, Regeln zu folgen, die andere sich ausgedacht haben. Also ist es wichtig, flexibel und anpassungsfähig zu bleiben, aber du darfst nie vergessen, wer du wirklich bist."

Hagen war wirklich dankbar für die Unterstützung seines Onkels. Peter hatte seine überfällige Miete bezahlt und versprochen, Hagens persönlichen Besitz einlagern zu lassen.

Anfänglich hatte St. Ian gefordert, dass Hagen den Schaden am Tempel ebenfalls bezahlte. Als das Urteil jedoch verlesen worden war, hatte er verkündet, er vergebe Hagen, und seine Anhänger waren in Anerkennungsrufe für ihren Anführer ausgebrochen. Sie waren von Ians angeblicher Güte erstaunt und ignorierten völlig die Tatsache, dass der einzige durch Hagen entstandene Schaden zwei Stühle betraf.

Leider verfügte Onkel Peter als ehrbarer Soldat im Ruhestand nur über bescheidene Mittel – er konnte Hagen nicht helfen, die astronomisch hohe Strafe zu zahlen. Mike hatte nicht die entfernteste Ahnung, wie er das je begleichen sollte. Er hatte keine Besitztümer, die er verkaufen konnte, um die Schulden zu tilgen. Sie hatten sein altes Auto und einige seiner Sachen beschlagnahmt. Die daraus erzielte Summe stellte sich als so mager heraus, dass sogar Hagen überrascht war. Sein ganzes Leben schien nur ein paar tausend Dollar sowie einen riesigen Berg Schulden wert zu sein.

Kopfschüttelnd und stirnrunzelnd verschwand sein Onkel im Nebel. April nahm seinen Platz ein.

„Es war extrem schwer für mich, hierherzukommen", meinte sie. „Tut mir leid, dass ich so lange gebraucht habe. Alles ging so schnell. Ich muss mir erst noch über meine Gefühle für dich klarwerden."

„Wirst du ...?", setzte Hagen an.

„Dich besuchen, hm? Ich weiß nicht. Ich versuche es, aber wenn sie dich in ein Gefängnis außerhalb der Stadt verlegen, kann ich nichts versprechen."

„Es sollte nicht weit weg sein."

„Du weißt aber, dass ich ..."

„Ich hab's nicht vergessen. Du magst keine überfüllten Räume."

Hagen musste niedergeschlagen wirken, denn April redete ihm gut zu. „Bitte rechne nicht damit, dass ich mehr tue. Du solltest zu schätzen wissen, was wir haben."

„Ich bin schon froh, dass du ‚haben' und nicht ‚hatten' gesagt hast."

„Cool." April hielt einen Moment inne und schob eine Haarsträhne beiseite, die ihr in die Stirn gefallen war. „Mein Bruder hat sechs Monate wegen Steuerhinterziehung gesessen. Weißt du, was er am meisten bereut hat? Dass er keine Fotos von Freunden und Verwandten mitgenommen hat. Also, denk dran, Mikey: Gedruckte Bücher, Fotos und Zeitschriften sind im Gefängnis viel wertvoller als im Alltag."

April drückte durch die Gitterstäbe seine Hand und ging fort, nur um durch Wei Ming ersetzt zu werden.

„Verdammt, Mann, ich bin sprachlos", wiederholte dieser immer wieder. „Aber ich hatte die ganze Zeit so einen Verdacht, dass du derjenige warst, der Goretsky verprügelt hat."

Wei Ming hatte beschlossen, Hagen mit ein paar Geschichten darüber zu unterhalten, was bei Chuck so vor sich ging, also erzählte er ihm in kurzen Worten alles, was dort in letzter Zeit passiert war. Er sagte Mike, dass er wirklich gern dort arbeitete, und dass er drei Boxer aus dem Studio unter seinem Kommando hatte. Außerdem hatte die Frau mit dem eifersüchtigen Ehemann angefangen, dort als Stripperin zu arbeiten. Ihr Gatte war bei jedem Auftritt anwesend und achtete darauf, wer seine Frau anstarrte. Wei Ming musste den Typen im Auge behalten, damit er das Publikum nicht belästigte. *Chuck's Bar Mark II* erwarb sich zunehmend einen gewissen Ruf. Auch wenn sie jetzt sogar das Doppelte für den Alkohol verlangten, kamen die Gäste nach wie vor in Scharen.

Wei Ming ging und wurde von Gonzalo abgelöst, der ihm sein Mitgefühl aussprach.

„Das Leben kann echt seltsam sein, Brüderchen. Ich hätte mir nie denken können, dass du hinter Gittern landest. Hölle, selbst ich habe es geschafft, das zu vermeiden, obwohl die mich schon seit 30 Jahren hätten einsperren können. Aber halte durch, Homie. Ich lass mir was einfallen. Vergiss nicht, ich habe Brüder im Knast, und bei denen gilt mein Wort noch was."

DAS SPIEL WAR aus. Es gab keinen Ausweg. Der Kampf mit dem Strafverfolgungssystem würde nicht damit enden, dass Hagen aus dem Ring getragen würde. Sie würden ihn zwingen, zu laufen.

Eine Weile später – vielleicht eine Sekunde, vielleicht einen ganzen Tag – eskortierte ein schläfriger Polizist mit einer Schrotflinte ihn zum Gefangenentransportbus und befahl ihm, sich hineinzusetzen. Hagen trug Handschellen und Fußfesseln und trug einen orangen Overall. Endlich wieder Kleider, die ihm passten.

Die zweite Wache beugte sich herunter und befestigte die Fesseln an seinem Sitz. So behandelten sie Verbrecher, die als „ungewöhnlich aggressiv" eingestuft worden waren. Greg Goretsky hatte alles in seiner Macht Stehende getan, um Hagens Zeit hinter Gittern so unbequem wie möglich zu machen, um sich für seine Demütigung zu rächen.

Es wirkte alles wie ein dummer, unsinniger Traum.

Hagen blickte nach unten, um sich zu überzeugen, dass er immer noch den orangen Overall trug.

Es war also doch kein Traum. Er saß tatsächlich in einem schwankenden Bus, dessen mit Drahtgeflecht verstärkte Fensterscheiben von außen vergittert waren.

Ihm gegenüber saß ein Typ mit kahlrasiertem Kopf. Sein gesamter Hals war bis zum Kinn mit Tätowierungen überzogen. Er und ein weiteres kahlköpfiges Individuum, das weiter hinten saß, schrien sich ständig an. Hagen sprach kein Spanisch, aber er verstand, dass die beiden aus irgendeinem Grund offenbar großen Spaß zu haben schienen.

Wie können die das Ganze auch noch genießen?, dachte er.

Das ist schließlich kein Schulausflug. Wir gehen verdammt noch mal ins Gefängnis!

Die übermütigen Kerle warfen sich gegenseitig scherzhafte Beleidigungen an den Kopf.

„¡Cabrón!"

„¡Besa mi culo, puto!"

Wenn die Gefängniskluft und die Tattoos nicht gewesen wären – einige seiner Mitreisenden trugen sie sogar im Gesicht – hätte Hagen meinen können, er säße in einem Schulbus. Eine nicht gerade angenehme Erinnerung für ihn – auf dem Schulweg hatte es immer jemanden gegeben, der ihn mit einem Apfelgehäuse beworfen oder den Inhalt seines Rucksacks auf den Boden gekippt hatte. Dann hatte Hagen jedes Mal auf der Suche nach seinen Besitztümern auf dem Boden herumkriechen müssen, wobei er jedes Mal hinfiel, wenn der Bus beschleunigte oder bremste. Seine Klassenkameraden hatten ihm mit großem Vergnügen zugeschaut.

Wenn er nur daran dachte, dass er einfach ein paar Nasen hätte einschlagen müssen, um diese Demütigung zu beenden. Dann hätten sich die Schultyrannen leichtere Beute gesucht.

Trotz seiner düsteren Stimmung lächelte Hagen. Das Gefängnisfahrzeug kam ihm so viel sicherer vor als der Schulbus. Vielleicht hatte das etwas damit zu tun, dass die meisten Insassen an ihre Sitze gefesselt waren. Und auch die Tatsache, dass er mittlerweile recht gut darin war, Nasen sehr effektiv einzuschlagen, ohne viel Zeit zu verlieren, trug ihren Teil dazu bei.

Hagen drückte seine Stirn gegen das Drahtgeflecht der Scheibe und verfiel in Tagträumerei. Szenen aus der Vergangenheit spielten sich vor seinen Augen ab und überlagerten die Aussicht aus dem Fenster. Jemand schrie ständig in seinem Kopf – es war, als wäre Demetrious plötzlich wahnsinnig geworden.

Doch es war nicht Demetrious. Der virtuelle Assistent blieb meistens stumm – es gab keine Situationen, in denen seine Meinung relevant gewesen wäre. Gelegentlich erinnerte er ihn:

„Du hast einen weiteren Trainingstag verpasst. Bitte beachte, dass deine Werte abnehmen, wenn du dich nicht körperlich in Form hältst. Deine Ausdauer ist auf einen gefährlich niedrigen Stand gesunken. Es ist wahrscheinlich, dass sie in 24 Stunden um einen Punkt verringert wird."

Doch eine andere Stimme schrie in Hagens Kopf und übertönte den Assistenten jedes Mal.

Es war Hagens eigene Stimme.

Das war's. Ende. Mein Leben ist vorbei. Schließlich ist Gefängnis wie der Tod. Liebe Mom ... Wenn du nur wüsstest, dass mir eines der schrecklichen Dinge, die dich nachts wachgehalten haben, tatsächlich zugestoßen ist. Du hast mich vor dem Mobbing der anderen Kinder beschützt und mir beigebracht, den Kontakt mit jedem zu meiden, den du für einen „Schläger" oder „Perversling" gehalten hast, genauso wie mit Vertretern und dem „verdächtigen" älteren Schwulenpaar von nebenan. Ich weiß noch ihre Namen, und was für Angst ich hatte. Auch wenn mir jetzt klar ist, dass sie völlig harmlose und liebenswürdige Leute waren.

Also, Mom, du hast mir beigebracht, all das zu fürchten, wovor du selbst Angst hattest. Nie hättest du dir träumen lassen, dass dein kleiner Mikey wegen Körperverletzung verurteilt werden würde. Ganz zu schweigen von Sachbeschädigung und einem weiteren Fall von Körperverletzung.

Ich gehe für zwei Jahre ins Gefängnis, Mom. Und sie haben mir eine Geldstrafe aufgebrummt, die so riesig ist, dass deine begrenzte Fantasie nie ausgereicht hätte, um sie sich vorzustellen. So läuft das jetzt, Mom. Unsere Gerichte beherrschen ebenfalls mörderische Nahkampf-Kombos.

Doch seine Mutter konnte ihm nicht antworten.

Kapitel 20
Weiße, schwarze und dasselbe in grün

*Und man braucht eine gehörige Portion Glück,
damit einem niemand das Leben zur Hölle
macht.*

Mafia

DIE HANDSCHELLEN UND Fußfesseln wurden den neuen Gefängnisinsassen beim Verlassen des Busses abgenommen. Hagen war erstaunt, wie schnell das Gewicht von seinen Gliedern abfiel. Er hatte nur eine Sekunde gebraucht, um sich wieder frei zu fühlen, obwohl er im Gefängnis war.

Der Polizist, der dafür zuständig war, sie in Empfang zu nehmen, ließ sie sich in einer Reihe aufstellen. Er erklärte ihnen, wie sie sich zu benehmen und was sie zu tun hatten, und fügte dann hinzu: „Die wichtigste Vorschrift ist, dass ihr nicht mit uns sprecht, kapiert? Keine Fragen darüber, wie es hier läuft, an irgendwen, der im Gefängnis arbeitet. Ihr erfahrt alles, was ihr braucht, wenn wir es euch sagen. Wir sind nicht eure Kumpel. Macht euch klar, dass ihr keine freien Menschen mehr seid. Das erspart euch zusätzlichen Ärger."

Der Nebel in Hagens Kopf, der ihn auf der Reise begleitet hatte, dämpfte die Absurdität dessen, was vor sich ging, etwas ab. Es war, als hätte sein Geist sich in eine warme Decke gehüllt und den Rest der Welt ausgesperrt, während die Strafvollzugsbeamten über seinen Körper verfügten.

Dieser folgte ihren Weisungen unverzüglich, zog sich aus, wusch sich und ließ geduldig das Rasieren und die ärztliche Untersuchung über sich ergehen. Seine Lippen bewegten sich wie angeordnet und formten die Worte „ja, Sir", oder „nein, Sir". Man hatte Hagen schon erklärt, dass Sätze wie „Ich weiß nicht" oder „Ich denk drüber nach" hier nicht geduldet wurden. Der Nebel half ihm auch, sich in Gegenwart von etwa hundert anderen nackten Männern seiner Nacktheit weniger zu schämen.

Dann sah ein weiterer Vollzugsbeamter Hagens persönliche Gegenstände durch. Er hatte nur vier Fotos mitgenommen. Von ihm und seiner Mutter, ihm und Onkel Peter, und ein weiteres von Mom allein. Das vierte war nicht mal ein Foto – es war die Broschüre mit April im Kimono.

Der Polizist hantierte eine Weile an der PSP herum und durchsuchte jeden Ordner nach verbotenen Materialien. Dann überprüfte er das ROM-Laufwerk. Schließlich legte er die Konsole in die Schachtel mit den verbotenen Gegenständen.

„So eine habe ich schon lange nicht mehr gesehen. Ich hatte als Kind eine. Und deine funktioniert sogar. Damals haben die noch richtige Qualität produziert. Aber tut mir echt leid – ich kann sie dir nicht lassen."

Alles, worauf Hagen hoffen konnte, war, dass er innerhalb einer Reichweite von 500 Metern zur Konsole bleiben würde, damit ihm der Effekt erhalten blieb.

Die Zelle, in die der Gefängniswärter Hagen brachte, hatte die Größe seines Arbeitsplatzes beim *DigiMart*, wo er seine Tage mit der Reparatur von Laptops verbracht hatte. Tatsächlich war sie sogar etwas geräumiger, da die Zelle bis auf zwei Pritschen auf jeder Seite und eine Toilettenschüssel an einer Wand praktisch leer war. An der Wand über der Toilettenschüssel befand sich ein kleines

Schränkchen. Es gab keine Fenster, nur eine Belüftungsöffnung in der Wand. Über der Tür war eine mit einem Metallgitter verkleidete Glühbirne, als wäre das Licht selbst ebenfalls ein Straftäter.

Eine der Pritschen machte einen benutzten Eindruck – blaue Hausschuhe schauten darunter hervor und ein Ausklappbild aus einem Pornoheft hing darüber.

Hagen breitete seine Sachen auf der anderen Pritsche aus.

Der Vollzugsbeamte stand in der Tür, lehnte sich gegen die Gitter und sagte ihm, wie er gemäß Gefängnisvorschrift sein Bett zu machen hatte. Sein Namensschild wies ihn als Jim Baumgartner aus.

Gleichgültig folgte Mike seinen Anweisungen. Vage nahm er Jims Anleitung wahr, wie er die Toilette zu benutzen hatte, wie er sich bei der Durchsage „Licht aus" verhalten musste, und was bei einem Appell zu tun war. Ihm wurde alles gesagt, was er tun und lassen musste. Die meisten Dinge fielen in letztere Kategorie. Die Liste der Regeln war lang, und manche waren völlig verrückt.

„Nicht wichsen, während dein Zellengenosse wach ist."

„W-was?"

„Nicht masturbieren. Hol dir keinen runter. Wedel dir keinen von der Palme. Ich seh's dir an, du bist kein erfahrener Gefangener. So was merke ich sofort. Vor dir liegen harte Zeiten. Außerdem hat Gott etwas gegen Leute, die sich selbst befriedigen. Glaubst du an Gott?"

„Ja", antwortete Hagen.

„Gut für dich. Dein Glaube wird dir dabei helfen, jede Prüfung zu überstehen. Gehst du in die Kirche?"

„Nein", gestand Hagen. „Ich war nicht mehr dort, seitdem meine Mutter gestorben ist."

„Schade." Jim sah sich um, griff dann unter sein Hemd und zog zwei zerknitterte Broschüren heraus. „Hier kannst du einige Wahrheiten finden. Dann beginnst du, eine Menge Dinge in diesem Leben zu verstehen."

Hagen nahm die Broschüren. Von der ersten Seite starrte ihm ein bärtiger Mann in einer lila Robe entgegen. St. Ian blickte Hagen an, als wollte er ihn verspotten und sagen: „Hab ich nicht gesagt, dass es mit dir kein gutes Ende nehmen wird?"

Bevor er ging, blieb Jim vor der anderen Pritsche stehen und riss das Poster aus dem Pornoheft von der Wand.

„Gottlose Bastarde", kommentierte er, knüllte das Papier zusammen und stopfte es in seine Tasche. „Keine Ahnung, wo sie die immer herkriegen."

Als Jim seine Zelle verlassen hatte, ließ sich Hagen niedergeschlagen auf seine Pritsche fallen. Er wollte weinen, wollte sich gar ein oder zwei Tränen gewaltsam herauspressen, in der Hoffnung, dass ihm das helfen würde, doch es gelang ihm nicht.

Mike „Heulsuse" Hagen war keine Heulsuse mehr.

„Hey, Mann", meldete sich Demetrious vorsichtig. „Dein psychischer Zustand hat beträchtlich gelitten."

„Verdammt, Dem. Ich bin im Gefängnis, von Vergewaltigern und Mördern umgeben. Erwartest du, dass ich lache?"

„Gesundes Lachen hebt deine Werte um 0,01 %. Dein deprimierter Zustand könnte durch ein sonnigeres Gemüt verbessert werden."

„Ach, fick dich doch."

Mike sah eine Systemmeldung, als hätte sich Demetrious seine Beleidigung zu Herzen genommen.

Achtung! Die Fähigkeit „Psychologischer Angriff" wurde vorübergehend deaktiviert.

Um sie wiederherzustellen, musst du deine geistige Stabilität wiedererlangen.

Hagen tat die Meldung ohne großes Interesse ab.

Die Tür seiner Zelle öffnete sich, doch Mike fürchtete sich davor, auch nur hinauszuspähen, geschweige denn, sie zu verlassen. Er hatte so viel Zeit damit verbracht, seine Angst vor Schmerz und seine Angst davor, im Ring zu kämpfen, zu überwinden, und jetzt, da er das geschafft hatte, musste er sich einer neuen Angst stellen. Einem ultimativen Grauen. Die

Unwägbarkeiten des Gefängnislebens versetzten ihn in maßlosen Schrecken.

Ständig fielen ihm Bruchstücke von Gefängnisgeschichten ein. Zufällig aneinandergereihte Szenen aus Serien, Nachrichten und YouTube-Videos. Es schien, als müsste er nur aus der Zelle treten, um in einem Strudel des Unbekannten hineingezogen zu werden. Er dachte, dass jeder andere Insasse ein Gangster oder gewalttätiger Psychopath sein musste, und dass er – Mike Hagen – der einzig Unschuldige hinter Gittern sei.

„Worauf wartest du?", rief eine Stimme aus dem Gang. Jim schaute wieder in die Zelle hinein. „Frühstückszeit. Du hast 20 Minuten."

Hagen wollte dem Gefängniswärter sagen, dass er nicht hungrig war, aber der Debuff „Hunger" brachte ihn dazu, von seiner Pritsche aufzustehen und den Gang hinunterzugehen. Irgendwann würde er sich an sein neues Zuhause gewöhnen müssen.

IN DER KANTINE lief alles nach einem vorgegebenen Muster ab. Die Prozedur war schnell und effizient. Die Gefangenen stellten sich an, erhielten ihre Mahlzeit, setzten sich und schlangen sie so schnell wie möglich hinunter. Hagen hatte noch nie zuvor Leute so schnell essen gesehen – man hätte meinen können, es wäre ein Wettbewerb.

Er saß da wie in Trance und sah zu, wie der Mann ihm gegenüber am Tisch sein Essen verdrückte. Der andere – ein riesenhafter Schwarzer – blickte Mike in die Augen.

„He, Kleiner, du hast Glück, dass ich so gutmütig bin. Wenn du die Leute immer so anstarrst, verlässt du diesen Ort nicht lebend. Geschnallt?"

Hagen senkte den Blick und starrte sein Tablett an. Er würde seine alte Gewohnheit, niemandem in die Augen zu schauen, wieder aufnehmen müssen. Der Verhaltenscodex im Gefängnis schien völlig anders zu sein.

Sobald die Insassen mit Essen fertig waren, standen sie auf, stellten ihre Tabletts in einen riesigen Behälter und gingen zum Ausgang. Der Wärter an der Tür warf jedem Gefangenen eine Papiertüte zu.

„Was ist das?", fragte Hagen und fing sie auf.

„Dein Mittagessen", antwortete der Wärter.

„Beeilung, Alter." Jemand stieß Hagen den Ellenbogen in den Rücken. Das war klare Absicht gewesen.

Erlittener Schaden: 322

Bemüht, sich nicht umzusehen und sich nicht vor Schmerz zu krümmen, ging Mike hinaus in die Haupthalle des Gefängnisblocks. Die Kantine hatte halbwegs harmlos gewirkt, aber dieser Raum erschien ihm wie der Inbegriff der Düsternis. Überall gingen Leute herum, alle wirkten bedrohlich. Selbst, wenn das nicht wirklich zutraf, projizierte Hagens Wahrnehmung eine Aura der Gefahr auf jeden von ihnen. Jeder einzelne Insasse musste ein Gang-Mitglied oder Mörder sein.

Während er darauf wartete, dass ihn jemand körperlich oder mit Worten angreifen würde, durchlebte er im Geiste die schauerlichsten Szenen aus den Fernsehserien, die seine Mutter immer angeschaut hatte. Er machte sich bereit, sich zu verteidigen, und wünschte sich, er hätte nie mit dem Training aufgehört.

Eine Gruppe Latinos mit nackten Oberkörpern ging an Hagen vorbei. Ihre Körper waren muskulös und mit Tattoos bedeckt. Ihr Gang wirkte aggressiv und ihre Gesten demonstrierten äußerstes Selbstbewusstsein. Das waren mit Sicherheit Mörder.

Klein-Mikey wollte wirklich gern zurück in seine Zelle, aber er kannte sich nicht aus. Er hatte keine Ahnung, wo er hinmusste. Alle drei Stockwerke des Gefängnisblocks sahen völlig gleich aus. Mike erinnerte sich, dass seine Zelle in der Mitte eines Gangs lag, aber er hatte keine Ahnung, wo er den finden sollte. Er drückte die Papiertüte an seine Brust und wich langsam zurück, bis er an der

Wand stand. Es war etwas weniger erschreckend, wenn er sicher sein konnte, dass niemand ihn von hinten angreifen würde.

Als er die Wand im Rücken spürte, schloss er die Augen und rang seine Panik nieder.

Diese Angst war völlig anders als alles, was er im Ring je empfunden hatte. Da hatte er wenigstens gewusst, dass die Angst nicht lange andauern würde. Die Angst, die er im Kampf verspürte, endete mit dem Kampf selbst, und es war egal, ob er gewann oder verlor. Doch die Gefängnisangst würde ihn bis zum Ende seiner Haftstrafe begleiten.

Hagen atmete tief ein. Wie sollte er zwei Jahre in solch einer albtraumhaften Umgebung durchstehen? Andererseits – hatte er nicht den größten Teil seines Lebens in ständiger Angst davor verbracht, geschlagen oder beleidigt zu werden, ohne sich zur Wehr setzen zu können?

In gewisser Weise war das Gefängnis dem Leben, das Hagen geführt hatte, bevor er Zugang zum Interface erhalten hatte, gar nicht unähnlich. Jetzt konnte er sich wenigstens mit dem Gedanken beruhigen, dass er in der Lage war, in einem Kampf ebenso viel auszuteilen, wie er einsteckte.

Es war Zeit, mit dem Angsthaben Schluss zu machen.

Voll neuer Entschlossenheit öffnete Hagen die Augen und stieß sich sofort den Hinterkopf an der Wand an. Ein dürrer Typ mit glänzender Glatze, zu der sein roter Bart in starkem Kontrast stand, hatte sich direkt neben ihn gestellt und starrte Mike unverhohlen an.

Hagen ließ die Tüte fallen und machte sich für eine Schlägerei bereit. Eilig rief er die Werte seines Gegners auf.

Roman „Intel" Kamenew
Alter: 24
Level: 6

LP: 15.000
Kämpfe/Siege: 76/61

DAN SUGRALINOV, MAX LAGNO

Gewicht: 83 kg
Körpergröße: 174 cm
Aktueller Status: Programmierer

„Hey, komm runter, Mann. Sorry, Genosse, ich wollte dich nicht erschrecken." Roman beugte sich hinunter, hob die Papiertüte auf und reichte sie Hagen. „Du hast ausgesehen, als würdest du gleich umkippen, also dachte ich, du bist vielleicht krank oder so was."

„Danke."

Das Englisch des Russen war perfekt, doch er sprach das Wort „Genosse" absichtlich mit starkem Akzent aus, als wollte er Niko Bellic aus *GTA IV* parodieren.

„Bist du okay? Keine Gesundheitsprobleme? Hast du irgendwelche Krankheiten oder Anfälle, von denen ich wissen sollte?", fuhr Roman fort.

„Warum interessierst du dich für meine Gesundheit?"

„Naja, ich bin immerhin dein Zellengenosse, also weiß man ja nie", grinste Roman. „Du kennst dich nicht aus, oder? Das erste Mal, als sie mich in den Knast gesteckt haben, wusste ich auch nicht, wie ich meine Zelle finden sollte. Das ist okay. Das Wichtigste ist es, deine Angst unter Kontrolle zu halten."

„Ich habe keine Angst."

„Verarsch mich nicht. Außer den richtigen Hardcore-Gangstern hat jeder hier Angst. Tatsächlich sogar die echten Schläger."

„Vor wem haben die denn Angst?"

„Vor den anderen harten Jungs. Und alle haben Angst vor den Wärtern, während die Wärter die Gang-Mitglieder fürchten. Das Gefängnis ist ein Ort, an dem jeder vor jedem Angst hat."

„Keiner sieht hier besonders angsterfüllt aus."

„Sie haben sich dran gewöhnt. Du wirst dich auch dran gewöhnen. Du darfst dich nur nicht in dich selbst zurückziehen und die Welt ausschließen. Ich weiß, du würdest gern so bald wie möglich in deine Zelle zurückgehen und dich in einer Ecke zusammenrollen. Aber das geht nicht, Genosse. Du kannst keine zwei Jahre auf diese Weise verbringen."

„Woher weißt du, wie lange ich hier drin bleibe?"

„Ich weiß eine Menge. Ich bin sozusagen einer dieser berüchtigten russischen Hacker. Spazieren wir ein bisschen über den Hof. Wir haben beide einen freien Tag. Genieße deine Freiheit, solange sie andauert, haha. Sorry, wenn das sarkastisch klingt."

„Was meinst du damit?"

„Ab morgen teilen sie dir eine Aufgabe zu, damit dir keine Zeit bleibt, dich selbst zu bemitleiden. Ich bin Roman. Du kannst mich auch Intel nennen, das ist mein alter LoL-Nickname."

„Ich heiße Mike. Du kannst mich aber auch Hagen nennen. Das ist mein Nachname." Hagen besaß die Geistesgegenwart, sein Alias „Heulsuse" nicht zu erwähnen.

Roman erwies sich als einer dieser Typen, der wie ein Wasserfall über alles Mögliche reden konnte, ohne je etwas über sich selbst preiszugeben.

„Jedenfalls hast du hier drin Zugang zu den gleichen Waren wie draußen, allerdings sind sie schwerer zu kriegen", erzählte er Mike, während sie in Richtung Hof gingen. „Wenn du zusätzliches Essen brauchst, Fusel, Weed oder Pornohefte, kannst du das alles hier finden. Rauchst du?"

„Nein."

„Wird nicht lange dauern, bis du auch zu rauchen anfängst, Genosse. Hier gibt es nichts zu tun, also rauchen alle. Tabak ist der wichtigste soziale Schmierstoff im Gefängnis und in der Armee."

Als ob ich mich mit Kriminellen abgeben wollte, dachte Hagen bei sich.

„Eigentlich bin ich Sportler", sagte er und inspizierte den Gefängnishof.

„Jeder hier ist Sportler, Genosse."

Hagen hatte bereits bemerkt, dass die meisten der jungen Leute im Hof sportlich aussahen. Das ganze Gefängnis wirkte wie ein riesiges Fitnessstudio. Mitten im Hof gab es Drückbänke, aber alle waren besetzt. Viele der Insassen machten mit nacktem

Oberkörper Liegestützen und Kniebeugen. Zwei oder drei Paare boxten.

Automatisch trat Hagen näher heran, um sich ihre Kampftechniken anzusehen.

Roman hielt ihn zurück.

„Hey. Es gibt noch was, das drinnen und draußen gleich ist. Du wirst für jeden kleinen Fehler bestraft. Bist du nicht auf diese Weise überhaupt erst hier gelandet? Leute mit Macht haben dich benutzt, um den eigenen Arsch zu retten?"

Hagen war verärgert. „Zum Teufel, weißt du eigentlich alles?"

„Nicht alles, aber ich habe Zugang zu Informationen. Ich warne dich nur davor, dich Leuten anzuschließen, über die du nichts weißt."

„Hast du nicht gesagt, es wäre gut für mich, mich unter die Leute zu mischen, statt mich zurückzuziehen?"

„Schon, aber du musst dabei deinen Kopf benutzen. Würdest du zu so einer Gruppe gehen, wenn du draußen wärst?"

Hagen sah sich die riesenhaften, tätowierten Hünen an – alle hatten einen grimmigen Gesichtsausdruck und demonstrierten eine ständige Bereitschaft, um die Vorherrschaft zu kämpfen.

Mike schüttelte den Kopf. „Nein, würde ich nicht", gab er zu.

„Wenn du trainieren willst, hält dich niemand auf. Du kannst rennen, springen oder Liegestütze machen. Du kannst dein Bett vom Boden abschrauben und es zum Gewichtheben benutzen. Pass nur auf, dass der Wärter dich nicht erwischt. Außer wenn der alte Jimmy Schicht hat, dann kannst du einfach loslegen. Er ist auf unserer Seite. Wenn man vom Teufel spricht – da ist er. Ich muss etwas mit ihm besprechen. Fang du nur mit deinem Training an. Ich seh dir doch an, dass du ganz heiß drauf bist."

Roman nahm Hagen seine Essenstüte ab und ging zu Jimmy, der sich unter dem Vordach des Eingangs zum Gefängnisblock vor der Sonne versteckte.

LEVEL UP : KNOCKOUT

* * *

HAGEN BRANNTE TATSÄCHLICH darauf, bis zur Erschöpfung zu trainieren. Während des Gerichtsverfahrens hatte er komplett damit aufgehört, aber jetzt, da er die Gefängnisinsassen sah, wie sie sich reinhängten, erinnerte er sich daran, dass er sein Training nicht schleifen lassen durfte.

Demetrious hatte ihn bereits mehrfach gemahnt, dass seine Werte in Kürze sinken würden. Allerdings hatte Hagens Geisteszustand dafür gesorgt, dass er das Interesse am Hochleveln verloren hatte.

Beklommen trat Mike auf die Laufstrecke, die um den gesamten Innenhof verlief. Er begann, zu joggen, und seine Befangenheit nahm weiter zu. Es kam ihm vor, als würden ihn alle anstarren. Er lief etwas schneller. Es stellte sich heraus, dass die anderen Insassen – all die angeblichen Gang-Mitglieder und Vergewaltiger – sich genauso für Hagen interessierten wie jeder andere in seinem normalen Leben, nämlich gar nicht.

Also schaltete Hagen in seinen höchsten Gang.

Das Laufen verschaffte ihm ein Gefühl der Freiheit. Es war, als kehrte er in seinen eigenen Körper zurück, zu dem er im Gerichtssaal den Kontakt verloren hatte.

Die Überreste des Nebels in seinem Kopf lösten sich auf. Ihm wurde klar, dass er eine lange Zeit hier verbringen würde. Er würde sich an das ständige Klirren der Schlösser, das Rasseln der Schlüssel an den Gürteln der Wärter, die Gefängnistürme und die Gitter und den Stacheldraht, von denen seine gesamte Welt umgeben war, gewöhnen müssen.

Jetzt wurde er sich seiner Muskeln wieder bewusst und spürte, wie seine Stärke und Ausdauer zurückkehrten. Seit Langem rief er zum ersten Mal wieder seine Werte auf. Sowohl Ausdauer als auch Stärke blinkten warnend. Dasselbe galt für den Faustschlag und die Nahkampf-Kombo.

Das würde er allerdings zügig beheben.

„Dem? Bist du da? Entschuldige, dass ich dich angeschrien habe. Wie kann ich eine verlorene Fähigkeit zurückgewinnen? Und wie kriege ich meinen Geisteszustand in den Griff?"

„Alter, das Erste, was du für deinen Geisteszustand auf die Reihe kriegen musst, ist es, nicht mehr mit mir zu reden, als wäre ich am Leben. Ich bin kein Mensch. Also hat es keinen Sinn, mich anzumotzen oder sich bei mir dafür zu entschuldigen."

„Na gut. Was kommt als Nächstes?"

„Du musst wieder in Form kommen. Was deinen psychischen Zustand am meisten beeinflusst, ist der Verlust deiner körperlichen Parameter."

„Kapiert."

Hagen bemerkte, dass eine der Hantelbänke frei war. Ohne lange zu überlegen, verließ er die Bahn und nahm auf dem metallenen, von der Sonne erhitzten Sitz Platz. Die Bank war mit der maximalen Anzahl Gewichte bestückt, und es brauchte einige Anstrengung, um sie in Bewegung zu setzen und seine Arme zusammenzudrücken und wieder auszustrecken.

Er hatte sein Training wirklich vermisst! Hagen war überrascht, wie er sich so hatte entmutigen lassen können, dass er seinen Traum aus den Augen verloren hatte. Ohne tägliche Fortschritte würde er es nie in die UFC schaffen.

„¡Pinche idiota!", schrie ihn jemand an. „Du Scheißkerl!"

Mike wurde beim Kragen gepackt, von der Bank gezerrt und zu Boden geschleudert.

Hagen sprang auf und stand vor dem Latino, mit dem er im Bus gefahren war – einer der zwei, die sich so angebrüllt hatten. Mike erkannte ihn an den Tattoos, die sich bis zum Kinn des Mannes hoch zogen wie ein Rollkragenpullover.

Lorenzo „Brix" Reyes
Level: 13
LP: 32.000
Kämpfe/Siege: 211/133
Gewicht: 89,8 kg

344

LEVEL UP : KNOCKOUT

Körpergröße: 177 cm
Aktueller Status: Mitglied der Gang Sureños Familia

„¡Chinga tu madre!", brüllte Lorenzo und trat auf Hagen zu.

Um sie herum drängten sich eine Menge Leute dicht zusammen, um die beiden vor den Vollzugsbeamten zu verbergen. Die Wärter auf den Türmen sahen nur zu, zogen an ihren Zigaretten und grinsten.

„Ich verstehe nicht", entgegnete Hagen und versuchte eilig, sich an die wenigen Worte Spanisch zu erinnern, die er in der Schule gelernt hatte. „No ... no hablo mucho español."

„Ich bring dir Scheiß-español bei, ¡cabrón de mierda!"

Hagen wollte zurückweichen, prallte aber gegen eine Wand aus Gefangenen. Sie stießen ihn nach vorn gegen Lorenzo. Dieser holte aus.

Hagen bemerkte den Schlag selbst nicht. Stattdessen sah er das helle Sonnenlicht. Dann fand er sich auf dem heißen Asphalt des Gefängnishofs liegend wieder und schirmte seine Augen vor der blendenden Sonne ab.

Erlittener Schaden: 8.000 (Schlag ins Gesicht)

Sein Kopf brummte. Er konnte kaum klar denken. Trotzdem erhob er sich, als wäre er im Ring, und zog sich aus Lorenzos Angriffsreichweite zurück.

Instinktiv lehnte er sich zurück, und das gerade noch rechtzeitig. Lorenzos Faust zischte direkt vor Hagens Nase durch die Luft.

Sofort schlug Mike nach der offenen Flanke seines Gegners und legte all seine während des Gerichtsverfahrens aufgestaute Angst und Verzweiflung in den Angriff.

Verursachter Schaden: 14.400 Punkte (Faustschlag)

Die Menge murmelte überrascht. Offenbar hatte niemand

erwartet, dass Hagen zurückschlagen oder gar irgendeine Form von Kampftechnik an den Tag legen würde.

Lorenzo krümmte sich einen Augenblick, rieb sich die Seite mit der Hand und sprang dann vor. Da wurde Mike der Unterschied zwischen diesem Mann und all den Kämpfern bewusst, denen er zuvor begegnet war.

Lorenzo war ein durchtrainiertes Bandenmitglied, kein Sportler. Selbst Liam „Goliath" hatte sich nach so einem Schlag eine Weile die Seite gehalten und gestöhnt, aber Lorenzo verhielt sich, als fühlte er überhaupt keinen Schmerz. Hagen schaffte es, den ersten Schlag abzublocken, doch dann blitzte erneut kurz Sonnenlicht auf, gefolgt von Dunkelheit.

Er hatte nicht das Bewusstsein verloren. Er lag nur mit dem Gesicht nach unten auf dem Asphalt des Gefängnishofs, der nach Petroleum roch.

Erlittener Schaden: 2.000

Das System gab seine übliche Warnung über seine niedrigen LP und die Notwendigkeit aus, den Kampf sofort zu beenden.

Das war ein weiterer Unterschied – einen Kampf im Gefängnis konnte man nicht abbrechen. Man kam maximal bis zum Elektrozaun.

Du wurdest von einem Gegner in einem fairen Kampf besiegt!
Gesamte Kämpfe/Siege: 13/11

Romans Stimme klang wie der lang erwartete Gong eines Schiedsrichters. „Genossen! Genossen! Aufpassen!"

Die Menge zerstreute sich sofort. Jeder tat wieder, was er zuvor getan hatte – sie unterhielten sich, rauchten oder trainierten.

Hagen entfernte die Meldung seiner ersten Niederlage und setzte sich um Gleichgewicht ringend auf. Doch sein Blick verschwamm jedes Mal, und es kam ihm vor, als wären Himmel und Erde kurz davor, die Plätze zu tauschen.

Hagen konnte Roman nicht sehen, hörte ihn aber eindringlich in sein Ohr flüstern: „Was immer du tust, erzähl niemandem, was gerade passiert ist."

Hagens Blick klärte sich etwas. Er sah Jim in Begleitung zweier weiterer Wärter auf sich zukommen.

„Also, was geht hier vor sich?", fragte Jim. „Wer war es? Macht mich nicht sauer, ihr Mistkerle. Ich weiß sowieso, wer es war. Du warst es, Lorenzo. Ich habe dich bei der Hantelbank gesehen. Komm hierher. Hierher, hab ich gesagt!"

Lorenzo baute sich breitschultrig, aber resigniert vor Jim auf und folgte den Vorschriften, wie man mit Vollzugsbeamten zu reden hatte, aufs Wort.

„Sir, nein, Sir!", rief er.

Jim wandte sich Hagen zu. Einer der anderen Wärter hatte ihm schon vom Boden aufgeholfen.

„Hat der da dich verprügelt?"

„Uh ... ach ..." Hagen spuckte Blut und einen kleinen Stein aus, der in seinen Mund geraten war. Er brauchte eine Weile, bis ihm klar wurde, dass es sich um ein Stück Zahn handelte.

Hagen räusperte sich und antwortete dann genau so, wie der Gefängniswärter ihn angewiesen hatte: „Sir, nein, Sir!"

„Also kommst du mir jetzt mit diesem ‚nein, Sir'-Bockmist, was? Sag mir, was wirklich los war! Lüg mich nicht an, sonst sorge ich dafür, dass du hier niemals heil rauskommst."

„Ich, äh ..."

Hagen blickte zuerst zu Lorenzo. Der andere Mann hatte die Fäuste geballt und blickte missmutig zur Seite. Dann sah er Roman an. Der Russe starrte in die Wolken und lächelte unschuldig.

„Ich, äh, bin von der Hantelbank gefallen, Sir."

Jemand in den hinteren Reihen brach in lautes Gelächter aus.

Jim sah sich drohend um. „Klappe, du Drecksau!" Dann wandte er sich Hagen zu. „Du sagst also, du bist gestürzt, hm? Willst du das wirklich so durchziehen? Grünschnabel, hab ich dir nicht gesagt, dass es hart für dich wird?"

„Sir, ja, Sir!"

„Also … äh, Mike Hagen, stimmt's? Ich habe mich geirrt. Es wird nicht hart. Es wird unerträglich. Du wirst jeden Tag von der Hantelbank fallen. Kapiert?"

„Sir … ja, Sir!"

„Jetzt geh zum Arzt. Verschwinde, habe ich gesagt!"

Einer der Wärter packte Hagen am Arm und zerrte ihn in Richtung Zellenblock.

IM KRANKENZIMMER WURDE Hagen das Blut abgewischt, seine Nase tamponiert, und der Vorfall, bei dem er sich wegen unachtsamer Nutzung eines Sportgeräts verletzt hatte, wurde in seiner Akte vermerkt.

Der Arzt war ein grauhaariger, dicklicher Typ namens Mark Borkowski. Hagen hatte noch nie jemanden getroffen, der so viel meckerte. Während er Hagen verarztete, schimpfte er vor sich hin. „Also habt ihr Bande euch wieder mal geprügelt. Was wird denn, wenn ich kündige? Ich bin der einzige Arzt im ganzen verdammten Gefängnis. Ein Jahr ist es her, dass wir zuletzt einen medizinischen Leiter hatten, und der Gefängnisdirektor will mich nicht befördern. Warum, fragst du?"

Hagen war nicht einmal in den Sinn gekommen, zu fragen. Er machte sich Sorgen darüber, dass er bald in den Hauptblock zurückkehren musste.

„Ich sage dir, warum. Weil dann keiner mehr da ist, der sich um die medizinische Versorgung von euch Idioten kümmert. Der Direktor traut mir nicht besonders." Borkowski drückte Hagens Schulter. „Ein Boxer, was? Nun, über kurz oder lang findest du dich im Hölzernen Ring wieder."

„Im Hölzernen Ring?" Hagen wachte aus seinen Gedanken auf. „Was ist das?"

„Ist besser für dich, wenn du das nicht weißt, Kleiner. Tu so, als wärst du ein Schwächling, kein Kämpfer."

Der Arzt untersuchte Mikes Mund und schimpfte dabei die ganze Zeit, dass es in der derzeitigen Finanzlage unmöglich war, eine ordentliche medizinische Versorgung zu gewährleisten. Er berührte den abgebrochenen Zahn in Hagens Oberkiefer mit dem Finger.

„Der Zahn ist hinüber. Ich kann ihn ziehen."

„Könnte ich ihn nicht ...?"

„Nein, kannst du nicht! Rechne nicht damit, dass du einen Zahnersatz kriegst oder der Zahn neu aufgebaut wird. Du kannst dein Geld zum Zahnarzt tragen, wenn du hier wieder rauskommst."

Borkowski begleitete Hagen aus dem Krankenzimmer und übergab ihn wieder der Obhut des Wärters. Seine letzten Worte waren: „Schleppt sie mir nicht mit solchen kleinen Wehwehchen an. Eine verbeulte Nase ist keine große Sache. Es gibt tausend Nasen hier, und nur einen Arzt."

Der Wärter führte Hagen durch mehrere dunkle Gänge und sperrte unterwegs zahlreiche schwere, vergitterte Türen auf und wieder zu. Er schob ihn in die Haupthalle des Gefängnisblocks und schloss die Tür hinter ihm.

Lorenzo und ein paar andere Latinos, eindeutig weitere Mitglieder der Gang, saßen in einiger Entfernung am Tisch. Auf dem Weg zur Treppe versuchte Hagen, das Zittern seiner Hände zu unterdrücken. Roman wartete dort bereits mit seiner Essenstüte auf ihn.

„Hey, *vato*", rief Lorenzo. „Schwing deinen Arsch hier rüber."

Hagen warf Roman einen angsterfüllten Blick zu, wie um zu fragen, ob er darauf hören sollte.

Romans Augen traten hervor, und er zischte: „Natürlich, Genosse, geh hin und sag hallo."

Hagen näherte sich der Gang. Er holte tief Luft und entspannte sich. Wenn er musste, würde er wieder kämpfen. Selbst, wenn er am Ende getötet werden sollte. Er konnte sowieso nichts anderes tun.

Fenster mit Werten öffneten sich über den Gang-Mitgliedern, aber Hagen schloss sie, ohne sie zu lesen. Alle Mitglieder der Gang

Sureños Familia lagen sechs bis zehn Level über Hagen. Also hatte es ohnehin keinen Sinn, sich ihre Werte anzusehen.

Die wenigen in der Halle anwesenden Gefangenen scharten sich verstohlen um sie, um nicht die Aufmerksamkeit der Wärter auf sich zu ziehen. Alle fragten sich, was mit dem neuen Jungen passieren würde, der es geschafft hatte, Lorenzo so einen professionellen Schlag in die Seite zu verpassen.

Hagens ruhiger Atem half nichts gegen das Zittern in seinen Händen, also versteckte er sie hinter seinem Rücken.

In der Mitte der Gruppe stand ein großer Latino. Sein Kopf war kahlrasiert und er trug einen seltsamen Schnurrbart, der aussah, als hätte er sich zwei Rattenschwänze an die Oberlippe geklebt.

Felipe „Fino" Peña
Alter: 33
Level: 27

LP: 50.000
Kämpfe/Siege: 370/352
Gewicht: 100,7 kg
Körpergröße: 186 cm
Aktueller Status: Boss der Gang Sureños Familia

Fino hatte die Augen halb geschlossen, als würde er das helle Sonnenlicht ausschließen wollen.

Lorenzo sprang vom Tisch, auf dem er gesessen hatte, und verschränkte ebenfalls die Hände hinter dem Rücken.

„Bist du Mike Hagen?", fragte Fino ihn. Er sprach langsam und so leise, dass Mike sich anstrengen musste, seine Worte zu verstehen.

„Ja." Hagen musste sich beherrschen, um nicht „*Sir, ja, Sir!*" zu sagen.

„Gonzalo der Killa lässt dich grüßen. Er hat uns gebeten, auf dich aufzupassen."

„Es ist wohl kaum unser Job, auf jedes Weißbrötchen

aufzupassen, auf das dieser *puto* Gonzalo steht", mischte sich Lorenzo ein.

Fino drehte den Kopf und sah Lorenzo an. „Klappe, Brix. Unterbrich mich nicht."

Er wandte sich wieder Hagen zu und fuhr fort: „Wir sind keine Kindermädchen, versteh mich nicht falsch. Aber Gonzalo ist unser Bruder, und außerdem hast du gezeigt, dass du niemanden verpfeifst. Also bleib cool. Aber bau keinen Scheiß."

„He, wer bist du denn, dass du für alle sprichst?"

Die Stimme erklang hinter Mikes Rücken. Er zuckte zusammen und fuhr herum. Wer war das denn jetzt wieder?

Ein riesenhafter Mann stand vor einer Gruppe Schwarzer. Sein nackter Oberkörper war muskulös und von Schweiß überzogen. Er sah aus, als käme er gerade aus der Dusche.

Blake „Ford" Ali
Alter: 29
Level: 24

LP: 45.000
Kämpfe/Siege: 300/278
Gewicht: 109,8 kg
Körpergröße: 195 cm
Aktueller Status: Boss der Gang Pirus Brothers

Fino antwortete, ohne Blake auch nur anzusehen. „Ich sag es dir. Du hast nichts zu befürchten. Du stehst unter unserem Schutz."

„Dann pass gut auf dein kleines Spielzeug auf, sonst tritt noch jemand in einer dunklen Ecke drauf", verkündete Blake großspurig.

Hagen stand zwischen den beiden Gangs und konnte ihren Hass aufeinander fast körperlich spüren. „Ich bin kein Spielzeug", antwortete er. „Und ich brauche auch niemandes Schutz. Ich kann auf mich selbst aufpassen."

„Zu spät. Wir haben ..."

„He, was soll dieser Aufruhr hier? Geht sofort auseinander!"

Die Wärter drängten die Gruppen der Latinos und Schwarzen in verschiedene Richtungen, brüllten sie an und stießen sie mit ihren Schlagstöcken, um sicherzugehen, dass alle gegnerischen Bandenmitglieder in jeweils unterschiedlichen Ecken landeten.

Lorenzo schaffte es, Hagen zuzuschreien: „He, *cabron*, wir sind noch nicht fertig miteinander. Ich seh dich im Hölzernen Ring!"

Sofort öffnete sich ein blinkendes Fenster.

Rache
Besiege einen Gegner, gegen den du zuvor verloren hast.

Hagen wartete nicht ab, bis einer der Wärter ihm seinen Schlagstock gegen den Kopf schlug, sondern zog sich zur Treppe zurück, wo Roman gestanden hatte. Dabei stieß er gegen die stählerne Schulter eines Weißen mit rasiertem Kopf und keltischen Tätowierungen am Hals.

Er verpasste Mike einen Stoß mit dem Ellenbogen. „Pass auf, wo du hinläufst!"

„Entschuldigung", entgegnete Mike, ohne auch nur aufzublicken, um zu sehen, wer das war.

$$* \; * \; *$$

ALS ER ROMAN erreichte, den er schon jetzt als Freund betrachtete, kam er wieder zu Atem. Der Russe reichte Mike seine Papiertüte und führte ihn nach oben in den zweiten Stock.

„Du bist mir ja 'ne Nummer, Genosse. Bist du völlig durchgeknallt?"

„Warum, was ist los?", fragte Hagen beunruhigt.

„Du checkst auch überhaupt nichts, oder?"

„Ich h-habe keine Ahnung!"

„Schau, es gibt hier zwei wichtige Gangs, die Sureños und die Pirus. Erstere sind die Latinos, letztere die Schwarzen. Diese Gangs bekriegen sich ständig."

„Wieso das?"

Roman sah so überrascht aus, dass er sogar einen Moment innehielt. „Willst du mich verarschen? Es braucht keinen Grund. Das Einzige, was man vielleicht eine Motivation nennen könnte, ist, zu beweisen, wer hier der Platzhirsch ist und wer die größten Eier hat."

Hagen und Roman blieben am Geländer stehen und starrten in die Haupthalle hinunter. Die Wärter hatten damit aufgehört, die Insassen auseinanderzutreiben, blieben aber in der Halle und beobachteten sie.

„Genosse, warum zum Teufel musstest du auf diese Hantelbank? Alles ist hier unter den Latinos und den Schwarzen aufgeteilt. Das Gleiche gilt für die Fernseher im Aufenthaltsraum. Denk nicht mal im Traum daran, den Sender zu wechseln, wenn die Schwarzen oder die Latinos fernsehen. Sonst landest du mit einem Klappmesser in den Rippen auf Doktor Borkowskis OP-Tisch – oder gleich an der Himmelspforte."

„Also sind die Hantelbänke tabu?"

„Alles ist tabu. Den Latinos und den Schwarzen gehört hier alles."

„Was ist mit den Weißen?", fragte Hagen wieder dazwischen.

„Den Weißen gehört alles außerhalb der Gefängnismauern. Aber hier drin sind wir nichts. Ich habe das Gefühl, da ist Karma am Werk. Du nicht auch, Genosse?"

Hagen zog sich die Watte mit dem getrockneten Blut aus der Nase. In der Zelle gab es keinen Mülleimer, also musste er sie in die Tüte stecken.

„Es gibt noch eine dritte Gang", fuhr Roman fort. „Oder eher ein Rudel. Weiße Rassisten. Sie nennen sich die Wilde Horde. Eigentlich sind sie nur ein armseliger Haufen Bodybuilder – die Schwarzen und die Latinos lassen sie in Ruhe, weil die Wilde Horde zusammenhält, und jeder, der in einen Kampf mit ihnen gerät, von den Wärtern bestraft wird. Die Weißen stecken mit denen da oben von der Gefängnisleitung unter einer Decke. Würde dir sicher guttun, mit denen rumzuhängen, da du doch ein Weißer bist. Dann ist es leichter, sich Sachen von draußen schicken zu lassen.

Hagen stöhnte. „Warum sollte mich das überhaupt interessieren?"

„Weil sie was gegen Weiße haben, die mit den Schwarzen oder den Latinos rumhängen. Aber du hast es sogar schon geschafft, den Weißen auf die Füße zu treten. Der Typ, der dich bei der Treppe gestoßen hat, ist ihr Anführer. Er hat dir einen Hinweis gegeben, aber du hast es nicht kapiert. Also bist du gerade erst angekommen und hast schon alle auf einen Schlag sauer gefahren. Sogar unseren Jimmy."

Hagen griff sich wieder einmal mit beiden Händen an den Kopf. „Scheiße, ich kapier auch gar nichts. Ich will in keiner Gang sein, oder unter dem Schutz einer Gang stehen, oder mich den weißen Rassisten anschließen, Himmel noch mal. Ich will überhaupt nicht hier sein."

Roman lachte. „Als ob irgendwer von uns das wollte."

Sie betraten ihre Zelle. Mike ließ sich auf seine Pritsche fallen, legte die Hände aufs Gesicht und den Kopf auf das Kissen, das leicht nach Desinfektionsmittel roch.

Roman blickte an die Wand, wo sein Poster aus dem Pornoheft gehangen hatte. „He, was ist aus meiner Freundin geworden? Hat sie einen neuen Typen kennengelernt?"

„Jim hat es mitgenommen", murmelte Hagen in sein Kissen. „Außerdem hat er dich einen gottlosen Bastard genannt."

Roman sah sich um und ging in die Hocke. Dann kniete er sich hin und kramte unter seiner Pritsche herum. Er tauchte mit dem Pornoheft in der Hand wieder auf.

„Der alte Jimmy ist okay. Wir werden mit ihm zusammenarbeiten müssen. Also ärgere ihn nicht."

Hagen setzte sich auf seiner Pritsche auf und sah Roman überrascht an. „Was meinst du damit?"

Roman blätterte auf der Suche nach dem Ausklappbild durch das Heft. Sanft bog er die Klammern auf und zog das Poster heraus. Dann pulte er einen Streifen Klebeband von der Rückseite des Hefts ab und benutzte ihn, um das Poster an der Wand aufzuhängen.

„Schau, Genosse, dieser Gonzalo ist ein echter *puto* – er hat dir keinen Gefallen getan. Wenn du draußen keiner Gang angehört hast, musst du hier keiner beitreten oder ihren Schutz suchen. Wenn du immer dein eigenes Ding gemacht hast, sollte das hier drin auch so bleiben. Aber es gibt einen Silberstreif am Horizont – du hast gerade alle drei von unseren zukünftigen Arbeitgebern kennengelernt."

„Wie bitte?"

„Genosse, es wird Zeit, dass ich dich darüber aufkläre, warum sie dich zu mir in die Zelle gesteckt haben."

KAPITEL 21
DU MUSST DIESE BüRDE TRAGEN

Hoffnung macht uns stark. Damit kämpfen wir,
wenn alles andere verloren scheint.

God of War III

ROMAN KRATZTE SICH an der Nase und ließ sich, als er weitersprach, Zeit damit, zum Punkt zu kommen.

„Wie schon gesagt, hier sitzen ein paar Mafiabosse ihre Zeit ab. Fino und Ford sind nur die auffälligsten von ihnen. Aber es gibt hier auch viel härtere Typen. Einer ist die rechte Hand des Bosses der Türkenmafia, und es gibt ein ganz hohes Tier aus der Ukraine, das alte sowjetische Waffen an afrikanische Staaten verkauft hat. Sie haben ihn eingesperrt, bevor sein eigenes Land auch zu einem guten Markt für Waffen wurde. Ich kenne sogar einen Drogenboss, der Smack über Hotdog-Buden vertickt. Die Eigentümer der Hotdog-Buden fanden das so toll, dass sie sich nicht mehr sonderlich um ihr angebliches Hauptgeschäft gekümmert haben. So ist einer der Läden pleite gegangen. Bei einer Inspektion sind nicht lebensmitteltaugliche Zusatzstoffe in ihren Hotdogs gefunden worden."

„So was wie Insektenteile?"

„Ja, irgendwas in der Art. Dann hat der Mann vom

Gesundheitsamt ein riesiges Paket Heroin unter der Spülmaschine gefunden. Jedenfalls sitzen hier Leute ein, die zwielichtige Läden gegründet haben, die jetzt immer noch betrieben werden. Und die wollen das weiter im Griff behalten."

Roman stand von seiner Pritsche auf und spähte in den Korridor. Nachdem er sich überzeugt hatte, dass sie niemand belauschte, senkte er die Stimme.

„Normalerweise schicken sie über Freunde und Verwandte, die sie besuchen, Anweisungen nach draußen. Außerdem haben Gefangene, die einen vertrauenswürdigen Eindruck machen und Willen zur Besserung zeigen, begrenzten Zugang zu E-Mails. Die Mails werden natürlich sorgfältig überprüft, also müssen die sich was einfallen lassen, um ihre Sachen so zu verklausulieren, dass die Vollzugsbeamten es nicht merken. Und wenn man völlig verzweifelt Kontakt nach außen aufnehmen will, besorgt man sich ein Handy und ruft direkt an. Aber das machen alle nur äußerst ungern."

„Warum das?"

„Es wird als schwerer Bruch der Gefängnisregeln angesehen. Allgemein kriegt man, wenn man mit einem Handy erwischt wird, zusätzlich zwei bis drei Jahre aufgebrummt. Es gab mal eine Zeit, da haben sie mit der Hilfe von Dritten gearbeitet – Gefangene, die für Geld ein Handy für die hohen Tiere aufbewahrten, die keine längere Gefängnisstrafe riskieren wollten. Aber einmal hat einer dieser Mittelsmänner geplaudert und jeden verpfiffen, der das Telefon je benutzt hatte. Außerdem hat er alle Daten weitergegeben: die gewählten Nummern und die versendeten Textnachrichten. Seither hat keiner mehr einem Mittelsmann vertraut. Und das wird auch keiner mehr, bis sie das Problem gelöst kriegen, dass gewisse Mitgefangene zu viel wissen."

Hagen zuckte mit den Schultern. „Klar, das ist alles recht interessant. Aber was hat das mit mir zu tun?"

„Bis jetzt nichts. In erster Linie betrachte ich da meine eigene Situation. Denk nur an den Markt, der sich einem eröffnet. Es gibt dutzende Mafiabosse, die ganz dringend ihre Kumpels draußen

357

kontaktieren wollen. Sie büßen ihren Ruf ein, verlieren die Kontrolle über ihr Territorium und am schlimmsten, es kostet sie bares Geld. Und wir reden hier über beträchtliche Summen Geld."

Roman verstummte, warf sich auf seine Pritsche und tat, als würde er schlafen. Der Wärter ging an der Tür vorbei. Er beäugte Hagens geschwollene Nase argwöhnisch. Sein Blick glitt über Roman, dann schlenderte er davon.

„Du solltest dich besser mit den Gewohnheiten der Wärter vertraut machen. Merk dir die Zeiten. Sie kommen alle 20 Minuten an unserer Zelle vorbei. Theoretisch haben wir also 20 Minuten, um zu tun, was immer wir wollen, ohne dass wir Gefahr laufen, erwischt zu werden."

„Warum ist das für mich wichtig?"

„Wenn jemand dir ein Messer zwischen die Rippen stoßen will, ist das der beste Zeitrahmen dafür."

Hagen schluckte hörbar. „Warum sollte das jemand wollen?"

„Das Gefängnis ist ein unberechenbarer Ort. Alle sind ständig angespannt. Vielleicht nimmt jemand einfach nur daran Anstoß, wie du ihn beim Essen anschaust."

Schaudernd erinnerte sich Hagen an den Typen in der Kantine, der das Essen so schnell hinuntergeschlungen hatte, dass man gar nicht anders konnte, als ihn anzustarren.

„Wie auch immer, Genosse, zerbrich dir nicht den Kopf. Ich will dir keine Angst einjagen. Ich will dich lediglich warnen. Diese Art von Informationen brauchst du, um auf das vorbereitet zu sein, worauf wir uns einlassen."

„Und was genau soll das sein?"

Roman sprang auf, hockte sich vor seine Pritsche und zog eine schwarze Pappschachtel darunter hervor. Er öffnete sie und winkte Hagen zu sich. „Schau dir das an."

Die Schachtel war halb voll mit Computerbauteilen – eine alte Festplatte, ein Laptop-Lüfter, ein paar Kabel sowie Netzwerkkarten, die schon veraltet gewesen waren, als Hagen noch nicht mal im Teenager-Alter gewesen war. Die Schachtel erinnerte ihn an die, die er im *DigiMart* verwendet hatte, um alte, aus zerlegten

Computern ausgebaute Teile aufzubewahren.

Während Hagen die Teile durchstöberte, fuhr Roman fort: „Ich bin nämlich Programmierer. Man könnte mich einen Hacker nennen – darum haben sie mich eingesperrt. Aber auch ich habe draußen noch unerledigte Geschäfte. Zum Beispiel habe ich eine Reihe gehackter Bankkonten. Von denen buche ich immer kleine Summen ab, sodass es den Eigentümern nicht auffällt. Ein Dollar von jedem würde mir etwa 10.000 im Monat einbringen. Und ich habe auch noch anderes am Laufen, zum Beispiel Kryptowährung. Da bin ich schon seit Jahren dran, studiere den Markt und baue mein Depot auf. Stell dir das vor – als ihr Wert endlich nach oben gegangen ist, wurde ich eingebuchtet. Genau genommen bin ich Millionär. Aber in der Praxis bin ich ein Niemand. Ohne Internetzugang kann ich gar nichts tun."

Hagen nahm ein Motherboard und einen Prozessor aus der Schachtel. „Die sind nicht kompatibel."

„Cool, Mikey. Du gefällst mir jetzt schon. Dann hast du's kapiert. Ich will einen unabhängigen Server aufbauen, so stabil wie möglich, der allen Interessierten die Gelegenheit bietet, mit ihren Kontakten draußen zu kommunizieren. Und das lasse ich mir teuer bezahlen. Sehr teuer."

„Ich verstehe nicht, warum du einen robusten Server willst und nicht eine einfachere Lösung."

Roman schloss die Schachtel und schob sie unter seine Pritsche. „Das ist eine Frage meiner persönlichen Bedürfnisse. Als ich mein Startup-Konzept den örtlichen Bossen vorgestellt habe, haben sie es alle unterstützt. Diese Teile waren alles, was wir hier zusammenhamstern konnten. Du kannst dir gar nicht vorstellen, was für Zeugs hier manchmal reingeschmuggelt wird. Allerdings ist dir sicher klar, dass ich aus diesen Teilen keinen Computer zusammenbauen kann. Selbst wenn der Prozessor zum Motherboard passen würde. Mit Hardware kenne ich mich nicht so aus. Damals in den frühen Tagen der Kryptowährung hatte ich einen Partner, der mir eine Mining-Farm gebaut hat. Allerdings haben sie den auch eingelocht."

Hagen zuckte mit den Schultern. „Ich kann mit diesem alten

Kram auch nichts anfangen."

„Aber du könntest es, wenn du die richtigen Teile hättest, oder nicht? Das wäre deine Aufgabe – das, und herauszufinden, wo du ihn aufstellen könntest, um eine Verbindung zum Gefängnisnetzwerk zu kriegen. Als Gonzalo seine Brüder gebeten hat, auf dich aufzupassen, haben sie als Erstes nach deinem Beruf gefragt. Er hat ihnen gesagt, du wärst ein Boxer, der hauptberuflich Computer repariert. Und was noch wichtiger ist: Es ist Gonzalo gelungen, sie zu überzeugen, dass du kein Spitzel bist. Also haben die Bosse alle ihre Kontakte draußen aktiviert. Mit Bestechung und Drohungen haben sie erreicht, dass du zu mir in die Zelle gesteckt wurdest. Es war tatsächlich witzig, sie mal zusammenarbeiten zu sehen – keine Spur mehr von Vorurteilen und Gang-Zugehörigkeiten. Der Wunsch, dem Strafvollzugssystem eins auszuwischen, kann eine mächtig starke Motivation sein, sich zusammenzutun. Also hängt es jetzt von dir ab, Genosse."

„Das ist schon halbwegs einfach, aber die Teile ..."

Roman zog ein Blatt Papier unter seiner Matratze hervor. „Das ist eine ungefähre Karte der Netzwerke. Du musst eine Liste aufstellen, was für Ausrüstung du brauchst. Behalte dabei im Hinterkopf, dass wirklich große Teile sich unmöglich hier reinschmuggeln lassen. Du willst gar nicht wissen, wie einiges davon hier reingebracht wird. Also, der Server muss robust sein und viel Speicherplatz haben. Gleichzeitig muss er klein und leise sein. Außerdem müssen wir an einigen Stellen ein paar Zugangspunkte aufbauen, damit unsere Kunden von ihren Zellen aus auf unser geheimes WLAN zugreifen können."

Hagen sah sich das Blatt an. „Aber wie plant ihr denn, euch in das Gefängnisnetzwerk einzuklinken? Ich meine, die haben Passwörter und Sicherheitsmaßnahmen."

„Genosse, das überlass getrost mir. Ich brauche nur einen Computer. Alles andere ist meine Sorge. Also, bist du dabei? Ich sollte dir wohl sagen, dass eine Weigerung einer Todesstrafe gleichkommt. Ein Messer, wenn du es am wenigsten erwartest, Mark Borkowski, der Gefängnisschinder, die Leichenhalle und das war's. Wenn du andererseits zustimmst, wird es hier niemand wagen, dich auch nur anzurühren. Außer den Wärtern natürlich."

„Aber was, wenn wir erwischt werden?"

„Wenn wir erwischt werden, kannst du deine zwei Jahre vergessen. Dann bleibst du mindestens zehn hier."

„Kann ich drüber nachdenken?"

„Darüber nachdenken, ob du gern überleben würdest? Klar doch, Genosse. Überleg nur nicht zu lange. Als Gefangener lernt man, geduldig zu sein, aber wir haben dafür keine Zeit. Bandenmitglieder sind ein ungehobelter Haufen. Sie glauben, wenn du ein ‚IT-Typ' bist, kannst du sie selbst mit noch so beschissenen Teilen ‚ins Internetz bringen'. Die kapieren nicht, dass es verschiedenen Steckplätze für verschiedene Arten von Speichermodulen gibt."

Hagen legte sich auf seine Pritsche zurück und schloss die Augen. Das Quest-Fenster hatte schon eine Weile vor seinen Augen geschwebt.

Leben oder Tod
Überlebe und werde frühzeitig aus dem Gefängnis entlassen.

„Dem?", fragte Hagen stumm. „Warum ist diese Quest so ungewöhnlich? Meistens hängen sie doch irgendwie mit Kämpfen zusammen."

„Mit jeder Art von Konflikt, Kampf, Kräftemessen, Auseinandersetzung. Du brauchst deinen Kampfgeist, um jeden einzelnen dieser Konflikte anzugehen. Dein Ziel ist es nicht nur, lebendig hier rauszukommen. Sondern auch, als Sieger hervorzugehen."

„Sieger über wen?"

„Mann. Sieger über dich selbst, wie immer. Du musst diese Bürde tragen."

„Eine Bürde ist eine Bürde", seufzte Hagen.

Bevor er einschlief, rief er seine Werte auf. Er hatte vier noch nicht verteilte EP und zwei Fähigkeitenpunkt aus seinem Kampf gegen Hilton „der Schreiber" Desmars.

Hagen kam sich dumm vor, weil er diesen Schatz während des Prozesses völlig vergessen hatte. Andererseits war es gut, dass er diese Punkte nicht verschwendet hatte. Sonst hätte er sie alle auf Charisma gelegt, um April zu beeindrucken, indem er eine Parodie von Sylas alias Ken geworden wäre. Wie naiv konnte man denn sein?

+1 auf Stärke, Geschicklichkeit, Ausdauer und Intellekt

Er hätte wirklich gern seinen Glückswert gesteigert, aber nach seinem Kampf mit Lorenzo zu urteilen, war es sinnvoller, die Punkte in Werte zu investieren, die einen unmittelbareren Effekt hatten. Er würde es kaum schaffen, so viel Glück zu haben, dass Lorenzo alias Brix beim nächsten Kampf einen Schlaganfall erleiden würde, wie Demetrious einmal versprochen hatte.

Hagen investierte seine Fähigkeitenpunkte in Faustschlag und Tritt. Die würde er am dringendsten zum Überleben brauchen.

Bevor er ins Bett ging, bewunderte er seine Werte:

Michael Björnstad Hagen
Alter: 29
Level: 7
LP: 12.000
Kämpfe/Siege: 13/11
Gewicht: 65,8 kg
Körpergröße: 165 cm
Aktueller Status: Gefängnisinsasse

Faustschlag: Level 9
Schaden: 17.100

Tritt: Level 5
Schaden: 3.500

Also war sein Spitzname nicht mehr „Heulsuse". Dunkel erinnerte er sich daran, dass seine Mutter ihm erzählt hatte, Björnstad stehe in einer der skandinavischen Sprachen für etwas wie „Bär".

ROMAN KAMENEW HATTE im zarten Alter von zwölf in Russland sein erstes Cyber-Verbrechen begangen. Unter seinen Klassenkameraden ging das Gerücht, ihr Lehrer für russische Literatur sei pädophil. Roman versprach ihnen, dass er den privaten PC des alten Mannes hacken und nach Beweisen suchen würde.

Dann machte er sich die Tatsache zunutze, dass der Lehrer immer nett zu Jungs war und seine Videospiele mit ihnen tauschte. Er gab dem Lehrer ein USB-Laufwerk mit einem selbststartenden Trojaner, der es ihm ermöglichte, auf jeden Computer zuzugreifen, auf dem die Anwendung sich automatisch installiert hatte.

Es hatte sich herausgestellt, dass der Lehrer doch keine Kinderpornografie besaß. Allerdings entwickelte Roman eine regelrechte Besessenheit von der Idee, sich Zugang zu jemandes Computer oder Telefon zu verschaffen und diese Person zu überwachen, als würde er direkt hinter ihr stehen. Roman beobachtete seinen Lehrer, wie er alle möglichen Seiten aufrief, in sozialen Netzwerken mit Freunden und Bekannten sprach, Filme und Serien herunterlud und währenddessen unter einem Alias Kommentare auf politischen Seiten hinterließ.

Da erkannte Roman, dass es sein größter Ehrgeiz war, die Geheimnisse anderer Leute herauszufinden.

Da seine Eltern sich mit IT nicht auskannten, verbrachte er fortan jede wache Stunde damit, die Ressourcen zu studieren, die er dafür brauchte. Im Alter von 15 hatte er genug Gesetze gebrochen, um hinter Gittern zu landen. Wären seine Eltern nicht in die USA ausgewandert, als er 14 war, hätte er vielleicht seine wohlverdiente Strafe bekommen.

So aber konnte Roman weiter an seinen Fähigkeiten arbeiten. Er hatte den Moment verpasst, an dem sich seine Hacking-Aktivitäten wie etwas Böses anfühlten. Wie jeder andere Idealist folgte er dem Hacker-Manifest und bekämpfte das System, indem er Seiten von Regierungsorganisationen hackte und verunstaltete.

Der junge Hacker dachte nicht einmal daran, dass jemand anders bereits seinen Kopf gehackt hatte und die Entscheidung über das Land, gegen das er seinen Kreuzzug führte, dort implantiert und ihn dazu verleitet hatte, verschiedene Regierungen als gut oder böse anzusehen. Als er etwas erwachsener wurde, erkannte er, dass sie alle auf die eine oder andere Art böse waren.

Seine Schlussfolgerung war es, dass er sich als Erstes um sich selbst kümmern musste und nicht um irgendeine mythische Vorstellung von Gerechtigkeit, die ihn getrieben hatte, als er die Webseite eines lybischen Krankenhauses mit einer Karikatur von Mohammed verschandelt hatte.

Seither hatte sich Roman mehr dem Lukrativen zugewandt als dem, was er für das Richtige gehalten hatte. Im Alter von 22 hatte er bereits eine Gruppe von Hackern aus aller Welt um sich geschart. Sie nahmen jedes Angebot an, egal, wer ihr Ziel war – Greenpeace oder ein Instagram-Konto, über das Freiwillige für ISIS rekrutiert wurden.

Man brauchte kein Hellseher zu sein, um vorherzusagen, was als Nächstes geschehen würde. Die Behörden spürten ihn auf und steckten ihn hinter Gitter. Eine Weile lang war er ein Star in der Hacker-Community gewesen, da er sich für schuldig in allen Anklagepunkten bekannte und keinen seiner Freunde verriet. Er war selbst davon überrascht, dass er sich so edel verhielt. Das hatte ihn drei zusätzliche Jahre gekostet.

Das Witzigste war, das die Presse ihn als Kopf einer russischen Hackergruppe bezeichnet hatte, obwohl er der einzige Russe unter ihnen gewesen war. Er fühlte sich sowieso als Amerikaner. Seine Mutter und sein Vater waren zu seiner Geburt in die USA gereist, daher hatte er die amerikanische Staatsbürgerschaft.

Während der ersten zwei Jahre wurde Roman aufgrund irgendwelcher unverständlichen Sicherheitsvorschriften oft von einem Gefängnis ins andere verlegt. Schließlich wurde ihm klar, dass das dazu dienen sollte, ihn davon abzuhalten, sich an die Routine zu gewöhnen und Kontakte mit seinen Mitgefangenen zu knüpfen. Sie hatten ihn wohl tatsächlich im Verdacht, für den KGB zu arbeiten. Irgendwann verloren sie das Interesse und ließen ihn in diesem Gefängnis bleiben, weit entfernt von seiner Heimatstadt San Diego.

Und das war das erste Mal in zwei Jahren, dass er die Gelegenheit hatte, seinen liebsten Zeitvertreib wieder aufzunehmen – „das System" zu hacken und Geld zu verdienen.

Er hoffte nur, dass dieser seltsame Mike Hagen so gut war wie sein Ruf.

AM MORGEN WACHTE Roman auf. Sein Zellengenosse schnaufte und keuchte auf dem Boden und flüsterte: „55 ... 56 ..."

„Genosse ... Was zum Henker machst du da?", fragte Roman mit einem Gähnen.

„Liegestütze. Training."

„Musst du das denn in der Nacht machen?"

„Es ist fast sechs Uhr morgens."

Wieder gähnte Roman. „Eigentlich darfst du nach der Ansage ‚Licht aus' nicht mehr in der Zelle herumlaufen oder etwas anderes tun als die Toilette benutzen."

Hagen antwortete nicht. Er stand auf und boxte und trat in die Luft.

Roman hatte vorgehabt, Hagen nach seiner Entscheidung zu fragen, ob er in Sachen Zusammenbau und Installation des Servers auf ihn zählen konnte. Allerdings übermannte ihn der Schlaf erneut.

„Genosse ... In einer halben Stunde müssen wir aufstehen. Lässt du mich bitte noch etwas pennen?"

* * *

NACH DER MORGENROUTINE (dem Appell etc.) ging Hagen zu Roman.

„Tut mir leid, dass ich dich geweckt habe", sagte er. „Prinzipiell bin ich bereit, mich an dem sogenannten ‚Startup' zu beteiligen. Womit fange ich an?"

„Ausgezeichnet! Als Erstes musst du das Vertrauen der wichtigsten Bosse im Gefängnis gewinnen. Du hast keine Vorstrafen. Die Bosse sind gegenüber Leuten wie dir misstrauisch. Solche werden meistens Spitzel, oder sie sitzen ihre Zeit ab und kommen nicht wieder ins Gefängnis."

Roman deutete auf einen großen, grauhaarigen Mann in makellos sauberer, gebügelter Gefängniskleidung, die er trug wie eine Militäruniform. Der Mann hatte ein Klemmbrett in der Hand und machte sich darauf Notizen.

„Der da wird der General genannt. Er ist für das Anheuern von Gefangenen für die Möbelabteilung zuständig. Das ist das örtliche Silicon Valley. Jeder träumt davon, dort zu arbeiten."

„Warum das?"

„Du bekommst 20 Mäuse pro Woche, und das ist hier ‘ne Menge Geld. Außerdem ist es für jemanden, der dort arbeitet, viel einfacher, Nachrichten oder Pakete von draußen zu erhalten. Da bekommst du die nötigen Bauteile. Außerdem findest du dort alle Werkzeuge, die du brauchst. Nicht wirklich genau die Werkzeuge, die man für einen Computer braucht, aber immer noch besser, als den eigenen Fingernagel als Schraubendreher zu benutzen. Und es gibt noch einen netten Bonus – wenn du arbeitest, verkürzen sie deine Strafe."

„Aber ich habe noch nie Möbel gebaut."

„Wenn das so ist, ist dies genau der richtige Zeitpunkt für dich, es zu lernen, Genosse. Du wurdest schon empfohlen. Wenn sie dich rausschmeißen, dann ..."

„Ja, ja, ich weiß. Ein Messer, Mark Borkowski und dann die Leichenhalle."

„Stimmt genau, Genosse. Und weißt du, warum direkt auf Borkowski die Leichenhalle folgt? Wenn jemand mit genug Einfluss ihn darum bittet, schickt Onkel Mark dich sogar zum Leichenbeschauer, wenn du das Messer überlebst."

Hagen lachte zuversichtlich. „Jetzt reicht's wieder mit der Einschüchterung. Warum erzählst du mir stattdessen nicht was über den Hölzernen Ring?"

Roman schüttelte den Kopf. „Das ist ein weiterer Weg, früher aus dem Gefängnis zu kommen. Aber ich würde dir dringend davon abraten, Genosse."

„Wieso das?"

„Weil es wahrscheinlicher ist, dass du bei Borkowski landest und zur Leiche wirst, als dass du hier rauskommst."

„Kannst du das genauer erklären?"

„Der Hölzerne Ring ist eine Arena für MMA-Kämpfe zwischen Gefängnisinsassen, die von denen da oben organisiert werden. Aber alles, was ich weiß, stammt aus der Gerüchteküche."

„Hast du nicht behauptet, du wüsstest immer alles?"

„Es gibt Dinge, die man besser nicht zu genau weiß. Warum fragst du überhaupt?"

„Der Latino hat mir gestern angekündigt, er würde mich im Hölzernen Ring wiedertreffen."

„Verdammt", fluchte Roman. „Mike, ich rate dir echt, dich auf unsere Hardware zu konzentrieren. Wir sind die ‚IT-Typen', richtig? Belassen wir es dabei. Ich weiß, du boxt gern ein bisschen. Aber die Kämpfe, die sie hier ausfechten, können wirklich tödlich enden. Es gibt keinen Schiedsrichter, der den Kampf abbricht. Alles, was du kriegst, wenn du draufgehst, ist ein gefälschter Totenschein von unserem Lieblingsdoktor. Und wenn du den Löffel abgibst, bin ich der Nächste, der in der Leichenhalle landet. Ich rate dir, halte dich vom Ring und den Kämpfen fern."

Die Bevormundungen des Russen gingen Mike auf die Nerven. Er wollte Roman gerade sagen, dass er schon ganz allein herausfinden würde, wovon er sich fernhalten müsse, als der General zu ihnen trat.

Der Mann besah sich Hagen. „Michael Björnstad Hagen! Anwesend?"

„Sir, ja, Sir!"

Gemächlich notierte der „General" etwas auf seinem Klemmbrett. „Ab heute beginnt deine einwöchige Probezeit. Wenn du hart genug arbeitest, wirst du offiziell als Handwerker verpflichtet und erhältst einen Lohn. Irgendwelche Fragen?"

„Sir, nein, Sir!"

Der „General" bedeutete Hagen, sich zu einer Gruppe Gefangener in der Nähe zu stellen.

„Viel Glück, Genosse", wünschte Roman ihm, der sich einer anderen Gruppe anschloss, die sich um den Gefängnishof zu kümmern hatte.

Es stellte sich heraus, dass Lorenzo „Brix" Reyes ebenfalls zu den Arbeitern in der Werkstatt gehörte. Als er Hagen sah, grinste er und zog den Daumen über seinen Hals.

Hagen wollte schon so tun, als hätte er nichts bemerkt, aber dann flammte sein Zorn auf Mobber wieder auf. Warum sollte er zulassen, dass irgendjemand ihn einschüchtern wollte?

„Hueles a mierda", sagte Lorenzo und wiederholte die Geste.

Hagen hob nicht einmal eine Augenbraue und zeigte ihm den Mittelfinger.

Sofort wechselte Lorenzo zu Englisch. „Du bist ein toter Mann, du Drecksack. Tot. Verstehst du mich?"

Er wollte zu Hagen laufen, aber seine Freunde hielten ihn auf und redeten auf Englisch und Spanisch auf ihn ein.

„Halt mal die Luft an, hombre, wenn du so weitermachst, werfen sie dich raus."

Lorenzo versuchte, sich loszureißen. Er schrie nicht, damit die Wärter ihn nicht hörten, sondern zischte nur laut.

„Pinche puto! Du bist ein toter Mann, du Flachwichser. Vielleicht nicht morgen, aber du kannst dich drauf verlassen, Scheißkerl."

Hagen trat unerschrocken auf ihn zu. „Mir reicht's! Hör auf, mich einschüchtern zu wollen! Solche wie du können das gar nicht.

Du solltest eher Angst vor Leuten wie mir haben."

„Ist mir egal, wer dich beschützt. Für mich bist du jetzt schon ein toter Mann, pendejo."

„Hör auf, mich einen toten Mann zu nennen, um mir Angst zu machen. Ich kann dich genauso gut totmachen. Kämpf mit mir oder halt die Klappe."

Lorenzos Antwort war ein Brüllen. Dann riss er sich aus dem Griff seiner Freunde frei und schlug nach Hagen. Darauf war dieser vorbereitet gewesen und wich dem Schlag mit Leichtigkeit aus, ebenso dem darauffolgenden Tritt.

Hagen war sich bewusst, dass seine Chancen, Lorenzo zu besiegen, ziemlich schlecht standen. Wenn er nicht irgendeinen magischen Buff erhielt, würde er verlieren – und nach dem gestrigen Kampf zu urteilen, hielten magische Buffs nie lange. Trotzdem hatte Hagen keine Lust, die Beleidigungen einfach untätig zu schlucken.

Wärter scharten sich um Lorenzo und drängten ihn gegen die nächste Wand.

Dann tauchte Jim auf. Er ging auf den Latino zu, ohne Hagen auch nur eines Blickes zu würdigen.

„Hab ich dir nicht gesagt, du sollst cool bleiben? Du kannst wohl nicht warten, bis du dran bist? Wenn das so ist, kannst du im Loch darauf warten."

Sofort war Lorenzo still und verbarg sein Gesicht, indem er zu Boden starrte. Sein Hass war jedoch beinahe körperlich spürbar. Das verhieß nichts Gutes für Hagen.

Ohne Mike auch nur anzusehen, wies Jim den General an, die Truppe zur Arbeit zu führen.

Der General war während des gesamten Zwischenfalls gleichgültig geblieben, als hätte er gar nicht bemerkt, dass Lorenzo direkt neben ihm eine Prügelei begonnen hatte. Ruhig trug er eine Notiz in seine Liste ein und befahl: „Mir nach."

Hagen und der Rest der Gefangenen gingen in Begleitung der Wärter hinaus auf den Gang. Mike lief selbstbewussten Schritts und lächelte über die Meldung:

Psychologischer Angriff wieder aktiviert.

Du musst diese Fähigkeit öfter nutzen, um sie steigern zu können.

Hagen musste nicht einmal bei Demetrious nachfragen, um zu erkennen, dass sich sein Geisteszustand endlich stabilisiert hatte.

Adrenalin war genau das Richtige, um all die unangenehmen Gedanken aus seinem Kopf zu verscheuchen.

Kapitel 22
Der Hölzerne Ring

Dank diesem Irren, Dr. Ned, haben wir eine gar köstliche Sammlung Zommmmbieesssss!

Borderlands: Mad Moxxi's Underdome Riot

DIE MÖBELABTEILUNG FÜHLTE sich nach den endlosen Gittern und stickigen Zellen geradezu nach Freiheit an. Es gab eine Trennwand mit vergitterten Fenstern zu seiner Rechten. Davor standen bewaffnete Wärter aufgereiht. Außerdem war auf dem Boden eine rote Linie aufgemalt, und große, weiße Buchstaben an der Wand verkündeten:

LINIE ÜBERTRETEN UNTER ANDROHUNG TÖDLICHER GEWALT VERBOTEN!

Die Insassen blieben vor der Linie stehen, und ein Vollzugsbeamter überreichte jedem von ihnen durch ein Fenster hindurch einen Satz Werkzeuge.

Hagen wusste die Sicherheitsmaßnahmen zu schätzen – immerhin wurden hier Mördern und ehemaligen Bandenmitgliedern Schraubendreher, Hammer und Sägen ausgehändigt. Es war kaum auszudenken, was die damit tun würden, sollten sie es schaffen, irgendetwas davon zurück in den Gefängnisblock zu schmuggeln.

Der General wies den Arbeitern ihre Arbeitsplätze zu. Einige stellten sich hinter Maschinen auf und sägten große Holzbretter zu. Andere nagelten Holzteile zusammen, um Stühle herzustellen, während wieder andere die zusammengesetzten Gegenstände abschliffen.

Die Werkstatt erinnerte Mike an das Geschäft, das sein Onkel in Seattle gemietet hatte, als sie Alarmanlagen installiert hatten. Dafür hatten sie auch die Gehäuse oder Schränke passend zur Inneneinrichtung ihrer Kunden selbst anfertigen müssen.

Der General brachte Hagen ans hintere Ende der Werkstatt und legte dabei einen Schritt vor, als würde er in einer Militärparade marschieren. Mike hätte den Mann gern gefragt, ob er früher tatsächlich ein General gewesen war. Allerdings entschied er sich klugerweise dagegen.

Sie erreichten das andere Ende der Werkstatt. Dort waren an der Wand entlang Plastikboxen in verschiedenen Farben aufgereiht. Eine Reihe bereits zusammengebauter Schränke ohne Griffe sowie Schreibtische mit offenen Schubladen und Löchern anstelle von Schlössern standen ihnen gegenüber.

„Du hast mit Computern gearbeitet, oder?", fragte der General. „Jetzt schau mal, ob du damit zurechtkommst. Vermassel es nicht."

„Aber was soll ich denn eigentlich machen?"

Der General machte eine scharfe Kehrtwendung und marschierte zurück. Er verschwand hinter einem Berg unfertiger Möbel.

„Wir schrauben die Beschläge an", antwortete eine zittrige Stimme von irgendwoher.

„Äh … Sir?", fragte Hagen und blickte sich um, ohne jemanden zu entdecken.

„Kannst du mit einem Schraubendreher umgehen?"

„Aber klar doch."

„Bist du vielleicht zufällig farbenblind?"

„Wie bitte, Sir?"

„Hast du ein Problem, Farben auseinanderzuhalten?"

„Nicht im mindesten."

„Du brauchst die gelbe Box in der Reihe ganz links, die dritte von oben."

Hagen ging zur Wand mit den Plastikboxen, fand die gelbe und öffnete sie. Sie war voller Schrankscharniere.

„Die silbernen kommen an die Möbel aus hellem Holz. Die dunklen Schränke kriegen die goldfarbenen Scharniere."

„Sir, ich ..."

„Mach dich an die Arbeit. Wir müssen noch vor dem Mittagessen alle Beschläge an die Möbel geschraubt haben, die sie gestern gemacht haben. Nach dem Mittagessen holen sie sie ab und bringen neue."

Hagen nahm ein paar silberne und goldene Scharniere aus der Box. Die Schrauben steckten bereits in den Löchern. Auf einem der Tische lag eine Werkzeugtasche mit Schraubendrehern. Hagen nahm sich einen passenden und blieb dann unentschlossen stehen. Er sah sich um und fragte den Unsichtbaren: „Sir? Wo fange ich an?"

Unter einem der Tische nahm er eine Bewegung wahr. Ein alter Mann mit einer runden Brille mit schwarzem Rand kam herausgekrochen. Er war klein – und mittlerweile konnte Hagen manche Leute tatsächlich klein nennen.

Der Mann hatte ein sehr freundliches Gesicht und einen Schopf weißer Haare. Mit seiner Brille sah er aus wie ein sehr alter Harry Potter. Es schien seltsam, dass jemand, der solche Nettigkeit ausstrahlte, überhaupt hinter Gittern gelandet sein konnte.

Er sah Hagen in die Augen. „Mein Name ist Charlie Evans. Dass du Mike heißt, weiß ich schon. Ich habe bestimmte Anweisungen für dich erhalten, aber wohlgemerkt, ich weiß gar nichts. Wenn sie dich schnappen, leugne ich alles."

„Sir, ich ..."

„Unterbrich mich nicht. Du kannst dein erstes Geschenk erwarten, wenn die Wärter Schichtwechsel haben – das ist nächsten Montag. Es wird sich in einer dieser Boxen befinden. Ich habe keine Ahnung, in welcher genau."

Hagen blickte zur Wand. „Aber es sind so viele ..."

„Das ist nicht mein Problem. Am Ende deines Arbeitstags musst du einen Zettel mit allem, was du brauchst, in die gelbe Box legen. Ich weiß nicht, was du brauchst, und ich will es auch nicht wissen, also sag's mir nicht. Je weniger ich weiß, desto weniger Probleme hast du, wenn sie dich erwischen."

Hagen nickte hastig.

„Und jetzt machen wir uns an die Arbeit, Mike. Schau genau zu, was ich tue. Zweimal führe ich es dir nicht vor."

Charlie packte eine Schranktür, die zweimal so hoch war wie er, trug sie zum Schrank und schraubte in Sekundenschnelle ein Scharnier daran an. Dann stieg er auf einen Hocker und schraubte das zweite fest. Außerdem zeigte der alte Mann ihm, wie man Schlösser, Schubladenschienen, Winkel und andere kleine Schrankbeschläge einbaute.

„Jetzt bist du dran", erklärte er schließlich.

Hagen lernte schnell, wie man Scharniere und Griffe an Schränken anbrachte. Es stellte sich als viel einfacher heraus, als an Elektrogeräten herumzuschrauben.

Charlie nickte anerkennend. „Gut gemacht. Den Rest kriegst du schon selbst raus. Möbelschlösser werden in den blauen Boxen aufbewahrt. Griffe für Kleiderschränke in den lilafarbenen. Wie gesagt, das findet man leicht selbst heraus. Es sind alles Standardgrößen, also kann man praktisch keine Fehler machen. Mach dich an die Arbeit, Junge, und lass einen alten Mann eine Weile ausruhen."

Charlie setzte sich auf einen der Bürostühle und zog ein kleines Buch aus seiner Tasche.

MIKE VERTIEFTE SICH so in seine Aufgabe, dass es ihm bald vorkam wie Fließbandarbeit. Schrauben eindrehen stellte ihn vor keinerlei

Probleme, also dachte er über Romans „Bestellung" nach.

Es würde nicht schwer werden, einen kleinen Computer zusammenzubauen. Darüber hinaus war der Markt überschwemmt mit kreditkartengroßen Minigeräten, die gar keinen Zusammenbau erforderten. Der einzige Grund, warum er nicht gleich so eines bestellen konnte, waren die Anforderungen an Stromversorgung und Festplattengröße.

Was plante Roman, dort zu speichern, und warum? Warum brauchte er so einen robusten Server?

Hagen überlegte, ob es möglich wäre, einen Laptop auseinanderzunehmen und ihn Stück für Stück ins Gefängnis zu schmuggeln. Er kam zu dem Schluss, dass so ein Vorgehen unberechenbar wäre. Man konnte nie wissen, wer der Schmuggler sein würde. Was, wenn er etwas kaputt machte?

Hagen stand in einem großen Kleiderschrank und brachte Riegel an den Türen an, während er darüber nachdachte. Von draußen klopfte es.

„Mittagszeit", verkündete Charlie.

„Jetzt schon?" Hagen trat aus dem Schrank.

Charlie strahlte ihn freundlich an. „Warum glaubst du, sind die Leute hier so scharf auf Jobs? Das liegt nicht daran, dass sie so gern arbeiten. Aber die Zeit vergeht dabei schneller. Draußen waren die meisten von ihnen Taugenichtse. Aber wenn sie einmal eingesperrt sind, machen sie jeden noch so langweiligen Job, um dem zweckfreien Rumhängen im Gefängnishof zu entgehen."

Hagen und der alte Charlie setzten sich mit ihren Essenstüten hin, die sie beim Frühstück bekommen hatten. Hagen holte sich einen Bleistift von der Werkbank und schrieb eine Liste der benötigten Teile auf die leere Papiertüte. Er führte sowohl Namen als auch Marken auf. Einige der Komponenten erforderten zusätzliche Angaben, damit auch jemand, der sich nicht mit Computern auskannte, die Sachen kaufen konnte. Ohne Zugang zu YouTube oder den Foren war das schwerer, aber Hagen hatte immer ein gutes Gedächtnis für Namen und Zahlen gehabt.

Der General kam mit seinem üblichen Klemmbrett bewaffnet

herein. „Mr. Evans! Können Sie mir einen Bericht über die Leistungen dieses Gefangenen liefern?"

„Er ist ein kluger Junge", entgegnete Charlie. „Man merkt, dass er auch draußen kein Faulenzer gewesen ist. Mit der Zeit hat er sich alles angeeignet. Ich hätte mir keinen besseren Helfer wünschen können."

Der General notierte etwas auf seinem Klemmbrett und ging davon.

Ebenso schnell kam der Abend.

Charlie war keine Quasselstrippe wie Roman, aber gelegentlich erzählte er ganz spontan eine Geschichte. Er erwähnte seine Kindheit in Louisiana und beschrieb ausführlich, wie er in einem Teich in der Nähe der Familienfarm Karpfen geangelt hatte. Dann fing er davon an, wie er von seinem Mähdrescher aus den Anblick eines Weizenfeldes genossen hatte, und wie gut das frisch gebackene Brot geschmeckt hatte. Dann ging es um seinen Freund, der einen Ford Mustang fuhr, und wie sie den auf dem Highway in der Nähe ihrer kleinen Stadt ausgefahren hatten. Doch jede dieser unschuldigen Geschichten endete in einem blutigen Unglück. Im Teich war jemand ertrunken, und später wurde seine von den erwähnten Karpfen völlig abgenagte Leiche gefunden. Der Mähdrescher hatte einem schlafenden Kind die Beine abgehackt, und der Freund mit dem Ford hatte ein paar Leute totgefahren.

Wie versteinert hörte Hagen zu, unfähig, den Schock der Diskrepanz zwischen dem freundlichen Aussehen des alten Mannes und seinen grauenerregenden Geschichten zu überwinden. Am Ende ihres Arbeitstags war er froh, sich von Evans verabschieden zu können. Er hatte es so eilig, dass er beinahe vergessen hätte, seine Liste in die gelbe Box zu legen.

Als Hagen zum Ausgang der Werkstatt kam, standen seine Mitinsassen schon vor dem Fenster Schlange, um ihre Werkzeuge zurückzugeben.

Der General und einer seiner Wärter traten an Hagen heran. Letzterer durchsuchte Hagen gründlich, um sicherzugehen, dass er keine Werkzeuge bei sich hatte.

Die Durchsuchung machte Mike Sorgen. Wie sollte er die Teile hier rausschmuggeln? Davon hatte Roman nichts erwähnt. Er hoffte nur, dass er dafür keine Körperöffnungen würde benutzen müssen.

Der General riss ihn aus seinen Gedanken. Der Mann stand direkt vor ihm und machte sich sorgfältig Notizen auf seinem Klemmbrett. Als er Hagens Aufmerksamkeit hatte, nickte er.

„Nicht so schnell. Du hast hier noch etwas zu tun."

Der General befahl Mike, zu einer Gruppe von etwa zehn Gefangenen zu gehen und zu warten. Hagen bemerkte, dass sie alle jung und sportlich wirkten.

Die Schlange vor dem Fenster hatte sich aufgelöst. Bewaffnete Wärter trieben den Rest der Gefangenen zusammen und ließen sie aus der Werkstatt marschieren. Übrig blieben nur der General und der Wärter, der Hagen durchsucht hatte.

„In Ordnung, Jungs, legt los. Wir haben zehn Minuten", rief der General und sah aus wie ein Feldherr auf einem Schlachtfeld.

Die Gefangenen verteilten sich in der Werkstatt. Einige zerrten große Schreibtische in die freie Mitte, während andere mit Kreide ein riesiges Achteck auf den Boden zeichneten, und dabei straffe Seile nutzten, um gerade Linien hinzukriegen.

Einer der Gefangenen gab Hagen einen Schubs. „Was stehst du da so rum? Hilf gefälligst mit!"

„Was machen wir hier?" Hagen packte einen Tisch und half, ihn auf die Seite zu kippen und entlang einer der Kreidelinien zu platzieren.

„Wir machen eine Scheißarena. Du meinst, du hast keine Ahnung?"

„Nein."

„Ist ja komisch. Aber wenn sie dich bleiben lassen, bist du mit dabei."

Nachdem er den Tisch abgestellt hatte, ging Hagen zum General. „Sir, was geht hier vor sich, Sir? Was soll ich hier tun?"

Der General lächelte schief. „Es wäre besser für dich, darüber nachzudenken, was du nicht hättest tun sollen."

„Und was soll das sein?"

„Du bist frech geworden, also hast du Aufmerksamkeit erregt. Du kämpfst gern, Jungchen? Heute Abend hast du die Chance, zu kämpfen. Unsere Strafvollzugsanstalt bietet solchen wie dir alles, was du willst."

Hagen zuckte zusammen. Der General zitierte seine Worte „solche wie du" sehr offensichtlich und sarkastisch. Dann schlug er Mike mit seinem Klemmbrett leicht gegen die Brust.

„Willkommen im Hölzernen Ring, Kämpfer."

Hagen drehte sich um. Alle Tische waren entlang der Kreidelinien aufgestellt und bildeten etwas, das einem achteckigen UFC-Ring ähnelte. Einer der Insassen kehrte den Staub mit einem Besen weg, ein weiterer folgte ihm mit einem Mopp.

MIKE FÜHLTE SICH verloren. Wie sollte er reagieren? Sollte er Empörung darüber zeigen, dass er ohne seine Zustimmung an einem Wettkampf teilnehmen sollte? Oder sollte er die Herausforderung annehmen, egal, wie abwegig sie war? Immerhin boten sie ihm an, zu kämpfen – war das nicht immer sein Traum gewesen? Schließlich verging die Zeit, und seine Ein-Jahres-Lizenz würde bald ablaufen. Ohne sie würde er nicht mehr so effizient trainieren können.

Der General missverstand Hagens zweifelnden Blick. „Du hast jedes Recht, abzulehnen ... Wenn du Angst hast, meine ich."

„Ich habe keine Angst. Also, vielleicht ein kleines bisschen."

Der General strahlte freundlich, was so gar nicht zu seinem sonstigen emotionslosen Auftreten passen wollte.

„He, ist dir bewusst, dass wir diese Kämpfe im Hölzernen Ring nicht ohne das Wissen der Gefängnisleitung organisieren könnten? Wenn du gut kämpfst, kriegst du einen positiven Vermerk in deiner Akte. In diesem Gefängnis musst du in den Ring steigen und kämpfen, wenn du die Gunst der Verwaltung gewinnen willst. Du kannst dir den Arsch aufreißen oder dich so gut benehmen wie ein

Pfadfinder, ohne irgendwelche Vorteile für dich rauszuschlagen. Gute Noten kriegst du nur, wenn du hier im Hölzernen Ring gut kämpfst."

Zufrieden dehnte Hagen seine Schultern und bog den Hals, um seine Wirbel knacken zu lassen. „Kapiert."

„Sehr gut." Der General zeigte ihm sein Klemmbrett. „Du bist als Erster dran, und dein Gegner steht direkt vor dir."

Der General deutete auf einen der Gefangenen. Hagen las seine Werte.

Brian „Skuld" Hurst
Level 8

LP: 20.000
Kämpfe/Siege: 138/34
Gewicht: 86,6 kg
Körpergröße: 177 cm
Aktueller Status: Mitglied der Gang Wilde Horde

Ruf: Hohn (8/10)
Widerstand gegen dein Charisma: hoch (4/10)

Hagen war belustigt von der Tatsache, dass Brian sich offenbar für eine Art Wikinger hielt – der Mann hatte braune Augen, und die Stoppeln auf seinem Kopf ließen ahnen, dass er auch nicht blond war. Allerdings hatte Skuld sein mangelndes nordisches Aussehen dadurch ausgeglichen, dass er sich von oben bis unten hatte tätowieren lassen. Es gab nordische Schriftzüge, Runen und stachelbewehrte Ornamente, die in Hakenkreuze übergingen.

Mike kannte sich allerdings mit skandinavischer Mythologie aus, also kaufte er Brian seine optische Wichtigtuerei nicht ab. Vor ein paar Jahren hatte er eine Phase gehabt, in der er sich mit seinen Wurzeln beschäftigt hatte. Soweit er sich erinnerte, war Skuld eine der drei Nornen – der skandinavischen Schicksalsgöttinnen – die den Tod und den Aspekt der Zukunft verkörperte. Doch das hatte

Brian wohl nicht gewusst, als er diesen Spitznamen gewählt hatte.

Es stellte sich heraus, dass Skuld der Typ war, dem er vorhin mit dem Tisch geholfen hatte. Als Gegner war er okay. Jedenfalls nicht der Beängstigendste.

Nachdem er von Lorenzo besiegt worden war, fürchtete Hagen, wieder und immer wieder zu verlieren und nie mehr gewinnen zu können. Aber als er sich Skuld ansah, wurde ihm klar, dass er stärker war als sein Gegner. Das hatte nichts mit gedankenloser Selbstüberschätzung zu tun. Er wusste einfach, dass er besser war.

Hagen war mehr Wikinger als Skuld zu erscheinen versuchte.

Die Wärter kamen in Bewegung und trieben die Gefangenen unter großzügigem Einsatz ihrer Schlagstöcke zusammen. Nicht mal den General verschonten sie. Als ein Schlagstock ihn im Nacken traf, verlor er all seine Autorität und reihte sich sofort in die Menge ein.

Eine Gruppe von Menschen betrat den Raum durch das bewachte Tor zum Hof. Ihr Selbstbewusstsein und ihre Haltung machten sie als die örtlichen Machthaber erkenntlich.

In ihrer Mitte ging ein älterer, korpulenter Mann in einem nüchternen Anzug mit Krawatte. Eins seiner Augen war halb geschlossen, sodass es aussah, als würde er versuchen, zu blinzeln, es aber nicht schaffen, sein Augenlid zu heben. Es hätte witzig wirken können, wäre da nicht sein Gesichtsausdruck gewesen. Dieser strahlte so viel Selbstvertrauen aus, dass der General im Vergleich wie ein Kofferträger wirkte.

Hagen las die Werte des Mannes.

Blinky „Hängeauge" Palermo
Alter: 57
Level: 134

LP: 53.000
Kämpfe/Siege: 9.000/8.911

LEVEL UP : KNOCKOUT

Gewicht: 102 kg
Körpergröße: 189 cm
Aktueller Status: Gefängnisdirektor

Ruf: Gleichgültigkeit (10/10)
Widerstand gegen dein Charisma: sehr hoch (10/10)

Hagens Mund blieb offen stehen. Er hatte noch nie einen Kämpfer mit solchen Werten gesehen. Das war ein echter Levelboss.

Ein Gedanke durchzuckte ihn – wie viele Level-Ups würde er bekommen, wenn er Blinky Palermo in einem „fairen Kampf" besiegte? Der Gefängnisdirektor war alt, das wäre ein Vorteil für Hagen. Es wäre lustig, wenn das System einen Bug hätte, und man alte Boxer k. o. schlagen könnte, um unglaublich schnell hochzuleveln.

Allerdings war ihm klar, dass es solche Bugs nicht geben konnte. Die Programmierung der *Erweiterten Realität* war zweifellos nicht an Teenager in einem Entwicklungsland outgesourced worden.

Die Bosse setzten sich – in der Möbelwerkstatt gab es genug Stühle und Sessel, damit sie alle Platz fanden.

Aber es kamen noch mehr. Die Türen des Gangs zum Gefängnisblock öffneten sich ebenfalls, und hindurch kamen Blake „Ford" Ali, Felipe „Fino" Peña und ein paar andere hochrangige Gefängnisinsassen. Glücklicherweise war Lorenzo nicht unter ihnen – er saß momentan in Einzelhaft.

„Kämpfen die auch?", flüsterte Hagen dem General zu.

„Nein, warum sollten sie? Sie sind nur zum Zuschauen hier."

Die Gang-Bosse blieben von Wärtern umgeben neben dem Ring stehen. Schließlich waren sie Gefangene, ihnen war es nicht gestattet, zu sitzen. Außerdem trugen sie leichte Hand- und Fußfesseln.

Das hielt sie nicht davon ab, sofort Zigaretten hervorzuzaubern und sie sich anzuzünden. Blinky Palermo ging so weit, dass er jedem von ihnen einen Flasche Bier zukommen ließ.

Hagen kannte sich noch nicht so gut mit den Gefängnisvorschriften aus, aber es war ihm völlig klar, dass das dagegen verstoßen musste.

Der General sprach weiter. „Palermo ist verrückt nach Kampfsport. Außerdem ist er ein alter Sadist. Er steht wirklich darauf, zuzuschauen, wie die Leute bis zum Tod kämpfen."

„Das ist echt verdammt pervers", mischte sich Skuld ein. „Im Block wird jeder Kampf sofort unterbunden. Und manchmal will man einem von diesen Weißen, die mit den Bohnenfressern rumhängen, einfach eine verpassen."

„Ein Rassenkrieg ist nicht dasselbe, wie im Hölzernen Ring zu kämpfen", entgegnete der General. „Palermo befürchtet, dass er seine Stellung verliert und selbst in den Knast kommt."

„Und das hält ihn trotzdem nicht davon ab, MMA-Kämpfe zu organisieren?", fragte Hagen erstaunt.

Der General sah ihn lange an. „Kommst du vom Mars, Jungchen? Dass ein Gangster wie Blinky Palermo nicht eingesperrt wird, sondern als Direktor eines Gefängnisses voller Gangster eines niedrigeren Standes arbeitet, zeigt nur, wie verdorben dieses ganze Scheiß-System ist."

Bei den Worten „Scheiß-System" beschloss Hagen, keine weiteren Fragen zu stellen. Er wusste aus Erfahrung, dass das Gespräch dann grundsätzlich politisch wurde, und er hatte noch nie etwas von Politik verstanden.

Palermo machte eine gebieterische Handbewegung. Der General beeilte sich, aus der Menge der Gefangenen herauszutreten und lief zum Ring, das Klemmbrett im Anschlag.

„Die ersten Kämpfer! Mike Hagen und ein rassistisches Arschloch namens Skuld!"

Skuld stieß Mike nach vorne. „Legen wir los. Ich mach dich alle, das wird unseren Boss freuen."

LEVEL UP : KNOCKOUT

* * *

MIKE KLETTERTE ÜBER die Tische und betrat den Ring. Er warf „Hängeauge" Palermo einen Blick zu, sah aber gleich wieder weg – der Direktor war ein Profi, wenn es darum ging, eine furchterregende Aura zu verbreiten.

Skuld zog sein T-Shirt aus und wärmte sich auf. Palermo beugte sich zu einem der Wärter herunter und sagte etwas zu ihm. Dieser trat zum Ring und schlug mit seinem Knüppel nach Skuld.

„Fang an!"

Hagen hatte sein Oberteil ebenfalls ausgezogen und hielt dann einen Augenblick inne. Ob er seine Stiefel auch ausziehen sollte? Skuld behielt seine jedoch an, also tat Mike es ihm gleich.

Sie trafen sich in der Mitte des Hölzernen Rings. Hagen bot seine Hand zu einem Fauststoß an, schaffte es aber gerade so, den Faustschlag des anderen abzublocken. Skuld schien nicht geneigt zu sein, sich an Rituale zu halten. Er wollte eindeutig auf hinterhältige Weise so einfach wie möglich zum Sieg kommen.

Vergiss die Regeln, Mikey-Boy, sagte sich Hagen. *Wie hat April das ausgedrückt? Sie meinte, ich wäre eine ernsthafte Waffe, die sich nur ihrer Stärke noch nicht bewusst ist. Dann soll dieses rassistische Arschloch meine Stärke jetzt zu spüren bekommen.*

Ein Quest-Fenster öffnete sich.

Unbesiegbarer Kämpfer
Besiege deinen Gegner und verliere dabei weniger als 4.000 LP.

Skulds heimtückischer Move brachte die Menge dazu, anerkennend aufzuschreien, während Blinky Palermo sich in seinem Stuhl nach vorn beugte, die Augen auf Hagen geheftet.

Die Kämpfer umkreisten sich und zögerten noch, anzugreifen. Hagen sah seinen Gegner unverwandt an und versuchte, seine Schwächen zu erkennen.

383

Davon hatte er eine Menge. Skuld hielt seine Arme falsch hoch und beugte die Knie kein bisschen. Zum ersten Mal wurde Hagen klar, dass er kein Box-Neuling mehr war.

Plötzlich sprach Skuld ihn an: „Warum bist du so hässlich? Hat deine Mutter einen Rasenmäher gefickt?"

Hagen zuckte unangenehm berührt zusammen. Es zerriss ihm das Herz, als er seinen Gegner seine Mutter erwähnen hörte. Er war schon lange nicht mehr beleidigt worden. Schließlich hatte er sein Charisma gesteigert. Seine erste Reaktion auf die Beleidigung war Überraschung. Warum sollte jemand so was sagen? Er kannte diesen verdammten rassistischen Scheißkerl nicht einmal.

Die Systemmeldung bestätigte das:

Du hast einen kritischen verbalen Schaden erlitten!
-1 auf alle Eigenschaften (1 Minute lang)

„Du hast auch noch Scheiße im Gesicht. Uups, sorry, das *ist* ja dein Gesicht."

Hagen wurde klar, dass er nicht der Einzige war, der verbalen Schaden verursachen konnte. Obwohl, warum sollte ihn das überraschen? Goretsky hätte ihn damals auch einfach mittels Beschimpfung plattmachen können. Vielleicht hätte er es auch wieder getan, wenn er nicht solche Angst vor Mikes Fäusten gehabt hätte. Der alte Goretsky konnte Beleidigungen jedenfalls wie aus der Pistole geschossen abfeuern.

Skuld machte weiter: „Du bist das hübscheste Mitglied deiner Familie, was? Gleich nach deinem Dad, dem Rasenmäher."

„Bist du eingefroren, Hackfresse?", entgegnete Hagen mit einem Lächeln. „Schätze, eine Schnarchnase wie du braucht einen ordentlichen Schlag, um wieder hochzufahren."

Seltsamerweise stellte sich diese primitive Provokation als wirksam heraus – der Gegner schlug zu. Allerdings war Hagen da schon nicht mehr da.

Im nächsten Augenblick bekam Skuld einen Aufwärtshaken in den Unterkiefer.

LEVEL UP : KNOCKOUT

Verursachter Schaden: 17.100 Punkte (Faustschlag)

Brian „Skuld" Hurst machte ein paar Schritte rückwärts, blickte zur Decke und bedeckte seine Augen mit der Hand, als wollte sie vor dem Sonnenlicht abschirmen. Seine Beine trugen ihn nicht mehr. Er sank zu Boden.

Hagen berührte den bewegungslosen Körper mit seiner Stiefelspitze, zuckte die Schultern und wandte sich dem Publikum zu.

Blinky Palermo lehnte sich in seinem Sitz zurück. Ein boshaftes Lächeln breitete sich auf seinem strengen Gesicht aus. Selbst das halb geschlossene Auge wirkte lebhafter. Er zog eine Zigarre aus seiner Innentasche. Eine der Wachen gab ihm Feuer.

Der General nickte anerkennend. Er war froh, dass das „rassistische Arschloch" so schnell verloren hatte. Felipe „Fino", der an einem der Tische lehnte, aus denen der Ring bestand, und sein Bier nippte, blieb gleichgültig. Blake „Ford" hatte sich den Kampf gar nicht angesehen, er rauchte seine Zigarette und unterhielt sich mit anderen Gefangenen.

Glückwunsch! Du hast einen Gegner in einem fairen Kampf besiegt!

Erhaltene EP: 2 (doppelte Erfahrungspunkte für einen Sieg über einen Gegner eines höheren Levels).

Unbesiegbarer Kämpfer: Quest abgeschlossen!
Erhaltene EP: 1
Erhaltene Fähigkeitenpunkte: 1

Du hast die versteckte Quest „Was war das?" abgeschlossen.
Knockout-Sieg innerhalb der ersten zehn Sekunden des Kampfs.
Erhaltene EP: 1
Erhaltene Fähigkeitenpunkte: 1

Auf aktuellem Level (7) erhaltene EP: 7/7
Du hast ein neues Level erreicht!
Aktuelles Level: 8

Verfügbare Eigenschaftspunkte: 1
Verfügbare Fähigkeitspunkte: 1

Die lange erwartete Lichtsäule umhüllte Hagen. Es fühlte sich gut an, auf so greifbare Art und Weise für Erfolge belohnt zu werden.

Nachdem er sich in den Strahlen des Ruhmes gesonnt hatte, die nur er sehen konnte, wollte Hagen über die Tische klettern, um den Ring für die nächsten Kämpfer freizumachen, nur, um vom General aufgehalten zu werden.

„Wo willst du denn hin? Der Kampf ist noch nicht vorbei."

Hagen sah zu, wie zwei Gefangene Skuld an den Füßen aus dem Ring schleiften.

„Für mich sieht es schon so aus, als wäre er vorbei."

„Nix da, Kämpfer. Das ist hier kein Training. Du kämpfst, solange du kannst. Und selbst, wenn du nicht mehr kannst, kämpfst du noch weiter."

Blinky Palermo zog an seiner Zigarre und sprach die Gang-Bosse an, ohne den Kopf in ihre Richtung zu wenden: „Hey, Fino, Ford. Fünf Riesen auf Babyface hier. Zeigt mir euren Kämpfer."

„Einer meiner Jungs hat dem Babyface schon eine ordentliche Abreibung verpasst. Darum ist er jetzt in Einzelhaft. Lassen Sie ihn raus, dann werden wir sehen."

„Keine Chance. Ich werde doch das Gesetz nicht brechen."

Alle lachten laut auf, als Palermo diese Worte äußerte, als hätte er ihnen den lustigsten Witz der Welt präsentiert.

Ford löschte seine Zigarette und rief einen der Gefangenen, einen großen, gut gebauten Schwarzen. Er flüsterte ihm etwas ins Ohr und klopfte ihm auf die Schulter. Der Kerl legte sein Gefängnisoutfit und sein T-Shirt ab und sprang über die Tische in den Ring.

„5.000 auf meinen Kämpfer", verkündete Ford.

„5.000 auf ..." Fino sah Hagen an, dann Fords Kämpfer, dann wieder Hagen. „Auf Babyface."

Das war er. Hagen wünschte sich, dass er ihn nicht enttäuschen würde.

Er las die Werte seines neuen Gegners.

Jacob „Schere" Collins
Alter: 25
Level: 11

LP: 33.000
Kämpfe/Siege: 184/65
Gewicht: 103 kg
Körpergröße: 189 cm
Aktueller Status: Mitglied der Gang Pirus Brothers

Ruf: Gleichgültigkeit (9/10)
Widerstand gegen dein Charisma: sehr hoch (9/10)

Die Schere war ein großer Kerl mit langen Armen und Beinen. Er erinnerte Hagen an den Schreiber, doch während jener größer und schlaksiger gewesen war, war dieser durchtrainiert mit hervortretenden Brustmuskeln. Wie er seine Füße bewegte, sprach Bände über die Stärke seiner Attacken auf Distanz.

Ein Quest-Fenster öffnete sich:

Nur noch 60 Sekunden
Besiege den Gegner in 1 Minute oder weniger.
Der Countdown beginnt, sobald der erste Angriff sein Ziel findet.

Jakob alias Schere hielt sich ebenfalls nicht mit einer Begrüßung auf. Aber wenigstens begann er den Kampf nicht mit Beleidigungen. Sofort bewegte er sich auf Mike zu, sprang hoch, drehte sich im Sprung und trat mit der Ferse zu.

Hagens Block schützte ihn etwas, aber der Tritt saß trotzdem.

Erlittener Schaden: 2.200

Der Gegner griff weiter an. Auf einem Bein stehend trat er mit dem anderen nach Hagen und machte damit seinem Spitznamen alle Ehre, da die Bewegungen seiner Beine wirkten wie die einer riesigen Schere.

Erlittener Schaden: 3.000

Plötzlich kam Schere auf Hagen zu, wirbelte mit Schwung herum und rammte ihm den Ellenbogen in die Brust.

Hagen blieb die Luft weg. Die unwillkommene Erinnerung an seine Erstickungserfahrung im Sommerlager stieg in ihm auf. Mit ausgebreiteten Armen wich Hagen zurück.

Erlittener Schaden: 2.300
Warnung! Dir verbleiben weniger als 40 % LP!

Erneut verschwamm die Welt vor seinen Augen.

Wie oft war Hagen das jetzt schon passiert? Erneut befand er sich in einem Zustand der Verwirrung, in dem er seinen Gegner nicht einmal sehen konnte. Seine einzige Hoffnung war irgendeine unsichtbare Kraft – vielleicht wie die Macht, die Luke Skywalker beim Lichtschwert-Training mit der Augenbinde geholfen hatte.

Hagen fühlte sich allerdings mehr als blind. Er konnte kaum atmen. Jeder Gegenstand, den er sah, verdreifachte und vervierfachte sich. Der Schweiß lief ihm in die Augen und verwandelte sein Gesichtsfeld in ein verschwommenes Chaos. Die um den Ring versammelten Kämpfer erschwerten es ihm, seinen Gegner klar auszumachen. All das lenkte ihn davon ab, sich auf den Kampf zu konzentrieren.

Dann erhielt er eine neue Systemmeldung:

LEVEL UP : KNOCKOUT

Taktische Pause: Fähigkeit freigeschaltet.

Die Fähigkeit gleicht die Chancen kurzzeitig aus, wenn der Träger einen Kampf in einer unbekannten, feindlichen Umgebung zu verlieren droht.

+25 auf Wahrnehmung (2 Sekunden)

+25 auf Intellekt (2 Sekunden)

+25 auf Geschicklichkeit (2 Sekunden)

+1000 % auf Metabolismus (2 Sekunden)

Sofort wurde die verschwommene Welt wieder scharf. Alle Gefangenen, Wärter und Verwaltungsmitglieder erstarrten. Hagen kam es vor, als wäre er in einem Wachsfigurenkabinett gelandet.

Er sah Blinky „Hängeauge" Palermo, der von seinem Stuhl aufstand und die Fäuste in die Luft hob, in seiner Bewegung erstarren. Die Zigarre fiel ihm aus dem verzerrten Mund. Der Rauch hing bewegungslos in der Luft wie auf einem Foto. Einer der Wärter war erstarrt, während er in der Nase bohrte und beobachtete, wie die Zigarre seines Bosses herunterfiel. Er wirkte, als dächte er darüber nach, ob er sie aufheben sollte, während er die Tiefen seines Nasenlochs erkundete.

Felipe „Fino" Peña stand direkt an der Umgrenzung des Hölzernen Rings und hielt sie mit beiden Händen umklammert. Er reckte den tätowierten Hals und sah Hagen direkt an. Sein Mund war zu einem stummen Schrei geöffnet. Speicheltropfen hingen neben seinen Lippen in der Luft.

Alle Geräusche waren verstummt. Für ganze zwei Sekunden herrschte unglaubliche Stille. Das Einzige, was Hagen hörte, war sein eigener, heiserer Atem. Außerdem schien es ihm, als wäre es heller geworden: Selbst in den dunkelsten Ecken der Werkstatt sah er alles glasklar.

Zwei Sekunden. Einatmen. Ausatmen.

Diese zwei Sekunden lieferten Hagen so viele Informationen über die Außenwelt, dass es ihm schien, als könnte er jeden innerhalb seiner Reichweite k. o. schlagen. Schließlich waren sie alle nur unbewegliche Wachsfiguren. Hagen nahm sogar die

Bewegung des Sekundenzeigers von Blinky Palermos Armbanduhr am anderen Ende des Rings wahr.

Außerdem sah er, wie sein Gegner sich erneut umdrehte, offenbar, um Mike mit dem anderen Ellenbogen zu erwischen. Dieser Angriff hätte Hagen mit Sicherheit fertiggemacht.

Aber Schere war zu nah dran für seine protzige Ellenbogenattacke, und Mike schaffte es, selbst eine Reihe von Angriffen durchzuführen – seine altbekannte Nahkampf-Kombo.

Die Geräusche kehrten zurück, als er seinen ersten Schlag platzierte. Der Sekundenzeiger an Palermos Uhr hatte sich zweimal bewegt. Hagens Ohren nahmen ein Meer von Stimmen wahr – die lauteste davon war Finos. Er schien auf Spanisch zu fluchen.

Alle drei Angriffe der Kombo trafen, solange das Bild seines bewegungslosen Gegners noch frisch in Hagens Kopf war und er alle seine Schwachpunkte sehen konnte.

Jacob wedelte mit seinen Scherenbeinen, als er gegen die Tische krachte, die vom Schwung seines Aufpralls auseinandergeschoben wurden. Er lag da wie eine kaputte Puppe auf einem Müllhaufen.

Glückwunsch! Du hast einen Gegner in einem fairen Kampf besiegt!
Erhaltene EP: 3 (dreifache Erfahrungspunkte für einen Sieg über einen Gegner eines höheren Levels).

Einatmen. Ausatmen. Es war schwer, zu einem normalen Atemrhythmus zurückzufinden.

Nur noch 60 Sekunden: Quest abgeschlossen!
Du hast den Gegner nach 45 Sekunden Kampf besiegt.
Erhaltene EP: 1
Erhaltene Fähigkeitenpunkte: 1

Glückwunsch! Du hast ein neues Fähigkeitslevel erreicht!
Name der Fähigkeit: Nahkampf-Kombo

LEVEL UP : KNOCKOUT

Aktuelles Level: 2
Auf aktuellem Level (8) erhaltene EP: 6/8

Nachdem er diese aufmunternden Meldungen gelesen hatte, erschienen noch einige weitere, die wesentlich weniger ermutigend waren. Er hatte schweren Schaden erlitten und würde mit den entsprechenden Debuffs zurechtkommen müssen.

Mike gingen die LP aus, und wenn er nicht sofort medizinische Hilfe bekam, würde das so weitergehen. Er war bei seinem letzten Viertel angekommen.

Hagen brauchte das System nicht, um ihm das zu sagen: Die linke Seite seines Halses schmerzte höllisch. Ebenso sein linker Unterarm. Er konnte sich nicht einmal daran erinnern, wann ihn dort Tritte getroffen hatten.

Er ließ sich auf einen der Tische fallen, hielt sich den Hals und rang weiter nach Atem.

„Ha!", dröhnte Palermo. „Babyface steckt voller Überraschungen! Gut gemacht! Das nenne ich einen Gefangenen mit vorbildlicher Führung!"

„¡No manches! ¡Ni madres!", schrie Fino den Direktor zur gleichen Zeit an.

Blake alias Ford antwortete nicht. Er beugte sich über seinen besiegten Freund und bemühte sich darum, ihn wieder zu Bewusstsein zu bringen. Die Handschellen hielten ihn davon ab, Jacobs Kopf anzuheben.

„Einen Arzt!", rief er erst leise, dann lauter: „Er braucht einen Arzt!"

Blinky Palermo nahm dem Wärter, der sie aufgefangen hatte, die Zigarre ab, und steckte sie sich in den Mund.

„Wozu sollte er einen Arzt brauchen? Der Junge ist doch noch am Leben. Wollt ihr ihn tot sehen? Irgendwer soll ihn in seine Zelle bringen und ihm eine Schmerztablette oder so was geben. Wenn es ihm morgen schlechter geht, kann der alte Schlächter Borkowski ihm die letzte Ölung verpassen. Hoffen wir inzwischen einfach, dass er überlebt."

Hagen wollte auf Jacob zugehen und sich entschuldigen oder Hilfe anbieten. Da merkte er, dass er durch und durch erschöpft war. Er brauchte selbst einen Arzt. Einen richtigen Arzt. Irgendeinen außer Mark.

„Etwas zu trinken, bitte", bat Hagen den General, der in der Nähe stand.

„Das ist hier keine Kantine, Kämpfer. Niemand wird dir Wasser bringen."

„Nimm das hier, Bro", bot Felipe „Fino" an. Mit klirrenden Handschellen kam er zu Mike und reichte ihm seine Bierflasche.

Hagen stürzte das Bier in einer Sekunde hinunter. Dann stand er auf und schwang ein Bein über die Tische, um den Ring endlich zu verlassen.

„Hey, warum willst du ständig abhauen?", hielt der General ihn zurück. „Hab ich's dir nicht gesagt, dass du kämpfst, solange du kannst?"

„Aber ... Ich kann nicht mehr."

„Das habe ich auch erwähnt. Du kämpfst, selbst wenn du nicht mehr kannst."

Blinky „Hängeauge" Palermo puffte fröhlich weiter seine Zigarre. „Hol deinen nächsten Kämpfer, Ford. Babyface haut jedes einzelne Mitglied der Pirus Brothers innerhalb von Sekunden um."

Ford kauerte immer noch über Jacob. Jetzt blickte er zu Palermo auf. Eine hasserfüllte Grimasse verzerrte sein bis dahin völlig unbewegtes Gesicht.

„Es ist Zeit, Schluss zu machen."

„Womit Schluss zu machen? Mit deiner Gang?"

Ford sprang auf die Füße und hielt dem nächsten Wärter seine Hände hin. „Ich kämpfe selbst gegen Babyface."

„Ho-ho-ho, das wird ein Spaß!" Palermo nickte.

Der Wärter schloss Fords Handschellen auf. Er wollte gerade mit den Fußfesseln weitermachen, als Palermo ihn aufhielt.

„He, lass die dran. Ihr wisst alle, dass ich ein gerechter Mann bin. Babyface ist nicht stark genug, um gegen dich anzutreten."

„Das ist mir scheißegal!"

Ford stieg über die Tische und ging, von den Fußfesseln behindert, auf Hagen zu.

Müde stand Hagen auf und machte sich kampfbereit.

∗ ∗ ∗

MIKE KAM WIEDER zu sich, als ihn jemand bei den Eiern packte.

„Tut mir leid, war keine Absicht", sagte eine Stimme.

Als Hagen es schaffte, die Augen zu öffnen, fand er sich auf dem Rücken liegend mit Blick auf die Decke des Gefängniskorridors wieder, die über ihm vorbeizog. Er sah gelbe Lampen hinter Stahlgittern. Licht und Dunkelheit wechselten sich ab.

Mike wollte sich bewegen, aber die Stimme sagte: „Zuck nicht einmal. Oder möchtest du selbst laufen?"

Hagen verstand nicht, was vor sich ging, aber er hatte definitiv weder den Wunsch noch die Fähigkeit, selbst zu laufen.

Die Decke des Gangs war zu Ende. Er hörte Schlüsselrasseln, das charakteristische Klirren des Schlosses und eine quietschende Tür. Jetzt blickte er auf die viel höhere Decke des Gefängnisblocks.

Doch aus irgendeinem Grund kam sie auf Hagen zu. Dann wurde ihm klar, dass jemand ihn die Stufen zu seiner Zelle hinauftrug, wie man eine Leiche tragen würde.

Was war passiert? Er hatte Schrankbeschläge angebracht und sich mit dem guten alten Charlie unterhalten ... so ein netter Mann. Und dann ... dann ...

„Dem?", rief Hagen stumm.

„Entspann dich, Kumpel, du bist bald wieder der Alte. Du leidest unter einem Verlust des Kurzzeitgedächtnisses."

„Gedächtnisverlust? Ich kann mich an gar nichts erinnern ... Was ist passiert?"

„Du wurdest ziemlich übel k. o. geschlagen. Du musst deine Ausdauer steigern, damit das nicht noch mal passiert."

„Aber gegen wen habe ich denn gekämpft? Wer kann mir denn so übel mitgespielt haben?"

„Deine Erinnerung wird bald zurückkommen."

Hagen erreichte seine Zelle. Die Wärter warfen ihn auf seine Pritsche.

Romans bärtiges Gesicht tauchte über ihm auf. „Genosse. Du hast sämtliche guten Ratschläge von mir missachtet und doch im Ring gekämpft. Warum, zum Teufel?"

Hagen versuchte, sich im Bett aufzusetzen, aber erfolglos. „Ein Ring? Warum? Ich kann mich an keinen Ring erinnern … Aber ich muss meine Gründe gehabt haben."

„Du bist mir schon 'ne Nummer'." Roman setzte sich auf seine eigene Pritsche. „Hast du die Liste weitergegeben?"

„Die Liste … Welche Liste?"

„Unsere Bauteileliste." Roman rieb sich die Stirn und sagte etwas Unverständliches, das wie „*Ëb tvoju mat*[1] klang.

Endlich schaffte es Hagen, sich aufzusetzen. „Ach, die Liste! Klar, Roman, ich hab alles gemacht … Ich habe sie in die Box gelegt … War es die blaue oder die gelbe? Ich weiß es nicht mehr. Aber ich habe definitiv eine Liste mit Teilen zusammengestellt, und sie sollte dort sein. Wenn sie es schaffen, das reinzuschmuggeln, dann baue ich dir einen starken Server. Auch wenn ich nicht weiß, wozu du so viel Speicher und Rechenleistung brauchst."

Roman setzte zu einer Antwort an, aber Hagen legte sich zurück, schloss die Augen und döste beinahe wieder weg. Dann erschauerte er abrupt. Die Erinnerungen kamen auf einmal wieder – alle drei Kämpfe standen ihm so klar vor Augen wie die ganze erstarrte Welt während dieser zwei Sekunden der Taktischen Pause.

Der Kampf mit Ford war der kürzeste gewesen. Er hatte nur seine Fäuste gesehen, und dann die Werkstattdecke. Und irgendwann danach die Korridordecke. Eine Meldung hatte er wohl zuvor auch verpasst:

Du wurdest von einem Gegner in einem fairen Kampf besiegt!

---

[1] Die russische Entsprechung für „Scheißdreck".

LEVEL UP : KNOCKOUT

Es war zu früh, um einzuschlafen. Er musste noch die Punkte verteilen, die er erhalten hatte, und ein paar Dinge herausfinden.

„Demetrious? Was war das mit dieser Zwei-Sekunden-Pause? Kann ich wirklich die Zeit anhalten?"

„Mann, wir sind hier doch nicht bei *Matrix*, und du bist auch nicht Superman. Du kannst nicht wirklich die Zeit anhalten. Bild dir nur nichts ein."

„Aber diese zwei Sekunden ..."

„Die Geschwindigkeit der Reaktionen in deinem Gehirn hat einen gewaltigen Boost erhalten. Dein Metabolismus wurde ebenfalls beschleunigt. Laienhaft ausgedrückt hast du schneller gedacht und warst in der Lage, eine enorme Menge Informationen in diesen zwei Sekunden zu verarbeiten. Es mag dir so vorgekommen sein, als wäre die Zeit stehengeblieben, aber das lag nur daran, dass deine Wahrnehmung der Welt ein paar Gänge hochgeschaltet hat. Tatsächlich könntest du dich nach dem Konsum von Magic Mushrooms ähnlich fühlen, aber kämpfen könntest du dann nicht mehr, hihi."

Hatte Mike sich das eingebildet, oder war das tatsächlich ein Kichern gewesen?

„Trotzdem", sagte er. „Wenn ich alle meine Werte auf so ein hohes Level kriege ..."

„Dann funktionierst du trotzdem nicht die ganze Zeit so. Dein Körper verfügt nicht über genug Ressourcen. Ganz einfach. Die längste Pause kann fünf Sekunden dauern, und die Abklingzeit wird echt hart. Du wirst ein paar Tage als Gemüse verbringen und keine zwei zusammenhängenden Worte sprechen können. Immerhin verbrennst du innerhalb von Sekunden Tausende von Kalorien – das heißt, du verwendest deinen eigenen Körper als Treibstoff. Ich lege dir sehr ans Herz, diese Technik nicht für mehr als zwei Sekunden einzusetzen. Fünf führen zu irreversiblen Veränderungen deines Gehirns, deiner Muskeln und deiner Knochenstruktur."

„Äh ... Warum ist diese Fähigkeit jetzt blockiert?"

„Zu deiner eigenen Sicherheit", antwortete Demetrious gleichgültig.

Hagen öffnete seine Eigenschaften und sah, dass Intellekt und Wahrnehmung ausgegraut waren. In diese Eigenschaften konnte er seine neuen Punkte nicht investieren.

„Dem?"

„Das ist wegen der Fähigkeitsabklingzeit. Das Hochleveln dieser Eigenschaften ist für die nächsten 48 Stunden nicht möglich. Übrigens verdoppelt sich die Abklingzeit jedes Mal, wenn du die Fähigkeit einsetzt."

„Das ist ziemlich krass."

„Alles hat einen Preis."

Plötzlich hatte Hagen das Gefühl, dass etwas nicht stimmte. Er öffnete die Augen und wandte sich zu Romans Pritsche. Sein Zellengenosse kauerte dort und starrte Hagen mit offenem Mund an.

„Genosse, was ist los? Hast du völlig den Verstand verloren? Liegt das an dem Kampf, oder bist du immer so?"

„Was meinst du damit?"

„Du redest mit irgendwem über Werte, übers Zeit anhalten und plapperst lauter so wirrest Zeugs."

„Ich muss wohl geträumt habe. Gute Nacht."

Hagen drehte sich zur Wand und schlief sofort ein. Die Punkte würde er morgen verteilen.

Roman beobachtete seinen seltsamen Nachbarn eine Weile gedankenverloren.

Kapitel 23

Ein Gefangener mit vorbild- licher Führung

Der Tod ist unausweichlich. Unsere Angst davor führt dazu, dass wir auf Nummer sicher gehen und unsere Gefühle verdrängen. Ein Spiel, das wir nicht gewinnen können. Denn ohne Leidenschaft ist man schon tot.

Max Payne 2: The Fall of Max Payne

ALS DAS WECKSIGNAL ertönte, öffnete Hagen die Augen und dachte als Erstes: *Gott behüte, dass sie mich noch mal zwingen, im Hölzernen Ring zu kämpfen.*

Seine Regeneration war noch nicht abgeschlossen, es fehlten ihm noch ein Viertel seiner LP. Mikes Hals schmerzte immer noch – er würde doch zu Mark Borkowski gehen müssen. Konnte es sein, dass der Doktor gar nicht so furchtbar war, wie alle glaubten?

Hagen schlang sein Essen noch schneller als alle anderen hinunter. Er verputzte seine Ration und sah sich um. Er hatte nicht genug Nährstoffe abbekommen, der Prozess, der in seinem Inneren ablief, erforderte mehr.

Eine fürsorgliche Meldung des Systems öffnete sich:

Unterernährung
Aufgenommene Kalorien: 1.536. Proteine: 102 g Fette: 108 g
Kohlenhydrate: 142 g
Mindestens 900 weitere Kalorien erforderlich!

Wäre der offizielle Ton der Meldung nicht gewesen, hätte man sich das System als treusorgende Mutter vorstellen können, die sich Gedanken machte, ob ihr Sohn auch genug aß.

Hagen nahm sein Tablett und ging zurück zur Essensausgabe. „Könnte ich bitte noch mehr haben?"

Der Gefangene, der das Essen ausgab, schüttelte den Kopf. „Jede Mahlzeit ist genau bemessen, Freund. Tut mir leid."

Hagen rieb sich den schmerzenden Nacken und ging zurück zum Tisch. Er war so hungrig, dass es ihm schien, als hätte er gar nichts gegessen.

Jemand legte ihm einen Burger auf sein Tablett.

„Bitteschön, Kämpfer", sagte der General.

Hagen schnappte sich den Burger und packte ihn aus. Dann hielt er inne. „Sind Sie sicher?"

„Absolut. Hunger begleitet jeden Gefangenen genauso wie Eingesperrtsein. An Letzteres kann man sich gewöhnen, an Ersteres nie."

„Haben Sie nicht selbst Hunger?"

„Ich bin alt, ich esse nicht mehr so viel. Und dafür, wie du dieses rassistische Arschloch umgehauen hast, hast du sowieso eine Medaille verdient."

Der General setzte sich neben ihn und legte sein allgegenwärtiges Klemmbrett auf den Tisch. Er lehnte sich zu Mike hinüber und sagte leise: „Blinky Palermo gefällt dein Stil. Er will, dass du auf die Liste gesetzt wirst." So wie der General das Wort betonte, musst diese Liste wohl etwas recht Außergewöhnliches sein.

„Welche Liste?"

Der General hob eines der an seinem Klemmbrett befestigten Blätter hoch und zeigte es Hagen.

„Manchmal hält Blinky Turniere zwischen den Gefangenen ab. Wer es an die Spitze der Liste schafft und die anderen Teilnehmer schlägt, bekommt so viele positive Vermerke in seiner Akte, dass er vor Verbüßen seiner vollen Strafe entlassen wird."

Hagen blickte das Klemmbrett misstrauisch an. „Selbst die, die 100 Jahre und mehr bekommen haben?"

„Natürlich nicht. Selbstverständlich dürfen nur die teilnehmen, die überhaupt frühzeitig entlassen werden können. Allerdings kämpfen auch viele der Gefangenen, die wirklich lange Strafen verbüßen müssen, nur, um etwas Dampf abzulassen. Dafür kriegen sie von der Gefängnisleitung ein paar Vergünstigungen."

Hagen stopfte sich das letzte Stück Burger in den Mund. „Einverstanden. Aber ich kann nicht so recht glauben, dass das so funktioniert."

Entschlossen erhob sich der General vom Tisch. „Hängeauge ist vielleicht nicht der beste Mensch der Welt, aber er steht zu seinem Wort. Er hält seine Versprechen nicht, weil er fair sein möchte oder so was. Er tut es, weil es so leichter ist, uns zum Kämpfen zu bringen. Wenn er jemanden auch nur einmal reinlegt, glaubt ihm nie wieder jemand."

Hagen stand ebenfalls auf. Der Vollzugsbeamte am Ausgang warf ihm eine Tüte mit seinem Mittagessen zu. Er schaffte es gerade so, sie aufzufangen, und spürte dabei einen stechenden Schmerz in der Schulter. Als er ihn überwunden hatte, wandte er sich wieder an den General.

„Diese Kämpfe im Hölzernen Ring dienen nicht nur der Unterhaltung, oder?"

„Hast du nicht gehört, wie die Leute auf dich gewettet haben? Unter den Gang-Mitgliedern gibt es viele gut betuchte Leute. Palermo nutzt ihren Wunsch nach Unterhaltung aus und verdient Geld mit den Wetten, die sie abschließen. Ich weiß nicht, wie viel genau, aber es heißt, beim Wettkampf-Finale scheffelt er immer Millionen. Also macht er genug Geld, um sich über Wasser zu halten. Er kann es sich leisten, jedes Inspektionskomitee zu bestechen – deren Gewissen ist immer käuflich."

Hagen seufzte tief – der Schmerz in seinem Hals und seinem Unterarm schien sich auch auf seine Lungen auszuwirken.

Der General missverstand das. „Kein Grund zu seufzen. Kämpfe im Hölzernen Ring sind vielleicht nicht die humanste Form der Unterhaltung, aber durch sie hat Blinky Palermo Macht über die Gang-Mitglieder. Sie stehen auf gutem Fuße mit ihm, darum hat unser Gefängnis die niedrigste Anzahl an Aufständen und Konflikten zwischen den Gefangenen und der Leitung", lachte er. „Vor ein paar Jahren ist unser Boss sogar von der *American Correctional Association* als Gefängnisdirektor des Jahres ausgezeichnet worden. Jeder will wissen, wie er es schafft, dass alles so friedlich bleibt. Sie laden ihn sogar ein, vor anderen Leitern von Vollzugsanstalten Vorträge zu halten."

Hagen nickte und knüllte das Papier der Tüte in seiner Hand zusammen. Er hatte immer noch Hunger, aber ihm war klar, wenn er seine Ration jetzt gleich essen würde, würde er mittags leiden.

Der General nickte verständnisvoll. „Hier kriegt man keinen Nachschlag, aber du kannst für zusätzliches Essen zahlen. Es gibt sogar einen speziellen Laden für Gefangene, wo man einiges kaufen kann. Aber du musst dir das Recht, ihn zu benutzen, erst verdienen."

Hagen überlegte, wie er an Geld für mehr Essen kommen sollte, während die Wärter ihn zur Möbelwerkstatt führten. Die Gefängnisration reichte nicht, um einen Körper zu ernähren, der einen Levelaufstieg verarbeitete.

Es war wirklich paradox – hinter Gittern stand er vor denselben Problemen wie in Freiheit. Nie war genug Geld fürs Training da, und die Umgebung war nie freundlich gesonnen.

CHARLIE WAR BEREITS bei der Arbeit und passte Schubladen ein. Hagen war überrascht, dass der alte Mann schon vor ihm da war.

Freundlich begrüßte er Mike und fragte ihn, wie er den Abend verbracht hatte, als liefe im Gefängnis nicht jeder Abend gleich ab.

Dann bemerkte er Hagens geschwollene Nase und schnaufte wissend. Mit dem Schraubendreher deutete er auf eine endlose Reihe Schränke und Tische. „Die müssen wir bis Mittag schaffen."

„Aye, aye, Sir."

Charlie grinste und erzählte ihm eine Geschichte, wie ein paar Kinder, die in der Nähe seiner Farm in Louisiana gewohnt hatten, sich zu einer leerstehenden Windmühle geschlichen hatten, die so süß nach Gras und Holz geduftet hatte, und dort durch die morschen Bodendielen gebrochen waren und sich Arme und Beine gebrochen hatten.

Hagen gewöhnte sich langsam an den tragischen Ausgang jeder Geschichte, die Charlie erzählte. Er fragte sich, weswegen der alte Mann überhaupt hier drin war. Vielleicht war der Haftgrund schwerer Pessimismus?

Hagen arbeitete so hart er konnte und ignorierte seine Schmerzen. Oft musste er sich bücken, auf alle viere gehen oder sich auf den Boden legen, um die Beschläge an schwer zugänglichen Stellen anzubringen. Das tat schon weh, aber er schaffte es, alles ihm Aufgetragene rechtzeitig zu erledigen.

Hätte der alte Mann mitgeholfen, wären sie viel schneller fertiggeworden. Doch Evans hatte den Schraubendreher beiseitegelegt und sich gesetzt, um sein Buch zu lesen, sobald Hagen angekommen war. Mike beschwerte sich nicht – schließlich unterstand er dem alten Mann, und es widerstrebte ihm, sich mit Vorgesetzten anzulegen.

„Ich bin fertig, Sir", verkündete Hagen und wischte sich den Schweiß ab.

„Gut gemacht", lobte Charlie, ohne den Blick von dem Buch zu heben. „Jetzt kannst du dich ausruhen ... bis zum Ende deiner Schicht. Ich merke doch, dass du erschöpft bist. Such dir ein Sofa aus."

Das ließ sich Hagen nicht zweimal sagen – der Vorschlag seines Chefs klang extrem attraktiv. Er ließ sich auf das nächststehende Sofa fallen. Dann nahm er seine Essenstüte und verputzte alles innerhalb einer Minute.

Endlich gab das System ihm die befriedigende Meldung, dass er genug Kalorien aufgenommen hatte, um seinen Körper neu zu strukturieren.

Bevor er einschlief, öffnete Hagen sein Wertefenster und investierte einen Punkt in Ausdauer. Wenn er heute Abend wieder kämpfen musste, wäre er etwas unempfindlicher gegen Verletzungen. Stärke benötigte auch einen Punkt – er würde so hart wie möglich zuschlagen müssen, um seinen Gegner auszuschalten. Um im Hölzernen Ring einen voll anerkannten Sieg zu erzielen, musste man seinen Gegner völlig kampfunfähig zu machen, da führte kein Weg dran vorbei.

Er nutzte zwei weitere Punkte, um seine Geschicklichkeit und sein Glück zu steigern.

Hagen beschloss, seine zwei übrigen Punkte bis zum Ende der Abklingzeit der taktischen Pause aufzuheben. Egal, was Demetrious sagte, die Fähigkeit, die Zeit anzuhalten (selbst, wenn sie nicht wirklich stehenblieb), war zu verlockend, um sie zu ignorieren.

Mike wollte diese neue Fähigkeit hochleveln, aber das System wies seinen Versuch zurück.

Du kannst die Fähigkeit „Taktischen Pause" erst auf 2 steigern, wenn deine Eigenschaft „Wahrnehmung" bei 10 oder mehr liegt.

Das zweite Level dehnte die Wirkungszeit der Fähigkeit auf zweieinhalb Sekunden aus, und jedes neue Level der Fähigkeit brachte eine Steigerung von einer Zehntelsekunde. Jedes Level erforderte, dass die Wahrnehmung jeweils um zehn Punkte gestiegen war. Das würde innerhalb der Gültigkeitsdauer der Jahreslizenz unmöglich zu erreichen sein.

Diese Programmierer vom Mars hatten an alles gedacht.

Hagen steigerte die Nahkampf-Kombo auf 3 und bemerkte, dass jedes neue Level ihm einen neuen Move oder einen neuen Angriff brachte, den er in die Kombo integrieren konnte. Die

Fähigkeit ließ sich maximal auf Level 5 steigern.

Dann erhöhte Mike noch seine Fähigkeit Arm-Block auf Level 3 und seinen Kick auf Level 6, und nutzte den verbleibenden Fähigkeitenpunkt für den Abwärtsschlag im Sprung. Um aus dem verdammten Gefängnis rauszukommen, an das er sich erschreckenderweise schon zu gewöhnen begann, würde er Blinky Palermo immer wieder mit der Vielseitigkeit seiner Fertigkeiten überraschen müssen.

Der Wecker des Interface weckte ihn ein paar Stunden später, genau zum Ende seiner Schicht. Er fühlte sich ausgeruht, munter und völlig ausgehungert. Seine LP-Leiste war fast wieder voll, es fehlten nur noch wenige Prozent bis 100. Sein Hals schmerzte, aber nicht mehr so stark. Umso besser – jetzt würde er Doktor Borkowski doch nicht aufsuchen müssen.

Charlie Evans war schon weg und hatte sein Buch liegenlassen. Hagen konnte seiner Neugier nicht widerstehen und warf einen Blick auf den Einband. Er war nicht überrascht, eine der Broschüren von St. Ian zu sehen, die Jim immer verteilte.

Die Gefangenen bauten den Ring in der Mitte der Werkstatt auf. Hagen hatte sich bereits mit dem Gedanken abgefunden, dass es heute Abend einen Kampf geben würde, aber sie durchsuchten ihn und schickten ihn mit allen anderen Gefangenen weg. Er kam gerade noch dazu, den General zu fragen, was los war.

„Lust auf einen Kampf, Junge?" Der General lachte. „Es sind neue Gefangene eingetroffen, also testen wir sie heute Abend im Ring. Du bist bereits auf der Liste, also nimm's locker. Für dich wird es bald genug heiß. Genieß die freie Zeit – wenn man irgendwas hier im Gefängnis frei nennen könnte, ha ha."

HAGEN BEGAB SICH direkt zur Kantine, um zu Abend zu essen. Er fühlte sich nicht mehr ausgehungert, und das System beschwerte sich auch nicht mehr über Kalorienmangel. Aber das war nur ein kleiner Trost. Wenn er im Hof ordentlich trainierte, würde er eine Menge Kalorien verbrennen, und er hatte keinen Zugang zu Nährstoffen, mit denen er ihren Verlust ausgleichen konnte. Was würde dann passieren?

Mike beschloss, vorsichtig vorzugehen und seine Anstrengungen langsam zu steigern. Er lief eine Runde um den Gefängnishof, dann noch eine. Das System beschwerte sich nicht. Dann begann er, auf seine gewohnte Weise zu trainieren – soweit das ohne Zugang zu den Hantelbänken möglich war. Er machte Kniebeugen, Liegestütze und Dehnübungen und jede andere Übung, an die er sich erinnerte. Die Hantelbänke würdigte er keines Blickes und hütete sich davor, ihnen nahezukommen, obwohl er ein paar aggressive Aufrufe hörte, er sollte „rüberkommen und sie ausprobieren".

Er ignorierte alle Provokationen und verbrachte eine lange Zeit mit Schattenboxen.

Das Training tat ihm unheimlich gut. Selbst der Schmerz in seiner Schulter verschwand und wich einer angenehmen Erschöpfung. Hagen verließ den Gefängnishof und schenkte den Vertretern beider Gangs, die ihm versprachen, dass „der Schatten im Hölzernen Ring zurückschlagen" würde, keine Beachtung. Er ging hinauf in seine Zelle und nahm Aprils Broschüre vom Regal. Ihre Mobiltelefonnummer hatte er nicht im Kopf, aber in der Broschüre war eine Kontaktmöglichkeit für ihre Krav-Maga-Kurse abgedruckt.

Bevor er eingesperrt worden war, hatte Hagen eine Menge Papiere unterzeichnet, einschließlich der „Vereinbarung über Telefonrechte". Diese gewährte ihm das Recht, von Zeit zu Zeit bis zu zehn Personen anzurufen, deren Namen er in der Vereinbarung genannt hatte. Jeden Anruf musste er schriftlich unter Angabe des Gesprächszwecks beantragen. Natürlich würde er dieses Recht sofort verlieren, sollte er das Telefon unberechtigt verwenden. In seinem Schockzustand hatte er dem Papier nicht viel Aufmerksamkeit geschenkt. Seine Gedanken waren nur trübselig um die Tatsache gekreist, dass ihm keine zehn Leute einfielen, die in seinem Leben eine so wichtige Rolle spielten, dass er sie anrufen wollen würde. Selbst die Gang-Mitglieder hatten mehr Freunde und Verwandte als er.

Trotzdem hatte er gleich am ersten Tag einen Anruf bei April Connell beantragt. Als Zweck hatte er „Privatgespräch" angegeben, obwohl er keine Ahnung hatte, was er ihr erzählen sollte. Er wollte sie schon seit Tagen anrufen, aber seine erste Zeit hinter Gittern hatte sich als so ereignisreich erwiesen, dass er es völlig vergessen hatte.

Er beschloss, dass jetzt die richtige Zeit war, von seinem Recht Gebrauch zu machen. Die Telefonzellen befanden sich direkt neben dem Aufenthaltsraum, aber man brauchte die Erlaubnis des Wärters, um zu telefonieren.

Es war Abend, und eine Menge Gefängnisinsassen standen vor den Telefonzellen an. Es kam Hagen vor, als stünde er an einem Feiertag an einem Karussell in einem Vergnügungspark an.

„Heiße Braut", kommentierte einer der Gefangenen. „Darf ich die mal 'ne Weile reiten?"

Hagen drehte sich um. Der Typ war durchschnittlich groß, sehr dünn, und seine rechte Gesichtshälfte war schief, sodass er aussah wie ein Labrador, der aus dem Fenster eines fahrenden Autos schaute. Die Ähnlichkeit wurde noch dadurch verstärkt, dass er die Zungenspitze herausstreckte, als er Aprils Foto ansah.

Trevor Leaf
Alter: 26
Level: 5

LP: 12.000
Kämpfe/Siege: 121/12
Gewicht: 86,6 kg
Körpergröße: 168 cm
Aktueller Status: Gefängnisinsasse

Ruf: Gleichgültigkeit (8/10)

Mike hielt es nicht für nötig zu antworten, aber Trevor fuhr fort: „Bist wohl zu kleinlich, was? Hm? Was will man machen? Ein kleinlicher Mistkerl bist du, was?"

Hagen verstand nicht, was Trevor von ihm wollen konnte. Er brauchte kein Psychologiestudium, um zu erkennen, dass der andere Mann Angst hatte und trotzdem versuchte, ihn zu provozieren.

„Hau ab, solange du noch am Leben bist, du armseliger Kacker", sagte Hagen barsch.

Das System bestätigte einen verbalen Schaden, zählte ihn aber nicht als Sieg. Trevor war wohl ein zu unwürdiger Gegner.

„Ach, auch noch grob werden, hm?", schmollte Trevor. „Dann muss ich sie dir wohl klauen."

Was als Nächstes geschah, erinnerte Hagen an eine der allzu vertrauten Szenen seiner Kindheit. Trevor schnappte ihm die Broschüre weg und rannte idiotisch kichernd davon. In seinem Gesicht standen Angst und Verzweiflung so deutlich geschrieben, dass Mike nicht verstand, warum er das überhaupt tat.

Hagen sprintete hinter ihm her, ohne die Absurdität von Trevors Verhalten oder die Tatsache zu bedenken, dass noch etwas anderes außer extremer Dummheit dahinterstecken könnte.

Trevor bog in einen der Korridore ab, die den Gefangenen tagsüber offenstanden. Dieser hier verband den Gefängnisblock mit der Bibliothek.

Er wurde langsamer, als wäre er vom Rennen erschöpft, und ließ sich von Hagen einholen. Dann drehte er sich um. In seiner Hand war etwas Scharfes, Glänzendes. Trotz der Dunkelheit im Korridor konnte Mike erkennen, dass es sich um eine mit Papier und einem Stück Stoff umwickelte Glasscherbe handelte.

Trevor zitterte immer noch und sah angsterfüllt aus. „Zurück! Ich will dich nicht töten!"

„Als könntest du das", entgegnete Hagen.

Aprils Anleitung genau befolgend, machte er einen Schritt

seitwärts, um einem möglichen Angriff auszuweichen, doch es kam keiner. Trevors schwachen Arm zu verdrehen dauerte nicht mehr als eine Sekunde. Der Mann heulte vor Schmerz auf und ging unter dem Aufgabegriff in die Knie. Die Scherbe fiel ihm aus der Hand und zerbrach.

„Lass mich los, lass mich los", wimmerte Trevor immer wieder.

Hagen nahm dem glücklosen Räuber die Broschüre aus der anderen Hand. Wieder ignorierte das System seinen Sieg.

„Dem? Was ist los? Warum ist das diesmal kein ‚Sieg in einem fairen Kampf'? Muss ich ihn k. o. schlagen?"

„Das war kein Kampf, Kumpel. Der Gegner hatte nicht vor, gegen dich anzutreten."

„Sie haben mich dazu gezwungen! Ich wollte das nicht!" Trevor bestätigte Dems Worte, während er die Glasscherben aufsammelte.

Hagen sah, wie von beiden Seiten des Gangs einige Leute auf ihn zukamen. Alle trugen die Oberteile ihrer Gefangenenuniformen im Stil der Sureños Familia um die Hüfte geknotet.

Trevors Absicht war es gewesen, ihn von den Wärtern weg und in eine Falle zu locken.

Es gab keinen Fluchtweg für Hagen. Er faltete die Broschüre zusammen und steckte sie in seine Tasche.

Eines der Bandenmitglieder trat nach Trevor. „Wenn du nicht zustechen kannst, dann versuch es erst gar nicht, du Schwachkopf."

Der Mann duckte sich schuldbewusst, schnäuzte den Rotz, der an seiner Nase gehangen hatte, auf den Boden, und rannte mit den Händen voller Glasscherben davon.

Die vier Gang-Mitglieder versammelten sich um Hagen. Jeder von ihnen wäre für sich genommen schon ein ernstzunehmender Gegner.

Derjenige, der als Anführer der Gruppe aufgetreten war, trug den Spitznamen Caesar.

Ricardo „Caesar" Alvarez

DAN SUGRALINOV, MAX LAGNO

Alter: 33
Level: 14

LP: 34.000
Kämpfe/Siege: 393/302
Gewicht: 109,8 kg
Körpergröße: 177 cm
Aktueller Status: Mitglied der Gang Sureños Familia

Ruf: Hohn (8/10)
Widerstand gegen dein Charisma: hoch (4/10)

Die anderen war auf Level 13 oder ebenfalls höher. Nur einer hatte seinem niedrigen Widerstand gegen Mikes Charisma nach zu urteilen Angst vor Hagen. In jeder Gruppe gab es immer einen, der sich fürchtete. Die sollte man ignorieren – sobald jemand, der Angst hatte, erkannte, dass er in einem Kampf nichts zu fürchten hatte, würde er sich von der Action fernhalten.

Hagen erinnerte sich dunkel, diesen Typen am Vorabend im Hölzernen Ring gesehen zu haben. Dieses eine Gang-Mitglied war sich wohl bewusst, wozu Hagen in der Lage war, und tat sein Bestes, Abstand zu halten und Anzeichen von Panik zu unterdrücken.

Mike grinste. Der Kerl hatte Angst, obwohl sie ihm vier zu eins überlegen waren.

Genau wie damals, als er St. Ians übereifrigen Anhängern gegenübergestanden war, würde es wohl auch hier keinen Zweck haben, zu fragen, was sie wollten. Jede Frage würde in so einer Situation als Schwäche ausgelegt werden.

Ruhig ließ er Ricardo auf sich zukommen, starrte ihm direkt in die Augen und kümmerte sich nicht um den Zorn, den er dort sah.

„Lorenzo lässt Grüße ausrichten", sagte Ricardo.

„Grüße ihn von mir zurück."

„Er ist in Einzelhaft, also kriegst du noch was anderes von uns."

Hagen wusste, dass darauf ein Angriff folgen würde, und es

gelang ihm sogar, ihn abzublocken, doch was ihm nicht klar war, war, dass im Gefängnis niemand fair kämpft. Er spürte einen scharfen Schmerz in seiner linken Seite, der sich in Sekundenbruchteilen in seinem ganzen Körper ausbreitete.

Erlittener Schaden: 3.000

Hagen fürchtete, dass das ein Messer gewesen sein könnte, aber der Schaden war relativ gering. Nur ein Schlag in die Leber, gefolgt von Schlägen in beide Nieren.

Erlittener Schaden: 2.300
Erlittener Schaden: 2.400

Nach nur drei Angriffen hatte er die Hälfte seiner LP verloren. Diese Typen wussten, wie man jemandem mit Präzision und in der kürzestmöglichen Zeit Schaden zufügte.

Es war nicht genug Platz im Korridor, um sich umzudrehen und die Gang-Mitglieder auf den Seiten zu erreichen, also blieb nur der Anführer als Gegner für Hagen. Auf ihn konzentrierte er seine Anstrengungen.

Zuerst entschied sich Hagen für seine Lieblings-Kombo, aber nur einer seiner vier Schläge traf – der letzte Haken.

Verursachter Schaden: 19.000 Punkte (Faustschlag)
Block wurde aufgehoben.

Jemand packte Hagens Arme und wollte ihn bewegungsunfähig machen. Doch er wand sich aus dem Griff wie aus einem Würgegriff im Ring und prügelte weiter auf Ricardo ein.

Verursachter Schaden: 4.000 (Kick)

Inzwischen traktierten die anderen Bandenmitglieder ihn weiter mit Schlägen. Hagen schluckte den altvertrauten Schmerz herunter, der ihm die Tränen in die Augen trieb, und konzentrierte sich ganz darauf, mit Ricardo fertigzuwerden.

Der Mann sah reichlich mitgenommen aus, und seine Schläge trafen ins Leere. Hagen wich aus und boxte dem Gang-Mitglied in den Magen, wobei er beinahe in die Hocke ging.

Ricardo krümmte sich und heulte auf, seine Stimme von den Echos im Gang verstärkt.

Er fiel zu Boden.

Glückwunsch! Du hast einen Gegner in einem fairen Kampf besiegt!

Erhaltene EP: 3 (dreifache Erfahrungspunkte für einen Sieg über einen Gegner eines höheren Levels).

Auf aktuellem Level (8) erhaltene EP: 8/8

Du hast ein neues Level erreicht!
Aktuelles Level: 9
Auf aktuellem Level (9) erhaltene EP: 1/9

Verfügbare Eigenschaftspunkte: 1
Verfügbare Fähigkeitspunkte: 1

Hagen brach unmittelbar nach Ricardo zusammen. Er lag in Embryonalstellung da, schützte seinen Kopf mit den Armen und wurde von einem Hagel von Tritten getroffen. Die Lichtsäule, die immer zum unpassendsten Zeitpunkt erschien, hüllte ihn ein, aber Hagen war die Ekstase, die sie brachte, reichlich egal. Er hatte das Gefühl, zu sterben.

Als die Lichtsäule erlosch, verblasste auch das Licht am Ende des Korridors.

Das musste das Ende sein. Hier und jetzt würden sie ihn umbringen.

LEVEL UP : KNOCKOUT

✳ ✳ ✳

PETER HAGEN SASS bei seinem dritten Bier und seiner dritten Schüssel Erdnüsse in *Chuck's Bar*. Alle seine Gedanken waren bei seinem Neffen. Es waren schon einige Tage vergangen, und er hatte ihn immer noch nicht im Gefängnis besuchen können.

„Die Sache ist die, Mikey war sein ganzes Leben lang ... nun ja, ein Niemand", erzählte Peter Chuck Morrison. „Und dann hat er sich völlig verändert, nachdem er angefangen hat, im Ring zu kämpfen."

Chuck hörte so zu, wie es nur gute Barkeeper können, und gab seinem Gast das Gefühl, es wäre der einzige Zweck seines Lokals, dass er seinen Kummer an der Bar herauslassen konnte.

„Es war wirklich eine wundersame Verwandlung", stimmte Chuck zu.

„Genau. Es war wirklich wie ein Wunder. Aber jetzt ... Ich habe Angst, hinzugehen und zu sehen, wie er daran zerbricht und wieder der Alte wird. Vielleicht wird er sich nichts anmerken lassen, aber er war sein ganzes Leben lang ein Schwächling. Ich glaube nicht, dass er das Gefängnis übersteht."

Chuck strich sich über den Schnurrbart und sagte dann laut, um die Ernsthaftigkeit seiner Worte zu unterstreichen: „Wenn das so ist, ist das umso mehr Grund, ihn zu besuchen. Der Junge könnte etwas Unterstützung gebrauchen."

Peter seufzte. „Ich weiß. Aber erst habe ich in dieser Stadt noch etwas zu erledigen. Ich muss mit diesem Cop namens Riggs reden, der mir versprochen hat, etwas zu finden, das Mikey helfen könnte. Heute hat er endlich angerufen, um ein Treffen zu vereinbaren."

„Er ist ein Ex-Cop", bemerkte Chuck. „Er kommt öfters mit Howell her. In den anderen Teil mit den Stripperinnen, meine ich."

„Moment mal. Ist das derselbe Howell, der Mike ins Gefängnis gebracht hat? Ja. Ich erinnere mich, den habe ich vor Gericht gesehen. Also ist Riggs sein Kumpel?"

„Ganz genau."

„Was will er dann von mir?" Peter Hagen stand auf. „Wenn ich das vorher gewusst hätte, hätte ich nicht meine Zeit mit ihm verschwendet. Ich gehe besser Mikey besuchen."

„Ich würde noch bleiben, wenn ich Sie wäre."

In diesem Moment tauchte Riggs in der Bar auf. Er bestellte ein Helles und ein paar gut durchgebratene Wings, dann führte er Peter an einen der Tische.

„Also, Peter, Sie waren bei der Armee, also komme ich am besten gleich ohne Umschweife zum Punkt."

Riggs schwieg, während er darauf wartete, dass der Kellner das Bier und den Eimer Wings vor ihm auf dem Tisch abstellte. Auch Peter Hagen schwieg, obwohl er das übertriebene Gehabe des Cops hasste. Alle liebten sie es, dramatische Pausen einzulegen.

Riggs beeilte sich nicht, weiterzusprechen, und stellte Peters Geduld auf die Probe. Er nahm einen Schluck Bier, biss in ein Chicken Wing und kaute genüsslich.

Peter erhob sich vom Tisch und wollte gehen.

„He, kommen Sie zurück", sagte Riggs lachend. „Ich weiß, dass Sie ein harter Kerl sind. Was, wenn ich Ihnen sage, dass ich Aufnahmen von einer Überwachungskamera habe, die zeigt, dass Ihr Neffe nicht angegriffen, sondern sich nur verteidigt hat?"

„Wollen Sie mir die verkaufen?" Peter runzelte die Stirn und ballte die Fäuste. „Dann sollte ich Ihnen gleich vorab sagen, dass ich kein Geld habe."

„Zum Teufel, nein, wovon reden Sie denn?" Riggs schlug mit der Faust auf den Tisch. „Ich will Mikey aus dem Knast rauskriegen und nebenbei noch ein paar schnelle Dollars verdienen."

„Ein paar schnelle Dollars?"

„Ganz genau. Ich teile sie fifty-fifty mit Mikey."

Gemächlich trank Riggs von seinem Bier und nahm sich eine Handvoll Erdnüsse. Allerdings aß er sie nicht – er roch nur daran und leckte das Salz ab.

„Die kann ich nicht mehr essen. Das verdammte Alter. Früher habe ich Erdnüsse wirklich geliebt ..."

„Wissen Sie, wo Sie sich Ihre Erdnüsse hinstecken können?",

schnappte Peter, der die Geduld verlor. „Lassen Sie schon Ihre dramatischen Pausen. Die ziehen bei mir nicht!"

„Oh, offensichtlich doch", grinste Riggs. „Schauen Sie sich an, Sie sind ja schon ganz aufgebracht. Okay, also, das ist der Plan: Wir entkräften Goretskys Aussage und jagen dieser Alexa Hepworth einen kleinen Schrecken ein. Wir verlangen eine außergerichtliche Einigung im Austausch dafür, dass wir sie nicht wegen Fälschung von Beweismitteln anzeigen."

„Eine Einigung? Sie meinen Erpressung?"

„Nein. Wir benehmen uns nicht so gierig wie Erpresser es gewöhnlich tun, sondern verlangen nur 60 Riesen – 30 für mich, 30 für Mike. Vertrauen Sie mir: Ich weiß, welche Fehler Erpresser normalerweise machen. Sie machen es dem Opfer leichter, die Polizei zu rufen, als zu zahlen. Eine kleine Zahlung ist dagegen viel leichter zu verschmerzen als ein öffentlicher Skandal."

Peter schüttelte den Kopf. „Geld ist mir nicht besonders wichtig. Ich will, dass Mike freikommt. Gibt es denn irgendeine Möglichkeit, das ohne Erp... ohne Zahlungen hinzukriegen? Mikey einfach nur rauszuholen?"

Riggs sah überrascht aus. „Warum sollten Sie sich die Chance entgehen lassen, ein paar Dollar zu verdienen, während Sie Gutes tun? Außerdem nehmen die Leute Sie eher ernst, wenn Sie Geld verlangen. Alexa Hepworth ist genau die Art von Mensch, die sich gut vorstellen kann, dass wir für einen finanziellen Vorteil extreme Maßnahmen ergreifen würden."

„Okay, Sie haben Ihren Standpunkt dargelegt. Wie soll das Mikey helfen?"

„Ohne Goretskys Anklage sollte er nicht mehr als fünf Monate drin sein. Zwei, wenn er sich gut benimmt."

„Hey, und noch etwas", fügte Peter aufgeregt hinzu. „Den Rest seiner Strafe kann er dann in einem Gefängnis mit niedriger Sicherheitsstufe absitzen. Sie können ihn in den örtlichen Knast verlegen, oder?"

„Genau. Und dahin habe ich jede Menge Verbindungen. Das wäre quasi wie Urlaub für ihn."

„Wie passe ich in den Plan?"

„Reden Sie mit diesem Arschloch von Anwalt, der Mike Hagen verteidigt hat."

„Was soll der mir sagen?"

„Die Wahrheit."

„Wie bringe ich ihn dazu?"

Riggs trank sein Bier aus, stellte das Glas mit einem Klirren ab und lachte leise. „Sie waren in der Armee. Gerade Sie sollten doch wissen, dass es manchmal nur eine Art gibt, die Wahrheit herauszufinden."

Peter Hagen ballte die Fäuste und blickte Riggs skeptisch an.

„Teufel, ja", nickte der Ex-Cop. „Genau diese Art. Es ist nur so, dass ich selbst nicht in so was verwickelt werden darf."

„Warum glauben Sie, ich dürfte es?"

„Sie müssen. Er ist Ihr Neffe."

Peter antwortete nicht. Riggs musste sein Schweigen als Zeichen des Zweifels aufgefasst haben, denn er setzte noch eins drauf. „Sie haben doch für Ihr Land schon viel Schlimmeres auf sich genommen. Sicher können Sie mit so einem elenden Wurm von einem Anwalt auf die harte Tour fertigwerden."

„Das ist es nicht, was mich stört. Sondern nur, dass es mich noch länger aufhalten wird. Ich hatte vor, Mike zu besuchen."

„Das ist doch toll. Dann können Sie ihm bei Ihrem Besuch gleich gute Neuigkeiten verkünden."

HAGEN LAG AUF seiner Pritsche und starrte an die Decke. Roman tat dasselbe. Beide Zellengenossen waren in Gedanken versunken.

Im Gang hatte Mike beinahe das Bewusstsein verloren und damit gerechnet, dass es jetzt aus mit ihm wäre, als die Gang-Mitglieder plötzlich aufgehört hatten, ihn zu treten. Er hatte eine Stimme gehört, die sein Überleben verkündete.

„Hey, lasst ihn los! Seid ihr bescheuert, Genossen? Wisst ihr nicht, dass Fino und Ford euch die Eier abreißen, wenn sie rausfinden, dass ihr ihn kaputt gemacht habt?"

„Ist uns scheißegal, was die sagen!"

„Ach, ja? Würdest du mir das auch ins Gesicht sagen, hijo de puta?"

Das war von Fino selbst gekommen.

Während Fino seine Kreativität in Sachen spanische Schimpfworte unter Beweis gestellt hatte, hatte Roman Hagen aufgeholfen und ihn an die Wand gelehnt. Mike hatte einige Mitglieder der Pirus Brothers vor den Mitgliedern der Sureños Familia stehen gesehen. Auch sie hatten die Oberteile ihrer Uniform um die Hüften gebunden, sie allerdings seitlich geknotet, um sich von ihren Rivalen zu unterscheiden.

Auch Ford war dagewesen, um ein Hühnchen mit ihnen zu rupfen.

„Fino, deine Schakale haben beinahe jemanden alle gemacht, den wir brauchen. Hast du vergessen, woran diese IT-Typen arbeiten?"

„Du bist selbst ein Schakal", gab Fino zurück.

Aber er hatte nichts weiter dagegen zu sagen gehabt. Ford hatte recht.

Fino kam auf Hagen zu und packte ihn unter dem Kinn. „Du lebst noch, oder? Sorry, meine Jungs waren im Unrecht. Kommt nicht wieder vor."

Hagen erinnerte sich nicht, ob er genickt hatte, um die Entschuldigung anzunehmen, oder ob ihm nur der Kopf auf die Brust gesunken war. Roman hatte Hagen das Blut abgewischt und seine zerraupten Kleider zurechtgezogen, damit sie nicht die Aufmerksamkeit der Wärter erregten, und hatte ihn in die Zelle gebracht.

Fino war zu dem kaum bewegungsfähigen Ricardo gegangen und hatte ihn mit dem Fuß angestoßen. „Tja. Jetzt hast du keinen Grund mehr, in den Hölzernen Ring zu steigen. Babyface hat dich schon ordentlich vermöbelt."

Als sie die Zelle erreicht hatten, hatte Hagens Kopf sich

geklärt. Sofort hatte Roman sich über ihn lustig gemacht.

„Genosse, du bist erst ein paar Tage hier, und schon hast du die Hälfte der örtlichen Gang-Mitglieder verprügelt. Warst du schon immer so krass drauf oder hast du ein Geheimnis? Könnte das was mit diesem ganzen Kram über ,Werte' und ,Zeit anhalten' zu tun haben, über die du im Schlaf redest, hm? Bist du vielleicht ein Superheld?"

„Du siehst doch, dass ich auch mein Fett wegkriege. Passiert Superhelden so was jemals? Wenn du nicht wärst, hätten sie mich umgebracht."

„Das ist wahr, Genosse", stimmte Roman zu. „Vergiss nicht, mir dafür dein Leben lang dankbar zu sein."

„*Spa-ssi-bo* [2] ", demonstrierte Hagen seine Sprachkenntnisse.

„Ich wäre dir aber auch dankbar, wenn du es schaffen würdest, am Leben zu bleiben, bis wir den Server installiert haben. Sobald wir damit fertig sind, kannst du machen, was du willst, meinetwegen auch deinen Kopf gegen die Wand schlagen. Andererseits ... Wenn du ins Finale des Turniers im Hölzernen Ring kommst, ist das genau das, was dir passieren wird."

„Wie bitte?" Hagen richtete sich kurz auf seiner Pritsche auf. „Was meinst du damit?"

„Ein Gefangener mit dem Spitznamen Constrictor ist seit drei Jahren ungeschlagener Champion des Hölzernen Rings. Ich habe ihn selbst nie gesehen. Er ist in einem anderen Block, da, wo die Schwerverbrecher lebenslänglich und ohne Chance auf Entlassung bei guter Führung sitzen. Keine Ahnung, wo Blinky Palermo diesen Genossen aufgetrieben hat. Gerüchten zufolge hat er explizit dafür gesorgt, dass er aus einem anderen Gefängnis hierher verlegt wurde, und hat sich das ein paar Gefälligkeiten kosten lassen."

„Und was ist dann passiert?"

„Constrictor hasst jeden, der die Aussicht hat, wieder aus dem Gefängnis zu kommen, nachdem er seine Strafe abgesessen

---

[2] Russisch für „danke".

hat, darum bereitet es ihm besonderes Vergnügen, solche Leute im Ring zum Krüppel zu schlagen, um dafür zu sorgen, dass sie nicht aufrecht hier rausspazieren. Für Blinky ist das auch gut – er hält gewissermaßen Wort. Aber niemand hat es die letzten drei Jahre geschafft, Constrictor zu schlagen."

Hagen runzelte die Stirn. „Aber Palermo wird Wort halten, wenn ich gewinne, oder?"

„Natürlich. Doch ich sag dir ja, er hat sich da einen unbesiegbaren Kämpfer geholt, der dafür sorgt, dass keiner freikommt. Und Constrictor ist die Art von Gewinner, der nie freigelassen wird. Jedenfalls nicht in den nächsten 300 Jahren."

Hagen dachte eine Weile darüber nach. Er würde mehr über diesen Constrictor herausfinden müssen. Was für einen Stil kämpfte er? Was würde er brauchen, um sich für einen sicheren Sieg hochzuleveln?

„Constrictor oder nicht, ich gehe hier als Sieger raus", sagte Hagen unwirsch.

„Klar. Viel Glück dabei, Genosse. Sieh nur zu, dass du mir vorher den Server zusammenbaust."

Dieser Russe war alles andere als durchschaubar. Zuerst hatte er jedes Wissen über den Hölzernen Ring geleugnet, und jetzt sprudelte er über vor Informationen. Sollte er ihn ausfragen? Doch Hagen war klar, dass Roman ihm nichts verraten würde, wenn er nichts verraten wollte.

Während er darauf wartete, dass das Licht gelöscht wurde, nahm er sich schließlich eine der Broschüren auf dem Regal über der Toilettenschüssel. Auf der ersten Seite stand etwas über Hilfe für Gefängnisinsassen. Die Beschriftung lautete: *Dein Körper mag gefangen sein, doch dein Geist ist frei.*

Hagen begann, zu lesen, und bemerkte nicht einmal, dass er schon bis zum Text der Innenseiten gelangt war.

Ein paarmal unterbrach er sich, um noch mal auf die erste Seite zu sehen. Hätte er nicht gewusst, dass St. Ian ein heuchlerischer Lügner war, der den Glauben dazu missbrauchte, um sich die Taschen zu füllen, hätte er den Eindruck gewonnen, dass dies die Worte eines weisen Mannes wären.

Hagen wurde unruhig, drückte die Broschüre schließlich Roman in die Hand und erzählte ihm ein paar Details über Ians Lebenswandel.

„Wie kann das denn nur sein? Er ist ein absoluter Bastard, aber wenn man seine Predigten liest, glaubt man, was er sagt. Seine Ideen klingen sehr sinnvoll."

Roman überflog die erste Predigt, blätterte dann durch die restliche Broschüre und warf sie Hagen wieder zu.

„Natürlich klingen sie absolut sinnvoll. Das ist alles zusammengewürfelt ohne jede originelle eigene Idee. Er hat ein paar Sprüche von berühmten Philosophen abgekupfert und den Rest mit Zitaten aus Selbsthilfebüchern aufgefüllt. Sogar ein paar Metaphern aus Präsidentenreden hat er geklaut. Das reicht, damit seine Herde das Ganze schluckt."

„Bist du sicher?"

„Genosse, verschwende deine Zeit nicht mit zwielichtigen Möchtegern-Ersatzpredigern. Es wäre viel besser für dich, die Originalquellen in der Gefängnisbibliothek zu studieren. Lesen führt vielleicht dazu, dass du weniger daran interessiert bist, anderen Leuten die Fresse einzuschlagen."

Nach diesem Rat wandte sich Roman ab, um zu zeigen, dass das Gespräch beendet war.

Allerdings hatte Hagen etwas anderes zu lesen als Bibliotheksbücher.

KAPITEL 24
BEUTE

Kriege ich meine 200 Dollar jetzt zurück, oder erst, wenn ich dich getötet habe?

Red Dead Redemption

DIE TAGE VERGINGEN in quälender Monotonie.
Seitdem Hagens anfänglicher Stress nachgelassen hatte, gewöhnte er sich ans Gefängnisleben. Die Dinge waren schließlich doch nicht so beängstigend – die Insassen aßen, schliefen, arbeiteten, liefen im Hof herum oder trainierten, lasen, spielten Schach oder Karten und sahen fern.

Fernsehen war ebenfalls eine sehr monotone Form der Unterhaltung. An zwei Wänden im Unterhaltungsraum hing je ein Fernseher. Einer war von den Schwarzen besetzt, der andere von den Latinos. Die Latinos sahen sich alle möglichen südamerikanischen Soaps auf Spanisch oder Portugiesisch an. Die Schwarzen hatten ihren Fernseher auf einen Musikkanal eingestellt, auf dem nichts außer Hip-Hop lief.

Die rivalisierenden Fernseher-Gangs sabotierten sich gelegentlich gegenseitig, indem sie die Lautstärke voll aufdrehten. Allerdings führte das in der Regel dazu, dass die Wärter kamen und

419

alle den Schlagstock kosten durften, also kamen solche Konfrontationen nicht allzu oft vor.

Es entging Hagen nicht, wie sehr die Arbeit eines Gefängniswärters der eines Türstehers ähnelte. Es war egal, wer recht oder unrecht hatte. Das einzig Wichtige war, die Ordnung wiederherzustellen. Allerdings gab es einen Unterschied – jeder von Blinky Palermos Gästen wäre überglücklich gewesen, von den Wärtern hinausgeworfen zu werden.

Jedenfalls sah Mike nicht viel fern. Er hatte sich einen Bibliotheksausweis besorgt und las, wann immer er nicht arbeitete oder trainierte. Er beschloss, mit der Leseliste der US-Militärakademie zu beginnen. Nur wenige der dort aufgeführten Bücher waren in der Gefängnisbibliothek verfügbar, aber der Bibliothekar, ein ehemaliger Journalist, der eine Strafe verbüßte, weil er einen Politiker erpresset hatte, wusste Hagens Interesse zu schätzen und schaffte es, die anderen zu besorgen.

Die fabelhafte Welt des militärischen Wissens eröffnete sich Hagen. Andererseits war der Zweck der Übung Tod und Leid. Auch wenn er nicht umhin konnte, die Präzision der Wissenschaft zu bewundern, die hinter dem Sieg des einen Heers über das andere steckte.

Viele taktische Manöver konnten auch im Hölzernen Ring angewandt werden – genau wie im Krieg gab es dort keine Regeln. Mit der Zeit lernte Hagen, schmutzig zu kämpfen. Er trat seine Gegner in die Leiste und packte sie im Gesicht – mit anderen Worten, er tat alles, das im professionellen Sport zu seiner Disqualifizierung führen würde. Doch hier wurden dadurch entsprechende Moves und Fähigkeiten freigeschaltet. Seine einzige Entschuldigung war, dass er sie nicht so oft anwendete wie die restlichen Kämpfer, und er investierte auch keine Fähigkeitenpunkte auf diese wenig ehrenhaften Moves.

Etwas anderes, worauf Hagen stolz war, war, dass er allen beigebracht hatte, einen Kampf mit einer Begrüßung zu beginnen. Jetzt stieß jeder seiner Gegner respektvoll die behandschuhte Faust gegen seine. Wenigstens ein Element des ehrenhaften

Kampfs hatte er in diese Welt des völlig ungeregelten Raufens eingeführt.

Endlich stand das Turnier an, bei dem die Freiheit der Hauptpreis war.

Die Kämpfe zwischen den Gefangenen fanden zwei- oder dreimal die Woche statt. Das mochte wenig wirken, doch Hagen musste im Verlauf eines einzigen Abends mehrere Kämpfe überstehen. In der Vergangenheit hatte er nie eine Erinnerung vom System gebraucht, um sich an jeden einzelnen seiner Kämpfe zu erinnern, aber jetzt hatte er einfach zu viele hinter sich.

Mehr Kämpfe bedeuteten mehr EP. Außerdem musste sich das System dem irren Tempo des Hölzernen Rings angepasst haben, denn es zeigte für jeden Kampf eine Quest an, die ihm noch mehr Punkte brachte.

Früher hatte Hagen jeden einzelnen Punkt gewissenhaft gezählt. Jetzt verteilte er sie fast ohne darüber nachzudenken auf seine Eigenschaften. Er hatte genug für alles, und dann blieb ihm noch immer etwas übrig. Seine Punkteverteilung folgte keiner Strategie: Das Einzige, was eine Rolle spielte, war die Möglichkeit, genug Kalorien zu sich zu nehmen, um hochzuleveln.

Für die Schufterei in der Werkstatt erhielt Hagen seinen täglichen Lohn und gab sein ganzes Geld sofort für Essen aus. Seitdem er Zugang zum Gefängnisladen bekommen hatte, fand er heraus, dass dieser sogar Nahrungsergänzungsmittel für Sportler führte. Danach investierte er sein ganzes Geld in Protein-Shakes und Ähnliches.

Als Nahrungsgrundlage war das aber immer noch nicht ausreichend. Wenn es nicht der Hunger war, waren es die engen Einschränkungen seiner Zelle, die ihn behinderten.

Roman hatte Hagen jetzt eine Weile beobachtet, wie er zu Bett ging und seine Punkte verteilte, und wirkte ziemlich misstrauisch.

„Genosse ... Manchmal kommt es mir so vor, als ob du abends einschläfst und am nächsten Morgen kräftiger aufwachst. Oder größer. Verdammt, eigentlich beides! Und dann dein Gesicht. Das verändert sich irgendwie auf unerklärliche Weise ständig. Ich wette, wenn man dich jetzt mit einem Foto von vor deiner Gefängniszeit vergleichen würde ..."

Hagen konnte nur die Achseln zucken. „Das Gefängnis verändert einen eben."

Tatsächlich hatte er viel gekämpft. Die Kämpfe wurden ihm sogar bereits lästig. Natürlich nicht alle, aber die meisten. Mit jemandem zu kämpfen war nichts Außergewöhnliches mehr.

Das war viel besser so – er hatte mehr Gelegenheit, an seinem Stil zu arbeiten und die Fähigkeiten zu steigern, die er bisher vernachlässigt hatte. Wenn er gegen einen schwächeren Gegner antrat, konnte er seine neuen Fähigkeiten an einem menschlichen Boxsack üben.

Hagen lernte auch, gegen Gegner, die wesentlich stärker waren als er, zu verlieren und dabei nur minimal Schaden zu nehmen, auch wenn es nicht empfehlenswert war, im Hölzernen Ring zu verlieren – schließlich konnte es sein, dass man dann nie wieder kämpfen würde. Also strebte er danach, egal mit welchem Aufwand, um jeden Preis zu gewinnen.

Blinky „Hängeauge" Palermo fühlte sich besonders gut unterhalten, wenn er jemandem zusah, wie er das Äußerste aus sich herausholte, um seinem Gegner den Sieg zu entreißen, und mit Zähnen und Klauen kämpfte. Hagens Interface machte ihn zu der Art von Kämpfer, der das Publikum stets überraschte, indem er den anderen ausknockte, wenn schon alles verloren schien.

Die Gegner wurden einander zufällig zugeteilt – niemand, der mit dem Hölzernen Ring zu tun hatte, machte sich die Mühe, die Kämpfer zu wiegen oder sie in Kategorien einzuteilen. Auch die Erfahrung der Kämpfer wurde nicht berücksichtigt. Manchmal war Hagens Gegenspieler so schwach und ungeschickt, dass er den Kampf beinahe spöttisch in die Länge zog, um seine eigenen Fähigkeiten hochzuleveln.

Allerdings traf er gelegentlich auch auf durchtrainierte Sportler, die ein paar Level über ihm lagen. „Ein paar" konnte sich in manchen Fällen auf bis zu zehn Level ausdehnen. Dann wurde der

Kampf erwartungsgemäß zur Qual, bei der er sich statt auf den Sieg nur aufs Überleben konzentrieren musste.

Meistens waren die Kämpfer auf ähnlichem Niveau wie Hagen: einige etwas stärker, andere etwas schwächer.

Trotzdem blickte er bei dem Auswahlverfahren nicht durch. Der General, der für die Liste verantwortlich war, verriet nicht viel über das System, das dahintersteckte. Hagen vermutete, dass es überhaupt kein System gab. Der General schrieb einfach beliebige Sachen auf. Die Gefangenen kämpften genau so, wie Blinky „Hängeauge" Palermo es wollte.

Allerdings wurden schon Leute ausgesiebt. Nach und nach bildeten sich einige Gruppen aus den stärksten, effektivsten Kämpfern. Hagen war in einer von ihnen. Er war offenbar sogar ihr Anführer. Das war die erste Gruppe in seinem Leben, bei der er sich an vorderster Front fand und sich nicht hinter jemand Erfolgreicherem versteckte.

Diese Gruppen wetteiferten um ihren Preis, die Freiheit. Hagen traf nicht mehr auf drittklassige Kämpfer oder Schwächlinge, die sich bei seinem Anblick in die Hosen machten. Die Kämpfe fanden jetzt zwischen Gegnern vergleichbaren Niveaus statt.

Je weiter das Turnier fortschritt, desto klarer und strenger wurden die Regeln für die Platzierung. Bald sah Hagen seinen Namen auf der Liste derjenigen, die um den Hauptpreis kämpfen würden. Doch seine ultimative Nemesis namens Constrictor hatte nicht die Chance, jemals freizukommen.

Außerdem war Hagen verärgert, weil Palermo die Kämpfe mit Constrictors Beteiligung nur stattfinden ließ, wenn Hagen nicht dabei war. Das musste Absicht sein. Der Direktor war gerissen genug, um zu verstehen, dass Hagen eine Menge über den Kampfstil seines Gegners erfahren konnte, wenn er ihn kämpfen sah.

Hagen erkundigte sich bei den anderen Kämpfern über den geheimnisvollen Mann, doch sie konnten ihm auch nichts Substanzielles erzählen. Sie ächzten und stöhnten nur vage.

„Also… naja… er hat mich im Ring einfach in der Luft

zerrissen, Mann."

„Bro, ich bin fast abgekratzt."

Oder: „Dieser Constrictor ist ein Tier. Ein verdammtes Monster!"

„Wenn ich nur gewusst hätte, dass diese Dampfwalze da ist, hätte ich mich vom Hölzernen Ring ferngehalten."

Das Einzige, was Mike in Erfahrung bringen konnte, war, dass der Spitzname Constrictor sich von der Vorliebe des Mannes für Würgegriffe herleitete. Also hatte er wenigstens eine Ahnung, was er von einem Kampf mit jemandem zu erwarten hatte, der das Äquivalent zu einem Levelboss darstellte, der den Ausgang des Gefängnis-Dungeons bewachte.

ALLERDINGS WAREN HAGENS Tage nicht ausschließlich mit Kämpfen und Schrankbeschlägen angefüllt. Das Gefängnisleben mit seiner strengen Disziplin und durchgeplanten Routine hinterließ seine Spuren an Mike Björnstad Hagen. Er wurde gefasster. Viel gefasster, als er es draußen je gewesen war.

Der Rhythmus seiner Routine half ihm, seine Zeit produktiver einzuteilen und Prioritäten zu setzen. Vor dem Gefängnis hatte Hagen oft das Ziel aus den Augen verloren und war die Dinge eher chaotisch angegangen, ohne genau zu wissen, ob er lieber den Kick oder den Kopfstoß lernen sollte. Sollte er sich einen Job suchen oder eine andere Aufgabe ausführen – oder gleich ein Dutzend davon?

Eine solche Auswahl blieb ihm im Gefängnis nicht – die Insassen konnten ihre „Freizeit" nach 17 Uhr verbringen, wie sie wollten.

Hagen konzentrierte sich auf das Training und auf seine autodidaktische Bildung.

Das Lesen eröffnete ihm nicht nur die Welt der Militärwissenschaft – es enthielt den Schlüssel zur Welt selbst.

Jetzt war es Mike peinlich, dass er einen Sermon von St. Ian, den er einmal zufällig überflogen hatte, für bewundernswert gehalten hatte. Er erkannte, dass der alte Schwindler nicht nur seine Anhänger hereingelegt, sondern auch die Ideen vieler herausragender Denker geklaut hatte, die von seiner Existenz nicht einmal etwas ahnten.

Egal, wie sehr Hagen versuchte, Politik zu meiden, seine Studien der Militärwissenschaft konfrontierten ihn direkt damit. Darüber hinaus wurde ihm klar, dass jeder Krieg nur die letzte Runde einer politischen Auseinandersetzung war. Nach dem Krieg wurden alle Errungenschaften der besiegten Partei häufig für null und nichtig erklärt, während die Sieger alle möglichen Boni erhielten und ihre Armeen hochleveln konnten.

Die Erkenntnis, dass die Wissenschaft, möglichst effizient große Mengen von Menschen mithilfe einer Masse anderer Menschen und haufenweise Waffen zu vernichten, von der Menschheit stets mit mehr Aufmerksamkeit bedacht worden war als jede andere Wissenschaft, bereitete ihm einiges Unbehagen.

Allein die Tatsache, dass so etwas überhaupt als Wissenschaft zählte, ließ es ihm eiskalt den Rücken herunterlaufen. Es war hart, anzuerkennen, dass man sie in der Theorie studieren und in die Praxis umsetzen konnte.

Doch das war nur Hagens anfängliche Reaktion.

Irgendwann wurden die Dinge klarer. Demetrious hatte recht gehabt. Jede Art von Konflikt, Kampf, Gefecht, Kräftemessen oder Auseinandersetzung war im Grunde eine Form von Kriegsführung. Allerdings würde der Sieg immer außerhalb der Reichweite bleiben. Ein Krieg war ein Phänomen, das niemals ein Ende hatte. Jeder Schlacht, die man gewann, folgte unweigerlich die nächste. Dasselbe galt für verlorene Schlachten.

Daher kämpften die Menschen ständig so hart sie konnten um den Sieg. Manchmal kostete einen das die eigene Existenz – oder die der ganzen Truppe, der Armee, des ganzen Landes ... Die Menschen hatten schon immer untereinander gekämpft, also konnte man die Menschheit im weiteren Sinne als schizophrene

Spezies betrachten, die ständig um die Vorherrschaft über sich selbst wetteiferte. Wie dieser Typ mit der Seifenproduktion aus dem Filmklassiker.

Mike sah jetzt sogar seinen Konflikt mit Lorenzo in einem neuen Licht. Es war so eine Art kalter Krieg. Der einzige Grund, warum sie sich als Feinde betrachteten, war, dass sie nichts übereinander gewusst hatten, und dass ihre erste Begegnung in einer Auseinandersetzung geendet hatte. Einem obskuren Gefängniskodex folgend musste Lorenzo Hagen bestrafen, aber zwischen dem Ende seiner Einzelhaft und dem Ende seiner Gefängnisstrafe war er nicht dazugekommen, bevor er das Gefängnis verlassen hatte. Der Latino wollte Rache – er nutzte sogar seine Kontakte nach drinnen, um Hagen eine Botschaft zu schicken und ihn wissen zu lassen, dass er auf seine Freilassung warten und ihn dann töten würde.

Hagen hatte zu diesem Zeitpunkt schon genug Drohungen gehört, also fürchtete er diese nicht mehr. Der Typ wollte ihn also umbringen? Sollte er es doch versuchen.

Er hatte den Verdacht, dass Demetrious' Auswahl an Lesestoff nicht nur auf die Entwicklung von Hagens Intellekt abzielte. Der Assistent hätte ja schließlich auch Chemie oder Biologie empfehlen können, oder sogar englische Literatur des 19. Jahrhunderts – Auswahl gab es genug. Doch der Gedanke, der ihm immer wieder kam, war der, dass irgendeine unbekannte Macht ihn auf irgendetwas vorbereitete und dabei ihre tatsächlichen Absichten verbarg.

Immer, wenn Hagen im Ring stand, betrachtete er sich selbst als kleine Armee auf dem Schlachtfeld, die sich bereitmachte, mit einer anderen kleinen Armee in Konflikt zu treten. Seine Eigenschaften waren seine Versorgungszüge. Seine Fähigkeiten entsprachen der Feuerkraft einer Armee. Und Hagen selbst stand als Anführer der Truppen im Zentrum. Der Ausgang des Gefechts hing von der Formation seiner Armee und seiner Entscheidung ab, welche Truppeneinheiten den Gegner als Erstes angreifen sollten und welche er als Reserve in der Hinterhand behalten musste.

Kämpfe zu planen wurde zur Priorität. Andere Gefangene waren nicht gerade ideal zum Hochleveln geeignet, aber er musste mit dem zurechtkommen, was er hatte.

Mehr als einmal war es Hagen so vorgekommen, als würde dieselbe Macht, von der er das Interface bekommen hatte, seine Fähigkeiten in gefährlichen Momenten im Ring übernehmen. Das hatte ihm im Kampf gegen wesentlich härtere Gegner stets geholfen. Ursprünglich hatte Hagen das Angst gemacht, aber dann war ihm klar geworden, dass er selbst ganz allein diese Macht war. Selbst wenn diese hypothetischen anderen existierten, war es doch Hagen, der das Kämpfen erledigte.

Und die ganze Zeit war er der Sieger gewesen – nicht irgendeine geheimnisvolle Wesenheit.

Dessen konnte er sich sicher sein.

TROTZ SEINER NEU gefundenen Zielstrebigkeit hatte er immer noch gelegentlich Lust, fernzusehen. Wenn er mit Lesen, Spanischlernen und Russischunterricht bei Roman fertig war, wollte er sich entspannen und seinem Gehirn eine Pause gönnen, bevor er zum Training überging.

Eines Tages saß Hagen auf einem Stuhl und sah sich den Hip-Hop-Kanal im Fernsehen an, als er auf dem Bildschirm plötzlich ein bekanntes Gesicht entdeckte. Die Stimme des Kommentators blubberte:

„Easy Sammy Cs Weg zum Ruhm war voller Mühen, Leid und Enttäuschungen. Mehr als 20 Jahre war er in der Hip-Hop-Szene aktiv … bis vor Kurzem mit weniger als 30 Abonnenten auf seinem YouTube-Kanal. Obwohl er sich deprimiert und abgelehnt fühlte, hat Easy Sammy niemals aufgegeben."

Das Bild im Fernseher wich einem Video, in dem Sammy sprach.

„Alles hat sich an dem Tag geändert, als ein unbekannter

Boxer einen meiner Tracks als seine Erkennungsmelodie spielte. Im Publikum befand sich der Manager eines Plattenlabels – endlich wusste jemand mein Zeugs zu schätzen, wenn ihr checkt, was ich meine. Einen Tag, nachdem er meine CD gehört hatte, war ich auf dem Weg nach Kalifornien, um ein Album aufzunehmen!"

Dem Video von Easy Sammy folgte eine Panoramaansicht einer riesigen Konzerthalle. Der neue Hip-Hop-Star sprang auf der Bühne herum.

„Das Album des bislang unbekannten Rappers schoss innerhalb von drei Wochen an die Spitze der Charts", fuhr der Kommentator fort, „zuerst in den USA, dann auch in England und Japan."

Man sah ein paar Aufnahmen von Sammy, der ein paar kiloschwere Goldketten um den Hals trug.

„Ich weiß nichts über den Typen, der dafür gesorgt hat, dass meine Stimme gehört wurde, aber was ich weiß, ist, wenn er nicht gewesen wäre, wäre ich jetzt noch ein hungernder Künstler. Alter, wenn du mich hörst, lass dir eins gesagt sein: Gib nicht auf. Verlier das Ziel nicht aus dem Blick. Eines Tages findest du deinen eigenen Flow... oder, äh, deine Fäuste... Wie auch immer, ich bin sicher, du wirst siegen!" In seinen Songs war Sammy wesentlich sprachgewandter.

Der Rapper bahnte sich einen Weg durch eine Menge Fans und stieg in eine Limousine ein.

Dann wurden die Daten seiner neuen Tour gezeigt.

Hagen wischte sich die unerwartete Feuchtigkeit aus den Augen und ging in den Gefängnishof. Es war Zeit für ihn, zu üben, wie man sich aus Würgegriffen befreit.

Wenn er nicht gerade im Hölzernen Ring kämpfte, trainierte Hagen so hart er konnte. Die Schwarzen und die Latinos gewährten ihm begrenzten Zugang zu den Hantelbänken. Allerdings hatte er das Gefühl, dies würde nur so lange dauern, bis er und Roman es geschafft haben würden, „sie ins Internetz zu bringen."

Im Aufenthaltsraum gab es auch eine alte PlayStation 3. Ironischerweise gehörte sie den Neo-Nazis der Wilden Horde. Da allerdings weder die Latinos noch die Schwarzen sie an ihre Fernseher ranließen, hatten die Bodybuilder mit den einschüchternden Tattoos – Totenschädel, Hakenkreuze und keltische Ornamente – entdeckt, dass sie komplizierte diplomatische Verhandlungen mit in ihren Augen minderwertigeren Menschen führen mussten, um diese um Videospielzeit anzubetteln. Manchmal ließen ihre „Rassenfeinde" sie großzügigerweise spielen. Allerdings hockten die gewöhnlich selbst auf der PlayStation und spielten. Dann versammelten sich die missmutigen Neo-Nazis in der Nähe und warteten darauf, dass einer der farbigen Menschen, die sie so sehr hassten, keine Lust mehr zum Spielen hatte, und sie sich den Controller nehmen konnten.

Es war witzig, den echten Gangstern mit so riesigen Pranken, dass es ihnen schwerfiel, die Tasten zu treffen, dabei zuzusehen, wie sie in *GTA V* mit so enormem Vergnügen zahlreiche Verbrechen begingen, dann von der virtuellen Polizei verhaftet wurden und ein paar Tausend unechte Dollars Strafe zahlen mussten.

Hagen fiel auf, dass jeder Ort, an dem man eine Menge Leute zusammenpferchte, sich sofort in einen Schulhof verwandelte. Dieselben Regeln, dieselben Spielchen, dieselben Cliquen. Selbst die Angst vor den „Erwachsenen" beziehungsweise der Gefängnisleitung war dieselbe. Die schwächeren „Jungs" erlitten dieselben Demütigungen wie überall – sie wurden gnadenlos gequält und die anderen klauten ihnen ihr Essen.

Allerdings gehörte Hagen nicht mehr zu den Gequälten. Viele der Gefängnisinsassen wussten schon, wie fest Babyface zuschlagen konnte, also gab es immer weniger Leute, die ausprobieren wollten, ob er der wahre Jakob war.

Doch Mike wurde nicht selbst zum Bully. Er hatte sogar Trevor verziehen, dass der ihn im Korridor in eine Falle gelockt hatte, die Hagen sein Leben hätte kosten können. Trevor war von dieser Demonstration von Großzügigkeit so überwältigt, dass er sich extrem unterwürfig verhielt, Mike schmeichelte und seine Dankbarkeit auf alle möglichen Arten ausdrückte. Er folgte Hagen wie ein Lakai. In der Kantine zog er ihm den Stuhl zum Hinsetzen zurück, und er bot ihm an, ihm Bücher aus der Bibliothek zu bringen.

Roman kommentierte das mit einem verächtlichen „*Šestyórka!*"[3] So gut war Mikes Russisch noch nicht, aber er beschloss, seinen Zellengenossen nicht nach der Bedeutung des Wortes zu fragen.

Mike hatte eine weitere Erleuchtung: Es war hart, zuzuschauen, wie jemand anders erniedrigt wurde, aber noch härter, zu sehen, wenn sich jemand so bereitwillig selbst erniedrigte.

Der Anblick von Trevors Gesicht, das vor Übereifer, seinem neuen Herrn zu dienen, verzerrt war, deprimierte ihn. Die Dankbarkeit eines Gebrochenen fühlte sich an wie eine Bürde. Sie machte es umso schwerer, dem Mann die geballte Faust zu zeigen und zu sagen: „Lass mich verdammt noch mal in Ruhe, solange du noch an einem Stück bist, Sch... Trev!" Mike brachte das Wort „Scheißer" nicht über die Lippen.

Nie hätte er gedacht, dass er jemals jemanden einschüchtern würde – ganz besonders nicht jemand so Harmlosen und Armseligen – doch er hatte selbst lernen müssen, dass manche Leute nur auf Worte hörten, wenn tatsächliche Stärke dahinterstand. Und, noch wichtiger, dass es nicht nötig war, seinen Gegner zu demütigen, um Stärke zu zeigen – eine Lektion, die Goretsky nie verstanden hatte.

Inzwischen kam das Startup von Roman Kamenew mit Hochdruck voran.

Jeder Montag begann für Hagen mit einer langen, ermüdenden Suche durch jede Box mit Schrankbeschlägen nach einem weiteren Bauteil. Es war fast wie das endlose Durchstöbern von Kisten und Gräbern in Skyrim. Statt Gold oder Amuletten fand Hagen jedoch einen Prozessor, ein Speichermodul oder eine Festplatte (die so abscheulich stank, dass Hagen sich beinahe übergeben musste). Er mochte sich nicht ausmalen, wie dieser kleine Gegenstand ins Gefängnis geschmuggelt worden war.

---

[3] *Šestyórka*: Russischer Gefängnisslang für „Stiefellecker"

Nachdem er alle Teile beisammen hatte, baute Hagen innerhalb weniger Stunden einen Computer mit einem selbstgebastelten Gehäuse aus Holz zusammen.

„Er ist fertig", verkündete er Roman am selben Abend. „Aber wie bringen wir ihn hier rüber?"

„Darum brauchst du dich nicht zu kümmern. Du musst dich stattdessen auf den schwersten Teil vorbereiten. Du musst die Werkzeuge auswählen, die du brauchst. Du bekommst sie mit der Box, musst sie aber später zurückgeben. Jeder Schraubenzieher ist nummeriert und registriert."

„Okay, aber wann machen wir es?"

„Das kann jetzt jeden Tag passieren. Lass dich ja nicht im Ring umbringen. Wir müssen den Server in derselben Nacht installieren, in der wir ihn erhalten. Das Ding unter der Pritsche zu verstecken, wäre saugefährlich."

Ein paar Tage später gab es im Gefängnisblock eine Massenschlägerei. Keiner wusste, wie sie begonnen hatte, aber es gingen jede Menge Tische und Stühle zu Bruch. Auch das Sofa im Aufenthaltsraum überstand die Sache nicht. Einer der Wärter kam und alle Gefangenen zerstreuten sich blitzschnell. Es gab keine offensichtlichen Verdächtigen. Jeder leugnete seine Beteiligung und behauptete, nur „mit hineingezogen worden" zu sein. Die erzürnte Gefängnisleitung plante zunächst Disziplinarmaßnahmen für alle, und noch dazu eine Bestrafung für jeden Zehnten nach dem Zufallsprinzip, sah dann aber doch davon ab.

Am darauffolgenden Tag arbeiteten die Gefangenen in der Werkstatt härter als sonst, um die beschädigten Möbel zu ersetzen. Hagen wurde klar, dass die Box mit dem Server mit einem der neuen Möbelstücke hinausgeschmuggelt werden würde.

EINIGETAGENACH der mysteriösen Schlägerei stieß Hagen vor seiner Zellentür beinahe mit Jim zusammen, der gerade mit genau der Box mit alten Computerteilen aus der Zelle kam, die Roman unter seiner Pritsche aufbewahrt hatte.

Hagens Herz machte einen Aussetzer. Sie waren geliefert. Ihr Plan war aufgeflogen. Jetzt würden sich seine Träume nie erfüllen.

Er malte sich schon aus, wie es wäre, mehrere Jahre lang im Gefängnis zu sitzen. Doch Jim zwinkerte ihm zu und sagte etwas Seltsames: „Ich rate dir, bei deiner Kunst nicht den Namen Gottes zu vergessen."

„Wie?" Dann nickte Hagen für alle Fälle eilig. „Den Namen Gottes. Natürlich. Unbedingt."

Ungezwungen ging Jim davon, während Hagen in die Zelle stürzte. Roman saß auf seiner Pritsche und blätterte in einer Zeitschrift.

„Hat der alte Jimmy die Teile gefunden? Was passiert jetzt?"

Hagens Ton beunruhigte Roman einen Moment lang, doch dann entspannte er sich, als ihm klar wurde, was Mike gerade gesagt hatte.

„Genosse, hab ich dir nicht gesagt, dass der alte Jimmy auf unserer Seite ist?"

„Also weiß er von dem Server?"

„Natürlich nicht!" Jetzt klang Romans Stimme panisch. „Pass auf, dass er niemals auch nur den Hauch eines Verdachts bekommt!"

„Aber was ist mit den Teilen in der Box?"

„Jimmy glaubt, wir bauen Tätowiergeräte. Das ist natürlich auch verboten, wird aber als geringfügige Ordnungswidrigkeit angesehen. Und unsere Auftraggeber bezahlen ihn wirklich gut. Darum drückt er da ein Auge zu. Allerdings fühlt er sich religiös bedingt schuldig, weswegen er jedem Gefängnisinsassen predigt, sich doch ein Tattoo mit einem Kreuz oder dem Namen Gottes zuzulegen – vorzugsweise natürlich des Gottes der Weißen. Die meisten Tattoos der Latinos sind sowieso irgendwas in der Art. Also nur keine Panik, Genosse."

„Aber warum hat er die Box mitgenommen?"

„Uns steht eine schlaflose Nacht bevor. Die Gefängnisleitung plant eine unangekündigte Inspektion. Also pass auf, dass man nichts Illegales bei dir findet. Hast du Gras, Pillen oder Klingenwaffen?"

„Damit hatte ich nie was am Hut, nicht mal draußen."

Roman kroch unter seine Pritsche und zog ein paar Pornozeitschriften hervor. Er blätterte sie durch, seufzte tief und ging dann zur Toilette.

„Lebt wohl, meine Schätzchen."

Roman riss die Seiten in kleine Schnipsel und spülte sie herunter. Dabei wischte er sich theatralisch die imaginären Tränen weg.

„Warum die unangekündigte Inspektion?", fragte Hagen, der sich längst mit Gefängnisjargon auskannte.

„Irgendwer muss der Leitung gesteckt haben, dass es in unserem Block illegale Aktivitäten gibt. Und seit der Schlägerei neulich sind alle angespannt."

Hagen erstarrte. „Was, wenn das Startup der Grund dafür ist, dass sie die Inspektion überhaupt beschlossen haben?"

Roman runzelte die Stirn. „Das will ich nicht hoffen, Genosse. Ich glaube, es geht nur um das Übliche: Drogen, Messer und sexuelle Gewalt", schnaubte er und fügte ein Hagen unbekanntes russisches Schimpfwort hinzu, das mit „blj" begann.

Genau wie vorhergesagt gingen die Lichter in den Zellen um drei Uhr morgens an. Alle Stockwerke des Gefängnisblocks füllten sich mit Wärtern. Offenbar waren sie aus dem gesamten Gefängniskomplex herbeordert worden, um schneller vorgehen zu können. Jeder Wärter trug Gummihandschuhe. Begleitet wurden sie von einer Art Militärs in Camouflage mit Schnellfeuergewehren.

Sie teilten sich in Gruppen aus je drei Wärtern und einem schwerbewaffneten Soldaten auf und machten sich daran, jede Zelle gründlich zu durchsuchen. Die Gefangenen wurden aus den Zellen gebracht, wo sie sich an die Wand stellen mussten, und dann gründlich gefilzt.

Hagen stand mit den Händen hinterm Kopf da und gähnte,

DAN SUGRALINOV, MAX LAGNO

während die Wärter sein Bett, seine Kleider und seine Badsachen durchsuchten. Einer der Wärter beugte sich über die Toilettenschüssel und leuchtete mit der Taschenlampe hinein. Dann stieß er einen triumphierenden Schrei aus.

„Ich habe etwas gefunden!"

„Genossen, das ist nicht das, was ihr denkt."

Der Wärter krempelte seien Ärmel auf, griff in die Schüssel und zog schließlich ein durchgeweichtes Papierknäuel heraus. Er hatte seinen Fehler schon erkannt, schrie ihn aber trotzdem an.

„Halt die Klappe, du! Wir kümmern uns allein darum."

Trotzdem erbrachte die Inspektion einige Ergebnisse. Laut Roman war das typisch für jede unangekündigte Inspektion. Sie hatten ein paar Verstecke mit Werkzeugen zur Herstellung von Messern sowie ein paar fertige Messer und einige andere aus der Werkstatt entwendete Gegenstände gefunden. Wie irgendwer es geschafft haben konnte, dieses ganze Zeug unter so schwerer Bewachung in den Block zu schmuggeln, konnte man sich nur vorstellen.

Etwa ein Dutzend Gefangene landeten nach Abschluss der Inspektion in Einzelhaft. Auch Roman wurde weggebracht, da er angeblich versucht hatte, die Abwasserleitungen mit Müll zu verstopfen, um die anderen Gefangenen zu einem Aufstand anzustacheln.

Obwohl Hagen sein „Genosse" leidtat, war er auch ganz froh darüber, die nächsten Tage über ungestört hochleveln zu können, ohne dass sein Zellengenosse ihn mit Argusaugen beobachtete.

EINE WEILE SPÄTER, als Roman wieder aus der Einzelhaft zurück war, bemerkte er besorgt: „Wir müssen uns ein paar dieser beschissenen Gefängnistattoos zulegen, Genosse."

„Wieso das denn?"

„Jimmy darf auf keinen Fall vermuten, dass wir an irgendwas

anderem als einem Tätowiergerät arbeiten. Seit der Inspektion verhält er sich irgendwie komisch. Er muss einige der Computerbauteile erkannt haben."

„Wie kommst du darauf?"

„Neulich hat er mich gefragt, warum ‚Computertypen' wie wir nur Tätowiergeräte bauen, uns aber nie selbst tätowieren lassen. Das ist wirklich verdächtig. In deinem Fall umso mehr, Genosse."

Mike hatte noch nie über ein Tattoo nachgedacht. Oder vielmehr hätte er nie gedacht, dass mal die absolute Notwendigkeit bestehen würde, sich eines zuzulegen.

Zwei Tage später brachte Roman Blätter mit Designs für Tattoos mit und legte sie auf Hagens Bett.

„Ich habe den besten Tattoo-Künstler in unserem Block gefunden. Er hat's echt drauf. Hat früher in einem Studio gearbeitet. Such dir was raus, was dir gefällt, aber es muss was Unübersehbares sein – mit anderen Worten, etwas, das der alte Jimmy auch bemerkt. Ein kleines Zeichen an deinem Hand- oder Fußgelenk kommt nicht infrage. Am besten fährst du, wenn du's am Unterarm machst. So ist es sichtbar, wenn du ein T-Shirt trägst."

„Du scheinst ja selbst nicht gerade begeistert von der Idee zu sein", stellte Hagen fest.

„Warum sollte ich?", ächzte Roman. „Ich habe ein cooles Tattoo am linken Fußknöchel. Am rechten habe ich eines, das noch nicht fertig ist. Sie stammen vom selben Tätowierer und sind im selben Stil gehalten. Und jetzt muss ich irgendeine blöde Kritzelei am Arm tragen – hatte ich so nicht geplant."

„Findest du, der Typ ist ein schlechter Künstler?" Hagen studierte das erste Blatt auf dem Stapel. „Das sieht nicht schlimmer aus als das, was man draußen so sieht. Nicht, dass ich mich da besonders gut auskenne."

„Es geht nicht darum, was sie dir stechen. Es kommt auf das Material und die Ausrüstung an, die sie verwenden. Du hast ja keine Ahnung, was für giftigen Mist die hier verwenden, um Tinte zu machen. Verbranntes Plastik, Kugelschreiberminen, verbranntes Papier... Die Geräte, von denen wir angeblich welche bauen, könnten genauso gut in einer Folterkammer zum Einsatz kommen, ich sag's dir."

Hagen blätterte auf der Suche nach einem Design weiter durch die Seiten. Es war ihm reichlich egal, was er sich stechen ließ, solange er dadurch in Jims Augen weniger verdächtig wirkte.

Doch eines der Motive ließ ihn mit angehaltenem Atem stocken. Es war ein Logo mit dem Kopf eines Bären. Sobald er es sich genauer ansah, tauchte eine Systemmeldung auf:

Das Björn-Tattoo
Objektklasse: Talisman
+5 auf Glück
+4 auf Charisma
Aktivierung erforderlich
Gültigkeit: 25 Jahre

Aktivierung legte nahe, dass man sich das Motiv wohl in die Haut eintätowieren lassen musste, damit es wirkte.

Ohne den Hauch eines Zögerns deutete Hagen auf den Bären. „Das will ich. Wie lange wird das dauern?"

„Geld ist hinter Gittern wichtiger als Zeit, Genosse. Unsere Zeit gehört uns nicht, aber unser Geld ... Ein Tattoo wie dieses wird dich 200 Kröten kosten."

„So viel habe ich im Moment nicht."

Roman dachte einen Moment lang darüber nach, bevor er antwortete. „Okay. Aber wenn du freikommst, schuldest du mir 2.000."

„Zwei Riesen? Aber warum?"

„Hier drin hat ein Dollar einen anderen Wert als draußen. Der Wechselkurs für einen Gefängnisdollar liegt bei zehn Normalen."

Hagen warf einen Blick auf den Bären. Dann studierte er den gesamten Katalog, nur um sicherzugehen, dass das Björn-Tattoo das einzige war, das ihm einen Bonus gewährte.

Also stimmte er zu.

Er brauchte mehrere Sitzungen beim Tätowierer, um es sich

in den linken Unterarm stechen zu lassen. Dass es so lange dauerte, lag daran, dass sie ständig vor den Wärtern auf der Hut sein mussten. Der Tattoo-Künstler hatte sein eigenes Netzwerk von Gefangenen, die die Wärter beobachteten und ihn warnten, wenn sie zu nahe kamen.

Nach einer Woche war er fertig. Sobald Hagens Haut abgeheilt und die Schwellung zurückgegangen war, informierte das System ihn, dass der Talisman „Björn" aktiviert war.

Mike rief das Fenster mit seinen ausführlichen Werteinfos auf:

Michael „Björn" Hagen
Alter: 29
Level: 18

LP: 29.000
Kämpfe/Siege: 65/59
Gewicht: 67,1 kg
Körpergröße: 165 cm

Eigenschaften:
Stärke: 16
Geschicklichkeit: 14
Ausdauer: 29
Intellekt: 17
Wahrnehmung: 16
Glück: 15
Charisma: 14

Außerdem hatte er auch viele Fähigkeiten erlernt. Kniestöße, Fußfeger, Lowkicks, Hüftwürfe ... Er beherrschte sie alle, wenn auch manche davon erst auf Level 1. Sogar den Kopfstoß hatte Mike freigeschaltet, was ihm geholfen hatte, seinen letzten Kampf zu gewinnen, indem er seinen Gegner mit dieser Technik auf spektakuläre Weise k. o. geschlagen hatte. Der bewusstlose Körper des Mannes war nur wenige Zentimeter vor Billy Palermos Füßen gelandet.

Die effektivsten Fähigkeiten, auf die er sich verließ, waren jedoch immer noch die hochgelevelten direkten Kicks und Schläge. Sie waren einfach, aber wirkungsvoll.

HAGEN KONNTE ES kaum erwarten, gegen Constrictor zu kämpfen. Die Freiheit war fast in Reichweite, lag nur einen Kampf entfernt. Vielleicht nicht völlige Freiheit, aber es würde ihm bestimmt Zeit von seiner Strafe abgezogen werden, was schon viel wert wäre.

Ein paar Tage vor dem Finale erhielt Hagen jedoch ein Zeichen, dass ein Sieg über Constrictor tatsächlich zu seiner Freilassung führen würde, und zwar wesentlich früher als gedacht.

„Mike Hagen." Jim spähte in seine Zelle. „Du hast Besuch."

Der Wärter brachte Hagen in den Besuchsraum, der von Stimmengewirr und Weinen erfüllt war.

Ein riesenhafter Neo-Nazi, dessen Haut von mehr Tätowierungen bedeckt war als eine Bahnhofswand von Graffiti, kniete vor seinen Kindern, umarmte sie und schluchzte unverhohlen. Ein Schwarzer von den Pirus Brothers weinte ebenfalls. Vor ihm stand eine junge Frau in Trauerkleidung – sie hatte ihm soeben vom Tod seines Vaters berichtet, der es nun nie erleben würde, dass sein Sohn wieder in Freiheit gesetzt würde.

Die Stimmung im Raum war wahrhaft deprimierend. Darüber hinaus fanden all diese Ausbrüche persönlichen Kummers unter den wachsamen Augen der bewaffneten Wärter statt.

Onkel Peter saß an einem der Tische, begleitet von einem bekannten Gesicht mit Jackett und Weste. Sein Onkel wirkte etwas mitgenommen, und der Mann hatte ein riesiges Veilchen unter einem Auge, das er erfolglos mit Make-up zu überdecken versucht hatte.

Als Hagen näher kam, musterte Onkel Peter seinen Neffen

überrascht. Seine Augen suchten hinter Mike nach jemandem, bevor sie zu ihm zurückkehrten.

„M... Mikey?" Er musste alles erwartet haben, nur nicht einen athletischen Mann mittlerer Größe mit einer Tätowierung.

Hagen lachte. „Der bin ich, Onkel. Sieht so aus, als würde ich dich jetzt jedes Mal überraschen, wenn wir uns wiedersehen."

Sie umarmten sich herzlich, wobei Hagen wegen der Handschellen etwas eingeschränkt war.

„Ich hoffe, dass wir uns nie wieder in diesem Raum treffen müssen", kommentierte Mikes Onkel und warf einen flüchtigen Blick auf den heulenden Neo-Nazi und das wimmernde Gang-Mitglied.

„Warum sagst du das?"

Hagens Onkel trat den Mann mit dem blauen Auge unter dem Tisch recht ruppig gegens Schienbein. Der Mann zuckte zusammen, stand auf und räusperte sich.

Hagen erkannte in ihm Robert Salk, seinen Anwalt.

„Mr. Hagen", sagte Salk mit lebhafter Stimme, „bezüglich Ihres Falls haben sich neue Umstände ergeben. Ich kann Ihnen schon im Voraus gratulieren – Greg Goretskys rechtliche Forderungen werden baldmöglichst zurückgezogen. Daher müssen Sie unter Berücksichtigung des Zeitraums, den Sie bereits in einer staatlichen Strafvollzugsanstalt verbracht haben, nur noch zwei Monate und drei Tage absitzen."

Hagen traute seinen Ohren kaum. Er warf seinem Onkel einen Blick zu und starrte den Rechtsanwalt dann misstrauisch an. Er spürte, wie ihm beinahe die Tränen in die Augen stiegen. Es kostete ihn einige Anstrengung, um nicht wieder in den Heulsusenmodus zurückzuschalten.

Er hörte sich an, was der Rechtsanwalt zu sagen hatte, und ließ sich von seinem Onkel berichten, wie Riggs unerwartet seine Hilfe angeboten hatte. Dann ließen seine zwei Besucher Hagen einige Papiere unterzeichnen.

„Die Zeit ist um", verkündete der Wärter.

Hagen umarmte seinen Onkel zum Abschied.

Bestens gelaunt kehrte er in seine Zelle zurück. Das war doch was. Vielleicht konnte er sich den Kampf mit Constrictor sogar sparen? Er konnte den Rest seiner zwei Monate absitzen und ohne weitere Komplikationen freikommen.

Dann hielt er inne. Seine Zeit war knapp – die Lizenz würde irgendwann auslaufen, und er hatte keine Ahnung, wie er sie verlängern konnte. Außerdem waren zwei weitere Monate im Gefängnis alles andere als freudige Aussichten.

Er musste zu Ende bringen, was er begonnen hatte. Was würde sich ändern, wenn er verlor? Seine körperliche Kondition, vermutlich. Aber ein Sieg würde Freiheit bedeuten.

Hagen betrat seine Zelle. Roman begrüßte ihn.

„Heute Nacht installieren wir ihn", verkündete der russische Hacker.

Hagen warf einen Blick auf seine Pritsche.

Diese Neuigkeit dämpfte seine Heiterkeit sofort. Wäre es das wert, die Gefängnisvorschriften zu verletzen und alles zu riskieren, wenn die Freiheit in greifbarer Nähe lag?

Andererseits wäre es ein sicheres Todesurteil, wenn er sich weigerte, mitzumachen.

Auch hatte Hagen schon seit Langem erkannt, dass man seine Verpflichtungen hier einhalten musste – ein Gefängnisinsasse, der das nicht tat, würde niemals den Quälereien und der Verachtung der anderen entgehen. In diesem Szenario würde Mike definitiv irgendwo in einem Gefängniskorridor verbluten, und keiner würde ihm helfen. Außerdem wäre das arme Schwein, dem es zufiel, ihn umzubringen, wahrscheinlich ein Handlanger wie Trevor.

„Wenn du sagst, wir machen es heute Nacht, dann meinetwegen", seufzte Hagen und ließ sich auf seine Pritsche fallen.

Zu gern hätte er gewusst, wie es April ging.

KAPITEL 25
LEBENSWILLE

Im Krieg werden die Jungen und Dummen von den Alten und Bitteren dazu verleitet, sich gegenseitig umzubringen.

GTA IV

DER WÄRTER LIESS seinen Schlagstock an den stählernen Gitterstäben entlangrattern. „Du bist dran."

Ohne Eile legte Hagen sein Comic weg. In letzter Zeit hatte er mehr oder weniger hohe Literatur gelesen. Als er am Vorabend auf die Comicabteilung der Bibliothek gestoßen war, hatte er eine Weile gebraucht, um zu erkennen, was das überhaupt war, und war dann sofort in Nostalgie verfallen. Leider hatte die Bibliothek keine seiner Lieblingsserien, also hatte er sich ein paar zufällige Exemplare genommen.

In der Zwischenzeit öffnete Jim mit klirrenden Schlüsseln die Tür. Roman, der auf der anderen Pritsche schlief, wurde mit einem Schnarchen wach. Er setzte sich auf, kratzte sich am Hals und sah zu, wie Hagen aus dem Raum geführt wurde.

„Viel Glück, Genosse", sagte er zu Mike.

„*Spasiba*[4]", entgegnete Mike.

Während er dem Wärter den engen Gang entlang folgte, machte Hagen Aufwärmübungen und schwang die Arme nach oben, unten und zur Seite. Der Wärter ging einen Schritt zurück, um Mike Platz zu lassen.

„Darf ich?", fragte Hagen.

Der Wärter nickte, zog sich sogar noch weiter zurück und drückte sich gegen den Handlauf. Schnell ging Hagen im Wechselschritt ein paarmal bis zum Ende des Gangs und wieder zurück.

Die meisten Gefangenen schliefen. Einige traten jedoch an die Gitterstäbe, um ihm beim Aufwärmen zuzusehen. Manche riefen ihm Ermutigungen zu.

„Viel Glück, Mikey! Ich habe drei Schachteln Zigaretten auf dich gesetzt."

„Los doch, Junge! Du schaffst das!"

Es waren aber auch Schwarzseher darunter.

„Die werden dir deinen dünnen Arsch heute Abend dermaßen versohlen, dass du nicht mehr weißt, wo oben und unten ist!"

Ein anderer hatte eindeutig nicht genug Schlaf bekommen. „Ruhe, Hagen! Hör auf, so rumzustampfen! Wir wollen schlafen."

Jim bedeutete Mike, dass er sich beeilen musste. Hagen setzte das rechte Bein auf den Handlauf, dehnte seine Muskeln und wiederholte dasselbe dann mit dem linken. Der Wärter versetzte ihm einen Stoß, um ihm seine Ungeduld zu zeigen, und dränge Mike zum Weitergehen.

Sie stiegen die Treppe in die Haupthalle hinab und durchquerten sie. Trotz Romans eindringlicher Warnung konnte Hagen nicht anders, als einen Blick zur Decke zu werfen, als sie durch den Bibliothekskorridor kamen, wo Hagen beinahe umgebracht worden wäre.

„*Sobald wir den Server installiert haben, solltest du ihn vergessen, Genosse*", hatte Roman ihn ermahnt. „*Sieh nicht einmal*

---

[4] „Danke" auf Russisch

in die Richtung. Die Wärter sind ausgebildete Profis. Die riechen sofort, wenn irgendwas nicht stimmt."

Genau in diesem Korridor hatten sie ihre „Startup"-Maschine vor einer Woche installiert.

Wie üblich hatte jemand eine Provokation inszeniert, um die Aufmerksamkeit der Wärter abzulenken – sogar eine doppelte. In mehreren Zellen hatte es gleichzeitig Wasserrohrbrüche gegeben. Während das Wasser heraussprudelte, hatten die Insassen einen Streit vom Zaun gebrochen und sich gegenseitig beschuldigt, die Rohre absichtlich kaputt gemacht zu haben.

Roman und Hagen hatten den Lärm und das eigens organisierte Chaos genutzt, um in den Korridor zu gelangen. Hagen war auf Romans Schultern gestiegen und hatte sich aufgerichtet wie ein Zirkusakrobat bei einer menschlichen Pyramide.

Er war wirklich froh, dass er Punkte in seine Größe investiert hatte. Wäre er kleiner gewesen, hätte er nicht bis ganz zur Decke gereicht. Hagen entfernte die Schrauben von einem der Abdeckpaneele und brachte die Kiste mit mehreren Servern darin fachmännisch an, um dann alle Kabel anzuschließen. Wieder dachte er voller Zuneigung an Onkel Peter. Hätte Mike nicht in seiner Alarmanlagenfirma gearbeitet, würde er jetzt nicht über die nötigen Kenntnisse verfügen.

Danach tauschten sie die Plätze. Roman stieg auf Hagens Schultern und programmierte los. Neugierig wollte Mike einen Blick darauf erhaschen, aber Roman bemerkte diese Versuche jedes Mal und trat seinem Zellengenossen leicht auf die Schulter.

„Hör schon auf, rumzuzappeln. Du verstehst sowieso nicht, was ich hier mache."

Hagen sah nur das matte Leuchten des Smartphone-Displays. Offenbar hatte Roman sein Telefon bisher in einer Plastiktüte verwahrt, die er tief in eines der Abflussrohre gestopft hatte.

Dann wechselten sie erneut die Plätze. Hagen brachte die Verkleidung ebenso schnell wieder an und sprang gerade, als eine Reihe von Wärtern den Korridor betrat, zurück auf den Boden. Die

Insassen wurden wieder in den Gefängnisblock getrieben.

„Du musst vorsichtiger sein, Genosse. Jetzt stehst du nicht mehr unter dem Schutz unserer Bosse, also könnte Lorenzo versuchen, dir einen Gruß zu schicken."

„Ich tu, was ich kann."

„Ich habe schon angedeutet, dass ich dich zum Reparieren brauche, falls was kaputt geht. Allerdings haben sie das ignoriert. Du weißt ja, wie diese Pfeifen sind. Solange alles funktioniert, denken sie nicht mal über technischen Support nach."

Der Aufruhr hatte Blinky Palermo so sauer gemacht, dass er auf unbestimmte Zeit eine Ausgangssperre verhängt hatte.

Das Leben der Gefangenen änderte sich drastisch. Es gab keine Werkstattarbeit mehr. Im Gefängnishof herumgehen oder trainieren war auch nicht mehr möglich – und es gab kein Fernsehen mehr. Vier Wände und die Gesellschaft des Zellengenossen war alles an Unterhaltung, was sie rund um die Uhr bekamen.

Roman lachte jedoch nur.

„Das ist perfekt. Genau die richtige Zeit, um zu testen, wie unser Server unter schwerer Auslastung läuft."

Roman hatte nie erwähnt, wofür er seinen Server verwendete. Charlies Rat folgend, steckte Hagen seine Nase nicht in Angelegenheiten, die ihn nichts angingen, damit er so wenig wie möglich wusste, sollte er jemals erwischt werden.

Allerdings hatte er schon eine ungefähre Ahnung: Es hatte etwas mit der Kryptowährung zu tun. Roman wollte seine Reserven verkaufen. Oder vielleicht mehr davon kaufen. Oder beides. Bei jemandem wie ihm konnte man sich nie sicher sein.

Die Gang-Bosse verfügten ebenfalls über versteckte Smartphones – sie mussten sie in Erwartung der Ausgangssperre aus ihren Verstecken geholt haben. Jeder, der etwas in Roman Kamenews Startup investiert hatte, kam jetzt in den Genuss von uneingeschränktem Internetzugang und musste sich um Blinky Palermos Repressalien keine Gedanken machen.

Hagen fand sich plötzlich mit 24 Stunden Freizeit wieder, die er größtenteils mit Trainieren und Lesen verbrachte. Das Training war allerdings schwieriger, da Joggen im Hof nicht mehr möglich war. Alles, was er tun konnte, war, sich mit Liegestützen richtig auszupowern. Auf den Handflächen, auf den Fäusten, auf den Fingerspitzen. Einarmig. Einarmig auf zwei Fingern.

Sein durchtrainierter Körper gewöhnte sich jedoch schnell an die jeweilige Belastung. Er musste immer mehr Liegestütze machen. Es war lustig, sich vorzustellen, dass Hagens gesamter Tag, wenn die Ausgangssperre anhielt, zu einer einzigen, ununterbrochenen Liegestütz-Session werden würde. Er hatte sogar Roman schon gebeten, sich während der Liegestütze auf seinen Nacken zu setzen, aber sein Zellengenosse hatte keine Lust auf „Wippen", wie er es nannte.

Hagen nahm Romans Angebot an und schickte eine E-Mail an alle, die er kannte – seinen Onkel, Wei Ming, Gonzalo und sogar April, auch wenn es eine echte Herausforderung war, an sie zu schreiben, da er keine Ahnung hatte, was er ihr sagen wollte. Die Geschichte, wie das hiesige Äquivalent eines Dorftrottels es fast geschafft hatte, mit ihrem Foto zu entkommen, wenn Hagen nicht tapfer ihre Ehre verteidigt hätte? Hagen wollte ein Foto von sich anhängen, aber Roman riet ihm davon ab.

„Alles Persönliche, was du verschickst, kann gegen dich verwendet werden!"

Er hatte auch an Luke „Kojote" Lucas geschrieben, doch nur eine vorformulierte Standardantwort mit einem Link erhalten, über den man sich für die Auswahlkämpfe anmelden konnte.

Wenn er darüber nachdachte, war das gar nicht so schlecht. Hagen meldete sich sofort an.

Zehn Tage später, die Ausgangssperre galt immer noch, weckten die Wärter Hagen mitten in der Nacht und brachte ihn zum Hölzernen Ring.

Er konnte sich nicht sicher sein, aber er hatte das ungute Gefühl, dass er zum allerletzten Mal im Hölzernen Ring kämpfen würde.

JIM ÖFFNETE DIE Türen und führten den Straftäter Michael Hagen dorthin, wo Gefangene normalerweise nicht hin durften: in die Personalräume, die als Verbindung der beiden Gefängniseinheiten dienten. Aus irgendeinem Grund brachten sie ihn diesmal nicht auf dem üblichen Weg zur Werkstatt.

Mike setzte seine Aufwärmübungen fort, während sie beide weiter spärlich beleuchtete Korridore entlangliefen, verfiel dann wieder in den Wechselschritt oder joggte rückwärts. Dabei sprang er gelegentlich hoch oder machte schnelle Wendungen. Dann rannte er weiter, ließ sich zu Boden fallen und machte Liegestütze, bis Jimmy ihn einholte und ihm den Schlagstock in den Rücken bohrte.

„Steh schon auf!"

So gelangten sie schließlich zu Gefängniseinheit 2, durchquerten dort eine weitere leere Halle, die tagsüber mit Insassen in Gefängnisuniform gefüllt sein musste, die fernsahen, spielten, lasen oder zusammensaßen und Musik hörten. Sie glich der Einheit 1, wo Mike seine Strafe absaß, aufs Haar.

Weiter ging es durch eine ähnliche Werkstatt, wo die Gefangenen Möbelteile herstellten und dieselben Tische und Schränke zusammenbauten wie in Einheit 1. Hagen fragte sich, ob sie dort ihren eigenen Schrankbeschlägeexperten wie Charlie Evans hatten.

Die Mitte der Werkstatt war freigeräumt und alle Drehbänke und Maschinen in die Ecken geschoben worden. Der Ring war ein von unfertigen Tischen abgegrenzter Bereich, der von den durch die Insassen gefertigten Stühlen umgeben war. Es war ein weiterer Hölzerner Ring, genau wie der in der Werkstatt von Einheit 1.

Die meisten Deckenlampen waren ausgeschaltet, nur die direkt über der improvisierten Arena leuchteten. Insgesamt machte das Ganze einen wesentlich professionelleren Eindruck als in Hagens Werkstatt. Man sah sofort, dass es sich um den letzten

Kampf des Turniers und nicht nur um irgendeinen alltäglichen Kampf zur Egobefriedigung des Direktors handelte.

„Na, worauf wartest du? Steig in den Ring, Mistkerl", sagte Jim, stieß Mike nach vorn und ging.

Hat der tatsächlich „Mistkerl" gesagt?, dachte Hagen überrascht. *Oh, Jimmy, kann es sein, dass die ganzen hohen Tiere, die sich für den Kampf im Hölzernen Ring versammelt hatten, dich einschüchtern?*

Die VIPs nahmen ihre Plätze in den weichen Sesseln im unbeleuchteten Teil der Werkstatt ein. Das Glimmen der Zigaretten und Zigarillos, die hier und da in der Dunkelheit aufglühten, war das Einzige, was auf ihre Anwesenheit hindeutete – neben dem Rauch und dem Geruch nach Schnaps.

Mike fiel eine weitere Analogie zum Militär auf: Diejenigen, die solche Konflikte begannen, verbrachten ihre Zeit über Landkarten gebeugt, ebenfalls Zigarren rauchend, während die Soldaten in Kriegen, an denen sie kein persönliches Interesse hatten, auf zahllosen Schlachtfeldern starben.

Es waren auch ein paar Gefangene anwesend, doch Hagen kannte keinen davon. Er hatte so eine Ahnung, dass das die hochrangigen Verbrecher aus der anderen Einheit waren. Fino und Ford waren in ihren Zellen geblieben. Blinky lag jedoch völlig falsch, wenn er dachte, das wäre eine Strafe für sie. Die Gang-Bosse waren überglücklich, endlich wieder online zu sein.

Hagen zog sein Hemd aus und krempelte sich die Hosen bis zu den Knien auf, wo er sie mit speziellen Bändern festband, damit sie nicht während des Kampfes herunterrutschten. Diese Methode, sein Gefängnisoutfit anzupassen, hatte er von anderen Kämpfern im Hölzernen Ring gelernt.

Hagen war zufrieden mit seiner Statur, auch wenn manch einer ihn vielleicht als zu wenig stämmig bezeichnet hätte. Doch beim ersten Anblick seiner gut ausdefinierten Muskeln würde jeder das sofort zurücknehmen. Einige würden ihn wohl immer noch als klein ansehen, besonders im Vergleich zu vielen seiner schwarzen Mitinsassen, die im Gefängnis, wo ihre Brüder ihnen bereits einen

Platz freigehalten hatten, von ihrem ersten Tag an zu trainieren begonnen hatten. Doch in seinen eigenen Augen ...

Mike schlug ein paarmal in schneller Folge in die Luft. Jemand im Publikum brummte anerkennend. Jim zog sein Smartphone hervor und startete Musik. Hagen freute sich, als er den Song von Easy Sammy, dem neuen Hip-Hop-Star, erkannte.

Das alles wirkte wie eine Schultheateraufführung, bei der die Kinder Szenen aus dem Gefängnisleben vor selbstbemalten Pappkulissen nachspielten.

Constrictor trat in den beleuchteten Teil des Rings. Er war ein großer Kerl mit kubanischen Wurzeln – etwa doppelt so groß wie Hagen und so stark tätowiert, dass das bisschen Haut, das zwischen der ganzen Tinte zu sehen war, fast unnatürlich blass wirkte.

Constrictor stand in seiner Ecke des Rings, verschränkte die Arme und stand still, während er Hagen voller Verachtung in Augenschein nahm.

Mike war froh, dass seine Mutter ihn nicht so sehen konnte. Sie würde nichts damit zu tun haben wollen, was ihr Sohn Mikey neuerdings so trieb. Nicht nur war er im Gefängnis, er kämpfte auch noch gegen stark tätowierte Schlägertypen um seine Freiheit. Genau genommen war auch er im Vergleich zu seinem früheren Selbst jetzt ein tätowierter Schlägertyp.

Hagen stieg über die Tische und nahm seinen Platz in der gegenüberliegenden Ecke des provisorischen Rings ein. Er sah sich die Werte seines Gegners an, um zu erfahren, womit er zu rechnen hatte.

Luis „Constrictor" Gutiérrez
Alter: 43
Level: 23

LP: 40.000
Verteidigung: 70
Kämpfe/Siege: 249/248
Gewicht: 153,8 kg

LEVEL UP : KNOCKOUT

Körpergröße: 207 cm

Aktueller Status: Gefängnisinsasse mit lebenslanger Haftstrafe. Champion des Hölzernen Ring

„Verteidigung? Das ist was Neues. Dem?"

„Es ist eine sehr seltene Fähigkeit, über die die Muskeln mancher Menschen verfügen. Sie erfordert einen kräftigen Körperbau und jahrelanges Training", informierte Mikes unsichtbarer Helfer ihn.

„Also eine Art Panzerung?"

„So könnte man es ausdrücken. Diese sogenannte Panzerung absorbiert bis zu 70 % deiner Angriffe."

„Heiliger St. Ian samt Gesangsverein! Warum muss ich so was erst jetzt erfahren?"

„Ganz einfach, Alter. Du hast noch nie einen Kämpfer wie Constrictor getroffen."

„Kann ich diese Panzerung irgendwie durchdringen?"

„Klar. Jeder Schlag, der ihn trifft, senkt den Wert um ein oder zwei Punkte."

„Das ist nicht viel."

„Du kennst so viele Moves. Kombiniere sie, und irgendwann siehst du, dass seine Panzerung gar nicht so stark ist."

„Aber was, wenn ..."

„Hey, fangt schon an", rief Blinky Palermo aus der Dunkelheit. „Ding dong! Ha ha ha!"

Constrictor erwachte sofort aus seiner Bewegungslosigkeit. Er breitete die Arme zur Seite aus und kam auf Hagen zu, als wollte er ihn ungestüm umarmen.

Mike nahm Kampfstellung ein und schlug sofort zu. Mit Leichtigkeit wich Constrictor aus und kam noch näher.

Das Wichtigste war es, seinem Griff auszuweichen. Hagen trat zurück an die Tische und beobachtete das Verhalten seines Gegners. Er hatte nie gegen ihn gekämpft und wusste folglich nicht, was er zu erwarten hatte. Jedoch hatte er genug über Constrictors Siege gehört. Der riesige Mann umarmte seine Gegner beinahe zu

Tode.

So begann Mike „Björn" Hagens letzter Kampf im Hölzernen Ring – ohne lange Vorrede, geradezu prosaisch.

WIE HAGEN ES vermutet hatte, ähnelten die ersten Minuten des Kampfes in keiner Weise einem Boxmatch oder -kampf. Alles, was er tun konnte, war, den dampfwalzenhaften Attacken seines Gegners auszuweichen. Constrictors Schweigsamkeit ließ ihn noch irrealer wirken. Er schnaufte nur und murmelte etwas, wie ein riesiges, schlafendes Baby.

Die Bewegungen des großen Mannes waren nicht sonderlich schnell, aber er konnte plötzlich und geschickt springen und nach vorne stürzen. Dabei öffnete er die Arme zu einer tödlichen Umarmung wie ein Transformer-Roboter, der aus dem größten Bagger der Welt bestand. Seine riesenhaften Arme zischten durch die Luft. Zwischen ihnen gefangen zu sein, würde einen wahrscheinlich die Gesundheit kosten – oder das Leben.

Es war klar, warum niemand dieses Monster besiegen konnte. Da er kaum empfindlich gegen Schaden war, musste man lange auf ihn einschlagen, bevor er einen aus seiner Umarmung entließ. Niemand hatte das je geschafft, da der Kubaner einen zu schnell zerquetschte.

Hagen unternahm ein paar Angriffe, musste sich aber immer wieder zurückziehen, weil es zu gefährlich war. Er war schon auf ähnliche Kämpfer wie Constrictor getroffen, obwohl Grappling kein Stil war, der bei Gefängniskämpfen oft zum Einsatz kam. Die Gefangenen scheuten normalerweise vor allzu engen Umarmungen zurück, wenn andere zusahen. Dieser seltene Kampfstil machte Constrictor umso gefährlicher.

Hagen kam zu dem Schluss, dass solche Versuche, Würgegriffen zu entgehen, genau das waren, was alle Kämpfer vor ihm auch unternommen hatten. Jeder einzelne von ihnen hatte deshalb verloren. Constrictors übermenschliche Widerstandsfähigkeit gegen Angriffe versetzte ihn in die Lage, seine Beute lang genug herumzuscheuchen, bis der andere völlig erschöpft war. Auch Hagen würde irgendwann die Ausdauer ausgehen.

Er musste eine andere Strategie finden. Sollte er es ebenfalls mit einem Haltegriff probieren? Bei Constrictor wäre das wohl noch sinnloser als Ausweichen.

„Hey, wir sind hier nicht beim Boston Marathon!", hallte es aus dem Publikum.

„Allerdings", stimmte Blinky Palermo zu. „Babyface, wenn ich dich rennen sehen will, schicke ich dich in eine Hundeschule."

„Ich laufe nicht weg, Sir", entgegnete Hagen. „Ich führe strategische Manöver durch."

„Dann hör schon auf zu manövrieren. Du gehst mir auf die Nerven."

Hagen und Palermo hatten sich angewöhnt, während der Kämpfe Worte zu wechseln. Hagen war sogar zu dem Schluss gekommen, dass der Direktor über eine ganz eigene Art von Weisheit verfügte. Der Mann war natürlich durch und durch böse, und hatte einen Haufen psychischer Probleme (als würde jemand, der ganz normal im Kopf war, jemals als Teil dieses Systems arbeiten wollen), aber es lag ein gewisses Gleichgewicht darin, wie er sein Gefängnis führte. Wer gern kämpfte, der konnte kämpfen – jedenfalls die meisten – und seine physischen Auseinandersetzungen auf den Hölzernen Ring beschränken. Und doch gab es hier wesentlich weniger unregulierte Gewalt als in anderen Gefängnissen. Daher wurde Palermos Gefängnis trotz seines Status als Hochsicherheitsgefängnis als eines der sichersten in den USA angesehen.

Hagen zog sich nicht weiter zurück, konzentrierte sich, machte einen Satz und verpasste dem Kubaner einen seiner typischen Aufwärtshaken.

Der Kubaner blockte den Schlag nicht nur ab. Er packte Hagens Arm, verdrehte ihn, zog ihn an sich heran und senkte seinen

Kopf wie eine Kanonenkugel. Ihre Köpfe stießen zusammen.

Das Geschrei des Publikums verstummte sofort. Hagen hörte seinen eigenen Schädel krachen, gefolgt von einem pfeifenden Ton.

Was für ein krasser Kopfstoß, dachte er bewundernd.

Erlittener Schaden: 8.200 Punkte (Kopfstoß)

Achtung! Du wurdest niedergeschlagen!
Zeit bis zur Erholung: 3 ... 2 ...

Allerdings hörte Constrictor nicht auf. Er zerrte Hagen erneut zu sich und warf ihn sich über die Schulter.

Auf den Betonboden einer Gefängniswerkstatt zu stürzen war nicht dasselbe, wie auf dem elastischen Boden eines Boxrings zu landen. Hagen erhielt mehrere Systemmeldungen auf einmal, die ihm von diversen Schäden berichteten. Er ignorierte sie und rollte sich so schnell wie möglich weg.

Eine riesige Faust krachte genau da, wo Mike vor einem Sekundenbruchteil noch gelegen hatte, auf den Boden.

Constrictor heulte auf und hielt sich die verletzte Hand. Das war das erste deutliche Geräusch, das er im ganzen Kampf von sich gab. Hagen hatte seine Freude daran, dass es ein Schmerzensschrei gewesen war.

„Eis, bringt Eis her!", schrie Palermo.

Sofort wurde Constrictor ein Kübel mit Eiswürfeln gereicht. Er steckte seine Hand hinein. Also galt es, mehr zu überwinden als seine übermenschliche Stärke – nämlich die Unterstützung der Gefängnisleitung, die er offenbar erhielt.

Es war schmerzvoll und beängstigend für Hagen, wieder auf die Beine zu kommen. Es fühlte sich an, als wäre jeder Knochen in seinem Körper beim Sturz auf den Betonboden gebrochen. Eine der Meldungen lautete:

Becken geprellt.
- 10 LP pro Minute (für 25 Minuten)

LEVEL UP : KNOCKOUT

- 2 auf Geschicklichkeit

„Tut mir leid, dass ich ihr Schoßtier beschädigt habe, Sir", keuchte Hagen und rieb sich das Kreuz. „Ich verspreche, dass es von hieran bergab geht."

Blinky Palermo lachte nur. Der Witz schien seinen Humor zu treffen.

„Ich bin kein Schoßtier!", brüllte Constrictor und warf den Eiskübel nach Hagen.

Die Dusche aus kaltem Wasser und Eiswürfeln war belebend. Mike wischte sich übers Gesicht.

Constrictor breitete die Arme aus und kam wieder auf Hagen zu gerannt. Der Ring schien unter den schweren Schritten des wütenden Riesen zu erzittern, auch wenn er aus Beton bestand.

Eine Finte links. Gehorsam sprang Constrictor in dieselbe Richtung. Abrupt bewegte sich Hagen nach rechts und schlug mit Genuss so stark und präzise er konnte nach dem ungedeckten Gesicht des Kubaners.

Verursachter Schaden: 1.560 Punkte (Faustschlag)
Verteidigung sinkt auf 69

Nichts Weltbewegendes. Es kam Hagen vor, als wäre er wieder auf das ursprüngliche Anfängerlevel seiner Stärke gefallen.

Er schlug nun zufällig zu und ließ alle Vorsicht fahren. Die Verteidigung sank trotzdem Stückchen für Stückchen, selbst wenn Constrictor es schaffte, einen Angriff abzublocken. Das war ein gutes Zeichen.

Mike gelangen ein paar Kombos hintereinander, sodass die Verteidigung seines Gegners auf 58 fiel. Seine effektivsten Angriffe kamen in Momenten, in denen Constrictor die Arme ausbreitete und Hagen packen wollte, der sich bewegte wie ein Tropfen Quecksilber. Dann traf er den Kubaner mitten ins Gesicht und reduzierte dessen Verteidigung mit einem einzigen Angriff um zwei oder drei Punkte.

Hagens Fortschritt erfüllte ihn mit Optimismus. Die

Verteidigung seines Gegners war bereits auf 44 gesunken.

Er beabsichtigte, schnell anzugreifen und denselben Abstand aufrechtzuerhalten, aber das stellte sich als Fehler heraus. Constrictor, der einen weiteren Kinnhaken kassiert hatte, zuckte zunächst nicht einmal zurück. Stattdessen sprang er vorwärts und packte Hagen mit seinem tödlichen Würgegriff. Sofort ging er in Bodenkampfposition, indem er auf ein Knie fiel und zudrückte.

„Beeil dich nicht zu sehr damit, dich von uns zu verabschieden, Mikey", sagte eine gedämpfte Stimme aus dem Publikum. „Du wirst uns noch eine Weile länger Gesellschaft leisten."

„Ich habe mir diesen Typen jetzt schon länger genau angesehen", entgegnete Blinky Palermo. „Babyface wird sich gleich was einfallen lassen."

„Ich setze darauf, dass er erledigt ist!"

„Angenommen."

Hagen hatte zu lange gebraucht, um zu erkennen, dass er zu übermütig geworden war und ihm der Schwung ausgegangen war. Er hätte eine Pause machen und Constrictor dazu bringen sollen, ihn eine Weile durch den Ring zu scheuchen. Dafür war es jetzt zu spät.

Die riesenhaften, stählernen Arme des großen Mannes hielten ihn fest umschlungen, während er versuchte, sich herauszuwinden und blindlings auf seinen Gegner einschlug. Das System bestätigte, dass seine Schläge trafen und Constrictors Verteidigung bereits auf 23 gesunken war. Doch der Würgegriff fühlte sich immer noch genauso eng an.

Mike durchlebte eine seiner Kindheitsängste – der Schlafsack, aus dem er nicht entkommen konnte. Selbst, wenn er den Reißverschluss aufbekam, stopfte die Hand eines seiner Peiniger ihn wieder zurück in die stickige Dunkelheit.

Hagen hatte sich bereits vom Gefängnis und seinen Mitinsassen verabschiedet. Er war nur einen Schritt von der Freiheit entfernt. Es kam ihm vor wie eine riesige Ungerechtigkeit, dass ein so wichtiger Kampf wie dieser auf so erbärmliche, peinliche Weise enden sollte. Der Gedanke, einige weitere Monate zu verlieren, war ihm zuwider. Und wenn es ihm nicht gelang, jetzt freizukommen, konnte er den Auswahlkampf für die UFC vergessen. Das Turnier würde ohne ihn stattfinden.

Das System zeigte ihm all seine Verletzungen und verkündete dann:

Warnung! Dir verbleiben weniger als 40 % LP!

Diese Meldung hatte Hagen schon eine Weile nicht mehr gesehen. Jeden einzelnen seiner letzten Kämpfe im Hölzernen Ring hatte er mit mehr LP beendet. Egal, wie sehr er kämpfte und seinen Körper anspannte, es führte zu nichts. Constrictors unbeweglicher, massiger Körper schien ihn für alle Ewigkeit in dieser Position festhalten zu wollen.

Hagen fühlte sich, als hätte jemand eine Ladung flüssigen Beton über ihm ausgekippt, der schnell hart wurde, und ihm keine Chance ließ, freizukommen – in jedem Sinn des Wortes.

Aber konnte es sein, dass ...?

Lebenswille
10 Sekunden lang +50 auf Stärke.
Muskeln und Gelenke erhalten ... Widerstandsfähigkeit ... starken Wurf ...

Hagen übersprang die Beschreibung. Oft schon hatte er die Logik der *Erweiterten Realität* angezweifelt, die einem einen 10-Sekunden-Buff verlieh, dessen Beschreibung schon die Hälfte der Zeit zum Lesen brauchte.

Es reichte ihm, zu spüren, dass sein Körper hart wie Stein wurde. Constrictor drückte weiter zu, aber ohne Ergebnis.

Der System-Buff führte dazu, dass Mikes Muskeln und Knochen wesentlich weniger schmerzten. Ab der sechsten Sekunde schraubte Hagen sich langsam aus dem Griff heraus.

Er dachte zurück an den Zwischenfall im Sommerlager und stellte sich vor, dass er nicht mehr in der feuchten, stickigen Dunkelheit des Schlafsacks erstickte, und dass er es schaffte, seinen Finger durch den Reißverschluss zu stecken und ihn langsam, aber unbeirrbar zu öffnen. Er nahm einen tiefen Atemzug an der frischen Luft, und dann noch einen.

Die Änderungen, die in Hagens Körper vor sich gingen, waren für das Publikum unsichtbar, aber Constrictor spürte sie. Er ächzte überrascht auf, als er fühlte, wie sein Opfer sich in einen Felsblock verwandelte. Genauso gut hätte er mit einer Statue ringen können.

In der neunten Sekunde riss Hagen sich los und warf Constrictor um etwa zwei Meter zurück.

Blinky „Hängeauge" Palermo reagierte darauf mit einem Strom ungläubiger Schimpfworte. Die übrigen Zuschauer taten es ihm gleich.

Während Constrictor sich auf ein Knie erhob, sprang Hagen auf. Er spürte, wie seine Muskeln nach der enormen Anstrengung, freizukommen, erschlafften. Er schwankte, als er auf Constrictor zuging. Doch auch sein Gegner würde eine Weile brauchen, um sich zu erholen.

Hagen las die Beschreibung des Buffs zu Ende.

Muskeln und Gelenke erhalten eine extrem hohe Widerstandsfähigkeit gegen Quetschen und Dehnen. Du kannst einen einzigen, starken Wurf durchführen.
- 2 auf alle Eigenschaften für 20 Sekunden nach dem Wurf.
- 50 % auf alle Fähigkeiten für 10 Sekunden.

Deshalb fühlte er sich also so schwach. Er würde sich eine Weile lang nicht mehr normal bewegen und stark zuschlagen können. Doch auch Constrictor war nicht mehr in seiner alten Form.

Hagen beschloss, anzugreifen, bevor seine Fähigkeiten und Eigenschaften voll wiederhergestellt waren, was noch ein paar Sekunden dauern würde. Er konnte immer noch angreifen, egal, wie schwach.

Also machte er weiter, wechselte zwischen Tritten und Schlägen ab, bis er schließlich seine Stärke zurückkehren fühlte. Um jeden Preis musste er diese verdammte Verteidigung durchbrechen. Danach wäre Constrictor nicht mehr unbesiegbar und würde genau wie ein gewöhnlicher Kämpfer nach ein paar guten Schlägen zu Boden gehen.

Die Verteidigung des Kubaners lag jetzt bei 2. Das war ausgezeichnet, aber Hagen spürte, wie geschwächt seine Arme waren. Er stand kurz vor der völligen Erschöpfung. Er musste sich ausruhen. Und da es im Hölzernen Ring keine Pausen gab, musste er für eine Weile in die Defensive gehen.

Constrictor bemerkte, wie er sein Vorgehen änderte.

„Müde, was? Ich nicht!" Selbstbewusst kam er auf Hagen zu.

Einen zweiten Würgegriff würde Mike nicht überstehen. Doch sein Gegner log ganz offensichtlich. Auch er war müde. Der Schweiß lief ihm in Strömen herunter, und sein heftiges Keuchen war deutlich zu hören, wann immer das Publikum einen Augenblick still war.

Das war auch Blinky Palermo aufgefallen. „Wie wäre es mit einer Pause?"

Constrictor warf dem Direktor einen hoffnungsvollen Blick zu.

Dies war ein entscheidender Moment. Mike konnte nicht zulassen, dass sein Gegner sich ausruhte, egal, wie erschöpft er selbst war. Am Ende würde der große Kerl noch seine Verteidigung regenerieren.

Hagen spuckte auf den Boden. „Ich weiß, warum Ihr Schoßtier bis jetzt immer unbesiegbar war. Weil der unbesiegbare Direktor immer auf ihn aufpasst."

„Har har", erwiderte Palermo. „Schon kapiert. Okay. Keine Pausen. So macht es sowieso mehr Spaß."

Constrictor wirkte entmutigt. Seine Angriffe wurden weniger beharrlich. Selbst in der Haltung seiner Arme lag weniger Selbstbewusstsein. Trotzdem gelang es ihm, Hagen in der Absicht, ihm einen weiteren Kopfstoß zu verpassen, beim Arm zu packen, doch diesmal wich Mike aus.

Eins, zwei, drei, vier, fünf. Jeder Angriff der Kombo traf sein Ziel. Die ersten zwei vernichteten den Rest von Constrictors Verteidigung. Die anderen trafen ihn am Kinn, am Hals und in den Magen.

Constrictor wimmerte. Es klang eher, als wäre er aufs Übelste beleidigt denn geschlagen worden. Mit offenem Mund schnappte er nach Luft, doch die schien nicht bis in seine Lungen vorzudringen. Chaotisch mit den Fäusten rudernd schlug er nach Hagen und vergaß dabei jede Technik. Er schaffte es sogar, Hagen mit einem seiner Schläge zu erwischen und ein paar tausend Punkte Schaden zu verursachen.

Mike dröhnte der Kopf. Der nächste erfolgreiche Angriff seines Gegners würde dazu führen, dass er erneut zu Boden ging.

Hagen stürzte auf Constrictor zu und umklammerte ihn, um die mörderischen Schläge zu stoppen. Die Stirn gegen die Schulter des Kubaners gedrückt, verpasste Mike seinem Gegner drei Gerade in den Bauch.

Das Nächste, was er bemerkte, war, dass er stürzte. Sein Körper hatte nichts mehr, gegen das er sich lehnen konnte. Constrictor fiel auf den Rücken. Hagen landete auf ihm, kam aber mit einer Bewegung, die er für fließend hielt, sofort wieder auf die Beine. Er nahm sogar Kampfhaltung ein und wappnete sich für den Gegenangriff.

Doch niemand griff ihn an.

Blinky Palermo stieg in den Ring, die Zigarre in der einen und ein Glas Whiskey in der anderen Hand. Er machte einen Schritt über Constrictors reglosen Körper hinweg und packte Mikes Hand.

„Habt ihr das gesehen? Da habt ihr's, was? Dumm gelaufen!", rief Blinky. „Babyface hat euch alle reingelegt! Oder eher Blinky Palermo hat euch alle reingelegt! Ha ha ha!"

Das Geschrei drang durch den Lärm in seinem Kopf zu Mike durch, der immer lauter wurde, als würde ein Düsenjet direkt neben ihm landen.

„Hey, Babyface, er will trotzdem noch weitermachen! Das ist

gegen die Vorschriften. Du musst den Kampf zu Ende bringen!"

Palermo führte den schwankenden Hagen zu Constrictor, der gerade auf alle viere hochgekommen war und aussah, als ob er vom Boden aufstehen wollte. Hagen fühlte sich beschmutzt, aber wenn er vorhatte, das Gefängnis zu verlassen, musste er nach Palermos Pfeife tanzen. Besonders abstoßend fand er die Tatsache, dass diese Haltung letztlich dazu führen würde, dass jeder Gefängnisinsasse irgendwann wie Trevor werden würde, egal, was für ein taffer Gangster er war. Für Blinky „Triefauge" Palermo war jeder wie Trevor – die Gefangenen waren seine Spielzeuge, immer bereit, zu tun, was er sagte.

Hagen verpasste Constrictor einen so sanften und gemäßigten Schlag, wie er nur konnte, und hielt dabei seinen Kopf fest. Dann legte er seinen bewusstlosen Gegner vorsichtig auf den Boden.

„Bitte bleib, wo du bist. Versuch nicht, aufzustehen. Du hast schon verloren."

Hagen tat die Siegesmeldung ab, ohne sie zu lesen. Das war wohl kaum etwas, worauf er stolz sein konnte. Auch wenn es ein fairer Kampf gewesen war.

„Wir haben einen neuen Champion!", brüllte Blinky. Er drückte Hagen das Whiskeyglas in die Hand. Mike musste einen Schluck davon nehmen, um den Direktor nicht zu verärgern.

Die Wärter legten Hagen wieder seine Handschellen an, steckten ihm sein Kleiderbündel unter den Arm und brachten ihn weg.

„He, Babyface, ich habe einen Vorschlag für dich. Hast du's wirklich so eilig, aus dem Gefängnis rauszukommen? Warum bleibst du nicht bis zum Ende deiner Strafe hier? Du darfst mein neues Schoßtier sein. Hey, das war ein Witz, schau mich nicht so böse an. Schwing deinen Arsch zurück in die Zelle."

Hagen folgte Jim. Der landende Düsenjet dröhnte ihm immer noch in den Ohren. Es musste wohl das erste Mal gewesen sein, dass der Wärter einen Kampf im Hölzernen Ring gesehen hatte. Den ganzen Weg zurück schimpfte er vor sich hin, schüttelte den Kopf und beklagte die sündige Natur des Menschen.

„Selbst die Besten von uns sind nicht immun gegen Satans Einfluss."

Blinky Palermo gehört also zu den Besten?, dachte Hagen bei sich. *Der alte Jimmy hat bei der Wahl seiner Vorbilder ein ernsthaftes Problem.*

„Na, was geht, Genosse? Wer hat gewonnen?" Wie viele der anderen Gefangenen während der Ausgangssperre war Roman noch wach. Man wusste nicht, wohin mit seiner unverbrauchten Energie. Die Leute waren Tag und Nacht gelangweilt.

„Blinky ,Triefauge' Palermo", erwiderte Hagen erschöpft. „Er hat uns alle besiegt, indem er uns zu seinen … Wie hast du das genannt? Ach, ja, zu seinen *shestiorkas* gemacht hat."

Sobald Hagens Kopf das Kissen berührte, fiel er in tiefen Schlaf.

Eine Stunde später klingelte der Wecker. Diesmal wurde er endlich vom Geräusch der sich öffnenden Zellentüren begleitet. Die Ausgangssperre war beendet.

Die Gefangenen konnten es kaum erwarten, ihre Zellen zu verlassen, so vergnügt wie Kinder, nachdem die Gewitterwolken sich endlich verzogen hatten und sie wieder im Hof spielen konnten. Alle verbanden das Ende der Ausgangssperre mit Hagens Sieg, und so wurde er mit fröhlichen Ermunterungsrufen à la „hier kommt unser Befreier" begrüßt.

Hagen fühlte sich schwummrig und schaffte es kaum, aufrecht zu bleiben. Er konnte nicht mal in seinem gewohnten Tempo essen. Trotzdem machte sich langsam ein Gefühl des Triumphs in ihm breit. Natürlich hatte er nicht erwartet, das Gefängnis sofort verlassen zu können, sobald er seinen Gegner im Hölzernen Ring besiegt hatte. Er bezweifelte sogar, dass Blinky Palermo sein Wort halten würde.

Der Tag nach seinem Sieg versprach, genauso trostlos zu werden wie jeder andere. Die Gefangenen mussten sich in einer Reihe aufstellen und wurden in Gruppen eingeteilt. Hagens Gruppe wurde zur Werkstatt geführt.

Der General ging neben ihm und sagte: „Es heißt, dass der gestrige Sieg unserem Direktor um eine weitere halbe Million reicher gemacht hat. Manche behaupten, er hätte Constrictor absichtlich aufgebaut und dabei die ganze Zeit nach einem Kämpfer Ausschau gehalten, der ihn schlagen konnte. Alle haben sich in den letzten drei Jahren daran gewöhnt, dass er der Champion ist, und bumm, dann kommst du."

„Ja, dann komme ich ..." Hagen gähnte.

„Blinky schäumt immer noch über vor Freude. Aber keine Sorge. Er lässt dich frei, das verspreche ich dir."

Beim Anblick des würdevollen Gesichtsausdrucks des Generals verspürte Hagen Mitleid. Wie konnte er solche Versprechungen machen? Als hätte er irgendwelchen Einfluss hier. Selbst seine Listen bedeuteten denen, für die er sie führen musste, nichts. Darum hielt sich der arme General wohl so krampfhaft an seinem albernen Klemmbrett fest: Es verlieh ihm ein gewisses Gefühl des Selbstwerts.

Jedoch sagte Mike nichts dergleichen.

„Danke, General", antwortete er. „Wenn Sie das versprechen, bin ich mir sicher, dass es so kommt."

Der General nickte. „Ich helfe doch immer gern."

Charlie Evans war bereits in der Werkstatt.

„Ah, du bist es, junger Mann. Wie war die Nacht? Die Werkzeuge sind an derselben Stelle wie immer." Der Alte ließ sich in seinen Sessel fallen und zog eine von St. Ians Broschüren hervor. „Bis Mittag müssen wir alle Beschläge angebracht haben."

Hagen griff sich mit einer Hand die Werkzeuge. Dann packte er Charlie mit der anderen beim Kragen und zog ihn auf die Füße hoch. „Dann mach du das."

„Wie bitte? Aber ... Junger Mann, du hast vielleicht Nerven ..."

Hagen schüttelte Charlie. „Weigerst du dich, zu arbeiten?"

Müde und zornig blickte der alte Mann Hagen in die Augen und nickte dann heftig. „Einverstanden, einverstanden. Warum sollte ich das nicht mal machen?"

„Perfekt. Und sieh zu, dass du keinen solchen Lärm machst.

Ansonsten wache ich schlecht gelaunt auf."

Hagen ließ sich auf das Sofa fallen, während Charlie sich daranmachte, Schlösser an Schubladen anzubringen und dabei eine Geschichte von ein paar Kindern erzählte, die nie auf die Erwachsenen hörten und eines Abends entlang der Gleise spazieren gingen. Sie alle verloren ihre Beine mindestens bis zu den Knien. Einem der Jungen, der besonders ungezogen gewesen war, wurde sogar der Kopf abgerissen.

Hagen bekam jedoch nichts von der Moralpredigt mit. Er war schon eingeschlafen.

KAPITEL 26

KREATUREN AUS FLEISCH UND KNOCHEN

Schau dich an, Hacker. Eine erbärmliche Kreatur aus Fleisch und Knochen, die keuchend und schwitzend durch meine Korridore rennt. Wie kannst du eine perfekte, unsterbliche Maschine herausfordern?

System Shock 2

DIE MÜHLEN DER BÜROKRATIE arbeiteten langsam, aber sicher. Robert Salk, der Rechtsanwalt – das Veilchen längst verblasst, doch der Respekt vor Onkel Peter immer noch vorhanden –, arbeitete, so hart er konnte. Hagen traf ihn ein paarmal, unterzeichnete Papiere und ließ sich diverse Dinge bestätigen.

„In Kürze werden Sie in ein Gefängnis mit minimalen Sicherheitsvorkehrungen verlegt."

Allerdings kam Hagen Blinky Palermos Gefängnis nicht mehr wie eine besonders strenge Institution vor. Er hatte sich daran gewöhnt. Die Verbrecherbosse behandelten ihn mit Gleichgültigkeit, wenn nicht gar mit Respekt. Und an einem solchen Ort war ihre Gleichgültigkeit definitiv ihrem Interesse vorzuziehen.

Hagen las und trainierte stetig weiter. Seine Pflichten in der Werkstatt waren jetzt gerecht aufgeteilt. Charlie Evans spielte sich nicht mehr als Boss auf. Ihm war klar, dass nur noch er übrigbleiben würde, um die Arbeit zu tun, wenn Hagen die Geduld verlor.

Eines Nachts hatte Mike einen seltsamen Traum. Er fand sich in einem großen, weißen Zimmer wieder, an Händen und Füßen gefesselt, und drei nicht-menschliche Wesen standen vor ihm. Sie besprachen etwas untereinander. Dann musste Hagen durch eine Art Labyrinth voller Fallen und Monster laufen und dabei alles tun, um zu überleben. Er wusste nicht mehr, wie das Ganze endete, egal, wie sehr er sich anstrengte. Der Traum hatte beeindruckend lebensecht gewirkt.

Doch bis Mittag hatte er sich aus seinem Gedächtnis verflüchtigt, und er hatte vergessen, dass er überhaupt etwas geträumt hatte.

Mittlerweile waren es nur noch zwei oder drei Tage bis zu seiner offiziellen Verlegung in ein anderes Gefängnis.

„Endlich! Der seltsame Genosse, der glaubt, er kann die Zeit anhalten, wird nicht mehr mein Mitbewohner sein", kommentierte Roman ruppig, aber gutmütig. „Stell dir nur vor, pah! Die Zeit anhalten! Wer kann so was im Knast schon brauchen? Die Zeit beschleunigen, ja, das wäre nützlich. Du weißt schon, wenn alle rumrennen wie in so einem Charlie-Chaplin-Film."

„Stimmt", antwortete Hagen. „Endlich kriegst du einen völlig normalen Zellengenossen. Jemanden wie Trevor. Ich bin sicher, ihr werdet einen Riesenspaß zusammen haben, wenn ihr gemeinsam Pornohefte lest."

Natürlich meinte Roman das nicht ernst. Er und Hagen waren Freunde geworden und hatten sich aneinander gewöhnt.

So lief alles prima, bis sich ihr Glück eines Nachts drastisch wendete.

Es war nach Mitternacht, als die Lichter in ihrer Zelle angingen. Erschrocken stand Hagen von seiner Pritsche auf. Auf dem gesamten Stockwerk waren Stiefelschritte zu hören. Roman versuchte, sein Smartphone in der Toilette hinunterzuspülen, doch der Bildschirm leuchtete verräterisch.

„Bljad!", fluchte Roman.

Hagen wusste bereits, dass „bljad" eins dieser unübersetzbaren russischen Schimpfwörter war, das alles von extremer Überraschung bis zu äußerstem Schrecken ausdrücken konnte.

Hier war wohl letzteres der Fall – in seiner Müdigkeit hatte Roman vergessen, dass die Gefängnisleitung vor einer unangekündigten Inspektion stets das Wasser abdrehte, um die Insassen davon abzuhalten, Beweise zu vernichten.

Roman fischte das Telefon aus der Schüssel. „Ich bin aber auch ein Idiot. Ein Telefon runterspülen – was für eine Schnapsidee, pfft."

Die Zellentür stand schon eine Weile offen, und jetzt stürmten ein paar Wärter herein. Sie packten Roman und entrangen ihm das Telefon. Hagen wurden die Arme auf den Rücken gedreht. Beide wurden in den Gang hinausbefördert und mussten sich mit dem Gesicht zur Wand aufstellen.

„Warum hat Jim uns nicht gewarnt?", flüsterte Hagen.

„Wer weiß? Ist jetzt auch egal. Wir stecken knietief in der Scheiße, Genosse. Denk nur dran, alles zu leugnen, wie besprochen. Ich bin der einzige Schuldige."

Mike hob die Schultern. Schließlich war das ganze Unterfangen Romans Idee gewesen. Hagen besaß nicht einmal ein Smartphone.

Die Inspektion wurde fortgesetzt. Mike und Roman bekamen Hand- und Fußfesseln angelegt und wurden in ein nahegelegenes Gebäude gebracht, wo man sie voneinander trennte.

Mike musste weiter den Gang hinunterlaufen. Dann wurde er in einen Verhörraum gestoßen.

Blinky Palermo saß dort von einer Zigarrenrauchwolke umgeben an einem Tisch. In seiner Nähe stand ein Wärter, der das Whiskeyglas des Direktors in der Hand hielt.

„Babyface, Babyface ... Ich war so gut zu dir, und das ist der Dank dafür? Oder wolltest du doch lieber noch länger in meinem

Gefängnis bleiben?"

Hagen zwang sich zur Ruhe und gab die Antwort, die er mit Roman vereinbart hatte. „Sir, bei allem Respekt, ich verstehe nicht ganz, wovon Sie sprechen."

„Weißt du, wo du dir deinen Respekt hinstecken kannst?" Blinky blies eine Rauchwolke aus, was ihm das Aussehen eines besonders erzürnten Drachen verlieh. „Glaubst du, ich bin auf euren Respekt angewiesen, du Arschloch? Keiner von euch hat hier irgendwelche Rechte. Ich kann jeden von euch verschwinden lassen und brauche keine Konsequenzen zu fürchten. Du bist nichts weiter als eine erbärmliche Kreatur aus Fleisch und Knochen." Blinky klang, als bestünde er selbst aus etwas anderem als Fleisch und Knochen.

Hagen hatte keine Ahnung, was er darauf antworten sollte. „Tut mir leid, Sir."

„Kannst du lesen?"

„Sir?"

„Antworte auf die verdammte Frage!"

Der Wärter, der hinter Hagen stand, schlug ihm mit seinem Schlagstock gegen die Beine, sodass er auf die Knie fiel.

„Ja, kann ich."

„Siehst du, was auf meinem Namensschild steht?" Blinky nahm das Abzeichen von der Jacke ab und hielt es Hagen dicht unter die Nase.

So konnte Mike gar nichts lesen, doch er kannte die richtige Antwort bereits.

„Ja, Sir. Da steht ‚Gefängnisdirektor'."

„Richtig. Ich bin hier der Oberboss. Nicht du, nicht dein Arschloch von einem russischen Freund, und auch nicht diese Gangsterschweine Fino und Ford. Ihr alle seid Abschaum. Und wenn ihr denkt, ihr könnt mich reinlegen, dann blüht euch eine Überraschung. Niemand legt Blinky Palermo rein. Ganz im Gegenteil. Dein Arsch gehört mir, genau wie alle anderen."

Dann offenbarte Blinky Palermo ihm, dass der Server zufällig gefunden worden war. Irgendein Idiot hatte sich mit dem geheimen

WLAN verbunden, um auf der Konsole online *GTA V* zu spielen. Ein Wärter, der das Interface des Spiels gut genug kannte, wurde sofort auf den Online-Modus aufmerksam. Er unternahm zunächst nichts gegen den Spieler, sondern meldete den Zwischenfall seinen Vorgesetzten. Schnell fanden diese den Zugangspunkt und den Server selbst.

Zuerst hatte Palermo vorgehabt, ihn sofort zu vernichten, doch dann war ihm ein besserer Einfall gekommen. Er hatte die Verbrecher das Internet weiter nutzen lassen und darauf gewartet, bis sie sich so sicher waren, niemand hätte eine Ahnung von ihren Aktivitäten, dass sie unvorsichtig wurden. Dann hatte der Direktor die Spezialisten des FBI eingeschaltet, die einst den berüchtigten Hacker Roman Kamenew aufgespürt und verhaftet hatten. Sie hatten den Datenverkehr des Servers abgefangen und entschlüsselt. Danach mussten sie nur noch abwarten und die Informationen aus den Nachrichten der Verbrecher sammeln, die immer direkter geworden waren.

Die Sureños Familia und die Pirus Brothers hatten beschlossen, ihre Zwietracht beizulegen und zusammen ein großes Ding zu drehen. Fords Gang handelte hauptsächlich mit Drogen, während die von Fino sich auf Waffen spezialisiert hatte. Sie hatten vereinbart, sich gegenseitig zu unterstützen und eine große Lieferung Heroin gegen eine große Waffenlieferung zu tauschen.

Diese Operation sollte heute stattfinden. Die beiden Verbrecher kamen sich sehr schlau vor, dass es ihnen gelungen war, so ein Vorhaben zu organisieren, ohne das Gefängnis dafür verlassen zu müssen.

Blinky Palermo zog an seiner Zigarre. „In diesem Moment ist das FBI am Übergabeort und verhaftet alle Beteiligten. Und wir räumen derweil hier auf. Der ganze Einsatz lief reibungslos, und ich werde dafür vom FBI eine spezielle Belobigung erhalten."

„Gratuliere, Sir. Ganz ehrlich."

„Gratulier dir selbst. Sowohl Ford als auch Fino werden dafür zehn weitere Jahre einsitzen. Soll ich dir was verraten? Sie glauben, dass ihr ‚IT-Typen' ihre privaten Nachrichten an die Polizei weitergegeben habt. Ich hoffe, du weißt die Ironie dabei zu schätzen. Sie glauben doch wirklich, ihr Volltrottel seid Verräter. Ich würde sagen, eure Tage sind gezählt."

Hagen schwirrte der Kopf. Das war quasi ein Todesurteil.

Andererseits ... Blinky hatte nichts Belastendes über Hagen. Also hatte er kein Recht, ihn im Gefängnis zu behalten. Seine Verlegung in ein anderes Gefängnis in nur zwei Tagen war bereits amtlich.

Palermo musste erraten haben, was Hagen durch den Kopf ging.

„Ja, du kannst ruhig weiter hoffen. Klar, du wirst bald verlegt, aber ab jetzt ist dein Leben keinen Pfifferling mehr wert. Glaub mir, ich kann dafür sorgen, dass dir nichts passiert. Aber ich kann genauso gut ... einfach wegschauen."

Hagen erkannte, dass er keine Wahl hatte, wahrte aber ein Pokerface. Er wollte dem Direktor keinen weiteren Grund geben, sich in seiner Selbstzufriedenheit zu suhlen.

Blinky Palermo nahm einen Schluck Whiskey und zog an seiner Zigarre. Dann setzte er sich auf die Kante seines Schreibtisches. „Aber du weißt ja, dass ich ein gerechter Mann bin, Babyface ... He, antworte, du kleiner Scheißer!"

„Ja, Sir, jeder weiß das und weiß es zu schätzen."

„Na also. Darum gebe ich dir eine Chance, Fino und Ford selbst zu töten."

Hagen starrte dem Direktor in sein eines Auge. Es wollte es nicht glauben, aber natürlich wusste er, was Blinky soeben gesagt hatte.

Palermo gab dem Wärter ein Zeichen, und Hagen wurde auf die Füße hochgezogen.

„Bringen wir es jetzt gleich hinter uns", sagte der Gefängnisdirektor.

∗ ∗ ∗

DIE WERKSTATT WAR zu dieser Tageszeit leer.

Diesmal wurden die Tische für den Hölzernen Ring von den Vollzugsbeamten statt von den Gefangenen in Position gebracht. Blinky Palermo und ein paar seiner Spießgesellen waren die einzigen Zuschauer.

Hagen wurde in den Ring gebracht und man nahm ihm die Handschellen ab. Er begann mit seinen gewohnten Aufwärmübungen und fragte sich, gegen wen er zuerst antreten müssen würde, Ford oder Fino.

Dann hörte er im Dunkeln Hand- und Fußfesseln klirren. Ford betrat den Ring – gefolgt von Fino.

„Du bist so was von tot, Verräter", versprach Ford und dehnte seine ebenholzfarbenen Muskeln.

„Du bist doppelt tot, Ratte", spuckte Fino und boxte in die Luft.

Beunruhigt blickte Hagen zu Blinky Palermo hinüber.

Der Gefängnisdirektor lächelte selbstgefällig. „Hab ich dir nicht gesagt, du kriegst die Chance, beide zu erledigen? Ich stehe zu meinem Wort."

„Aber es sind zwei!"

„Jetzt mach dir mal nicht ins Hemd, Babyface, ich sage doch, ich bin ein gerechter Mann. Ihr seid doch auch zu zweit."

Roman Kamenew wurde von einer anderen Ecke aus in den Ring gestoßen. Er kniff die Augen zusammen, als könnte er nicht verstehen, was er hier sollte. Für den Russen war es das erste Mal im Hölzernen Ring.

Mit einem wachsenden Gefühl der Verzweiflung begutachtete Hagen die Werte seiner Gegner.

Blake „Ford" Ali
Alter: 29
Level: 24
LP: 45.000

DAN SUGRALINOV, MAX LAGNO

Kämpfe/Siege: 302/280
Gewicht: 109,8 kg
Körpergröße: 195 cm
Aktueller Status: Boss der Gang Pirus Brothers

Felipe „Fino" Peña
Alter: 33
Level: 27

LP: 50.000
Kämpfe/Siege: 370/352
Gewicht: 100,7 kg
Körpergröße: 186 cm
Aktueller Status: Boss der Gang Sureños Familia

Einzeln hätte er sie vermutlich besiegen können. Aber beide auf einmal ... Und Roman war mit seinem Level 6 alles andere als eine Hilfe.

Allerdings war der Russe da anderer Ansicht. Er stellte sich neben Hagen und hob die Fäuste.

„Zeigen wir's diesen Arschlöchern, Genosse! Kannst du dir vorstellen, dass die ernsthaft glauben, wir hätten sie an die Cops verpfiffen? Hirntote Schwachköpfe!"

„Keine Ausreden", entgegnete Fino. „Wer hätte uns sonst verraten können?"

„Scheiß auf dich", erwiderte Roman. „Wenn ihr zu blöd seid, das zu kapieren, hat es keinen Zweck, euch zu erklären, dass ich nie mein eigenes Projekt in Gefahr gebracht hätte. Und ich hab auch noch einen Riesenhaufen Geld verloren. Mehr als ihr zwei zusammen."

Blinky Palermo konnte nicht mehr länger warten. „Scheiße, haltet die Klappe, und zwar alle! Was glaubt ihr, wo wir hier sind, im Parlament? Hey, ihr da, ihr steht am nächsten, helft ihnen auf die Sprünge!"

Ein paar der Wärter schwangen ihre Schlagstöcke, um die

Kämpfer in die Mitte des Rings zu treiben.

Fino und Ford bemühten sich nicht, zusammenzuarbeiten, so sicher waren sie sich ihres Sieges. Verdammt, selbst Hagen war sich ihres Sieges sicher. Nur Roman zog weiter seinen Wutanfall durch – er musste eine beträchtliche Summe an Kryptowährung verloren haben.

„Ja, kommt nur her! Ich zeig euch *kuzkina mat*[5]!"

Fino stand näher an Roman. Er holte aus. „Halt's Maul, du."

Der Schlag war schnell und hart – selbst Hagen hätte ihn nicht abblocken können. Roman taumelte zurück und krachte gegen die Tische.

„Diesmal hattest du nur Glück, Arschloch", keuchte er. „Warte nur, bis ich wieder hochkomme ... Dann wirst du schon sehen ..."

Der Verbrecher wollte Roman fertigmachen, doch Hagen stieß ihn weg.

Fino war direkt vor Hagen, während Ford etwas zu seiner Linken stand. Beide griffen ihn jetzt an. Immer, wenn es ihm gelang, einen von Finos Schlägen abzuwehren, erwischten ihn Fords Beine – Tritte waren dessen Spezialität.

Erlittener Schaden: 6.000 (Kick)
Erlittener Schaden: 4.300 (Faustschlag)
Erlittener Schaden: ...

So würde er in weniger als einer Minute erledigt sein.

Allerdings setzte sich Hagen zur Wehr. Immer, wenn Ford zutrat, blieb er völlig ungedeckt. Er war zu siegesgewiss, ohne sich dessen bewusst zu sein. In einem solchen Augenblick traf ihn Hagen genau in die Leber.

---

[5] „Wir zeigen euch Kuzkas Mutter" – Russische Redewendung, bekannt geworden durch Nikita Chruschtschow in seiner Debatte mit Richard Nixon 1959 in Moskau; Bedeutung: „Euch werden wir's zeigen!"

Verursachter Schaden: 35.200 (Faustschlag)

Ein gut gezielter Schlag und Ford lag sich krümmend in einer Ecke des Rings. Allerdings nutzte Fino die Tatsache, dass Hagen abgelenkt war.

Erlittener Schaden: 8.000 (Faustschlag)
Du wurdest niedergeschlagen!
Warnung! Dir verbleiben weniger als 40 % LP!

Verdammt, nicht schon wieder niedergeschlagen! Na, wenigstens war es kein K. O. Doch vielleicht wäre ein K. O. besser gewesen, dann hätte er nicht während des krönenden Abschlusses seiner Demütigung wach bleiben müssen.

Hagen krachte in die Tische neben Roman.

„Durchhalten, Genosse! Ich helfe dir!", rief der Russe und griff Fino dann überraschend abrupt mit wedelnden Armen und Beinen an. Blutstropfen aus seiner Nase spritzten durch die Luft. Es schien sogar, als wäre es ihm gelungen, dem Verbrecher einen Kinnhaken zu verpassen.

„Du mieser, kleiner ..."

Finos Faustschlag schleuderte Roman die ganze Strecke bis zu den Tischen zurück.

Der Körper des Russen sackte mit schlaffen Gliedern zusammen. Dann bewegte er sich nicht mehr.

Blinky Palermo lachte. „Diesmal gewinnen die Russen die Schlacht von Stalingrad offensichtlich nicht."

Fino und Ford brachten sich auf beiden Seiten von Hagen in Stellung. Ford versuchte, hinter ihn zu gelangen, um seine Arme zu packen. Hagen durchschaute ihr Manöver und wich immer weiter zurück, um niemanden in seinen Rücken zu lassen, während er gleichzeitig Fords weitreichende Kick-Attacken abwehrte. Keiner der Verbrecher schien geneigt, ihn frontal anzugreifen – vor Hagens Fäusten musste man sich hüten.

Blinky Palermo verlor die Geduld. „Seid ihr echt so blöd, wie Roman sagt? Warum tanzt ihr um ihn rum? Ihr seid doch zu zweit!

Schnappt euch Babyface, schlagt ihn nieder und tretet rein, bis er alle ist!"

Fino und Ford stießen sich gegenseitig an, um den jeweils anderen nach vorne zu drängen, als wollten sie sagen: *Geh du vor, ich tu dann alles, um dich zu unterstützen.*

„Los doch, oder ihr kriegt alle einen Monat Einzelhaft aufgebrummt! Zwei Monate!"

Fino und Ford stürmten auf Hagen zu.

Seine Fäuste glitten an ihnen ab, ohne viel Schaden zu verursachen. Eine Sekunde später fand er sich am Boden wieder. Der Schuh eines der Gangster traf ihn in die Rippen. Ein weiterer zielte auf seinen Kopf, doch Mike schaffte es, ihn abzuwehren. Es kostete ihn riesige Anstrengung, Fords Fuß zu packen und zu verdrehen. Mike wollte ihn zu Boden bringen, doch es gelang ihm nur, ihm den Schuh auszuziehen. Trotzdem hatte er genug Zeit gewonnen, um aufzuspringen und Kampfhaltung einzunehmen.

Warnung! Dir verbleiben weniger als 20 % LP!
Kampf sofort beend...

Zur Hölle mit den Meldungen!

Da gewährte das System Hagen einen weiteren Buff, der ihm zunächst wirklich blödsinnig vorkam. Er hatte ihn bereits im Kampf mit Sylas alias Ken erhalten.

Letzte Chance!
Es besteht höchste Lebensgefahr! Kampf sofort beenden!
10 Sekunden lang +10 auf Geschicklichkeit ...

Hagen fühlte sich von hilfloser Wut ergriffen. Das war nicht der Zeitpunkt, auf eine zufällige Gelegenheit zu warten, den Verlauf des Kampfes zu ändern. Er war im Gefängnis, und der einzige Weg nach draußen war, was immer das Gesetz erlaubte. Und hier gab es kein Gesetz außer Blinky Palermo.

Die ganze Zeit über hatte Hagen seine Fähigkeit „Taktische

Pause" in der Hinterhand behalten. Jetzt war er froh, dass er entgegen Dems Rat ein paar Punkte darauf investiert hatte. Er hatte vorgehabt, die LP seiner Gegner so weit wie möglich zu verringern, um einen von ihnen während der Pause garantiert auszuknocken zu können.

Doch was, wenn er sie verwendete, während der Buff aktiv war, der seine Geschicklichkeit steigerte?

Er hatte keine Zeit, die möglichen Auswirkungen zu berechnen. Andererseits hatte er Zeit. Sie stand still.

Taktische Pause, Level 2

+29 auf Wahrnehmung (2,5 Sekunden)
+29 auf Intellekt (2,5 Sekunden)
+29 auf Geschicklichkeit (2,5 Sekunden)
+1300 % auf Metabolismus (2,5 Sekunden)

Es war so schön ruhig. Blinky Palermo hatte so viel Lärm gemacht wie ein ganzes Stadion voller Fans.

Ein mystisches Licht erhellte die Dunkelheit der Werkstatt. Mike sah sogar die Zigarettenkippen auf dem Boden und die glänzenden Schrauben in den Holzstühlen. Die Wärter um den Ring waren unbewegliche, dunkle Silhouetten.

Durch das Fenster nahm Mike ein Stück Nachthimmel wahr und war überwältigt von der Anzahl der Sterne. Sie alle strahlten unglaublich hell. Auch der Himmel war nicht dunkel – eher dunkelblau, so wie bei Morgendämmerung. Er sah die Sterne mit bloßem Auge mit solcher Klarheit, als würde er sie durch ein Teleskop betrachten.

Einatmen …

Er wandte sich zu seinen Gegnern um. Ford war bei dem Versuch, seinen Schuh wieder anzuziehen, in einer linkischen Pose erstarrt. Fino stand breitbeinig da, seine Faust war nur Zentimeter vor Hagens Gesicht erstarrt.

Perfekt. Da er Ford bereits beträchtlichen Schaden

verursacht hatte, war Fino jetzt der gefährlichste Gegner. Oder? Offenbar nicht.

Ausatmen ...

Hagen wandte sich zu dem ebenfalls erstarrten Blinky Palermo um. Das war hier der gefährlichste Feind. Und er musste zuerst ausgeschaltet werden.

Schnell legte Hagen die Strecke zwischen sich und Blinky zurück und schwang die Faust, um den verhassten Gefängnisdirektor ins Gesicht zu treffen.

Er starrte in das farblose Auge des alten Mannes. Er registrierte, dass Blinkys eine Pupille sich angstvoll weitete. Es musste ihm klar geworden sein, dass etwas Außergewöhnliches vor sich ging.

Hagen schlug nicht zu – das würde seine Strafe auf 20 Jahre oder sogar lebenslänglich verlängern. Er war kurz davor gewesen, den Direktor zu erschlagen. Stattdessen schnippte er nur seine Nase an.

Einatmen ...

Innerhalb von Sekundenbruchteilen war Mike zurück im Ring.

Ausatmen ...

Er hatte genug gesehen. Er blockte Finos Schlag ab und verpasste ihm eine Gerade ins Gesicht.

Verursachter Schaden: 35.200 (Faustschlag)

Mike ließ einen linken Haken gegen Finos Schläfe folgen.

Fino stürzte auf den Betonboden.

Mike musste sich nicht einmal zu Ford umdrehen, der seinen Schuh jetzt wieder anhatte und auf ihn zukam.

Er trat mit aller Kraft zu, genau wie damals, als er die Fähigkeit von Wei Ming gelernt hatte. Diesmal hielt er sich allerdings statt an einem Stuhl an einem der Tische fest, die um den Ring herumstanden.

Verursachter Schaden: 19.200 (Kick)

Mike traf Ford genau auf den Nasenrücken. Ford stürzte zu Boden und glitt darüber hinweg wie ein Rockstar auf der Bühne. Dann verschwand sein Gesicht zwischen den Tischen.

Stille trat ein.

Oder eher wurde Hagen bewusst, dass es in der Werkstatt schon eine Weile still gewesen war.

Das Schweigen wurde erst durch einen der Wärter gebrochen, der verhalten fluchte, den Teufel erwähnte und dann schnell ein Gebet hinterherschickte, gefolgt von einem Ausruf: „Heilige Jungfrau Maria, Mutter Gottes! Was war das?"

Das Schlimmste war nicht den besiegten Verbrechern zugestoßen, sondern Blinky Palermo. Er schien im Modus „Taktische Pause" zu verharren. Der Direktor saß völlig erstarrt auf seinem Stuhl, sein einziges Auge ausdruckslos.

Seine Zigarre war ihm schon lang aus der Hand geglitten.

Hagen machte einen Schritt zurück, ohne den Blick von Palermo zu wenden, und hatte das Gefühl, den Boden unter den Füßen zu verlieren.

Er ließ sich auf einen der Tische fallen. Das System bombardierte ihn mit Berichten seiner Siege, verfügbaren Punkte und schweren Debuffs aufgrund der taktischen Pause. Selbst Demetrious erwachte wieder zum Leben und verkündete Hagen sarkastisch, dass er sich für die nächsten 24 Stunden auf substanzielle Einbußen seiner kognitiven Fähigkeiten einstellen sollte.

Roman war wieder zu sich gekommen und stützte Mike jetzt, damit er sich aufrecht halten konnte.

Blinky Palermo blieb regungslos.

Sein trübes Auge wurde noch trüber. Der Mund des alten Mannes öffnete sich weit, als wollte er schreien, doch es drang kein Laut daraus hervor.

Die Wärter waren verwirrt, doch Hagen wusste es bereits. Die *Erweiterte Realität* irrte sich nie.

LEVEL UP : KNOCKOUT

Blinky „Hängeauge" Palermo
LP: 0
Aktueller Status: Tot

Als hätte er nur darauf gewartet, dass Hagen seine Werte fertig gelesen hatte, kippte der Gefängnisdirektor schließlich zur Seite. Panikerfüllt umstellten die Wärter die Gefangenen, während andere versuchten, Palermo wieder aufzurichten.

Aus dem Nichts erschien Dr. Borkowski.

Schnell legte man Roman und Hagen Handschellen an und führte sie weg. Hinter sich hörten sie Borkowskis Stimme: „Ein Herzinfarkt. Der ist hinüber."

Trotzdem wies der Doktor die Wärter an, Blinky in den Krankentrakt zu bringen.

Zurück in ihrer Zelle schlug Roman vor, erst mal alles zu überschlafen und die Diskussion über das, was da passiert war, auf morgen zu verschieben. Es brauchte nicht viel, um Mike davon zu überzeugen.

Bis er einschlafen konnte, dauerte es jedoch eine Weile, doch dann stürzte Mike in einen bodenlosen Abgrund.

Er wachte an einem Ort auf, den er nicht erkannte. Das Licht wirkte wie das der Morgendämmerung. Wo immer er war, im Gefängnis war er nicht. Es sah eher aus wie ein Wald, jedoch ein wirklich seltsamer. Alles war voller Farben, orange, purpurn und blau in allen Schattierungen. Die Stämme der Bäume waren etwa drei Meter dick. Von einem der Äste hing eine Kreatur herab ... eine Schlange? Eine zweiköpfige Schlange?

Die Kreatur zischte. Erschrocken wich Mike zurück, sprang auf und machte ein paar hastige Schritte zur Seite. Dann sah er sich um. Er stand bei einem riesenhaften, weißen Stein. In dem kleinen Wald, der ihn umgab, wuchsen einige ungewöhnliche Pflanzen, doch ansonsten wirkte er mehr oder weniger normal.

Der Himmel jedoch ... Dort leuchteten Myriaden von Sternen so hell, als wären sie mit der Hand zu erreichen. Und dann gingen am Horizont auch noch zwei Sonnen auf. Eine war größer als das, was er als normal betrachtete, die andere hatte etwa die Größe des Mondes. Nur dass der Mond niemals solch ein grelles Licht ausstrahlte.

Er trug gewöhnliche Kleidung, genau wie die, die er vor seiner Gefängniszeit besessen hatte. Verletzungen oder Narben hatte er keine – es war, als hätte er nie gleichzeitig gegen Fino und Ford gekämpft.

Es war ein seltsamer Traum. Dass es ein Traum war, schien ihm offensichtlich, doch er staunte, wie deutlich und realistisch alles wirkte.

„Dem?" Zunehmend panisch versuchte Mike, den Assistenten aufzurufen, doch es kam keine Antwort.

In den Büschen hinter sich hörte er es rascheln. Als Mike sich umdrehte, sah er einen Mann in einem Raumanzug aus dem Wald treten.

Der Fremde berührte seinen Helm. Das Visier glitt zurück und gab den Blick auf sein Gesicht frei. Zuerst hatte Hagen den Eindruck, der Mann wäre sehr jung, doch der Schmerz in seinen Augen wirkte zu tief für jemand so Junges.

Mike zuckte zusammen. „Wer bist du?"

„Ich heiße Phil. Keine Sorge, ich tu dir nichts", antwortete der Fremde barsch. „Du bist gerade neu gespawnt, oder? Das wievielte Leben ist das, du Wurm?"

Hagen zuckte unbestimmt die Schultern. Onkel Peter hatte ihm immer eingebläut, dass es sinnvoll war, nachzufragen, wenn man eine Frage nicht verstanden hatte, doch dieser Rat schien ihm in dieser Situation nicht zuzutreffen.

Was Mike zunächst für einen Raumanzug gehalten hatte, war in Wirklichkeit etwas anderes – eine Art mattschwarzes Militäroutfit. In jeder Hand hielt der Mann einen Dolch. Von der Klinge des einen tropfte grüner Schleim, von der des anderen waberte schwarzer Rauch in den Himmel auf.

Jemandem, der so bewaffnet war, näherte man sich besser mit Vorsicht. Den Fremden durch Unwissenheit oder Dummheit zu provozieren, wäre wohl nicht ratsam.

„Bist du Björn?"

Bevor Mike antworten konnte, beschloss der Mann, genauer nachzufragen: „Ist dein Name Björn, Wurm?"

„Björn?" Mike war überrascht, der Fremde war gut informiert. „Woher weißt du das? Eigentlich heiße ich Mike. Mike Hagen. Und ich bin definitiv kein Wurm."

„Du bist die schlimmste Sorte von Wurm, Mike Hagen! Ein nutzloser Niemand, der es geschafft hat, sich an sein erbärmliches Leben zu klammern, während diejenigen, die so viel würdiger waren als du ..."

Jetzt wurde Mike richtig sauer. Für wen hielt sich dieser Phil denn? Rüstung und Dolche ... Na und? Er hatte schon jede Menge krassere Feinde besiegt.

Mike ballte die Fäuste ... nur, um schweißgebadet zu erwachen. Roman schnarchte auf seiner Pritsche. Sie waren beide wieder in derselben alten Gefängniszelle.

KAPITEL 27

SCHICKE SCHLITTEN

Nur der Wahnsinnige setzt Schmerz mit Erfolg gleich.

Alice: Madness Returns

TERMINGERECHT WURDE HAGEN in die Vollzugsanstalt in seiner Heimatstadt verlegt.

Nie hätte er gedacht, so nach Hause zurückzukehren. Jedoch würde er nur etwa zwei Wochen hier verbringen müssen, und die Bedingungen waren ganz andere als die in Blinky Palermos Reich. Hier war alles erlaubt. Sie hatten Mobiltelefone, Internet und unbegrenzten Zugang zu den Hantelbänken. Auch hier gab es natürlich örtliche „Gangsterbosse" – Kleinkriminelle, die sich auf Autoradios spezialisiert hatten – doch die erkannten schnell, dass sie Hagen besser in Ruhe ließen. Er wurde jedoch nicht zu übermütig, schließlich wollte er den Rest seiner Strafe möglichst ruhig verbüßen.

Ein paar Tage vor seiner Entlassung schickte Gonzalo ihm eine Nachricht.

Hey, Bruder, tut mir echt leid, dass ich dich nicht abholen kann. Rate mal, wo ich bin. Ausgerechnet in Vegas! Ist das zu glauben? Genau, ich habe auch eine Einladung von Luke Lucas gekriegt und nehme an den Auswahlkämpfen teil. Ich erwarte dich hier. Hab schon eine Wohnung angemietet, brauchst dich also gar nicht mehr um eine Übernachtungsmöglichkeit zu kümmern. Komm einfach, so bald du kannst.

Als Nächstes schickte Gonzalo ein Selfie von sich vor einer Sporthalle mit dem UFC-Logo und einem Poster, auf dem das Datum der Auswahlkämpfe angekündigt wurde. Dieses friedliche Bild eines Freundes wurde für Hagen zum Symbol für das Ende einer albtraumhaften Gefängniszeit.

Eines Abends hörte er die Gefängnistüren zum letzten Mal hinter sich zufallen und fand sich als freier Mann wieder.

In seinem Inneren fühlte er keine Veränderung. Wie seltsam.

Andererseits war da diese Systemmeldung:

Leben oder Tod: Quest abgeschlossen!
Glückwunsch! Du hast ein neues Fähigkeitslevel erreicht!
Name der Fähigkeit: Erkenntnis
Aktuelles Level: 2

Es folgte eine Beschreibung von Mikes neuen Fertigkeiten und Fähigkeiten. Kurz gesagt hatte er jetzt mehr davon, und obendrein gab es einige Interface-Verbesserungen. Er hatte keine Zeit, alles auf einmal zu lesen, doch auf einige Dinge konnte er sofort zugreifen.

Es gab eine spezielle Fähigkeit, die es ihm ermöglichte, eine Minikarte mit Symbolen für alle Lebewesen im Umkreis von 100 Metern anzuzeigen. Wenn er seine Wahrnehmung steigerte, würde sich dieser Radius erweitern. Auf der anderen Straßenseite wurden zwei grüne Symbole angezeigt – sie standen für freundlich Gesinnte. Einer war Onkel Peter, und der andere ... Konnte das Mr. Riggs sein?

Tatsächlich. Der Ex-Cop war ganz in Schwarz gekleidet, trug eine Sonnenbrille und hielt einen Zahnstocher zwischen die Zähne geklemmt.

Hagen hatte das Gefühl, dass die Karte mit allen Lebewesen

im Umkreis samt detaillierter Werte bei Weitem nicht das einzige neue Element war. Doch das würde er sich später genauer ansehen. Er wartete, bis der Verkehr es zuließ, und rannte dann über die Straße.

Nachdem Hagen seinen Onkel ausgiebig umarmt hatte, nahm Riggs ihn beiseite.

„Ich erspare dir die Details, aber dieses Geld gehört dir."

Reichlich verblüfft sah Hagen das dicke Bündel Dollarscheine an, das Riggs ihm in seinen Beutel stopfte. Die Beschriftung „30.000 $", die er aus dem Augenwinkel sah, trug nur weiter zu seiner Verwirrung bei. Jetzt kümmerte sich die *Erweiterte Realität* auch noch um seine Kasse.

„Wo kommt das Geld her?"

„Nennen wir es ein Geschenk von Alexa Hepworth, ha ha. Das Mädel ist echt sauer auf uns. Du solltest die Stadt besser verlassen. Hier wird sie dich nicht in Frieden leben lassen."

„Ich hatte sowieso nicht vor, hier wohnen zu bleiben. Aber warum ist sie ausgerechnet auf uns sauer? Und warum hat sie mir dieses Geld überhaupt gegeben, und was für eine Rolle spielen Sie dabei?"

„Willst du das wirklich wissen? Brauchst du keine 30 Riesen? Soll mir recht sein. Dann nehm ich sie wieder."

Riggs tat so, als wollte er in die Tasche nach dem Geld greifen, doch Hagen riss sie an sich. Für seine Reise nach Las Vegas würde er das Geld brauchen.

„Ha, sieh sich einer deine Reflexe an, Junge! Endlich weißt du, was gut für dich ist, nicht? Wie auch immer, ich wollte mich nur verabschieden. Ich gehe auch fort. Mein Bruder in Louisiana liegt mir jedes Jahr in den Ohren, dass er mit mir angeln gehen will. Zeit, das Angebot anzunehmen. Außerdem erzählt er mir immer, dass er eine Windmühle aus dem 19. Jahrhundert restaurieren und zu einem Hotel ausbauen will."

Die Stichworte Louisiana, Angeln und Windmühle ließen Hagen in Erinnerung an den alten Charlie Evans erschauern. Alle seine Geschichten mit tragischem Ausgang hatten in Louisiana gespielt. Die Eindrücke aus dem Gefängnis waren noch zu frisch.

Riggs wollte schon zu seinem SUV losgehen, als Hagen ihn fragte: „Sir ... Lexie ... Ich meine Ms. Hepworth. Wann haben Sie sie zuletzt gesehen? Wie geht es ihr?"

„Hah, Sohn, das letzte Mal, als wir uns trafen, war sie außer sich vor Zorn. Aber generell geht es ihr gut. Während du im Gefängnis warst, war sie damit beschäftigt, sich Howells Unternehmen unter den Nagel zu reißen. Er ist jetzt ihr Laufbursche. Aber das Einzige, was sie wirklich von dem alten Mann will, ist, dass er in Rente geht. Solltest du jemals einen Anfall von Nostalgie haben, halt dich vom *DigiMart* fern."

„Warum das?"

„Er ist weg. Sie bauen jetzt ein Einkaufszentrum auf dem Gelände. Ich sag es dir, sobald diese Lexie mal einen Fuß in der Tür hatte, hat sie alles im Handumdrehen umgekrempelt."

Riggs verabschiedete sich und fuhr davon.

Hagen stand eine Weile da und rief sich den Geschmack dieser halbvergessenen Worte und Bilder in Erinnerung – Lexie und *DigiMart*. Doch sie waren nichts als verblasste Schatten. Jetzt erschienen sie ihm völlig unwichtig.

Dabei war das nicht so lange her. Wann hatte sich alles so verändert? Es kam ihm vor wie vor langer Zeit, doch wie jeder Gefangene hatte Hagen die Tage gezählt. Es war erst etwas über zwei Monate her, dass er in einem Bus ins Hochsicherheitsgefängnis davongefahren war. Dort war er schnell zu einem Straftäter wie alle anderen geworden. Als Hagen seine Uniform und seine Nummer erhalten hatte, war ihm schließlich klar geworden, dass er sich von einem freien US-Bürger in den Besitz der Strafvollzugsbehörden verwandelt hatte.

Es würde einige Zeit dauern, bevor er sich wieder umstellen konnte.

„Achtung, Mikey!", schrie sein Onkel plötzlich.

Hagen sah einen heruntergekommen Latino auf sie zukommen, der sein Messer auf Hagen gerichtet hatte.

Die Minikarte zeigte ihn als rot blinkende „Einheit" an. Ohne einen Hinweis durch das System hätte Hagen diesen abgemagerten Junkie niemals als den ehemals einschüchternden Lorenzo alias Brix erkannt.

Die Verwandlung in diese bemitleidenswerte Kreatur hatte nicht lange gebraucht.

„Mich hast du wohl nicht erwartet, du Schwein?", rief Lorenzo und fuchtelte mit dem Messer herum. „Ich schon!"

„Du meinst, du hast dich selbst erwartet?", entgegnete Hagen schnell.

„Was? Dich, auf dich hab ich gewartet! Hältst dich wohl für besonders komisch, du Drecksack? Gleich sehen wir, wer zuletzt lacht, güey!"

ES GAB JEDOCH nichts zu lachen. Man musste kein Hellseher sein, um zu wissen, was mit Lorenzo passiert war. Direkt, nachdem er freigekommen war, war er dem Heroin verfallen. Das Gefängnis war wohl alles gewesen, was zwischen ihm und der Selbstzerstörung gestanden war. Harte Drogen waren dort fast unmöglich zu bekommen.

Er verfügte über so wenige LP, dass Hagen es vermied, auch nur in seine Richtung zu atmen – mit seiner Stärke konnte er das arme Schwein versehentlich umbringen. Er hielt Abstand von dem Messer und bedeutete seinem Onkel, nicht einzugreifen.

„Bro, warum machst du dir dein Leben so kaputt?"

„Ich geb dir gleich ‚Bro'! Gleich mache ich dein Leben kaputt!"

„Schau, jetzt brauchst du schon ein Messer, um mich anzugreifen. Damals im Gefängnis konntest du mich mit einem einzigen Treffer bewusstlos schlagen. Reicht dir das nicht? Warum führst du diese blöde Fehde weiter?"

„Du hast mich beleidigt!"

„Dich beleidigt?" Hagens Ton war gleichzeitig traurig und bitter. „Womit denn? Weil ich deine Hantelbank benutzt habe? Weißt du, ich bin bereit, anzuerkennen, dass es deine war, auch wenn das nicht stimmt. Du hast in deinem Leben nicht viel, was dir gehört, stimmt's? Und gewissermaßen nicht mal mehr viel Leben. Alles, was dich aufrecht hält, ist diese bescheuerte Idee, dass du mich für irgendeine eingebildete Beleidigung bestrafen musst."

„Halt die Klappe! Halt die Klappe!" Lorenzo fuchtelte auf eine Weise, die er wohl für bedrohlich hielt, mit dem Messer herum. „Du Arschloch! Ich bring dich um!"

Ruhig trat Hagen zur Seite, packte Lorenzo dann beim Handgelenk und entwand ihm die Klinge. Eine Weile leistete Lorenzo Widerstand, dann bedeckte er das Gesicht mit den Händen und sank auf den Gehweg nieder.

Rache: Quest abgeschlossen!
Du hast einen Gegner besiegt, gegen den du zuvor verloren hast.
Erhaltene EP: 1
Erhaltene Fähigkeitenpunkte: 1

Hagen sah sich das Messer an. „Gut, Bro. Ich werde nicht mehr über deinen Zustand reden. Dir ist sowieso klar, was mit dir ist."

„Ich will nur noch sterben."

„Darauf musst du nicht mehr lange warten."

„Du Scheißkerl."

„Ich hatte nur mehr Glück."

„Was soll ich denn jetzt machen?"

„Ich bin kein Lebensberater, aber ich würde dir empfehlen, ins Gefängnis zurückzugehen. Da sind deine Hantelbänke und deine Brüder. Also hast du da wenigstens etwas Hoffnung, dein Leben auf die Reihe zu kriegen."

„Du Dreckskerl", sagte Lorenzo und stand auf. „Gib mir mein Messer wieder."

„Nein. Es gefällt mir irgendwie."

„Du Arschloch. Kapierst du nicht? Ich will jemanden

aufschlitzen, damit ich wieder in den Knast komme."

„Schon kapiert. Aber du musst niemanden aufschlitzen. Versuch es so zu machen, dass niemand ernsthaft körperlich zu Schaden kommt."

Lorenzo drehte sich um und humpelte davon. Dann blieb er stehen und wandte sich um. „Hast du irgendwelche Nachrichten für die drinnen, wenn ich wieder bei Blinky Palermo bin?"

„Sag Roman, dass ich meine Schulden nicht vergesse und ihm das Geld demnächst auf sein Konto überweise. Und dass er weniger Zeit online verbringen sollte."

Mike erwähnte nicht, dass Blinky „Hängeauge" Palermo den Löffel abgegeben hatte und jetzt den Sündern im Jenseits als Gefängnisdirektor diente und Satan half, sie in Kessel mit siedendem Öl zu stopfen.

Vielleicht war er auch dabei, MMA-Kampfspiele ohne Grenzen für die Dämonen zu organisieren.

Lorenzo zeigte ihm den Stinkefinger und ging davon. Hagen hatte seine Aufmerksamkeit allerdings schon dem Messersymbol neben dem Geldfenster zugewandt. An was erinnerte ihn das? Irgendein Interface-Element eines Spiels, das er kannte, aber welches?

Hagen steckte das Messer in seine Tasche, und das Symbol verschwand.

ONKEL PETER RÄUSPERT sich. „Mikey? Ich hätte nie gedacht, dass ich das mal sage, aber … du brauchst meine Hilfe nicht mehr."

„Oh, doch, sehr sogar, Onkel. Besonders jetzt."

„Ach? Und was für eine Art Hilfe soll das sein?"

„Du hast doch ein Auto, oder? Könntest du mich zu April fahren?"

Eine Sekunde lang war sein Onkel verwirrt, bevor ihm klar wurde, was Hagen wollte. Dann lachte er laut auf.

„Hah, da hast du einen alten Mann aber an der Nase rumgeführt! Klar, brechen wir auf. Da hätte ich auch selbst drauf kommen können. Immerhin kommst du ja gerade aus dem Gefängnis…"

Allerdings überredete Onkel Peter Hagen, auf dem Weg bei Chuck vorbeizuschauen. Der alte Mann war überglücklich und machte gleich einen Platz an der Bar für die beiden frei. Er stellte einen Eimer voller heißer Wings vor Peter und Mike ab und zapfte ihnen beiden ein Bier.

Wei Ming kam angelaufen, um sie zu begrüßen. Als er Hagen sah, blieb er einen Moment lang stehen und traute offenbar seinen Augen kaum. Dann umarmten sie sich und klopften sich gegenseitig auf den Rücken.

„Hölle, Mann!", sagte Wei Ming und schlug mit der Faust auf Hagens Rücken. „Schau dich an! Was hast du denn im Gefängnis gemacht? Steroide eingeworfen?"

„Schrankbeschläge montiert."

Hagen konnte sich nicht an die Bar gewöhnen. Warum rauchten alle? Und tranken? Die Musik war zu laut. Und auf jedem Tisch lagen scharfe Messer. Wer konnte die hier reingeschmuggelt haben? Was, wenn das die Wärter sahen? Und der Fernseher… Warum sahen Weiße sich diese idiotische Sendung darüber an, dass Amerika Talent hatte, ohne auch nur mit der Wimper zu zucken, und noch keiner der Schwarzen hatte auf einen Hiphop-Kanal umgeschaltet? Warum kamen sie damit durch?

Als eine Gruppe Lastwagenfahrer in dunkelblauen Baseballmützen eintrat, die denen der Wärter ähnelten, wäre Hagen beinahe aufgesprungen und wollte sich schon für eine Inspektion bereitmachen. Wozu sonst sollte eine ganze Traube Wärter hereinkommen?

Hagen musste seine ganze Willenskraft aufbringen, um sich selbst diese Seltsamkeiten zu erklären. Er war nicht mehr im Gefängnis. Er atmete tief durch, griff nach dem Wings-Eimer und entdeckte, dass dieser bereits leer war.

Chuck Morrison, Onkel Peter und Wei Ming sahen Hagen mit

etwas wie Mitleid im Blick an.

„W-was ist los? Was ist passiert?"

„Oh, Mann ..." Wei Ming brachte nichts anderes heraus.

„Wie das Leben einem mitspielt ...", seufzte Chuck und winkte dem Kellner, damit dieser einen neuen Eimer brachte.

Hagen wurde rot. Wie es im Gefängnis seine Gewohnheit gewesen war, hatte er den ganzen Eimer innerhalb weniger Minuten hinuntergeschlungen.

„Tut mir leid."

„Passiert doch jedem mal", nickte Peter seinem Neffen zu. „Früher bin ich bei jedem schnell fahrenden Pickup zusammengezuckt, weil ich dachte, es könnte sich um Selbstmordattentäter handeln. Passiert mir immer noch, auch wenn mir klar ist, dass es dumm ist."

„Geht das vorbei?", fragte Hagen.

„Meine Marotten? Unwahrscheinlich. Deine aber sicher schon. So lange warst du ja nicht hinter Gittern."

Hagen aß nun langsamer, während er ihnen von seinem Plan erzählte, nach Vegas zu gehen. Er bot Wei Ming an, zusammen mit ihm an den Auswahlkämpfen teilzunehmen.

Sein Freund dachte darüber nach. „Hm, klingt interessant. Die Idee gefällt mir."

„He, Moment mal", protestierte Chuck Morrison. „Wer arbeitet dann noch hier?"

„Guerrero kriegt das ohne Weiteres hin", entgegnete Wei Ming. „Er hat hart trainiert und ist jetzt ein recht erfahrener Kämpfer. Erzählen Sie ihm nur nichts von den Auswahlkämpfen."

„Na gut", seufzte Chuck. „Auch wenn es mir lieber wäre, dich als Security-Leiter zu behalten. Du bist zuverlässig. Guerrero nimmt seine Verantwortung nicht so ernst. Außerdem kann er die Finger nicht von den Stripperinnen lassen."

„Hat deine Freundin nichts dagegen, wenn du mitkommst?", fragte Hagen.

„Wir haben uns getrennt", informierte Wei Ming ihn traurig.

„Tut mir leid, das zu hören."

„Es ist sicher besser so. Am Ende unserer Beziehung hatten wir uns total entfremdet. Die Entscheidung, ob ich mitkommen soll, fällt mir nicht schwer. Natürlich will ich. Aber ich bräuchte ein Auto und Geld."

„Ich habe alles, was wir für die Anfangszeit brauchen. Wir können uns einen alten Pickup besorgen und ganz gemütlich aufbrechen – solange wir das bis morgen hinkriegen."

Wei Ming nickte eifrig. „Gut, einverstanden. Ich mache noch meine Schicht für heute fertig, trete zum letzten Mal ein paar besoffenen Gästen in den Hintern und packe dann."

Nach der Bar schauten sie bei Ochoa vorbei. Darauf hatte Hagen bestanden.

Reichlich beklommen betrat er die Halle, wo so viele Dinge zum ersten Mal in seinem Leben geschehen waren. Hier hatte sich nichts verändert. Nur, dass sie vielleicht noch etwas älter wirkte, genau wie Ochoa selbst.

Sein erster Coach zeigte nicht viele Gefühle, als er Hagen begrüßte, doch kurz blitzte Stolz in seinen Augen auf. Der Alte sah Hagen immer noch als einen seiner Schüler an.

„Möchtest du wieder anfangen zu trainieren?", fragte er lakonisch.

„Nein. Ich gehe nach Vegas, um an einem Auswahlkampf für eine MMA-Amateurmeisterschaft teilzunehmen."

„Ein hehres Ziel. Sehr gut. Auch wenn die Stadt der Verlorenen Löhne kaum der beste Ort ist, um Karriere zu machen. Ich hätte eher erwartet, dass du dich ans reine Boxen hältst, aber Mixed Martial Arts ist auch eine gute Wahl."

Hagen zückte sein Geld und zählte ein paar Scheine ab. „Das sind meine Schulden fürs Training."

Ochoa nahm das Geld, ohne mit der Wimper zu zucken, zählte seinerseits ein paar Scheine ab und reichte sie ihm zurück. „Wenn das so ist, ist das hier der Hausmeisterlohn, den ich dir schulde."

Er war schon ein stolzer, alter Mann.

„Danke für alles", sagte Hagen.

„Du kannst dir selbst danken. Das hast du vollbracht – ich

habe nur die Möglichkeiten zur Verfügung gestellt."

Ochoa wandte sich ab und klatschte in die Hände, um einen schwerfälligen Boxer anzufeuern, der an seinem Boxsack hing. „He, das ist nicht deine Freundin. Der ist zum Draufhauen da, nicht zum Umarmen!"

Jetzt war Mike bereit. Während sie zu Aprils Wohnung fuhren (Hagen hatte die Adresse auf seiner Karte ausfindig gemacht), fragte Onkel Peter ihn: „Wäre es nicht besser, sie vorher anzurufen?"

Hagen schüttelte den Kopf. „Nein. Ich weiß nicht, ob das ein guter Vergleich ist, aber wenn die Gefängnisleitung beschließt, eine unangekündigte Inspektion durchzuführen, warnen sie einen auch nie vor. Wenn ich April anrufe, freut sie sich, mich zu hören, und bietet mir an, dass wir uns in irgendeinem blöden Café auf einen Milchkaffee zu tiefsinnigen Gesprächen treffen."

„Kapiert."

„Und was ich will, ist kein Kaffee, sondern ..."

„Ich hab dich schon verstanden, Mike. Statusbericht: Wir sind an unserem Ziel angelangt. Landevorgang einleiten."

Hagen betrachtete das nette, kleine Häuschen. April lebte hier mit ihrem Vater, aber Connell Senior war schon eine Weile verreist – zu einer gemeinsamen Militärübung in Israel oder so.

Hagen nahm seine Tasche und öffnete die Autotür. „Danke, Onkel. Besonders dafür, dass du mich frühzeitig aus dem Gefängnis rausgeholt hast."

„Gern geschehen. Das war ein militärischer Routineeinsatz zur Befreiung eines gefangenen Truppenmitglieds. Keine Verluste unter den Zivilisten, mit Ausnahme eines einzigen, doppelzüngigen Rechtsanwalts. Aber jetzt ist es wirklich Zeit, dass wir uns verabschieden. Ich muss zurück nach Seattle. Meine Söhne sind gerade dort. Deine Cousins."

Hagen grummelte. „Ich erinnere mich nur zu gut, wie gnadenlos sie mich als Kind gequält haben."

„Wie auch immer, ich werde dich vermissen. Aber ich verspreche, in die Stadt der Sünde zu kommen, sobald du dich da eingerichtet hast, und wir werden dich bei der Meisterschaft anfeuern.“

Hagen nickte und stieg aus. Sein Onkel sah ihm nach, während er zur Vordertür ging und klingelte. Jemand öffnete, und Onkel Peter hörte eine überraschte Frauenstimme.

Mike drehte sich um und winkte ihm. Peter winkte zurück und fuhr davon. Er lächelte bei der Vorstellung, wie heute Nacht in Aprils Haus die Wände wackeln würden.

DER NÄCHSTE MORGEN erinnerte Hagen an den Morgen seiner Festnahme. Diesmal schlief April jedoch nicht, sondern blickte ihn an.

„Du bist mir schon einer, Mikey-Boy. Ich wusste nicht mal, dass das so oft hintereinander geht.“

Hagen setzte sich auf. „Ich auch nicht.“

April streckte sich träge und gähnte. Vor lauter Reden und „Trainieren“ hatten sie die ganze Nacht nicht geschlafen.

Hagen erzählte ihr Geschichten von seiner Zeit im Gefängnis. Besonders begeistert war April darüber, dass ihre Lektion in Sachen Abwehr von Messerangriffen sich als so nützlich erwiesen hatten. Außerdem berichtete Hagen ihr von seinem Plan, nach Vegas zu gehen. April fand die Idee gut, sagte aber nicht mehr dazu.

„Und wie geht es jetzt weiter?“ Sie gähnte erneut.

„Ich kaufe mir ein gebrauchtes Auto und hole Wei Ming ab. Wir sollten heute noch losfahren.“ Hagen hielt einen Moment inne und fragte sie dann: „Willst du … Würdest du gern mitkommen?“

„Tut mir leid, Mikey-Boy. Mir war schon klar, dass du das gern hättest. Aber ich kann nicht mit. Das heißt nicht, dass wir uns trennen, aber ich habe mein eigenes Leben. Ich habe meine Arbeit im Studio, und mein Dad kommt bald nach Hause … Ich kann nicht einfach alles stehen und liegen lassen und abhauen. Außerdem …“

„Ja, ich weiß schon. Du hasst große Gruppen Betrunkener.“

„Genau. Und Las Vegas ist die Welthauptstadt der Säufer."

Hagen bedauerte Aprils Entscheidung nicht. Und dass sie nicht mit wollte, verdarb ihm nicht die Laune. Schließlich war das ja nicht für immer.

Er duschte, zog sich an und kam zurück ins Schlafzimmer.

April lag noch unter der Decke und scrollte auf ihrem Handy durch irgendetwas. „Tut mir leid, ich habe keine Kraft mehr, uns Frühstück zu machen."

Hagen setzte sich aufs Bett. „Kannst du mir den nächsten Gebrauchtwagenhändler raussuchen?"

April führte eine Suche durch und las ihm ein paar Namen vor. Hagen unterbrach sie, als sie zu „Greg Goretskys Schicke Schlitten" gelangte.

„Bitte wie? Kannst du das wiederholen? Wo ist das?"

April gab ihm die Adresse. Dann nahmen sie Abschied voneinander.

„Sobald ich mich in der Stadt der Sünde eingerichtet habe, melde ich mich. Es wäre schön, wenn du mich eines Tages besuchen kommst", sagte er. „Die ganzen Betrunkenen ein paar Tage lang auszuhalten, wäre doch nicht ganz unerträglich für dich, oder?"

„Einverstanden, Mikey-Boy. Und jetzt lass mich bitte etwas Schlaf nachholen. Ich muss heute noch Leute trainieren."

Sobald die Tür zu Aprils Haus hinter ihm ins Schloss gefallen war, stöberte Hagen durch die neuesten Systemmeldungen. Er erinnerte sich, dass es nach „Leben oder Tod" eine neue Quest gegeben hatte, aber er hatte beschlossen, das auf später zu verschieben. Jetzt las er:

Alter Erzfeind.

Stelle dich Greg Goretsky, um eure offene Rechnung endgültig zu begleichen.

Hagen fühlte sich etwas ratlos. Was sollte er dafür tun? Goretsky noch mal verprügeln? Wäre das nicht dämlich? Trotzdem beschloss er, die Quest zu akzeptieren.

LEVEL UP : KNOCKOUT

✳ ✳ ✳

MIKE FAND MIT Leichtigkeit zu Goretskys Garage. Sie lag nur ein kurzes Stück hinter dem *Reknitting Express*, wo er damals Onkel Peters unbezahlbare Jacke zum Reparieren hingebracht hatte. Zu schade, dass sie im Gefängnis verloren gegangen war. Ein zusätzlicher Charismapunkt war nie verkehrt.

Goretskys Geschäftsgelände bestand aus einem riesigen Schuppen und einem maschendrahtumzäunten Hof. Über dem Schuppen prangte eine riesige Werbetafel, auf der ein Gesicht abgebildet war, begleitet von dem Schriftzug:

Greg Goretskys Schicke Schlitten

Der Hof stand voller alter Autos, von denen man keines auch nur im Entferntesten als „schick" hätte bezeichnen können. Das hieß, mit Ausnahme des Wagens des Besitzers: einem riesigen Pickup, der mit Bildern von Flammen und nackten Frauen verziert war.

Goretsky hockte vor einem alten SUV ohne Reifen und bastelte an etwas herum. Er trug einen ölfleckigen Overall und eine abgetragene Baseballmütze auf dem Kopf.

Selbstbewusst überquerte Hagen den Hof und blieb mit verschränkten Armen in der Nähe stehen. Goretsky spürte, dass jemand anwesend war, wandte sich um und stand auf.

„Sir? Kann ich etwas für Sie tun?"

„Ja. Ich wollte Sie mir ansehen."

„Sir?"

„Es gibt ein Problem, das ich ein für alle Mal lösen will."

Greg nahm seine Baseballmütze ab und starrte Mike ins Gesicht. Es dauerte eine Weile, bis er in diesem muskulösen, tätowierten Mann mit rasiertem Kopf seinen alten Erzfeind erkannte.

Goretsky lächelte schwach. Er wollte wohl etwas sagen wie „Du bist es also, Scheißer?" Doch nach einem heiseren Keuchen äußerte er etwas ganz anderes.

„Mr. Hagen? Es tut mir leid, Sir. Ich habe meine Fehler schon lange erkannt. Wir haben alles mit Ihrem Anwalt und Ihrem Onkel geregelt. Ich habe alle Anklagepunkte fallen gelassen."

Hagen ließ sich nicht zu einer Antwort herab. Er ging nur langsam auf Greg „den Büffel" Goretsky zu, sein Blick auf den Mann fixiert, der ihm so viel Kummer bereitet hatte, doch der auch eine zentrale Rolle bei der Verwandlung von Mike „Heulsuse" Hagen in Björn gespielt hatte, einen selbstbewussten Kämpfer, der die Auswahlkämpfe ohne Zweifel mit Leichtigkeit bestehen und zum Champion der Amateurliga werden würde. Und dann wäre sicherlich die Profiliga nicht mehr fern.

Goretsky wich schlurfend zurück und blickte voller Schrecken in Mikes ungewohnt bedrohliches Gesicht. Er dachte wohl, Mike wäre gekommen, um ihn zu töten. Ihm war nicht klar, dass ein solcher Gesichtsausdruck typisch für ehemalige Gefängnisinsassen war und nichts zu bedeuten hatte. Der Einzige, der auf dem Gefängnishof einen anderen Gesichtsausdruck an den Tag gelegt hatte, war Trevor, der armselige Idiot.

Hagen kam weiter auf Goretsky zu, während dieser zurückwich, dabei einen Eimer Wasser und einen Ölkanister umstieß und über seine Werkzeuge stolperte.

„Mr. Hagen, ich weiß nicht, was Sie wollen ... Ich habe mich bereits bei Ihnen entschuldigt, so gut ich konnte. Sie lassen mir keine Wahl, als wieder die Polizei zu rufen ..."

Als Antwort verzog Hagen das Gesicht zu einer Grimasse äußersten Missfallens, sodass Goretsky ins Stottern kam, das Ende seines Satzes verschluckte und fast genauso klang wie Hagen damals in seinen Zeiten als Schwächling. Obwohl Goretsky der Größere von beiden war, schien es doch, als würde er von unten zu Hagen aufschauen.

Goretsky senkte den Kopf, während er immer noch zurückwich, bis er mit dem Rücken an eine Reihe Regale voller Motorölflaschen stieß. Er verlor das Gleichgewicht, landete auf dem Rücken und riss dabei die Regale um.

Hagen beugte sich über ihn und hob die Hand. Goretsky duckte sich und schrumpfte auf halbe Größe zusammen. Schützend hob er die Arme vors Gesicht und wartete auf einen Schlag, der nie kam. Stattdessen packte Hagen ihn an den Schultern, zog ihn auf die Füße und stellte Greg vor sich hin. Er wischte Goretsky den nicht vorhandenen Staub vom Overall und sagte: „Danke für alles."

Dann drehte er sich um und ging zu den Autos. Verwirrt beobachtete Goretsky Hagen durch halbgeöffnete Lider.

Mike blieb vor dem mit Verzierungen überladenen Pickup stehen. „Ihre Karre?"

„Äh, ja, meine, Sir."

„Wieviel?"

„Sie ist nicht zu verkaufen."

„Ach, kommen Sie schon. Auf dem Schild steht Schicke Schlitten, und der hier ist der einzige, der schick aussieht. Und Sie würden doch einem alten Bekannten keinen Wunsch abschlagen, oder?" Hagen streckte sich betont beiläufig und ließ seine Gelenke knacken.

„20.000", sprudelte Goretsky hervor.

„Hier sind 15." Hagen zog das Bargeld aus seiner Tasche. „Deal?"

„N... nehmen Sie es. Der Schlüssel steckt."

Hagen nickte dankend, öffnete die Tür des Pickups und sprang hinein. Er winkte Goretsky aus dem offenen Fenster zu und fuhr davon.

Ende von Buch Eins

NEUE VORBESTELLUNGEN!

Kräutersammler der Finsternis LitRPG-Serie
von Michael Atamanov:

Der Videospieltester
Hart am Wind
Falle für den Herrscher

Unterwerfung der Wirklichkeit LitRPG-Serie
von Michael Atamanov:

Countdown

Der Weg eines NPCs LitRPG-Serie
von Pavel Kornev:

Toter Schurke

Nächstes Level LitRPG-Serie
von Dan Sugralinov:

Neustart
Held

Spiegelwelt LitRPG-Serie
von Alexey Osadchuk:

Der tägliche Grind – Im virtuellen Hamsterrad

Vielen Dank, dass *Knockout* gelesen hast!

Weitere deutsche Übersetzungen unserer LitRPG-Bücher werden schon bald folgen!

Um weitere Bücher dieser Reihe schneller übersetzen zu können, brauchen wir Deine Unterstützung! Bitte schreibe eine Rezension oder empfehle *Knockout* Deinen Freunden, indem Du den Link in sozialen Netzwerken teilst. Je mehr Leute das Buch kaufen, desto schneller sind wir in der Lage, weitere Übersetzungen in Auftrag geben und veröffentlichen zu können.

Bitte vergessen Sie nicht, unseren Newsletter zu abonnieren:
http://eepurl.com/dOTLd1

Sei der Erste, der von neuen LitRPG-Veröffentlichungen erfährt!
Besuche unsere englischsprachen Twitter- und Facebook LitRPG-Seiten und triff dort neue sowie bekannte LitRPG-Autoren:
https://twitter.com/MagicDomeBooks

Deutsche LitRPG Books News auf FB liken: facebook.com/groups/DeutscheLitRPG

Erzähle uns mehr über Dich und Deine Lieblingsbücher, schau Dir die neuesten Bücher an und vernetze Dich mit anderen LitRPG-Fans.
Bis bald!

www.ingramcontent.com/pod-product-compliance
Lightning Source LLC
Chambersburg PA
CBHW051520050726
47503CB00014B/235